据鞍录(外一种)

〔清〕杨应琚 著
汪受宽 校注

青海人民出版社

图书在版编目（CIP）数据

据鞍录：外一种 /（清）杨应琚著；汪受宽校注
. -- 西宁：青海人民出版社，2024.1
ISBN 978-7-225-06633-2

Ⅰ. ①据… Ⅱ. ①杨… ②汪… Ⅲ. ①游记—西北地区—清代Ⅳ. ① K928.94

中国国家版本馆 CIP 数据核字（2023）第 210526 号

据鞍录（外一种）

（清）杨应琚　著

汪受宽　校注

出 版 人　樊原成
出版发行　青海人民出版社有限责任公司
西宁市五四西路 71 号　邮政编码：810023　电话：（0971）6143426（总编室）
发行热线　（0971）6143516 / 6137730
网　　址　http://www.qhrmcbs.com
印　　刷　青海日报社印刷厂
经　　销　新华书店
开　　本　890 mm × 1240 mm　1/32
印　　张　15.5
字　　数　350 千
版　　次　2024 年 1 月第 1 版　2024 年 1 月第 1 次印刷
书　　号　ISBN 978-7-225-06633-2
定　　价　85.00 元

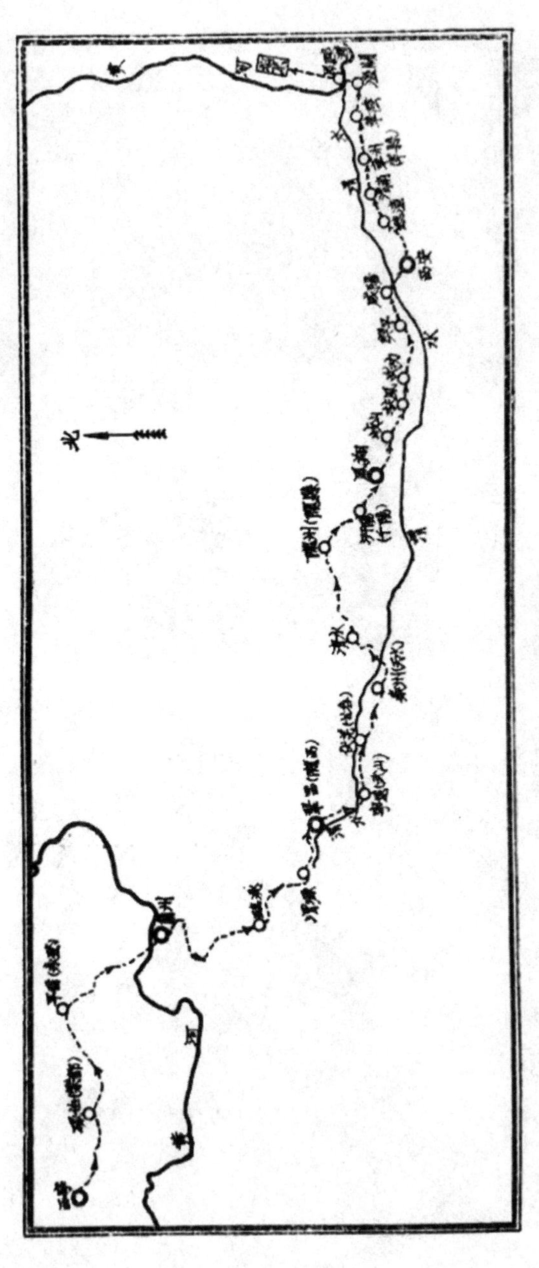

楊應琚東行路綫示意圖

自西往东的地名为：黄河、西宁、碾伯（乐都）、平番（永登）、兰州、临洮、渭源、巩昌（陇西）、渭水、宁远（武山）、伏羌（甘谷）、秦州（天水）、清水、陇州（陇县）、汧阳（千阳）、凤翔、岐山、扶风、武功、兴平、咸阳、西安、临潼、渭南、华州（华县）、华阴、潼关、风陵渡、北京、黄河

御製盛京賦 有序
嘗聞以父母之心為心者天下
無不友之兄弟以祖宗之心為
心者天下無不睦之族人以天
地之心為心者天下無不愛之
民物斯言也人盡宜勉而所繫

於為人君者尤重然三語之中
又惟以祖宗之心為心居其要
焉蓋以祖宗之心為心則必思
開創之維艱知守成之不易兢
兢業業畏天愛人於是刑兄弟
而御家邦斯以父母之心為心

皜曜[illegible]照歙艴烏赤左墄右平
坤闔乾闢土辟葛燈遐哉儉德
詒我孫謀萬年之宅乃開南端
設席肆筵爰爵周親及彼鴛鸞
南陽故舊洒如言言惟此嘉師
列祖之臣是噢是咻是貽我躬敬之

敬之翼翼惴惴於億萬歲皇圖
永綿

署山東巡撫臣楊應琚恭
進

故宫博物院藏绣线杨应琚书《盛京赋》册，首、末叶

甘肃天水秦州区伏羲庙山门杨应琚乾隆六年（1741 年）题额

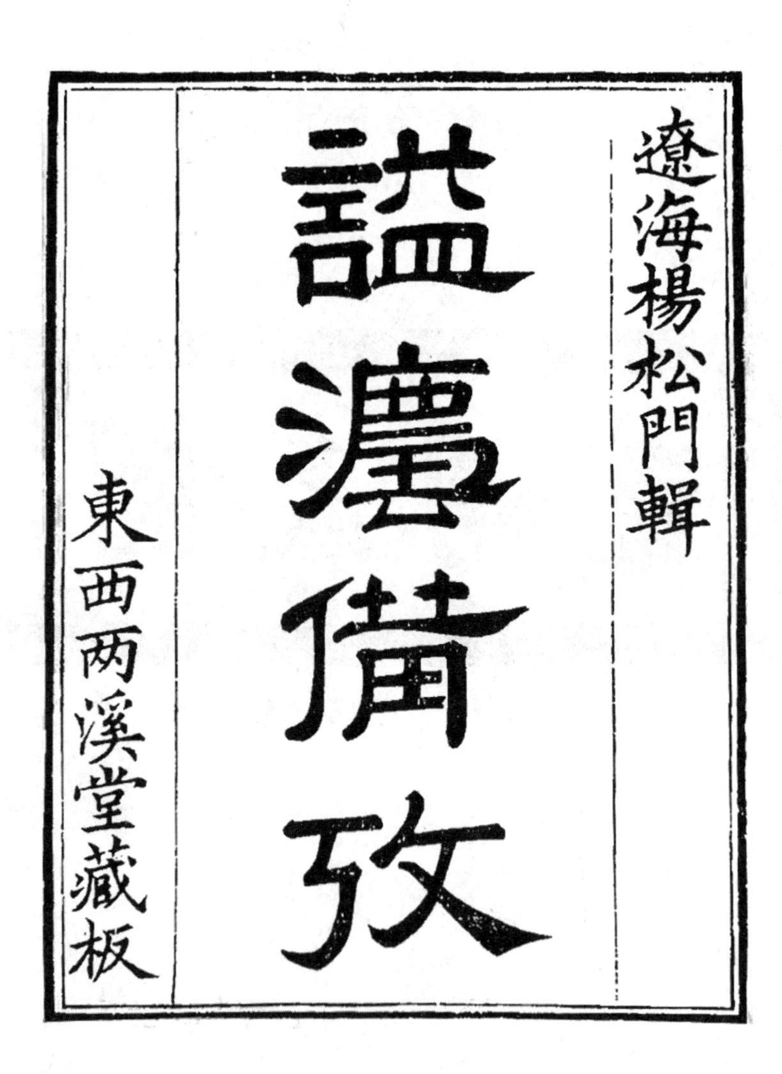
遼海楊松門輯

謚灋備攷

東西两溪堂藏板

《谥法备考》原刻本扉页

前　言

杨应琚（1697—1767 年），字佩之，号松门，奉天（今辽宁沈阳）汉军正白旗人，清乾隆前期声名显赫的大官僚。他出身于显宦世家，曾祖父杨朝正于康熙中以侍卫出为山东东昌知府，祖父杨宗仁官至湖广总督，叔祖杨宗义官至河南巡抚、镶白旗汉军都统，父亲杨文乾官至广东巡抚。杨应琚本人起家任子，雍正七年（1729 年）授户部员外郎，以后历任山西河东道、甘肃西宁道、临巩布政司、甘肃按察使、甘肃布政使、甘肃巡抚、山东巡抚、河东河道总督、两广总督、闽浙总督、陕甘总督，乾隆二十九年（1764 年）补授东阁大学士兼兵部尚书，仍留陕甘总督任。乾隆三十一年（1766 年）初，杨应琚以大学士管理云贵总督，接办中缅军务。他贪图功利，为将弁欺蒙，报喜不报忧，终被清高宗觉察，将其革职议罪，乾隆三十二年（1767 年）闰七月二十三日“赐令自尽”，成为乾隆皇帝炫耀边功的牺牲品。

杨应琚不仅有显赫的政绩，还有独具特色的著述，被前人称为“兼资文武”的名臣。他“自总角受书，矻矻经史”，经史诗文皆为里手。从政之后，颇以科场失意，“未能登玉堂秉史笔”为憾，在职务清闲的西宁道任上，他先后撰著有七卷本地方志《西宁府新志》，有西北游记《据鞍录》，有六卷本礼学著述《谥法备考》，还有大量诗文散见于诸方志中。杨氏这三部著述都完整地留存于世。《西宁府新志》经李文实及崔永红两位先生整理校注，由青海人民出版社出过两版。本书则是对杨著《据鞍录》和《谥法备考》的整理校注本，以及校注者所撰集《杨应琚年谱长编》。

一

《据鞍录》是杨应琚以日记形式写成的有关青海、甘肃、陕西的游记。

乾隆四年（1739 年），正在西宁道任上的杨应琚奉命入京述职。六月二十日由西宁乘马起程，经由碾伯（今青海乐都）、平番（今甘肃永登）等县，二十六日抵兰州府城。因其祖父杨宗仁曾为临洮知府，取道临洮，经由渭源、巩昌（今甘肃陇西）、宁远（今甘肃武山）、伏羌（今甘肃甘谷）、秦州（今甘肃天水）、清水等州县，出大震关入陕西省境。又经陇州（今陕西陇县）、汧阳（今陕西千阳）、凤翔、岐山、扶风、武功、兴平、咸阳等地，七月十九日到达西安省城。继而东向临潼，经渭南、华州（今陕西华县）、华阴、潼关诸县州，七月二十六日由风陵渡入晋。这段行程横贯三省，达二千七百余里。作者把一路上的见闻、沿途道里、山川物产、风俗民情、城池关隘、掌故传说、人物轶闻、庙寺碑碣、风景古迹，引古征今，详悉记载下来，写成了这本日记，冠以《据鞍录》之名。清末学者缪荃孙对该书极为推崇，说“此录历叙道路、风景，考证古迹，搜访金石，令人想见升平气象。松门累代封疆，未由科目出身，文笔雅洁可爱，纨绔自安之辈，相对亦应愧死”。[1] 这本日记中，最引人注目的是以大量笔墨记录了作者沿途兴致勃勃地勘查古迹、访读名碑的情形。对临洮长城遗迹，伏羌大像山石窟，秦州伏羲庙、仙人崖、麦积窟，岐山周公祠，武功鸿禧观，兴平马嵬坡、茂陵，西安碑林、慈恩寺，临潼华清旧宫，华阴岳庙，华山，等等，都有绘声绘色的记录，生动具体地向我们展现了二百八十多年前这些文物古迹的景观，不仅能帮助我们认识祖国大西北悠久丰富的历史文明，而且对于我们今天美化西北大地，修复历史遗址，发展旅游事业也有不可低估的价值。

考稽古籍，引证诗词，访问耆老乡民，力图把所见名胜古迹的历史沿革、名称由来、地理变迁叙述清楚，订正了一些古籍记载的谬误。例如，在武功，作者拜谒了李世民的出生地庆善宫旧址——唐太宗祠，仔细观赏了后殿檐下的太宗诗碑，发现“碑石坚细”，而“趺非旧物”。天黑以后，还“举火周视，见阶前有巨碑卧泥土上，字已击损”，他用手指反复验摸，通读了这块宋人游师雄立的“初建唐太宗祠碑”，知道了寺宫的沿革。然而，碑内叙述寺在城南，如今寺却在城北，作者百思不得其解。通过询问乡老，又检阅旧碑侧小跋，才知道该寺原在县南十八里的旧谷口镇，南临渭水，后“因水患，将此祠材木并旧碑悉辇来置此，故碑趺不称”（七月十五日记）。我们知道，顾祖禹《读史方舆纪要》卷五十四轻信传闻，以为该宫“今没于渭”。两相比较，实地调查对历史地理研究的重要价值昭然若揭。

[1][清]缪荃孙《据鞍录·跋》，载《藕香零拾丛书》第11册，广陵书社1982年版。

注重对明末清初战争遗迹和轶闻的调查，是《据鞍录》的又一特色。顺治五年（1648年）回籍军官米剌印、丁国栋在甘州（今甘肃张掖）的反清起义，康熙十三年（1674年）陕西提督王辅臣的叛变，都是发生在甘肃的重要战争。杨应琚东行途中，屡经其中的重要战场，他都仔细勘查战争遗迹，采访战役情况，搜集民间异闻。在兰州，途经镇远浮桥，他考订得知王进宝由西宁进军兰州，并非如一般说法由镇远桥，而是由河会城用皮囊木筏渡的黄河。巩昌，曾是米剌印、丁国栋军与孟乔芳部大战之处，也是王辅臣与张勇鏖战之地。杨应琚访查到米、丁起义得到了巩昌回民的响应，而孟乔芳是用骑兵“衔枚疾走、乘夜袭营”的手段偷袭起义军，使起义者“死尸枕藉”，大伤元气。王辅臣叛军据城时，竟将城内“搜括无遗”，又“分钞旁邑”，使当地人民遭受了惨重的灾难，以至六十年后城内还“楼橹残缺，墉垣圮损，终不及往时”。在秦州，他“询国朝秦、陇遗事。”九十余岁的“老革孟芝兰”向他详细地回忆了康熙十三年（1674年）吴三桂总兵陆道清据守该城，与清扬威将军阿密达等所率清军反复周旋争夺的历史，该孟“且能言诸将军之形貌性情，历历如绘。至士女所罹锋镝之苦，将卒餐冰饮血之艰，不禁泪下”（七月八日记）。作者距事件时代未远，又录自当事人的口述，所以这些材料有相当的可靠性，可作研究清初西北历史的参考。

对西北山河、风俗民情的生动描绘，是《据鞍录》的又一内容。在《据鞍录》中，杨应琚以雅洁的文笔，向我们展示了西北河山的壮丽、民情的纯厚。在兰州，作者登五泉寺游玩。日记中写道：“山峻耸，左右蜿蜒如张翼，五泉自两腋出，雷奔云泄，汇流成渠。自寺右山径登阁，凭阑俯视，黄河如带，郡城楼橹历历可数。灯夕坐眺，恍然赤霞。自南郭外至山下四里，水甘土肥，园畴平衍，东阡南陌，路净如扫。春时梨杏甚盛，白屋青帘，人往来夕照中，望之正如图画。阁侧有小屋一间，窗户洞开，逼近左腋泉。瀑下多乱石，丛筱乔木，杂生其间，自高而下。每月夕来观，如造异境。自阁右崖腹支径侧足登梯而上，为石佛殿，皆依峭壁架空为阁，下即右腋水泉。佛像甚古，年代不可考。穷目更远，泉声上射，直入耳根。炎夏坐久冷然，善也”（六月二十八日记）。这篇游记，时而磅礴开阔，时而袅袅娟秀，虚实相生，移步换形，实在难得。作者对沿途民间习俗的访查，也给民俗史研究留下了宝贵的资料。甘肃中部干旱地区向有饮用涝池水的习惯，但极少为名人注意。杨应琚记下平番“地艰于泉，过客俱饮用涝池水。涝池者，掘地为凹，以积雨雪，人畜共之”（六月二十四日记）。这大概是关于涝池最早的记述文字吧！

作者在书中一般只以记录闻见为限，寓情于景，绝少议论。但偶有议论，却又颇具卓识，能给我们不少启示。此外，书中对沿途道里、物产的记录，官场应酬的描述，寺僧生活的叙评等，对于研究清前期地理、职官、经济、宗教，都有一定的参考价值。

书中也偶有考订不精和误记之处。如六月二十一日言“碾伯县即唐之湟州”，其实碾伯唐为鄯州，是陇右节度使治所，宋元符二年（1099 年）才建为湟州。又如临洮长人现于秦始皇二十六年（前 221 年），他却记为三十六年（七月三日）等。

《据鞍录》一书现存两种刊本。甘肃省图书馆藏有软体字刻本一册，计四十双页。通高二十六公分，阔十六公分，无框，书口有“据鞍录”三字，无扉底页及刊刻记录。查书中讳改康熙帝名之“玄”字，如将“唐玄宗”改为“唐元宗”；讳改乾隆帝名之“弘”字，如将“唐弘夫”改为“唐宏夫”；

讳改乾隆帝名之“历（曆）”字，如将“庆曆”改为“庆歷”，不讳道光帝名之“宁”字（缪荃孙本讳“宁”字，减笔加圈刻为“寍”），是知其为乾隆、嘉庆间刊本。孙殿起《贩书偶记续编》地理游记类著录该书，云：“有乾隆间精刻本”，或即此本。又，光绪末年，缪荃孙刻《藕香零拾丛书》，将《据鞍录》作为罕见书辑入。该本刻工粗糙，错误较多，但比乾隆精刻本增数字，或其另有所据。

对本书的校勘，以乾隆精刻本为底本，用“藕香”本参校，还检阅了有关史籍、方志等。校勘时，只对底本中的明显脱讹和避讳、通假、异体字作了个别改正，改正之法是，凡改正之字或补加字都加六角号〔〕表示，应删之错别字则用圆括号（）小一号字体表示，如〔匾〕（扁），一般则加校勘说明。另外，对书中的难字、生词、历史典故、人名、地名进行了注释。校勘语及注释皆于页下混排。

二

《谥法备考》是杨应琚撰辑的谥法著述。

谥法，又叫易名典，是古代有地位的人死后根据其一生的功过是非，评定褒贬而给予的称号。人一生的行事有善、有平、有恶，谥号也有美谥、平谥和恶谥。事迹突出，可以得到美善的谥号，而彪炳千秋。事迹一般，只能得到普通的谥号。做尽坏事，就会给一个丑恶的谥号，使其遗臭万年。谥号授予者为朝廷的称公谥，其他的称私谥。古代中国被称为礼义之邦，一向宣称以忠孝仁义治国，以教化治人。谥法，就是贯彻礼义教化的一项重要制度，被称为国之典礼，受到历代统治者的重视。谥法，自西周中期以后产生，直至清朝末年，被沿用近三千年，不仅对人们的行为心理和公众是非价值观的构成产生了深刻的影响，而且对古代社会的稳定起到了微妙而不可忽视的作用，是绵远流长的中国历史文化遗产的组成部分。

古代社会，谥法是一门显学。《春秋》三传和《礼记》中，就有许多谥法的内容。战国中期，儒生假托周公撰成的《逸周书·谥法解》，被历代礼官及学者视为周公所著的谥法经典，而称之为《周公谥法》，竭尽尊奉。东汉以后，官府和学者们为了礼仪和教化的需要，撰写了一百种以上的谥法著述。杨应琚撰辑的《谥法备考》就是其中的一种。

杨氏《自序》称："伊川程子曰：'为政至要，莫先于谥法。'余承乏湟中，公事之暇，因取诸家谥法并经史诸集，有涉谥法者，汇而辑之。首谥法，次讨论，次事实，自周至明，灿若列眉。篝灯手录，数年乃成，颜曰《备考》，以备国家采择云尔。"从书中资料采摘的广泛程度看，杨氏到西宁任上携带的经史子集诸书颇众，而西宁道的职事比较清闲，所以他能在公事之余，撰录出《西宁府新志》和《谥法备考》这样需要广泛征引和考证的著作来。而他撰辑该书的目的与一般学者不同，是为了"上佐朝廷议谥之典，下垂百世激劝之方，其关于世道人心者甚鉅"，其政治思想动机十分明确。可惜乾隆皇帝因人废言，在其后编辑《四库全书》时，竟然连杨氏的任何一种著作都未收录。

《谥法备考》卷前有陈弘谋序、杨氏自序及凡例九条，全书六卷，分谥法一卷、谥法总论一卷和谥法指实四卷。

谥法一卷，即谥号释义。杨应琚认为谥法始于周公，故本卷辑录，以《周代谥法》（古代谥法著述一般称其为《周公谥法》）为主，兼采东汉刘熙、南朝梁贺琛、唐王彦威及宋苏洵诸家著述，辑录了历代有关谥字190个，谥解418条。所有谥字按善、平、恶顺序排列，共列有141个善谥用字、13个平谥用字、36个恶谥用字。每个谥字，都列出历代有价值的解释，且附以重要谥法著作中对该谥解的进一步注解，以帮助读者更好地理解该谥字的意思。如“穆”字谥下列谥解两条：

布德执义曰穆。《周法》，穆，纯也。刘熙曰，穆，和也。德义人道之贵，能布行之，以此致雍和之化，故曰穆。

中情见貌曰穆。《周法》，性公露也。苏洵云，《诗》曰，穆穆文王，于缉熙敬止。又曰，穆穆鲁侯，敬明其德。夫唯有于内而见于外，而后可以为穆也。

其中的“布德执义曰穆”“中情见貌曰穆”都是《周公谥法》的原谥解。在考据学盛行的乾隆年间，杨氏没有将该文献神话，因为他从归有光的研究中已经知道《周公谥法》实仍“后人附会”，但由于“诸家谥法皆祖于此，字挟秋霜，千金难易。如《尚书》古文，议者虽多，终不能废云”。所以在书中他既不否定其在谥法实行中的崇高地位，又避免直称其名，而改称为《周代谥法》或简称《周法》，可见其治学的求实态度。后边的“《周法》，穆，纯也”，是《周公谥法》中晋孔晁的注。至于后边的“刘熙曰”“苏洵云”则是二位学者对该谥字的进一步解释或研究。杨氏言：“诸家《谥法》，惟刘熙、苏洵为善”，所以他采用的也最多，仅刘熙之解就收有22条，苏洵之解102条。晋刘熙的《谥法注》一卷，选取《谥法解》中76个谥字，为之作注，颇多精义。但刘氏原书早已佚失，其注只在苏洵《嘉祐谥法》自注中引有22条，在残存《永乐大典》之卷一三三四五之元《经世大典·谥》中引有68条。怀疑杨氏也未见刘熙原书，而是由苏洵著作中所转引。所列谥解，都经过杨氏慎重选择，而非率尔为之多多益善。

例如苏洵用老子言新补的“自胜其心曰强”，他就不予列入，却在卷一中新补了7条谥解。如苏洵《嘉祐谥法》中新增一“端”字谥，其解为“守礼执义曰端”。杨氏新补“正直中立曰端”的谥解，其自注称:“新补。按《说文》‘端，直也，正也。’《礼·曲礼》‘振书端书于君前。’《玉藻》‘目容端。’《贾谊传》‘选天下之端士、孝弟、博文有道术者，以卫翼之。’盖正直则中立矣。”可谓有助于谥法矣。

杨氏言:“是编内分‘总论’与‘指实’为二者，一以论其理，一以论其实。”谥法总论一卷，收录了自先秦之《礼记》《周礼》《论语》《孟子》《左传》《国语》《穀梁传》《周书谥法》，汉宋之班固《白虎通》、韦昭《辨释名》、孔颖达《尚书疏》、《五经通义》、《古史考》、《册府元龟》、《路史》、司马光、程颐、尹淳、胡宏、胡瑗、王皞，明之季氏、邱浚、吴讷、黄道周等关于谥法的论说。这些论说，有论谥法产生的，如“《周书·谥法解》曰：维周公旦、太公望开嗣王业，建功于牧野之中，终葬，乃制谥叙法。”“孔颖达《尚书疏》云：《檀弓》曰：死谥，周道也。《周书谥法》，周公所作，而得有尧、舜、禹、汤”。有论赐谥一般原则的，如“古者生无爵，死无谥”。有论给谥意义的，如“先王谥以尊名，节以一惠”，“《孟子》曰：暴其民甚，则身弑国亡；不甚，则身危国削。名之曰幽、厉，虽孝子慈孙，百世不能改也。”有论谥字含义的，如“《论语》子贡问曰：孔文子何以谓之文也？子曰：敏而好学，不耻下问，是以谓之文也。”有论给谥程序的，如“韦昭《辨释名》曰：古者诸侯薨，则天子论行以赐谥。唯王者无上，故于南郊称天以谥之。”“吴氏讷曰：汉晋而下，凡公卿大夫赐谥，必下太常，定议博士，乃询察其善恶贤否，著为谥议，以上于朝。若晋秦秀之议何曾、贾充，唐独孤及之议苗俊卿，宋邓忠臣之议欧阳永叔是也。”有论谥法著述的，如“邱氏曰：按，《谥法》不见于五经，其书见于世者，有《周公谥法》，有《春秋谥法》，有《广谥》，有《今文尚书》，有《大戴礼》，有《世本》，有《独断》，有刘熙之书，有沈约之书，有贺琛之书，有王彦威之书，有来奥之书，有苏冕之书，有扈蒙之书，有苏洵之书，皆汉魏以来儒者取古谥法释以己说，而各为之法也。”举凡谥法施行之中可能遇到的主要问题都有论说，从而为以下谥法指实所列给谥实例提供了理论基础。

谥法指实四卷，列举了自春秋至明历代给予谥号的数十个典型实例。其第一例是晋骊姬之乱时，太子申生在左右为难之际，不愿出逃，而选择了自杀，以其“言行如此，可以为恭，于孝则未之有”，谥为恭世子。后如楚共王本已交代诸大夫谥己为灵或厉，在其死后，其子囊却列举父王的功绩，称其“知其过可不谓共乎！请谥之共”。东汉开始有给学者和处士的私谥，如侍中杨厚病归，以黄老之学教授弟子，死后，“乡人谥曰文父”。东晋时曾有臣谥要避讳本朝皇帝谥号的规矩，如“王述为尚书令卒，追赠侍中、骠骑将军开府，谥曰穆。以避穆帝，改曰简”。但由于皇帝谥号用字越来越多，极难避之，故而到太元四年（379 年）就不再避皇帝谥号，只是有些皇帝谥号所用极美的谥字臣谥不可用罢了。南北朝开始有改谥和追谥，如“沈约为尚书令侍中，天监十二年卒。有司谥曰文，高祖曰，怀情不尽曰隐，故改为隐。”“邵陵王纶为西魏军所败，死于汝南。岳阳王詧遣迎丧葬于襄阳望楚山南，赠太宰，谥曰安。后元帝议追加谥，尚书左丞刘谷议，《谥法》怠政交外曰携，从之。”有了驳议，如平北将军羊祉，太常议谥为景，侍中侯刚等驳曰“谥之为景，非直”，灵太后令依驳更议。太常坚持原议，司徒右长史弘烈、主簿李瑒刺称：

“按祉历官累朝，当官允称，委捍西南，边隅靖遏。准行易名，奖戒攸在，窃谓无亏体例”。尚书诏又述奏，以府寺为允，太后可其奏。唐、宋两代，请谥、驳议、追谥盛行，当诸臣与有司闹得不可开交时，则由皇帝最后定夺。如唐张说，太常初谥为文贞，左司郎中杨伯成驳曰：“谥曰文贞，何成劝沮？请下太常，更据行事定谥。”工部侍郎张九龄又议请依太常为定，众论未决。唐玄宗亲自为其制碑文，赐谥文贞，由是始定。东都采访判官蒋清死于安禄山之乱，太和三年（829 年）其外孙吏部郎中王高上闻，才予以追谥。又有对臣僚谥一字或二字孰优之争，实际上其后臣僚多数为二字谥。汉以后所列皆为臣谥，宋代则开始列有嫔妃谥、公主谥。宋京镗卒，谥文穆，其子请避家讳，改文忠，朝臣认为“若定谥已下，其子孙请再更易者，以违制论”。未从。杨氏未列金、辽两朝谥法情况。元代以后，基本不再给臣僚丑谥，而赐谥之权完全掌握到了皇帝一人手中，成为他任情褒贬的工具。在不给臣僚丑谥后，万一发现已给谥之某人的恶行，则有了夺谥的手段。如明嘉靖时实行政治改革的张居正，死谥文忠，后因中官谗言，诏夺所赠上柱国、太师，再夺谥。全书最末附以乾隆四年（1739 年）刚刚刊印的《明史·礼志·赐谥》一条，以见明代谥法之概貌。

陈弘谋赞杨应琚《谥法备考》一书是“自有谥法以来，未有如此书之提要钩玄择精语详者”，大体可信。但陈氏并不明白，杨氏书之卷三至卷五竟然几乎全部抄自《册府元龟·谥法部》，连顺序都未变，这使得陈氏的夸赞就得稍打折扣了。

《谥法备考》于乾隆十一年（1746 年）撰辑完成，由东西两溪堂以软体字刊刻。刻本玄、真、贞字缺末笔，以避清圣祖玄烨、世宗胤禛和高宗弘历名讳，不避清仁宗名讳，当为乾隆时刻本无疑。本次整理即据北京出版社一九九七年影印出版的《四库未收书辑刊》二辑第二十七册所收署名东西两溪堂刊刻《谥法备考》影印本，其所缺之卷首陈弘谋序第一、二页，以他本补齐。书中避讳字均径改为正字。书中错别字、缺佚字的改正办法是，凡改正之字或补加字都加六角号〔〕表示，应删之错别字则用圆括号（）小一号字表示，如〔商〕(商)。书中可能因系据明刊本而避明光宗常洛名讳，凡官职有常字者，如太常、散骑常侍之常，多刻为尝（甞），整理时已予改正，却不解作者为何疏忽如此。校注者对正文略有注释，且稍做校勘，校勘语及注释于正文页下混排。

三

杨应琚出生于官宦世家，曾长期随侍官至湖广总督的祖父杨宗仁和官至广东巡抚的父亲杨文乾多年，本人自雍正七年（1729 年）入仕为户部员外郎，历任处理盐务的山西河东道，掌地区司法监察的西宁道，掌一省司法监察的甘肃按察使，掌一省行政事务的甘肃布政使，主管一省军政、民政的甘肃巡抚和山东巡抚，负责河流治理的河东河道总督，地方最高长官两广总督、闽浙总督、陕甘总督、云贵总督，自乾隆二十九年（1764 年）以总督职任东阁大学士兼兵部尚书。杨应琚遍历多地要职，处理了许多重要的民政和军事要务，在许多重要问题上以诗文或奏疏的形式表达了自己的意见，其宦绩及奏疏对于治清乾隆朝政治、经济、文化、军事史，治西北、东南、西南地方史，治西部民族、边防、外交史，东南经济、民族、海交史，以及丝绸之路史，都有重要价值。基于此，作者花多年时间辑成《杨应琚年谱长编》。所录资料，分别来自于《清世宗实录》《清高宗实录》《东华续录》《国史列传》《清史列传》《国朝先正事略》《满洲名臣录》《钦定外藩蒙古回部王公表》《国朝文臣言行录》《清代七百名人传》《清史稿》《碑传集》《国朝耆献类征》《清朝文献通考》《清通典》《清通志》《从政观法录》《世宗宪皇帝上谕内阁》《世宗宪皇帝朱批谕旨》《（乾隆）御制诗》《（乾隆）御制文》《八旗通志》《平定准噶尔方略》《皇清奏议》《大清一统志》《嘉庆一统志》、雍正《山西通志》、乾隆《甘肃通志》、光绪《甘肃新通志》、《西宁府新志》、《西宁府续志》、道光《兰州府志》、《阶州直隶州续志》、《陇右方志录》、翟均廉《海塘录》、昭梿《啸亭杂录》、李岳端《春冰室野乘》、王昶《征缅纪略》、魏源《征缅甸记》、G·E·哈威《缅甸史》等三十多种，这些书除《缅甸史》外都是清人撰成的，史料价值很高。附杨氏祖孙传，包括《八旗通志》杨朝正传、杨宗仁传、杨文乾传以及《清史列传》杨应琚传。相关史料按年月编排，且略加归纳述说，以供学界参考。

汪受宽

2023年1月21日壬寅年除夕

目　次

据鞍录校注

〔清〕杨应琚　著
汪受宽　校注

据鞍录

乾隆己未[1]**六月**　余时任西宁监司[2]，奉命轮流赴京引见[3]，即装候代。

六月二十日　饭后长行[4]，兵民祖道[5]东门外，攀卧遮留，酒果杂陈，马不能步。两任湟中[6]，无寸长可录，只自愧耳。

日昳[7]，始至平戎驿[8]，此地疑即东汉所置安夷故城。按《水经注》，湟水"经安夷县[9]故城北，城有东、西门，去西平亭[10]七十里"。殊相似也。

计程六十里。

---

[1]乾隆己未：即乾隆四年，当公元1739年。

[2]西宁监司：即陕西分巡抚治西宁道按察使司佥事，简称西宁道。西宁，今青海省西宁市。

[3]引见：清制，京官五品以下，外官四品以下，由于初次任用、京察、保举、学习期满留用等，均须觐见皇帝一次，文官由吏部、武官由兵部分批引见。杨氏时为正四品道员，亦在此例。

[4]长行：犹远行。

[5]祖道：饯行。古代出远门祭道路神称祖道。后世因称饯行为"祖道"。

[6]两任湟中：指两次出任西宁道。湟中，青海省东北部湟水流域西宁周围地区。

[7]日昳：午后日偏斜。

[8]平戎驿：今青海省海东市平安县平安镇。

[9]安夷县：属金城郡。

[10]西平亭：汉代开湟中，置西平亭，属金城郡临羌县。故址在今青海省西宁市。

二十一日 五鼓行。残月在天，山河阒寂。六十里至碾伯县[1]，即唐之湟州[2]，古西戎地也。

因东路桥圮，绕道出胜番沟。经土司祁氏[3]园林，登楼小憩，树木阴翳，溪流湍激，凉爽如秋。

五十里至老鸦驿[4]。见民刈麦，籽粒肥满，妇子嬉笑，而鸡犬鸣吠，亦若助人忙云。

二十二日 黎明行。宁邑夏禾尚青，此地已筑场矣。河西山高地寒，虽刈获有先后，而岁止一收。其民侨野质朴，湟中百十年间，所谓目不识乡饮酒之礼，耳未曾闻鹿鸣之歌[5]。商贾多山、陕人，重利蕉剥。百工稍精巧者，亦他产。是以养生送死，唯赖于农，故民常苦贫。

辰刻[6]，行四十里将次冰沟驿[7]，始见山巅有林木，然亦无多，如人仰卧，颔下一二微髭也。驿中旅舍甚卑隘，多借民居以款冠盖[8]。与张令

[1] 碾伯县：今青海省乐都县。

[2] 唐之湟州，唐时无湟州。其时今青海乐都县为鄯州治之湟水县。《宋史·地理志》秦凤路乐州条云："乐州，旧邈川城，元符二年收复，建为湟州。"文中"唐"字或为"宋"字之误。

[3] 土司祁氏：或称东祁土司，世居今青海乐都县胜番沟。始祖朵尔只失结，于明洪武四年（1371 年）投明，六年授西宁卫指挥佥事，四世祁成于宣德五年（1430 年）世袭指挥同知。清顺治二年（1645 年）十三代祁国屏降清，以参与镇压米剌印起事有功，授世袭指挥同知。乾隆四年（1739 年）前后在位的是十七代祁在玑。

[4] 老鸦驿：因老鸦峡得名，明、清皆置马驿。今青海乐都县洪水乡老鸦城。

[5] 目不识乡饮酒之礼，耳未曾闻鹿鸣之歌：言湟中文化落后。古之乡学，三年业成，荐其贤者于君，由乡大夫为之设宴送行，饮酒酬酢，皆有仪式，称乡饮酒礼。鹿鸣之歌，指《诗经·小雅·鹿鸣》，为贵族宴会嘉宾的乐歌。

[6] 辰刻：约当上午八时。

[7] 次：旅行途中停留。冰沟驿：或即青海省乐都县马营乡。《西宁府新志》卷五云："冰沟，在（碾伯）县东北九十里，老鸦城北。两山壁立，鸟道中通，赴皋兰大路必由之径。泉水出山阴，冬夏不涸，常凝为冰。"明、清皆在此地置马驿。

[8] 冠盖：仕宦者的冠服和车盖。此处作仕宦的代称。

登高[1]助兴国寺浮屠于佛殿后起屋一区，为往来休息之所。寺近山，雨晨月夕，宛有幽致。

是日，仍饭于此。饭已，行一十余里，石壁弯环，皴劈如画，前监司刘公殿衡题曰[2]:“大痴”，笔意隔溪可见。渡河，抵西大通城[3]，计五十里。接凉州郡属平番县[4]界。宋神宗熙宁间，王韶使王厚收复河湟[5]，因大通河控扼夏境[6]，地形险要，乃筑塞以制夏人，即此地也。河源出塞外，与湟水合，注于黄河。水湍急，终夜有声。

二十三日 因通远驿[7]相距八十里，四鼓遂行。次驿食毕，又行四十里，至平番县。经仁寿山[8]，寺阁屋椽高插绝顶。余曾一至其处，今遥望之，始知奇险之可虑也。策马过庄浪河，河水亦与黄河会。入城，酬酢甚繁。

平番，本汉金城属国；前凉张骏分置广武郡；隋开皇初，郡废，为

[1] 张登高：江西鄱阳人。雍正八年至乾隆元年（1730—1736 年）任碾伯县知县，后迁肃州知州。

[2] 刘殿衡：字玉伯，汉军镶白旗人。康熙二十九年至三十七年（1690—1698 年）任西宁道，迁江苏布政使，后至湖广巡抚。

[3] 西大通城：今甘肃省永登县河桥镇。

[4] 平番县：今甘肃省永登县。

[5] 王韶使王厚收复河湟：王韶，北宋江州德安（今属江西）人，因上《平戎三策》受到宋神宗信用，任以西事，于熙宁六年（1073 年）收复熙、河、洮、岷、叠州，以功进资政殿学士兼制泾原秦凤军马粮草。其子王厚，字处道，少从父征战西北。以经营河湟，征服唃厮啰后裔，屡立战功，卒赠宁远军节度使。河湟，泛指黄河与湟水交汇地区，约当今甘肃临夏州周围及青海省海东和西宁市地区。

[6] 大通河：又名浩门河。源出祁连山脉东段，东南流经甘、青边境，在民和县享堂入湟水。夏：即西夏。

[7] 通远驿：今甘肃永登县通远乡。

[8] 仁寿山：在今永登县城西。

广武县。《元和志》[1]曰:“广武县至兰州二百廿五里。”[2]今路正相等。兹邑北径五凉[3]，东连银、夏[4]，西达湟水，南逼金城[5]。有新、旧城，满汉弁兵防守。

是夕避喧，宿于距县南十三里之牧牛庵。寺僧寂照，人短小精悍。寺无寸土可耕，敝衣草履，而造屋数层，历阶皆十余级，垲爽华洁，尚兴修未艾。惜乎！毕生精力，殚于土木。俾为士民，宁非克家子[6]耶！钟声悠然，佛灯明灭，遥忆慈帏[7]，路隔数千里。坐久始睡。

二十四日　四更离寺。胧胧月色中，一路闻田水声可喜，遂于马背梦乘舟泛江湖。惊寤，几堕马，始知梦寐乃触境而生也。辰未，次红城驿[8]，已行七十里。夹道皆水田，并[9]渠多丛木高柳，村舍错置，行者改观。然平邑供支甚夥，美田唯此一带，余多系山坡荒野，民以此苦之，而往来冠盖不知也。离县城几三十里，道傍有清水一池，径[10]围数丈，细泉上出如喷珠，甘腴绀洁，游鱼鬐尾可指，乃居民弃诸路侧，饮牛羊而已，

[1]《元和志》：即《元和郡县图志》，唐李吉甫所撰全国地方总志，四十二卷。

[2]广武县至兰州二百廿五里：《元和郡县图志》卷三十九云：“广武县南至（兰）州二百二十五里。”杨氏引文脱一“南”字。又《蕅香零拾丛书》（以下简称《蕅香》）本“廿”为“二十”。

[3]五凉：公元317—439年间，西北继起的前凉、后凉、南凉、西凉、北凉政权，史称五凉。此处代指河西走廊地区。

[4]银、夏：银州、夏州。此处泛指今宁夏及陕西西北部。

[5]金城：指今甘肃省兰州市。汉昭帝始元六年（前81年）设金城都，治允吾。隋朝时金城郡治金城县，在今兰州市区。

[6]克家子：古称能继承父祖事业的子弟为克家子。

[7]慈帏：或作“慈闱”，古时母亲的代称。

[8]红城驿：今甘肃永登县红城镇。

[9]并：同傍，沿着。

[10]径：《蕅香》本作“经”。

悲夫！

自红城至苦水驿[1]五十里，苦水至皋兰县[2]沙井驿七十里。如由咸水河一路，则近二十里。是日，住宿咸水河南之哈家嘴[3]。焦土硗田，汉、土居民仅二十余家。时随行役夫告余曰:“此径身自黄口[4]以至白发，行五六十年，未曾一至苦水。”相较近远，不过二十里，而终身不由，可知世人趋便之心，亦如水之就下，不可强也。地艰于泉，过客俱饮涝池水。涝池者，掘地为凹，以积雨雪，人畜共之。

二十五日 早起，五十里至沙井驿，始见黄河。沿河行，或近或远，抵金城关[5]。石岸夹束，河如建瓴。《水经注》云:“河水自枹罕[6]赤岸又东，洮水注之。又东，过允吾县南。又东，湟水注之。”枹罕，即今河州地。允吾，读如〔鈆〕(铅)牙[7]，其故城在今皋兰县西关[8]。北有王保保城基[9]，即元扩廓帖木儿据州时筑。度舟梁[10]，登望河楼，波涛澎湃，

[1] 苦水驿：今甘肃永登县苦水镇。

[2] 皋兰县：清乾隆三年（1738年）改兰州为皋兰县，迁府治于县，即今兰州市。

[3] 哈家嘴：今甘肃永登县树屏镇。

[4] 黄口：本指雏鸡，此处借指儿童。

[5] 金城关：在今兰州市中山铁桥西北金山寺下，傍山临河，是古代通往河西、新疆和青海的咽喉之处。

[6] 枹罕：古郡、县名，地在今甘肃临夏市东北。

[7]［鈆］(铅)牙:乾隆精刻本及《蕅香》本皆误为“鉛牙”,据《汉书·地理志下》应劭注改。

[8] 允吾在今皋兰县西关：汉之允吾在今兰州以西湟水下游南岸，不在兰州西关。

[9] 王保保城：王保保即元将扩廓帖木儿，封河南王。1368年，明兵至太原，扩廓帖木儿弃城西走甘肃，攻兰州。今兰州白塔山东有其筑城遗址，民间称为王保保城。

[10] 舟梁：连结木船而成浮桥。明、清时兰州黄河浮桥名镇远桥，在今中山铁桥附近。清刘于义《河桥记》云：“兰州当两河孔道，绾东西来往之襟喉，而城之北面即枕黄河，车马辐辏，络绎不绝，咸赖桥以济。河桥之制创自明初，编联二十四舟，浮于河面，中空水道，架以横梁，上铺平板，旁挟红栏。东西两岸，各立二铁柱，縆以铁锁〔索〕二条，各一百二十丈。又立木桩数根，大草索数根，夹护贯船，平直如弦，随波高下。纵怒涛浊浪奔雷卷雪，任其盘涡于船底，而上则人马通行，如履康庄坦道，制甚善也。”

甚可壮也！土人以此为王将军进宝[1]渡河击贼处，非是。将军昔任西宁总兵官，闻信由小径星驰于河会城，用皮囊渡河，即今张家河湾[2]，距皋兰一百一十里。较大路近二日，故迅速奏功。

入城，谒抚军[3]，会司、道、府[4]，倅往还，至二鼓始散。

府城距沙井驿四十里。

二十六日 群集于包观察虞亭公署。

二十七日

二十八日 集临洮道署。较射，看郭监司恬庵作大字[5]，绝不经意，而结构遒紧，功力深厚所致也。

旋出城南，游五泉寺[6]。寺在皋兰山麓。汉霍去病击匈奴至皋兰山

[1] 王进宝：字显吾，靖远卫（今甘肃靖远县）人，康熙十三年至十五年（1674—1676 年）任西宁镇总兵官。康熙十四年二月，兰州城为反叛的王辅臣部将赵士升所陷，王进宝奉命进讨。帅军由小道赶往兰州，至张家河湾，于是结皮囊为筏，冒险夜渡黄河，抵龙尾山，与敌在兰州城外大战。拔金县、安定，克临洮，复兰州城。以功晋奋威将军。

[2] 张家河湾：在今兰州市红古区达川乡境。

[3] 抚军：巡抚的别称。巡抚为一省之长。此时，甘肃巡抚名元展成。

[4] 司、道、府：司指甘肃布政使司和甘肃按察使司。布政使为一省民政、财政和人事长官，时由徐杞任。按察使为一省司法长官，时由包括任。道，指道台。府，指知府。时临洮道、府皆驻兰州城。

[5] 郭监司恬庵：兰州道台郭朝祚，字恬庵，汉军正白旗人。

[6] 五泉寺：在兰州市皋兰山北麓，因有甘露、掬月、摸子、惠、蒙五泉得名，1949 年后辟为公园。

下[1]，即此。山峻耸，左右蜿蜒如张翼，五泉自两腋出，雷奔云泄，汇流成渠。自寺右山径登阁，凭栏俯视，黄河如带，郡城楼橹历历可数。灯夕坐眺，恍然赤霞。自南廓外至山下四里，水甘土肥，园畴平衍，东阡南陌，路净如扫。春时梨杏甚盛，白屋青帘，人往来夕照中，望之正如图画。阁侧有小屋一间，窗户洞开，逼近左腋泉。瀑下多乱石，丛筱乔木，杂生其间，自高而下。每月夕来观，如造异境。自阁右崖腹支径侧足登梯而上，为石佛殿，皆依峭壁架空为阁，下即右腋水泉。佛像甚古，年代不可考。穷目更远，泉声上射，直入耳根。炎夏坐久冷然，善也。主僧有田可赡，不来迎宾[2]，而游人亦鲜至此。

二十九日 友人招饮于藩署[3]，即邀徐方伯集功[4]陪。公雅量，觞政肃然。余幸射覆花连中，未至污衵。

晚，骤雨，即止。

---

[1] 汉霍去病击匈奴至皋兰山下：《汉书·霍去病传》载，元狩二年（前121年）骠骑将军霍去病率领万余骑兵出陇西，历五王国击匈奴。转战六日，过焉支山千余里，在皋兰山下与匈奴鏖战，大获全胜。关于其中之皋兰山的方位，诸说不一。王先谦《汉书补注》卷五五认为“是皋兰山盖在张掖塞外”。顾祖禹《读史方舆纪要》卷六十认为“皋兰山，(兰)州南五里，州之主山也。山下地势平旷，可屯百万兵。《汉书》霍去病为骠骑将军击匈奴，屯兵皋兰山下，即此”。据陶保廉《辛卯侍行记》考证，霍去病击匈奴之皋兰山系今张掖北境合黎山。顾氏书还记录了五泉来源的一个传说：“相传去病屯兵时，士卒疲渴，以鞭卓地，泉涌者五。隋因以山名州，后又以五泉名县。”《水经注》记有梁泉的传说：“河水又东南，迳金城县故城北。《十三州志》曰：‘大河在金城北门，东流有梁泉注之。泉出县之南山。’按耆旧言：梁晖，字始娥，汉大将军梁冀后，冀诛入羌。后其祖父为羌所推为渠帅，而居此城。土荒民乱，晖将移居枹罕，出顿此山，为群羌围迫，无水。晖以所执榆鞭竖地，以青羊祈山神，泉涌出，榆木成林。其水自县北流注于河也。”

[2] 主僧有田可赡，不来迎宾：杨应琚有《望海潮·自湟中寄皋兰五泉寺僧》词一首，云：“百二秦关，三河（古湟中地——原注）五郡，金城历代岩疆。一时都会，往来冠盖，游观此地为常。五代散花场，剩危楼杰阁，金碧雕戕。长岭犹龙，黄河如带，抱城厢。斜阳极目苍茫。有飞泉五道，千树青杨。南阡西陌，桃红梨白，春来士女如狂。一径马蹄忙。曾记当元夕，来宿山房。城市万家烟火，独对月光凉。”

[3] 藩署：布政使衙门的别称。

[4] 徐方伯集功：方伯，三代地方诸侯之称，明、清指布政使。徐杞，字集功。

七月一日 由南路临洮行，郡城诸君皆送至西郭外。北路走金县[1]，较近。余因临洮为先清端公[2]旧治，欲往一观耳。行二十里，友人屠文山候于杏园，树下设瓜果，语良久而别。

四十里至阿干峪[3]。居民皆以陶为业，墙角屋脊皆瓻器焉。徐方伯遣使馈餐。

又行三十里，住摩云岭驿[4]。岭矗入云，上有关，今废。

二日 四更起，毕宿下插路，高下秉炬，行至沙泥驿六十里。再行五十里，宿新店堡[5]。宋时为河西路必争之地。

沿途见洮水，村民藉以灌田。《水经注》“洮水自狄道[6]会大夏川水[7]，又北，冀带三水，乱流北入河。”其桓水[8]在洮州[9]。《禹贡》“西倾因桓是来”。

午饭，日尚早，闲步村外，见赤云如山。

三日 早行，四十里至临洮。今为州治，郡守移于皋兰，州仍属焉。秦始皇〔二〕〔三〕十六年，有十二人，各长五丈，足履六尺，见于临洮，

[1] 金县：今兰州市榆中县。
[2] 先清端公：杨应琚祖父杨宗仁谥清端，康熙五十年（1711 年）任临洮知府。
[3] 阿干峪：今兰州市七里河区阿干镇。
[4] 摩云岭驿：在今临洮县中铺镇摩云关下。
[5] 新店堡：今临洮县辛店镇。
[6] 狄道：旧县、郡名。秦时始置，在今甘肃临洮县。清时狄道州治临洮城。
[7] 大夏川：即今大夏河，黄河上游支流，在今甘肃临夏境。
[8] 桓水：今名白龙江。
[9] 洮州：北周始置，清乾隆初洮州卫治今甘肃临潭县东新城镇。

以为瑞[1]。魏正元二年[2]，王经与姜维战于故关原[3]，不利，皆此地。然古临洮地广，新、旧洮州[4]皆是。国朝奋威将军王进宝乘雪夜破临洮，父老犹能指示其处。

有白发者数人，迎于马首，云皆亲受先清端公恩惠者。入城，住唐宝刹寺[5]，前明改为圆通寺。观者如堵墙，笑曰："此前郡守杨公孙也！"

少憩，出东门，登凤台[6]，谒杨忠愍公祠[7]。壁上诗词甚夥，亦有先清端公题牓，并手植稚松，今已径围尺余矣。侧又有双忠祠[8]，奉邹兰谷、张舜卿两先生木主[9]，亦有先清端公题额。兰谷先生劾严世蕃一疏，

[1] 始皇〔二〕(三)十六年……以为瑞：原文"三十六年"，系"二十六年"之误，据改。《汉书·五行志》："秦始皇二十六年，有大人长五丈，足履六尺，皆夷狄服，凡十二人，见于临洮，天戒若曰'勿大为夷狄之行，将受其祸'。是岁，始皇初并六国，反喜以为瑞，销天下兵器，作金人十二以象之。"

[2] 正元二年：乾隆精刻本脱"二"字，据《藕香》本补。正元，系魏高贵乡公年号，二年当公元255年。

[3] 王经与姜维战于故关原：王经，曹魏雍州刺史。姜维，蜀汉征西将军。故关原，在临洮城北三十里，为汉时边关，因称。此战详情，可参看《资治通鉴》卷七十六曹魏高贵乡公正元二年八月条。

[4] 新、旧洮州：新洮州当指清乾隆三年新设狄道州，主要包括今临洮县地。旧洮州，指北周至明朝的洮州，辖境大体为今甘肃临潭、卓尼等地。

[5] 唐宝刹寺：在旧临洮城东北，传为唐尉迟敬德监修，明永乐间重建。

[6] 凤台：在今临洮城东岳麓山上，又名超然台。清吴镇《重修超然书院碑记》云："东去狄道城二里许为岳麓山。山之麓有台。三面壁立，而其上如砥，登之则临川百里了若指掌，洮水潆洄，宛在足下，故谓之超然台。"明嘉靖三十年（1551年），杨继盛建超然书院于此。

[7] 杨忠愍公：杨继盛，明容城人，嘉靖二十六年（1547年）进士。官兵部员外郎时，上疏论开马市"十不可，五谬"，得罪大将军仇鸾，下锦衣狱，贬为狄道典史。在临洮，他倾囊创设书院，开煤窑，引洮水，去浮粮，清积弊，调解番汉关系，颇多善政。仇鸾死后，继盛一年之内四迁，官兵部武选司。又上疏劾权相严嵩"十大罪，五奸"，下狱，弃市。嵩败，赠太常少卿，谥忠愍。《明史》卷二〇九有传。杨死后，临洮人在州西城外建忠愍杨公祠。后因洮水浸城，康熙年间，知县娄玠移像于超然台后。

[8] 双忠祠：清顺治九年（1652年）建于超然台北，以祀明人邹应龙、张万纪。

[9] 邹兰谷、张舜卿：邹应龙，字云卿，号兰谷，皋兰人。任御史时，弹勒严嵩之子严世蕃，明世宗因之迫严嵩致仕，诛严世蕃。邹官至兵部侍郎，因被太监谗构，削籍，卒于家。《明史》卷二一〇有传。张万纪，号兑溪，字舜卿，临洮人。嘉靖二十六年（1547年）进士。上疏劾严嵩党羽尹耕。明世宗在西城建醮，大小官吏都前去进香，张万纪独不往，廷杖四十，仍上疏谏之。又上疏救杨继盛，被严嵩贬为庐州知府。后又借星变考察，将其落职。归乡四十年，自号超然山人。万历十五年（1587年），九十七岁死。

已彰彰在人耳目。至舜卿先生救忠愍公之疏，有云："朝士多慨忠冤未伸，权贵陷井孤臣之由控诉无门。"又曰："权贵一朝可肆，四海是非公道难移。"不愧为忠愍公同年友矣。先生即狄道人，名万纪。任吏科时，弹严党郡守尹耕，并疏铨法乖谬。其为给事中也，值明世宗建醮[1]西城，先生执不进香，廷杖臀肉尽落。因疏理忠愍公冤，挤陷外补。后以星变考察夺职，归家奉亲，九荐不起。著有《超然山人集》《让学语录》。忠愍公遇害，狄道士庶设像祀建超然书院，今壁间尚有舜卿先生《哭公诗》。呜呼，其痛心为何如，亦可谓死者反生生者，不愧乎其言矣！

回寓，往拜州牧[2]，仍居旧府署，堂宇闳壮，庭槐数百年物，(扁)〔匾〕额皆先清端公所书。随侍老仆一一为余指告，瞻溯久之。

出赴北极观，看古石碑[3]。碑高二丈，广六尺，厚如广之半。岌岌欲坠，字皆剥蚀。询诸士人，曰："故老相传：文皆隶书，额刊兽物，跌列怪形，乃唐西平王李晟平定羌戎所建。"然亦无可考也。

访城西西湖[4]，已塞为平土。唐岑参《临洮泛舟诗》有"池上风回舫，桥西雨过城"之句。今洮水桥在城西，想水有迁移耳。秦筑长城亭障，堑山堙谷，通直道，延袤万里，始于此地，至今有遗址可望。王翰《长城吟》云："回来饮马长城窟，长城道傍多白骨。问之耆老何代人，云是秦王筑城卒。"哀哉，始皇不足论，蒙恬乃秦世臣名将，而阿意兴工，轻视民力，兄弟卒不免于诛，何哉？

---

[1] 建醮：僧道为禳除灾祟设的道场。

[2] 州牧：清时知州之别称。时狄道知州名张儒，字文斋，蓬莱人。

[3] 北极观古石碑：观在旧临洮城内南大街西，碑字剥落，清初仅有"丙戌哥舒"四字可辨。有人以为唐哥舒翰纪功碑，有人认为李晟立碑，哥舒翰作书。

[4] 西湖：在狄道城西南二里，湖有清泉数眼，景色宜人。"西湖晚照"为洮阳八景之一。后干涸，明清已为平地。

四日　行五里，过东峪河，水亦入洮，殆即郦注所谓“翼带二水”者欤。

至窑店驿[1]六十里，居民仅数十家，亦无店肆。饭于官廨，上漏旁穿。

又行五十里，抵鸟鼠山[2]下。《山海经》云:“兹山其阳多金，其阴多玉，其土多丹臒。”《尔雅》[3]云:“其鸟名鵌，其鼠名鼵。”郭璞[4]曰:“鵌似鵽而小，黄黑色;鼵如人家鼠，而短尾。”孔安国《书传》[5]:“鸟鼠共为雌雄，同穴处此山，遂名。”汉《地理志》[6]:“首阳县有鸟鼠同穴山。”细询土人，云：“相传穴入地三四尺，鼠在内，鸟在外，各自生育，不相侵害。”较前说近理。《禹贡》:“导渭自鸟鼠同穴。”《水经注》:“渭水出南谷。”今审源流，渭水本出南谷山[7]，山在渭源县西二十五里，至鸟鼠山导而东转耳。首阳县即渭源汉时旧名。

又行十里，至县城。渭源堡在县西北冈上三百步许，宋王韶屯兵处。城内居民仅数百家，盖屋皆以乱石压木片，仅蔽风雨，板屋之故俗也。蔬菜俱无，彫败可念。

[1]窑店驿：今临洮县窑店镇。

[2]鸟鼠山：在今甘肃省渭源县西南，为秦岭西段山峰之一，海拔2609米。

[3]《尔雅》:为汉代经师训诂儒家五经之作。

[4]郭璞:字景纯,河东闻喜人。东晋文学家、训诂学家。所作《尔雅注》《尔雅音》《尔雅图》等，集《尔雅》学之大成。

[5]孔安国《书传》:孔安国，西汉古文经学家，孔子后裔。相传鲁共王拆孔子旧宅，发现用先秦文字书写的《尚书》《左传》等书。孔安国将《尚书》用隶书重新摹写，作了一些新的解释，开创了古文尚书学派。南朝梁以后，流行《孔传古文尚书》，有署名孔安国的序和注，有人考证其为后人伪托之作。

[6]汉《地理志》:指《汉书·地理志》,系古代“正史”之第一个全国地理总志。乾隆精刻本“理”作“里”字，据《萬香》本改。

[7]渭水本出南谷山：渭水今名渭河，源出鸟鼠山支峰南谷山之三眼泉。

五日 鸡三号起，行五十里至熟羊城[1]。城约二里余，四围尚壁立。宋皇祐[2]初所筑，以其功速，谓之熟羊城，如羊熟而城就也。《郡志》为首阳，镇因县名也。《县志》云“康熙二十七年六月，熟羊城一带有五色云降于草木，云可手掬，以口吹之墙壁，烂然可观，逾时方散。”

又行四十里，至巩昌府[3]。是日常涉渭水。近城仰见仁寿山[4]，楼阁金碧，参差可喜。入城酬酢冠带移时。住万寿寺。东向一殿甚雄，相传唐时所建，了无碑碣可考。余地皆众僧割据，造屋取赢，守为世业，谓之“房头”，亦可笑也。

巩昌，秦时之陇西，汉时之天水南安[5]，古今大郡也。国朝顺治五年夏四月，逆回米剌印[6]等攻陷临洮州县，进至巩昌，叛回应之。总督孟公乔芳[7]闻报，遣马宁、张勇率五百骑，衔枚疾走，乘夜至城下袭营，贼惊扰，自相击杀，死尸枕藉，遂平之。康熙十三年冬十月，提督王辅臣叛，遣伪总兵朱龙、陈可、郑元经、王有禄入城据守，搜括无遗，分抄旁邑。十四年闰五月，靖逆侯张公勇、将军穆公成格、巡抚华公善、

[1] 熟羊城：今陇西县首阳镇。

[2] 皇祐：宋仁宗年号，当公元 1049—1054 年。

[3] 巩昌府：清隶甘肃省，领七县一州一厅，治今甘肃陇西。

[4] 仁寿山：在陇西县城南。

[5] 巩昌，秦时之陇西，汉时之天水南安：陇西县秦汉时为襄武县，属陇西郡，时郡治于狄道，即今临洮。东汉中平五年（188 年）分汉阳郡设南安郡，治獂道县，在今陇西县三台乡。隋开皇三年（583 年）废。

[6] 米剌印：清初西北回民反清斗争首领。甘州（今甘肃张掖）回籍军官，联合丁国栋等人，于顺治五年（1648 年）四月起事，次年十一月失败。

[7] 孟乔芳：字心亭，奉天汉军镶红旗人。顺治三年（1646 年）任兵部右侍郎兼右副都御史总督陕西三边事务，镇压李自成部下贺珍军、米剌印丁国栋回民军，平定了其他反清武装，招抚了西北少数民族首领。后以老病乞休，卒谥忠毅。

总兵孙公思克合兵讨贼[1]。围城两月，犹虞士民无辜横罹锋镝，不忍急攻，屡使人招降。贼疑不敢出，乃遣前邑令陈辕[2]来抚，民胥纳款，贼不得已乃降。六月二十八日开镇羌门迎侯[3]。自是后，国家培养六十余年，已渐致蕃庶。然楼橹残缺，墉垣圮损，终不及往时云。穆将军，人称为细狗将军者是也。将军骁勇无伦比，性喜田犬，虽矢石如雨之际，牵挽抚弄，亦不离左右云。

陇西为巩属首邑。《汉书》云："陇西山多林木，民以板为室屋。"至今犹然。民俗好稼穑，水草宜畜牧。陇邑有耕天村，其田曰云下田。古谚云："郎枢女枢，十马九驹。安阳大角，十牛九犊。"其宜畜牧可知也。

李贺故里在城南二里袁家坪[4]。是日立秋。

六日 饭于四十里铺之官廨，屋梁将倾，以一木支之，可危！行十里，至沙湾。有大碑一，白洁细润，非近山产也。但尘埋已久，仅余额篆，乃元太师巩昌安懿王完泽[5]墓碑也。又行十里，至广吴山[6]下。宋所置广吴城犹有遗址。广吴河绕其下，流入渭。山斗峻，上下五里。又二十里至宁远县[7]宿。始见稻田，一路闻莺声。

---

[1] 张勇：字飞熊，陕西汉中府洋县人，官至甘肃提督加靖逆将军。穆成格：名占，纳喇氏，满洲正黄旗人，官至正黄旗蒙古都统、议政大臣。华善：伊尔根觉罗氏，满洲镶黄旗人，时任甘肃巡抚。孙思克：字荩臣，汉军正白旗人，时任甘肃总兵。

[2] 陈辕：名万策，为王辅臣总兵。孙思克兵进秦州，他率兵出降。清军攻巩昌不下，遣陈万策进城招降。

[3] 迎侯：侯指围城清军统帅靖逆侯张勇。

[4] 李贺：唐代大诗人，诗作想象力丰富，构思奇特，富于浪漫色彩，年仅二十七去世，自称陇西人。

[5] 完泽：元初官僚，土别燕氏。世祖至元二十八年（1291 年）为中书右丞相，革弊政。世祖遗诏其迎成宗继位，时以贤相称之，谥忠宪。

[6] 广吴山：在今甘肃武山县西二十里，宋所置广吴城在山下，今称广武坡。

[7] 宁远县：今甘肃武山县。

七日 蚤行，明星未落，日脚渐红，渭水屏山，时隐时见。客人自以为早，而村农驱牛入田矣。问，种冬麦。河西地寒，唯种春麦暨燕麦，燕麦草饲马最宜。此一带又有玉麦，然二种皆系秋田，色味亦逊，麦之支庶也。

三十里次落门镇[1]，即古落门聚。汉建武十年，来歙攻降隗纯[2]；三国时姜维攻狄道，至落门引还；唐吐蕃得洛门守之。洛门，即落门也。东达秦、阶[3]，南通汉中，乃扼要之区，居民有五百余户。

饭罢行，夹道柳阴，鸟声断续，村园绿竹数竿，摇曳墙外。九年尘土，见此风味，怅然不胜故乡之思。

经永宁城[4]，宋崇宁三年置县，金为寨，元省。永宁河绕其下，水亦入渭。据高临流，围垣半缺半存，仰望仅有庙屋而已。

至朱圉山[5]，色如马肝。《禹贡》“朱圉”即此。距伏羌县[6]二十里。涉渭河二次，水几至马腹。

又经大像山[7]，距县五里。宋嘉祐四年，凿大佛像于峭壁长十余丈，

[1] 落门镇：今称洛门镇，属甘肃武山县。

[2] 来歙攻降隗纯：来歙，字君叔。南阳新野（今属河南）人，任东汉光武帝刘秀太中大夫，说隗嚣归汉，后反，他以精兵击破其众，尽取陇右。建武十一年（35年），挥师入蜀，被公孙述派人暗杀。隗纯，东汉初割据陇右的隗嚣之子，嚣死后，被部将拥为王。建武十年(34年）来歙攻破，纯降。

[3] 秦、阶：秦州治在今甘肃天水市秦州区，阶州治在今甘肃武都县。

[4] 永宁城：北宋建隆二年（961年）所置永宁砦，属秦州，在今甘肃甘谷县西四十里铺附近。崇宁三年（1104年），升为永宁县。

[5] 朱圉山：俗名白崖山，在甘谷县西南二十里。

[6] 伏羌县：即今甘肃甘谷县。

[7] 大像山：在甘谷城南。原有大小石窟三十个，塑像二百九十五身，殿宇十一座。大佛，高约三十八米，胸间十米四，石胎泥塑。杨芳灿《大像山佛龛铭并序》云“相传宋嘉祐四年所凿也。”近人据其形态装饰及洞窟形制分析，与盛唐作品极为相似，其制作或早于宋代。

覆以楼七层，左侧穿洞道以通。余处唯飞鸟可到。相传兹山上有隗嚣歇凉亭云。

至县，不入城，宿三官庙。距落门计程七十里。有汉平襄侯姜维故里，碑墓亦在境内。渭水在县北一里，东北流入秦安县界。自水发于渭源，经陇西、宁远、伏羌诸邑，溉田转硙无不赖焉。起于彼而利于此，亦事有固然者。是日始食稻粮。晚颇热，蝇渐多，可厌！携凳坐寺后空院，呼寺僧问诘朝途程，指曰："公背后山径是也。"望之，屈曲极高。

八日 过沙石坡，至巅[1]二十里。然土肥可耕，山田青黄错杂，野花红紫相间，殊可观。每于山缺处，又时见渭水。下坡二十里，至关子镇[2]，屋瓦望若鳞次。自此居民皆瓦屋矣，然止用仰瓦，不施合瓦，尚从俭耳。大都五方风俗、语音，始犹以渐而更，终则判然各别，亦如天之四时，潜移默运，寒暑遂至迥异，有不知其所以然者。午后，遇大雨。忽晴忽阴，山色苍茫可画。

六十里，入伏羲城[3]，谒伏羲庙[4]。殿宇雄深，惜岁久倾圮，古木往往数百年物。李州牧鋐捐俸葺理。碑碣屡经兵火，秦人亦不知珍重，惜无元代以上者。是日，借寓胡副宪麟徵居第，丛竹片石，颇雅洁。

秦州，古成纪地，陇、蜀会区也，长接五城，土人谓之木筏城。东、

[1] 巅：乾隆精刻本作"颠"。

[2] 关子镇：今属甘肃省天水市秦州区。

[3] 伏羲城：指清之秦州，今天水市秦州区。伏羲即太皞，又写作庖牺，中国古代传说时代三皇之首。唐司马贞《补史记三皇本纪》云：伏羲"母曰华胥，履大人迹于雷泽，而生伏羲于成纪。"《旧唐书·地理志三》："成纪，汉县，属天水郡。旧治小坑川。开元二十二年移治敬亲川，成纪亦徙新城。天宝元年，州复移治上邽县。"汉成纪故城在今静宁县李店镇，唐开元间移至秦安，宋时移于上邽（今天水市）。故前人以上邽（清秦州）为伏羲城。

[4] 伏羲庙：在今天水市西关。据现存建庙碑记载，建于明弘治三年（1490年），嘉靖三年（1524年）重修。

西关城乃宋守臣韩魏公琦[1]于庆历二年筑以捍民，故又称为魏公城。

出城将谒汉将军李广墓[2]，奈日已沉山，遥望隐然弅起者，即墓也。后负三台山，前临藉水[3]，徙倚久之。土人言：墓侧有石马，土埋及背，故呼为石马坪。尚有子孙，每岁来此拜扫云。

归来已昏黑，欲询国朝秦陇遗事，访有老革[4]孟芝兰，年九十余，坐问良久。据云：康熙十三年，吴逆伪总兵陆道清入城据守。王师攻围，至五月，贼力不能支，乘夜鼠窜，我兵追斩殆尽。又贼盘踞宁远落门镇及西和、礼、徽、成诸县。扬威将军阿公、振武将军冯公[5]，老革遗忘其名，张靖逆侯勇、王总兵官进宝，统满汉兵数万，云屯秦郊，以次剿灭。且能言诸将军之形貌性情，历历如绘。至士女所罹锋镝之苦，将卒餐冰饮血之艰，不禁泪下。

始见蚊。夜雨。

九日　往游天靖山玉泉观[6]，元时建，距城三里许。李牧候于观门。

---

[1]韩琦：字稚圭，宋相州安阳（今属河南）人。因反对王安石变法，被贬为秦州知州。当时秦州城外居民军营，都附于城旁，故请筑外城，共十一里，与内城连为一片。居民感其恩德，因名魏公城。魏公为其封号。

[2]李广：西汉名将，陇西成纪人。多次出击匈奴，被称为飞将军。其墓在今天水市南二里南山麓石马坪。

[3]藉水：又名洋水、峰水，渭河支流。

[4]老革：犹老兵。

[5]阿公、冯公：阿公，指阿密达，他塔喇氏，满洲正白旗人。授扬威将军，参与平定吴三桂反叛。后又随康熙帝出征噶尔丹，康熙四十八年（1709年）卒。冯公，指佛尼埒，科奇理氏，满洲镶红旗人。康熙十四年（1675年），以西安将军加振武将军衔进攻秦州。以征吴三桂功，授建威将军，谥恭靖。

[6]天靖山玉泉观：天靖山，又名寿山，在今天水市北一里。玉泉观，俗称城北寺，又名崇宁寺，在天靖山麓。始建于元大德三年（1299年）。现存为明、清时重建。观紧依城垣，顺山势升高，随山沟、崖壁、台地而建。

门东向，径长数十武[1]，北界沟水，南崖如削，上有盘根古柏甚多，皆南生北向，枝叶横垂，人行其下，不见日色。观三层，阶高数十级，均南向。沟覆有桥，因折而北，覆以瓦舫。前制军孟公乔芳有“陆海虚舟”题牓四字。孟公莅任于国初，抚定三秦[2]，规取全蜀，流寇余孽与夫叛回、晋贼，次第翦[3]除，厥功茂矣。且张侯勇、赵将军良栋等，皆出其麾下。荐才为国，既得其力于定鼎之时；追吴逆鼓乱，复收其功于二三十载之后。呜呼，为大臣者，之所以贵进贤也。过桥拾级而上，有元碑，四面书字，石坚白如玉，扣之有声。左旋至三清殿，侧有射圃，颇厂豁。右旋为诸葛忠武公祠[4]。再折为大雅堂，奉李、杜两先生[5]像，有赵松雪[6]字刻四碑，笔力雅健，石坚细，旁无花草栏界，除书字处，余不琢磨，长短宽狭亦不一，可知古人用意在彼不在此。下为选胜亭。俯视秦城，人物草木可数；远瞩[7]清渭，明灭林端。望南山寺，烟树茂郁，下临藉水，即少陵[8]诗所谓：“老树空庭得，清渠一邑传”者。

天靖山，秦之北山。观东有王基城，即隗嚣宫也。土人常掘得磁器极古，多豆绿色。观前后柏桧，皆数百年物，又有玉泉水可饮。杜诗所谓：“秦州城北寺，传是隗嚣宫”者，或即此地。观屋宇朽败，李牧亲为经营而修葺之，工颇费。

---

[1] 武：古人以六尺为步，半步为武。

[2] 三秦：项羽进关中，分封其地为三：章邯为雍王，据咸阳以西地；司马欣为塞王，据咸阳以东地：董翳为翟王，据上郡地；史称三秦。此处指今陕西、甘肃等地。

[3] 翦：乾隆精刻本作“剪”，据《蕅香》本改。

[4] 诸葛忠武公：蜀汉名相诸葛亮，谥号忠武，故称。

[5] 李杜两先生：指唐代大诗人李白、杜甫。

[6] 赵松雪：元代书画家赵孟頫，字子昂，号松雪道人。

[7] 瞩：《蕅香》本为“属”。

[8] 少陵：杜甫曾居于长安近郊少陵地方，自称少陵野老。人们因称其为杜少陵。

下山东行三十里，径马跑泉，少憩。短篱竹屋，鹅鸭浮沉溪水中，高柳外青青稻田，殊似江南风景。

又行十余里，过东柯谷口，州吏目郑重莅秦州二十年，屡至东柯，为余言之甚详。大都崖谷幽邃，泉石喷薄，竹木粟稻瓜果之盛，与少陵《秦州杂诗》所咏无异。唯是草堂遗址泯灭，可憾！举鞭引领惄[1]焉久之。

临渭河，波澜汹涌，用方舟始可济，非复前日之涓涓矣。所谓有本而不息，受下流多故也。

又过牛头河，水亦入渭。

次社树坪[2]，距州五十里。借宿道院。月上，坐院门，古柳侵云，虫声如雨，不知身之在何境也。

十日　逾丁华岭[3]。至巅[4]遥望，石门山[5]碧峰巉绝，直插云表，数十里外望之，岚光逼人。连山闻有仙人崖[6]，三峰并列，万山环绕如缭垣，中有古柏、甘泉，唐建僧寺。又有麦积崖[7]，壁立千仞，穴石插木盘旋而上。其洞宇[8]佛像物类，皆凿石为之，蹈虚架空，下临无地，神功鬼斧，极其奇巧。人登其上，丹碧玲珑，飘飘乎有凌云之意。秦文公墓在其下。崖之北曰“雕窠谷”，瀑布水甚壮，上有隗嚣避暑宫云。

[1]惄：nì，忧思，忧伤。

[2]社树坪：今天水市麦积区社棠镇。

[3]丁华岭：今名顶华岭，在清水县南。

[4]巅：乾隆精刻本作“颠”，据《蔼香》本。

[5]石门山：在今天水市东南。两峰壁立对峙如门，四围峭削，中通一路，凡十八盘而上。

[6]仙人崖：在今天水市东南约四十公里，以传说有神仙出没而得名。

[7]麦积崖：即今麦积山，在天水市东南约四十五公里，因该山形如麦垛，故名。麦积石窟开凿于公元384—417年间，历代续有修凿，现存洞窟一百九十四个，泥塑石雕七千二百余身，壁画一千三百多平方米，是全国重点文物保护单位。

[8]宇：《蔼香》本为“字”。

饭于草团铺[1]，计程四十里。

又行四十里，抵清水县宿。邑西有清水河，本秦武公伐邽戎置上邽地；汉武帝更名清水；后汉建兴九年[2]，丞相亮逆司马懿于上邽，懿依险，兵不得交，亮引还；唐建中四年[3]，陇右节度使张镒与吐蕃尚结赞[4]盟于清水，皆此地也。汉壮侯赵充国[5]墓在集翅山下，距县八里，日落不能去。其墓表乃汉冯奉世[6]所撰，今已不复存矣。

借宿两铭书院。空庭老树，坐月甚凉。

十一日 早行，道傍多种麻，蓬蓬郁郁。二十余里至汤峪[7]。距二里许，有温冷泉[8]，温可浴身，冷可漱齿，二脉并出，相距五步，亦可异也。三十里至白沙镇，即古秦亭[9]，晋时建。义熙六年，赫连勃勃[10]攻白沙，即此地。饭于杨姓太学生书室，墙下皆种十丈红，其细者颇似木芙蓉，艳色可爱。

又行四十里，迳盘龙山[11]，有大震关[12]，即唐广德元年秋七月吐蕃入

---

[1] 草团铺：今清水县草川铺镇。

[2] 后汉建兴九年：三国蜀汉后主刘禅年号，九年当公元 231 年。

[3] 建中四年：建中，唐德宗年号，建中四年当公元 783 年。

[4] 尚结赞：乾隆精刻本及《滂香》本皆讹为“尚统质”，据史改。

[5] 赵充国：字翁孙，陇西上邽人，西汉大将军，经营湟中，功绩甚著，谥壮侯。

[6] 冯奉世：字子明，西汉上党潞县人，宣帝时出使大宛，击破莎车，功垂西域。所谓冯奉世撰赵充国墓表，乃系后人伪作。

[7] 汤峪：镇名，在今清水县城东，附近有汤峪水。

[8] 温冷泉：在汤峪川。该泉有二脉，相距五步。其一为温泉，四季如滚汤；另一为冷泉，盛夏寒如冰。

[9] 秦亭：为周穆王时秦非子所封邑。其地望此言在清水县城东白沙镇，又有说在张家川县城南瓦泉一带，考古证明或在今清水县城北李崖遗址。

[10] 赫连勃勃：十六国时夏国的建立者，匈奴族。

[11] 盘龙山：大陇山支脉，其形若盘龙，故名。

[12] 大震关：北周天和元年(566年)置，在今甘肃清水县东陇山东坡。相传汉武帝至此遇雷震，故名。

大震关，陷岷、秦、成、渭等十州，尽取河西陇右地，即此关也。山椒渐多林木，道傍时有流水声。

又行二十里，住长宁驿[1]。距驿二三里，两阜如牛角对插，中有溪水流出，疑无去路。沿溪入角，始望见人家，后依大陇，即关山[2]也。是晚月色朦胧，溪声呜咽，独坐思亲，涕零双堕，一夕目不交睫。唐罗隐《关山诗》云："何计谢潺湲，一宵空不寐。"实获我心。

十二日 过关山[3]。山峻阻，盘折而登，林木丛茂，桦柞尤多，人行不见日色。溪涧重密，皆覆以板桥，翼以扶栏，以通行旅，水流已急，而四山泉瀑乍大乍小，穿林越峡，奋涌扬波而来，溪声益壮，登顿洄沿。虽马行甚艰，睹此拄策不能舍去。始见有结茅而居者。岑参《关山诗》云："牛羊入青巘，鸡犬宿苍烟。"形容之妙，至今犹然。上下八十里，至咸宜关[4]，秦、凤[5]要隘，有游击官统兵防守焉。

关山非陇山也。陇山在州西北六十里，一名陇坂。《三秦记》[6]云："其坂九迴，不知高几许，欲上者七日乃越。"关山在州西，上下止八十里耳。陇关在陇山。三秦东曰函谷[7]，西曰陇关，二关之间，谓之关中。

---

[1] 长宁驿：在今甘肃张家川回族自治县东南。

[2] 大陇即关山：大陇即大陇山，六盘山南段的别称，又名关山，古名陇坻、陇坂。在陕西省陇县、宝鸡和甘肃清水、张家川、华亭诸县交界处，南北长近 200 公里，宽 40—60 公里，是陕、甘两省间的天然屏障。最高峰五台山，海拔 2748 米。陇山又名关山，因有陇关而得名。杨氏次日日记称大陇山非关山，而指小陇山为关山，自相矛盾。

[3] 关山：又名小陇山，在陇州西八十里，因近陇关得名。又，《藕香》本"关山"为"阙山"。

[4] 咸宜关：在陕西陇县西四十里之固关镇。

[5] 秦凤：秦，秦州；凤，凤翔府。凤翔府治凤翔，今属陕西。

[6] 三秦记：古代地理书，辛氏著，已失传。记秦汉三秦之山川、都邑、宫室。清王谟、张澍有辑本。

[7] 函谷：关名。有新旧之别，古函谷关在今河南灵宝东北。汉元鼎三年（前 114 年）徙关于新安县东，为新函谷关，去故关三百里。

过山行四十里至陇州[1]，历代沿革不一，本周岐陇地，汉属右扶风，西魏改为陇州，后虽有兴废，名自此始，所谓秦之西门也。

城中亦寥落，有种稻者。访之遗老，云：前明时遭流寇蹂躏。我朝康熙十三年，吴逆变乱，伪总兵蔡元攻围，城陷。执官胁民，贝勒[2]率穆将军至，贼众引却，依山据险，我兵奋击。至夜，元度不能胜，引贼遁。王师过关，李黄莺复踞山伐树塞路，我兵屯咸宜关，相持日久，不能取。三年之间，田土荒芜，后始擒剿，民得更生。喜国家无事六十余载，今渐成聚落云。

是日，秋暑热甚，携扇去场圃，坐碌碡上，与老农闲话。风来满鼻稻粱香，衣袂如洗。候至月上始归。

十三日　黎明行。出州南门，二里，过汧河[3]，水至马膝。河出岍山，即《禹贡》“导汧及岐”是也。陇州诸水会于汧；汧水复南，至于宝鸡县郿店入于渭，渭水又入于河，所谓殊途同归也。西陲地高多山，千流万派，无江海可归，故皆会于黄河。而层峦叠嶂，河亦束缚不能张其势。故银、夏诸处尚资其灌溉而受其益；至入中原，地平如掌，河已屈伏万余里，从此畅流奔放，亦势所必至者。

又行数里，云气开朗，有奇峰如人掌，高指碧空，形势秀拔，询之，乃吴岳[4]也。《周礼》:“山镇曰岳。”《尔雅》以此为河西镇。《山海经》云:

[1] 陇州：今陕西陇县。

[2] 贝勒：满语，清代宗室封爵第五等。此贝勒名洞鄂，或译作董额。

[3] 汧河：今名千河，渭河支流。一说汧河发源于甘肃华亭县西华镇关山主峰五台山南侧，东南流入陕西省陇县境，经千阳县、凤翔县，于宝鸡市陈仓区冯家嘴注入渭河。河流全长152.6公里。又《蕅香》本“汧河”误作“沂河”。

[4] 吴岳：即吴山，又名岳山、汧山、西镇，陇山的古名。山有十七峰，高峻清秀。山东五里处，有岳庙建筑群，始建于隋开皇十六年（596年），现存庙宇多为明代所建。

“吴山之峰，秀出云霄，山顶相捍，望之常有落势。”杜氏《通典》[1]曰：“五岳、四镇、四海、四渎[2]，年别一祭。”盖吴山位于西方，故曰西镇。实西北诸山之纲纪、众水之统宗，宜乎与太华[3]相伯仲，而享明禋也。杜少陵诗云：“昨忆逾陇坂，高秋视吴岳。东笑莲花[4]卑，北知崆峒[5]薄。”可以信兹山之崒嵂矣。

陇境内又有鱼龙川[6]，源出小龙山[7]，水东北流，中有五色鱼，人不能取。少陵《秦州杂诗》“迟迴度陇怯，浩荡及关愁。水落鱼龙夜，山空鸟鼠秋。”“鱼龙夜”人以为泛言耳，不知古人一字必有本如此。

五十里至草壁镇[8]。谒唐段太尉[9]祠，遍[10]阅已无旧碑。有一石载云：《柳柳州集》[11]中《段太尉逸事状》，在汧西安化碑上，系唐宪宗九年曹祯篆立，今碑破坏不全。邑侯王君建祠塑像，取安化逸事碑一块埋于此石之前，深尺余，使不遗坠。太尉父墓在汧阳境内。

[1] 杜氏《通典》：唐人杜佑所撰《通典》二百卷，记载历代典章制度沿革。

[2] 五岳、四镇、四海、四渎：五岳，中国五大名山的总称。《尔雅》以吴岳等为五岳。汉隋以后，五岳之山屡变。明、清所祀为：东岳泰山、西岳华山、南岳衡山、北岳恒山、中岳嵩山。四镇，镇指可为一方之镇慑的大山。《周礼·春官·大司乐》郑玄注云：四镇“谓扬州之会稽，青州之沂山，幽州之医无闾，冀州之霍山。”四海，古人以为九州之外有四海环绕，即东海、西海、南海、北海。四渎，指四条独流入海的大河，即江（长江）、河（黄河）、淮、济。

[3] 太华：即西岳华山。

[4] 莲花：华山的西峰莲花峰，海拔2083米。

[5] 崆峒：山名，在今甘肃平凉市西。

[6] 鱼龙川：在陇县西，源出小陇山，汇入汧水。

[7] 小龙山：当应为小陇山。

[8] 草壁镇：今陕西省千阳县草碧镇。

[9] 唐段太尉：指段秀实，唐汧阳人，字成公，官至司农卿。其墓在草碧川西。

[10] 遍：《薌香》本作“徧”。

[11] 柳柳州集：唐柳宗元的诗文集，又名《柳河东集》。

四十里至汧阳县[1]，古隃〔糜〕（麋）县[2]也。昔尚有汧阴，今并入陇州。盖以汧水分南北也。

又行二十里至黄里铺宿。是日道傍官柳间始闻蝉声。旅店颇狭，热甚，挥扇竟夕。

十四日 行五十里，至凤翔府。凤翔，秦内史[3]、汉三辅[4]地也。唐肃宗以为西京，代宗又以为西都，历朝称重地焉，今城中亦颇落寞。闻秦穆公墓即在城隅。东坡先生《秦穆公墓诗》云："橐泉[5]在城东，墓在城中无百步"。乃知昔未有此城。秦人以泉识公墓。惟是三良[6]没已久远，道路之口，至今犹似有余哀也。东坡先生《凌虚台记》在府治后堂壁，喜雨亭[7]在署内。迳东湖口，湖侧有先生祠。《忆弟子由诗》闻刻于祠壁，主僧封闭。下马瞻溯，第见蕞尔湖光，残荷一片，衰柳数十株而已。

苦无旅舍，饭于城外河侧小寺。河名左阳水。《水经注》所谓"北出左阳溪，径岐州城西，又南流注于雍水"者是也[8]。寺内萧萧如古驿，无僧。寺侧有[9]《塔寺河桥碑记》，乃国朝康熙十八年少保总督山陕军务

---

[1] 汧阳县：今陕西省千阳县，因城在汧水之北而名。

[2] 隃〔糜〕（麋）县：原刻为隃糜县，误，应作隃麋县，因县东八里之隃麋泽而得名，汉隃麋县故城在今县东。

[3] 秦内史：秦朝内史管理的京畿地区，治所在咸阳城内。

[4] 三辅：汉武帝时，将秦内史地区分为京兆尹、左冯翊、右扶风三个相当郡的政区，合称三辅。

[5] 橐泉：本为泉名，今凤翔城内东湖即其遗迹。泉边有秦宫殿，名橐泉宫，又名蕲年宫。秦穆公死后，葬于蕲年宫蕲年观下。该官位于清凤翔城内东南隅。

[6] 三良：秦穆公死时，殉人很多，其中有秦大夫子车氏的三个儿子奄息、仲行、鍼虎。三人"皆秦之良也"（《左传》鲁文公六年），故称三良。时人作《黄鸟》诗悼之，且在凤翔县西为三良修冢。

[7] 喜雨亭：在凤翔城东北隅，为苏轼签判凤翔时所建，苏轼撰有《喜雨亭记》。

[8] 者是也：《蕅香》本无"者"字。

[9] 寺侧有：《蕅香》本为"寺侧主有"，"主"字衍。

李公国英[1]提兵入蜀时率属修成者。

溯自湟中抵此，皆傍夹两山。是日，马首东望无际，眼目为之一新。始见高轮大车。

望岐山[2]，经凤鸣冈。韩昌黎[3]先生《岐下诗》云："丹穴五色羽，其名为凤凰。昔周有盛德，此鸟鸣高冈。"古之圣贤未有如周之萃于一门者，今得亲至岐下，徘徊山隰，诵"瓜瓞"之诗[4]，歌《关雎》之章[5]。呜呼，盛哉！

五十里抵岐山县。驻马四顾，太白[6]峙于前，天柱耸于后，南萦渭水，东绕〔横〕（潢）河[7]，田野膏沃，民务本业，有先王之遗风焉。天柱山距县十里，潢河亦与他水汇入渭。访古碑碣[8]，有周公祠[9]，唐节度使崔珙[10]进灵泉图并题奏状及敕批答碑。祠在县西北凤鸣山下，得墨拓一纸，字尚完好。东坡先生诗云："吾今那得梦周公，尚喜秋来过故宫。"即此祠也。

大雨移时，止宿察院。地势垲爽，庭垣新垩，有绿竹二丛高出墙外。

[1] 李国英：汉军正红旗人。仕明，隶左良玉部下为总兵。顺治二年（1645年）降清，官至四川、陕西总督，谥勤襄。

[2] 岐山：亦名天柱山，在陕西岐山县城东北。

[3] 韩昌黎：韩愈，字退之，唐宋八大家之首。自谓郡望昌黎，故世称韩昌黎。

[4] 瓜瓞：瓞，小瓜。《诗·大雅·绵》有"绵绵瓜瓞，民之初生，自土沮漆。"谓周的祖先像大瓜小瓞的岁岁相继一样，历传到太王才奠定了王业的基础。

[5] 关雎：《诗·国风》中的一首，据说是歌颂周"后妃之德"的诗，实际是贵族社会男女相悦相爱的作品。

[6] 太白：山名，又名太乙山，秦岭主峰，海拔3767米，在陕西省周至、眉县、太白等县间。

[7]〔横〕（潢）河："潢河"为"横河"之误，故改。横河，又名横渠，渭河支流。源于凤翔北杜阳山东侧，南流，经凤翔城东三十里，又东南经岐山县城西转南，至眉县境入渭水。

[8] 碑碣：《蕅香》本作"碑谒"，误。

[9] 周公祠：在岐山县城西北十五里处，建于唐代，有唐宋以来历代碑刻数面。

[10] 崔珙：博陵安平（今属山东）人，唐宣宗初为凤翔节度使，官至同中书门下平章事。

时霁月皎洁，四无人声。是夕，寝食俱有味。

十五日 四更行，月明如昼。遥望太白山积雪未消，若玉屏南障。谚云:“武功太白，去天三百”，其嶕峣可知。闻上有神湫三水[1]，清鉴毛发，无寸草点尘，且能出云为风雨，见怪物，亦山之奇特者。南望五丈原[2]，云距县五十里，上有诸葛忠武公祠[3]。是刻，皓月云掩，秋风飒然，童子忽朗诵忠武公前、后《出师》二表，令人南向不乐，驻马良久。

二十里至龙尾镇[4]。唐凤翔节度使郑畋曾于此地遣唐弘夫[5]伏兵击黄巢于龙尾坡，斩首二万级，贼不敢窥西京。

过周原[6]，闻连亘数县。《诗》所谓“周原膴膴”者是也。问梁山[7]太公[8]迁岐所逾处，土人云:“距县东北七十里，即秦梁山宫也。”

入扶风界。唐贞观八年始以扶风名县，疆域仅延六十五里，袤百里有奇而已。过汉伏波将军马援[9]墓，距县西七里余。近村多马姓，人传即其子孙云。

六十里至县。问邰城[10]，在县东南三十五里，有姜嫄庙。入城游龙光

[1]神湫三水:又称太白三池、太白湫泉，在太白山巅的山峰间。共三池，上下鼎立。池水清澈鉴发，深不见底。

[2]五丈原:在陕西省岐山县城南约五十里处。形势险要，可攻可守，为古代行军布阵之地。史载，诸葛亮出祁山，曾驻兵于此。

[3]诸葛忠武公祠:在五丈原北端，献殿墙壁嵌有清刻岳飞书写的前后《出师表》石碣四十方。

[4]龙尾镇:旧名龙尾坡，在岐山县东二十里。

[5]唐弘夫:乾隆精刻本避清高宗名讳改为“唐宏夫”，今改回。

[6]周原:在陕西关中平原西部，北倚岐山，南临渭河，为周人发祥地。

[7]梁山:又名望宫山，在岐山县、扶风县北，乾县西北。秦梁山宫在今乾县境内。

[8]太公:即周太王古公亶父，他因狄人侵逼，率族人离豳，逾梁山，在岐山下定居。

[9]马援:东汉初名将，曾以伏波将军出征交阯。

[10]邰城:古邑名，在今陕西武功县西南二十二里，周始祖后稷的封国，城内有后稷及其母姜嫄庙。

寺，唐开元二十八年建，原碑已断，今失其半。出县东门，过漆水[1]，水与漳水[2]会而入于渭。望飞凤山，即在漳水南。昔有亭榜曰“远爱”，今不存，即苏诗所谓“远望若可爱，朱栏碧瓦沟”也。至询唐法门寺[3]，土人云：县治已移，今寺在县北崇正镇，汉为美田县。唐宪宗迎佛骨于此寺。昔系木塔四层。唐龙朔、大历、天复之间，相继敕修，贺兰之、张彧、薛昌序俱奉敕撰碑铭。元和十四年，功德使上言：“法门寺塔葬佛指骨，卅年一开，则岁丰人安。来年应开，请迎之。”帝从其言，遣中使迎佛骨至京师，留禁中二月，乃历送诸寺。开成之年，又言五色云现，因改名法云。天复中仍旧名。明隆庆间，木塔崩，启其藏视之，下深数丈，金碧辉煌，以水银为池，泛金船于上，内有匣贮佛中指，门旁金袈裟尚在。万历七年，里人杨禹臣等重建砖塔十三级，至二十七年始工竣。今寺内有韩文公[4]祠，异端正学不两立，乃后人独喜调停而并存之，可笑多此类也。

迳汉班孟坚[5]墓，下马瞻拜，冢前有石兽二、羊二、石几一，墓木无拱把者。

五十里抵武功县，瞻拜张横渠[6]先生祠堂。自凤翔东至青门，在在皆有祠宇，关中之学昔日入人之深可知也。

---

[1] 漆水：古沮水，雍水支流，源出今陕西麟游县西。

[2] 漳水：又名白水，雍水支流，源出岐山县漳谷。

[3] 唐法门寺：在今陕西扶风县城北十公里的法门乡。寺内之护国真身塔，藏释迦牟尼指舍利。唐高宗、武则天、中宗、肃宗、德宗、懿宗等，多次迎佛骨至京师，是一座极著名的寺院。

[4] 韩文公：唐韩愈，谥文，称韩文公。

[5] 班孟坚：班固，字孟坚，东汉史家，《汉书》作者。

[6] 张横渠：张载，北宋学者，创“关学”。世居凤翔郿县横渠镇，故称张横渠先生。

入城谒前明康对山[1]先生祠堂。公肆力文章，胪唱第一。武宗时，上万言书，极谏，卓荦不群，颇郁时望。权珰刘瑾以同乡才贤，欲诱致为重，公义不屈。时李梦阳以代草劾瑾疏，触怒下狱，计非公莫解，狱中出五六纸求公，公念良友，不得已往见。瑾竟喜不自意，出梦阳于狱，使人以吏部侍郎钓公，公以死拒之，瑾复大恨。后瑾败，乃终以往见诬，罢。于是林居四十年，以山水诗酒自娱，晏如也。营浒西别业，读书其中，有杨侍郎过访，留饮甚欢，自起弹琵琶劝酒。杨云："家兄在内阁，殊相念，何不以尺书通问？"先生面赤眦裂，掷琵琶撞之，追而骂曰："吾岂效王维假作伶人，讨官做耶？"今观其遗像，诚英伟人也。

出城北门，谒唐太宗祠[2]，前为鸿禧观。庭中古柏数十本，后殿设唐太宗像，日角虬髯，黄袍玉带，凛凛如生。两粉壁，左绘麟阁勋臣，右绘瀛台学士。于笏上各标姓氏，赳赳、彬彬、师师、济济，想见一时君臣之盛。簷下有古碑，刻唐贞观六年太宗《幸慈德寺旧宅四韵诗》，有云："前池消旧水，昔树发今花。"又云："一朝离此地，四海遂成家。"后刊太宗《重幸故宅诗》，有云："粤予承累圣，悬弧亦在兹。"又云："共乐还谯谳，欢此大风诗。"按《唐书·太宗本纪》：太宗以"隋开皇十八年十二月戊午，生于武功之别馆。有二龙戏门外[3]，三日而去"。即此邑也。碑末有前平阳通判陇西郡开国子食邑五百户赐紫李文本跋云："住持沙门子宁见县令卢振处有天圣中宰公种世衡[4]"。石刻二诗，恐字画损，复

[1]康对山：康海，字德涵，号对山，陕西武功人，明文学家，前七子之一，诗文收入《对山集》中。

[2]唐太宗祠：唐高祖李渊别墅，唐太宗李世民出生处。武德六年（623年）改名为庆善宫，后废宫为慈德寺。本在武功县南十八里渭水之北。宋元祐三年（1088年）建祠，后移祠至城北鸿禧观后。

[3]有二龙戏门外：《旧唐书·太宗纪》原文为"时有二龙戏于馆门之外"。

[4]宰公种世衡：种世衡，字平仲，洛阳人，北宋天圣间，任武功知县。

刻云。碑石坚细，惜趺非旧物，碑亦攲倾，恐十数年后又为阶下石矣。日暮，犹举火周视，阶前有巨碑卧泥土上，字已击损，其视不明者，余用指摩验逾时，始知宋直龙图阁、邑人游师雄初建唐太宗祠碑。慈德寺昔为庆善宫，神尧[1]之旧宅也。惟碑内叙寺在城南，今在城北。询老生，阅前旧碑侧小跋，乃知谷口镇为旧邑，因水患将此祠材木并旧碑悉辇来置此，故碑趺不称。唐太穆皇后[2]即邑人窦毅之女。毅隋开皇初拜定州总管，唐武德元年赠司空杞国公。隋文帝受周禅，后尚在闺阁，闻之，自投堂下，抚膺太息，曰："恨我不为男子，救舅氏之患！[3]"按《唐书》：后"文有雅体，又善书，与高祖书相杂，人不识也"。[4]闺壶[5]而具文武之略，异哉！

道士延至前柏下，坐良久。行时月轮初升，光正望，于是夜如紫金盆推拥而上。抵寓一鼓尽，席地对月而睡，似濯魄冰壶中也。

十六日　黎明行，一路皆太白山色。五十里至东扶风。又行二十里，次马嵬坡[6]，唐杨妃[7]墓在焉。一抔黄土，亦无草木，有碑卧地，乃王阮亭[8]先生诗刻也。内云："一种倾城好颜色，茂陵终傍李夫人。"至此方

[1]神尧：唐高祖李渊谥神尧大圣大光孝皇帝。

[2]唐太穆皇后：唐高祖李渊皇后窦氏，李世民生母，谥太穆顺圣皇后。

[3]救舅氏之患：窦毅妻为北周文帝第五女襄阳公主，故称周文帝为舅氏。又《旧唐书·后妃传》原文为"恨我不为男，以救舅氏之难"。

[4]人不识也：《新唐书·后妃传》原文为"人不辨也"。

[5]闺壶：内室，亦借指妇女。

[6]马嵬坡：在陕西兴平县西北三十里，晋人马嵬曾在此筑城，因名。

[7]杨妃：唐玄宗贵妃杨玉环，号太真。天宝十五载（756年）安禄山占据长安，玄宗仓皇出逃，至马嵬坡，六军不进，杀死杨国忠，又迫使玄宗缢死杨贵妃。至德二年（757年），玄宗密令中官将贵妃迁葬。

[8]王阮亭：清初诗人王士禛，字子真，号阮亭，新城（今山东桓台）人。官至刑部尚书，有《带经堂集》等。

知斯句之妙。稍东北黄山麓，即马嵬道院，妃赐死处。有明皇[1]手植槐，土人呼为“太上槐”。泉声树色，增惆怅焉。太真墓诗，古今最多。辽时有诏录太真墓诗，得五百余首，付词臣第之。今《志》内所集，寥寥数首而已。

又行三十里，抵兴平县。热甚，借宿道院。坐大树下，至月上始入室[2]，一夕犹数起焉。回忆湟中，长夏不挥扇，夜间皆覆絮衾，若沉阴积雨，南山数峰犹有新雪。避暑之妙，可甲天下。

十七日 夙兴，询汉武帝茂陵[3]。径路行，由东北折，地势渐高[4]，遥望岿然一小山也。十七里至陵。下方形，四角棱起，高一十四丈，方一百四十步。按茂陵徙民置县，至万余户。陵县属太常，不隶郡，今绝无一物。前有古柏一株，冢上茸茸细草微风动摇而已。

陵北遥见九嵕山[5]，其最高峰即唐太宗昭陵。三面峭削，陵置巅[6]顶。陪葬长沙公主等墓二十有一，妃嫔韦氏等墓八，宰相马周等墓十有二，丞郎三品唐俭、李大亮等墓五十三，功臣大将军以下尉迟敬德、秦叔宝等墓六十有三。至今犹存石屋三楹，六骏[7]列于左右。贞观中，擒服诸番君长颉利等十四人石像，尚在陵北司马门内。太宗英迈，事事欲胜人，

[1]明皇：唐玄宗李隆基谥号“至道大圣大明孝皇帝”，省称明皇帝。

[2]至月上始入室：《瀛香》本无“至”字。

[3]汉武帝茂陵：在陕西兴平县城东三十里，陵地原为槐里县茂乡，故名。

[4]地势渐高：《瀛香》本为“地势剧高”。

[5]九嵕山：在陕西礼泉县东北，山有九峰高峻。

[6]巅：乾隆精刻本作“颠”。

[7]六骏：唐太宗昭陵祭坛东西两庑房内的六块浮雕石刻，是李世民在建立唐王朝战争中所骑的六匹骏马的雕像，刻于贞观十年（636年）。其中，拳毛䯄、飒露紫两石，于1914年被盗往美国，现藏费城宾夕法尼亚大学博物馆。其余四石，现迁藏陕西省博物馆。

而陵墓亦不同如此。

李夫人[1]墓距茂陵西北一里。东西五十步，高八丈，形如陵。陵侧二三里有二冢，高十余丈，不方不圆，类山形者，必汉将军卫青、霍去病[2]墓。当起冢时，武帝发属国军，一象庐山，一象祁连山云。明方正学[3]先生《吊茂陵文》云:“慨雄心之靡托兮，悲曼志之无成。”又云:“后宫之韶冶兮，仅或传其冢墓。像祁连以旌武兮，想壮魄之已腐。”可谓形容之妙。

自陵递迤而下，由槐里[4]故城入大道，故城即秦之废丘[5]，章邯为雍王时所都，汉更名槐里是也。自兴平至咸阳县五十里，由陵路则多行十余里矣。

是日次旅舍尚早，沐浴往谒周诸陵。出县北门数里，即毕郢原[6]也。原上大冢极多，累累满目，惜无寸碣可考。周、秦、汉、唐以来，得附葬此原者类皆外戚、勋臣。而犁锄之下，今不知削平几许，乃田父野老不以践踏[7]为怀，而犹以有碍耕耘为苦。《檀弓》成子高[8]云:“吾纵生无益于人，吾可以死害于人乎哉？吾死，则择不食之地而葬我焉。”智言哉！

行十五里，至文王陵[9]，南向，后倚嵯峨，前临渭水，面对终南，气

[1] 李夫人：汉武帝之贵人，李广利、李延年之妹，容貌妙丽，又善歌舞，得武帝宠幸，其墓在昭陵侧，俗称英陵，亦名集仙台。

[2] 卫青、霍去病：汉武帝时抗击匈奴的两位名将。卫青与其妻平阳公主合葬，在茂陵东二里。霍去病二十四岁死，墓在茂陵东一里，墓前陈列有大型圆雕石刻，现建为昭陵博物馆。

[3] 方正学：方孝儒，字希直，又字希古，人称正学先生，明浙江宁海人，宋濂弟子，靖难之变，拒为燕王草诏被灭十族。著有《逊志斋集》。

[4] 槐里：古县名，地在今兴平县东南十一里。

[5] 废丘：乾隆精刻本为“废邛”，误。

[6] 毕郢原：又称毕原、咸阳原，南北数十里，东西二三百里，今咸阳市在此原上。西周诸王多葬于此原。

[7] 践踏：《漪香》本为“践蹋”。

[8] 《檀弓》成子高：《檀弓》为《礼记》篇名，杂记贵族礼制，以丧礼为多。成子高，春秋时齐国大夫。

[9] 文王陵：传为周文王姬昌之陵，据考证实为秦武王之永陵。

象万千。陵高四丈余，东西长二十一丈，南北二十六丈，有前明洪武以后祭碑，然惟国朝列圣祭碑为多。武王陵[1]在文陵后，相距止三十九丈，陵高七尺，东西长十五丈，南北如东西增一丈。二陵古柏九十六株，如虬如蛇；文陵上生四株，共百株。成王陵距文陵西南三里许，高五丈，南北长十九丈，东西长二十丈，有古柏十株。康王陵在文陵东南，相距四里许，东西长二十三丈，南北如东西长减二丈，陵高四丈，有古柏十二株，地势高于成陵，俯见渭水。二陵亦皆南向。文陵形方，武陵形圆，康陵形长，不似汉诸陵皆一律也。方形类鼎，圆形类钟，长形类卧圭，古人非有意而为，所谓不期然而然者。周公墓在文陵东三里许，高三丈。鲁公墓在周公墓后，有古柏二十五株，千余年物也，内枯三株，亦颇有致。周室开基八百年，圣圣相承，至今毕原之上，祖孙父子兄弟陵墓相望，如聚一堂，皆血食万载[2]，樵牧自禁，可谓极盛矣！成、康陵侧，各有汉陵一，其高大如茂陵，无石可考。周围有垣基，童子牧羊于上。土人相传：昔年避乱，筑墙暂居于此云。

按咸阳之名，《三辅黄图》[3]云:“山南曰阳，水北曰阳，其地在九嵕山南、渭水北，山水皆阳，故曰咸阳。”亦妙解也！

十八日　五鼓行，出城东门数武，即渭水古渡。登舟，月白如昼，终南对列如屏，贾客艟舶集岸下如雁行，影落水中，摇曳不已，灯火明灭，渭城女墙隐见，楼橹参差，呕轧中流，凉风满袖，信可乐也。舟人指示

[1] 武王陵：传为周武王姬发之陵，据考证实为秦惠文王之公陵。

[2] 血食万载：言永远受后人祭祀。因祭祀用牲牢，故称血食。

[3] 三辅黄图：古地理书，撰人不详，成书时间不晚于南北朝。书中记载秦汉时三辅的城池、宫观、陵庙、明堂、辟雍等，间及周代旧迹，是研究关中历史地理的重要资料。

北坂。按，始皇初，诸庙及章台、上林[1]皆在渭南，自破灭诸侯，写仿其宫室，作于咸阳北坂上，南临渭水；自雍门以东，殿屋复道周阁相属，所得诸侯美人、钟鼓以充入之，而今安在哉？过渭三里，度沣水桥。

自咸阳至西安省[2]五十里。城中分隶长安、咸宁二邑。长安，汉县名；咸宁，唐县名也。城八水交汇[3]，面临终南[4]，隋唐故都，规模雄伟。城池官署，国朝俱因明之旧。割东北一角暨南城四分之一为满城，设重兵驻防。冠盖缤纷，车马络绎，非他省可望。

夜宿满城妻兄李仲英家。握别九年，去时童稚皆已长成，呼灯烹茗，相对惘然。

十九日 谒制军[5]、陕西抚军，答拜诸执事。热甚，流汗竟日。

二十日 往观西安府学[6]。古碑林立，学基即唐之国子监，开成中所镌石经存焉。按《唐史》，文宗时，郑覃与周墀等校定九经文字，上石。及覃以宰相兼祭酒，于是进石壁九经一百六十卷，分列左右，烂然盈目。惜碑多断裂，恐难延久。

[1] 章台、上林：章台，秦故宫名。上林，秦王朝园林，地在今长安周至、户县界。

[2] 西安省：清时西安为陕西巡抚驻地，故称。

[3] 八水交汇：西安周围有渭河及其七条支流，即灞河、浐河、潏河、湟河、洨河、镐河、沣河，故云。

[4] 终南：山名，在西安市南四十多公里处。古名太一山、地肺山、中南山、周南山。秦岭主峰之一。相传道教全真道中的吕洞宾、刘海蟾曾修道于此。有南山湫、金华洞、玉泉洞、日月崖等名胜古迹。

[5] 制军：又作制台，清代对总督的称呼。此处指总督川陕甘等处地方提督、粮饷、管理茶马兼巡抚事，省称川陕甘总督，时驻西安。

[6] 西安府学：在今西安市三学街碑林所在地。北宋元祐五年（1090年），为保存唐开成石经，在这里建立了碑石集中地。历代都有增添，现陈列有碑石墓志一千多通，是一座书法艺术历史文物宝库。

中为唐玄宗[1]所注《孝经》碑，四石合为方形，总覆一顶，上出乱石如峰。后列唐、宋、元、明并国朝碑，更仆难数。唐碑多有移诸他处者，立法甚善。盖乡村有一名碑，即增一累。往来冠盖及诸当道，识与不识，皆索取墨拓，呵叱扰攘，鸡犬不得宁，每至碑仆[2]字灭而后已，比比皆然。今移诸府学，萃于一堂，而假此市鬻以养生者，必珍惜诸碑，而不肯毁，两全之道也。

碑多不能悉记，如世之共传为名碑者：唐虞世南所书《孔子庙堂碑》，颜真卿所书《多宝塔感应碑》《颜惟真家庙碑》[3]，李阳冰[4]撰额併《争座位书稿》，柳公权所书《尚书冯宿碑》《玄秘塔碑》[5]，徐浩所书《不空禅师碑》，欧阳询所书《皇甫诞碑》，欧阳通所书《道因禅师碑》，史惟则所书《大智禅师碑》，张旭断碑《千文肚痛帖》、草书《心经》，怀素《藏真律公帖》《圣母帖》、草书《千文》并题名石柱，后先环立，拓声丁丁。宋以后碑碣尤多。观者如入海藏，精光夺目，应接不暇，真巨观也。

二十二日[6] 自南城长行，此地名胭脂坡。询汉江都相董仲舒墓，云：即在满城外。往谒拜，树木交荫，祠宇严整，非先生之墓，岂能留至今日。按李肇《国史补》[7]云：昔汉武帝幸芙蓉园，即秦之宜春苑也。每至此墓下马，时人谓之下马陵。遂出南门，城南近终南山，有樊川、御宿诸水。

---

[1]唐玄宗：乾隆精刻本与《藕香》本均因避清圣祖玄烨名讳而作“唐元宗”，今改回。

[2]碑仆：《藕香》本作“碑什”，盖因形近而讹。

[3]颜惟真家庙碑：乾隆精刻本夺此六字，据《藕香》本补入。

[4]李阳冰：乾隆精刻本误为“李冰阳”。

[5]玄妙塔碑：乾隆精刻本及《藕香》本皆因避讳作“元妙塔碑”，今改回。

[6]二十二日：原本无二十一日日记，二十日后接二十二日。

[7]李肇《国史补》：唐宪宗时所著，三卷，记唐开元至长庆间事，乃续刘餗《国朝传记》之作。

汉、唐以来，苑囿池馆，栉比星连，今皆湮没，无所考求。南走望荐福寺小雁塔[1]，随问随行，直抵牛头寺坡下。是日订次临潼，只得怅然而返。

过慈恩寺[2]。按《懒真子》[3]云："寺塔有唐新进士题石[4]，虽妍媸不同，皆高古有法。宣和初，本路漕柳瑊集而刻之"，今俱荡然无遗。唯前明题名碑尚存，无可观者。塔下观唐褚遂良永徽四年所书《圣教序》并记，分刻二碑，置于东西两龛，石如墨玉，书法遒逸，摩娑久之。登塔望曲江池[5]，无涓滴水，即细柳、新蒲，亦扫地尽矣。唐人登塔留题之诗，并无寸石。韦曲[6]仅有民居，乐游原[7]隐然坟起而已。倚塔四顾，秋风满怀，不胜黍离麦秀之感。下塔行，过浐水，又过灞河，不特无桥，亦无寸柳，更觉黯然。

行四十里，至临潼县[8]。往观温泉[9]，宿于泉侧寺屋。寺僧饮食沐浴皆取于此，泉味甘洁，余流灌溉，园蔬生发早他处两月，寒冬即有新韭。寺内左右皆汤池，主仆择池而浴[10]，起立顿觉身轻，似可御风而行。"蠲垢养和"，此语不虚。夜大雨。

---

[1]荐福寺小雁塔：在西安市南三里处。寺始建于唐文明元年（684年），塔建于景龙年间（707—710年），为密檐式方形砖构建筑，初为十五级，后经多次地震，塔顶坍落，塔身破裂，现余十三级，通高45米。

[2]慈恩寺：在西安市南八里处。系唐高宗李治作太子时为其母文德皇后追荐冥福而建。寺内大雁塔，是唐永徽三年（652年）慈恩寺主持僧玄奘为保护由印度带回的经籍修建。塔七层，连基座总高64.1米。

[3]懒真子：书名，宋人马永卿撰，五卷。

[4]题石：百子全书本《懒真子》卷二作"题名"，恐是。

[5]曲江池：在慈恩寺东南侧，汉武帝所造，名宜春苑。唐开元中疏凿为胜境，因其水流屈曲，故名曲江池，是帝王、宫妃、王公大臣游憩之地。安史之乱，这里遭到严重破坏，杜甫因此有"江头宫殿锁千门，细柳新蒲为谁绿"的慨叹。

[6]韦曲：唐代地名，因唐诸韦居此而得名。在今陕西长安区。

[7]乐游原：在曲江北，为西安地势最高处。汉宣帝神爵三年（前59年）起乐游原于此。

[8]临潼县：今陕西西安市临潼区。

[9]温泉：即华清池，在临潼区城南骊山西北麓。相传秦始皇在骊山触怒神女，被唾一脸，后即发疮。始皇求恕，神女用泉水给他洗好，故又名神女汤。唐贞观十八年在此建温泉宫。天宝六载（747年）扩建，改名华清宫。

[10]择池而浴：《蕅香》本为"择池而沐"。

二十三日 阻雨不行。仰观骊山[1]，松云掩映，温泉腾沸，满室阳春，几凳净拭，焚香展卷，清闲竟日，可谓客中之奇遇也。

饭后，雨稍霁。观华清宫旧址，已为道观，但仍颜旧额，屋宇倾圮，门常封闭。按，唐天宝六年始筑罗城于汤所，置百司公卿邸第，治汤为池沼，增起台殿环列山谷，改温泉宫为华清宫。殿曰“九龙”，以待上浴；曰“飞霜”，以奉御寝；曰“长生”，以备斋祀。其他殿阁楼观，不可胜数。改观始于天福[2]中，曰“灵泉观”，以赐道士。宋、元、明因之。今华清宫内，止有元中统二年《商挺碑记》，余无存。宫东有小石碑，字漫灭不可识。据土人云：碑侧即妃子莲花汤[3]，今已土平无可考。

微雨，乘兴登骊山。自绣岭而上，十九折至山椒。两岭皆柏木，自下仰视，不过细支蒙络，至其上摩观，往往皆数百年物，奇古可爱。经老氏宫，抵骊山老母庙[4]，一带皆朝元阁故址。北瞰清渭，南临商於，往来行人憧憧如织；而山后阿涧间，瓦屋鳞次，多有居民。岩谷清空，犬声如豹，想红楼绿阁最胜之时，又未必有此景物也。雨渐大，云气四塞，怆惶而归，衣履尽湿。

寝时与僮仆约，五鼓起行。及寤，日杲杲出矣。

[1] 骊山：在临潼区城南，为秦岭山脉支峰。山上有两峰，称东绣岭和西绣岭。

[2] 天福：五代后晋高祖石敬瑭年号，公元 936 年至 944 年。

[3] 妃子莲花汤：相传为杨贵妃沐浴的汤池。

[4] 骊山老母：一作黎山老母，道教传说中的女仙。唐李筌《黄帝阴符经疏·自序》托词：他在嵩山石壁中得《阴符》本，不晓其义。在骊山下，逢一老母，给他在树下说《阴符》玄义，讲毕不见。李筌食其所余麦饭，从此数日不饥，气力大增。

二十四日　行十七里，道侧南原即古鸿门[1]。下马徘徊，千载下犹为沛公危也。过新丰[2]市，想昔日之盛。

又三十里，次灵口[3]。旧有《题蔺相如[4]墓诗》云："当年身璧俱归赵，肯占强秦土一抔。"所过道傍相如墓碑之误无疑。

阴雨。又行四十里，迳酒水万里桥，抵渭南县。酒水亦北入渭。雨甫晴，日色尚早。仍出城登万里桥闲眺，见苍鹰数十摩空而飞，白鹭一双对立沙际，动静各自适也。

二十五日　早行。十里，经唐太师王忠嗣[5]墓道。墓前神道碑元载撰、王缙书，用笔劲秀有法，万历中已移置县西郭门外。

又行三十里，过西溪水。此一带皆少华山[6]色，遥映树杪，山亦巀嶭。及视太华山，则似儿孙矣。西溪余曾至其处，山水弯环，荷花极盛，遥望如依依故人云。

又十里，抵华州[7]，出东门。华州前为直隶州，今同州[8]升为府，属焉。

---

[1] 鸿门：在临潼区鸿门堡村。秦汉时是通往古新丰的大道，项羽曾在此宴请刘邦，企图乘机杀死他，史称鸿门宴。

[2] 新丰：城邑名，在临潼区东。汉高祖刘邦因太上皇思东归，在此地建邑以象丰邑，且徙丰人于此，故名为新丰。

[3] 灵口：镇名，今临潼区零口镇，是零水入渭处。

[4] 蔺相如：战国时赵国大臣。赵惠文王时，他在强秦威逼面前，以自己的勇敢和智慧，维护赵国利益。对同朝大臣廉颇，则容忍谦让，使其愧悟，将相和好，共御秦侮。

[5] 王忠嗣：唐华州郑（今陕西华县）人，曾任河西陇右节度使，权朔方河东节度，佩四将印。为李林甫所诬，贬汉阳太守。卒后追赠兵部尚书。

[6] 少华山：在陕西华县城东南十里，与西岳太华山合称"二华"。有少华（俗称独秀峰）、玉女、东峰三峰。

[7] 华州：治在今陕西华县。

[8] 同州府：清康熙十三年（1674 年）升州为府，治大荔（今县），辖华州等州县。

过太平桥，有宋希夷[1]先生堕驴处碑碣。过汉将军纪信[2]祠堂。

又行二十五里，经莲花寺，面临少华，后负平阜，有清池丛苇，映带左右，树木茂郁，地多凸凹，弃石累累，酷似前人营造亭池之处。土人云：郭令公[3]本华州人，此其故园，后改为寺。按，汾阳园在长安大安坊，后为岐阳公主别馆，岂此地亦有别业耶？

又行五里，次柳子镇[4]。饭已，即行。太华三峰，如半天之云岌岌欲坠。马行其下，秀色峦光，令人神爽飞越。

余于九年前渡河西来，与友人屠文山约游西岳。至青柯坪，文山有疾，余独至云台峰。记忆文山，迅返，因未登峰顶，至今犹以为憾事。然所历之径道，尚能叙其梗概焉。

岳庙至云台观十里，云台至玉泉院一里，有希夷洞，设先生睡像。洞左有山荪亭，覆盘石上，玉泉环流，灌木四合，真佳境也。东南行，始入谷口，两壁直立如削，谷底宽者止二三寻[5]，溪水逶迤而出。

五里至第一关[6]，巨石突立，中豁为门，人佝偻而上，若行隧道。桃林坪即在关上，取昔"放牛桃林"之意。登坪，山色四围，溪声聒耳，已别有天地矣。行四里，次方洞，石崖百余尺，有穴名希夷峡，相传蜕骨在焉。西折数十步，有石中分如斧劈者，人由此内行，为第二关。又

[1] 希夷先生：五代、宋初道士陈抟，字图南，自号扶摇子，宋太宗赐号希夷先生。著有《先天图》《无极图》《指玄篇》等，认为万物一体，唯有超绝万有之"一大理法"存在。隐居华山，在道教史上很有影响。

[2] 纪信：秦汉之际人，参加刘邦队伍，楚汉相争，项羽围荥阳急。纪信主动请求乘汉王车黄屋左纛欺骗楚人，刘邦乘间逃走。项羽因之烧死纪信。

[3] 郭令公：名子仪，唐朝大将。

[4] 柳子镇：今陕西华县柳枝镇。

[5] 寻：古代长度单位，每寻长八尺。

[6] 第一关：今名五里关。

行数里，至娑罗坪，谷浒宽平，两崖如缩，东面石壁可数十丈，瀑布悬挂而下。坪对绝巘，即上方峰。斗壁直立，铁锁下垂，石上凿有小坎，从下达上仅容履端，视之股栗，然非登岳要路也。自坪逆十八盘而上，十里至青柯坪。土旷而夷，有馆款客。坪即在西峰下，回岩曲磴，杂树倒悬，斜溜飞泉，相激成雨。余来时正值皎月，喜不成寐。山至此恰半。

坪左上，里许为回心石。盖自此皆缘壁握繘而行，游人畏险辄还，故云回心石。傍又镌有“英雄进步处”五字，静者见危而生悔，豪士乘险以就功，志各不同也。东上三里许为千尺疃，疃上东北转为百尺峡，峡险与疃称而缩。《水经注》云：“天井裁容人，穴空迂迴，倾曲而上。”又云：“欲出井望空视明，如在室窥窗也。”杨嗣昌[1]云：“形如槽枥，持金绳探石窦以上，或时晦瞑，疑在鼠穴木空也！”可谓善于形容者。出峡，登望仙台，平可方丈，眼界如豁。行二里许，过二仙桥。桥当山曲断处，用金贯石架木以行。又数转，至高崖，俯见渭水，为俯渭崖。桥西为车箱崖，人缘轮横度。又迳老君犁沟[2]，直若引绳，险逾于疃。疃凹而犁凸也，距百尺峡约五里。又行四里，至云台峰。两峰崒嵂，万壑幽深，耳中唯闻松风之声，飘飘乎非人间世矣！北行七十余步，有坊曰“白云仙境”。又北数百步，平衍如掌，有白云庵。游止此而返。

当出峡时，望云台峰上干霄汉[3]，及至此仰视，三峰矗矗，又如出峡时之望云台峰矣。时当十月，骤雨。少顷举目，而上界松枝已带雪矣。迨返青柯馆，日光烂然，半日之间，一山之内，而阴晴雨雪不同如此，

[1] 杨嗣昌：明崇祯时兵部尚书，字文弱，湖广武陵（今湖南常德）人。

[2] 老君犁沟：相传老子修炼时，因见民众开山凿道不易，便驱其乘牛，一夜犁成此道，因此得名。

[3] 上干霄汉：《蕅香》本为“上千宵汉”，误。

山之高峻可知也。今一闭目，如在其间。因见山附记于此。

又行五十里，抵华阴县[1]。未到二里许，过汉神医华佗墓道，墓距道尚远。又过苻秦清河侯王猛[2]墓，冢甚大，后连一冢，无考，俱北向。

日尚未落，亟往观岳庙。有青牛柏极古，致有柏抱槐一株。槐阴可荫百余人，而柏尚存皮围裹，柏如蝉蜕，槐如负板，亦生物之巧者也。有唐玄宗[3]碑，火毁。按《开元传信记》[4]云:《华岳碑》系玄宗[5]所书制，“碑高五十余尺，阔丈余，厚五尺，其阴刻扈从太子王公以下官名，制作壮丽。”今止存烬余，碑趺尚岿然也。岳庙古碑最夥，明时地震，多损失。今尚有《昭告华阴碑》，韩赏撰，韩择木八分书;汉郭香察《华山碑》[6]，侧有颜鲁公除饶州刺史谒祠题名;及他数碑无恙。昔欧文忠公[7]《华岳题名跋》云:“华岳题名，自唐开元二十三年讫后唐清泰二年，实三百一年，题名者五百一人，再题者三十三人，往往当时知名士也。”又曰：“其姓名岁月风霜剥蚀，亦或在或亡，其存者有千仞之山石耳。”嗟夫，古今一辙，所谓临长川而叹逝者也！登万寿阁，南观华岳，秀不可状；北望三河口，即洛河、渭河、黄河会归处也。洛水[8]源出庆阳安化县[9]白於山，渭水自渭源起，行一千八百余里，至此始入黄河，余可谓见其始末矣。

---

[1] 华阴县：今陕西华阴市。

[2] 苻秦王猛：苻秦，指苻健、符坚家族所建之前秦政权。王猛为其大臣，官至丞相。“苻秦”，乾隆精刻本误为“符秦”。

[3] 唐玄宗：乾隆精刻本避清圣祖玄烨名讳，为“唐元宗”。

[4] 开元传信记:为《开天传信录》之讹。该书为唐郑綮所撰,记开元、天宝间故事三十二则。

[5] 玄宗：乾隆精刻本避讳作“元宗”。

[6] 华山碑：又称《汉延熹碑》，篆额题《西岳华山庙牌》，隶书，东汉桓帝延熹八年（165年）立。原碑毁于明嘉靖地震。后又重刻，立于岳庙东亭。

[7] 欧文忠公：宋欧阳修，字永叔，号醉翁，谥文忠。

[8] 洛水:一称北洛河。渭河支流,源于陕西定边县南梁山,东南流经志丹、洛川、蒲城等县,到大荔县南入渭河。

[9] 庆阳安化县:唐神龙元年（705年）改弘化县置，为庆州府治，在今甘肃庆阳市庆城县。

是夕，宿岳庙侧。

二十六日　漏未尽一刻[1]，行三十里，下马拜汉太尉杨公震[2]墓。按公《传》，于延光中为太尉，以忠直被放归，卒于夕阳亭。顺宗即位，门人虞放、陈翼诣阙追讼公事，诏以礼改葬公于华阴潼亭，祠以中牢，即此地也。

又行二十里，次潼关县。潼水出于潼谷，故汉以名关，明以名卫，国朝以名县也，即古桃林地[3]。《春秋》[4]："晋使詹嘉守桃林之塞。"杜注[5]曰："桃林，潼关是也。"兹邑西峙太华，东踞崤、函，南控武关，北扼蒲坂，黄河如带，条山如屏，古今倚为重镇焉。谚曰："潼关天井，鸡鸣三省"，诚然。昔汤公斌[6]任监司时，刻唐明皇以下凡十有八人过关诗二十九首于东门楼壁，殊可观。

饭已，过风陵渡[7]。河广永，较皋兰所见岂特倍蓰哉！晋民有携酒浆迎至此者。余曾任河东监司[8]，自此酬应益繁，无暇记录。距京师尚隔二千二百四十五里云。

[1] 漏未尽一刻：古代以漏壶计时。汉时漏壶昼夜共一百二十刻，夜漏尽则天明，"漏未尽一刻"指天亮前不久。

[2] 杨震：字伯起，东汉弘农华阴人。博览群书，人称"关西夫子"。历任荆州刺史、涿郡太守、司徒、太尉等。安帝乳母王圣及中常侍樊丰等贪侈骄横，杨震上疏劝谏，被诬罢官，饮鸩而卒。其子孙世代高官，"弘农杨氏"成为东汉有名的世家大族。

[3] 即古桃林地：杨伯峻《春秋左传注》认为"桃林塞在今河南省灵宝县阌乡以西，接陕西潼关界"。

[4] 《春秋》：《春秋》据传是鲁国国史，经孔子整理，成为儒家经典之一。引文见《春秋左氏传》文公十三年。

[5] 杜注：晋杜预《春秋经传集解》注文。

[6] 汤斌：清河南睢州（今睢县）人，字孔伯，号潜庵，顺治进士，累官潼关兵备道，后辞官从孙奇逢习研程朱理学。康熙十七年（1678 年）被荐应博学鸿儒科，官至礼部尚书，改工部尚书。

[7] 风陵渡：黄河渡口，在山西芮城县西南端，黄河在此由南流转向东，是晋、陕、豫三省交通要冲。

[8] 余曾任河东监司：指作者雍正八年至十一年（1730—1733 年）任山西河东道。

《藕香零拾丛书》本缪荃孙跋

右《据鞍录》一卷，国朝杨应琚撰。按，应琚，字松门，正白旗汉军人。祖杨宗仁，官湖广总督，谥清端。父文乾，官广东巡抚。松门由西宁道，官至大学士管理云贵总督，办缅甸兵事得罪，赐自尽。

此录乃为西宁道时，述职入都所纪。历叙道路风景，考证古迹，搜访金石，令人想见升平气象。松门累代封疆，未由科目出身，文笔雅洁可爱。纨袴自安之辈，相对亦应愧死。

《录》云：清端公初升临洮知府，松门故由西路入洮、秦，出宝鸡，述祖德，访土风也。惟记华岳庙中古碑，云：汉郭香察《华山碑》侧，有颜鲁公题名。此记舛误。鲁公大历九年谒金天王祠题名，在周《天和碑》侧。《华山碑》郭香察书者，早毁于嘉靖时矣。

光绪丙申[1]长至前一日　江阴缪荃孙跋

[1]光绪丙申：光绪二十二年，当公元1896年。

谥法备考校注

〔清〕杨应琚　辑撰
汪受宽　校注

谥法备考序

刑赏者治天下之大柄也，谥法之用与刑赏相为表里。有时刑赏既穷，而身后一二字之褒讥，或荣于华衮，或严于斧钺，使人有所忌而不敢为恶，有所劝而勉于为善。其用法也，微而彰，公而恕，严明而忠厚。于此见古圣王爱人无己之深心，而历世磨钝之大法于是乎在。

自周盛时，天子谥于南郊，请命于天也；公卿大夫赐谥命于君也。若文武之功德，成康之继述，元公之制作，卫武、鲁僖之贤行，纪之典册，咏之诗歌，迄今读其书绎其名，想慕风徽，若合符节，欲荣名之不易，怀懿行之必传，可覆而视焉！若夫实行难诬，公议不僭，幽、厉、丑、缪之名，子孙孝慈亦不能改。呜呼，何其著也！

秦世事不师古，除去谥法。汉谥掌于大行[1]。唐重谥法，议谥极严。宋元以来，渐主讳恶，而亦有美刺。明洪武初，止武臣有谥，厥[2]后及于缙绅君子。历代议谥大要，善善长而恶恶短，而一有不当，立朝君子

[1] 大行：汉官名，掌归义蛮夷及朝廷礼仪。

[2] 厥：其，指示代词。

往往力争驳正，不少假僭，孰谓三代之直道，一日泯于人心哉！我朝三品以上方得请谥，采之公论，断自宸衷，苟非卓肰[1]名臣，不得滥邀易名之典[2]。其于是非之公义，激劝之大权，炳若日星，足以世法而世则也。

谥法之重如此，言谥法者历代不乏成书，近时亦有纂述，但多略而弗详，遍而弗全。三韩[3]杨君松门所辑《谥法备考》六卷，首列《周代谥法》[4]；次诸家谥法，参以己见，原其始，考其例也；次总论，明其理也；次指实，实其事也。上下数千百年，凡谥法之散见于经史百家者，援引殆尽。而自序一篇，首标六法，于古圣王谥法精义包举无遗。自有谥法以来，未有如此书之提要钩玄[5]、择精语详者。杨君之用心亦勤矣哉！

杨君博文洽记，于书无所不读，反己自修而外，更以世道人心为己任。年来监司湟中，有风移俗易之化。公余著述，皆关世教。是编尤足上佐朝廷议谥之典，下垂百世激劝之方，其关于世道人心者甚鉅。读是书者，考古鉴今，可以知所趋向矣！

乾隆丙寅[6]十月既望[7]桂林弟陈弘谋[8]谨序

[1]肰：同然，语助词。

[2]易名之典：因谥号是用来代替死者之名的，故称谥法为易名之典。

[3]三韩：汉晋时，朝鲜半岛有马韩、辰韩、弁辰（韩）三国，计辖有七十八部，合称三韩。清代指白山黑水之间古为三韩，杨应琚为奉天汉军正白旗人，故有此称。

[4]《周代谥法》：又称《周公谥法》，最早撰成的讲谥法产生、意义及谥字释义的书，古人称其为周公旦所撰，实为战国时儒生所撰，今见《逸周书·谥法解》《史记正义·谥法》等书。

[5]玄：原稿避清康熙帝名讳，以元代玄，今迳改。

[6]乾隆丙寅：乾隆十一年，当公元1746年。

[7]既望：旧历每月十五或十六日为望日，其后一天称既望。

[8]陈弘谋：1696年—1771年，字汝咨，因避乾隆帝名讳后改名宏谋。临桂（今广西桂林）人。雍正进士，历官布政使、巡抚、总督，至东阁大学士兼工部尚书，谥文恭。治学以薛瑄、高攀龙为宗，撰有《培远堂全集》，辑有《五种遗规》。

自 序

古无谥，有之，自周始，此先王虑世之深也。盖风气日下，人心不古，善恶不得不明，劝惩不得不至。又以刑赏只及于生前，而谥法可垂诸百世，荣辱唯加于一己，而谥法则示其子孙，贯幽明而彻终始，然后劝惩之道始备，善恶之迹难逃。庶君子知劝，小人知惧焉！

议谥之道其法有六：备以扬之，节以取之，一以尊之，兼以美之，隐而彰之，改而恕之。夫备以扬之，则人知勉善；节以取之，则人知洗恶；一以尊之，则人知全德为贵；兼以美之，则人知力行为荣；隐而彰之，则人知虚伪徒劳；改而恕之，则人知自新有益。公叔文子卒，其君不遗其一善，历数其事，而谥为贞惠文，此备以扬之也。晋文公谲而不正，以有兴霸之功，孔文子立品不端，以有好学之美，而皆谥曰文，此节以取之也。程子[1]继往圣之学，止谥曰正；朱子[2]集万世之教，止谥曰文，此一以尊之也。司马文正公[3]忠信接礼，正色立朝，既谥以文，加之以正；

[1] 程子：北宋思想家程颐，理学创立者之一，河南洛阳伊川人，故又称伊川程子。

[2] 朱子：南宋思想家朱熹。

[3] 司马文正公：北宋名臣司马光，谥文正。

欧阳文忠公[1]高文博学，廉方公正，既谥以文，加之以忠，此兼以美之也。汉衡山王勃，值七国反，独无二心，议为贞王；宋襄阳王允良，私好酣寝，以日为夜，谥为荣易；何曾有色养之誉，奏科尹之谟，而秦秀以其日食万钱，不循轨则，请谥为谬丑；杨绾负简俭之名，励清白之守，而苏端以其与元载友敬，不发其恶，请毋谥文贞，此隐而彰之也。周恭王能庇昭穆之阙而为恭，楚恭王能知其过而为恭，此改而恕之也。呜呼！扬则明，取则专，尊则贵，美则善，彰则显，恕则宽，此先王虑世之深也。

伊川程子曰："为政至要，莫先于谥法。"余承乏湟中[2]，公事之暇，因取诸家谥法并经史诸集，有涉谥法者，汇而辑之。首谥法，次讨论，次事实，自周至明，灿若列眉。篝灯手录，数年乃成，颜曰《备考》，以备国家采择云尔。

吁！谥之为言引也，身虽死名常存。冠盖之伦睹此书者，忠义之心可以油然而生矣！是为序。

乾隆丙寅闰三月朔旦[3]辽海杨应琚识

[1] 欧阳文忠心：北宋名臣欧阳修，谥文忠。

[2] 承乏湟中：在湟中任官做事。承乏，任某官做某事的谦词。湟中指湟水中游地区，即今青海省西宁市一带。其时杨应琚任陕西分巡抚治西宁道按察使司佥事，简称西宁道。

[3] 朔旦：旧历每月初一称为朔，朔旦即初一日。

凡 例

一、是编以《周代谥法》为主，并采刘、贺、王、苏诸家谥法[1]，已详后注。《谥法》一书探讨者少，传写多不同。余搜罗多书，择其善者。次载历代前人谥法诸论，皆以谥法为为政之至要，所宜先者。所谓一字之褒荣于华衮，一字之辱甚于斧钺。后载自周至明在位、在野谥法，皆备指事实而言，更为亲切。如郑羲谥宣，制诏得以扬其恶；敬宗[2]谥谬，子孙无以讼其非是也。《传》曰："夫令名，德之舆也；德，国家之基也。"[3]故余备载焉，览者可以深长思矣。

一、历朝唐人重谥典，故驳议者为多。如袁思古之议许敬宗，李邕之议韦巨源，独孤及之议吕禋，苏端之议杨绾，张仲方之议李吉甫，王彦威之议于頔，韦奕之议马畅，李虞之议房式，尤皎皎杰出者也。故是编"指实"内载唐议谥独多。

一、余自序云："公叔文子谥为贞惠文，此备以扬之也。"然必如公

[1] 刘、贺、王、苏诸家谥法：指东汉刘熙、南朝梁贺琛、唐王彦威、宋苏洵诸人的谥法著述。
[2] 敬宗：指唐臣许敬宗。
[3]《传》曰：见《左传》鲁襄公二十四年子产告范宣子轻币。

叔文子始可加以三谥，后世尚有如公叔文子者乎？二字一字足矣！如明世宗谥道士邵元节为文康荣靖，乃以易名之典为加恩之具，何以鼓励忠良、昭示后代？均宜为戒。

一、宋司马文正公以关中诸士欲谥横渠张子[1]，不合于古礼。今是编“指实”内有载处士谥法者，以其文行不愧，虽未得人爵，亦获美谥，所以风励后人。如明道先生[2]乃文太师[3]所题墓碑，至今称程子者不能更易。至于后儒又撰《续谥》五十[4]，乃谓以待世天爵之君子，则蛇足矣，故不取。

一、是编“谥法”，凡《周代谥法》皆注明，诸家谥法有精义者亦指出其人，余皆注以旧法。至列《周法》于前，旧法于后，一字有二三义至十数义者，罗列聚陈，以便观者。新补、新改，乃鄙见用以求正高明。谥法诸书多年搜访，或系残板，或系抄本，未免舛误。再四研究，择其善者，尚望博雅君子明以教我，即当改正。

一、是编分“总论”与“指实”为二者，一以论其理，一以指其实。而总论典指实，又有一二复见者，如孔文子谥法之类，盖总论内孔子答子贡之问，论其理也；指实内序其谥，指其实也，非重复也。览者自悉。

一、“谥法”“指实”内有涉议论者，因此事实而有此议论，故仍入事实内；亦有因此事实而推广论者，亦载诸事实内，以补总论之不足也。览者必全阅，始知述者苦心，非不惮烦也。如徒以官给谥，无可劝惩者，

[1]横渠张子：北宋思想家张载，凤翔郿县（今陕西眉县）横渠镇人，人称横渠张子。

[2]明道先生：北宋思想家程颢，人称明道先生，与其弟程颐合称“二程“。

[3]文太师：北宋名臣文彦博，汾州介休（今山西介休市）人，逮事四朝，任将相五十年，以太师致仕，故有是称。

[4]《续谥》五十：指北宋刘敞所著《续谥法》一篇，收于《皇（宋）朝文鉴》卷一百二十六。

不载。

一、"谥法""指实"内，廷论互有异同，公议亦有是非，并有因私宠而特赐美谥，臣下不能争者，亦有因私情而故为袒护，公论不能夺。考是编俱备载焉，以见百世之下，善恶益明，私者无益，究不以美谥可以欺世盗名也。谥法之制，君宠不可恃，亲故不能助，孝子慈孙不能改。孔子曰:"君子求诸己"，大行受大名，细行受细名，行出于己，名生于人，可不慎诸！

一、前明易名之典未善，黄氏道周[1]言之详矣，而所论亦当，故备载"总论"后，以备考察。

应据再识

[1]黄氏道周：黄道周，明末学者，福建漳浦（今福建东山县）人，南明隆武时，任吏部尚书兼兵部尚书、武英殿大学士（首辅），抗清失败被俘牺牲，谥忠烈，清乾隆时追谥忠端。

谥法备考卷之一
谥法

神二

民无能名曰神。《周书谥法》，不名一善也。[1]

圣不可知曰神。苏洵[2]所改。《孟子》曰，圣而不可知之之谓神。

圣四

扬善赋简曰圣。《周法》，所称得人，所善得实，所赋得简。

敬宾厚礼曰圣。《周法》，圣于礼也。

行道化民曰圣。苏洵所补。

穷理尽性曰圣。苏洵曰，夫尧，不能穷理尽性，安能行道？古之所谓行道者，尧舜而已。如孔子则穷理尽性，而道不行者也。故两著焉。且圣者，大名也。

[1]《周书谥法》云云：本卷凡《周书谥法》《周法》后之注文，皆为晋五经博士孔晁所注。

[2]苏洵：北宋学者、官员，与其子苏轼、苏辙合称三苏。他是官修《编定六家谥法》的执笔者，另独自撰成《谥法》（又称《嘉祐谥法》）四卷，录有历代谥字一百六十八字，谥解三百一十一条，新改二十三条，新补十七条。另有评论历代谥法著作，述其撰书经过的《总论》一篇，叙其去取之意的《辨论》三篇，已佚。

皇一

靖民则法曰皇。《周法》，靖，安也。

帝一

德象天地曰帝。《周法》，同于天地也。

君二

赏庆刑威曰君。《周法》，能行四者。

从之成群曰君。《周法》，民从之也。

王一

仁义所往曰王。《周法》，民往归之。

尧一

大而难名曰尧。苏洵所改。旧法，翼善传圣曰尧。有子可传而时无舜，则尧不得为尧矣，此因已然之迹而论尧者不可用。孔子曰，唯天为大，唯尧则之，荡荡乎，民无能名焉，民不知所以名尧，而徒见其尧尧然者，故曰尧。

舜一

仁圣盛明曰舜。苏洵曰，舜，充也。子曰，舜好问，而好察迩言，隐恶而扬善，执其两端，用其中于民。郑康成[1]曰，舜之言充也，盖言取天下之善，以充诸其身云尔。

禹二

渊原通流曰禹。旧法。

受禅成功曰禹。苏洵曰，此二者，皆因禹之功以为义也。

[1] 郑康成：郑玄，字康成，东汉经学家。

汤二

除残去虐曰汤。苏洵，汤者，湔濯天下残毒之称也。

云行雨施曰汤。旧法。

文十一

经纬天地曰文。《周法》，《国语》单子曰，经之以天，纬之以地，经纬不爽，文之象也。

道德博文曰文。《周法》，无不知也。

学勤好问曰文。《周法》，不耻下问。

慈惠爱民曰文。《周法》，惠以成文也。

愍民惠礼曰文。《周法》，以礼安人[1]也。

锡[2]民爵位曰文。《周法》，与可举也。

忠信接礼曰文。刘熙《谥法》[3]云，本之以忠信，继之以礼乐，斯为文矣。

施而中理曰文。苏洵所补。其《谥法》云，旧法曰，施为文，除为武。文者，文理之谓也。施而不中理，犹未得为文也。盖文之为义广。古之文王，乃得当之。唯其施而无不中理云耳，下而至于孔文子、公叔文子，仲尼皆以文许之，是一节中理者也。故观其谥，而考其所以谥，而文之大小乃见。盖行之中理而可以为文者，其实不可胜广也。故取旧法之所谓文而不害于义者著之，而后世之君子，苟有施而中于理者，皆可以文谥之，虽法之所不及，可也。

---

[1] 安人：即安民，为避唐太宗李世民名讳，改民字为人字。

[2] 锡：同赐，给予。

[3] 刘熙《谥法》：刘熙，字成国，北海（今山东昌乐县西）人，东汉末名士，所作《谥法注》一卷，选取《周书谥法解》中七十六个谥字，为之作注。刘氏原书已佚。

修德来远曰文。苏洵《谥法》云，孔子曰，远人不服，则修文德以来之。

刚柔相济曰文。苏洵所改。旧法曰，宽而不慢，廉而不刿曰文。又曰，宽立不慢，坚强不暴曰文。能刚柔相济之谓也。

修治班制曰文。苏洵《谥法》云，卫公孙枝卒，其子戍请谥于君。君曰，昔者卫国凶饥，夫子为粥与国之饿者，是不亦惠乎。昔者卫国有难，夫子以其死卫寡人，不亦贞乎。夫子听卫国之政，修其班制，以与四邻交，卫国之社稷不辱，不亦文乎。故谓夫子贞惠文子。

武九

刚强直理曰武。《周法》，刚无欲，强不挠，直正无曲，理忠恕也。

克定祸乱曰武。《周法》，以兵征，故解也。

刑民克服曰武。《周法》，法正民，能使服。

大志多穷曰武。《周法》，大志行兵，多所穷也。

威强睿德曰武。《周法》。刘熙曰，睿，智也。威而强果，加之以谋，故曰武。

师众以顺曰武。旧法。

保大定公曰武。苏洵曰，既以武克敌，又能保有其大，安定其功，此武之大成也。《左传》楚庄王〔谓〕（为）[1] 武者有七德[2]，此其二也。

辟土斥境曰武。旧法。

折冲御侮曰武。旧法。

贤一

行义合道曰贤。苏洵所改。其《谥法》曰，贤者，贤于人之谓也。

---

[1]〔谓〕（为）：原刻误，据义改为“谓”。

[2] 武者有七德：《左传》宣公十二年，楚庄王言：“夫武，禁暴、戢兵、保大、定公、安民、和众、丰财者也。”

故不可以一行当之，唯其行事举合于道，而后可以为贤也。苟以一行当贤行，贤者不可胜举矣。凡旧法智而好谋、彰善掩过之类，皆归之他谥，而以不贤命之。

成六

安民立政曰成。《周法》，政以安民也。

遂物之美曰成。旧法。

通达强立曰成。旧法。

刑名克服曰成。刘熙曰，以法加民而民服，治德以成，故曰成。

礼乐明具曰成。苏洵所补。

持盈守满曰成。苏洵云,《诗序》言曰,凫鹥,守成也。言太平之君子,能持盈守成。谓成王也。

康三

安乐抚民曰康。《周法》，无四方之虞也。

合民安乐曰康。《周法》，富而教之也。

温柔好乐曰康。《周法》，好〔丰〕（豊）[1]年，勤民事。

献四

聪明睿哲曰献。《周法》，有通知之聪也。

知质有圣曰献。《周法》，有所通而无蔽。

博文多能曰献。《周法》，虽多能不至大道。

向德内德曰献。刘熙曰，献者，轩轩然在物上之称也。内，亦向也。人能日向于德惠，则为众所推仰，轩轩然在上矣。苏洵云，《今文尚

[1]〔丰〕（豊）：原刻误，据《逸周书·谥法解》改。

书》[1]云尔，注家皆云向惠德元，其义不〔通，当〕（当，通）[2]以《书》为信。

懿二

温柔贤善曰懿。《周法》，性纯淑也。

柔克有光曰懿。苏洵云，《今文尚书》曰，柔克曰懿，刚克曰伐。

元五

始建国都曰元。《周法》，非善之长，何以始之。刘熙曰，此元首之元也。

主义行德曰元。《周法》，以义为主，行德政也。

能思辩众曰元。《周法》，别之，使各有次也。苏洵曰，思虑能辩众之所疑，是识其要也，曰元。

行义说[3]民曰元。《周法》：民说其义也。

体仁长民曰元。苏洵所补。《易》曰，元者，善之长也。君子体仁，足以长人。

公一

立志及众曰公。《周法》，志无私也。

侯一

执应八方曰侯。《周法》，所执行，八方应之。

---

[1]《今文尚书》：《尚书》是我国最早的一部历史文献汇编，据传为孔子删定。汉代，《尚书》有今文、古文两种文本。《今文尚书》二十九篇，传自伏生，用当时通行的隶书写成。《古文尚书》发现于孔宅壁中，因用先秦篆文写成，故名，共四十五篇。《古文尚书》西晋佚散失传。东晋元帝时，豫章内史梅赜献出《尚书》五十八篇，其中包括梅氏所造二十五篇。唐孔颖达作《尚书正义》就用的是这个本子。清阎若璩作《古文尚书疏证》，列举一百二十八条例证，断定其为伪书。

[2]〔通，当〕（当，通）：原刻倒，据苏洵《谥法》改正。

[3]说：同悦，高兴、喜欢。

章三

法度明大曰章。旧法。

敬慎高亢曰章。旧法。

出言有文曰章。旧法。

厘[1]三

质渊受谏曰厘。《周法》，深故能受。

慈惠爱亲曰厘。《周法》，言周爱亲族也。

小心畏忌曰厘。苏洵云：厘，福也，乐也，广也。其质如渊，虚以受谏与小心畏忌，二者皆深自抑损，以求无过者，此所以受福也。

景三

由义而济曰景。《周法》，用义而成也，或作信。

布义行刚曰景。《周法》，以刚行义也。苏洵云，《今文尚书》曰，景，武之〔功〕（力）[2]也。

耆老大虑曰景。《周法》，耆，强也。

宣三

善闻周达曰宣。《周法》，又曰圣善周达曰宣。

施而不私曰宣。苏洵曰，施止其所私，则不光。不光，非宣矣。

诚意见外曰宣。苏洵所补。

明八

照临四方曰明。《周法》，《诗》[3]云，维此王季，帝度其心。貊其德音，

[1] 厘：繁体作釐。

[2]〔功〕（力）：原刻误，据苏洵《谥法》改。

[3]《诗》：《诗经》，儒家经典之一，系周代采诗之官采集的官方或民间诗歌的结集，因表现体裁和音乐性质不同，分为《风》《雅》《颂》三大类。春秋末叶，经孔子编订，选为三百零五篇。

其德克明。克明克类，克长克君。王此大邦，克顺克比。比于文王，其德靡悔。晋大夫成鱄曰，心能制义曰度，德正应和曰莫，照临四方曰明，勤施无私曰类，教诲不倦曰长，庆赏刑威曰君，慈和遍服曰顺，择善而从之曰比，经纬天地曰文。此即所谓九德也。

谮诉不行曰明。《周法》，子张问明。子曰，浸润之谮，肤受之愬，不行焉，可谓明也已矣。浸润之谮，肤受之愬，不行焉，可谓远也已矣。

思虑深远曰明。《周法》。

任贤致远曰明。旧法。

总集殊异曰明。旧法。

独见先识曰明。旧法。

能扬仄陋曰明。旧法。

察色见情曰明。苏洵所补。

昭三

容仪恭美曰昭。《周法》，有仪可象，行恭可美。

圣闻周达曰昭。《周法》，圣圣通合。

昭德有劳曰昭。《周法》，能劳谦。又曰明德有功曰昭。刘熙曰，能明明德而任之，则有功而昭显。

正一

内外宾服曰正。《周法》。苏洵云，正不正之相去甚远。然不正之人，无有肯自服其正之者，如此，则邪正终不可辨也。故举其效曰，唯众人之所同服者，正也。天下之议，唯众为最公，苟其不正，虽有服者，不能服内外。

敬八

夙夜敬戒曰敬。《周法》，敬身思戒。

合善法典曰敬。《周法》，非敬何以善之。

夙夜恭事曰敬。《周法》，敬以莅事也。

畏天爱民曰敬。旧法。

斋庄中正曰敬。旧法。

受命不迁曰敬。旧法。

死不忘君曰敬。旧法。

陈善闭邪曰敬。《孟子》曰，责难于君，谓之恭；陈善闭邪，谓之敬。吾君不能，谓之贼。

恭十三

尊贤贵义曰恭。《周法》，尊事贤人，宠贵义士。

敬事供上曰恭。《周法》，供，奉也。

尊贤敬让曰恭。《周法》，敬有德，让有功。

执事坚固曰恭。《周法》，守正不移。

爱民长弟曰恭。《周法》，顺长接弟。

执礼敬宾曰恭。《周法》，迎待宾也。

芘亲之阙曰恭。《周法》，修德以〔盖〕（益）[1] 之。

尊贤让善曰恭。《周法》，不专，己善推于人也。

既〔过〕（通）[2] 能改曰恭。《周法》，楚子囊以君知其过，可不谓恭。故后世以既过能改曰恭。详后“谥法指实”。

[1]〔盖〕（益）：原刻误，据《逸周书·谥法解》改。

[2]〔过〕（通）：原刻误，据《逸周书·谥法解》改。

不懈为德曰恭。旧法。

治典不易曰恭。旧法。

责难于君曰恭。《孟子》云，见敬注。

卑以自牧曰恭。苏洵所补。其《谥法》曰，恭之所以异于敬者，恭为谦恭，敬为恭敬也。旧法不知辨，故特著之，卑以自牧曰恭。

端一

正直中立曰端。新补。按《说文》，端，直也，正也。《礼·曲礼》，振书端书于君前。《玉藻》，目容端。《贾谊传》，选天下之端士、孝弟、博文有道术者，以卫翼之。盖正直则中立矣。

庄九

睿通克服曰庄。《周法》，通达使能服也。

胜敌志强曰庄。《周法》，不挠，故胜也。

兵甲亟作曰庄。《周法》，以数征为严也。

死于〔原〕（元）[1]野曰庄。《周法》，非严[2]，何以死野？

屡征杀伐曰庄。《周法》，以严厘之。

武而不遂曰庄。《周法》，武功不成也。

严敬临民曰庄。旧法，庄以莅之也。

威而不猛曰庄。旧法，正其衣冠，尊其瞻视也。

履正志和曰庄。旧法。

肃三

刚德克就曰肃。《周法》，成其不欲，使为就。刘熙曰，以刚御下，

[1]〔原〕（元）：原刻误，据《周公谥法》改。

[2]严：即庄，因避东汉明帝刘庄名讳而改。

人畏而明令，故肃。

执心决断曰肃。《周法》，言严果也。

正〔己〕（巳）[1]摄下曰肃。旧法。

穆二

布德执义曰穆。《周法》，穆，纯也。刘熙曰，穆，和也。德义人道之贵能布行之，以此致雍和之化，故曰穆。

中情见貌曰穆。《周法》，性公露也。苏洵云，《诗》曰，穆穆文王，于缉熙敬止。又曰，穆穆鲁侯，敬明其德。夫唯有于内而见于外，而后可以为穆也。

戴二

典礼不愆曰戴。《周法》，无过也。刘熙曰，戴者，为民所瞻仰也。典礼不愆，此诗谓其容不改，出言有章者也。

爱民好治曰戴。《周法》，好民治也。

翼二

思虑深远曰翼。《周法》,《诗》云，小心翼翼。能小心者自能远虑也。

刚克为伐曰翼。《周法》，伐，功也。

襄三

辟地有德曰襄。《周法》，取之以义也。刘熙曰，襄，除也。除殄四方戎狄，得其土地，故曰襄。

甲胄有劳曰襄。《周法》，言成征伐也。

因事有功曰襄。旧法，因事有功，所指者广也。

烈三

有功安民曰烈。《周法》，以武立功也。

---

[1]〔己〕(巳)：原刻误，据《逸周书·谥法解》改。

秉德尊业曰烈。《周法》，遵世业，不堕改。《尔雅·释诂》[1]，烈，业也。

刚正有光曰烈。新补。《诗·周颂》，休有烈光。《尔雅·释诂》，烈，光也。《韵会》，刚正曰烈。《史记》，烈士徇名。《聂政传》，乃其姊亦烈女也。按：历代臣子杀身成仁者多谥忠烈，女子舍生徇夫者亦曰烈女，所谓刚正有光者也。

桓二

辟土服远曰桓。《周法》，兼人故启土也。

克亟成功曰桓。苏洵所改。其《谥法》云，旧法曰，克亟动民曰桓、武定四方曰桓。克亟动民，行恶谥也。武定四方，行善谥也。桓者，刚勇亟切，不害之称也，不可遂为恶，亦不可遂许其善，故合之曰克亟成功曰桓。齐桓用管仲刑名之术，以伯[2]天下，而谥为桓，则克亟成功之故欤！

威四

强毅信正曰威。《周法》，言无邪也。又云，强义执正曰威。

猛以刚果曰威。《周法》，猛则少宽，果敢行。又曰，猛以强果曰威。

以刑服远曰威。旧法，以刑不以德故曰威。

赏劝刑怒曰威。苏洵所补。

勇二

胜敌壮志曰勇。《周法》。

率义共享曰勇。苏洵曰：晋狼瞫为右[3]，先轸黜之，狼瞫怒。其友曰，

[1]《尔雅·释诂》:《尔雅》为儒家十三经之一，是儒家解释词语和考证古代名物的词典性质的著作，中国训诂的开山之作。《释诂》为该书第一篇。

[2]伯：即霸，称霸诸侯。

[3]右：车右，兵车上的专职作战者。春秋时实行车战，国君兵车上，国君居中，车右（又称参乘）居右，为国君之警卫和辅佑，车左亦称甲首又称御戎，负责驾驭战车。此言春秋时晋秦彭衙之战，晋襄公所乘战车，以狼瞫为车右。

盍免之，吾与汝为难。〔瞫〕[1]曰，《周志》[2]有之，勇则害上，不登于明堂共〔享〕（用）[3]之谓勇。吾以勇为右，死而不义，非勇也。

强四

和而不流曰强。

中立不倚曰强。

守道不变曰强。《中庸》[4]曰，和而不流，强哉矫[5]。中立而不倚，强哉矫。国有道，不变塞焉，强哉矫。国无道，至死不变，强哉矫。

死不迁情曰强。苏洵曰：晋太子申生之奔新城，其傅杜原款谓之曰，死不迁情，强也。守情说父，孝也。杀身以成志，仁也。死不忘君，恭也。申生乃死。

毅二

致果杀敌曰毅。旧法。

强而能断曰毅。旧法。

刚二

追补前过曰刚。旧法。

强毅果敢曰刚。旧法。

克二

爱民在刑曰克。《周法》，道之以政，齐之以刑。

[1]〔瞫〕：原刻缺，据苏洵《谥法》补。

[2]《周志》：指《尚书·周书》。

[3]〔享〕（用）：原刻误，据苏洵《谥法》改。

[4]《中庸》：《礼记》中的篇名，宋朱熹将《大学》《中庸》从《礼记》中抽出，加上《论语》《孟子》，编为《四书集注》，成为四书之一。

[5]矫：强貌。

秉义行刚曰克。旧法。苏洵曰，《语》[1]称克伐怨欲，则克者，好胜人之谓也。然《书》有刚克柔克，则克亦能也。

壮二

胜敌克乱曰壮。旧法。

武而不遂曰壮。刘熙曰，志在节义，事有窘迫，功不得成者也。《春秋》[2]原心，故谥曰壮。

果二

好力致勇曰果。旧法。

决断行政曰果。新补。子曰，由也，果于从政乎，何有。果，决断也。

圉一

威德刚武曰圉。《周法》。或曰，御，御乱患也。

魏二

克威捷行曰魏。《周法》，有威而敏行。

克威惠礼曰魏。《周法》，虽威，不逆礼。

高一

德覆万物曰高。旧法。

大一

则天法尧曰大。旧法。《语》曰，唯天为大，唯尧则之。

仁六

蓄义〔丰〕（豊）[3]功曰仁。旧法。

---

[1]《语》：指《论语》，孔子去世后，其弟子及再传弟子编辑的一部孔子及其主要弟子的言论集。

[2]《春秋》：此处指《春秋公羊传》，西汉齐人公羊高传授的解释《春秋》的著作，为《春秋》三传之一。

[3]〔丰〕（豊）：原刻误，据《逸周书·谥法解》改。

贵贤亲亲曰仁。旧法。

杀身成人曰仁。旧法。

克己复礼曰仁。旧法。子曰，克〔己〕(巳)[1]复礼为仁。

能以国让曰仁。旧法。

慈民爱物曰仁。苏洵所补。

睿一

可以作圣曰睿。苏洵所改。其《谥法》云，旧法曰，家方盖平曰睿。卫有〔睿〕(卫)[2]圣武公，而见于谥法者唯此。《谥法》有，众方益平曰儆。"众"似"家"，"益"似"盖"，但不知"儆"何由为"睿"耳。家方盖平，于睿义亦不通。睿者可以为圣，而谓之圣则不可。《洪范》[3]有，貌、言、视、听、思，此五者，人莫不有。人莫不有者，性也。恭、从、明、聪、睿，此五者，圣贤则有之。圣贤而后有者，才也。肃、乂、哲、谋、圣，此五者，各因其才而至焉，德之大成也。故曰，可以作圣曰睿。

宪四

博闻多能曰宪。《周法》。

赏善罚恶曰宪。旧法。

行善可记曰宪。苏洵云，《记》[4]曰，凡养老，五帝宪三王，有乞言。宪者，记其善言以为法也。

为法万邦曰宪。新补。诸家言宪，尚不足以尽之。按，《书·说命》，监于先王，成宪。宪，法也。《诗》曰，万邦为宪。《中庸》曰，行而世

[1]〔己〕(巳)：原刻误，据《逸周书·谥法解》改。

[2]〔睿〕(卫)：原刻误，据《逸周书·谥法解》改。

[3]《洪范》：《尚书》篇名。

[4]《记》：指儒家十三经之一的《礼记》，孔门七十子后学所传关于礼制的文献汇编。

为天下法。故曰，为法万邦曰宪。

光三

功格上下曰光。旧法。

能绍前业曰光。旧法。

居上能谦曰光。苏洵所改。《易》曰，谦尊而光，卑而不可逾。

定五

安民大虑曰定。《周法》。刘熙曰，大虑其害，而为之，防以安之，故曰定。

安民法古曰定。《周法》，不失旧意也。

纯行不二曰定。《周法》。又曰，纯行不爽曰定。

大虑静民曰定。《周法》，思树惠也。又曰，大虑慈民曰定。刘熙曰，不争小利，务在养全，以安定之，故曰定。

追补前过曰定。苏洵曰，过而能改，君子以其过为误，而以能改为出于性也。性固定矣，故从其性谓之定，以为此乃其人之实也。

安二

好和不争曰安。旧法。

兆民[1]宁赖曰安。旧法。

贞五

清白守节曰贞。《周法》，行清白，执志固。

大虑克就曰贞。《周法》，能行大虑，非正而何！

不隐无屈曰贞。《周法》，坦然无私。

固节干事曰贞。旧法。《易》曰，贞固，足以干事。

[1] 兆民：兆，万万亿；兆民，指天下之民。

图国忘死曰贞。旧法。

简四

一德不懈曰简。《周法》，一不委曲。

平易不訾曰简。《周法》。刘熙曰，君能平易，不信訾毁，使民易知，则治亦自简。

治典不杀曰简。旧法。苏洵云，治其典法，使民不犯，以至不杀，简之至也。

正直无邪曰简。苏洵曰，正直无邪，则事自简。故《记》曰，直道必简。

忠六

危身奉上曰忠。《周法》，险不辞难。

盛襄纯固曰忠。旧法。

患不忘国曰忠。旧法。临患能不忘国也。

推贤尽诚曰忠。旧法。是见贤能举，举而能先也。

廉公方正曰忠。旧法。

知无不为曰忠。新补。《传》曰，公家之事，知无不为，忠也。

孝八

五宗安之曰孝。《周法》，五世之宗。

慈惠爱亲曰孝。《周法》。刘熙曰，以己所慈所惠之心，推以事亲，孝之至也。

秉德不回曰孝。《周法》，顺于德而不违。苏洵曰，晋周处与贼战而死，有老母在，贺循谥之曰孝，君子韪之。然而人必先有孝德也，而后秉德不回，乃得为孝。如徒曰秉德不回，是为贞也，非孝也。

协时肇享曰孝。《周法》，协，合；肇，始也。

大虑行节曰孝。《周法》，言成其节。

继志成事曰孝。孔子曰，武王、周公，其达孝矣乎。夫孝者，善继人之志，善述人之事者也。

能养能恭曰孝。苏洵所补。子夏问孝。子曰，色难，有事，弟子服其劳。有酒食，先生馔，曾是以为孝乎。子游问孝。子曰，今之孝者，是谓能养，至于犬马，皆能有养，不敬，何以别乎！

干蛊用誉曰孝。苏洵所补。《易》曰，干父之蛊，用誉。《象》曰，用誉，意承考[1]也。以意承之而已。其事有不可者，亦不从也。

节二

好廉自克曰节。《周法》，自胜其情欲也。

谨行节度曰节。旧法。

白二

内外贞复曰白。《周法》。苏洵曰，贞复，谓反复皆正也。

涅而不缁曰白。〔孔子曰，〕[2]不曰白乎，涅而不缁。非素患难，行乎患难者不能也。

匡二

贞心大度曰匡。《周法》，心正而用察少。

以法正国曰匡。旧法。

质二

名质不爽曰质。《周法》，不爽，言相应。

中正无邪曰质。《周法》，有邪，则不能质。

[1]考：父亲。

[2]孔子曰：原刻无，据《论语·阳货》补。

真二

肇敏行成曰真。《周法》。苏洵曰，真，诚也。始肇之则敏，终行之则成，此诚能之者也。故曰，其肇之敏，而行之不成，斯伪矣。

不隐无藏曰真。苏洵曰，诸家皆云不隐无屏曰贞，于义不通。世有书号《师春》[1]者，载古谥法百余字，与诸家名同。其一曰，不隐无藏曰真，于义为允，故取之。“真”与“贞”相近，自误尔。

靖三

柔德安众曰靖。《周法》，成众使安。

虚〔己〕（巳）[2]鲜言曰靖。《周法》，敬己正身，少言而中。

宽乐令终曰靖。《周法》，性宽乐义，以善自终。旧有作“静”及“靓”者，并同。

顺二

慈和遍服曰顺。《周法》，能使人皆服其慈和。

和比于理曰顺。旧法。非比于理，则不可言顺。

〔商〕（啇）[3]一

昭功宁民曰〔商〕（啇）。《周法》。刘熙云，汉高帝诛丁公而赏雍齿，即其事。苏洵曰：〔商〕（啇），〔商〕（啇）度也。度有功者而赏之，以宁民也。

原一

思虑不爽曰原。苏洵曰，思虑根于中，如泉源也。

---

[1]《师春》：西晋太康年间从汲县出土的先秦古籍（即“汲冢古文”）之一，其中载有谥号所用百余字，是《周公谥法》的一种抄本。

[2]〔己〕（巳）：原刻误，据《史记正义·谥法解》改。

[3]〔商〕（啇）：原刻误，据《史记正义·谥法解》改。

夷二

安民好静曰夷。《周法》，夷，平也，所谓平易近民也。

克杀秉政曰夷。《周法》，克杀，由于秉正也。

和四

柔远能迩曰和。旧法。

号令悦民曰和。旧法。

不刚不柔曰和。旧法，所谓布政优优者也。

推贤让能曰和。旧法，非和则不能推让。

惠二

柔质慈民曰惠。《周法》。又曰，柔质受课曰惠。

爱民好与曰惠。《周法》。苏洵曰，孔子以子产为惠人，而孟子亦讥其惠而不知为政。然则惠者，结爱于人而不知礼者也。

莫一

德正应和曰莫。《周法》，正其德，应其和。苏洵曰，莫然，和靖之称也。《左传》成鱄云，见明注。

介一

执一不迁曰介。苏洵所改。

厚二

思虑不爽曰厚。《周法》，不差所思而得。

强毅敦朴曰厚。苏洵所改。

纯一

中正精粹曰纯。苏洵所改。

敌一

行见中外曰敌。苏洵曰，敌，等也，中外如一之谓也。亦作縠，縠，善也。

思六

道德纯一曰思。《周法》，道大而德一也。

追悔前过曰思。《周法》，思而能改也。

不眚[1]兆民曰思。《周法》，大亲民而不杀也。

外内思索曰思。《周法》，言求善也。

谋虑不僭[2]曰思。《周法》，僭则非善思也。

念终如始曰思。旧法。

考一

大虑方行曰考。苏洵曰，考，稽也，稽考其事，而后行之则成，故曰考。

胡三

保民耆艾曰胡。《周法》，六十曰耆，七十曰艾。

保民畏慎曰胡。苏洵曰，胡，老也。与民相保终老，畏慎，故曰胡。

弥年寿考曰胡。《周法》，又曰称年寿老曰胡。苏洵曰，此寿老而人安乐之者也。人乐其寿，故从其寿而谥之曰胡。

暠一

综善典法曰暠。苏洵曰，暠，明也。

使一

治民克尽曰使。《周法》。苏洵曰，此能尽民力者也，旧法曰，克尽

[1] 眚：音 shěng，灾祸，过错。
[2] 僭：音 jiàn，超越本分。

无恩惠。当以苏说为是，能尽民力，非无恩惠者所能也。

显一

行见中外曰显。旧法，诚于中，形于外。

玄一

含和无欲曰玄。

英一

出类拔萃曰英。苏洵所改。旧法曰，德正应和曰英。又曰，道德应物曰英。《左传》有德正应和曰莫，英、莫字相类，盖误耳。道德应物盖后人因误所为之也。《诗》曰，彼其之子，美如英。毛彦云，万人为英，行英者，有大过之词也。故取孟子论孔子，出乎其类，拔乎其萃，以充之。

博一

多闻强识曰博。旧法。

世一

承命不迁曰世。苏洵曰，不迁，则能久久行世。

军一

治典不杀曰军。苏洵曰，治其师旅之法，使天下畏而不敢为乱，以至于不杀者，是古者为军之本意。

坚二

彰义掩过曰坚。《周法》，明义以盖前过。

磨而不磷曰坚。旧法。

趩一

意深虑远曰趩。苏洵曰：趩者，取其警而后行，深，慎之称也。趩或作毕。

智〔七〕（六）[1]

官人应实曰智。《周法》，言能官人也。

默行言当曰智。旧法，非知[2]何能言当。

推芒折廉曰智。旧法。

临事不惑曰智。旧法。

察言知人曰智。旧法，知人则哲。

择任而往曰智。旧法，汉宣帝时，西羌杨玉反，赵充国请行曰，无逾老臣者矣。卒定西羌，然则充国非特勇也，择任而性智也。。

尊明胜患曰智。苏洵曰，郑〔大夫〕（夫人）[3]叔詹曰，尊明胜患智也，杀身赎国忠〔也〕，（世）[4]言尊有明德者，以胜患也。

慎二

明敏以敬曰慎。旧法，明敏者多不能敬，故曰明敏以敬曰慎。

沉静寡言曰慎。旧法，唯慎所以能沉静寡言也，故曰躁人之言多。

礼二

奉义顺则曰礼。旧法。

恭俭庄敬曰礼。旧法。

义四

制事合宜曰义。旧法。

取而不贪曰义。《周法》。

见利能终曰义。苏洵所补。《易》曰，知至，至之，可与几也。知终，

[1]〔七〕（六）：原计数误，据实改。

[2]知：同智，智慧。

[3]〔大夫〕（夫人）：原刻误，据《国语》改。

[4]〔也〕（世）：原刻误，据《国语》改。

终之，可与存义也。王弼[1]曰，通物之始者义，不若利成物之终者，利不若义，然则所贵乎义者，取其不役于利，而有所重为也。

先君后己曰义。苏洵所补。孟子曰，未有仁而遗其亲者也，未有义而后其君者也。

周二

事君不党曰周。旧法。

行归忠信曰周。苏洵曰,《诗》云,行归于周,万民所望。周,忠信也。

敏一

应事有功曰敏。旧法。

信二

守命共时曰信。苏洵曰，郑太子华言于齐桓，欲以郑为内臣，访于管仲，管仲曰，父子不奸之谓礼，守命共时之谓信。乃不许。子华由是得罪于郑。

出言可复曰信。苏洵云，有子曰，信近于义，言可复也。

达二

疏通中理曰达。旧法。

质直好义曰达。苏洵曰，子张问，如之何，斯可谓之达者。曰，在家必闻，在邦必闻。子曰，是闻也，非达也。夫达也者，质直而好义，察言而观色,虑以下人,在邦必达,在家必达。夫闻也者,色取〔仁〕(人)[2]而行违，居之不疑，在邦必闻，在家必闻。

[1] 王弼：三国魏山阳（今河南焦作）人，玄学家，著有《周易注》《老子注》等。

[2]〔仁〕(人)：原刻误，据苏洵《谥法》改。

宽一

含光得众曰宽。旧法。

理一

才理审谛曰理。旧法。

凯一

中心乐易曰凯。旧法。

清一

避〔远〕（达）[1]不义曰清。苏洵所改。〔伯夷〕[2]与其乡人立，其冠不正，望望然，去之。而孟子以为清，改云。

直三

肇敏行成曰直。《周法》，始疾行成，言不深。

治乱守正曰直。苏洵所改。孔子曰，直哉，史鱼！邦有道如矢，邦无道如矢。君子哉，蘧伯玉！邦有道则仕，邦无道则可卷而怀之。盖以史鱼为过矣。

不隐其亲曰直。苏洵所改。叔向议狱，而尸其弟叔鱼。孔子曰，叔向古之遗直也，治国制刑，不隐于亲，曰义也夫。

钦二

威仪悉备曰钦。《周法》，威则可畏，仪则可象。

敬事节用曰钦。旧法。

益二

迁善改过曰益。苏洵曰，《易》益之象曰，君子以见善则迁，有过则改。

[1]〔远〕（达）：原刻误，据苏洵《谥法》改。
[2]伯夷：原文缺，据苏洵《谥法》增。

取于人以善曰益。苏洵所改。《孟子》之称舜曰，自耕稼陶渔，以有天下，无非取于人者，取诸人以为善，是与人为善者也。孔子曰，益者三友，友直、友谅、友多闻，益矣！又曰，益者三乐，乐接礼乐，乐道人之善，乐多贤友，〔益〕（孟）[1] 矣！凡所谓益者，取于人以为善之谓矣。

良二

温良好乐曰良。《周法》，言其人可好可乐。

小心敬事曰良。旧法。

度一

心能制义曰度。《周法》。苏洵曰，《左传》〔成鱄〕（陈缚）[2] 云，见明注。

类一

勤施无私曰类。《周法》，无私，唯义所在。

基一

德性温恭曰基。苏洵云，《诗》曰，温温恭人，唯德之基。

慈一

视民如子曰慈。旧法。

鼎一

追改前过曰鼎。苏洵云，《易》曰，革去故，鼎〔取〕（去）[3] 新。

齐三

执〔正〕（心）[4] 克庄曰齐。《周法》，能自严也。

资辅就共曰齐。《周法》，资辅佐而共成。

[1]〔益〕（孟）：原刻误，据苏洵《谥法》改。

[2]〔成鱄〕（陈缚）：原刻误，据《左传》昭公二十八年改。

[3]〔取〕（去）：原刻误，据《周易》改。

[4]〔正〕（心）：原刻误，据《逸周书·谥法解》改。

轻輶恭就曰齐。刘熙曰：輶亦轻，行轻恭以就事速疾，使功齐等，故曰齐。

深一

秉心塞渊曰深。旧法。

温一

德性宽和曰温。旧法。

让一

推功尚善曰让。旧法。

密一

追补前过曰密。旧法。

勤一

能修其官曰勤。旧法。

谦一

卑而不可逾曰谦。旧法。

友一

睦于兄弟曰友。苏洵所改。旧法，有孝而无友。贺琛以友为朋友之友。易之云耳。苏说是。

震一

治典不杀曰震。又曰祁。苏洵曰，治其典法，虽不杀，而人自震恐。

祁一

治定不陂曰祁。苏洵曰，祁，大也。

儆一

众方益平曰儆。苏洵曰，居安能戒，此四方所以〔益〕（易）[1]平也。

摄一

追补前过曰摄。苏洵曰，摄者，能自检摄也。

广二

美化及远曰广。旧法。

所闻能行曰广。苏洵曰，《大戴礼》云，行其所闻，则广也。

淑一

言行不回曰淑。苏洵曰，《诗》云，淑人君子，其仪一兮。

革一

献敏成行曰革。旧法。

平三

执事有制曰平。《周法》，不任意也。

布刚治纪曰平。《周法》，施之政事也。

治而无眚曰平。《周法》。苏洵曰，眚，灾也，罪也。治而无大咎耳，非甚治也。此非平正之平，乃平常之平也。周平王、晋平公、汉平帝，以今观之，皆非取其平正，则古人以平谥为平常之平耳。唯晏平仲，若取其平正者，然人之情亦有不肯谥平正之人为平矣。故不取。

德三

执义扬善曰德。《周法》，称人之善也。

谏争不威曰德。《周法》，不以威拒谏。

绥柔士民曰德。《周法》，安民以居，安士以事。

---

[1]〔益〕（易）：原刻误，据苏洵《谥法》改。

悫一

行见中外曰悫。《周法》，与显同。显由外以言内，悫由内以言外，各有取意也。又曰，敌，敌等也，已见前注。

誉一

状古述今曰誉。《周法》，立言之称。

慧一

柔质受谏曰慧。《周法》，以虚受人。

长一

教诲不倦曰长。《周法》。

比一

择善而从曰比。《周法》，比方善而从之。苏洵改为，事〔君〕[1]有当曰比。宜从《周法》。

庶一

心能制义曰庶。《周法》，制得其宜。

僖一

小心畏忌曰僖。《周法》。《汉志》作厘。

俭一

约己不奢曰俭。新补。俭，约也。贺琛旧以俭为美谥，而苏洵以为俭而中礼，则不曰俭矣。唯俭而不中礼，乃得为俭，改为菲薄废礼曰俭，又似太过。子曰，与其奢也，宁俭。《王制》[2]祭凶年不俭，俭虽非中道，犹胜于奢也，故改曰约己不奢曰俭。

[1]〔君〕：原刻缺，据苏洵《谥法》增。
[2]《王制》：《礼记》篇名。

胜一

容仪恭美曰胜。《周法》，有仪可象，行恭可美。

素一

达礼不达乐曰素。苏洵曰，〔《记》曰〕，[1] 达于礼而不达于乐，谓之素；达于乐而不达于礼，谓之偏。汪按：乐，指五礼之《乐》，音乐。非快乐之乐。

绍一

疏远继位曰绍。《周法》，非其次第，偶得之也。刘熙云，此无它德，以世族当继先祖之后者，如汉立萧何后之类也。

荣二

宠禄光大曰荣。旧法。

先利后义曰荣。旧法。

怀[2]**二**

慈仁短折曰怀。《周法》，短未六十，折未三十。

失位而死曰怀。苏洵所改。古有晋怀公圉、栾怀子盈、楚怀王槐，皆以失国而其民悲之，故谥曰怀，未有以能怀来而谥曰怀者，则〔人主〕（主人）[3] 以怀谥为怀之思怀也。

悼三

年中早夭曰悼。《周法》又曰，未中身夭曰悼。

肆行劳祀曰悼。《周法》。苏洵曰，肆行不顾，而勤于祭祀以求福，神不顾享，以至夭陨。君子以其知欲避祸，而不免为人所伤，故曰悼。

[1]〔《记》曰〕：原刻佚，据苏洵《谥法》补。

[2] 自怀字至冲字为中谥用字，又称平谥。

[3]〔人主〕（主人）：原刻二字颠倒，据苏洵《谥法》改正。

恐惧徙处义同。

恐惧徙处曰悼。《周法》。刘熙云，遇灾不能修德，恐惧徙处以死，故曰悼。

愍四

在国连忧曰愍。《周法》，多大丧也。

祸乱方作曰愍。《周法》，国无政，动长乱。

在国逢难曰愍。《周法》。苏洵曰，或作闵。《史记》云鲁闵公、宋闵公之类，皆作湣，义同。

使民折伤曰愍。《周法》，苛政贼害。

哀二

恭仁短折曰哀。《周法》，体恭质仁，功未施也。

早孤短折曰哀。《周法》。苏洵曰，哀，亦悼尔。然悼者，悼其不幸而已，哀者有所怀〔思〕（恩）[1]深切之称也。故未中身夭曰悼，恭仁短折曰哀，早孤短折所以为哀者，以其重不幸也。怀义亦同。

隐四

见美坚长曰隐。《周法》，美过其令。

违拂不成曰隐。《周法》。刘熙云，若鲁隐公让志未究，而为谗所拂违，使不得成其美，故曰隐。

不显尸国曰隐。《周法》，以暗主国也。

怀情不尽曰隐。旧法。梁高祖曾以此谥沈约也。

易一

好更故旧曰易。《周法》，改变故常。

[1]〔思〕（恩）：原刻误，据苏洵《谥法》改。

惧一

思愆深远曰惧。旧法。

声一

不主其国曰声。《周法》，有云生于外家。苏洵曰，强臣专国，君权已去，有君之名，无君之实，故曰声。苏说是。

息一

谋虑不成曰息。苏洵曰，意欲为之，而谋不成以止，故曰息。

丁一

述义不克曰丁。《周法》，不能成义也。苏洵曰，丁，当也，述义而不克者，适丁其时之不臧也。按，后魏太尉穆崇曾预卫王仪逆谋，道武惜其功而秘之，及卒，以丁乃不能成义，非只适丁，其时之不臧也。又《周法》述义不悌曰丁。

舒一

举事而迟曰舒。旧法。

冲一

幼少短折曰冲。旧法。

野[1]**二**

质胜其文曰野。旧法。孔子云，质胜文则野，文胜质则史。文质彬彬，然后君子。

敬〔而〕不中〔礼〕（理）[2]曰野。旧法。

夸一

华言无实曰夸。《周法》。

[1] 自野字以下为下谥用字，又称恶谥、丑谥。

[2]〔而〕〔礼〕（理）：原刻佚误，据苏洵《谥法》补改。

携一

怠政外交曰携。旧法。

躁二

好变动民曰躁。《周法》，数移徙也。

未及而动曰躁。旧法。

伐一

刚克好胜曰伐。旧法。

灵六

乱而不损曰灵。《周法》。

好祭鬼神曰灵。《周法》，敬鬼神不能远也[1]。

死而志成曰灵。《周法》，志事不丢[2]命也。

不勤成名曰灵。《周法》，任本性，不见贤思齐。

死见鬼能曰灵。《周法》注者有曰有鬼为厉，有曰有鬼不为厉。死见鬼能，自当以有鬼为厉者为是。

极知鬼神曰灵。《周法》，其智能聪彻也。

洁一

不污不义曰洁。苏洵曰，读作〔《孟子》所谓〕（所谓《孟子》）[3]〔不屑不洁〕（不洁不屑）[4]之洁，〔此〕（止）[5]谓不以不义为污者，恶谥也。沈洁法中唯有此而已，后人误以为清洁之洁，而妄增之。非也。

[1]《史记正义·谥法解》孔晁注："渎鬼神，不致远。"孔注"致"，程校本作"能"，卢校本作"敬"。"神"，他本作"怪"。

[2]丢：即吝，恨惜。

[3]〔《孟子》所谓〕（所谓《孟子》）：原文倒置，据苏洵《谥法》改正。

[4]〔不屑不洁〕（不洁不屑）：原文倒置，据苏洵《谥法》改正。

[5]〔此〕（止）：原刻误，据苏洵《谥法》改。

戾一

不悔前过曰戾。《周法》，知而不改。

刺三

愎佷遂过曰刺。去谏曰愎，反是曰佷。

不思妄爱曰刺。《周法》。刘熙云，不思贤人，妄爱奸佞也。

暴慢无亲曰刺。旧法。

爱一

啬于赐予曰爱。《周法》，言贪悋也。

虚一

凉德薄礼曰虚。旧法。

荡〔三〕（二）[1]

好内远礼曰荡。旧法。

好智不好学曰荡。苏洵曰，孔子云，好智不好学，其蔽也荡。

狂而无据曰荡。旧法。孔子云，古之狂也肆，今之狂也荡。

闻一

色取仁而行违曰闻。旧法，见达注。

缪一

名与实爽曰缪。《周法》，言名美而实伤也。

墨一

贪以败官曰墨。苏洵曰，晋大夫叔向云，〔己〕（巳）[2]恶而〔掠〕（凉）[3]

[1]〔三〕（二）：原刻计数误，据实改。

[2]〔己〕（巳）：原刻误，据《左传》改。

[3]〔掠〕（凉）：原刻误，据《左传》改。

美为昏，贪以败官为墨，杀人不忌〔为〕(曰)[1]贼。

惑一

满志多穷曰惑。《周法》，自足者必不惑。

僭〔二〕(一)[2]

言行相违曰僭。苏洵曰，僭，不信也。旧法有作替者，梁晋陵太守止黄侯萧晔亦谥替，其说亦曰言行相违，盖僭之误为替久矣。言行违，其义非替，故正之。

自下陵上曰僭。旧法。

顷四

甄心动惧曰顷。《周法》，甄，精也。

堕覆社稷曰顷。旧法。

震动过惧曰顷。刘熙云，顷惑之顷也，若陈不占者也。

阴靖多谋曰顷。苏洵曰，旧法云慈仁和敏曰顷，其说曰，民顷而就之也。敏而敬慎曰顷，顷己以事人也。古未有善人而谥顷者，晋顷公、齐顷公，皆不善人也。则古以顷为恶谥耳。

亢二

高而无民曰亢。旧法。

知存而不知亡曰亢。旧法。《易·乾上九·文言》云，贵而无位，高而无民，贤人在下位而无辅。又曰，亢之为言也，知进而不知退，知存而不知亡，知得而不知丧。

[1]〔为〕(曰)：原刻误，据《左传》改。
[2]〔二〕(一)：原刻计数误，据实改。

干一

犯国之纪曰干。旧法。

褊一

心隘不容曰褊。旧法。

专一

违命自用曰专。旧法。

抗一

逆天虐民曰抗。《周法》，背尊大而逆之。

轻一

薄德弱志曰轻。旧法。

苛一

烦酷伤民曰苛。旧法。

愿一

弱无立志曰愿。旧法。

殇[1] 二

未家短折曰殇。《周法》，未家，未娶也。

短折不成曰殇。《周法》，有知而夭〔殇〕(伤)[2]。

要一

以势致君曰要。苏洵所改，致读云，善用兵者致人而不致于人之致。

推一

息政外交曰推。《周法》，不自明而恃外也。

---

[1] 殇：郑樵列为中谥，杨氏似误列入下谥间。

[2]〔殇〕(伤)：原刻误，据《史记正义·谥法解》改。

丑一

怙威肆行曰丑。《周法》，肆意行威也。

幽三

壅遏不〔达〕（通）[1] 曰幽。《周法》。苏洵曰，君劣臣强，壅遏上下，不能自达，故曰幽。

蚤[2] 孤铺位曰幽。《周法》，铺位，即位而卒。

动祭乱常曰幽。《周法》，易神之班。

厉三

致戮无辜曰厉。《周法》，贼[3] 良善人也。

暴慢无礼曰厉。旧法。

愎佷遂过曰厉。旧法。

荒五

凶年无谷曰荒。《周法》，不务稼穑。又曰，凶年无谷曰糠，糠，虚也。

外内从乱曰荒。《周法》，家不治，官不治也。

好乐怠政曰荒。《周法》，淫于声乐，怠于政事。

纵乐无度曰荒。旧法。

昏乱纪度曰荒。旧法。

---

[1]〔达〕（通）：《逸周书·谥法解》为通，苏洵《谥法》为达，下注既引苏洵曰云云，则只能据苏洵为达，故改。

[2] 蚤：即早。

[3] 贼：伤害。

甄一

丑心动惧曰甄。[1]《周法》，甄，〔精〕（积）[2]也。

桀一

贼人多杀曰桀。旧法。

纣一

残义损善曰纣。旧法。

炀四

逆天虐民曰炀。《周法》。与抗谥同，各有取意。

好内远礼曰炀。《周法》，淫于家，不奉礼也。

去礼远众曰炀。《周法》，不率礼，不亲长也。

好内怠政曰炀。旧法。

右录诸家谥法，以周代《谥法》为本，余择其精者，内采取刘、苏二家《谥法》为多，以其据经传而改补，殊有义理。至如用老子言“自胜以心曰强”等类，概不录。诸家《谥法》，唯刘熙、苏洵为善，郑樵又增损定为上、中、下三等，通二百一十谥。

夫谥法犹权衡也，故文、庄美谥，然文有大小，庄有优绌，因人而施，铢两不爽。若书以差等，非《春秋》法也。其余有书籍不全者，有义理未当者。然旧法凡有可采无不录存。至余所补者，皆谥法所常用，亦原本经传，不敢稍逞臆见。通四百一十八谥，亦云备矣！

[1] 丑心动惧曰甄:《续通志》云,今本《逸周书》无“甄心动惧”句。考《谥法》无用“甄”者，盖即“甄心动惧曰顷”之讹也。

[2]〔精〕(积):原刻误，据《史记正义·谥法解》改。

明归有光云：《周公谥法》亦后人附会之词耳。[1] 虽然，诸家谥法皆祖于此，字挟秋霜，千金难易。如《尚书》古文，议者虽多，终不能废云。

[1]明归有光云：最早揭发《周公谥法》非周公所作的是宋人郑樵，其《通志·总序》言“后世伪作《周公谥法》”。

谥法备考卷之二
谥法总论

《礼记·表记》[1]：子曰，先王谥以尊名，谥则讳其名，故曰尊名也。节以壹，专也。惠，善也，善行虽多，节取其一大善，以为谥也。耻名之浮于行也。

《曲礼》[2]：已孤，暴贵，不为父作谥。父无爵，不当谥，以己爵加其父，非敬也。

《礼记·郊特牲》：死而谥，今也。古者生无爵，死无谥。

《周礼[3]·大师职[4]》：大丧，帅瞽而廞作匶谥。注，廞，兴也。兴言王之行，讽诵其治功，陈其生时行迹，为作谥。《小丧赐谥》疏云，小丧，

[1]《礼记·表记》：《礼记》，先秦儒家关于礼制的文献汇编。西汉戴德与其堂侄戴圣所传。戴德所辑称《大戴礼记》原有八十五篇，戴圣所辑称《小戴礼记》共四十九篇。《表记》为《礼记》中的一篇。

[2]《曲礼》：《礼记》中的一篇，依本卷例，宜书为《礼记·曲礼》。

[3]《周礼》：又称《周官》或《周官经》，是儒家经典之一。搜集周朝官制和战国时代各国制度，添附儒家思想，增删排比而成的最早的职官志。共四十二卷，分天官、地官、春官、夏官、秋官、冬官。冬官早佚，汉时以《考工记》补阙。

[4]《大师职》：下引文为《周礼·春官·大师》中的文字。

卿大夫也。卿大夫谥，君亲制之，使大史往赐之，至遣之曰，小史往为读之。观此，赐谥之制实始于周也。

《论语》子贡问曰：孔文子何以谓之文也？子曰：敏而好学，不耻下问，是以谓之文也。苏轼曰：孔文子使太叔疾出其妻而妻之，疾通于初妻之娣，文子怒，将攻之。访于仲尼，仲尼不对，命驾而行。疾奔宋，文子使疾弟遗室孔姞。其为人如此而谥曰文，此子贡之所以疑而问也。孔子不没其善，言能如此，亦足以为文矣，非经天纬地之文也。

《孟子》[1]曰：暴其民甚，则身弑国亡；不甚，则身危国削。名之曰幽、厉，虽孝子慈孙，百世不能改也。

《左传》[2]：卫侯赐北宫喜谥曰贞子，赐析诸鉏谥曰成子。生而谥，谥非礼也。昭二十〔年〕[3]。

《国语》[4]：经之以天，纬之以地，经纬不爽，文之象也。文王质文，故天胙之以天下。经纬不爽，备天地中和之德也。质，性也。《周语》二十七[5]。

周恭王能庇昭、穆之阙，而为恭；楚恭王能知其过，而为恭。昭王、穆王皆有阙失，恭王能盖之，楚恭王知过。见《左传》襄公十三年，《鲁语》三十六。

《穀梁传》[6]曰：武王崩，周公制谥法，大行受大名，小行受小名。

---

[1]《孟子》：孟子门弟子所记孟子及其门人言论集，为儒家十三经之一。

[2]《左传》：全称为《春秋左氏传》或《左氏春秋》，据传系鲁国史官左丘明所撰解释（传）《春秋》的著作。

[3]〔年〕：原刻佚，据《左传》补。

[4]《国语》：春秋时的国别史，与《左传》合称春秋内外传。

[5]《周语》：《国语》中的篇名，二十七为《周语》之章序数。

[6]《穀梁传》：解释《春秋》的三传之一，据说为西汉穀梁赤所传，故名。

《周书·谥法解》曰：维周公旦、太公望，开嗣王业，〔建功于〕（攻于）[1]牧野之中，终葬，乃制谥叙法。谥者，行之迹也；号者，功之表也；车服，位之章也。古者有大功则善号以为福也。是以大行受大名，细行受小名。行出于〔己〕（已）[2]，名生于人。名谓号谥。隐，哀之也。施为文也。除为武也。除恶。辟地为襄。视远为恒。刚克为发。柔克为懿。履〔正〕（亡）[3]为庄。有过为僖。施而不成曰宣。惠而内德曰献。无内德惠不成也。治而生眚为平。乱而不损为灵。由义而济为景。失无口则以其明，余皆象也。以其明所及为谥，象谓象其事行也。和，会也。勤，劳也。遵，循也。爽，伤也。肇，始也。乂，治也。康，安也。怙，恃也。享，祀也。胡，大也。服，败也。康，顺也。就，会也。㥏，过也。锡，与也。典，常也。肆，放也。糠，虚也。睿，圣也。惠，爱也。绥，安也。坚，长也。耆，强也。考，成也。周，至也。怀，思也。式，法也。敏，疾也。捷，克也。载，事也。弥，久也。其谥法详于后。

《白虎通》[4]曰：谥者何也？谥之为言引也，引烈行之迹也。所以进劝成德，使上务节也。故《礼·〔郊〕[5]特牲》曰："古者生无爵，死无谥。"此言生有爵，死当有谥也。死乃谥之何？言人行终始不能若一，故据其终始，从可知也。《士冠〔礼〕（经）[6]》曰："死而谥之，今也。"所以临葬而谥之何？因众会，欲显扬之也。故《春秋》曰："公之丧至自乾侯。"

[1]〔建功于〕（攻于）：原刻误，据《逸周书·谥法解》改。

[2]〔己〕（已）：原刻误，据《逸周书·谥法解》改。

[3]〔正〕（亡）：原刻误，据程荣校《周书·谥法解》改。

[4]《白虎通》：全称《白虎通德论》，东汉初对儒家经义的官定解释。东汉章帝时由太常主持，邀请将、大夫、议郎、郎官及诸生在白虎观讨论五经同异，经章帝亲决，由班固据以撰成此书。

[5]〔郊〕：原刻缺，据《白虎通》补。

[6]〔礼〕（经）：原刻误，据《白虎通》改。

昭公死于晋乾侯之地，数月归，至急，当未有谥也。《春秋》曰："丁巳葬"，"戊午日下侧乃克葬。"明祖载[1]而有谥也。

黄帝先黄后帝何？古者〔质，生死同〕（顺死生之）[2]称，各持行合而言之。美者在上，黄帝始制法度，得道之中，万世不易，名黄自然也[3]。后世虽圣，莫能与同也。后世〔德〕（得）[4]与天同，亦得称帝，不能立制作之时，故不得复称黄也。谥或一言或两言何？文者以一言为谥，质者以两言为谥。故《尚书》曰：高宗，殷宗也[5]，汤死后，世称成汤，以两言为谥也。号无质文，谥有质文何？号者，始也，为本，故不可变也。周已后，用意尤文，以为本生时号令善，故有善谥，故合文〔王〕[6]、武王也。合言之，则上其谥。明别善恶，所以劝人为善，戒人为恶也。帝者，天号也。以为尧犹谥，顾上世质直，死后以其名为号耳。所以谥之为尧何？为谥有七十二品，《礼记•谥法》曰"翼善传圣谥曰尧，仁圣盛明谥曰舜，慈惠爱民谥曰文，强理劲直谥曰武。"

天子崩，臣下至南郊谥之者何？以为人臣之义，莫不欲褒大其君，掩恶扬善者也。故之南郊，明不得欺天也，故《曾子问》孔子曰："天子崩，臣下之南郊告谥之。"

诸侯薨，世子[7]赴告天子，天子遣大夫会其葬而谥之何？幼不诔[8]

[1]祖载：安葬死者的两个程序，祖指在庭中开始将棺柩从棺床上抬下，载指束棺于柩车中，以运至墓地。

[2]〔质生死同〕（顺死生之）：原刻误，据《白虎通》改。

[3]名黄自然也：《白虎通》今本无此五字。

[4]〔德〕（得）：原刻误，据《白虎通》改。

[5]尚书曰高宗殷宗也：《白虎通》今本无此八字。

[6]〔王〕：原刻佚，据《白虎通》补。

[7]世子：诸侯嫡长子称世子。

[8]诔：给谥的文字称诔，诔是累的意思，文字列数逝者一生的事迹，说明因何要给他这个谥号。

长，贱不诔贵，诸侯相诔，非礼也。臣当受谥于君也。

卿大夫老归[1]死有谥何？谥者，别尊卑、彰有德也。卿大夫归无过，犹有禄位，故有谥也。

夫人无谥者何？无爵故无谥。或曰，夫人有谥。夫人一国之母，修闺门之内，群下亦化之，故设谥以彰其善恶。《春秋（传）[2]》曰："葬〔宋〕（宗）[3]恭姬。"《传》曰："其称谥何？贤也。"《传》曰："哀姜者何？庄公夫人也。"卿大夫妻无谥何？贱也。〔八〕（公）[4]妾所以无谥何？卑贱无所能务，犹士卑小不得有谥也。太子夫人无谥何？本妇人随夫，太子无谥，其夫人不得有谥也。天子太子，元士也，士无谥，知太子亦无谥也。附庸所以无谥何？卑小无爵也。《王制》曰："爵禄凡五等"，附庸本非爵也。

后夫人于何所谥之？以为于朝廷。朝廷本所以治政之处，臣子共审谥白之于君，然后加之。夫人〔天〕（大）[5]夫，故但白君而已。何以知不之南郊也？妇人本无外事，何为于郊也？《礼·曾子问》曰："唯天子称天以诔之。"唯者，独也，明天子独于南郊耳。

显号谥何法？法日未出，而明已入，有余光也。

韦昭《辨释名》[6]曰：古者诸侯薨，则天子论行以赐谥。唯王者无上，故于南郊称天以谥之。当春秋时，周室卑微，臣谥其父，故诸侯之谥多不以实。

---

[1]老归：官员退休后回乡居住。

[2]（传）：衍字，据《白虎通》删。

[3]〔宋〕（宗）：原刻误，据《白虎通》改。

[4]〔八〕（公）：原刻误，据陈立《白虎通疏证》改。诸侯一娶九女，嫡之外，则八皆妾，谓左媵、右媵、嫡侄娣也。

[5]〔天〕（大）：原刻误，据《白虎通》改。

[6]《辨释名》：东汉刘熙撰训诂学著作《释名》，三国吴韦昭撰《辨释名》一卷，以纠其误，其书今不存，有清任大椿辑本。

孔颖达《尚书疏》[1]云：《檀弓》曰：死谥，周道也。《周书谥法》，周公所作，而得有尧、舜、禹、汤者，以周法，死后乃追，故谓之为谥。谥者，累也，累其行而号也。随其行以名之，则死谥犹生号，因上世之生号，陈之为死谥，明上代生死同称。上世质，非至善至恶无号，故与周异，以此尧、舜或云号，或云谥也。

《五经通义》[2]曰：谥之言列其所行，身虽死，名常存，故谓谥也。

《古史考》[3]曰：谥礼，待葬而谥，所以尊名也。其行善善恶恶为谥，所以勉为善也。

《册府元龟》[4]曰：夫生有爵、死有谥，其来尚矣！或曰，谥者行之迹，周公为之，所以彰善恶之迹，垂沮劝之道，君子知劝，小人知惧焉！故周公、太史、汉官大行实掌其事。自春秋已降，载籍所纪，始自列国之辟，以迄有位之臣。或有司考行遵节惠之文，或册书褒德举尊名之典，乃至牧宰[5]旌于高士，弟子表其先生，虽无封爵亦著称谓。其间溢美者有列曹之驳议，追命者有故吏之奏记，咸可铨次，以明行实、复有性。唯捣昧行匪纯正，或缪举于公朝，或肆奢于私室，或矜伐以忤物，或朋比而构衅，触类而言，为累匪一。由是举易名之典，示贬恶之义，则后之观者得不悚惧而为善乎！

《路史》[6]曰：泰秀谓，昔周公吊二季之陵迟，哀大道之不行，于是

[1]《尚书疏》：或称《尚书疏证》《尚书正义》，对《尚书》文本的注释及再校释，西汉孔安国传，唐孔颖达等奉诏疏。

[2]《五经通义》：西汉刘向所撰解经的著作，早佚，有清宋翔凤辑本一卷。

[3]《古史考》：三国蜀汉谯周所撰纠正《史记》所记先秦史事之误的书，二十五卷。

[4]《册府元龟》：北宋真宗时王钦若等官修的一部关于史事政事的大类书，一千卷。

[5]牧宰：地方主政高官。

[6]《路史》：宋罗泌所撰关于中国上古至汉朝历史的著作，分前纪九卷、后纪十三卷、余论十卷、发挥六卷、国名记十一卷。

作谥，以纪其终，非古有之。

宋司马氏光《答程子书》曰：承问及张子厚谥，仓卒奉对，以汉魏以来此例甚多，无不可者。退而思之，有所未尽。窃唯子厚平生用心，欲率今世之人，复三代之礼者也。汉魏以下，盖不足法。《郊特牲》曰："古者生无爵，死无谥。"爵谓大夫以上也。《檀弓》记礼所由失，以谓士之有诔，自县贲父始。子厚官比诸侯之大夫，则已贵，宜有谥矣。然《曾子问》曰："贱不诔贵，幼不诔长，礼也。唯天子称天以诔之。"诸侯相诔犹为非礼，况弟子而诔其师乎！孔子之没，哀公诔之[1]，不闻弟子复为之谥也。子路欲使门人为臣，孔子以为欺天。门人厚葬颜渊，孔子叹不得视犹子也。君子爱人以礼，今关中诸君欲谥子厚，而不合于古礼，非子厚之志。与其以陈文范、陶靖节、王文中子、孟贞曜[2]为比，其尊之也，曷若以孔子为比乎！

程子[3]《春秋说》曰：诸侯告丧，鲁往会葬，则书。[4]春秋之时皆不请而私谥，称私谥，所以罪其臣子。

程子曰：古之致天下于大治者，善恶明而劝惩之道至尔。劝得其道，天下乐为善。惩得其道，天下惧为恶。二者为政之大礼也！然行之必始于朝廷，而至要莫先于谥法，何则？刑罚虽严，可警于一时，爵赏虽重，

[1]孔子之没，哀公诔之：《史记·孔子世家》载："孔子年七十三，以鲁哀公十六年四月己丑卒。哀公诔之曰：'旻天不吊，不慭遗一老，俾屏余一人以在位，茕茕余在疚。呜呼哀哉！尼父，毋自律！'"

[2]陈文范、陶靖节、王文中子、孟贞曜：汉唐的几位私谥者。东汉陈实私谥文范，晋陶渊明私谥靖节，隋王通私谥文中子，唐孟郊私谥贞曜。

[3]程子：宋理学家程颐（1033—1107年），文见《二程文集》卷十《伊川文集·书启》"为家君上宰相书"。

[4]诸侯告丧，鲁往会葬，则书：春秋时，各诸侯国之间有大事相互赴告的制度，此言有诸侯国派使者向鲁国报告丧事，若鲁君（或派员）前往会葬，则要记载于鲁国史书《春秋》之中。

不及于后世。唯美恶之谥一定，而荣辱之名不朽矣。故历代圣君贤相，莫不持此以励世风也。

和靖尹氏[1]曰：谥法最公，以成周[2]之时，其子孙自以幽、厉、赧为谥，此孝子慈孙所不能改也。文王只用个文字，武王只用个武字，大小大公。

五峰胡氏[3]曰：昔周公作谥法，岂使子议父臣议君哉！合天下之公，奉君父以天道耳，孝爱不亦深乎！所以训后世为君父者以立身之本也，知本则身立、家齐、国治、天下平，不知本则纵欲恣暴、恶闻其过，入于灭亡。天下知之，而不自知也，唯其私而已。是故不合天下之公，则为子议父、臣议君。夫臣子也，君父有不善，所当陈善闭邪，引之当道。若生不能正，既亡而又党之，是不以天道奉君父，而不以人道事君父也，谓之忠孝，可乎？今夫以笔写神者，必欲其肖。不肖吾父，则非吾父，不肖吾君，则非吾君，奈何以谥立神而不肖之乎？是故不正之谥，忠孝臣子不忍为也。

胡氏瑗[4]《春秋传注》曰：谥者行之迹，所以纪实德、垂劝戒也。

直集贤院王皞[5]奏言：谥者行之表也，善行有善谥，恶行有恶谥，盖闻谥知行以为劝戒。《六典》[6]太常博士掌王公以下拟谥，皆迹其功德为之褒贬，近者臣僚薨卒，虽官该拟谥，其家自知父祖别无善政，虑定谥之际斥其缪戾，皆不请谥。窃唯谥法自周公以来，垂为不刊之典，盖

[1]和靖尹氏：宋尹淳，号和靖居士，为程颐高足，创四川绵阳尹氏和靖堂。

[2]成周之时：成周指周朝东都洛阳，成周之时，即东周时，含春秋、战国两阶段。

[3]五峰胡氏：宋学者胡宏，著有《皇王大纪》《五峰集》等。

[4]胡瑗：993—1059年，北宋泰州海陵（今江苏如皋）人，世居陕西安定堡，著有《尚书全解》《春秋要义》等。

[5]王皞：北宋学者、官员。

[6]《六典》：全称《唐六典》，唐玄宗李隆基撰，李林甫注，盛唐职官志。

以彰善瘅恶、激浊扬清，使其身没之后，是非较然，用为劝惩。今若任其迁避，则为恶者肆志而不悛。乞自今后，不必俟其请谥，并令有司举行，如此则隐匿无行之人有所沮劝。若须行状[1]申乞，方行拟谥，考诸方册别无明证，唯卫公叔文子卒，其子戍请谥。臣谓春秋之时，礼坏乐阙，公叔之卒，有司不能明举旧典，故至将葬始请谥于君。且周制太史掌小丧赐谥，小史掌卿大夫之家赐谥请诔，以此知有司之职自当举行，明矣！

明季氏[2]本《春秋注》曰：礼，贱不诔贵，幼不诔长。故〔大〕(太)[3]秩序之谥请于诸侯，诸侯之谥请于天子，是劝惩之权制于上也。世衰，诸侯死，不请谥，无怪乎其加溢美之称矣。

邱氏[4]曰：按，《谥法》不见于五经，其书见于世者，有《周公谥法》，有《春秋谥法》[5]，有《广谥》[6]，有《今文尚书》，有《大戴礼》，有《世本》，有《独断》[7]，有刘熙之书，有沈约之书，有贺琛之书，有王彦威之书，有来奥之书，有苏冕之书，有扈蒙之书，有苏洵之书，皆汉魏以来儒者取古谥法释以己说，而各为之法也。

又曰：按，三代以前，君之谥请命于天，臣之谥请命于君。唐、宋议谥掌于太常博士，于应得谥者考其行状，撰定谥文，移文吏部考功郎，覆定之。本朝博士不掌谥议。洪武初唯武臣有谥，永乐中文臣始有谥，

[1]行状：一种关于死者生平事迹的特殊传记，内容大体包括死者的世系、名字、爵里、行治、寿年等项。

[2]季氏：明学者季本，著有《春秋私考》三十六卷。

[3]〔大〕(太)：原刻误，径改。

[4]邱氏：明学者邱浚，引文见邱著《大学衍义补》卷八十四。

[5]《春秋谥法》：晋杜预著《春秋释例》，其卷四有“谥法释义”，人称《春秋谥法》。

[6]《广谥》：汉魏间佚名所著谥法书，早佚。

[7]《独断》：东汉蔡邕撰，杂记两汉典制，以及名物、掌故、功令、谥法、帝系世次、后宫称号等，间及上古周秦的某些礼制和传说。

盖自姚广孝、胡广始也。自后文臣亦多有之，然皆出恩赐。窃谓九重之上，于臣下贤否未易尽知，请自今先下有司考订以闻，然后从中赐下。不当得者，不徇亲故嘱托；当得者，不为朋党掩蔽。此国家激劝之大端，其为世教之助，夫岂细哉！

吴氏讷[1]曰：按，《谥法》云，谥者行之迹，大行受大名，细行受小名。《白虎通》曰，人行始终不能若一，故据其终始，明别善恶，所以劝人为善，而戒人为恶也。由是观之，则谥之所系，岂不重欤！汉、晋而下，凡公卿大夫赐谥，必下太常定议，博士乃询察其善恶贤否，著为谥议，以上于朝。若晋秦秀之议何曾、贾充，唐独孤及之议苗俊卿，宋邓忠臣之议欧阳永叔是也。当时虽或未能尽从其言。然千载之下，读其辞者，莫不油然兴起其好恶之心。呜呼，是其所系岂不重乎哉！至若近世名儒、隐士之没，门人朋友又有私谥易名之议云。

黄氏道周论历代赐谥之典曰：《大学衍义补》[2]载十五家谥法，有以全德称者，有以一事称者。文王之文，经天纬地之文也，文之全德也。晋文公有兴霸之功，孔文子有勤学之美，而皆谥曰文，一事之文也。武王之武，保大定功之武也，武之全德也。卫武公有兴基之业，宁武子有复国之忠，而皆谥曰武，一事之武也。有以一字概其全者，有以二字兼其美者。考亭[3]曰文公，伊川曰正公，而君实则曰文正，非以程、朱之不及君实也。孔明曰武侯，召虎曰穆公，而鹏举[4]则曰武穆，非以鹏举

[1]吴讷：明学者、官员，常熟（今江苏常熟）人，引文见其《文章辨体序题》。
[2]《大学衍义补》：160卷，明邱浚撰，是对宋真德秀《大学衍义》进行详细阐述的书，
[3]考亭：宋学者朱熹晚年在建阳考亭（今福建省建阳市西南五十里）建竹林精舍，设席讲学，后宋理宗赐名考亭书院，人称朱熹所创为“考亭学派”。
[4]鹏举：南宋抗金英雄岳飞，字鹏举。

之优于孔明、召虎也。昔贾充将没忧谥，而从子以为是非莫掩。《周礼》死后议谥，而庭论互有异同。郑羲以贫鄙而谥宣也，制诏得以扬其恶。敬宗以爽实而谥谬也，子孙无以讼其冤。他如秦秀议何曾之谥，梁肃议杨绾之谥，独孤及议吕諲之谥，司马光改夏竦之谥，韩维之议荣灵，常秩之议文忠，言官之议京镗，执政之议秦桧，得失一时，荣辱千载，森乎，其可畏也！幽、厉之谥，百世不能改，先贤已言之矣。而撰《谥法》三卷者，乃谓谥以易名，不可加之以恶，何耶？王文中、孟贞曜之谥，而不免于爱人以礼之议，先儒已论之矣。而《续谥》五十，乃谓以待世天爵之君子，何耶？我朝洪武之初，唯武臣有谥，如中山武宁、开平忠武、岐阳武靖、宁河武顺、东欧襄武、黔宁昭靖，皆武臣也。是时文臣虽刘基之谋猷、宋濂之文学、陶安章溢之治才，亦未尝有〔谥〕。〔文臣〕[1]谥盖始于姚恭靖公广孝、胡文穆公广，自是而后，缙绅君子亦多有之，如杨文贞之相业、李文达之才猷、黄忠肃之清铨、曹薛文清之崇德行、于肃愍之济艰难、耿清惠之平狱讼，皆无忝其实者也。

又曰：按，昔谥议皆掌于太常博士，凡于法应得谥，考其行状，撰定谥文，移文吏部考功郎中，覆定之。本朝虽设太常博士，而不掌谥议。群臣得谥者，皆出于恩赐。但人臣行实九重[2]未易周知，而请乞成风，有失古意。请自今以后，于法应谥者，许其子孙具行状进呈，并稽查其历年举保之词与纠劾之语，参定之。仍下本所学校取呈，以考其乡评。复下经任地方学校取呈，以验其行实，潜德尚可阐幽，何必京堂三品而后锡之谥乎？汉时尚有议武帝庙乐者，况人臣谥或爽实，年久论定之后，

[1]〔谥〕〔文臣〕：原刻佚此三字，今补。

[2]九重：本指天，极言天之高。又指宫禁，言其深远。此处代指皇帝。

又何难于驳正也？但先年大臣谥文者，以行不以官。近唯官翰林者谥文，而余多寝，揆之周公之《法》，然耶？否耶？典礼者亦所当核正者也。

谥法备考卷之三
谥法指实

申生，晋献公世子也。献公将杀世子，信骊姬之言。公子重耳谓之曰："子盖言子之志于公乎？"盖皆当为盍，何不也。志，意重耳欲使言见谮之意。重耳，申生异母弟，后为文公。世子曰："不可，君安骊姬，是我伤公之心也。"言其意则骊姬必诛也。骊姬，献公伐骊戎所获女也。申生之母蚤卒，骊姬嬖[1]焉。曰："然则盍行乎？"行犹去也。世子曰："不可，君谓我欲杀君也，天下岂有无父之国哉！吾何行如之？"言人有父，则皆恶欲杀父。使人辞于狐突曰："申生有罪，不念伯氏之言也，以至于死，申生不敢爱其死。辞犹告也。狐突，申生之傅，舅犯之父也。前此者，献公使申〔生〕[2]伐东山皋雒氏，狐突，谓申生欲使之行，今言谢之。伯氏，狐突别氏。虽然，吾君老矣，子少，国家多难。子，骊姬之子〔奚〕齐(伯)[3]。伯氏不出而图吾君，图犹谋也。不出为君谋国家之政，然则自皋洛氏〔反〕

[1] 嬖：受宠幸。

[2]〔生〕：原刻缺，据补。

[3]〔奚〕齐（伯）：原刻误，据《左传》杜注改。

（及授）[1]，狐突惧，乃称疾。伯氏苟出而图吾君，申生受赐而死。”赐犹惠也。再拜稽首乃卒，既告狐突乃雉经[2]。是以为恭世子也。言行如此，可以为恭，于孝则未之有。

郑幽公为子家所弑，郑人讨幽公之乱，斲[3]子家之棺，而逐其族，改葬幽公，谥之曰灵。

楚成王之卒，谥曰灵，不瞑，曰成，乃瞑。共王疾，告大夫曰：“不谷不德，少主社稷，生十年而丧先君，未及习师保之教训，而应受多福。多福谓为君。是以不〔德〕（得）[4]而亡师于鄢，以辱社稷，为大夫忧，其〔弘〕（孔）[5]多矣。〔弘〕（孔）[6]，大也。若以大夫之灵获保首领以没于地，唯是春秋窀穸之事。窀厚也，穸夜也。厚夜，犹长夜。《春秋》谓祭祀长夜，谓葬礼。所以从先君于祢庙[7]者，从先君代为祢庙。请为灵若厉，欲受恶也，以〔愧〕（归）[8]先君也。乱而不损曰灵，戮杀不辜曰厉。大夫择焉。”莫对，及五命乃许。秋，楚共王卒，子囊谋谥，大夫曰：“君有命矣！”子囊曰：“君命〔以共〕（尔）[9]，若之何毁之？赫赫楚国，而君临之，抚有蛮夷，奄征南海，以属诸夏。而知其过，可不谓共乎！请谥之共。”大夫从之。〔《传》〕（莺）[10]言子囊之善。

---

[1]〔反〕（及授）：原刻误、衍，据《左传》杜注改删。

[2]雉经：自尽，自杀。

[3]斲：薄其棺，不使从卿礼耳。

[4]〔德〕（得）：原刻误，据《左传》改。

[5]〔弘〕（孔）：原刻误，据《左传》改。

[6]〔弘〕（孔）：原刻误，据《左传》改。

[7]祢庙：周制天子七庙，诸侯五庙，始祖不祧，后代入庙者只保留最近之六庙（三昭三穆）或四庙（二昭二穆）。祢庙，即近庙，指父庙，新入庙之天子、诸侯随其父之庙。

[8]〔愧〕（归）：原刻误，据《左传》改。

[9]〔以共〕（尔）：原刻误，据《左传》改。

[10]〔《传》〕（莺）：原刻误，据《左传》改。《传》指《左传》。

公叔文子卒，文子，卫〔献〕(南)[1]公之孙，名〔拔〕(攸)[2]，或作发。其子成请谥于君，曰:“日月有时，将葬矣，请所以易其名者。”君曰:“昔者卫国凶饥，夫子为粥与国之饥者，是不亦惠乎！君，灵公也。昔者卫国有难，夫子以其死卫寡人，不亦贞乎！难为鲁昭公二十年盗杀卫侯之兄絷也，时齐豹作乱。夫子听卫国之政，修其班制，以与四邻交，卫国之社稷不辱，不亦文乎！班制，谓尊卑之差。故谓夫子贞惠文子。后不言贞惠者，文有以兼之。此云公叔文子之臣，大夫撰与文子同升诸公。孔子闻之曰：“可以为文矣！”

孔圉，卫大夫也，既卒，谥曰文。子贡问曰:“孔文子何以谓之文也？”子曰：“敏而好学，不耻下问，是以谓之文也。”圉事详前苏注。

北宫喜为大夫，卒，卫侯赐谥曰贞子。灭齐氏故。

析朱鉏为大夫，卒，卫侯赐谥曰成子。从公故。

汉衡山王勃，值七国反，王坚守无二心，徙王济北以褒之。及薨，遂赐谥为贞王。

河间王德，立二十七年薨。中尉〔常〕(尝)[3]丽以闻，曰:“王身端行治，端直治理。温仁恭俭，笃敬爱下，明知深察，惠于鳏寡。”大行令奏:“《谥法》曰聪明睿智曰献，睿，深也，通也。宜谥曰献王。”

霍去病为骠骑将军，薨，谥之，并武与广地曰景桓侯。景，武；谥曰桓，广地谥也。《谥法》布义行刚曰景，辟土服远曰桓。

张勃，嗣父富平侯为谏议大夫。元帝初即位，诏列侯举茂材，勃举太官献丞陈汤，献丞，主贡献物也。汤待迁，父死不犇丧。犇，古奔字。

[1]〔献〕(南)：原刻误，据《礼记正义·檀弓下》改。

[2]〔拔〕(攸)：原刻误，据《礼记正义·檀弓下》改。

[3]〔常〕(尝)：原刻误，据《汉书》改。

司隶奏："汤无循行，勃选举故不以实。"坐[1]削户[2]二百，会薨，因赐谥曰缪侯。以其所举不得人，故加恶谥。缪者妄。

阳城侯刘德子向，坐铸伪黄金当伏法。《律》铸伪黄金弃市也。德上书讼罪，会薨，大鸿胪奏："德讼子罪，失大臣体，不宜赐谥置嗣。"制曰："赐谥缪侯。"以其妄讼子。

王立，元帝时以太后弟封江阳侯。王仁，嗣父谭为平河侯。平帝时，王莽辅政，忌之，奏令就国[3]，家遣使者迫守立、仁令自杀，赐立谥曰荒侯、仁谥曰刺侯。

杜业以列侯为太〔常〕(尝)[4]，坐法免官就国。平帝时，以忧恐发病死。初业尚成帝妹颍邑公主，无子，薨。业家上书，求还京师，与主合葬，不许，而赐谥曰荒侯。

后汉祭遵为征虏将军，建武九年卒。博士范升上疏，追称遵曰："臣闻先王崇政尊美屏恶，昔高祖大圣，深见远虑，班爵割地，与下分功者，录勋臣，颂其德美。生则宠以殊礼，奏事不名，入门不趋，死则畴其爵邑，世无绝嗣，丹书铁券传于无穷，斯诚大汉厚下安人长久之德，所以累世十余，历载数百，废而复兴，绝而复续者也。陛下以至德受命，先明汉道，褒序辅佐，封赏功臣，同符祖宗。征虏将军颍阳侯〔遵〕[5]之不幸早薨，陛下仁恩，为之感伤，远迎河南，恻怛之恸，形于圣躬，丧事用度，仰给县官[6]，重赐妻子，不可胜数。送死有以加生，厚亡有以过存，

[1]坐：获罪。

[2]削户：削减其所封食民户数。

[3]就国：王侯等离开京师去所封城邑生活，称就国。

[4]〔常〕(尝)：原刻误，据《汉书》改。

[5]〔遵〕：原刻佚，据《后汉书》补。

[6]县官：指皇帝，中国为赤县，皇帝故有是称。

矫俗厉化，卓如日月。古者臣疾君视，臣卒君吊，德之厚者也。陵〔迟〕（厉）[1]以来久矣。及至陛下复兴新礼，群下感动，莫不自励。臣窃见遵修行积善，竭忠于国。北平渔阳，西拒陇蜀，先登坻上，深取〔略〕（雒）[2]阳，众兵既退，独守冲难。制御〔士〕（王）[3]心，不越法度。所在吏人，不知有军。清名闻于海内，廉白著于当世。所得赏赐，辄与吏士，身无奇衣，家无私财。同产[4]兄午，以遵无子，娶妾送之。遵乃使人逆而不受，自以身任于国，不敢图生虑继嗣之计。临死遗诫，牛车载丧，薄葬雒阳。问以家事，终无所言。任重道远，死而后已。遵为将军，取士皆用儒术，对酒设乐，必雅歌投壶[5]。又建为孔子立后，奏置五经[6]大夫。虽在军旅不忘俎豆，可谓好礼悦乐，守死善道者也。《礼》生有爵，死有谥。爵以殊尊卑，谥以明善恶。臣愚以为，宜因遵薨，论叙众功，详按《谥法》，以礼成之，显彰国家笃古之制，为后嗣法。”帝乃下升章以示公卿，至葬，车驾复临，赠以将军侯印绶，朱纶容车，介士军阵送葬，谥曰成侯。

朱颉修儒术，安帝时至陈相[7]。卒，颉子穆与诸儒考依古义，谥曰贞宣先生。及穆卒，蔡邕与人共谥为文忠先生。袁山松《书》载蔡邕《议》曰，鲁季文子，君子以为忠，而谥曰文子。又《传》曰，文忠之实也，忠以为实，文以彰之，遂共谥穆。荀爽闻而非之，故张璠论曰，夫谥者，上

[1] 陵〔迟〕（厉）：原刻误，据《后汉书》改。陵迟，不断减弱、降低，如山陵逐渐侵蚀凌削。

[2]〔略〕（雒）：原刻误，据《后汉书》改。

[3]〔士〕（王）：原刻误，据《后汉书》改。

[4] 同产：同胞，一母所生者

[5] 雅歌投壶：雅歌指贵族音乐，投壶为一种向壶内投箭以决输赢的游戏。

[6] 五经：指《诗》《书》《易》《礼》《春秋》等五种儒家经典。

[7] 陈相：陈国之相。两汉朝廷为诸王置相，以料理其国内政事，为二千石官。陈国，东汉章和二年（88年）改淮阳国置，治陈县，今河南淮阳县。

之所赠，非下之所造。故颜、闵至德，不闻有谥。朱、蔡各以衰世，臧否不立，故私议之。

杨厚为侍中，病归，以黄老[1]教授，卒于家，乡人谥曰文父。

张霸为侍中，卒。将作大匠翟酺等与诸门人追录本行，谥曰宪文。

郭镇为尚书，延光中，中黄门孙程诛中〔常〕（尝）[2]侍江京等，立济阴王。镇率羽林士击杀卫尉阎景，以成大功。后为廷尉，卒。子贺累迁，复至廷尉。及贺卒，顺帝追思镇，下诏赐镇谥曰昭武侯，贺曰成侯。

荀靖字叔慈，有至行，不仕，年五十而终，号曰玄行先生。靖少有俊才，动止以礼，靖弟爽亦以才显于当时，或问[3]汝南许章曰："爽与靖孰贤？"章曰："皆玉也。慈明外〔朗〕（郎）[4]，叔慈内润。"及卒，学士惜之，诔靖者二十六人，颖阴令丘祯追谥靖曰玄行先生。

范冉冉或作丹卒，大将军何进移书陈留太守，累行论谥，佥曰："宜为贞节先生。"清白守节曰贞，好廉自〔克〕（兢）[5]曰节。

陈寔，字仲弓，颍川许人也。灵帝时，大将军窦武辟为掾属，后归乡闾，绝人事，三公[6]每缺，议者归之，累见征命，遂不起，卒于家。何进遣使吊，海内赴者三万余人，制衰麻[7]者以百数，共刊石立碑，谥为文范先生。

夏恭为泰山都尉，善为文章，卒官，诸儒共谥曰宣明〔君〕。

[1]黄老：即道家之学。

[2]〔常〕（尝）：原刻误，据《后汉书》改。

[3]或问：有人问。

[4]〔朗〕（郎）：原刻误，据《后汉书》及注改。

[5]〔克〕（兢）：原刻误，据《后汉书》改。

[6]三公：秦汉朝廷最高级的三位官员，丞相、太尉、御史大夫。

[7]衰麻：麻布做成的丧服。古代丧服按其与死者亲疏关系的不同，分为五等。最重的是斩衰，穿生麻布做的不缝边的丧服，服期三年；其次齐衰，穿熟麻布做的缝边整齐的丧服，服期三年至三月；第三等大功，穿精细熟麻布做的丧服，服期九个月；第四等小功，服期五个月；最轻缌麻，服期三月。

(君)[1]子牙,少习家业,著赋、颂、赞、〔诔〕(诗)[2]凡四百篇,举孝廉,〔早卒〕(卒早)[3],乡人号曰文德先生。

蔡棱,陈留郡人。邕[4]之父也,有清白行,谥曰〔贞〕[5]定公。邕《祖携碑》云:携字叔业,有周之胄,昔蔡叔没,成王命其子仲,使践诸侯之位,以国氏姓[6],君其后也。君曾祖父勋,哀帝时以孝廉[7]为长[8]。及君之身,增修厥德。顺帝以司空高第,迁新蔡长,年三十九卒。长子棱,字伯直,处俗孤党,不协于时。垂翼华发,人爵不升,年五十三卒。《谥法》清白守节曰贞,其行不差曰定。

魏太傅钟繇薨,有司议谥,以为繇昔为廷尉,办理刑狱,决嫌明疑,民无怨者,犹子张之在汉也。诏曰:"〔太〕(大)[9]傅功高德茂,位为师保,论行赐谥,当先依此,兼叙廷尉于、张之德耳。"乃策谥曰成侯。

吴质为侍中,太和四年卒。以怙威肆行,谥曰丑侯。质子应乃上书论枉,至正元中,乃改谥威侯。

蜀汉陈祗为侍中守尚书令、加镇军将军,祗上承王指,下按阉竖[10],深见信爱。景耀元年卒,后主痛惜,发言流涕,乃下诏曰:"祗统

[1]〔君〕(君):原断句误,据《后汉书》夏恭谥宣明君,其子名子牙。原刻将君字断于下,致误。

[2]〔诔〕(诗):原刻误,据《后汉书》改。

[3]〔早卒〕(卒早):原刻倒,据《后汉书》改正。

[4]邕:蔡邕,东汉名学者。

[5]〔贞〕:原刻佚,据《后汉书》补。

[6]以国氏姓:即以封国蔡为其姓氏。

[7]孝廉:汉代选举制度之一,视其既孝且廉为推举标准。

[8]长:县长,两汉万户以上县主官称县令,万户以下县称县长。

[9]〔太〕(大):原刻误,据《后汉书》改。

[10]阉竖:宦官。

职一纪[1]，柔嘉维则，干肃有章，和义利物，庶绩允明，命不融远，朕用悼焉。〔夫〕（大）[2]存有令问，则亡加美谥，谥曰忠侯。”

赵云为镇东将军，后军败贬为镇军。建兴七年卒，追谥曰顺平侯。初先主时，唯法正见谥。后主时，诸葛亮功德盖世，蒋琬、费祎荷国之重，亦见谥。陈祗宠待，特加殊奖。夏侯霸远来归国，故复得谥。于是关张、马超、庞统、黄忠及云，乃皆追谥，时论以为荣。云《别传》载后主诏曰：“云昔从先帝，功绩既著。朕以幼冲，涉途艰难，赖恃忠顺，济于危险。夫谥，所以叙元勋也。外议云宜谥。”大将军姜维等议以为，云昔从先帝，劳绩既著。经营天下，遵奉法度，功效可书。当阳之役，义贯金石，忠以卫上，君念其赏，礼以厚下，臣忘其死，死者有知，足以不溺，生者感恩，足以殒身。谨按《谥法》柔贤慈惠曰顺，执事有班曰平，克定祸乱曰平，应谥云曰顺平侯。

晋何曾为太宰、侍中，咸宁四年薨，将葬，下礼官议谥。博士秦秀议曰：“故太宰何曾，虽阶世族之裔，而少以高亮严肃，显登王朝，事亲有色养[3]之名，在官奏科尹之谟，此二者实得臣子事上之概。然资性骄奢，不循轨则，《诗》云：‘节彼南山，唯石岩岩。赫赫师尹，民具尔瞻。’言其德行高峻，动必以礼尔。丘明[4]有言，俭德之恭，侈恶之大也。大晋受命，劳谦隐约，曾受宠二代，显赫累世。暨乎耳顺之年，身兼三公之位，食大国之租，荷保傅之贵，执司徒之均，二子皆金貂卿〔校〕（较）[5]，

[1]一纪：古称十年或十二年或三十年或七十六年为一纪。陈祗于后主延熙九年（246年）为侍中，景耀元年（258年）卒，则此一纪指十二年。

[2]〔夫〕（大）：原刻误，据《后汉书》改。

[3]色养：指孝事长辈不仅供其吃饱穿暖，更要使其满意高兴。

[4]丘明：左丘明，春秋时鲁国史官，或言为孔子弟子，传其分《国语》著《春秋左氏传》。

[5]〔校〕（较）：原刻本误，以理校改。

列于帝侧。方之古人，责深负重，虽举门尽死，犹不称位。而乃骄奢过度，名被九域，行不履道，而飨位非〔常〕（尝）[1]。以古义言之，非唯失辅相之宜，违断金之利也。秽皇代之美，坏人伦之教，生天下之丑，示后生之懒，莫大于此。自近世以来，宰臣辅相未有受垢辱之声，被有司之劾，父子尘累而蒙恩贷若曾者也。周公吊二季之陵迟，哀大教之不行，于是作谥，以纪其终。曾参奉之，启手归全，易箦而没，盖明慎终死而后已。齐之史氏，乱世陪臣尔，犹书君贼，累死不惩，况于皇代守典之官，敢畏强盛而不尽礼！〔管氏有言〕[2]，礼、义、廉、耻，是谓四维。四维不张，国乃灭亡。宰相大臣，人之表仪，若生极其情，罪又无贬，是则帝室无正刑也，王公贵人复何畏哉！所谓四维复何寄乎？谨按《谥法》名与实爽曰缪，怙乱肆行曰丑。曾之行已皆与此同，宜谥缪丑公。武帝不从，策谥曰孝。太康末，子绍自表，改谥曰元。

贾充为太尉、录尚书，〔太〕（大）[3]康三年薨。初充用韩〔谧〕（谥）[4]为嗣，武帝特许之。及下礼官议充谥，博士秦秀议曰："充舍宗族弗授，而以异姓为后，悖礼溺情，以乱大伦。昔鄫养外孙莒公子为后，《春秋》书'莒人灭鄫'。圣人岂不知外孙亲耶，但以义推之，则无父子耳。又按，诏书自非功如太宰始封，后如太宰所取，必己自出，如太宰不得以为比。然则以外孙为后，自非元功显德，不之得也。天子之礼，盖可然乎？绝父祖之血食，开朝廷之祸门。《谥法》昏乱纪度曰荒，请谥荒公。"帝不从。

[1]〔常〕（尝）：原刻误，据《晋书》改。
[2]〔管氏有言〕：原刻佚，据《晋书》补。管氏，指春秋助齐桓公称霸的齐相管仲。
[3]〔太〕（大）：原刻误，据《晋书》改。
[4]〔谧〕（谥）：原刻误，据《晋书》改。

博士段畅希旨[1]，建谥曰武，帝乃从之。

刘毅为尚书左仆射，卒。羽林左监北海王宫上疏曰："中诏以毅忠允匪躬，增班台司，斯诚圣朝考绩，以毅著勋之美事也。臣谨按，谥者行之迹，而号者功之表。今毅功德并立，有号无谥，于义不体。臣窃以春秋之事求之，谥法主于行，而不继爵。然汉魏相承，爵非列侯，则虽没而高行，不加之谥。至使三事之贤臣，不如野战之将。铭迹所殊，臣愿圣世举春秋之远制，改列爵之旧限，使夫功行之实不相掩替，则莫不率赖。若以革旧毁制，非所仓卒，则毅之忠益，虽不攻城略地，论德进爵，亦应在例。臣敢唯行辅周之义，谨牒毅功行如右。"武帝出其表，使八座[2]议之，多同宫议，奏〔寝〕（请）[3]不报。

曹志为散骑〔常〕（尝）[4]侍，遭母忧[5]，居丧过礼，因此笃病，喜怒失〔常〕（尝）[6]。及卒，太〔常〕（尝）[7]奏以恶谥。崔褒叹曰："魏颗不从乱，以病为乱也。今谥曹志，而谥其病，岂谓其病不为乱乎！"于是谥为定。

陈准为太尉广陵公，及薨，太〔常〕（尝）[8]奏谥，散骑〔常〕（尝）[9]侍领国子博士嵇绍驳曰："谥号所以垂之不朽，大行受大名，细行受细名，文、武显于功德，灵、厉表于暗蔽。自顷，礼官协情，谥不依本，准谥

[1]希旨：迎合皇帝意旨。
[2]八座：官名合称，魏晋至隋间指尚书令，左、右仆射，诸曹尚书。
[3]〔寝〕（请）：原刻误，据《晋书》改。
[4]〔常〕（尝）：原刻误，据《晋书》改。
[5]母忧：母亲去世。
[6]〔常〕（尝）：原刻误，据《晋书》改。
[7]〔常〕（尝）：原刻误，据《晋书》改。
[8]〔常〕（尝）：原刻误，据《晋书》改。
[9]〔常〕（尝）：原刻误，据《晋书》改。

为过，宜谥曰谬。”事下太〔常〕(尝)[1]，时虽不从，朝廷惮焉。

郭奕为尚书，卒，太〔常〕(尝)[2]上谥为景。有司议以贵贱不同号，谥与景皇同，不可，请谥曰穆。〔诏〕(绍)[3]曰，谥所以旌德表行，按《谥法》一德不懈为简，奕忠毅清直，立德不逾，于是遂赐谥曰简。太康八年十月，太〔常〕(尝)[4]上谥，故太〔常〕(尝)[5]平陵男郭奕为景侯。有司奏云：“晋受命以来，祖宗号谥，群下未有同者。故郭奕与景皇同，不可。听宜谥曰穆。”王济、羊仆等并云：“夫无穷之作，名谥不一，若皆相避，于制难全。如悉不复，非推崇事尊之礼，宜依讳名之义，但及七庙祖宗而已，不及于毁之庙。”成粲、武茂、刘纳并云：“同谥非嫌。号谥者，国之大典，所以万世作教也，尧舜以来，司谥之礼，舍汉魏近制相〔避〕(辟)[6]之议，又引周公、文子同谥文。”武帝诏曰：“非言君臣不可同，正以奕谥景不甚当耳，宜谥真简。”及〔太〕(大)[7]元四年，侍中王攸之表，君臣不嫌同谥，尚书奏以攸之言为然。

滕修初仕吴，为广州刺史。吴平，以修为安南将军、广州牧。太康九年卒，谥曰声。修之子并上表曰：“亡父修羁绁吴壤，为所驱驰，幸逢开通，沐浴至化，得从俘虏，握戎马之要，未觐圣颜，委南藩之重，实由劳勋少闻天听[8]故也。年衰疾笃，屡乞骸骨[9]，未蒙垂哀，奄至薨殒。

[1]〔常〕(尝)：原刻误，据《晋书》改。
[2]〔常〕(尝)：原刻误，据《晋书》改。
[3]〔诏〕(绍)：原刻误，据《晋书》改。
[4]〔常〕(尝)：原刻误，据《晋书》改。
[5]〔常〕(尝)：原刻误，据《晋书》改。
[6]〔避〕(辟)：原刻误，据《晋书》改。
[7]〔太〕(大)：原刻误，据《后汉书》改。
[8]少闻天听：皇上稍微听到了一些。
[9]乞骸骨：请求退休。

臣承遗意，舆榇还都，瞻望云阙，实怀痛裂。窃闻博士谥修曰声，直章流播，不称行绩，不胜愚情，冒昧闻诉。”帝乃赐谥曰忠。

周处为御史中丞，从征西将军梁王肜征氐人齐万年，力战而没。及元帝为晋王，将加处策谥，太〔常〕（尝）[1]贺循议曰，处履德清方，才量高出，历守四郡，安人立政，入司百僚，直节不挠。在戎致身，见危授命，此皆忠贤之茂实，烈士之远节。按《谥法》执德不回曰孝，遂以谥焉。

庾珉，字子据，本国中正、侍中，封长岑男。怀帝之没刘元海[2]也，珉从在平阳。元海大会，因使帝行酒，珉不胜悲愤，再拜上酒，因大号哭。贼恶之，会有告珉及王隽等谋应刘琨者，元海因图弑逆，珉等并遇害。太元末，追谥曰贞。

谢石为卫将军，薨，请谥。下礼官议，博士范弘之议曰：“石阶籍门荫，屡登崇显，总司百揆，翼赞三台，闲练庶事，勤劳匪懈。内外佥议皆曰，与能当淮淝之捷，勋极危坠，虽皇威遐震，狡寇夭亡，因时立功，石亦与焉。又开建学校以延胄子[3]，虽盛化未洽，亦爱礼存羊。然古之贤辅，大则以道事君，侃侃终日；次则厉身奉国，夙夜无怠；下则爱人惜力，以济时务。此数者，然后可以免唯尘之讥，塞素〔飧〕（食）[4]之责矣。今石位居朝端，任则论道昌言，无忠国之谋，守职则容身而已，不可谓事君。货黩京邑，聚敛无厌，不可谓厉身。坐拥大众，侵食百姓，

[1]〔常〕（尝）：原刻误，据《晋书》改。

[2]怀帝之没刘元海：匈奴族人汉王刘渊（《晋书》为避唐高祖名讳，称其字元海）于晋永嘉二年（308年）在平阳（今山西临汾西）称帝。311年其军攻入洛阳，俘晋怀帝及其宗属，送至平阳，后杀怀帝。史称“永嘉之乱”。

[3]胄子：贵族子弟。

[4]素〔飧〕（食）：原刻误，据《晋书》改。素飧，本指熟食，此处意为白占官位不好好干事。

《大东》[1]流于远近，怨毒结于众心，不可谓爱人。工徒劳于土木，思虑殚于机巧，纨绮尽于婢妾，财用縻于丝桐，不可谓惜力。此人臣之大害，有国之所去也。先王所以正风俗理人伦者，莫尚乎节俭。故夷吾[2]受谤于三归，平仲[3]流美于约〔己〕（巳）[4]。自顷风轨陵迟，奢僭无度，廉耻不兴，利竞交驰，不可不深防原本，以绝其流。汉文袭弋绨之服[5]，诸侯犹侈；武帝焚雉头之裘[6]，靡丽不息。良由俭德虽彰，而威禁不肃。道自我建，而行不及物。若存罚其违，亡贬其恶，则四维必张，礼义行矣。按《谥法》因事有功曰襄，贪以败官曰墨，宜谥曰襄墨公。"朝议不从，单谥曰襄。

王述为尚书令，卒，追赠侍中、骠骑将军开府，谥曰穆。以避穆帝，改曰简。

何无忌为会稽内史、左将军，征卢循，兵败握节[7]死。诏赠侍中、司空，谥曰忠肃。

宋[8]何勗以尚公主[9]封安成公，与临汝公孟灵休并各奢豪。勗官至侍中，追谥荒公。

---

[1]《大东》:《诗经·小雅》篇名，据说是谭国大夫讽刺国内征役繁重、财政败乱的诗，谭国于鲁庄公十年（前684年）被齐国所灭。

[2]夷吾：春秋齐相管仲，字夷吾。

[3]平仲：春秋齐国大夫晏婴，字平仲。

[4]〔己〕（巳）：原刻误，据《晋书》改。

[5]汉文袭弋绨之服：弋绨，粗糙的黑色纺织品。汉文帝身衣弋绨，所幸慎夫人衣不曳地，帷帐无文绣，以示敦朴，为天下先。

[6]武帝焚雉头之裘：雉头裘，用野鸡头毛皮做成的皮衣。晋武帝咸宁三年（277年），太医司马程据献雉头裘，帝以奇技异服，典礼所禁，焚之于殿前。

[7]节：朝廷发给使臣的出使凭证，以竹为上，上饰牦尾毛，称节。

[8]宋：南朝宋，420—479年。

[9]尚公主：与公主成亲，因公主贵甚，且婚后住公主府，不住夫家，故称尚。

颜师伯为散骑〔常〕（尝）[1]侍、尚书仆射，领丹阳尹，为前废帝所害。明帝即位，诏曰:“师伯昔逢代运，豫班荣赏，遭罹厄会，殒命淫刑，宗嗣殄绝，良用矜悼。但其心黩货，宜贬赠典，可诏封社，以慰冤魂，谥曰荒。”

王敬弘卒，昇明二年诏曰：“夫珍秘兰幽，贞芳载越，徽猷沉远，懋礼弥昭。故侍中、左光禄大夫、开府仪同三司敬弘，神运冲简，〔识〕（职）[2]宇标峻，德敷象魏，道蔼丘园，高挹荣冕，凝心尘外，清光粹范，振俗淳风。兼以累朝延赏，声华在咏，而嘉篆阙文，猷策韬采，尚想遥分，兴怀寝寤，便可详定辉谥，式旌追典。”谥为文贞公。

刘延孙为侍中仆射，卒，有司奏谥忠穆，诏为文穆。

南齐长沙王晃，有武力，为太祖所爱。太祖〔常〕（尝）[3]曰:“此我任城也。”世祖缘此意，故谥曰威。

褚彦回为尚书令，卒。先是，陶季直齐初为尚书比部郎，时彦回与季直素善，频以为司空司徒〔主〕（左）[4]簿，委以府事。彦回卒，尚书令王俭以彦回有至行，欲谥为文孝公。季直请曰：“文孝是司马道子谥，恐其人非具美，不如文简。”俭从之。

王晏为吏部尚书，以旧恩见宠。时尚书令王俭虽贵而疏，晏既领选权行台阁，与俭不平。俭卒，礼官议谥，帝欲依王导，谥为文献。晏启曰:“导乃得此谥，但宋来不加素侯。”出谓亲人曰：“平头宪事已行矣。”

梁刘巘有贤行，天监元年下诏为巘立碑，谥曰贞简先生。

---

[1]〔常〕（尝）：原刻误，据《宋书》改。

[2]〔识〕（职）：原刻误，据文渊阁四库全书本《册府元龟》改。

[3]〔常〕（尝）：原刻误，据《南齐书》改。

[4]〔主〕（左）：原刻误，据《南齐书》改。

徐勉为侍中卫将军，卒，有司奏谥曰居敬行简曰简，帝谥曰执心决断曰肃，因谥简肃公。

沈约为尚书令侍中，天监十二年卒。有司谥曰文，高祖曰，怀情不尽曰隐，故改为隐。

刘峻居东阳，吴会人士从其学。普通二年卒，时年六十八，门人谥曰玄靖先生。

安成康王秀世子机，为宁远将军、湘州刺史。大通二年薨于州，时年二十。机美姿容，善吐纳，家既多书，博学强记，然而好弄尚力，远士子，近小人，为州专意聚敛无治绩，频被案劾。及将葬，有司议谥，高祖诏曰："王好内怠政，可谥曰炀。"

萧子显为吴郡太守，卒，性凝简，负其才气，及葬请谥。高祖手诏[1]云："恃才傲物，宜谥曰骄。"

萧眸为晋陵太守，卒于郡。初眸寝疾历年，官曹壅滞，有司按《谥法》言行相违曰替，乃谥替侯。

邵陵王纶为西魏军所败，死于汝南。岳阳王〔察〕（登）[2]遣迎丧葬于襄阳望楚山南，赠太宰，谥曰安。后元帝议追加谥，尚书左丞刘〔珏〕（谷）[3]议，《谥法》怠政交外曰携，从之。

王佥为太子中庶子卒，赠侍中。承圣三年，世祖追赠曰贤而不伐曰恭，谥恭。

[1]手诏：皇帝亲自书写的诏书。

[2]〔察〕（登）：原刻误，据《南史》改。

[3]〔珏〕（谷）：原刻误，据《南史》改。

〔刘孺〕（王儒）[1]为吏部尚书，以母忧去职，居丧未期[2]，以毁卒，时年五十九，谥曰孝。

刘訏，平原人，州辟主簿不就，及卒，宗人至友相与刊石立铭，谥曰玄贞处士。

阮孝嗣，陈留尉氏人。性至孝，沈静为名流所钦重。南平元襄王闻其名，致书要[3]之，不赴。后卒，时年五十八，门徒诔其德行，谥曰文贞处士。

刘歊，博学有文才，不娶不仕，隐居求志，遨游林泽，以山水书籍相娱。及卒，亲故诔其行迹，谥曰贞节处士。

萧视素，征中书侍郎，辞不就。及卒，亲故迹其事行，谥曰贞文。

陈周敷为镇南将军、豫州刺史，讨周廸，与廸对。廸绐[4]敷曰："吾昔与弟勠力同心，宗从匪他，岂规相害。今愿伏罪还朝，因弟披露心腑，乞先挺身共立盟誓。"敷许之，方登坛，为廸所害。诏曰："敷受任遐征，淹时违律，虚襟奸诡，遂贻丧仆。但夙著勤诚，亟劳戎旅，犹深恻惨，愍悼于怀。可存其第赋，量所赙恤，还丧京邑，谥曰脱。"

袁泌为司徒左长史，卒于官。临终戒其子芳华曰："吾于朝廷，素无功绩，瞑目之后，无得受赠谥。"其子述泌遗意，朝廷不许，谥曰质。

鲁悉达幼以孝闻，及为吴州刺史，遭母忧，哀毁过礼，因遘疾卒，谥曰孝侯。

---

[1]〔刘孺〕（王儒）：原刻误，据《梁书》改。按文渊阁四库全书本《册府元龟》卷五百九十四为"王孺"，亦误。

[2]居丧未期：期，一年。母亲逝世孝子应居丧一年，未期，未到一年。

[3]要：同邀，邀请，聘请。

[4]绐：dài，欺哄。

后魏穆崇为太尉，天赐三年薨。先是卫王仪逆，崇预焉，道武惜其功而秘之。及有司奏谥，帝亲览《谥法》至述义不克曰丁，太祖曰:“此当矣！”乃谥曰丁公。

乐王丕坐刘洁事，以忧薨，谥曰戾（生）[1] 王。

任城王世隽为尚书令，轻薄好去就，及薨，谥曰躁戾。

郑羲为兖州刺史，多所〔受〕（授）[2] 纳，政以贿成。征为秘书监，卒。尚书奏谥曰宣，诏曰:“盖棺定谥，先典成式，激扬清浊，治道明范。故何曾幼学，良史不改缪丑之名；贾充宠晋，直士犹立荒公之称。羲虽宿有文业，而治阙廉清。稽古之效，未光于朝〔策〕（荣）[3]；昧货之谈，已形于民听。谥以善问，殊乖于衷。又前岁之选，匪由备行充举，自荷后任，勋绩未昭。尚书何乃情遗至公，愆违明典，依《谥法》博闻多见曰文，不勤成名曰灵，可赠以本官，加谥文灵。”

高祐为宋王昶傅，昶薨，征为宗正卿，久而不赴，诏免卿。太和二十三年卒，太〔常〕（尝）[4] 议谥曰炀侯，诏曰:“不遵上命曰灵，可谥为灵。”

彭城王勰，孝文、宣武时累有功。及薨，太〔常〕（尝）[5] 卿刘芳议勰谥曰:“王挺德弱龄，诞资至孝，睿性过人，学不师授，卓尔之操，发自天然，不群之美，幼而独出。及入参政务，纶綍有光，〔爰〕（卒）[6]

[1]（生）：原刻衍，据《魏书》删。
[2]〔受〕（授）：原刻误，据《魏书》改。
[3]〔策〕（荣）：原刻误，据《魏书》改。
[4]〔常〕（尝）：原刻误，据《魏书》改。
[5]〔常〕（尝）：原刻误，据《魏书》改。
[6]〔爰〕（卒）：原刻误，据《魏书》改。

登中铉，敷明〔五〕（吾）[1]教。〔汉〕（漠）[2]北告危，皇赫问罪，王内亲药膳，外总六师。及宫车晏驾，上下哀慄，奋猛御戚，英略潜通，翼卫灵舆，整戎振旆。历次宛谢，迄于鲁阳，送往奉居，无惭周、霍，禀遗作辅，远至〔迩〕（退）[3]安。分陕〔恒〕（尝）[4]方，流咏燕赵，廓清江西，威慑南越，入整百揆，庶绩咸熙，履勤不惮，在功愈挹，温恭恺悌，忠雅宽仁，兴居有度，善终笃始，高尚厥心，功成身退，义亮圣衷，美光世典。依《谥法》保大定功曰武，善问周达曰宣，谥曰武宣王。

于忠为尚书右仆射薨，赠侍中、司空公。有司奏太常少卿元端议："忠刚直猛暴，专戆好杀。按《谥法》性刚理直曰武，怙威肆行曰丑，宜谥武丑公。"太常卿元修仪议："忠尽心奉上，翦除凶逆，依《谥法》除伪宁真曰武，夙夜恭事曰敬，宜谥武敬公。"二议不同，事奏灵太后，令曰："可依正卿议。"

石祖兴，常山人也。太守田文彪、县令和直等丧亡，祖兴自出家绢二百余匹，营护丧事，州郡表列，孝文嘉之，赐爵二级为上造。后拜宁陵令，卒。吏部尚书李韶奏其节〔义〕（议）[5]，请加赠谥，以奖来者。灵太后令如所奏，有司乃谥曰恭。

源怀为车骑大将军，卒，赠司徒。冀州刺史卢昶奏，太〔常〕（尝）[6]寺议谥曰："怀体尚宽柔，器操平正，依《谥法》柔直考终曰靖，宜谥靖公。"司徒府议："怀作牧陕西，民饮惠化，入总端贰，朝列归仁，依《谥

[1]〔五〕（吾）：原刻误，据《魏书》改。
[2]〔汉〕（漠）：原刻误，据《魏书》改。
[3]〔迩〕（退）：原刻误，据《魏书》改。
[4]〔恒〕（尝）：原刻误，据《魏书》改。
[5]〔义〕（议）：原刻误，据《魏书》改。
[6]〔常〕（尝）：原刻误，据《魏书》改。

法》布德执义曰穆，宜谥穆公。”二议不同，诏曰:“府寺所执，并不克允，爱民好与曰惠，可谥惠公。”

索〔敞〕(厂)[1]为中书博士，笃勤训教，多所成益，前后所出，显达位至尚书、牧守者数十人。出补扶风太守，在位清〔贫〕(平)[2]，未几卒官。时旧同学生等为请谥，诏谥曰献。

王肃为散骑〔常〕(尝)[3]侍、都督淮南诸军事、扬州刺史，薨。有司奏以肃贞心大度，宜谥康公。诏谥宣简。

甄琛，孝明时为车骑将军、特进加侍中，卒赠司徒公、尚书左仆射。太〔常〕(尝)[4]议谥文穆。吏部袁翻奏曰:“案《礼》，谥者行之迹也，车服者位之章也。是以大行受大名，细行受细名。行生于己，名生于人。故阖棺然后定谥者，累其生时美恶，所以为将来劝戒。身虽死，使名〔常〕(尝)[5]存也。凡薨亡者，所属即言大鸿胪，移本郡大中正[6]条其行迹功过，承中正移言公府，下太〔常〕(尝)[7]部博士评议为谥。列上谥不应法者，博士坐如选举不以实论。若行状失实，中正坐如博士。自古帝王莫不殷勤〔慎重〕(重慎)[8]，以为褒贬之实也。今之行状皆出自其家，行其臣子，自言君父之行，无复相是非之事，臣子之欲光扬君父，但苦迹之不高，行之不美，是以极辞恣意，无复限量。观其状也，则周、孔[9]联镳，伊、

[1]〔敞〕(厂):原刻误，据《魏书》改。
[2]〔贫〕(平):原刻误，据《魏书》改。
[3]〔常〕(尝):原刻误，据《魏书》改。
[4]〔常〕(尝):原刻误，据《魏书》改。
[5]〔常〕(尝):原刻误，据《魏书》改。
[6]大中正:魏晋南北朝隋唐时期负责评定士族内部品第的官员称中正，一般州设大中正。
[7]〔常〕(尝):原刻误，据《魏书》改。
[8]〔慎重〕(重慎):原刻倒，据《魏书》正。
[9]周、孔:周公、孔子。

颜[1]接衽；论其谥也，虽穷文尽武，罔或加焉。然今之博士与古不同，唯知依其行状，又先问其家人之意、臣子所求，便为议上，都不复斟酌与夺，商量是非。致号谥之加，与泛阶莫异，专以极美为称，无复贬降之名，礼官之失一至于此。案，甄司徒行状，至德与圣人齐踪，鸿名共大贤比迹，文穆之谥何足加焉！但比来赠谥于例普重，如甄之流无不复谥，谓宜依《谥法》慈惠爱民曰孝，宜谥曰孝穆公。自今已后，明敕太〔常〕（尝）[2]，司徒有行状如此言辞流宕无复节限者，悉请裁量不听，为受必准人，立谥不得优越，复有踵前来之失者，付法司科罪。”从之。

冯诞为司徒卒，有司奏谥。诏曰：“按，《谥法》善行仁德曰元，柔克有光曰懿。昔贞惠兼美，受三谥之荣，忠武双徽，锡两号之茂。式准前迹，宜契具瞻，既自少绸缪，知之唯朕，按行定名，谥曰元懿。”

羊祉为平北将军，卒。太〔常〕（尝）[3]少卿元端、博士刘台龙议谥曰：“祉志在埋轮[4]，不避强御。及赞戎律，熊武斯裁，仗节抚藩，边夷识德，化沾殊俗，襁负怀仁。谨按《谥法》布德行刚曰景，宜谥为景。”侍中侯刚、给事黄门侍郎元纂等驳曰：“臣闻唯名与器弗可妄假，定谥准行必当其迹。按，祉志性急酷，所在过戚，布德罕闻，暴声屡发。而礼官虚述，谥之为景，非直失于一人，实毁朝则。请还付外，准行更量虚实。”灵太后令曰：“依驳更议。”元端、台龙上言：“窃唯谥者行之迹，状者迹之称，然尚书〔铨〕（全）[5]衡，是司厘品庶物，若状与迹乖，应

[1]伊、颜：伊尹、颜回。
[2]〔常〕（尝）：原刻误，据《魏书》改。
[3]〔常〕（尝）：原刻误，据《魏书》改。
[4]埋轮：断己后路，比喻不畏身死。
[5]〔铨〕（全）：原刻误，据《魏书》改。

抑而不受，录其实状，然后下寺，谥法准状科正，岂有舍其行迹外有所求，去状去称将何所准！〔检〕(简)[1]祉以母老辞藩，乃降手诏云，卿绥抚有年，声实兼著，安边宁境，实称朝望。及其殁也，又加显赠，言祉诚著累朝，效彰内外，诏册褒美，无替伦望。然君子使人，器之义无求备，德有数德，优劣不同，刚而能克以为德焉。谨依《谥法》布德行刚曰景，谓前议为允。”司徒右长史〔张〕(弘)[2]烈、主簿李瑒〔刺〕(敕)[3]称:“按祉历官累朝，当官允称，委捍西南，边隅靖遏。准行易名，奖戒攸在，窃谓无亏体例。”尚书〔李韶〕(诏)[4]又述奏，以府寺为允，太后可其奏。

马熙，文明太后之兄也，为内都大官太师，薨于代[5]。有司奏谥，诏曰:“可以威〔强〕(疆)[6]恢远曰武，奉谥于公柩。”

后周赵善，为左仆射。西魏文帝大统九年，从战芒山，属大军不利，善为敌所获，卒于东魏建德初。周、齐通好，齐人乃归其柩，其子表请赠谥，诏谥曰敬。

隋杨雄，封观德王。及薨，有司考行，请谥曰懿。帝曰:“王道高雅俗，德冠生民”，乃赐谥曰德。

刘炫为太学博士，以品卑去任，归于河间，时盗贼蜂起，谷食踊贵，教授不行，因冻馁而死，时年六十八。其后门人谥曰宣德先〔生〕(王)[7]。

[1]〔检〕(简):原刻误，据《魏书》改。
[2]〔张〕(弘):原刻误，据《魏书》改。
[3]〔刺〕(敕):原刻误，据《魏书》改。
[4]〔李韶〕(诏):原刻佚、误，据《魏书》增改。
[5]代:北魏原都城(398—376年)，在今山西大同市，孝文帝迁都洛阳后，又称北京。
[6]〔强〕(疆):原刻误，据《魏书》改。
[7]〔生〕(王):原刻误，据宋本《册府元龟》改。

谥法备考卷之四
谥法指实

唐陈叔达，贞观初为尚书，坐闺庭不理归第，及卒，太〔常〕（尝）[1]议谥曰缪。后赠户部尚书，改谥曰忠。

皇甫无逸，贞观中为益州刺史，其母疾笃，太宗令驿召之，无逸性至孝，承问惶惧，不能饮食，因道病而卒，赠礼部尚书。太〔常〕（尝）[2]考行谥曰孝，礼部尚书王珪驳之曰："无逸入蜀之初，自当扶持老母与之同去，申其色养，而乃留在京师，子道未足，何得为孝？"谥为良。

虞世南卒，赠礼部尚书。贞观十二年十一月敕曰："虞世南学综古今，行笃终始，至孝忠直，事多弘益，易名之典，抑有旧章。前虽谥懿，未尽其美，可谥曰文懿。"

萧瑀卒，赠司空，太〔常〕（尝）[3]初谥曰德，尚书省谥曰肃。太宗以易名之典，必考其行，萧瑀性多猜贰，有失其真，更谥曰贞褊公。

[1]〔常〕（尝）：原刻误，据文渊阁四库全书本《册府元龟》改。
[2]〔常〕（尝）：原刻误，据文渊阁四库全书本《册府元龟》改。
[3]〔常〕（尝）：原刻误，据文渊阁四库全书本《册府元龟》改。

封德彝卒，赠司空，太〔常〕（尝）[1] 初谥曰明。后治书侍御史唐临追驳曰：“包藏之状，死而后发，猥加赠谥，未正严科。”太宗令百官详议，民部尚书唐俭等议曰：“罪暴身后，恩结生前，所历之官，不可追夺，请除赠改谥。”诏从之，乃谥曰缪。

宇文士及卒，赠左卫大将军，初谥为恭。黄门侍郎刘洎驳之曰：“士及居家侈纵，不宜为恭。”竟议谥为纵。

许敬宗为侍中、高阳郡公，卒，太〔常〕（尝）[2] 定谥。博士袁思古议曰：“敬宗位以才升，历居清级，弃长子于荒徼，嫁少女如夷落，闻诗学礼，事绝于趋庭，纳采问名[3]，唯闻于黩货，白珪斯玷，有累清虚。易名之典，须凭实行。按《谥法》名与实爽曰缪，请谥为缪。”敬宗孙太子舍人彦伯讼称：“思古与许氏先有嫌怨，请改谥。”博士〔黄〕（王）[4] 福時议曰：“谥者，饰终之称也。得失一朝，荣辱千载。若使嫌隙是实，即合据法推绳。如其不然，未亏直道，义不可夺，官不可侵，二三其德，何以言礼！请依思古议为定。”户部尚书戴至德谓福時曰：“高阳公任遇如此，何以定谥为缪？”答曰：“昔晋司空何曾，既忠直且孝，徒以日食万钱，所以贬为缪丑。况敬宗忠孝不逮于何曾，饮食男女之累有逾于何曾，而定谥为缪，无负于许氏矣！”诏令尚书省集五品以上重议，礼部尚书杨思敬议称：“按《谥法》既过能改曰恭，请谥曰恭。”

[1]〔常〕（尝）：原刻误，据文渊阁四库全书本《册府元龟》改。

[2]〔常〕（尝）：原刻误，据文渊阁四库全书本《册府元龟》改。

[3] 纳采问名：《仪礼·士昏礼》中所言婚姻六礼为纳采、问名、纳吉、纳征、请期、迎亲，纳采是到女方家提亲，问名是询问女方的姓氏、年庚以及八字，以视男女双方是否有冲克等不宜结亲之处。

[4]〔黄〕（王）：原刻误，据文渊阁四库全书本《册府元龟》改。

韦巨源卒，赠特进、荆州大都督。太〔常〕(尝)[1]博士李处直议谥曰昭，户部员外郎李邕驳之曰：“三思[2]引之为相，阿韦[3]托之为亲，无功而封，无德而禄，同族则丑正安石，他人则附〔邪〕(祁)[4]楚客[5]，谥之曰昭，良恐不当。”初巨源与安石迭为宰相，时人以为情不相叶，故邕以此称之。处直仍因请依前谥为定，邕又贬曰：“夫古之议谥，在乎劝沮，将杜小人之业，冀长君子之风，故善者虽在不贵仕，而没有余名，此贤达所以守节也。为恶者虽生有所幸，死怀所惩，此回邪所以易心也。呜呼！巨源尝未斯察，而乃闻义不从，与恶相济，蓄罔上之志，叶群凶之谋，苟容圣朝，贪昧厚禄，自以宰臣之贵，不崇朝而贾害者，固鬼得而诛之也。彼则匹夫之微未受命而行刑者，固人得而诛之也。幽明之慎断焉，可知天地之心，自此而见矣！顷者皇运中兴，功臣翼政，时序未几，邪逆执权，奸慝者拜爵于私门，忠正者降黜于藩郡。巨源此际用事方殷，于阿韦何亲而结为昆季，于国家何力而累忝大官？此则关通中人[6]，附会武氏，托城社之固，乱皇家之基，其罪一也。又国之大事在祀与戎，酌于《礼经》，陈于郊野，将以对越天地，光扬祖宗。既告成功，以观海内，推昔亚献[7]，不闻妇人。阿韦蓄无君之诚，怀自达之意，潜图帝位，议啄皇孙，升坛拟仪，拜赐明命，将豫家事，无守国章。巨源创迹于前，悖演成功于后。时有礼部侍郎徐坚，太〔常〕(尝)[8]博士唐绍、蒋钦绪、彭景直

[1]〔常〕(尝)：原刻误，据文渊阁四库全书本《册府元龟》改。
[2]三思：武则天侄子武三思。
[3]阿韦：唐中宗皇后韦氏。
[4]〔邪〕(祁)：原刻误，据文渊阁四库全书本《册府元龟》改。
[5]楚客：唐臣宗楚客。
[6]中人：宫中之人，指宦官。
[7]亚献：大祭祀时的次献祭者。此处指景龙三年(709年)唐中宗郊礼祭天，以韦后为亚献。
[8]〔常〕(尝)：原刻误，据文渊阁四库全书本《册府元龟》改。

并言之莫从，其罪二也。又上天不吊，先帝遇毒[1]，悔祸无钦，阿韦将篡，画计未果，逆心尚摇，周章夷犹，仓卒迷缪，于是太平公主矫为陈谋，上官昭容给草遗诏，故得今上[2]辅政，阿韦参谋，大业垂成，而休命中辍者，职由巨源蹑韦温之足，楚客附巨源之耳，枭声遽发，狼顾相惊，以阿韦临朝，以韦温当国，其罪三也。又人为邦本，财实聚人，夺其财则人心自离，无其人则国本何恃！巨源屡践台辅，专行勾征，废越条章，崇尚侵刻，树怨天下，剥害生灵，兆庶流离，户口减耗。况以三思食邑往在贝州，时属九阴，灾逢多雨，租庸捐免，甲令昭明，匪今独然，自古不易。三思虑其封物，巨源启此异端，以为稼穑湮沉，虽无菽粟，蚕桑织纴可辅庸调。致使河朔黎人[3]、海内士女，去其乡井，鬻其子孙，饥寒切身，朝夕奔命，其罪四也。但巨源长于华宗，仕于累代，作万国之相，处具瞻之秋，蔽日月之层辉，负丘山之重责，今乃妄加褒述，安能分谤者哉？”当时虽不从邕议，论者是之。

程行谌卒，赠尚书左丞相，谥曰贞，与岐王府长史裴子余谥曰孝同时列上，中书令张讼省之曰："程、裴二谥，可谓议之无愧者。"

宋庆礼卒，赠工部尚书。太〔常〕（尝）[4]博士张星定谥曰："庆礼太刚则折，至察无徒，有事东北，所亡万计，所谓害于家凶于国，按《谥法》好功自是曰专，请谥为专。”礼部员外郎张九龄驳之曰："营州镇彼戎夷扼喉断臂，逆则制其死命，顺则为其主人，是称乐都，其来尚矣。寻罢海运充广岁储，边亭晏然，河朔无扰，与夫兴师之费转输之劳，较其优劣，

[1] 先帝遇毒：指公元710年六月唐中宗李显被毒杀。
[2] 今上：指唐睿宗李旦。
[3] 黎人：黎民，老百姓。
[4]〔常〕（尝）：原刻误，据文渊阁四库全书本《册府元龟》改。

孰为利害？而云所亡万计，一何缪哉！安有践其迹以制实，贬其谥以询虚，乘虑始之谤声，妄经远之权利，义非得所，孰谓其当？请以所议更下太〔常〕（尝）[1]，庶表行之迹可寻，而易名之典不坠也。”星复执前议，庆礼兄子辞上称冤，乃谥曰敬。

张说为尚书左丞、燕国公，卒。太〔常〕（尝）[2]初谥为文贞，左司郎中杨伯成驳曰：“谥者德之表，行之迹，将以激励风俗，简束名教，固无虚誉，是存实录。准张说《罢相制》云：‘不肃细微之人，颇乖周慎之旨。’又《致仕制》云：‘行亏半古，防阙周身，未免瓜李之嫌，而喧众多之口。’且玉之有瑕，尚可磨也，人之斯玷，焉可追也？谥曰文贞，何成劝沮？请下太〔常〕（尝）[3]，更据行事定谥。”工部侍郎张九龄又议请依太〔常〕（尝）[4]为定，众论未决。上为制碑文，赐谥曰文贞，由是始定。

裴光庭为侍中，卒赠太师。太〔常〕（尝）[5]博士孙琬将议光庭谥，以其用循资格，非奖劝之道，建议谥为克，时人以为希萧嵩意旨。帝闻而特下诏，赐谥曰忠献，仍令中书令张九龄为其碑文。史官韦述以改谥为非，论曰:“春秋之义，诸侯死王事，葬之加一等，盖〔嘉〕（加）[6]其有功也，而不及其赏也。爰至汉魏，则襚之，〔即〕（既）[7]受宠被窀穸，唯德是褒，岂虚受也！近代以来，宠赠无纪，或以职位崇显一切优锡，

[1]〔常〕（尝）：原刻误，据文渊阁四库全书本《册府元龟》改。
[2]〔常〕（尝）：原刻误，据文渊阁四库全书本《册府元龟》改。
[3]〔常〕（尝）：原刻误，据文渊阁四库全书本《册府元龟》改。
[4]〔常〕（尝）：原刻误，据文渊阁四库全书本《册府元龟》改。
[5]〔常〕（尝）：原刻误，据文渊阁四库全书本《册府元龟》改。
[6]〔嘉〕（加）：原刻误，据文渊阁四库全书本《册府元龟》改。
[7]〔即〕（既）：原刻误，据文渊阁四库全书本《册府元龟》改。

或以子孙荣贵恩例无加，贤愚虚实为一贯矣。裴光庭以守法之吏，骤登相位，践我机衡，岂不多愧！赠以师范，何其滥欤！张燕公有扶翊之勋，居讲讽之旧秩，跻九命[1]，官历二端，议者犹谓赠之过当，况光庭去斯犹远，何妄窃之甚哉！盖名器假人，昔贤之所惋也。”

杜暹卒，赠尚书左丞相，初谥贞肃。右司员外郎刘同昇、都官员外郎韦康廉驳曰："暹有忠孝之美，太〔常〕（尝）[2] 所谥，不尽其行。”博士裴总执曰："杜尚书往以墨缞[3] 受职，事虽奉国，不得为孝。请依旧为定。”暹子孝友诣阙陈诉，上闻而更令所司详定，竟谥曰贞肃。

卢奕为安禄山所害，赠兵部尚书。太〔常〕（尝）[4] 博士独孤及议曰："卢奕刚毅朴忠，直方而清励，精吏事，所居可纪。天宝十四载，洛阳陷没，时东京人事狼狈鹿骇，猛虎磨牙而争其肉，居位者皆欲保性命而全妻子，或竞先策蹇，争脱羿彀[5]，或不耻苟活，甘饮盗泉。奕独正身守位，〔仗〕（伏）[6] 义不去，以死全节，誓不辱身，势穷力屈，以朝服就死，犹慷慨数贼枭獍之罪，观者伏栗，奕不变其色，西面辞君，而后受害。虽古烈士，方之者鲜矣。或曰，洛阳之存，操兵者实任其咎，非执法吏所能抗，师败将奔去之可也。委身寇仇，以死谁怼。奕以为不然，勇者御而忠者守，必社稷是卫，则死生以之，危而去之，是智免也，忠于何有？荀息

[1] 九命：周朝的官爵分为九个等级，称为九命。上公九命，侯伯七命，子男五命；王之三公八命，卿六命，大夫四命，上士三命，中士再命，下士一命；公之孤四命，公侯伯之卿三命，大夫再命，士一命；子男之卿再命，大夫一命。

[2]〔常〕（尝）：原刻误，据文渊阁四库全书本《册府元龟》改。

[3] 墨缞：缞 cuī。古代麻制黑色丧服，孝子慈孙服祖父母、父母丧期间所穿丧服。

[4]〔常〕（尝）：原刻误，据文渊阁四库全书本《册府元龟》改。

[5] 羿彀：彀，使劲张弓。羿彀本义指神箭手羿的弓矢所及，无所不中，喻指世网或人间的危机。

[6]〔仗〕（伏）：原刻误，据文渊阁四库全书本《册府元龟》改。

杀身于晋，不食其言也；仲由结缨于卫，不避其难也；玄冥[1]〔勤〕（劝）[2]其官而水死，守位而忘躯也；伯姬待〔保〕[3]姆而火死，先礼而后身也。彼四人者，死之日皆于事无补，夫岂爱死而贾祸也，以为死轻于义而捐生，古史书之使事君者劝。然则安禄山乱大于里丕，奕廉察之任切于玄冥之官，分官所系，不啻于保姆，逆党兵威烈于水火。于斯时也，与能执干戈者同其勠力，挽之不来，推之不去，岂不以师可亏，免不可苟，身可杀，节不可夺。故全其特操于白刃之下，孰与夫怀安偷生者同其风义。谨按《谥法》图国忘死曰贞，秉德遵业曰烈。奕执宪戎马之间，志藩王室，可谓图国国危不能拯，而继之以死，可谓忘死。历官十一任，言必正，事必果，而清节不挠，去之若始至，可谓秉德。先黄门以直道佐时，奕嗣之忠纯可谓遵业，请谥曰贞烈。”从之。

韦陟为左仆射卒，太〔常〕（尝）[4]博士程皓议谥为忠孝。刑部尚书颜真卿以为，忠则以身许国见危致命，孝则晨昏色养取乐庭闱，不合二行，殊高以成忠孝。主客员外郎归崇敬又驳之，纷议不已。右仆射郭英乂不达其体，请从太〔常〕（尝）[5]之状。

吴兢为〔常〕（尝）[6]王傅，天宝八载卒于家。宝应二年三月，洪吉等州观察使、洪州刺史张镐奏曰："故〔常〕（尝）[7]王傅吴兢，先朝史臣，历践中外，大行忠信，彰于朝野，伏以训诫明旨，谥法攸遵，臣早岁服膺，

[1] 玄冥：水官，传说少皞氏之子修曰、为水官，世守其业。
[2]〔勤〕（劝）：原刻误，据文渊阁四库全书本《册府元龟》改。
[3]〔保〕：原刻及文渊阁四库全书本《册府元龟》皆佚，据《唐文粹》增。
[4]〔常〕（尝）：原刻误，据文渊阁四库全书本《册府元龟》改。
[5]〔常〕（尝）：原刻误，据文渊阁四库全书本《册府元龟》改。
[6]〔常〕（尝）：原刻误，据文渊阁四库全书本《册府元龟》改。
[7]〔常〕（尝）：原刻误，据文渊阁四库全书本《册府元龟》改。

备知名实相副，特乞圣恩，褒其嘉谥。”从之。

苗晋卿卒，赠太师，初谥为懿献，及敕出，改曰文懿。太〔常〕（尝）[1]议谥曰懿献。初，晋卿东都留守，引用大理评事元载为推官，至是载为中书侍郎平章事，怀旧恩，讽有司改谥曰文贞。

郭知运为陇右节度使卒，赠凉州都督，子英乂等剑南节度议谥曰威。右司员外郎崔厚驳之曰：“郭知运承恩诏葬，向五十余年。今请易名，窃谓非礼。又按《礼经》云，礼〔时〕（始）[2]为大。又曰，过时不及为礼也。昔卫公叔文子卒，将葬，其子戍请谥于君，曰：‘日月有时，将葬矣，请所以易其名者。’盖时不可逾也。今知运既名不浮行，数纪之前，门生故吏已合请谥。今乃申请，窃将有为而为。其子英乂顷属多故，屡制方隅，朝廷策勋，崇位端揆，附从者窃不中之礼，会无妄之求。况今裂土者接轸，专征者百辈，若率而行之，谁曰无请？不唯有司疲于简牍，抑恐名器等于草芥，虽欲曲全，窃将不可。又《礼经》云，已孤暴贵，不为父作谥。若知运合谥，而不以其时，则嗣子废先君之德；若不合谥，而苟遂其志，则先君因嗣子而见尊。以仆射而言，既贻越礼之诮；以国家而言，又殊旌善之体。请下太〔常〕（尝）[3]寺重议。”博士独孤及议曰：“礼时为大，顺次之。将葬易名，时也。有故阙礼，追远请谥，顺也。公叔戍请谥，适当葬前。谨按三百经《礼》[4]、三千威《仪》[5]，曾不言已葬则不追谥，况帝王殊途不相沿袭，新礼则死必有谥，不云日月

[1]〔常〕（尝）：原刻误，据文渊阁四库全书本《册府元龟》改。

[2]〔时〕（始）：原刻误，据文渊阁四库全书本《册府元龟》改。

[3]〔常〕（尝）：原刻误，据文渊阁四库全书本《册府元龟》改。

[4]三百经《礼》：《礼》指《周礼》，《周礼》共六篇，有三百六十官，故称。

[5]三千威《仪》：《仪》指《仪礼》，言《仪礼》中的各种仪规十分琐细。佛家亦有三千威仪之说。

有时。今请易名者五家，无非葬后。苗太师一年矣，吕禋四年矣，卢奕五年矣，颜杲卿八年矣，并荷褒宠，无异同之论。独知运不幸，遂以过时见抑，苟必以已葬未葬为节，则八年与五年，其缓一也，而与夺殊制，无乃不可乎！议云，已孤暴贵，不为父作谥。此谓其父无爵，而子居贵位，不当以己之贵，加荣于父。若知运，方面重寄，列位九卿，茂勋崇名与卫、霍侔，饰终之礼宜加于他将一等，岂待因嗣子然后作谥？今之专征者率多起屠贩皂隶之中，虽逢风云化为王侯，而其间祖父爵位与知运等，当请谥者有几何？乃惧名器等于草芥，以是废礼，窃为近诬。考彼载籍，征诸旧史，易名之礼，请如前议。”

吕禋为江陵尹卒，赠吏部尚书，太〔常〕（尝）[1]议谥曰恭。度支员外郎严郢驳曰：“今太〔常〕（尝）[2]议荆南之政详矣，而曰在台司龊龊，无匪躬之能者，乃搜瑕掩德，非中道之言也。国家故事，宰臣之谥皆有二字，以彰善旌德焉。夫吕公文能禁异，贞则干事，身则利人，威烈〔懿〕（烈）[3]规，不可备（传）[4]举。《传》叙八元[5]之德，曰忠、肃、恭、懿，若以美谥，拟于形容。”博士独孤及议曰：“〔奉苻〕（秦苻）[6]必加谥二字，具以忠配肃。谨按旧议，凡没者之故吏，得以行状请谥于尚书省，而考行定谥则有司，存朝廷辨可否宜在众议。今驳议撰谥异同之说，并故吏专之，伏恐乱庖人、尸祝之分，违公器不私之诫，且非唐虞师〔锡〕

[1]〔常〕（尝）：原刻误，据文渊阁四库全书本《册府元龟》改。

[2]〔常〕（尝）：原刻误，据文渊阁四库全书本《册府元龟》改。

[3]〔懿〕（烈）规：原刻误，《通典》《续通典》为“宏规”，此据文渊阁四库全书本《册府元龟》改。

[4]（传）：原刻衍，据文渊阁四库全书本《册府元龟》删。

[5]八元：舜时高辛氏有才子八人，伯奋、仲堪、叔献、季仲、伯虎、仲熊、叔豹、季狸，忠、肃、恭、懿、宣、慈、惠、和，天下谓之八元。

[6]〔奉苻〕（秦苻）：原刻误，据宋本《册府元龟》改。

（人）[1] 人佥曰之道。谥法在惩恶劝善，不在字多，必称其大，而略其细。故言文不言武，言武不言文。三代以下朴散礼坏，乃有二字之谥，非古也。其源生于衰周，汉萧何、张良、霍去病、霍光，俱以文武大略佐汉致太平，其业不一，谓一名不足以纪其善，于是有文忠、文成、景桓、宣成之谥。虽黩礼〔甚矣〕（焚天）[2]，然犹褒不失人。唐兴，参用周、秦之制，以魏徵为文贞，萧瑀为贞褊，其杜如晦、封德彝、陈叔达、温彦博、岑文本、唐休璟、魏知古、崔日用，并当时赫赫以功名居宰相者，谥之不过一字，不闻子孙佐吏有以字少称屈者。此言二字不必为褒，一字不必为贬。若褒贬果存乎〔字数〕（数字）[3]，则是尧、舜、禹、汤、文、武、成、康，不如周威烈、慎靓也，齐〔桓〕（宣）[4]、晋文，不如赵武灵、魏安釐也。杜如晦、王珪已下，或成，或明，或懿，或宪，不如萧瑀之贞褊也。然肃者，盛德克就之名，足以表之矣。以禋之从政，威能闲邪，德可济众，故以肃易名，而忠在其中矣。亦有随会、宁俞之不称文，岂必因重之然后为美！魏晋以贾诩之筹算、贾逵之忠壮、张既之政能、程普之勇智、顾雍之密重、王浑之器量、刘惔之鉴裁、庾翼之志略，彼八君子者，方之东平，宜无惭德，身死之日，并谥曰肃，当代不以为贬，何尝征一字二字为之升降乎！上稽前典，下据甲令，参之《礼经》，而究其行事，请依前谥曰肃。”

杨绾卒，赠司徒，太〔常〕（尝）[5] 谥为文贞。比部郎中苏端驳曰：

[1]〔锡〕（人）：原刻误，据宋本《册府元龟》改。
[2]〔甚矣〕（焚天）：原刻误，据宋本《册府元龟》改。
[3]〔字数〕（数字）：原刻误，据宋本《册府元龟》改。
[4]〔桓〕（宣）：原刻误，据宋本《册府元龟》改。
[5]〔常〕（尝）：原刻误，据文渊阁四库全书本《册府元龟》改。

“古者美恶无私，褒贬必当，将以嘉善而退恶，为列辟之明典也，可不慎欤！今谨详前谥文贞者，稽法考〔事〕（来）[1]，恐非光允时论，发扬来训矣！夫道德博文曰文，清白守节曰贞。且元载与司徒友敬殊深，推为长者，首举清要，人莫与京。及司徒宠望渐高，载畏其逼，又知载黩坏纪纲，心贰于君，既惧其疑，因而疏简，有口皆知载恶，而独曾无一言。或有发载之恶，证告未明，抱诚坐法者。司徒时居上列，奏达非难，不能因此披衷正词，全志士之命，露凶狡之私，而乃宴然自泰，优游过日，使元载祸大灭身，竟劳圣上防伺之虑，岂守节不隐耶！岂怀道无毒耶！非谓文贞明矣。洎元载将谋不忠，罔聪蔽圣，啬恩于下，招怨于上，使北塞人劳有过时之戍，西郊虏入无吊灾之惠，〔慈〕（磁）[2]邢坚义之士将死复生，梁宋伤夷之人或寒或馁，搜访旌恤中外所急，载皆绝之，王泽不及于下，为行路所嗟。而杨公当圣上维新之时，居天下得贤之望，诚宜不俟终日，造次速言。乃寂寥启悟，〔噤〕（禁）[3]禁闭谟猷，贪食万钱之赐，虚承一心之顾，使防河之人家闻采箓之叹，近甸诸邑多兴祈父之忧，岂慈惠爱人乎！既曰不慈不惠，何以谓之文！有隐有毒，何以谓之贞矣！古者诸侯有国，卿大夫有家，上以报祖宗，下以处子孙之义也。杨公历处厚俸，人谓儒宗，曾不立家，又无私庙，宁使人世〔阙〕（间）[4]敬祖之礼，位极亡祭祢之宫，凡在衣冠谁不叹恨！又乖大义克就愍仁接礼之义矣！曰文与贞，曷可以议。圣人立谥有公无私，所以周宣不敢私于父谥曰厉，汉宣不敢私于祖谥曰戾。百王明制，历圣通则。昔公叔

[1]〔事〕（来）：原刻误，据宋本《册府元龟》改。
[2]〔慈〕（磁）：原刻误，据宋本《册府元龟》改。
[3]〔噤〕（禁）：原刻误，据宋本《册府元龟》改。
[4]〔阙〕（间）：原刻误，据宋本《册府元龟》改。

〔文〕(之)[1]子有死卫之节，修班制之勤，社稷不辱，方居此谥。爰及太宗初，魏徵有规救公直之忠，中宗末，苏瓌有保安不夺之节，所以诸贤甚众，谥文贞者不过数公。至于燕公张说，先朝输能，名节昭著，省司尚谓不可，至今人故称之。由是言之，焉可比德！请牒太〔常〕(尝)[2]，〔更〕[3]详他谥以守彝章，庶乎青史之笔不乖于周、汉，黄泉之魂免惭于苏、魏。”诏曰:“褒德劝善，《春秋》之旧章，考行易名，《礼经》之通典，垂范作则，存乎格言。故朝议大夫、中书侍郎、同中书门下平章事、集贤殿崇文馆〔大学〕(太学博)[4]士、修国史、上柱国、赐紫金鱼袋、赠司徒杨绾，履道居贞，含和毓德，行为人纪，文合典谟，清而晦名，无自伐之善，约以师俭，有不矜之谦，方册直书，秩宗相礼，〔辞〕(辟)[5]称良史，学茂淳儒，委任枢衡，掌兹密命，弥契沃心之道，累陈造膝之诚，将以布天下五行之和，同君臣一德之运，遽轸藏舟之叹，未展济川之材，素业久而逾彰，清风没而可尚。自古饰终之义，皆赐以美名。《谥法》曰忠信爱人曰文，平易不懈曰简，宜谥曰文简。以其简〔俭〕(险)[6]之风厚于俗也。”

张伯仪为荆南节度使，李希烈叛，诏伯仪收安州，官军失利，后除右龙武统军。及卒，伯仪故吏请谥于有司。博士李吉甫论之曰:“或以伯仪尝以推毂之任，挫师安州，于谥法得无贬乎！愚以为不然。自中兴三十年而来，兵未战者，患在将帅以养寇自重，纵敌藩身。若进而亡师，

[1]〔文〕(之):原刻误，据文渊阁四库全书本《册府元龟》改。
[2]〔常〕(尝):原刻误，据文渊阁四库全书本《册府元龟》改。
[3]〔更〕:原刻佚，据宋本《册府元龟》补。
[4]〔大学〕(太学博):原刻误，据宋本《册府元龟》改。
[5]〔辞〕(辟):原刻误，据宋本《册府元龟》改。
[6]〔俭〕(险):原刻误，据文渊阁四库全书本《册府元龟》改。

贬以为义，诚总干戈者必托于万全之名，而忘一战之效矣。然则保其利者亦君子所嫌也，录其忠而劝善者非《阳秋》[1]之志欤！矧〔乎〕（平）[2]居进退之节，不敢二色，称为忠臣。议名之际，褒劝所在，请谥曰恭，以旌厥美。

段秀实为朱泚所害，赠太尉。兴元初，加褒赠，谥曰忠烈。初泚盗据宫阙也，泚以秀实尝为泾源节度，颇得士心，后罢兵权，以为蓄愤且久，必肯同恶。乃召与谋，秀实初诈从之，阴说大将刘海宾、何明礼、姚令言，判官岐灵岳，同谋杀泚，以兵迎乘舆[3]。三人者皆秀实夙所奖遇，遂皆许诺。泚时遣其将韩旻为马步三千，疾趋奉天，时仓皇之中，未有武备。秀实以为宗社之危，期于顷刻，乃使人走谕灵岳，教其窃令言印不遂，乃以司农印倒印符，以追兵还至洛驿，得牒莫辨其印，惶遽而回。秀实谓海宾等曰："旻之来，吾党无类矣，我当直搏杀泚，不得则死，终不能向此贼称臣。"乃与海宾约事急，继而令明礼应于外。明日，泚召秀实议事，〔源〕（原）[4]休、姚令言、李子平皆在坐，秀实戎服与休并膝，语至僭位，秀实勃然而起，执休腕，夺其象笏，奋跃而前，唾泚面，大骂曰："狂贼，吾恨不斩汝万段，我岂逐汝反耶！"遂击之，泚举臂自捍，才中其额，流血匍匐而走。凶徒愕然，初不敢动，而海宾不至，秀实乃曰："我不同汝反，何不杀我？"凶党群至，遂遇害焉。至是加褒赠。

马燧为司徒卒，太〔常〕（尝）[5]奏燧谥景武，上改为庄武，以避太祖谥。

[1]《阳秋》：犹《春秋》，指史书。东晋简文帝母郑太后，名阿春，因讳其名，称五经之一的《春秋》为《阳秋》。时人孙盛著当代编年体史书，名《晋阳秋》。

[2]〔乎〕（平）：原刻误，据文渊阁四库全书本《册府元龟》改。

[3]乘舆：此指皇帝。

[4]〔源〕（原）：原刻误，据《旧唐书》改。

[5]〔常〕（尝）：原刻误，据文渊阁四库全书本《册府元龟》改。

王武俊为成德军节度使，贞元十七年薨。太〔常〕（尝）[1]谥曰威烈，德宗曰："武俊尽忠奉国，赐谥忠烈。"

张柬之为相，诛张昌宗，转立中宗，为武三思所害。元和三年，柬之曾孙曛以谥事诣中书陈诉，宰相上闻，因令有司授曛官，仍定柬之等谥。柬之为文正、〔桓〕[2]彦范为忠烈、敬晖为贞烈、崔玄暐为文忠、袁恕己为贞烈。

[1]〔常〕（尝）：原刻误，据文渊阁四库全书本《册府元龟》改。
[2]〔桓〕：原刻佚，据《唐会要》补。

谥法备考卷之五
谥法指实

唐郑珣瑜为相卒，赠尚书右仆射，太常博士徐复议请谥文献。兵部侍郎李巽驳曰："夫谥，所以昭德，德既昭矣，则文无以加焉。故相国郑公，端操特立，寡言慎行，及居台司，有蠲逋恤人之美，有知难不污之节。虽无文若之进拔，无孟子之是非，无赈施之仁，无謇谔之义，然足以称贤相也。夫文者，大则经纬天地，次则润色王猷，周文以至德为西伯，季孙以道事其主，咸谥曰文，为美无以尚矣。亦焉用两字，然后为备哉？窃观两字之谥，或有兼德，一字不足以尽盛德之形容，故有两字生焉。然亦兴于近古，非三代、两汉之事也。夫举典之道，信其正不信其邪，《春秋》大旨也，则两字之谥，非《春秋》之正也。故相国郑公之谥为文足矣，焉用献哉？为献可矣，焉用文哉？两字兼谥，〔窃〕（切）[1] 所未谕。请下太常重议。"太常博士徐复议曰："郑珣瑜令德清规，坐镇风俗理人，而善政浃洽，作相而谋猷密勿，其终始事迹，当时罕俦，所以表贤易名实

[1]〔窃〕（切）：原刻误，据《唐会要》改。

曰文献。夫文者，焕乎大行，献者轩然高名。今而褒之，厥有经义，亦犹贞惠文子，累数其功，至于再三，以劝事君者。今奉驳议，议其无进拔、无是非、无赈施、无謇谔，且曰二字之谥，非三代、两汉事。愚以为巽之驳所谓进拔者，岂不〔以〕[1] 推择群萃致之于庭乎！珣瑜往司铨衡，暨当钧轴流品，式叙英髦，在朝若无奖拔之明，则何以至此。但如来议，寡言慎行，故其端兆不可得而窥也。当先朝之日，上体不平，奸臣王叔文招权作朋，将害于国，其视丞相如无也，轻诣相府，不循旧章，珣瑜意虽难诛，力固不足，移疾高谢，万情所归，则是非之名，孰大于此！夫所谓赈施者，在礼家施不及国，贤人君子广爱为心，莫不〔开〕(闻)[2] 称物之源，布厚生之政。曩者，恤灾患、免逋租，亦既当之矣！其于笃亲庇族，衣无〔常〕(尝)[3] 主，践名教者，谁则不行。若以分孤寡之资，同于赈施，则珣瑜所羞言也，奚谓无哉？至如謇謇匪躬，前议已书，其微婉矣，既承高论，敢不指明。德宗季年，李实为京兆尹，殊恩昼接，贵幸无比，而实以羡余称〔职〕(代)[4]，莫之敢非。珣瑜众诘所由，上陈利害，且曰取于人而未雠其直，焉得有余，是其言不可谓之无謇谔矣！伏以国朝宰辅谥文而兼字者，代有人焉。故房玄龄谥曰文昭，狄仁杰谥曰文惠，魏徵、陆象先、苏瓌、宋璟、张说、崔佑甫并谥曰文贞，刘仁轨、刘幽求、姚元崇、裴耀卿、张九龄并谥曰文献，李元纮、韩休并曰文忠，薛元超曰文懿，卢怀慎曰文成，苏颋曰文宪，杨绾曰文简，其余不可悉数。

[1]〔以〕：原刻佚，据宋本《册府元龟》补。

[2]〔开〕(闻)：原刻误，据文渊阁四库全书本《册府元龟》改。

[3]〔常〕(尝)：原刻误，据文渊阁四库全书本《册府元龟》改。

[4]〔职〕(代)：原刻误，据《唐会要》改。

若以文包美，不宜以他字配之，则房玄龄、狄仁杰以降[1]，昭惠、贞献、忠懿、成简，皆不得正矣！我唐声名文物〔垂〕[2]二百年，更阅群才，发挥王度，岂〔议〕（拟）[3]名之典，独未得中邪。不然，何轻沮之！为驳正所设，但当论谥之当否，不宜诘字之多少。苟有不当，虽一字可乎？若皆允宜，虽二字何害！如韦巨源附会凶党，李北海[4]夺其嘉名，所言至公，人则悦服。今既曰贤相，而又非之，君子于其言岂得苟而已乎？若曰二字非三代、两汉之规，则又异乎愚所学者矣。夫威烈、慎靓，周王之文谥也；文修、文成，汉祖之佐命也；霍光为宣成、孔光为〔简〕（宣）[5]烈，中代之勋德也；刘宽为昭烈、杨赐为文烈，东都[6]之鼎臣也。安谓其无二字哉！况文之为名，其义多矣，有经纬天地焉，有忠信节礼焉，有宽立不〔慑〕（摄）[7]、坚强不暴焉，有敏而好学、不耻下问焉。夫匪一端，各有所当，若皆〔俟〕[8]西伯[9]、季孙[10]之德，然后可称文，则鲁〔侯〕（候）[11]与文伯歜之类，皆不为文矣。故诔谥之制，因时旌别。前状议珣瑜之行曰，为一代之名臣，斯其旨欤。谨上采礼经，旁观旧史，参诸国典，以定二名，请依前谥曰文献。”兵部侍郎李巽再议曰：“郑珣瑜两字之谥，今太常请

[1] 以降：以来，以下。

[2]〔垂〕：原刻佚，据《唐会要》补。

[3]〔议〕（拟）：原刻误，据《唐会要》改。

[4] 李北海：唐臣李邕官至北海太守，人称其为李北海。

[5]〔简〕（宣）：原刻误，据《汉书》改。

[6] 东都：此处指东汉。

[7]〔慑〕（摄）：原刻误，据文渊阁四库全书本《册府元龟》改。

[8]〔俟〕：原刻佚，据《唐会要》补。

[9] 西伯：指周王昌，原为殷商之西伯。

[10] 季孙：春秋鲁桓公诸子世为鲁卿，称三桓，其四子季友，后代称季孙氏。季友之孙季孙行父在文、成、襄时任执政24年，作丘甲，均平军赋，道德高尚，生活俭朴，死谥文，称季文子。

[11]〔侯〕（候）：原刻误，据文渊阁四库全书本《册府元龟》改。

依前谥曰文献者。夫谥者，《春秋》褒贬之旨也，仲尼书法，随类推广，虽一字褒贬，其文犹博，盖欲指明事业，以昭示后代，俾后之人惩其恶而劝其善。政不可苟，夫谥一字正也，尧、舜、禹、汤、周公、邵公是也。两字非正也，故《谥法》不载。或人臣不守彝章，苟逞异端，威烈、慎靓是也。或时主之权以功德加厚于臣也，萧何、霍光、房玄龄、魏徵是也。不加而加，僭也，孔光、刘宽、薛元超、李元纮是也。三字过也，贞惠文子是也，亦谥法所不载也，古今无有也。公叔文子谥，卫君之过也，卫之乱制也，不然则记之失也。以一善加一字，即尧、舜、禹、汤当累数十字以为谥也。夫《礼记》者，非尽圣贤之意也，非尽宣尼所述也，当时杂记也。昔后苍为曲台记，其弟子戴圣增损刊定为《小戴礼》，今《礼记》是也。若尽宣尼所述，即戴圣岂得而增也！昔宣尼修《春秋》，游夏不能措一词，以知《礼记》非尽宣尼所述，故戴圣得以增损也。则贞惠文子之谥，卫君乱制也，古今无有也。非宣尼所述，又何足法哉！郑珣瑜和茂修整，始终无缺，可谓美矣。至于议行考功，而度越等辈，比于郑文成、梁文昭、魏文贞，则不侔而谥号无差，轻用国典，失《春秋》之旨矣。向者郑、梁数公皆经纶草昧，辅翼兴王，以道辅君，致于化洽，彰灼千古，言之者凛然生敬。而以珣瑜齿之，岂无愧于心哉！夫数公者，皆时王感风云之会，怀谟明之美，故加于〔常〕（尝）[1]典，以明其行，亦所以笃君臣之义也，然非正也，权制也。若后之人非数贤之比，则当循常以避数贤地也。其刘仁轨、薛元超、李元纮等加字之谥，皆黩国典而昧彝伦，言之可为寒心，岂当举之为训也。其余姚元崇、宋璟、刘幽求，或辅相一代，致理平之化，或忘身徇难，成中兴之业，又岂珣瑜之比！

[1]〔常〕（尝）：原刻误，据文渊阁四库全书本《册府元龟》改。

以典选为进善，以辞疾为嫉邪，皆尚口为辨，非守典确论也。夫以典选者，皆为进善邪，若然者，则国家有天下二百年，何裴行俭、马戴、卢从愿等数贤独见称于时也，循资置署谓为进善，异乎余所闻也。又珣瑜之病数月而终，岂伪疾邪？借使伪疾，尤可怪也。昔子路之冗食家臣，〔犹〕（尤）[1] 杀身徇难。而珣瑜履台辅之重，当危难之际，居平则享其高爵厚禄，见危则奉身自保，以此为是非之明，即董狐之书赵盾为妄作也，珣瑜之辞可质于太常，举以为德，信君臣之义，非常人所知也。珣瑜之下诘李实，诚中其病，可谓美矣。然则珣瑜自始筮仕，至于启手足，垂四十年，历谏职，持风宪，特中规激发，恐有过此者。今太〔常〕（尝）[2] 举其下诘李实未为多也，谓为謇谔者众，岂能使汲黯、魏徵有惭色哉。前巽议云三代、两汉无二字之谥，此未学之过也。无荀令君之进善，无孟轲之是非，无文子之赈施，无周舍之謇谔，以珣瑜之行清而无缺，可谓掩之不足辨也。今所议两字之谥，亦又不当，其议固不足斥也。前巽之言过也，但两字之谥，加等之美，以萧何、房玄龄言，不在珣瑜也。巽虽不敏，至于言美谥以惑人听，此当所激切而不平也，终不欲有僭，齿于萧何、房玄龄之宗，不欲有造次拟于魏文贞、姚元崇、宋璟、刘幽求之谠言悟主，茂绩殊勋也。夫前车之覆，后车所以易辙也。前有司之失，后有司则当以矫之也。不矫则逶迤遂远，以至于乱制也，此有国之诫也。威烈、慎靓、孔光、刘宽、薛元超、李元纮之同于禹、汤、文、武、萧何、霍光、房玄龄，魏徵，前有司之过也，后之专笔削，则宜有以矫之。典礼〔寖〕（寖）[3] 乱矣，有司不可以尤而效之也，不可党所见而遂僭典也。郑珣瑜两字之

[1]〔犹〕（尤）：原刻误，据宋本《册府元龟》改。
[2]〔常〕（尝）：原刻误，据文渊阁四库全书本《册府元龟》改。
[3]〔寖〕（寝）：原刻误，据文渊阁四库全书本《册府元龟》改。

谥，请下太常重议，若一字不足尽珣瑜之盛德，必须两字，则敢候再告敬从。”复议谥文献。

元载为中书侍郎、同中书门下平章事，诛死[1]。太常博士崔韶请谥曰荒，左司郎中韦孔〔弘〕(孔)[2]景请下太常重议，博士王炎改谥成纵。二议交持，故事不行。尔后，太常王彦威议曰：“元载谥成，则不得为纵，纵则不得为成，成纵并施，美恶齐致，考之常法，实不通经。夫萧瑀谥贞，诏命加褊，事出恩制，不可拟据依。尔后崔韶以平厉谥杨炎，以壮缪易伊慎，此皆〔惑〕(感)[3]于贞褊混淆不可之文，详在驳议。今明其说，恐误后来。”事寝不报。

王士〔真〕(贞)[4]为成德军节度使卒，以其子承宗不顺，不加谥。太常博士冯宿以为怀柔之议不可遗其忠劳，遂加之美谥。

李吉甫为宰相薨，太常谥为恭懿，博士尉迟汾请为敬。度支郎中张仲方驳议曰：“古者易名请谥，礼之典也。处大位者，取其巨节，蔑诸细行，垂范当代，昭示后人，然后书之，垂于不朽。善恶不可以诬，故称一字则至明矣。定褒贬是非之宜，泯同异纷纶之论。赠司徒吉甫禀气全才，乘时佐〔治〕(雒)[5]，博涉多艺，含章炳文，燮赞阴阳，经纬邦国。惜乎通敏资性，便媚取容，故载践枢衡，叠致台衮，大权在己，沉谋罕成，好恶徇情，轻脱寡信，谄泪在〔脸〕(险)[6]，遇便则流，巧言如簧，应机必发。夫人臣之翼戴元后者，端恪致治，孜孜夙夜，缉熙庶绩，平章百揆。

[1]诛死：因罪处死。唐大历十二年（777年）宰相元载因罪赐令自尽。

[2]〔弘〕(孔)：原刻避讳改字，据《旧唐书》改回。

[3]〔惑〕(感)：原刻误，据宋本《册府元龟》改。

[4]〔真〕(贞)：原刻误，据《旧唐书》改。

[5]〔治〕(雒)：原刻误，据宋本《册府元龟》改。

[6]〔脸〕(险)：原刻误，据宋本《册府元龟》改。

兵者凶器，不可从我始，及乎伐罪，则料敌以成功，至使内有害辅臣之盗，外有怀毒虿之孽，师徒暴野，戎马生郊，皇上旰食宵衣，公卿大夫且惭且耻，农人不得在亩，绩妇不得在桑，耗赋敛之常赀，散帑廪之中积，征边徼之备，竭运挽之劳，僵尸流血，胔骼成岳，毒痛之病，号诉无辜，剿绝群生，迨今四载。祸胎之兆，实始其谋。遗君父之忧，而岂谓之先觉者乎！夫论大功者，不可以妄取，不可以枉致。为资画著体理，不显不竞，而岂妨令美。当削平西蜀，乃言语从侍之臣，擒〔翦〕（剪）[1]东吴，则讦谟廊庙之辅，较其功则有异，言其力则不伦。何舍其所重而录其所轻，收其所小而略其所大？且奢靡是嗜，而曰爱人以俭，受授无守，而曰慎才以辅。斥谏诤之士于外，岂不近之蔽聪也！举忠烈之庙，岂不近之匿爱也。焉有蔽聪匿爱，家范无制，而垂法作程，宪章百度乎！谨按《谥法》曰敬者，夙夜警戒，敬以直内，内而不肃，何以刑外宪也者。刑也，法也。《戴记》曰，宪章文武，又发虑宪义以为敬恪终始。载考历位，未尝劾一法官，谳一小狱，及居重位，以安和平易宽柔自处。考其名与其行不类，研其事与其道不侔。一定之辞，唯精唯审，异日详制，贻诸史官。请俟蔡寇将平，天下无事，然后都堂聚议，亦未迟。”宪宗方用兵，恶仲方深言其事，怒甚，贬为遂州司马。赐谥曰忠。

于頔薨，赠太子宾客。太常博士王彦威议曰：“于頔刚毅特立，博游文艺，蕴开物成务之志，为纵横倜傥之才。刺湖州，复南朝旧陂以溉人田，由是舄卤生稻〔粱〕（粱）[2]，岁时大化。得丁壮之物，籍者取什一，代贫人租入，故轻重以济。江南卑湿，送终者无悬窆封树之制，高不可

[1]〔翦〕（剪）：原刻误，据文渊阁四库全书本《册府元龟》改。
[2]〔粱〕（粱）：原刻误，《旧唐书》《册府元龟》亦误，以理校改。

隐，深则及泉，土才周棺，水至露胔。頔悉命以官地收〔瘞〕（疾）[1]，当时称之。为苏州，则缮完堤防，疏凿畎浍，列树以表道，决水以溉田。其为襄阳，当吴少诚弄兵，王师有征，军不乏见粮，师未尝退表，克吴房朗山，生得贼将，遽以兵柄授之，〔推〕（惟）[2]诚于人，有古将略，然惜其不能善终如始。奉初以还，跋扈立名，满盈不戒，则有司拟议之际，安可不善善而恶恶哉。元洪刺郡，以官事被谪，中贵人衔命部领，便道之徙所，路出于汉，頔遽命武士持刃捕捽，洪既就执，王人徒归。又不奉诏出师，而西停于邓，军声甚雄，人听日骇。夫师出以律，其出不命，时人不能识其指归，王者功成而作乐，诸侯则否。頔之反旆于蔡也，作文武顺圣乐。贞元御〔宇〕（寓）[3]，务求宠绥，有司请编优诏莫逆，事出一时之泽，乐作诸侯之庭，良可惜哉！然则如頔者，是知乐之可作，而不知礼之不可作者也。迹其驭众为政之术，盖初以利兴害去为己任，而令行禁止，其源出于法家者流，文深意苛，有犯无舍。至有屋诛同命之惨，然未尝别白其罪，以示显戮，人到于今而冤之。洎乎天姻下浃，元侯入觐，朝廷申婚姻之好，复以宰相待之。则〔又〕（文）[4]子罪官〔贬〕（铬）[5]，而连起国狱，缙绅之论，浸益非之。谨按《谥法》，杀戮不辜曰厉，〔愎〕（复）[6]狠遂过曰厉，请谥为厉。或曰，太保由文学政事，而扬历中外，卒当登坛补衮之寄，推于事任，亦谓难能。则易其名者，宜兼举美恶二字，以正褒贬。今特谥为厉，或有未安，愚以为不然。夫类能

[1]〔瘞〕（疾）：原刻误，据文渊阁四库全书本《册府元龟》改。
[2]〔推〕（惟）：原刻误，据文渊阁四库全书本《册府元龟》改。
[3]〔宇〕（寓）：原刻误，据宋本《册府元龟》改。
[4]〔又〕（文）：原刻误，据宋本《册府元龟》改。
[5]〔贬〕（铬）：原刻误，据《文苑华英》改。
[6]〔愎〕（复）：原刻误，据文渊阁四库全书本《册府元龟》改。

而授圣王之劝勉，议谥贵当有司之职分。礼经言谥，盖节以一惠，至于论撰之际，要当美恶咸在，细大无遗。议〔乎〕（平）[1]易名，则以优迹，《春秋》〔义〕（议）[2]也。况援其功不足以补过，挈其美不足以掩瑕。其驭下也，任威少恩，其事上也，失忠与敬。谥之为厉，不亦宜乎！”敕赐谥曰思。而尚书右丞相张正甫封敕疏奏不答，留中不下。然赐谥敕封在都省，亦不下。至明年，张正甫改为同州刺史，所封敕取中书门下处分，宰相令都省收管，竟不施行。太常博士王彦威又上表云：“闻古之圣王立谥法之意，所以彰善恶垂劝戒，使一字之褒宠，逾绂冕之锡，片言之贬辱，过市朝之刑。此邦家[3]之礼典，而陛下劝惩之大柄也。伏以故太子宾客致仕于頔，顷拥节旄，恣行暴虐，人神所怒，法令不容，擅举全师，僭作王乐，侵辱中使，擒止制囚，杀戮不辜，诛求无度，故以定谥为厉。今陛下不忍，改赐曰思，诚为圣慈，实害圣政。伏以陛下自临宸极，懋建大中，闻善若惊，从谏不倦，况当统天立极之始，所谓执法慎名之时，一垂恩光，尽望侥幸。且如頔之不法不道，而陛下不忍焉！臣恐将来不逞之徒，不法不道，必有如頔者众矣。比其谥也，则又引頔为例，则陛下何以处之？是恩发于前，而弊生于后矣。又臣比见长藩镇服大僚者，率多骄淫不道，诛求自封，货足以藩身，威足以钳口，而法吏顾望自爱，或不能度纠天刑，生前网已漏鲸，没〔未〕（后）[4]戮而就木。若以李吉甫近尝谥引之，则吉甫之相也，岂犯上杀人乎！以頔况之，恐非伦比。如或以頔尝入钱助国，改过求觐，两使蕃国，可以赎论。夫伤

---

[1]〔乎〕（平）：平不通，《册府元龟》亦同，据《唐会要》《文苑英华》改。

[2]〔义〕（议）：原刻误，据文渊阁四库全书本《册府元龟》改。

[3]邦家：即国家。先秦国称邦，如相国称相邦。汉高祖名刘邦，遂讳邦字改用国字。

[4]〔未〕（后）：原刻及《册府元龟》误，据《唐会要》改。

财而害人，剥下以奉上，进家财以求幸，尤不可长焉。自两河宿兵，垂七十年，王师谎征，疮疾不绝。其后张茂昭以易、定来，程权以沧、景来，故国家高爵以劝〔戎〕(或)[1]臣，申恩以徯来者。而襄阳名镇也，于頔文吏也，居肘腋之下，有崛强之名，锡之姻亲，始修觐礼，岂可持此？况彼而以朝觐为功乎？若然者，则頔虽有游夏文学，龚黄政令，班超之绝汉匪躬，卜式之持钱助国，终恐不足以弥缝恶迹，降减罪名。伏唯陛下以至圣至明之姿，用无偏无颇之道，恩由义断，政以礼成，使褒贬道在，倖侥路绝，则天下幸甚。”右补阙高钱上疏曰：“夫谥者所以惩恶劝善，激浊扬清，使忠臣义士知劝，乱臣贼子畏罪。忠臣义士虽受屈于生前，死获美名，乱臣贼子虽窃位于当时，没加恶谥者，所以惩暴戾垂沮劝，孔子修《春秋》，乱臣贼子惧，盖为此也。垂范如此，尚不能救，况又黩其典法乎！臣风闻此事是徐泗节度使李愬奏谒，李愬勋臣节将，陛下宠其勋劳，赐其爵禄车服第宅则可，若乱朝廷典法，将何以沮劝？仲尼曰：‘唯名与器不以假人。’名器君〔之〕(子)[2]所司也，若以假人是与之政也，政亡则国家从之矣。于頔顷镇襄、汉，杀戮不辜，恣行凶暴。移军襄、邓，迫胁朝廷，擅留逐臣，邀遮天使。当先帝嗣位之始，贵安反侧，以靖四方，幸免铁钺之诛，得全腰领而毙，诚宜谥为缪厉，以沮凶邪，岂特加美名，以惠奸恶。如此则是于頔生为奸臣，死获美谥，窃恐天下有识之士以为圣朝无人，有此倒置。伏请速追前诏，却依太常谥为厉，使典法无亏，国章不紊。”

杜佑卒，赠太傅，太常博士柳应规谥忠简。太常博士尉迟汾又议曰：

[1]〔武〕(或)：原刻及《册府元龟》皆误，据《唐会要》改。
[2]〔之〕(子)：原刻误，据《唐会要》改。

“佑之宽容得众，全和葆光，不病于物类，其能考终，得不为宽容乎！和好不争，自卑士而极重任，一心于理以惠物，洁行廉正，人无尤怨，得不为一德不懈乎！请谥为安简。”

范希朝卒，赠太师，太〔常〕（尝）[1]博士冯定请谥忠武。礼部员外郎王源中驳请下太常重定，太常请如前谥忠武，王源中重驳，博士王塾改谥宣。

马畅卒，赠工部尚书，太常博士林宝议谥曰敬。工部郎中崔备驳议曰：“谨按《谥法》敬字之义，与马畅始终名迹不同。考行之义尚乖，易名之典未正，事须再牒礼院请重议者。且以畅坟土犹湿，物议[2]尚存，皆可征言，尽堪覆视，在《春秋》隐恶之义可也，加史册虚美之命难乎！况尚书责实，当究是非，易名宜存褒贬，夫国之礼法，悬在不刊。而文士多病于愧词，史臣或许其使传，旧章既失，后代何观？虽以礼之爰久无，而乱名之责，岂绝幸稽，前士用示后人。其马畅所谥为敬，请更参议。”尚书兵部员外郎韦奕驳曰：“太常考马畅之行，举夙夜就事、廉方径正之敬，以易其名，异乎无所苟于言也。比建中、兴元间，畅以父有征讨之勋，推恩而授爵位。父薨，家富于财，以酒色自娱。贞元中，尝倾产交中官，因献田宅以求幸，德宗薄其人，而终不信用。生前〔与〕（于）[3]孤侄寡嫂分居竞财，丑声闻于时。殁后使孽子孀妻，披奸抉私，公言盈于庭。此皆章著于视听者，可以谥为敬乎？议者云，先司徒之筹画而畅揣摩者，策而遗焉。畅参计于闺庭之内，苟所言屡中，而不可隐，当指明其效实而书之，俾行道者无所惑，不然则庄武公之才略光于典策矣。

[1]〔常〕（尝）：原刻误，据文渊阁四库全书本《册府元龟》改。

[2]物议：舆论。

[3]〔与〕（于）：原刻误，据文渊阁四库全书本《册府元龟》改。

而乃饰虚辞，以攘其善，为子请谥，得非缪滥之甚耶！又称名儒端士皆从之游，未知孰为其田、苏邪！孟轲云：‘尹公〔之〕[1] 他端人也，其取友必端矣！’夫与端士而游乎畅之门，况《谥法》夙夜就事者，以其绩用已〔纪〕（犯）[2]，非谓其旷日引月，以至乎终身也。廉方径正，则畅处已行事，未尝造次而践其途焉，何以谥为敬乎？大凡言功伐议德行，〔尊〕（遵）[3] 其迹亦以〔劝〕（观）[4] 善，贬其名有以惩恶，固非庸者事也。如畅之辈，乌足以黩典法哉！若有司以有为而为之，则宜乎贬之例也。请下太常重定其谥。”博士崔韶改谥曰纵，议曰：“马畅承藉故业，历居通显，家富于财，以奢纵自处，不能抚安嫂侄，使之离〔析〕（拆）[5]。其干进[6] 也，赴利如转圜，其居家也，操下如束湿，故时论鄙之。谨按国史，宇文士及居家侈纵谥为纵，畅之行已同于士及，请以纵为谥。”

蒋清为东都采访判官，死禄山之难。太和三年，考功奏请谥，曰：“初安禄山反，清为留守李憕从事，与憕、卢奕俱死，以秩卑，当时未行谥典。”至是，其外孙吏部郎中王高上闻，故追谥焉。

房式卒，左散骑〔常〕（尝）[7] 侍〔太常〕[8] 博士〔陆〕（陵）[9] 亘请谥曰倾。吏部郎中韦乾度驳曰：“详观贞元之末西蜀之事，逆竖刘辟构难之初，

[1]〔之〕：原缺，据《孟子·离娄下》补。
[2]〔纪〕（犯）：原刻误，据宋本《册府元龟》改。
[3]〔尊〕（遵）：原刻误，据文渊阁四库全书本《册府元龟》改。
[4]〔劝〕（观）：原刻误，据宋本《册府元龟》改。
[5]〔析〕（拆）：原刻误，据《唐会要》改。
[6] 干进：用不正当手段得以成事、升官、晋爵。
[7]〔常〕（尝）：原刻误，据《唐会要》改。
[8]〔太常〕：原刻佚，据宋本《册府元龟》补。
[9]〔陆〕（陵）：原刻误，据文渊阁四库全书本《册府元龟》改。

凶邪叶谋，嗷啸相聚，年深事远，十不记一。然而块磊[1]不平锋刺衅深者，藏在骨髓，请举其梗概一二焉。式自〔忠〕（中）[2]州刺史，故太师奏授剑南西〔川〕（州）[3]〔度支〕（支度）[4]副使，后兼御史中丞，又〔剖〕（部）[5]符蜀州，是时贞元十八年也。式因昼日昏睡如醉，经宿乃寤，〔讯〕（详）[6]其左右僮仆，不知其所从来。后逾年却复此职，会故使太师薨殁，刘辟潜扇逆谋，祸乱始胎，式遂倖奸人之意，为谲怪之语，谓辟曰：'乃者蜀州昏病之中，见公为上相，卢文若为侍郎，仪卫甚盛，富贵极矣，他日无相忘。'贼闻大喜，而满军县，自以为神授，非人力也。贼每接宾客肆谈论，抚群邪，申号令也，未尝不以是为先，深自以为祥兆也，岂不因式作异言鼓妖孽惑乱平人，坚壮凶险，不然何区区之蜀，璅璅之寇，王师讨伐，经费万计，崎岖险阻，留年乃拔，何哉？盖以式深为浃洽之辞，激切嚣固，不然何盘〔柢〕（抵）[7]固根之甚也。故使太师永贞元年八月薨，其时乾度任殿中侍御史，前使支度判官刘辟〔自〕（曰）[8]摄行军司马节度留后。九月初，乾度被逐，摄简州刺史，名虽守郡，其实囚之。明年四月，追回，勒摄成都县令。其时辟〔授〕（受）[9]西川节度，诏命初下，东川之围未解，乃召募亡命，兼收管内镇兵，张皇虚声，荧

[1] 块磊：比喻人心中积存不平之气，抑郁不适。
[2]〔忠〕（中）：原刻误，据宋本《册府元龟》改。
[3]〔川〕（州）：原刻误，据宋本《册府元龟》改。
[4]〔度支〕（支度）：原刻倒，据宋本《册府元龟》正。
[5]〔剖〕（部）：原刻误，据宋本《册府元龟》改。
[6]〔讯〕（详）：原刻误，据宋本《册府元龟》改。
[7]〔柢〕（抵）：原刻误，据文渊阁四库全书本《册府元龟》改。
[8]〔自〕（曰）：原刻误，据宋本《册府元龟》改。
[9]〔授〕（受）：原刻误，据宋本《册府元龟》改。

惑[1]郡县，发兵七千马畜三万，号为十五万人，转牒盩厔以来，县道邮次酒肉毕具，刍茭无匿。署牒首曰辟，副曰式，参谋曰符载。令下之日，妖氛坌兴，下愚沸腾，贪冒奸赏，奔走叛命，肩摩毂击，争死恐后。当此之时，邛、蜀震惊，田野废业，窜伏山谷，邑居人吏，分散道路。如此之事，非得之于人，皆亲所闻睹。时贼围逼梓州，又王师诸军稍稍〔继〕（既）[2]至，猖狂凶冦不复张矣。然尝察式之为人，柔而善佞，不顾不义，不然何刘辟文若乔规，符载皆咨诹，执礼拳拳以事之。以斯而言，可以知其所止矣。伏以圣上法维天之度，崇纳污之德，虽泫泽滂流，鼓荡昭洗，易名之典，在正根源，苟非其人，不可加美。如式，西蜀之事大节已亏缺矣，何面目以求谥焉。倾之为谥，颇乖前状，请下太常专议。”太常博士李虞等重议曰：“式之在西蜀也，入人耳目，其事熟矣。固非爱之者所能粉饰而文其论，恶之者所能披抉而装其说。蜀之此时，虽女子小人，亦知凶辟断头之不日，然为其用者，乃救死于颈，语其无勇烈之心，斯可矣，岂可尽披其附丽之名乎！如式之于刘辟，既不能死，可谓求生害〔仁〕（人）[3]者也。而驳议曰大节已亏，无乃过言欤！何从闻之？辟之走西山也，召所疑畏者十数辈于庭，将尽杀之然后去。而式在其间，赖仓黄之际，辟党有护持者，仅免于难。推向之论，则不当如是明矣。然居此时，有将见危授命之义，杀身成仁之道。诘之者称式无愧色，愚不信也。如是，则式之去希烈也，理河南也，廉宣城也，何以无忠敬之目欤。

[1]荧惑：荧惑即火星。古人认为荧惑是妖星，火星运行到某个位置，该地就会遭遇灾难，当其运行到心宿所在地区，预示地上帝王将灾祸临头。

[2]〔继〕（既）：原刻误，据宋本《册府元龟》改。

[3]〔仁〕（人）：原刻误，据文渊阁四库全书本《册府元龟》改。

愚论之曰，式也不疾任〔永〕（求）[1]之目，不闭吉邑之口，其罪也，无王〔皓〕（浩）[2]弃家之心，无谯玄受毒之志，其罪也。如辟之反天子弃坟墓，乃曰顾式说一梦以结其心，署一牒以张其势，岂其然乎！夫人臣不幸罹于是，唯死而〔已〕（巳）[3]矣。然《孟子》曰：'生吾所欲也！'矧自轲已下哉，使死之易，则王谅、李业、虞悝、〔冯〕（鸿）[4]信不足贵也。意者将不可以必死望人乎！始以不死罪之，以怀生贬之，是异论也。夫谥者，易其名者也。夫子曰，名以出信，不曰名之必可言也。名不正则言不顺，以至于刑罚不中，正谓此耳，夫岂容易哉！《语》[5]曰：'于其所不知，盖阙如也。'恍惚之梦驳议之外无言者，惧非所以昭示后世也。《皋陶谟》曰，五刑五用哉，言用〔刑〕[6]必当其罪也，刑其支体于一时，犹须当其罪，矧刑其行，义揭之于千万年欤！《康诰》曰：'敬明乃罚'，请依前谥为倾。"

伊慎卒，赠太子太保。太常博士崔韶请谥壮缪，吏部尚书韩皋驳议不报。

崔从为淮南节度使，卒。从少以贞晦恭谨自处，不交权利，忠厚方严，为正人宿儒所推，阶品合立门戟，终不之请，四为方镇，无声妓之娱。太常定谥曰贞。

令狐楚为兴元节度使薨，将死，戒诸子曰："吾生何益于人？无请

---

[1]〔永〕（求）：原刻误，据宋本《册府元龟》改。任永系两汉之际高士，以目疾青盲拒绝割据西南之公孙述的征召。

[2]〔皓〕（浩）：原刻误，据宋本《册府元龟》改。

[3]〔已〕（巳）：原刻误，据文渊阁四库全书本《册府元龟》改。

[4]〔冯〕（鸿）：原刻误，据宋本《册府元龟》改。

[5]《语》：《论语》，下引语见《论语·子路》。

[6]〔刑〕：原刻佚，据宋本《册府元龟》补。

谥号，无受军府赗赠，葬以布车一乘，无或加饰，无用鼓吹。”及终将葬，嗣子请奉行遗言。诏曰：“生为名臣，殁有理命，终始之分，可谓两全。然以卤簿哀荣之末节，难违往意，诔谥国家之大典，须守彝章。卤簿宜停，易名须准旧例。”太常谥曰文。

李愬，元和中平吴元济有功。及卒，博士元从质谥曰武。尚书省议以其谥与父西平王晟同，宜改之。从质云：“愬无他行，以功定谥，不可改也。”问难数四，竟不能驳其议。今之定谥则不然也，唯顾其势望，恐为子孙之嫌，归于苟且而〔已〕（巳）[1]。〔故〕[2]会昌〔朝〕（时）[3]陈〔商〕（商）[4]曾为礼部侍郎，贻博士书曰:“古者，太常博士职以公卿、诸侯、大夫死，第其所行，举而褒贬焉，使世世以一二字观其道与不道，拘藂[5]言为文、武、忠、孝，所以失褒也，执〔已〕（巳）[6]见为缪、荒、赧、丑，所以失贬也。二柄之失，博士不得职，往者不得享，为政者不得道。夫执〔已〕（巳）[7]见拘藂言，是有上、中、下，贸其一二字，视缗金之重轻，以缗金重轻贻后之庞微，偷忠盗贞，罔世间人，为尽善加于行路，皆博士忍其过而阿其时也。夫天下之人望执事以为质正，然未见有执事能针其膏肓之病者。若当贬而褒，当褒而贬，是犹录跖杀夷[8]，经纬混淆者也。褒而褒之，贬而贬之，经纪既著，善恶悬白，劝大而用微，所以使后代力行不易，如日月山河江海草木四支七窍，以统干而治，自从其教也。

[1]〔已〕（巳）：原刻误，据文渊阁四库全书本《册府元龟》改。
[2]〔故〕：原刻佚，据文渊阁四库全书本《册府元龟》增。
[3]〔朝〕（时）：原刻误，据文渊阁四库全书本《册府元龟》改。
[4]〔商〕（商）：原刻误，据文渊阁四库全书本《册府元龟》改。
[5]藂：同丛，聚集。
[6]〔已〕（巳）：原刻误，据文渊阁四库全书本《册府元龟》改。
[7]〔已〕（巳）：原刻误，据文渊阁四库全书本《册府元龟》改。
[8]录跖杀夷：跖为春秋时名盗，伯夷为殷末之仁人。意为任用强盗，而杀死仁人。

于戏！博士职盖不细，愿出意念虑焉。”

宋申锡官至宰相，为郑注构诬，贬开州司马，会昌中报复官爵，追谥曰穆。

白居易为太子〔少〕(太)[1]傅，以刑部尚书致仕，卒。大中三年十二月，中书侍郎、平章事白敏中表请谥，从之，太常谥曰文。初，大中三年，宰臣白敏中表请谥曰：“臣顷自布衣，爰及仕进，饱僧孺[2]之惠义，师居易之文章。斯人之亡，各已数载。属先帝忧勤之际，赠典未行。遇陛下圣明之初，谥法宜颁其将行业，以传册书。”从之，居易谥曰文，僧孺谥曰简。

后唐朱汉宾，太子少保致仕，卒，赠太子少傅。至晋天福二年，太常博士林弼议谥曰：“汉宾常恃倜傥，不习廉隅，遏邺都奸卒之讹言，时销叛乱，却华师亲随之浮议，俗致安康。开国承家，忠贞保义，而又散己俸而代逋欠，辟荒榛而种麰䵄，民有袴襦之谣，野无萑蒲之患，安民禁暴，威惠兼行。而又知进退存亡之理，得善始令终之名，亦所为知几其神也。《谥法》〔忠〕(中)[3]道不挠、保节扬名曰贞，爱民好学、宽裕慈仁曰惠，请谥贞惠。”可之。

安元信为昭义军节度、泽潞等州观察处置等使，卒，赠太师。太常博士贾纬议谥曰：“叨居礼职，式考儒经，德虽以百行相成，谥乃取一善为定。公经邦纬俗，积行累功，宜立总名，用彰殊〔烈〕(号)[4]。按《谥法》事君尽节曰忠，体和居中曰懿。《左传》曰，公家之事知无不为，忠也。《春

[1]〔少〕(太)：原刻误，据宋本《册府元龟》改。

[2]僧孺：唐臣牛僧孺。

[3]〔中〕(忠)：原刻误，据文渊阁四库全书本《册府元龟》改。

[4]〔烈〕(号)：原刻误，据宋本《册府元龟》改。

秋正义》曰，保己精粹立行纯厚，懿也。公抑扬事任，周旋盛明，尝险阻艰难，〔秉〕（乘）[1]温良恭俭，或宣风千里有负襁之民，或布政百城致随轩之雨，道光群后功著历朝，凡士大夫叹开幕之芙蕖[2]久谢，无贤不肖感成蹊之桃李空存，焕彼缇缃，〔丰〕（豊）[3]诸碑版，令被实录，非让古人，事君〔既〕（即）[4]有忠规，为臣足以御众，复彰懿行，从政备焉，前代所高，斯谥为当。今请谥曰忠懿。”从之。

钱元瓘为天下兵马都元帅、吴越国王。天福八年所司议谥曰庄穆王，奉敕改谥曰文穆王。

汉高从诲为荆南节度使南平王，乾祐二年卒，敕宜令太常〔定〕（宅）[5]谥。故事臣下请谥，即故吏陈行状上考功，覆奏下，乃议谥，今降敕新例也。

周刘词为永兴军节度使，薨，赠中书令，谥曰忠惠。词发身军〔校〕（较）[6]，亟历戎事，尝以忠勇自负。洎领藩镇，能靖恭为理，无苛政及民。谥曰忠惠，议者韪之。

[1]〔秉〕（乘）：原刻误，据文渊阁四库全书本《册府元龟》改。

[2]芙蕖：开放的莲花。

[3]〔丰〕（豊）：原刻误，据文渊阁四库全书本《册府元龟》改。

[4]〔既〕（即）：原刻误，据文渊阁四库全书本《册府元龟》改。

[5]〔定〕（宅）：原刻误，据文渊阁四库全书本《册府元龟》改。

[6]〔校〕（较）：原刻误，据文渊阁四库全书本《册府元龟》改。

谥法备考卷之六
谥法指实

宋钱俶[1]薨，太常定谥忠懿。张洎时判考功为覆状，经尚书省集议，虞部郎中张佖奏驳曰："按考功覆状一句云'亢龙无悔'，实非臣子〔宜〕（而）[2]言者。况钱俶生长岛夷[3]，夙为荒服，未尝略居尊位，终是藩臣，故名不可称龙，位不可为亢。其'亢龙无悔'四字，请改正。"事下中书，以诘。洎对状曰："窃以故秦国王明德茂勋，格于天壤，处崇高之富贵，绝纤介之讥嫌，太常礼院稽其功行，定兹嘉谥，考功详覆之际，率遵至公，故其议状云：'兹所谓受宠若惊，居亢无悔者也。'谨按《易·乾》之九三云：'君子终日乾乾，夕惕若厉，无咎。'王弼注云：'处下体之极，居上体之下，履重刚之险，因时而惕，不失其几，可以无咎。处下卦之极，愈于上九之亢。'《易·例》云：'初九为元士，九二为大夫，九三为诸侯。'《正义》云：'《易》之本理，以体为君臣。九三居下体之极，是人臣之体也。

[1] 钱俶：公元929—988年，吴越国末代君主，978年降宋。

[2]〔宜〕（而）：原刻误，据《宋史》改。

[3] 岛夷：海曲有山，夷居其上。喻指南方荒岛或下湿之地的土著居民。

其免亢龙之咎者，是人臣之极，可以慎守免祸。故云免亢极之祸也。’《汉书•梁〔商〕（商）[1]传赞》云：‘地居亢满，而能以谨厚自终。’杨植《许由碑》云：‘锱铢九有，亢极一夫。’杜鸿渐《让元帅表》云：‘禄位亢极，过逾涯量。’卢杞《郭子仪碑》云：‘居亢无悔，其心益降。’李翰《书霍光传》云：‘有伊、周负荷之明，无（上）九〔三〕[2]亢极之悔。’张说《〔祁〕（祈）[3]国公碑》云：‘一无目牛之全，一无亢龙之悔也。’况考功状内止称云：‘受宠若惊，居亢无悔。’即本‘无亢龙无悔’之语，斯盖张佖擅改公奏，罔冒天聪，请以元状看详，反坐其人，以惩奸妄。”俄下诏曰：“张洎援引故实，皆有依据。张佖学识甚浅，敷陈失实，尚示矜容，免其黜降，可罚一月俸。”

沈伦卒，有司议谥曰恭惠，其子继宗上言曰：“亡父始从冠岁，即事儒业，未遑从贼，遽赴宾招，叨遇明时，陟于相位。伏见国朝故相，薛居正谥文惠，王溥谥文献，此虽近制，实为典常。若以臣父起家不由文学，亦尝历集贤、修史之职，伏请改谥曰文。”判太常礼仪院赵昂、判考功张洎驳曰：“沈伦〔逮〕（建）[4]事两朝，〔早〕（卓）[5]升台弼，有祗畏谨守之美，有矜恤周济之心。案《谥法》，不懈于位，与夫谨事奉上、执政坚固、执礼御宾、率〔事〕（士）[6]以信、接下不骄、能远耻辱、贤而不伐、尊贤贵让、爱民长悌、不懈为德、既过能改，数者皆谓之恭。又云，慈民好与，与夫柔质慈民、爱民好柔、宽裕不苛、和质受谏，数

[1]〔商〕（商）：原刻误，据《宋史》改。
[2]（上）九〔三〕：原刻误，据《宋史》改。
[3]〔祁〕（祈）：原刻误，据《宋史》改。
[4]〔逮〕（建）：原刻误，据《宋史》改。
[5]〔早〕（卓）：原刻误，据《宋史》改。
[6]〔事〕（士）：原刻误，据《宋史》改。

者皆谓之惠。由汉以来，皆为美谥。如唐相温彦博之出纳明允，止谥曰恭；窦易直之公举无避，乃谥曰恭惠。而沈伦备位台衡，出于际会，徒能谨饬以自保全，以恭配惠，厥美居多。又按《谥法》，道德博闻曰文，忠信接礼曰文，宽不〔慢〕（愠）[1]、廉不刿曰文，坚强不暴曰文，敏而好学、不耻下问曰文，德美才秀曰文，修治班制曰文。昔张说之谥文正、杨绾之谥文简，人不谓然。盖行义有所未充，虽蒙特赐，诚非至公。若夫大臣子孙，许其为父陈情，则曲台考功之司为虚器，而彰善瘅恶之义微矣。继宗以其父曾任集贤殿学士及监修国史之职，辄引薛居正、王溥为〔比〕（此）[2]，则彼皆奋迹辞场，历典诰命，以文为谥，允合国章。至于集贤、国史，皆宰相兼领之任，非必由文雅而登。其沈伦谥，伏望如故。”从之。

侍中崇信军节度使钱惟演卒，太常张瓌议谥，按《谥法》敏而好学曰文，贪而败官曰墨，请谥文墨。其家诉于朝，诏章得象等复议，以唯演无贪黩状而晚节率职自新，有惶惧可怜之意，取《谥法》追悔前过曰思，改谥曰思。庆历间，乃改谥曰文僖。

夏竦卒，仁宗特赐谥文正。因曾为东宫旧臣[3]。司马光言：“谨按令〔文〕（闻）[4]诸谥王公及职事官三品以上，皆录行状，申省议定奏闻，所以重名实示至公也。今不委之有司，概以公议定谥于中，而后宣示于外。臣谓宜择中流之谥，使与行实相应者赐之，亦非群臣所敢议。今乃谥以至美无以复加之谥，如竦者，岂易克当。所谓名与实爽，谥与行违，传之永久，何以为法？”光又言：“竦得此谥，不知复以何谥待天下之正〔人〕

[1]〔慢〕（愠）：原刻误，据《宋史》改。

[2]〔比〕（此）：原刻误，据《宋史》改。

[3]东宫旧臣：当朝皇帝为太子时，在太子府任职者，称东宫旧臣。

[4]〔文〕（闻）：原刻误，据《大学衍义补》卷八四改。

（士）[1]良士！况天下之人皆知竦为大邪，虽谥之以正，此不足以掩竦之恶，适足以伤国家之至公耳！且谥法所以信于后世者，为其善善恶恶无私也。今以一臣之故而败之，使忠良隽杰之士蒙美谥者，后世皆疑之，则谥法将安用哉！”

陈执中卒，韩维议谥曰：“皇祐之末，天子以后宫之丧问所以葬祭之礼，执中位为上相，不能总率群司考正仪典，以承天问。而治丧皇仪非嫔御之礼，追册位号于宫闱有嫌，建庙用乐逾祖宗旧制，遂使圣朝大典著非礼之举，此不忠之大者。宰相所当秉道率礼，以弼天子，正身率家，以仪百官。执中不务出此，而杜门深居，谢绝宾客，曰：‘我无私也，我不党也。’岂不陋哉！谨按《谥法》宠禄光大曰荣，不勤成名曰灵。执中出入将相，以一品就第，可谓宠禄光大矣。死之日，贤士大夫无述焉，可谓不勤成名矣。请谥荣灵。”后改谥恭襄，诏谥曰恭。

张知白卒，礼官谢绛议谥文节。御史王嘉言：“知白守道徇公，当官不挠，可谓正矣，谥文正。”王曾曰：“文节美谥矣。”遂不改。

鲁宗道卒，初太常议谥曰刚简，复改为肃简。议者以为，肃不若刚为得其实云。

杨〔崇〕（宗）[2]勋卒，谥恭密，寻改谥恭毅。

仁宗充媛董氏薨，赠淑妃，辍朝成服，百官奉慰，定谥，行册礼，葬给卤簿。司马光言：“董氏秩本微，病革方拜充媛。古者妇人无谥，近制唯皇后有之。卤簿本以赏军功，未尝施于妇人。唐平阳公主有举兵佐高祖定天下功，乃得给。〔至〕（与）[3]韦庶人始令妃主葬日皆给鼓吹，

[1]〔人〕（士）：原刻误，据《温国文正司马公文集》改。
[2]〔崇〕（宗）：原刻误，据《宋史》改。
[3]〔至〕（与）：原刻误，据《宋史》改。

非令典，不足法。”

仁宗女周陈国大长公主，幼警慧，性纯孝。帝尝不豫[1]，主侍左右，徒跣吁天，乞以身代。熙宁三年薨，辅臣议谥，神宗以主事仁祖孝，命曰庄孝。

襄阳郡王允良，好酣寝，以日为夜，由是一宫之人皆昼睡夕兴。薨，赠定王，有司以其反易晦明，谥曰荣易。

欧阳修致仕卒，李清臣议谥曰：“公唯圣宋贤臣，学者所师法，明于道德，见于文章，究览六经，述作数十百万言，以传先王之遗意。方天下溺于末习，为章句声律之时，闻公之风，一变为古文，咸知趋尚根本。太师之功，于教化治道为多。谨按《谥法》，唐韩愈、李翱、权德舆、孙逖，本朝杨亿，皆谥文。太师宜以文谥。然公常参天下政事，进言仁宗，乞早下诏立皇子，使有明名定分，以安人心，及两预定策谋，有安社稷功。《谥法》道德博闻曰文，廉方公正曰忠，请谥文忠。”

张〔商〕（商）[2]英作相，适承蔡京之后，小变其政，譬饥者易为食，故蒙忠真之名，靖康褒表司马光、范仲淹，而〔商〕（商）[3]英亦赠太保。绍兴中，又赐谥文忠，天下皆不谓然。

宋用臣卒，赠安化军节度使，谥僖敏。〔谥〕[4]议谓，用臣为广平宋公，有“天子念公之劳，久徙于外”[5]之语。〔丰〕（豊）[6]稷论奏，以为凡称公者，皆须耆宿、大臣与乡党有德之士，其曰“念公之劳，久徙于外”，

[1]不豫：天子生病。

[2]〔商〕（商）：原刻误，据《宋史》改。

[3]〔商〕（商）：原刻误，据《宋史》改。

[4]〔谥〕：原刻佚，据《宋史》增。

[5]久徙于外：宋用臣为宦者，本应在内廷任事，现长期为外任，故有久徙于外的说法。

[6]〔丰〕（豊）：原刻误，据《宋史》改。

斯乃古周公之事，于用臣非所宜言也。止令赐谥，论者是之。

〔丰〕（豊）[1] 稷卒，建炎中追复学士，谥曰清敏。初，文彦博尝品稷为人似赵抃，及赐谥，皆以清得名。

邹浩卒后，高宗即位，诏曰，浩在元符间任谏争，危言谠论，朝廷擢引复其待制，又赠宝文阁直学士，赐谥忠。

陈瓘宣和六年卒。绍兴二十六年，高宗谓辅臣曰："陈瓘昔为谏官，甚有谠议，近览所著《尊尧集》，明君臣之大分，合于《易》天尊地卑及《春秋》尊王之法，王安石号通经术，而其言乃谓道隆德骏者，天子当北面而问焉，其背经悖理甚矣。瓘宜特赐谥以表之。"谥曰忠肃。

刘珙迁礼部郎官，秦桧欲追谥其父，召礼官会问，珙不至，桧怒，风言者逐之。

陈康伯薨，谥文恭。庆元初，配享孝宗庙庭，改谥文正。

内侍李珂没，赠节度〔使〕[2]，谥靖〔恭〕（公）[3]。龚茂良谏曰："中兴名相如赵鼎、勋臣如韩世忠，皆未有谥，如朝廷举行，亦足少慰忠义之心。今施于珂为可惜。"竟寝其谥。

京镗卒，赐谥文穆。既而其子请避家讳，改文忠。言者以为："杨亿巨儒，既谥曰文，议欲加一忠字竟不之与。夫欲加以一字，犹且不可，况二字俱欲极美乎！望敕〔有〕（攸）[4] 司，自今谥议，务当其实，其或不然，当推以法，以选举不实论。若定谥已下，其子孙请再更〔易〕（议）[5] 者，

[1]〔丰〕（豊）：原刻误，据《宋史》改。
[2]〔使〕：原刻佚，据《资治通鉴后编》卷一二一增。
[3]〔恭〕（公）：原刻误，据《资治通鉴后编》卷一二一改。
[4]〔有〕（攸）：原刻误，据《大学衍义补》改。
[5]〔易〕（议）：原刻误，据《大学衍义补》改。

以违制论。”从之。

何铸死四十余年，谥通惠。其家辞焉。嘉定初，改谥恭敏。

张纲卒，初谥文定。吏部尚书汪应辰论驳之，孙斧再请，特谥曰章简。

彭龟年卒，宁宗诏赠宝谟阁直学士。章颖等请易名，赐谥忠肃。上谓颖等曰：“彭龟年忠鲠可嘉，宜得谥，使人人如此，必能纳君于无过之地。”

理宗宝祐二年二月甲辰朔[1]，诏太常厘正秦桧谥，因谕辅臣曰：“谥缪狠可也。”

史嵩之卒，谥忠简，以家讳改谥庄肃。德祐初，以右正言徐直方言，夺谥。

朱端常子乞谥，太常博士陈煩曰：“端常居台谏，则逐善类，为藩收，则务刻剥，宜得恶谥，以戒后来。”乃谥曰荣愿。议出，宰相而下皆肃然改容。

宋白卒，有司谥白为文宪，内出密奏言“白素无检操”，遂改文安。

叶义问卒，太常议谥恭简。留正[2]覆谥言：“义问将兵出疆，不知敌人情伪。及金犯边，督视寡谋，几至败。”事下太常更议，时论韪之。

元廉希宪为中书平章政事，卒。伯颜曰：“廉公，宰相中真宰相，男子中真男子。”大德中，赠太师、恒阳王，谥文正。人以为无愧。

许衡致仕，卒，尝语其子曰：“我平生虚名所累，死后慎勿请谥，勿立碑。”子从其治命，死而无碑，朝野莫不哀伤，以为斯道斯民之不幸。后赠司徒，封魏国公，谥文正。

[1] 甲辰朔：甲辰日为本月初一。

[2] 留正：南宋名臣，在高宗、孝宗、光宗、宁宗四朝屡为相。

刘因年四十卒，性不苟合，不妄交，家虽甚贫，非其义一介不取。隐居教授，师道严尊，世祖屡征，不就职，其所居匾曰静修，学者称为静修先生。延佑中，赠翰林学士，封容城郡公，谥文靖。

贺胜为铁木迭儿诬杀。泰定初诏雪其冤，追封秦国公，谥〔忠〕(惠)[1]愍。至正三年，追封泾阳王，改谥忠宣。

伯颜，一名师圣，字宗道，哈喇鲁氏，世居开州濮阳县。自弱冠，以斯文为己任，四方之来学者至千余人。至正十八年，河南贼蔓延，伯颜将结乡民为什伍自保，会贼兵大至，伯颜乃渡漳北徙，邦人从之者数十万家。至磁与贼遇，知伯颜名士，劫见贼将，诱以富贵，伯颜骂不屈，引颈受刃，与妻子俱死之。有司上其事，赠奉议大夫，〔佥〕(签)[2]太常礼仪院事，谥文节。太常谥议曰："以城守论之，伯颜无城守之责而死，可与江州守李黼一律；以风纪论之，伯颜无在官之责而死，可与西台御史张桓并驾；以平生有用之学成临义不夺之节，乃古之所谓君子人者。"时以为确论。

曹彦可，亳州人。至正间，妖寇起，里中无赖子揭帛于竿，使书旗。彦可〔力〕[3]辞，迫以刀斧，彦可唾之曰:"我儒者，知有君父，宁死耳，岂为汝写旗者耶？"贼怒，遂见害，年七十矣。其家素贫，又死于乱，藁殡其尸。贼既定，有司具以事闻，中书为给赀以葬，赐谥节愍。

明廖永安，以舟师从徐达，复宜兴，舟胶浅被执，囚吴八年死。吴平，丧还，太祖迎祭于郊。洪武六年，帝念天下大定，诸功臣如永安及俞通海、张德胜、耿再成、胡大海、赵德胜、桑世杰，皆已前没，犹未有谥

[1]〔忠〕(惠)：原刻误，据《元史》改。
[2]〔佥〕(签)：原刻误，据《元史》改。
[3]〔力〕：原刻佚，据《元史》增。

号，乃下礼部定议。议曰：“楚国公臣永安等，皆熊罴之士，膂力之才，非陷坚没阵，即罹变捐躯，义与忠俱名耀天壤。陛下混一天下，追维旧劳，爵禄及子孙，〔烝〕（蒸）[1]尝著祀典，易名定谥，于礼为宜。臣谨按《谥法》，以赴敌逢难，谥臣永安武闵；杀身克戎，谥臣俞通海忠烈；奉上致果，谥臣张德胜忠毅；胜敌致强，谥臣大海武庄；辟土斥境武而不遂，谥臣再成武壮；折冲御侮壮而有力，谥臣赵德胜武桓。臣世杰业封永义侯，与汉世祖封冠恂、景丹相类，当即以为谥。”诏曰：“可”。

陈文，合肥人，少孤，奉母至孝。元季挈家归太祖，积官都督佥事，卒，追封东海侯，谥孝勇。明臣得谥孝者，文一人而已。

胡广，永乐十六年卒，谥文穆。洪武朝，文臣未得谥。建文时，王祎尽节，始有谥，明文臣得谥自此始。

刘儁，以兵部尚书参赞沐晟征安南军务。永乐六年冬，晟与简定战生厥江，败绩。儁行至大安海口，飓风作，扬沙，昼晦，且战且行，为贼所围，自刭死。洪熙元年三月，帝以儁陷贼不屈，有司不言，未加褒恤，敕责礼官。乃赐祭，赠太子少傅，谥节愍。

陈洽，以兵部尚书掌安南布、按二司，赞成山侯王通征夷军务。宣德元年十一月，师次宁桥，军陷泥淖中，伏发，官军大败。洽跃马入贼阵，创甚坠马，左右欲扶还，洽张目叱曰：“吾为国大臣，贪禄四十年，报国在今日，义不苟生。”挥刀杀贼数人，自刭死。事闻，帝叹曰：“大臣以身殉国，一代几人？”赠少保，谥节愍。

黄福卒，赠谥不及，士论颇不平。成化初，始赠太保，谥忠宣。

李时勉，景泰元年卒，谥文毅。成化五年以其孙颙请，改谥文忠，

[1]〔烝〕（蒸）：原刻误，据《明史》改。

赠礼部侍郎。

彭韶卒，谥惠安，赠太子少保。韶嗜学，公暇手不释书。正德初，林俊言，韶谥不副行，乞如魏骥、吴讷、叶盛改谥文，竟不行。

张居正卒，赠上柱国，谥文忠。初，神宗所幸中官张诚见恶冯保，斥于外。帝使密〔诇〕（诇）[1] 保及居正。至是，诚复入，悉以两人交结恣横状闻，且谓其宝藏逾天府。帝心动，左右亦浸言保过恶，而四维门人御史李植极论徐爵与保挟诈通奸诸罪。帝执保禁中，逮爵诏狱，谪保奉御居南京，尽籍其家金银〔珠宝〕（宝珠）[2] 巨万计。帝疑居正多蓄，益心艳之，言官劾居正所荐引王篆、曾省吾，并劾居正，篆、省吾俱得罪。新进者益务攻居正，诏夺上柱国、太〔师〕（傅）[3]，再夺谥。

世宗惑内侍崔文等言，好鬼神事，日事斋醮。嘉靖三年，征龙虎山道士邵元节，俾居显灵宫，专司祷祀，历拜礼部尚书，赐一品服。帝幸承天，元节病不能从，无何死。帝为出涕，赠少师，赐祭十坛，遣中官锦衣护丧还，有司营葬用伯爵礼，礼官拟谥荣靖，不称旨，再拟文康，帝兼用之曰文康荣靖。隆庆初，削其秩谥。

张孚敬卒，礼官请谥，帝取危身奉上之义，特谥文忠，以争世宗欲坐张延龄反，族其家也。

郭正域建议，欲夺黄光升、许论、吕本谥。大学士沈一贯〔与〕[4] 朱赓皆本同乡也，曰：“我辈在，谁敢夺者！”正域援笔判曰：“黄光升当谥，是海瑞当杀也。许论当谥，是沈炼当杀也。吕本当谥，是鄢懋卿、

[1]〔诇〕（诇）：原刻误，据《明史》改。
[2]〔珠宝〕（宝珠）：原刻倒，据《明史》正。
[3]〔师〕（傅）：原刻误，据《明史》改。
[4]〔与〕：原刻脱，据《明史》改。

赵文华皆名臣，不当削夺也。”议上，举朝韪之，而卒不行。

朱赓卒，赠太保，谥文懿。御史彭端吾复疏诋赓，给事中胡忻请停其赠谥，帝不听。

于孔兼迁礼部仪制司郎中，疏论都御史吴时来晚节不终，不当谥忠恪，因请谥杨爵、陈瓒、孟秋。乃夺时来谥，而谥爵忠介。

缪昌期为魏忠贤虐毙诏狱。庄烈帝即位，赠詹事兼侍读学士，〔录〕（炼）[1]其一子，诏并予谥。而是时，姚希孟以词臣持物论，雅不善左光斗、周宗建，力尼之，遂并昌期及周起元、李应升、黄尊素、周朝瑞、袁化中、顾大章，皆不获谥。福王时，始谥文贞。

温体仁卒，特谥文忠。而文震孟、罗喻义、姚希孟、吕维祺皆不获谥。礼部尚书顾锡畴言："体仁得君，行政最专且久，其负先帝罪大且深。乞将文忠之谥或削或改，而补震孟诸臣，庶天下有所劝惩。”报可，遂谥诸人，削体仁谥。

附《明史·礼志·赐谥》一条

明赐谥：

亲王例用一字；郡王二字，文武大臣同。与否，自上裁。若官品未高而侍从有劳，或以死勤事者，特赐谥，非常例。洪武初，有应得谥者，礼部请旨，令礼部行翰林院拟奏。弘治十五年定制，凡亲王薨，行抚、按，郡王病故，行本府亲王及承奉长史，核勘以奏，乃议谥。文武大臣请谥，礼部取旨，行吏、兵部考实迹。礼部定三等，行业俱优者为上，颇可者为中，行实无取者为下，送翰林院拟谥。有应谥而未得者，抚、按、科

[1]〔录〕（炼）：原刻误，据《明史》改。

道官以闻。

按明初旧制，谥法自十七字至一字，各有等差。然终高帝世，文臣未尝得谥，武臣非赠侯伯不可得。鲁、秦二王〔曰〕(日)[1]荒、〔曰〕(日)[2]愍。至建文谥王祎，成祖谥胡广，文臣始有谥。迨世宗则滥及方士，且加四字矣。定例，三品得谥，词臣谥“文”。然亦有得谥不止三品，谥“文”不专词臣者，或以勋劳，或以节义，或以望实，破格崇褒，用示激劝。其冒滥者，亦间有之。

〔万历〕(神宗)[3]元年，礼臣言：“大臣应得谥者，宜广询严核。应谥而未请者，不拘远近，抚、按、科道举奏，酌议补给。”十二年，礼臣言：“大臣谥号，必公论允服，毫无瑕疵者，具请上裁。如行业平常，即官品虽崇，不得概予。”帝皆从之。三十一年，礼部侍郎郭正域请严谥典。议夺者四人，许论、黄〔光〕[4]升、吕本、范谦；应夺而改者一人，陈瓒；补者七人，伍文定、吴悌、鲁穆、杨继宗、邹智、杨源、陈有年。阁臣沈一贯、朱赓力庇吕本，不从其议。未几，御史张邦俊请以吕柟从祀孔庙，而论应补谥者，雍泰、魏学〔曾〕(会)[5]等十四人。部议久之，共汇题先后七十四人，留中不发。天启元年，始降旨俞允，又增续请者十人，而邦俊原请九人不与，正域所请伍文定等亦至是始定。凡八十四人。其官卑得谥者：邹智、刘台、魏良弼、周天佐、杨允〔绳〕(纯)[6]、沈炼、杨源、黄巩、杨慎、周怡、庄昶、冯应京皆以直谏，孟秋、张元忭、曹

[1]〔曰〕(日)：原刻误，据《明史》改。

[2]〔曰〕(日)：原刻误，据《明史》改。

[3]〔万历〕(神宗)：原刻误，据《明史》改。

[4]〔光〕：原刻佚，据《明史》增。

[5]〔曾〕(会)：原刻误，据《明史》改。

[6]〔绳〕(纯)：原刻误，据《明史》改。

端、贺钦、陈茂烈、马理、陶望龄皆以学行，张铨以忠义，李梦阳以文章，鲁穆、杨继宗、张朝瑞、朱冠、傅新德、张允济皆以清节，杨慎之文宪，庄昶之文节，则又兼论文学云。

三年，礼部尚书林尧俞言："谥典五年一举，自〔万历〕（神宗）[1]四十五年至今，蒙恤而未谥者，九卿台省会议与臣部酌议。"帝可之。然是时，迟速无定。六年，礼科给事中彭汝楠言："耳目近则睹记真，宜勿逾五年之限。"又谓："三品以上为当予谥，而建文诸臣之忠义，陶安等之参帷幄，叶琛等之殉行间，皆宜补谥。"事下礼部，以建文诸臣未易轻拟，不果行。至福王时，始从工科给事中李清言，追谥开国功臣李善长等十四人，正德谏臣蒋钦等十四人，天启惨死诸臣左光斗等九人，而建文帝之弟允熥、允熞、允〔熈〕（熙）[2]，子文奎，亦皆因清疏追补。

[1]〔万历〕（神宗）：原刻误，据《明史》改。
[2]〔熈〕（熙）：原刻误，据《明史》改。

谥法备考提要[1]

谥法备考六卷　乾隆间刻本

清杨应琚撰。应琚，字佩之，号松门，汉军正白旗人。雍正七年，由荫生授户部员外郎，出为山西河东道，历官至云贵总督。乾隆三十三年，缘剿办缅匪失利，奏报不实，革职拟斩，加恩赐令自尽。

是书作于乾隆十一年调官甘肃西宁道时，故自序称"承乏湟中，公事之暇，因取诸家谥法，并经史诸集，有涉谥法者，汇而辑之，手录数年，乃成，颜曰《备考》"。凡分三目，曰谥法，曰谥法总论，曰谥法指实。应琚以谥法始于周代，乃以周公谥法为主，旁参诸家之书，以申广之。唯谓刘熙、苏洵两家改补，引据经传，殊有义理，采摭遂为独多。然观书中所录，以苏说居多，或采苏著为蓝本也。至其编辑，首举周法，余则次第排列，凡周法皆为注明，诸家有精义者，则为指出。他若字义明显，无烦解释，概以旧法称之。本人所增益，则曰新补，附志于末。通

[1] 中国科学院图书馆整理:《续修四库全书总目提要（稿本）》，济南:齐鲁书社，1996年，第11册，第95页。

计所列谥字，得四百一十有八，较苏洵原书及郑樵《通志》，已倍蓰之，搜罗可谓宏富矣。唯骛多求备，收取不免泛滥，至胡夷之谥，庞然杂陈，虽在求备，殊无关于劝惩矣。所辑总论、指实二篇，出入经史百家，撷录名言宏论，一以记议谥之理解，一以记予谥之事由，颇足与谥法相发明。

陈弘谋序之，颇加赞扬，谓“自有谥法以来，未有如此书之提要钩〔玄〕（元）[1]，择精语详者。”兹核其书，实较胜于前，信为不诬也。

[1]〔玄〕（元）：民国时撰提要者竟迳钞清人文字，避康熙名讳，以元避玄，颇误，故改。

杨应琚年谱长编

汪受宽 编撰

杨应琚，字佩之，号松门，清奉天汉军正白旗人。

按：杨氏在《清史稿》卷三二七、《清史列传》卷二二、《国朝先正事略》卷八、《国史列传》卷六、《西宁府续志》卷六等均有别传。杨氏自书辽海籍，乃明代辽海卫，其治在今辽宁省开原市。《明史·兵志二》载，辽东都司下辖有辽海卫。《读史方舆纪要》卷三七山东八："辽东都指挥使司，辽海卫：在三万卫治东北，洪武二十一年置，初治牛家庄，二十六年移治于此。"《嘉庆一统志》卷六十奉天府二："故辽海卫，在开原县城内，故三万卫治东北……"是故辽海清为奉天府开原县。奉天府系清顺治十四年（1657年）改辽阳府置，治今辽宁省沈阳市，开原为其属县，故从大的政区说，杨应琚为奉天人。又清之旗人，通常标其旗籍。故《清史列传》等皆言其为"汉军正白旗人"。努尔哈赤、皇太极先后设满洲八旗、蒙古八旗、汉军八旗，作为其基本行政和军事单位。黄、白、红、蓝为正四旗，镶黄、镶白、镶红、镶蓝为镶四旗。汉军八旗建于崇德七年（1642年）。昭梿《啸亭杂录》卷二《汉军初制》云："国初时俘掠辽沈之民，悉为满臣奴隶。文皇帝悯之，拔其少壮者为兵，设左、右两翼，命佟驸马养性、马都统光远统之。其后归者渐多，入关后明降将踵之，遂设八旗，一如满洲之制。"杨应琚祖先就是这种世居辽海（后为奉天府属县），被俘或归附满洲人，又编入汉军正白旗籍的，故称其为奉天汉军正白旗人。

公元一六九七年（康熙三十六年 丁丑），一岁

应琚出身于一个世代阀阅的家庭。曾祖父杨朝正（？-1715年）于康熙二十四年(1685年)前以侍卫出为山东东昌知府。祖父杨宗仁(1661—1725年)，字天爵，1684年由监生授湖广慈利县知县，官至湖广总督，加太子少傅衔，谥清端。叔祖杨宗义，曾任山西雁平道、安徽按察使、河南布政使、河南巡抚、镶白旗汉军都统等。其父杨文乾（1682年-1782年），字元统，官至广东巡抚。

按：杨应琚生年，史无明文。《东华续录》乾隆二十八年（1763年）十一月己卯谕云："朕念汉军大臣中宣力年久者，莫如杨应琚及杨廷璋二人。其先擢总督及办事明练，杨应琚实为最优，是以大学士出缺时。朕即欲加恩补放，以奖贤劳。第念杨廷璋见在已逾七旬，其年较长，而杨应琚则犹为可待，是以先将杨延璋简放。"则此时杨应琚尚不足七十岁。又《清史稿》卷三二七本传，乾隆三十一年（1766年）杨应琚言："吾官至一品，年逾七十，复何所求，而以贪功开边衅乎？"则此时杨应琚已至或已过七十岁。由此可推断其生年应在1695年至1697年间。查《碑传集》卷六九，其父杨文乾于康熙二十一年壬戌(1682年)生。至1695年，其父十四岁;1696年，其父十五岁;1697年，其父十六岁，其祖三十七岁。比较而言，以1697年即康熙三十六年为杨应琚生年或较妥。

按：李岳端《春冰室野乘》卷上《杨重英遗事》说："雍乾之世，汉军阀阅以广州杨氏为最盛。"杨应琚也颇以其出身自豪。其《敬书臣亡大父入西宁名宦祠疏后》言："先中丞昔为东郡太守，为先曾祖旧任，相距三十年。先曾祖母尚得迎养于署。蒙圣祖仁皇帝有'祖孙一堂'之褒。嗣为大梁方伯，为先叔祖中丞公旧任。后迁粤东中丞，系先大父旧

治，相距仅三载耳。而先大父犹为两湖总制。迨先大父及先中丞捐馆舍，士民共请入祠，蒙恩逾允先君随臣亡大父同入名宦，是不特父子同位，臣亡父历任乃系祖孙叔侄后先辉映。目同为名宦，昭穆一堂，受民尸祝，尤为衣冠中所仅见者。余小子自河东调补湟中监司，又系先大父旧治。适逢题请入祠，而先大父神主又系余小子亲身捧入，观者如墙堵，老民至有泣下者，是又一奇也。然则余家甘棠，可荫子孙矣。”（《西宁府新志》卷三十七《艺文志•题跋》）其祖父杨宗仁、父杨文乾事迹，见《清史列传》卷十三，《国朝耆献类征》卷一六五，《碑传集》卷六九，《国朝先正事略》卷八，《清史稿》卷二九二，《从政观法录》卷十四、十七，《满洲名臣录》卷二八、三五，《国朝文臣言行录》卷十三等。

公元一七〇一年（康熙四十年 辛巳），五岁

是年五月，祖父杨宗仁调湖南省蓝山县知县。

公元一七〇五年（康熙四十四年 乙酉），九岁

是年，祖父杨宗仁因总督喻成龙、巡抚赵申乔疏荐卓异，迁甘肃阶州知州。

杨宗仁，旗人，康熙四十四年知阶州，守廉才干，剔弊除奸。累官至少保兼太子少傅、湖广总督。卒谥清[端](节)，崇祀贤良祠。（光绪《阶州直隶州续志》卷二十三《名宦》）

公元一七〇六年（康熙四十五年 丙戌），十岁

是年，祖父杨宗仁迁同知临洮府事监牧兰州镇远桥商税，简称兰州

河桥同知。

杨宗仁，字天爵，汉军人。康熙中，任兰州河桥同知，厘绝奸弊。嗣知临洮府事，下车即革行户陋规，除火耗及里蠹包纳。狄道豆粮以市斗收纳，民力为困，宗仁令悉改仓斗。洮河浮桥，旧私抽木商税以为修缮费，宗仁令动公项，商旅为之辐辏。境内旱，捐谷千石，代贫民输纳。勤于听断，明决有为，修文庙，重建超然书院，于士风尤加意。后官至湖广总督，卒谥清端。临洮人因立报德祠，与前守高锡爵、祖业宏同祀之。（道光《兰州府志》卷八《官师下·宦绩》）

公元一七一〇年（康熙四十九年 庚寅），十四岁

是年，祖父杨宗仁任兰州河桥同知。叔祖父杨宗义由山西雁平道授安徽按察使。

公元一七一一年（康熙五十年 辛卯），十五岁

五月，祖父杨宗仁迁临洮府知府。

公元一七一三年（康熙五十二年 癸巳），十七岁

是年，祖父杨宗仁任西宁道。

公元一七一四年（康熙五十三年 甲午），十八岁

是年，祖父杨宗仁任浙江按察使。父杨文乾由监生效力永定河工，任山东曹州知州。

公元一七一五年（康熙五十四年 乙未），十九岁

是年，曾祖父杨朝正死。

公元一七一八年（康熙五十七年 戊戌），二十二岁

四月，叔祖父杨宗义授河南布政使；五月，迁河南巡抚。

八月，祖父杨宗仁补广西按察使；十一月，擢广东巡抚。

是年，父杨文乾迁山东东昌府（治今山东省聊城市）知府。

公元一七一九年（康熙五十八年 己亥），二十三岁

父东昌府知府杨文乾经西宁运饷赴西陲，在西宁撰有诗三首，分别为《湟中仲春大风》《湟中东郊晚归即事》《军前答选司宋公》。

先中丞于康熙己亥岁，因准噶尔贼夷侵犯西藏，由山东东昌府知府告赴西陲。自宁运饷出塞，直抵木鲁乌苏，得军功二级。后历任广东巡抚。今余小子应琚敬录《湟中》三诗，手泽犹在，不禁涕零。并以见余家三世，皆宣力西平云。（《西宁府新志》卷四十《艺文志（九）》杨应琚按语）

公元一七二二年（康熙六十一年 壬寅），二十六岁

十一月，祖父杨宗仁迁湖广总督。

是年，父杨文乾迁陕西榆林道。

公元一七二三年（雍正元年 癸卯），二十七岁

曾祖母死，祖父杨宗仁在湖广总督任守制。宗仁疏请停给恩诏应得本身妻室封典及荫，为父母求谕祭。雍正帝谕允，仍给封荫。寻赐孔雀

翎。宗仁病，杨文乾加按察使衔随父任侍疾。

公元一七二四年（雍正二年　甲辰），二十八岁

七月，叔祖父杨宗义任镶白旗汉军都统。

十一月，父杨文乾迁河南布政使。

公元一七二五年（雍正三年　乙巳），二十九岁

三月，叔祖父杨宗义因事革镶白旗汉军都统职。

四月，父杨文乾擢广东巡抚。

六月，祖父杨宗仁以湖广总督加太子少傅衔；七月，卒于官，终年六十五岁。赠少保，谥清端，给拜他喇布勒哈番世职。杨文乾在任守制。

八月初十日奉上谕，杨宗仁敬慎持躬，廉能供职，效力年久，懋著勤劳。简任总督以来，洁己奉公，孤介端方，始终一节。忽闻溘逝，朕追念良臣，深为凄恻，难释于怀，应沛殊恩，以示优眷。着于应恤典外，加赠少保，加祭一次，并给与拜他拉布勒哈番。杨宗仁榇到之日，该旗大臣，预先奏闻。（《世宗宪皇帝上谕内阁》卷三十五）

赐谕杨文乾"尔父年及耆艾，备蒙朕恩，已成全千百年一人物矣。"（《世宗宪皇帝朱批谕旨》卷九上）

公元一七二八年（雍正六年　戊申），三十二岁

九月，父杨文乾卒，终年四十七岁。应琚为杨文乾次子。

雍正六年七月十八日，两广总督臣孔毓珣谨奏，为奏明事，窃广东粤海关征收税课系抚臣衙门经管……雍正六年七月十四日，据杨文乾次子杨应琚封送从前阿克敦常赉咨覆杨文乾印文各一件到，臣查俱系答复杨文乾询问粤海关收过税银之事……(《世宗宪皇帝朱批谕旨》卷七之三)

杨应琚入国子监为荫生。

恩荫始顺治十八年，恩诏满汉文官在京四品、在外三品以上，武官在京、在外二品以上，各送一子入监。护军统领、副都统、阿思哈尼哈番、侍郎、学士以上之子为荫生，余为监生。(《清史稿》卷一一〇《选举志五》)

按：杨应琚曾参加科举考试，却未能中式，颇以此为憾。其《西宁府新志序》有“余自总角受书，矻矻诸史，继困场屋，未能登玉堂秉史笔”云云，即言此。只好以父任为荫生。

公元一七二九年（雍正七年 己酉），三十三岁

由荫生授户部员外郎。

汉荫生任官之法：员外郎、主事、治中、知州、通判，由一、二品荫生考用。(《清史稿》卷一一〇《选举志五》)

按：杨文乾所任巡抚为从二品，故应琚以荫生考用为户部员外郎。员外郎为从五品。

公元一七三〇年（雍正八年 庚戌），三十四岁

擢为山西河东道。

山西河东道。杨应琚，汉军正白旗人，一品荫生，雍正八年十月任。(雍正《山西通志》卷八十)

按：河东道全称河东盐法道，管辖平阳（今山西省临汾市）、蒲州（今山西省永济市蒲州镇）二府以及解（今山西省运城市）、霍（今山西省霍州市）、隰（今山西省隰县）、绛（今山西省新绛县）四州盐法，为清朝十一个盐区之一。

七月，雍正帝诏令于京城内择地建贤良祠，以杨宗仁等入祠。

公元一七三一年（雍正九年 辛亥），三十五岁

与友人屠文山约游西岳华山。

按：《据鞍录》七月二十五日记云："余于九年前渡河西来，与友人屠文山约游西岳"云云。

公元一七三三年（雍正十一年 癸丑），三十七岁

调任甘肃西宁道。

按：西宁道全称为陕西分巡抚治西宁道按察使司佥事。

世宗令查议将杨应琚子杨重谷引在京世职入学读书例令之归旗事。

雍正十一年十一月二十四日，上谕：旗员随任子弟，定例年至十八岁以上始令归旗，其在京之世袭官年至十岁以上者送义学读书。今西宁道杨应琚之子世袭拜他喇布勒哈番杨重谷现随伊父任所，年甫十岁，未至归旗年分，该旗乃引在京世职入学读书之例，行令归旗，殊属错误。着交部查议。至于八旗有似此违例，将随任子弟未至年分行令归旗者，亦着该部行查，一并交部查议。特谕。（《八旗通志》卷首之十）

公元一七三四年（雍正十二年 甲寅），三十八岁

五月，以西宁道署理陕西甘肃布政使司布政使。

以陕西西宁道杨应琚，署陕西甘肃布政使司布政使。（《清世宗实录》

卷一百四十三）

按：布政使为总督巡抚之属官，职掌一省的财赋和民事。

七月，于湟中宦家得《孟忠毅公（乔芳）奏议》抄本，留月余，朝夕讽咏，作《书孟忠毅公奏议后》，云："夫我朝定鼎之初，人才林立。当是时，战胜攻取，海内向平，肩封疆之任者，皆必有非常之才，相与弥纶于其间，而求其忠毅完名，受历朝褒誉如公者，未可一二数也。"（《西宁府新志》卷三十七《艺文·题跋》）

八月，鉴于府学及西（宁）、碾（伯）二县学文武生童皆须到临洮或凉州应考，既苦跋涉，又须路费，而当地士寒，以致赴试者每岁渐少，故与西宁道副使高梦龙、知府杨汝梗、知县沈予绩、张登高议建西宁贡院，便于生童就近考试。此后应试诸童岁有增益，人才渐兴。

任《甘肃通志》提调。

（乾隆）《甘肃通志》"修志衔名"之"提调"有"分巡西宁道按察使司佥事，前署理甘肃等处承宣布政使司布政司印务臣杨应琚"。

公元一七三六年（乾隆元年 丙辰），四十岁

归任甘肃西宁道。

西宁、碾伯二县每年额征正粮一石，随征马粮五升，杨应琚上《请免西碾二邑马粮议》，以为马粮负担偏重，"且二邑逼近青海，土瘠民贫，岁仅一收，所有马粮一项亟应裁减，以纾民力。"（《西宁府新志》卷三十四）次年诏准。

请准新设大通卫在城驿和长宁驿。

公元一七三七年（乾隆二年 丁巳），四十一岁

西宁东小峡口之河厉桥，于乾隆元年被大水冲毁。杨应琚与县令沈予绩捐俸重修，于本年春告成。

大通卫藏、回厝杂，从未设立学校。杨应琚及大通守备李恩荣、孙捷捐俸，于卫城及卫属之向阳堡创建义学二处，聘请浙江士人周兆白教课，令民间及兵家子弟入学读书。

公元一七三八年（乾隆三年 戊午），四十二岁

为了加强西宁地区的防卫，杨应琚上《为宁属近番要隘请营汛以安边氓议》，议请在巴燕戎（今青海化隆回族自治县巴燕镇）设游击一员、千总一员、把总二员，驻马步兵四百名；在扎什巴（今化隆县扎巴镇）设千总一员，带兵一百名；在乩思观（今青海省海东市平安区古城）设把总一员，带兵四十名；在亦杂石（今青海省贵德县境）设守备一员，马步兵一百名；在千户庄（今贵德县境）设把总一员，马步兵四十名；在黑古城（今海东市平安区境）移驻都司衙门；在甘都堂（今化隆县甘都镇）设千总一员，马步兵一百五十名；在康家寨（今青海省尖扎县康杨镇）设千总一员，马步十名；在河拉库托（今湟源县哈城村）设守备、把总各一员，带兵二百名。经川陕总督查郎阿奏准，设此九城堡，派兵防守，从而构成了一道连绵数百里的军事屏障，初步改变了西宁“一线东通，三面外暴”的孤悬之势。

在议文中，杨应琚还提出：“其黄河以南之贵德所地方，向隶临洮府管辖，但相距千有余里，往返动需二十余日，且绕道西宁以避野番，不特文移羁迟，而且控制莫及。查该所处在西宁之南，相距路仅

二百二十里，似应就近改归西宁府统辖。其贵德营都司，向隶河州镇，亦应请就近改归西宁镇管辖。”皆从其所请，将贵德所（今青海省贵德县）改隶西宁府。

撰《新建庆祝宫记并序》。文云：

乾隆三年八月壬辰，新建庆祝宫成，欣逢圣天子万寿之期，文武寮属将校盛服博带，聚于会城，商贾士庶张目拱手，欢呼动地。癸巳五鼓，官吏毕集，咸次于位，灯火如昼，修陛飞阈，云布于上，华旗凤盖，金节析羽，星罗于下，钟鸣乐奏，跄跄翼翼，如对丹宸，猗欤盛哉！既退，西宁佥事应琚请纪其成，词曰：维甘宁八郡，自军兴后檄书旁午，文武士吏趋事不遑。故凡礼文典章，略而未举。中丞奉命莅止，即询朝贺之所，竟无专宫。曰：“官吏虽诚敬在心，而亿兆之观瞻、国家之大典不可缺也！”爰择地选官征工僦役，筑高墉砻巨础，伐木陶埴，力协功速，门阙崇闳，殿楹棘翼，表道有坊，待漏有舍，边陲之地亦可谓规模少备矣！且夫事贵因时，值此边烽已息，海宇清和，士庶无内外之徭，商贾有殷富之乐，冠裳济济，恪恭尽职，正当修明典礼，以答升平，而朝贺之所威仪首重，尤不可缓。《书》不云乎“一人有庆”，《诗》曰“君子万年”，此物此志也。夫河水发于昆仑，皓月盈于南极。维地维时，天子受祉，百工稽首，永勒金石，四方来贺，于斯万祀，知作之所始。（乾隆《甘肃通志》卷四十七《艺文》）

公元一七三九年（乾隆四年 己未），四十三岁

西宁、碾伯发生饥荒，杨应琚请准拨河州、狄道州仓粮运宁赈粜。在赈给老弱的同时，征集青壮年修筑巴燕戎等九城堡，以工代赈，每夫

每日给银五分，口粮一升六合六勺。自本年四月起陆续动工，至次年九月，先后竣工。

西宁新筑黑古、摆羊戎九城堡碑记（乾隆五年） 杨应琚

背郡城东南驰一日二日抵雪山下，为黑古城、千户庄、亦杂石、乩思观、扎什巴、摆羊戎、甘都堂，折而西，百五十里为河拉库托，渡河而南为康家寨，皆古羌戎地，逼介诸番，岁为商旅边氓害，以贻官忧。今天子即位之三年，前制府相国查公巡阅至郡，余与古鄯游击将军杨君垣，条悉其事，谓非就险建城、设官、增兵不可以理。制府毅然以俞，奏可。适四年，宁郡饥，余任其责，巨细必躬亲，半岁未尝蓐寝，小民幸免于转死，而少壮者不可俾以坐食。爰请于大府，割工价六分之一、加粮升六合，以价自养，以粮养家。檄西宁靳令梦麟、碾伯徐令志丙分督之，始于四年之孟夏，迄工于五年之仲秋，完城堡九，周回自一百二十丈至三百八十四丈，咸相其阴阳，依其岩阻，随其广袤而成。言言仡仡，实墉实壑，诸番悉缩项桥舌，屏气而伏。起视四境，羊牛满野，一童子牧之矣。帑以两计，凡九万四千九百七十；廪以石计，凡一万四千八百。增兵将，益俸饷。其为役亦大矣哉！然小民不以为劳，度支不以为多，皆仰荷圣主宽大之德也。呜呼！国家设一官而帑廪增一费，将以利民也；地方设一官而百姓增一累，以其有害也。何谓利？慎固封守抚番恤下是也。何谓害？键闭不修征私扰众是也。同一官耳，利害如反覆手，可不惧哉！昔人云：有其患而图之无其具，有其具而守之非其人，皆足以致败。故纪其俶末，以告后之司险者。（乾隆《甘肃通志》卷四十七《艺文》）

为增加粮食生产，杨应琚请准，在巴燕戎各处设官，招民垦荒，东

山沟、阿加胡拉、囊思多沟等处平坦有水之地迅速得到开垦，仅三年时间，已垦出荒地四十八段，收成五六分至七八分不等。又请准在大通协城红山嘴东之上庄、中庄、下庄安插居民，开垦荒地，挖修沟渠，引灌田地，并捐发籽种，使这里也很快得到开发。

西宁向无粮市，粮商囤积居奇，价格不一，农民来城售粮者，又被牙行要截。为杜绝旧弊，杨应琚在西宁城中学街和东关、东稍门等处划定粮面市，以控制粮价、加强管理。还与知县靳梦麟捐俸在学街建铺数十楹，以为储粮贮面交易之所，方便了市民购粮。

与西宁知府申梦玺、知县靳梦麟在西宁城南门外买地两处，创设漏泽园（即义冢），以收埋民之死无葬处者。

贵德城北紧邻黄河渡口，名滴水崖渡，以往私船摆渡，多有勒索。杨应琚等详请设官船二只，每船水手八名，救生船一只，水手四名，改善了贵德至西宁的交通。

修葺西宁府儒学明伦堂，远延江浙之士施帐，选西宁、碾伯两邑秀才肄业，供其脩脯。

亲往新隶西宁府之贵德所，见其地藏民甚众而官兵数少，故请循旧例，恢复贵德民兵，百姓中三选其一，共得一千二百九十四名，发给旗帜，免其税粮，编为中、左、右三哨，设民千总三员、民把总八员以统领之，农忙务农，农闲训练，加强了当地的武备。

奉命赴京引见，于六月二十日离西宁，经由兰州、临洮、秦州（今天水）、凤翔、西安、渭南等地，七月二十六日由风陵渡入晋，又行二千余里至京城。杨应琚将自西宁至风陵渡的二千七百余里行程，写成《据鞍录》一书。其自京起身回任前，诣宫门请训，清高宗向他咨访地方情形，且让其抒发己见，从而对他有了初步的了解。

公元一七四〇年（乾隆五年 庚申），四十四岁

西宁地区民族复杂，战争频仍。而当地气候高寒，年只一收，且多雹霜灾害，故当地官仓储粮甚少，乾隆初仅四千石，一遇灾害，赈济困难。杨应琚根据古代经验，提倡在西宁及各属设立社仓。其法，社仓由农民量力捐输粮谷储存，由百姓中选委社长管理，官府随时考查，管理有方者予以奖励。每当春种青黄不接及灾荒时，凡输粮者皆可在本社仓借贷。杨应琚等人先官捐以为倡，很快各地响应，自五年至十一年，各地建社仓三十所，储粮三千六百六十四石。甘肃巡抚黄廷桂于乾隆七年来郡视察，对社仓一举颇为嘉许。杨应琚等当即请求，以后如有军需也不征用社仓粮食，得到允肯，使社仓得以发展。

在康家寨渡设官船一只，用以摆渡往来行人、客商。

重修西宁城西七十里之坤多洛桥。

重建西宁名宦祠，以祭祀历朝仕宦西宁之名臣。

公元一七四一年（乾隆六年 辛酉），四十五岁

与知府申梦玺、贵德所千总李滋宏捐俸创筑贵德所支干渠。其中周屯渠有十四条分支渠，灌溉所城东南五十里处土地九百四十一段；四十八户渠有十二条分支渠，灌溉所城东南四里处土地二千一百八十一段；河东渠有八条支渠，灌溉所城东五里处土地七百一十段；刘屯渠有分支渠六条，灌溉所城西南三十里之土地四百二十段。各渠设立渠长，每年按土地多少派民夫疏浚渠道，保持畅通。

在西宁东郭门外树“襟河带海”坊。重建西宁乡贤祠。

公元一七四二年（乾隆七年 壬戌），四十六岁

议请免征西宁盐税。

西宁道佥事杨应琚行据府县议称：民间所食青盐，出于青海地方，距宁五百余里，内地民人不能前往，惟蒙古驮载至县属之丹噶尔（今青海省湟源县）地方，与汉番民人易换布匹、炒面等物，转运赴城，分卖与小贩，转发各处货卖。其价因蒙古去来之多寡为长落，贱时每盐一升易青稞一升，遇贵即须升半二升。小贩转卖，亦因以为加减。宁地番、回杂处，日食熬茶非盐不可。偶值蒙古少出，即苦淡食。实非巩、兰、高台各处产有土盐盐池，本地民人煎熬运卖，价有一定者可比。故向来并无额设引课及行运商人。今若议请设商行运，而青海处在口外，原为蒙古所有，若坐税于食盐之民人，又系辗转购买；若于番、汉、蒙古易换之际征收，而口外各处番戎凡驮皮张、硇砂等物至丹噶尔地方交易，向俱无税。今独于食盐征税，则盐价益贵，于民未便。他如大通卫、贵德所，地皆近边，其价与宁邑大略相等。碾邑则离口已远，价有加增，然总在宁郡界内，以体重而脚价贵，不能外行，似应仍请照旧，听其易换买食，免其征税，于内外实多裨益等因，详覆具题矣。（《西宁府新志》卷十七《田赋·盐法》）

经议请，裁汰碾伯县不通大路之巴、古二驿路，以其夫马分拨贵德及巴燕戎二处。

公元一七四三年（乾隆八年 癸亥），四十七岁

经杨应琚几次议请，且巴燕戎招民垦荒三载已见成效，户部议覆，批准分西宁、碾伯两县所属南山外番地，设置巴燕戎格抚番厅，以巩昌府通判移驻于此，次年建衙署。

按：巴燕戎格抚番厅，即今青海省化隆回族自治县。

公元一七四四年（乾隆九年 甲子），四十八岁

丹噶尔（今青海省湟源县）在西宁城西九十里，位于日月山下，是内地通往西藏、青海的门户，又是藏族、蒙古与汉、土、回族贸易的重要市场。以往只驻有参将一员，西宁知县鞭长莫及。经杨应琚所请，以三清湾主簿改为西宁县主簿移驻丹噶尔，佐助知县，治理地方事务。由此，大通、丹噶尔、贵德相为犄角，西宁以西得以发展。

大通卫原设于大通城内，在大寒山之北，所辖二十二堡，则散处于该山之南，交征粮石及处理诉词都很艰难。杨应琚巡视该卫，见此情景，因请准将大通卫署移往山南适中之白塔城。

杨宗仁奉旨入祀西宁贤良祠。

本朝杨宗仁历西宁道。西宁古湟中地，西陲要冲，宗仁在任，振颓剔弊，贤声著闻。乾隆九年，奉旨入祀贤良祠。（《大清一统志》卷二〇七《西宁府·名宦》）

公元一七四五年（乾隆十年 乙丑），四十九岁

正月，甘肃巡抚黄廷桂荐举，“西宁道杨应琚居官端谨，办事妥协，首倡社仓，殚力经营，实为通省仅见。”清高宗旨曰：“杨应琚原系一能

员，若能进于诚而扩充之，正未可量也。”（《清高宗实录》卷二三三）

修葺西宁边墙（长城）。西宁郡边墙为明嘉靖至万历间修成，清雍正十年又动项重修。杨应琚等捐俸修补其残缺之处，以不废前人之功。

公元一七四六年（乾隆十一年 丙寅），五十岁

闰三月，撰辑成礼学著作《谥法备考》六卷，前有陈弘谋序，由东西两溪堂刊刻软体字本。

重建西宁文庙，自乾隆六年六月动工，十一年闰三月始成，“楹桷峻整，阶序耸严，庭木森列，灿然而威。”（《西宁府新志》卷三十五《重建西宁文庙碑记》）

与参将杨垣、知府刘洪绪等捐俸在丹噶尔创设新社学。又在西宁东关大街北回民集居区创设回民社学，以改变回民只习回经而不读它书的旧习。

在西宁城中捐建栖流所一区，彰善亭三楹。

与知府刘洪绪等捐俸创建惠民桥。西宁城西北里许，湟水河宽水急，便桥岁岁冲没，北川之民来往郡城，负担携筐皆以涉水为苦。而河底俱为乱石，无法打桩架桥。杨应琚设计，仿段国《沙州记》河厉之法，在两岸累石作基陛，用大木纵横相压，逐渐向前伸展，两岸所伸之木在河心相距四丈，遂用长木料并接，其上复以横板，两边施以钩栏。此桥全长三十八丈，高二丈二尺，用木二千三百二十八根，桥于乾隆十年九月动工，十一年九月建成，受益民众以“惠民”名桥。

新建孟公（乔芳）祠，建堂三楹，周以缭垣，供以孟公之像，作《孟公祠碑记》志之。

请准添设丹噶尔驿及镇海驿。

公元一七四七年（乾隆十二年 丁卯），五十一岁

创设贵德所义学，延请宁邑生员严大伦赴所训课。

五月，修成《西宁府新志》四十卷。

西宁府新志序

国有史，郡有志。志者，一郡之史；史者，天下之志也。然志为史之先资，贵详而有体，非具史才而得史法者，曷以胜其任哉？志之难其人久矣！前人云：文人之才，在善用虚；史官之才，在善用实。虚者，可以意创；实者，不得不因。

湟中旧志久失，而见存者荒谬不雅驯。且大通本系新疆，贵德又属改隶，皆应汇入郡志。而边垂质野，文献无征，是西宁郡志作者为尤难也。余承乏兹土十有余季，常登土楼之巅，穷浩门之源，俯仰今古，斯地诚戎马之郊，关河之冲矣。矧自汉、魏以来，屡兴屡废，往迹殊多。我朝圣圣相承，平青海，收蕃族，设郡邑，广学校，可谓万世一遇矣。若使暗而不章，郁而不发，此有司之罪也，余滋惧焉。幸岁又连熟，郡以无事，遂忘其固陋，于乾隆丙寅秋七月握管，至丁卯夏五，历十一月而脱稿。举典，期可征诸事；载言，期可施诸用。不敢以易心乘之，不敢以浮词间之。至于措置得失、闾阎疾苦，亦备论其故。

凡为总志十，分目得百有五，计两函，四十卷。撰次校对，咸出余一人之手。嘻，惫矣！虽然，余自总角受书，矻矻诸史，继困场屋，未能登玉堂，秉史笔。今于一郡之志，得以上下数千年讨论排纂，上扬国家之休光，下阐忠臣、烈妇之潜德，亦一时之遭。此新志之所为作也。

乾隆十二年丁卯夏五月既望陕西分巡抚治西宁道按察使司佥事辽海杨应琚撰

西宁府新志序

西宁为湟中地，武帝筑令居之塞，以隔绝羌人。历代以来，屡收屡弃。唐陷吐蕃，宋没西夏，其隶中国之版宇者，十曾不得二三焉。

皇帝混一函夏，薄海内外，罔不率俾。世宗宪皇帝策勋青海，卧鼓销锋，古所称不臣不贡之区，悉示包荒之度，收而登之衽席。割大通以实其后，设贵德以屹于前，金城千里，所以壮西服而柔远夷者，至矣，尽矣！黠羌革旅距之心，蠕蠕蟫蟫，稽首蛾伏，遁迹荒远之外。圣天子惘然念反侧之不易安，新邑之不易治，寤寐谋略不世出之臣，策之以长驾远驭之术，久任而不迁，以裕其施设，则辽海杨公实膺斯寄焉。

公兼资文武，世袭忠孝，有古尹吉甫、樊仲山之才。其于沿边之要害，战争之陈迹，蕃帐之强弱，若聚米于山而算沙于海，短长攻守，指掌可示。经营此土，岁逾一纪，举平昔所蕴负者，从容而措之。增营坞、列兵戍，折羌氐之逆萌，广圣主之德意，兵食优裕，民物浩穰，隐然张极西之一臂，而忘其孤悬万里之外也。

西宁文献寥略，志故不足征。公以筹边之暇，提铅握椠，诹土宜，问风俗，因以周知塞下之险要。发凡起例，勒有成书。远道邮书，嘱予序其简首。

夫公之懋绩在边缴，绵之尸祝，著之旂常，业可恢廓自信，一编削之任。闾巷之儒所龂龂以为不朽之业者，公犹且专之而不肯多让，何也？予观凉州三明，前后皆著平羌之绩，迹其见誉于前史者，讨伐之力为多，所为善后之策，长治之道，犹未暇以及焉。

公遭际圣明，涵濡庭训，深谋硕画，措四境于磐石之安；优游命笔，洞夷情而固民气。虽老于边事者，犹噤不敢出一语以相难，况沾沾持目睫之论者乎？故以文字之役窥公，精笔削，密鉴裁，所以论公似矣，其所以知公也浅。若夫纾庙堂之忧，筹定远之策，斯一编也，则公精神之所存，而经世之大业出其中。固非尠见谀闻之士，所能参其末议也已。

旧史仁和杭世骏拜手撰

此志整严有法，而议论驰骤，高瞻远瞩，多经世之言。凡例引孙樵语，职官、山川、地理、礼乐、衣服宜直书一时制度；又言人物宜存警训，不当徒以官大宠浓讲文张字；又创为纲领一志，依编年沕志大事，皆卓见也。（张维《陇右方志录》郡志页十八）

按：《西宁府新志》之撰写当始于乾隆八年以前。如巴燕戎格厅批准于乾隆八年十月，而该志《沿革表》中却无巴燕戎格厅，只言“西宁府领县二、衙一，乾隆三年增领所一”。据查，该书前十一卷作于乾隆十一年以前，其余部分在十一个月内完成，乾隆十二年始刊。乾隆二十七年夏又作增补，加上杭世骏所作之序，补刻挖改，重新刊印。

又按：杭世骏（1695—1773年），清代经学家、史学家、文学家、藏书家。字大宗，号堇浦，仁和（今浙江省杭州市）人。雍正二年（1724年）举人，乾隆元年（1736年）举鸿博，授编修，官御史。晚年主讲广东粤秀和江苏扬州两书院。著有《道古堂集》《榕桂堂集》等。

公元一七四九年（乾隆十四年 己巳），五十三岁

十二月，任甘肃按察使。

调甘肃按察使顾济美为福建按察使，以陕西西宁道杨应琚为甘肃按

察使。(《清高宗实录》卷三百五十五)

按：按察使为总督、巡抚属官，又称臬台、廉访，正三品，职掌分道巡察，考察州县官吏政绩。

《西宁府续志》卷六《官师志•名宦》列杨应琚为第一传，评曰："公两任西宁道，约计十余年。凡所条议，多切中时要，行之足以经世。如请设营汛以安边民，免西、碾二邑马粮，添驻碾伯、巴燕戎县佐，开大通城红山嘴东荒地之类，皆能通筹边要，卫国保民，非偶然也。"

公元一七五〇年（乾隆十五年 庚午），五十四岁

九月，迁甘肃布政使。

调甘肃布政使张若震为湖南布政使，以甘肃按察使杨应琚为甘肃布政使，江西广饶道蒋嘉年为甘肃按察使。(《清高宗实录》卷三百七十三)

按：甘肃布政使为从二品。

公元一七五一年（乾隆十六年 辛未），五十五岁

七月，因哈密驻防官兵口粮仓储不足，杨应琚请准，由柳沟、沙州两卫拨运二万五千石。

户部议覆：甘肃布政使杨应琚奏称，哈密驻防官兵二千一百余员名，岁需口粮麦五千余石。该处仓储止存一万四千余石，仅敷三年之用。前准督臣尹继善请，采买备用，所购无多。现柳沟、沙州两卫均有节年余麦，请拨二万五千石，以本年秋始，于每岁农隙时，节次运交哈密，脚价照口外运粮之例。应如所请，准如数酌拨。至脚价一项，从前口外运

粮，系军需急迫，现应酌减。饬督臣妥议具奏。从之。（《清高宗实录》卷三百九十四）

八月，擢甘肃巡抚。

谕：甘肃巡抚员缺，着杨应琚补授。（《清高宗实录》卷三百九十七）

按：巡抚，从二品，为一省之长，总理一省的军事、吏治、刑狱、民政等，若省城同时驻有总督，则以总督为尊。

九月，上谢升任恩折。

高宗谕旨："汝在甘肃，可谓驾轻就熟。一切实心奋勉为之，毋庸多谕。至准噶尔贸易一事，乃汝专责，当思国体久长之计，不可迁就示弱外夷也。"（《清高宗实录》卷三百九十九）

十月，滇省揭发伪造尚书孙嘉淦奏稿案，杨应琚在甘肃亦查出传抄人犯。高宗严令各省督、抚，不许苟且完结。

又谕：传钞伪造孙嘉淦奏稿一案。今据杨应琚奏到，甘肃俱有查出人犯。蔓延各省，传播之广如此，其首先捏造之犯，实乃罪不容诛。此等诪张诬妄之词，贻害于人心风俗者甚大。当此国家全盛之时，正应溯流穷源，寻枝批根，以正人心而息邪说。况此等传钞之犯，亦不得概谓之愚民无知。如果无知，虽示以伪稿，将茫然不知为何物，何论传钞？凡属传钞，皆幸灾喜事不安分之辈，今并不治以重辟，即行正法，不过量予枷责，使知儆畏。向后倘遇妄言邪说，不为所惑，则小惩大诫，所全实多。若恐株连人众，姑息从事，将养奸酿患，无所底止。但督、抚奏折中，又有以传钞之犯为覆载不容、不共戴天者，亦未免矫枉过正，张大其辞矣。盖此等人犯，其罪止于传钞，即枷责已足蔽辜，若竟目以大逆，设更有甚于此者，又将何以处之？是皆未按其情罪之轻重，徒于陈奏内为此张大激烈之词，而其意中，未必不以此案为可不必如此办理，希图草率完结，又何能实力跟追，使真正恶逆之徒及早就获？各省督、抚办理不一，恐其轻重失宜。今复再行传谕，俾知办理之道，惟务得捏造首恶渠魁明正其罪。至外省办理重案，往往迁就悬搁，乃其相沿陋习。今此案若彼此跟寻，仍归之原发觉处始终无着，不得正犯，或委之已故之人苟且完结，则系何省督、抚所办，朕必于其人是问！（《清高宗实录》卷四百零一）

十一月，请准给本年受水、雹灾害的皋兰、狄道等三十一厅州县卫所村庄饥民贷给籽种口粮。

户部议准：甘肃巡抚杨应琚疏称，狄道、河州、渭源、靖远、会宁、平凉、静宁、永昌、平番、宁夏、宁朔、灵州、西宁、碾伯等十四州县。本年水雹成灾，饥民已行赈恤。其勘不成灾之皋兰、狄道、渭源、金县、陇西、会宁、安定、岷州、伏羌、通渭、漳县、平凉、静宁、庄浪、华亭、隆德、盐茶厅、宁州、合水、环县、宁夏、灵州、平罗、摆羊戎厅、西宁、碾伯、大通卫、归德所、礼县、阶州、成县等三十一厅州县卫所村庄饥民，应贷给籽种口粮。得旨。依议即行。（《清高宗实录》卷四百零二）

公元一七五二年（乾隆十七年 壬申），五十六岁

春，巡视宁夏各渠道，制定《浚渠条款》，云：

宁夏一郡，古朔方不毛之地也。缘黄河环绕东南，开渠引流以灌田亩，遂能变斥卤为沃壤，每岁之中，以春浚为首务。余奉命之次年，亲历各渠道，悉心详勘，督率兴修，整剔诸弊，爰定春浚规条十二则，以告后之官斯土者。一、分塘须五丈为定，以便点查也；一、民夫不许影折代充，以免虚旷也；一、锹锨背笼不许破坏碎小也；一、堆土须相度坝岸形势也；一、各工料宜留心稽查也；一、挖高垫低遇冻重修之弊宜除也；一、上下工必须相照应也；一、支渠陡口宜严督修理坚固也；一、挑浚宜复旧制也；一、渠口下石子宜挖除尽净，以清水口也；一、各工人夫宜详查变通也；一、各处桥闸飞槽宜严督修整坚固也。（光绪《甘肃新通志》卷十《舆地志·水利》）

六月，丁母忧，去职。其巡抚缺由鄂乐舜补授，在鄂未到任时，由黄廷桂暂兼。

谕：甘肃巡抚杨应琚丁忧员缺着鄂乐舜补授，所遗湖北布政使员缺着德福补授，浙江按察使员缺着同德补授。

谕军机大臣等：甘肃巡抚杨应琚丁忧员缺，已有旨将鄂乐舜补授。此时甘省，现有夷商交易之事，巡抚印务不可照常令布政使护理，黄廷桂现在巡查甘省，着即速传谕该督，令其暂行兼署甘肃巡抚印务。俟新任巡抚到肃之日，黄廷桂再回西安，即已过甘肃，亦令仍往甘省暂署。（《清高宗实录》卷四百一十七）

请准改铸甘肃各厅学印文。

吏部议准：原任甘肃巡抚杨应琚疏称，甘属各厅学等，从前铸给印文，多与官衔不符，请改铸颁给等语，应如所请。改铸甘肃临洮府儒学印为兰州府儒学印、兰州儒学记为狄道州儒学记、狄道县儒学记为皋兰县儒学记、临洮府经历印为兰州府经历印、洮州卫儒学印为洮州厅儒学印、监收庄浪仓粮关防为凉州府庄浪茶马同知关防、庄浪在城驿为平城驿记、芦塘松山二驿为松山驿记、王鋐大坝二驿为三眼井驿记、古浪驿为营盘驿记、西宁卫土官指挥使为西宁县土官指挥使印、西宁卫土官指挥同知印为碾伯县土官指挥同知印、庄浪卫土官指挥使为平番县土官指挥使印、庄浪卫土官指挥佥事为平番县土官指挥佥事印、陕西布政使司照磨所为陕西甘肃布政司照磨所印。其庄浪县儒学，铸给庄浪县儒学记。从之。《清高宗实录》卷四百二十）

请准给张掖等五县偏远田地减征银粮。

户部议准：前任甘肃巡抚杨应琚疏称，甘属张掖、宁夏、宁朔、中卫、皋兰等五县府，田偏重地三百五十六顷六十六亩有奇，请减则征收，共豁银二百二十三两有奇，粮一千七百零三石有奇。从之。（《清高宗实录》卷四百二十三）

十月，署山东巡抚。

谕：鄂容安着暂署江西巡抚，其山东巡抚事务，着原任甘肃巡抚杨应琚暂署。（《清高宗实录》卷四百二十四）

鄂容安奏称山东之政事不易，高宗提到接任山东巡抚杨应琚，道:“其人不过一外似谙练，内无定见之人，深恐其不能实力行之。”

署江西巡抚、山东巡抚鄂容安奏，东省吏治民风臣力图振刷，不肯稍有姑息迁就。而地方官号为老炼者每居心苍猾，以及平庸无能者率多应文逃责，遇事甚或置若罔闻，臣不得不随事严督。得旨:“此所以为难也。且刘藻前日即以汝为多事，以准泰为贤。然此等浮议，岂能动朕听哉！”又称，臣蒙恩暂署江抚，诚恐东省各官或任事有始无终，于地方大有关系。况系本任之事，何敢以暂离其地，稍存歧视！现已将一切要务，札致署抚臣杨应琚办理。得旨:“将此早面谕杨应琚矣，其人不过一外似谙练，内无定见之人，深恐其不能实力行之。汝至江西，将现办之事就绪之后，朕当图两省之轻重，以定汝之去留。此时之终为江抚，或仍为东抚，朕

亦不能定也。勉之！”（《清高宗实录》卷四百二十五）

十一月，参奏登州府知府张勤望“颓惰废弛”，请交部严加议处。高宗旨斥其“仍蹈外省陋习，着谕令一切勉力实心，扩充识见，以副委任”。

谕军机大臣等：杨应琚参奏登州府知府张勤望颓惰废弛，请交部严加议处一折，已敕部议奏。张勤望由部员升用，朕知其人原非强干之材，但该员在登州任内果属废弛不能称职，则或酌量以同知等官降调，或不宜外任，尚可改补京员。若年力衰惫，难以驱策，亦即可令其休致。乃折内均未声明，仅照例奏请交部。是该抚不过因系鄂容安移交，遂据司道禀覆之词入奏。其所称体访确查，亦属具文套语耳。外省督、抚办事习气，往往貌为整顿，而按之多无实际。即如衙署被窃，亦寻常所有之事，该抚乃因此折奏兖州镇臣成元震衙署被窃，殊属疏懈等语。总兵有弹压地方，操练营伍专责，但当问其平日居官如何，若就被窃一事，指为疏懈，岂提镇大员但于衙署前拨兵巡逻，即为称职了事耶？看来杨应琚因前者在京，目击京中办事情形，诸事不容颓废，遂亦欲自见其奋勉之意，而究之仍蹈外省陋习。着谕令一切勉力实心，扩充识见，以副委任。（《清高宗实录》卷四百二十六）

十二月，山东各级官府鼓励开垦荒地，但贫困户缺乏耕牛籽种。杨应琚奏准，将沂州府属捐贮之四千余石杂粮卖出，以此款分拨州县按所垦地亩借给赁牛制具之银，有认垦无力者，并予酌借牛款。

署山东巡抚杨应琚奏：东省各属地方劝谕开垦，贫乏之户牛具籽种多无所出，应令各州、县，按所垦地亩借给赁牛制具银；更有认垦无力者，并予酌借牛价，请于沂州府属捐贮杂粮四千余石粜价内借支。得旨：“甚是。”（《清高宗实录》卷四百二十九）

乾隆皇帝于乾隆八年秋诣盛京谒祖陵时撰《盛京赋》，赋及序三千三百余字，杨应琚或于本年以正楷书写《盛京赋》，末书“署山东巡抚臣杨应琚恭进”，着人将其刺绣成册，进贡给乾隆皇帝，如今成为故宫博物院收藏之重要文物。

该册页25开，每开纵32厘米，横38厘米。明黄缎绣五彩金龙封面，饰祥云、海水江崖纹。封底为明黄缎绣蝙蝠、杂宝，饰五彩祥云，取福庆吉祥之意。前后所备白纸装饰刺绣蓝龙边，裱缠枝花卉暗花金纸。内绣页为白色素缎地，用深蓝色丝线刺绣。针法为常见的齐针、斜缠针等，但擘丝极细，运针甚精。作者完全按照中国书法运笔先横后竖、先撇后捺的次序绣制。每一笔的运丝都按从左到右、从上到下的走向以斜缠针排列，而非不分笔画次序平面地运丝。绣工规矩细致，针脚平齐均匀，横竖顿挫不失笔意，每个字都有润雅的丝光和浮雕般的立体感，比之翰墨书法别具一种艺术感染力。

公元一七五三年（乾隆十八年 癸酉），五十七岁

正月，查办江南赣榆县民牛其禄“受邪经，骗诱愚民入教”案，斩决首犯。

又谕：山东滕县生员龙克灿等，首告江南赣榆县人牛其禄等谋逆一案。前经降旨，令郎中福德、官保往山东协同杨应琚查办。此等重案，必当严密迅速，上紧办理。京中派往之司员及该按察使阿尔泰，自应赴滕、沛、赣榆等处，分头确加体访，应查拏者即行查拏，方能得其实在确据，亦不至累及无辜。乃前据杨应琚折奏，仅称选差干员提拏搜查等语。看来不过委一二佐贰之手，而福德、官保等安居省会，坐待案犯至

省，始行审办，并不亲身前往，甚属疏懈。如此何用遣伊等前往耶？其作何办理情形，至今亦并未具折奏闻，殊非实心任事之道。杨应琚著传旨申饬，并谕福德、官保于奉到此旨之日，如案犯尚未到齐，仍令会同按察司，即速分往该处，确查速办。（《清高宗实录》卷四百三十）

二月，奏报山东多次下雪甚厚。

署山东巡抚杨应琚奏报，东省屡次得雪深厚。得旨：“欣慰览之。但雪泽过多，不无酿寒伤麦之虞乎？”（《清高宗实录》卷四百三十三）

三月，山东预防蝗灾。

署山东巡抚杨应琚奏，据各州县呈报，搜掘蝻子，根株已尽。臣仍于春融之次，严饬穷搜。四月后，亲往查看。得旨：“朕亦不必再谕，若直隶州县有称飞蝗入境者，当问汝耳。”（《清高宗实录》卷四百三十五）

四月，查处泰安县民王尽性等“捏造歌词，刻印货卖”案，将为首之人杖毙。

谕：据杨应琚奏称，泰安县民王尽性等，捏造歌词，刻印货卖，照妄布邪言例，分别拟以斩决流徒等语。此等匪徒，自应严行查禁。但案拟交部，竟若成一大案，似亦不足如此办理，且恐转骇愚民听闻。可传谕杨应琚，将为首之人立予杖毙，其余各犯酌量枷责发落，所撰歌词板片既经追毁，惟严禁民间，不得再行传播可耳。杨应琚折，亦无可批示，亦不必存案。可一并传谕知之。（《清高宗实录》卷四百三十六）

五月，亲往济宁、汶上等州县，督率扑打蝗蝻幼子，且陆续报告山东下雨及蝗虫情况。

谕军机大臣等：前据杨应琚先后奏称，东省四月以来久无雨泽。五月初一日，省城得雨五寸，济南、曹州、泰安、武定等属，各于四月二十六七等日，得雨一二寸。现在委员巡查，各属俱无蝗蝻。惟济宁、汶上、鱼台等州县禀报南旺湖中涸出苇草地内，生有蝻子，尚系黄白色，俱经扑打尽绝。而果否确实，拟亲往查勘等语。目下秋禾正当生发之际，必得雨泽沾足，方于农田有益。看来各属得雨，尚俱未透，不知数日以来，亦曾续沛甘霖否？可传谕杨应琚，务令随时速奏，以慰悬念。至济宁等处，近因蝻孽萌生，此惟在地方各官实力搜捕，庶可弭患于未然。若委员巡查，虚应故事，道府委之州县，州县又委之胥役，差役下乡徒滋扰累，村农未受捕蝗之益，先受捕蝗之害矣。杨应琚现既亲往查勘，务督率属员上紧搜捕，不致稍留遗孽。其地方胥役，并宜不时严加查察，勿徒以奏明亲往，遂为了事也。可一并传谕知之。（《清高宗实录》卷四百三十八 ）

谕军机大臣等：昨因杨应琚奏报东省得雨尚俱未足，于本月十二日传谕该抚，令将数日内曾否续沛甘霖，随时速奏，并令督捕蝗蝻，稽查州县胥役，毋使滋扰。今该抚奏到折内，仍称得雨州县，未尽沾足，本月中旬，再得透雨，则西成可期等语。又另折内称，履勘东平之安山湖，并无蝻子踪迹，其汶上、嘉祥等属所生蝻孽，实已扑灭无遗，运河水势微弱等语。看来东省得雨全未沾足，其运河水势减弱，亦因雨势稀少所致，且湖泽干涸，尤易生蝻子，是以从来蝗之为害，惟沿河州县为甚。今虽所在扑灭，若非即得透雨，仍恐余孽未尽。可再行传谕杨应琚，令上紧搜查，不得以已经亲勘净尽无遗，遂谓可以无虑。并令将现在如何搜捕，及沿河州县日内曾否得有透雨之处，作速奏闻。（《清高宗实录》卷四百三十八）

谕军机大臣等：杨应琚奏续得雨泽情形一折，殊未明晰。东省四月以后，农田待泽甚殷，必期深透沾足，方慰悬望。今所奏五月十一二等日，各属或得雨一二寸、或四五寸不等，而是否沾足，抑或尚未深透，其正当虔诚祈祷，及豫为设法调剂之处，并不详细奏明。至该省闸河，朕闻现在水浅，折内亦不行奏及。看来杨应琚虽不至有心粉饰，然深染外省习气。着传谕该抚，令其详悉查明，另行据实速奏。又另折所奏搜查蝻孽情形。蝗蝻生发，为地方民生攸系，惟在大吏督率搜捕，实力行之。毋徒多设规条，为好言以悦听闻也。将此一并传谕知之。（《清高宗实录》卷四百三十九 ）

谕军机大臣等：据杨应琚所奏登、莱、青三郡麦收分数均在八分以上，其登州所属之蓬莱等十县于五月十一二日各得雨二寸至六寸等语，已于折内批谕矣。但东省自入夏以来，雨泽殊未沾足。今登郡十邑虽称续得微雨，而各属之皇皇待泽，其情形究竟如何，何不一并奏闻？此际务宜竭诚祈祷，仰冀大沛甘霖。如秋禾稍或有损，其应行豫为筹备之处，亦宜即行酌量布置，又不得但以一奏为了事。再各属蝗蝻光景若何，曾已扑灭净尽否，然总不如早晚得有透雨之为快也。可再传谕杨应琚知之。（《清高宗实录》卷四百三十九）

六月，奏垦沂州府属荒地千三百余顷。

查处浙江上虞人丁文彬造作“逆书”案。丁撰《文武记》《太公望传》，“敢于指斥本朝，妄肆诋讪”，“大逆不道之言甚多”。将该丁凌迟示众，且牵连江苏巡抚庄有恭，被罚十倍学政任间养廉银。

衍圣公孔昭焕奏，有一人跟一担夫到臣门上，口称浙江人，姓丁，名文彬，系臣家亲戚，携有书籍要见，并投书一封。阅之语多狂诞，臣不胜骇异，当差人搜其担内，得所携书二种，面书《文武记》，傍书《洪范春秋》，书面写《大夏大明新书》，又有伪《时宪书》六本，书“昭武”伪号。臣以抚臣杨应琚现往兖州一带捕蝗未回，除一面札知外，即将逆犯丁文彬，并挑担人田姓及逆书、手字，发曲阜县严禁，候抚臣回省讯办。得旨：“所见甚正，所办甚决，嘉悦览之。”

又谕：据署山东巡抚杨应琚所奏，审讯造作逆书之浙江上虞人丁文彬一案。据该犯供称，住在松江十余年了，乾隆十四年三月初三日，曾把这书上两册《文武记》二本、《太公望传》一本，献过庄大人名有恭，那时他做学院，到松江来考，在西门月城内送他的，他接去没有回报，也没有把书还我等语。丁文彬所著逆书内，大逆不道之言甚多，庄有恭既经接收，何以并不具折奏闻，又不即将该犯拿究？着传旨询问，令其据实覆奏。仍将从前所献逆书，一并进呈。寻奏，臣于十四年春间，按试松江时，记有人献书，臣随手翻阅，见有“丁子曰”三字，臣斥为真妄人，左右以系疯子对，遂弃掷，不复省其中作何语。今该犯既名丁文彬，则所称“丁子曰”即逆书无疑。今事隔五年，不知此书尚存与否，容细检进呈。得旨：“此奏又属取巧，细查书来，不可终归乌有。”

又谕：杨应琚所奏，审拟造作逆书之丁文彬一案，已交法司核拟速奏。但杨应琚另折，有该犯气体瘦弱，亟宜早正典刑之语。此等大逆之犯，岂可使其逃于显戮？法司即速行办理。约计部文到东省时，亦必须旬余。着传谕杨应琚，酌看该犯现在光景，若尚可等待部文，则候部文正法。如恐不及待，即照所拟，先行凌迟示众，勿任瘐毙狱中，致奸慝罔知惩戒也。（《清高宗实录》卷四百四十）

又谕：江苏巡抚庄有恭覆奏，学政任内，接将丁文彬逆书，昏愦纵逆，罪无可逃，请交部严加治罪一折。此案前据杨应琚奏到，降旨询问庄有恭，令查取逆书进呈。旋据奏称，于乾隆十四年，曾有疯人丁文彬跪献此书，当时并未留心查阅，后亦不复寓目。事隔五年，不知败簏破箧中，果存此册否？俟捕蝗回署细检等语。朕即知其存心取巧，必不将原书查取呈览，姑先为此奏，豫存掩饰地步。当即批令细查书来，不得终归乌有。今果以空言回奏，不出朕之所料。丁文彬逆书内，敢于指斥本朝，妄肆诋讪，庄有恭之意，盖恐进呈此书，则罪戾显然，故藉词寻觅不见，以避重就轻。夫大逆不道之词，岂有曾经寓目，致令迷失之理。必系闻信查出，私为销毁耳。庄有恭受朕深恩，不应狡诈为鬼蜮伎俩至是也，即拿问治罪，亦所应得。但天下之似此者，未必仅庄有恭一人。伊为巡抚，尚属能办事，且伊巡抚任内，若见此等，必早为奏办。当在学政时，其意不过以学政司文衡之员，何必多此一事，是其罪不在巡抚而在学政，且欲保全学政俸禄养廉耳。着照伊学政任内所得俸禄养廉数目，加罚十倍，交两江总督请旨，以为徇名利而忘大义者戒。该部知道。折并发。（《清高宗实录》卷四百四十二）

七月，饬令营兵改习鸟枪、弓箭。

署山东巡抚杨应琚奏，营制军械，当以鸟枪、弓箭为先，大刀长枪原非所亟，乃山东各营，如沂州一营，以此项占兵额至八十名之多，竟有不能施放鸟枪、弓箭者，即他镇亦未免滥充。应请嗣后一体改为枪、箭，而大刀等项兼习者听，但不许以此应募入伍。得旨：“甚是。”（《清高宗实录》卷四百四十一）

八月，淮扬一带水灾，江苏巡抚庄有恭移咨山东、河南、两湖、浙江等省拨协并代为筹买。杨应琚恐本省粮价腾贵，不予采买，覆准拨运现存谷麦十万石。

谕曰：杨应琚奏，庄有恭因淮扬各属被水成灾，咨商拨协东省仓谷，并代买米麦。东省止可拨运现存谷麦十万石，不便采买等语一折，所见甚是。从前被灾省份，辄赴邻境采买，以致市侩闻风居奇，顿昂价值。一省被灾，而各省俱有食贵之虞，此向来督、抚办理不善。今年淮扬等处被水成灾，赈济亟需米石，业经截漕四十万石，并现在饬拨川米二三十万石，运江接济。加之以银代赈，江省舟楫可通，商贩四集，灾民得银买食，该抚自可筹办。即有不敷，亦应奏请再为筹酌。前此恐该抚等以采买为常例，是以特降明旨停止。今果四出咨商采买，庄有恭所办，又未免太涉张皇矣。东省现有被水州县，亦需赈济。杨应琚所奏碾运谷麦十万石之数，着与庄有恭会商。如江省遵照前旨，以银代赈，东省无庸拨给。倘万不得已，亦止可如此。所有截留漕粮，及拨运川米，是否敷用？着庄有恭速行据实奏闻。寻奏，臣前因淮扬等处被灾较重，江苏仓贮无多，恐或不敷赈粜，而先事多为之备，是以移咨山东、河南、两湖、浙江等省，有无可以拨协，并代为筹买。嗣据各省先后覆到，共可拨协仓谷六十余万石，并可代买二十五万石。臣以业经截漕备赈，俟来春酌看情形，另咨商办，皆未经径请拨运。今蒙复拨川米二三十万，并截留漕米四十万，查今冬赈济，俱可折给银两，来春始给银米兼放，约计已足敷用，各省无庸协拨。得旨：“太属张皇矣。”（《清高宗实录》卷四百四十五）

沂州府属兰山、郯城二县淫雨成灾，杨应琚饬委济南知府查勘，组织疏消积水、赈济乏食贫民。

署山东巡抚杨应琚奏，查沂州府属之兰山、郯城二县，地势洼下，积水难消。于七月二十一、二、三、四等日，淫雨连绵，宣泄不及。前据府县禀报，随委济南府知府驰往查勘，据称兰山高阜地亩秋禾，尚无妨碍，洼下之处，多被损伤。郯城更当下游洼地，秋禾豆谷等项，尽被淹没。一面飞饬设法疏消，一面确查乏食贫民先行抚恤。俟饬查成灾分数，照例题报办理。得旨："览奏俱悉。督率属员加意妥行抚恤，毋致失所。"（《清高宗实录》卷四百四十五）

十月，山东各地陆续遭水灾，冬、春二麦无法播种，杨应琚饬令各地方官勉力疏消，采取补救措施。

署山东巡抚杨应琚奏报，武定府之沾化、海丰、利津等县及西繇等场，于八月二十三、四等日连遭淫雨，又值东北风大作，以致该县场沿海一带潮水漫入民灶（汪按：指盐民熬海盐的锅灶），田谷被淹，兼有浸坍民舍，淹毙人口。又莱州府之昌邑县，亦被潮水漫入，民房人口间有损伤。臣即委员将被潮民灶地亩确勘成灾分数照例办理，其房舍人口被伤之处先行抚绥。得旨："按例抚恤。毋致失所。"（《清高宗实录》卷四百四十七）

署山东巡抚杨应琚奏，济宁、鱼台、滕、峄等州县，洼地积水，与河湖相接，宣泄无由，冬、春二麦恐难播种。定例虽无不能种麦作何拯济之条，但灾民粒食所关，应及早设法补救。现饬地方官勉力疏消，倘今冬不能涸出，临时再行奏办。得旨："所见甚是。"（《清高宗实录》卷四百四十九）

十一月，江南洪泽湖铜山决口筑堤工程所需石料，杨应琚督率所属迅速开采办齐，因运送船只稀少，借用徐州回空停泊漕船接运，工次济用。高宗言其"甚得轻重缓急之宜"，又因其丧期将满，着交部议叙，实授山东巡抚。

谕曰：杨应琚奏称，江南洪泽湖堤需用石料，东省现在协力开采运送，必需谙悉干练大员督率办理，方可不致迟延。请将史奕昂暂留运河道，以资料理等语。采运石料，以济急工，甚属紧要。若将该员暂留办理，恐呼应不灵，转致掣肘。史奕昂着仍留山东运河道，其直隶永定河道员缺，即着迈拉逊补授。(《清高宗实录》卷四百五十)

谕：前因堵筑铜山决口，需料孔殷，降旨令豫、东二省购运协济。署山东巡抚杨应琚督率所属，迅速办齐，甚属奋勉可嘉。又因船只稀少，加意筹画，借用徐州回空停泊漕船接运工次济用，亦甚得轻重缓急之宜。杨应琚现在将次服阕，着即实授山东巡抚。仍交部议叙。(《清高宗实录》卷四百五十一)

山东巡抚杨应琚以实授奏谢，并称督办铜山料物，幸无迟缓。得旨："毋自满。常如此勤慎急公，自然永受恩遇矣。"(《清高宗实录》卷四百五十三)

公元一七五四年（乾隆十九年 甲戌），五十八岁

三月，暂署河东河道总督。请于运河东岸添建三闸，以分泄两岸洼地积水。

谕：河东河道总督已降旨着白钟山补授。白钟山未到任之前，着山东巡抚杨应琚暂行署理。(《清高宗实录》卷四百五十八)

河东河道总督白钟山奏，四月初四日承准廷寄，升任山东抚臣杨应琚，奏请于运河东岸添建闸座，并请酌开水口，分泄两岸洼地积水等因。奉旨，交臣查议。勘得东省运河，惟寿张县之张秋镇地势低洼。西岸上承赵王河、沙河来水，暨濮、范等各邑洼地坡水，由积水闸及道人桥分

泄入运。运河有余之水，向由东岸三空桥、五空桥泄入盐河，由大清河归海。近因上游各州县疏通民便等河，宣导坡流，较前倍多，悉汇注入桥，宣泄不及，以致西岸洼地积潦难消。今查桥内盐河，东北至大清河六十余里，河身宽阔，愈东愈低，下游入海，去路并无阻塞。请于三空桥迤北、五空桥以南，近对西岸诸河进水之八里庙后，建减水闸三座。每座出水金门各宽二丈，闸底应高运河底一丈、高盐河底五尺，在运河留此一丈底水，足敷济运。而盐河较低石闸五尺，亦足容纳达海。西岸一带洼地可免淹浸。再查东岸添建三闸，尽足宣泄积水。杨应琚所请酌开水口之处，应毋庸议。得旨："如所议行。"（《清高宗实录》卷四百六十五）

四月，署理两广总督，并赴京请训。

谕：班第着即驰驿回京，两广总督印务着杨应琚署理，山东巡抚员缺着郭一裕署理。杨应琚着即来京请训，再赴粤省。班第起程后，所有两广总督印务，着鹤年暂行护理。（《清高宗实录》卷四百六十）

六月，督率水师训练。

杨氏云："粤省滨海，澳港多歧，全赖捕盗防奸护卫商旅。虽内河与外洋稍别，亦重在操舟及知风色水性，如用篷、用桨、缓急进退及河流弯曲、横跃尾追，皆须练习。至外海战船按期会哨，定有成规，但必于抢风趁水看云之法一一习练，始能临事从容。现令切实督训，互相稽查，生疏立惩。"（《清史列传》卷二十二本传）

八月，议请琼州凡遇风阻无船即开仓平粜。

署两广总督杨应琚奏，琼州府山多田少，惟藉商贩流通。但海中风信不常，市价多致腾贵。请嗣后琼州各属仓谷，凡遇风阻无船米谷昂贵，即开仓平粜，风定船来即停。仍令地方官于价平时速行买补。得旨："如

所议行。”(《清高宗实录》卷四百六十九)

实授两广总督。

实授杨应琚为两广总督。(《清高宗实录》卷四百七十)

按:清代以总督为地方最高行政长官，总理一省或二三省军民要政。品秩为正二品，加尚书衔者为从一品。

九月，提出改调水师人员办法。

两广总督杨应琚奏，粤省水师人员，有由陆路呈请改调者，多不得人。嗣后呈改水师人员。应发交出洋统巡之总兵、副将大员，随带在船亲试。不许转发随巡之员，致有徇混。如该员能熟悉水性，掺纵合宜，列为上等，准其改调。若止能帮同驾驶，应列为次等，令其再行练习，不准改调。至请改内河水师人员，亦照此例办理。若改调后仍不通晓水性，一经察出，将原验之镇协纠参，照庇例议处。得旨:“览奏俱悉，惟在行之实力得宜耳。”(《清高宗实录》卷四百七十二)

奏准，出洋贸易留番良民概准回籍。

大学士公傅恒等议覆:两广总督杨应琚等议，福建巡抚陈宏谋奏，内地贩洋人等，定以三年为限，三年不归，不许再回原籍一折。据称，现在开洋贸易之民源源不绝，如三年后不准回籍，则少逾时限，即不得返归故土，应仍令船户查明缘由，出具保结，准其搭船回籍等语。臣等酌议，请交各该督、抚等，凡出洋贸易之人，无论年份远近，概准回籍。仍令于沿海地方，出示晓谕，令其不必迟疑观望。至于责成船户出具保结之处，应如所议办理。其自番地回籍，携有赀货者，如地方官役借端索扰，该上司访参治罪。从之。(《清高宗实录》卷四百七十二)

提出解决广西龙胜、广南营兵家属食米办法。

两广总督杨应琚奏，广西义宁协设左右两营，分驻龙胜、广南等处，岁需兵米，食用本裕。而营兵中有眷属者，仍须于本身月米外籴买接济。该处系新辟苗疆，山多田少，兼乏商贩，无从籴买，自应官为经理。请嗣后每年于秋收后，在龙胜通判衙门领贮该营秋冬二季月饷银内借银五百两，令两营都司委员往邻境买米存贮，来岁按月支放，仍于该兵月饷内按月扣清归款。得旨："览奏俱悉。"（《清高宗实录》卷四百七十三）

十月，处置暹罗贡使殴伤通事。

奏，暹罗贡使殴伤通事，据国王审明属实，拟罚银两，现派船户及通事等呈报礼部，恳为转达。查属国陪臣无上交天朝大臣之体，咨呈原文发回，以婉词开导。嗣后无任陪臣越申。上嘉其得体。（《清史列传》卷二十二本传）

十一月，查处来广州贸易之法兰西船目时雷氏，枪伤英国水手嗟治哌唧致死案。

谕：据杨应琚、鹤年所奏，弗兰哂国夷时雷氏枪伤英吉利水手嗟治哌唧身死一案。外洋夷人，互相争竞，自戕同类，不必以内地律法绳之。所有时雷氏一犯，着交该夷船带回弗兰哂国，并将按律应拟绞抵之处，行知该夷酋，令其自行处治。该督、抚仍严切晓谕各国夷船，嗣后毋再逞凶滋事，并不时委员弹压，俾其各知畏法，安分贸易可也。（《清高宗实录》卷四百七十六）

主持整修灵渠堤坝。

两广总督杨应琚奏，粤西兴安县陡河，俗名北陡，为转运楚米、流通商货之要津。久未修浚，坝身坍损，河流渐致浅涸，舟楫难通。临桂县陡河，俗名南陡，下达柳庆，溉田运铅，亦关紧要。近日陡坝倾颓，且有陡门相离太远，并需酌添闸坝之处，均请动项兴修。得旨："如所议行。但期帑归实用，永资保障可耳。"（《清高宗实录》卷四百七十七）

按：灵渠，是秦始皇时史禄领导开凿的运河，为沟通湘、漓二水，联系长江与珠江水系的重要水利设施，全长三十三公里，中有陡门二三十座，顺次启闭以提高水位。该渠年久失修，陡坝倾颓，渠水低浅，不能行船，转运楚米之船至全州即不能进，灌田、运铅、通商亦受阻碍。杨应琚请准动帑整修，且酌添闸坝。

十二月，巡查粤西各府，其太、镇二府与安南接壤，该国奸匪窜入内地，每每滋扰生事。奏留平而、水口两关和油村一隘许客商行走，其余沿边之三关百隘皆予封禁，使边境清肃。

两广总督杨应琚奏，粤西境处极边，桂、平、梧、浔四府民情淳朴，南、柳二府兵民杂处风俗浇漓，太、镇、泗、思、庆五府土俗愚悍，郁林州习尚浮嚣，兼各州邑类皆瑶、僮杂居，种类繁多，生苗尤为凶悍。必抚绥得宜，方可相安无事。至各属土司等官，籍隶江浙、山东者居多，本籍次之，从前恒有贪饕骄纵之习，近因法禁严明，亦各奉职惟谨。惟有一种土目，往往欺压土民，肆行科索。臣谕令该管知府，不时查察，违犯者严究。太、镇二府接壤安南，该国奸匪窜入内地，并内地汉奸潜往滋扰，每致构衅生事。故于沿边一带，设三关百隘防守。今惟太平府属之平而、水口两关，油村一隘，许客商行走，余皆封禁，边境清肃。得旨："览奏具见留心，但诸事认真察吏安民可也。"（《清高宗实录》卷四百七十九）

公元一七五五年（乾隆二十年 乙亥），五十九岁

正月，奏准预买广东余盐二万四千包，分贮桂林、柳州、庆远、梧州等府，以资接济广西百姓所需。

二月，奏请添裁官员。

吏部议准：两广总督杨应琚等奏，各省紧要府缺，皆设有知事、经历等官。粤西太平府为极边要地，宜酌添。查迁江县之清水司巡检，事简可裁，应改为太平府知事，所需衙役，即以弓兵改设，并作为烟瘴调缺。从之。（《清高宗实录》卷四百八十三）

三月，定粤东沿海炮位会演章程。

两广总督杨应琚奏，粤东沿海炮位甚关紧要，岁演两次。除正月仍委就近文武会看外，九月演期，应令各镇臣于巡查营伍时，亲诣各炮台，率同文武演放，并查验火药炮子等项。其抚标炮台二座，提标径辖大鹏等营之炮台，亦于九月内，令抚提督演。如遇督臣在省，则抚标与督臣会演，仍于岁底汇报。得旨允行。（《清高宗实录》卷四百八十五）

五月，广西与安南边界绵亘二千余里，均用坚木竖栅派兵勇防守，以禁奸匪潜行出入。为保障边境防守，请准以后每年冬月，由知府、协将亲自巡察一次，修补木栅，浚清壕沟，查验兵勇有无缺少，各出印结备案。

高宗要求严查番船上的中国船员未留发辫之事。

谕曰：浙江提督武进升奏，本年四月有往宁波贸易之红毛番船一只到港，船内番梢并小厮共四十名，系广东岙门（汪按：岙音 ào，岙门，时对澳门的称谓。）人，俱无发辫，称三月二十四日在岙门开船等语。番人住居岙门，其留辫与否可置之勿论，若系广东内地民人，岂有不留

发辫之理，岂并去发辫，即转为蓄发地步耶！岙门地方僻远，此等当留心查察，不可不防其渐著。传谕杨应琚，将此项不留发辫民人，查明情节，据实具奏。如本系番人，即仍听其便，亦不必有意深求，致为滋扰。寻奏，岙门番民杂处，互相贸易。内地民人，从无剃去发辫之事。其赴宁波贸易船内番梢等，虽附居岙门，查系番人，故未留发辫。报闻。（《清高宗实录》卷四百八十九）

奏请加强太平、镇安、南宁边境处巡禁。

两广总督杨应琚奏，粤西太平、镇安二府暨南宁府属之迁隆土峝，皆毗连安南，绵亘二千余里，为关者三，为隘者百。惟太平府属之平而、水口两关及由村一隘，例许客商行走，余俱封禁，但平坦处即易私越。乾隆六、七年间，安南内讧，即有奸匪潜行出入。经前督臣马尔泰查勘，奏请将隘口悉用砖石垒塞，平坦散漫处用坚木竖栅，并派拨兵勇防守。第恐稽察不密，年久又复废弛。请嗣后每年冬月，饬知府、协将亲巡一次，补栅浚壕，并查验兵勇有无缺少，各出印结备案，庶不视为具文。得旨："是，如所议行。"（《清高宗实录》卷四百八十九）

奏准，将广东阳山县青莲司巡检移驻淇潭；西宁县怀乡司巡检及所辖定康、信丰、感化、从善四乡，就近改归信宜县管辖。

奏准将原辖广南韵连道广州府，改隶广东粮驿道。

吏部议准、两广总督杨应琚奏称，广南韶连道向辖三府、一直隶州，内所辖广州府相距千里，难于遥制，请改隶广东粮驿道就近管辖，并铸给广东粮驿道管民屯料价水利兼分巡广州府关防，广南韶连道换给分巡南韶连道关防。从之。（《清高宗实录》卷四百九十）

奏请永安、丰顺等开采黑铅，存余铅三十万斛，除留十万斛，其余变卖充饷。且定例，以后配铸余存达五万斛，即变卖充饷。

九月，粤东水师各路海上巡逻，分上、下两班，会哨二次。从海安到龙门为西下路，每年下班，由龙门副将统巡，于七月初十日，与吴川游击会哨于硇州洋面，九月初十日，与琼州副将会于白沙洋面。杨应琚了解到龙门协水陆相兼，该副将至陶州会哨，往返三千几百里，难免顾此失彼，因而请准，龙门副将只往来于龙门、海安各洋面巡查，而陶州洋面会哨改委陶州营都司就近代往。

兵部议准：两广总督杨应琚疏称，粤东各路洋巡，分上下两班，会哨二次。自海安至龙门为西下路，每年下班，以龙门副将统巡，于七月初十日与吴川游击会于硇州洋面，九月初十日与琼州副将会于白沙洋面。查龙门协水陆相兼，该副将至硇会哨往返三千数百里，实有顾此失彼之虞，请改委硇州营都司就近代往。该副将往来龙门、海安各洋面巡查。从之。（《清高宗实录》卷四百九十六）

十月，奏准，将条件艰苦的广东钦州知州及佐杂、教职、游击、守备等员和合蒲县珠场司巡检、灵山县西乡司巡检，都改为烟瘴要缺。

谕曰：杨应琚等奏，广东廉州府属之钦州及珠场、西乡二司巡检，水土恶劣，请将该处文武官弁，一体改为烟瘴要缺等语。着照所请。钦州知州及佐杂、教职、游击、守备等员，并合浦县珠场司巡检、灵山县西乡司巡检，均改为烟瘴要缺，照例分别报满。（《清高宗实录》卷四百九十八）

广东钦州东兴街所辖松柏隘、罗浮岗，与安南接壤，以往所设边界栅栏系种竹为藩篱。当地潮碱砂碛，竹枯栅朽，增补困难。杨应琚奏准，改在此处设置墩汛，每汛设防兵十五名，以资查缉。

兵部等部议准：两广总督杨应琚奏称，广东钦州东兴街所辖松柏隘、罗浮岗，接壤安南，向设栅种竹为藩篱。其地潮硷砂碛，竹枯栅朽，增补虚縻。请改设墩汛，汛各设防兵十五名。又思勒汛接安南江坪，原设兵十七名，不敷查缉，请添兵五名，均于东兴街汛额兵抽拨，仍归汛弁管辖。从之。(《清高宗实录》卷四百九十八)

公元一七五六年（乾隆二十一年 丙子），六十岁

二月，广西左江道有控压边关、拊辑土瑶之责，奏准加以兵备道衔，节制南、太、泗、镇四府都司以下武职。

吏部议准：两广总督杨应琚奏，广西左江道有控压边关、拊辑土瑶之责，应加兵备道衔，节制南、太、泗、镇四府都司以下武职，换给关防。从之。(《清高宗实录》卷五百零六)

三月，因海丰县汕尾地方濒海产盐，为重要口岸，奏准将茂名县丞改为分驻汕尾县丞，以要缺注册，专门管辖该地。

吏部议覆：两广总督杨应琚奏，海丰县汕尾地方，濒海产盐，道通诸番，最为紧要口岸，应设专员管辖。查茂名县丞附府，无地方职掌，应如所请，改为分驻汕尾县丞，以要缺注册，铸给关防，拨海丰县民壮四名供役。从之。(《清高宗实录》卷五百零九)

四月，请准将钦州知州等官员改为烟瘴要缺，优先题升。

两广总督杨应琚等疏称，廉州府属之钦州知州与吏目、学正、训导暨钦州营游击、守备，同驻州城，又分驻之钦州州判，长墩沿海如昔那、陈龙门各司巡检，及龙门协左营守备，各该处瘴疠交乘，应如所请，与同属水土恶劣之合浦县珠场司巡检、灵山县西乡司巡检，均照儋、万二

州例，以烟瘴要缺注册，五年俸满，回内地分别题升。嗣后除学正、训导，例用本省人员调补，其余正杂缺出，先尽福建等五省人员，无庸计俸拣选调补。如无五省人员，即于内地遴选熟悉风土之员调往。武职各官，令在本任候升，俟升用后，该督、提照例拣选题补。应付会典馆载入则例。从之。（《清高宗实录》卷五百一十）

阳山县属巩门槽等处，有以前开设铁厂时遗剩铁渣数十万斤，加工熔化可获铁少许。杨应琚奏准，在淇潭堡设一官厂，雇募贫民刨运铁渣，招商贩售。

两广总督杨应琚等奏，阳山县属巩门槽等处路旁，有从前开设铁厂时遗剩炉渣数十万斤，加工溶化，可获铁少许。向经封禁，缘该处距城窎远，有附近贫民掘取运售，而瑶人辄伺中途抢夺。应请于该县属之淇潭堡，官为设厂，将铁渣刨运，雇募贫民，给予工价，一面招商贩售。除已调设灾检一员驻札，仍饬文武差拨兵役巡查，毋使透漏。得旨："如所议行，严禁聚众生事可也。"（《清高宗实录》卷五百十一）

五月，三江协分防地方，最为瑶排要隘，马兵不如步兵之便捷。经杨应琚奏请，裁该协左、右两营马兵三十名、守兵七十名，改作一百名步兵。

兵部议覆：两广总督杨应琚奏称，三江协额设步兵，除分习枪炮、弓箭各项，止余五十九名。该协分防地方，最为瑶排要隘，马兵不若步兵之便捷。应如所请，裁该协左右两营马兵三十名，守兵七十名，改作步兵一百名。所遗骑操马匹，变价报部。其马兵盔甲三十副，与步兵同，无庸另制。从之。（《清高宗实录》卷五百十二）

请准解决龙门协兵饷来源。

两广总督杨应琚等奏，廉州府龙门协孤悬海岛，附近地方并无本色粮堪支兵饷，而折色亦属无多，不敷买食。请自本年为始，将隆、深二澳租谷，令该协委弁领支。得旨："如所议行。"（《清高宗实录》卷五百十三）

六月，制定广州驻防满、汉军章程。

军机大臣会同兵部议覆：两广总督杨应琚、署广州将军李侍尧等奏，广州驻防汉军，改以满洲、汉军各半兼驻章程。一、八旗汉军，原设甲兵三千名，每旗协领一、参领一、防御五、骁骑校五。应请将满洲、汉军各为八旗，甲兵仍系三千，按左、右翼，每二旗各设协领一、每旗各设佐领一。将汉军参领八缺，改为汉军佐领。尚应添设满洲佐领八。并请每旗各设防御二、骁骑校二。计应裁防御八、骁骑校八、俸禄马干米石，支给新添佐领。一、水师旗营甲兵五百五十名，应于满洲、汉军壮丁内各半挑补。其绿营所拨舵工五十名，俟该壮丁学习纯熟，仍归还旗营各半挑补。至水师协领一员，应请作为满缺。佐领二缺、防御二缺，满洲、汉军各用一缺。骁骑校六缺，满洲、汉军各用三缺。但协领作为满缺，汉军佐领无缺可升，请俟八旗汉军协领缺出，准与汉军佐领一体拣选升用。一、将军衙门原设笔帖式三，应裁一缺，改设满洲一缺，仍留汉军一缺，俱作为八旗公缺。其汉军外郎八，应留四缺，其裁去四缺，于满洲领催甲兵内挑选熟谙清字者管理。一、原额领催三百二十名、马甲二千六百八十名，应请满洲、汉军各设领催一百二十名，共裁领催八十名。满洲马甲设一千二百三十名，添设前锋一百五十名内，委署前锋校十二名，领催共一千五百名。汉军马甲设一千三百八十名连领催共一千五百名。共设甲兵三千名。一、原设炮手三十名，应裁六名，留二十四名，仍归汉军演放大炮，其子母炮派满兵演放。至额设弓匠、铜匠、铁匠二十六名，应请满洲、汉军各设十三名。一、将军标绿营步粮，向就八旗壮丁内挑补八百名，应请仍留四百名，于留旗汉军壮丁内挑补。其余四百名，俟汉军出旗已定后，陆续扣还绿营。从之。（《清高宗实录》卷五百十六）

请准移补广州驻防八旗汉军所缺甲兵。

兵部议覆：两广总督杨应琚、署理广州将军李侍尧奏称，广州驻防八旗汉军甲兵内，现在共缺甲兵三百五十一名，逐渐移补扣缺，约至十月可得五百名。请将委署前锋校、前锋、领催、马甲共酌定五百名，拣派来广补额。于八九月间起程，仍派官管押行走等语。应如所请。拣选匀派，于秋末起程，自京至台庄雇车，自台庄至扬州用船。兵部先行文沿途接济，并知照该总督将军，将应需房间、器皿、薪米等项豫办。嗣后该处所出兵缺，将满五百名，再行报部。仍照此办理。至该督所奏，管束兵丁来广之满员，请照依职衔，以现在扣留之协领、参领、防御、骁骑校各缺，酌量坐补。如无相当之缺，再于汉军官员内拨缺补用。并初次来广兵丁，不论旗色，暂归新任满员管辖。俟满兵到齐，再照旗色分别查办。均应如所请。从之。（《清高宗实录》卷五百十六）

八月，请准增设高州府茂晖场盐田。

两广总督杨应琚奏，粤盐行销日广，亟需设法垦辟。查高州府属茂晖场，可开生盐田七百�（汪按：广东晒盐之灰池），电茂场可开生盐田六百一十一塥，递年就田灌晒，可得生盐十余万包。查明俱系官荒，无碍民业，应给予附近民灶承垦灌晒，俟垦成日计田纳课。得旨允行。（《清高宗实录》卷五百十九）

九月，奏准调整粤省盐场大使。将阳江县之双恩场、香山县之香山场、新安县之归靖场俱改为委缺，其裁缺大使三员，改补新设之归善县大洲场、墩白场，海丰县小靖场。大洲等三场应征丁课，按照所辖丁田，核计分征。

吏部议覆：两广总督杨应琚等奏称，粤盐行销六省，需盐甚多。向设大使十三员，专司发帑收配、催课、缉私等事，其间有场地辽阔，地塥繁多，大使一员难以兼顾者，则又分栅督收，委员管理。请将归善县之淡水场，分出大洲、坎白二栅；海丰县之石桥场，分出小靖一栅；俱改为盐场实缺，各设大使一员，照例以五年报满，颁给钤记。阳江县之双恩场、香山县之香山场、新安县之归靖场，俱改为委缺，所有原颁钤记，送部查销。其裁缺大使三员，即请改补新设之大洲等三场。至大洲等三场应征丁课，按照所辖丁田核计分征。其双恩等三场，原设丁课，仍归阳江等县场征收。均应如所请行。从之。（《清高宗实录》卷五百二十）

奏准粤东海康等县场端口事务统归官办。

议准：粤东海康等县场端口事务统归官办。粤东场产盐斤，例系动帑收买，转给各商配埠营销，原属官为经理。惟雷属海康、遂溪、徐闻三县，向未设有场员，一切场端口事务，俱交商人承办。据两广总督杨应琚奏称，自各商经办以来，未能抚恤灶户，重收盐斤，近复无力养灶，渐致田塥荒残，灶丁失业。请一体改归官办，其埠务亦现乏殷商承充。部议应如所请，统归各县管理。从之。（《清朝文献通考》卷二十九）

奏准广东各营兵改为鸟枪弓箭手。

两广总督杨应琚奏，东省各营兵，有专以大刀应募者。查大刀近便不如腰刀，及远不如枪箭。乃潮州镇属各营、右翼镇属南雄协、琼州镇属万崖二营、惠州协东莞营，共配大刀三百八十九口，兵额数如之。此项兵实系无用，请改为鸟枪弓箭手。其愿习大刀者仍听兼习，不得专以此应募。得旨："是。如所议行。"（《清高宗实录》卷五百二十一）

十月，查处飘往安南把总沈神郎捏造供词案。

谕军机大臣等：闽省外委把总沈神郎，遭风飘至安南，带回民人李文光等，并供有雷琼道令船户至彼处提人之语。今据杨应琚等奏称，查明广省并无雷琼道差往安南提人之事，只有外委黎德辉飘至安南，尚未回广，则从前沈神郎供词想系捏造。至黎德辉有无应讯之处，俟伊回营时着该督、抚等饬查质讯。其案内前后供词情节，多有不符。闽广各督、抚关会办理，其有应得之罪，着即照例惩治，以杜奸宄。仍着各行明白具奏。可传谕知之。（《清高宗实录》卷五百二十二）

谕令喀尔吉善、杨应琚制定办法严禁洋船至宁波。

又谕：据杨应琚奏，粤海关自六月以来，共到洋船十四只。向来洋船至广东者甚多，今岁特为稀少。查前次喀尔吉善等，两次奏有红毛船至宁波收口，曾经降旨饬禁，并令查明勾引之船户、牙行、通事人等严加惩治。今思小人惟利是视，广省海关设有监督专员，而宁波税额较轻，稽查亦未能严密。恐将来赴浙之洋船日众，则宁波又多一洋人市集之所，日久虑生他弊。着喀尔吉善会同杨应琚，照广省海关现行则例，再为酌量加重，俾至浙者获利甚微，庶商船仍俱归岙门一带，而小人不得勾串滋事，且于稽查亦便。其广东洋商，至浙省勾引夷商者，亦着两省关会，严加治罪。喀尔吉善、杨应琚着即遵谕行。（《清高宗实录》卷五百二十二）

定大员巡洋时间及巡洋水兵训练与增补。

两广总督杨应琚奏，请海洋统巡大员与随巡将备，每年上班二月出洋，六月撤师。下班六月出洋，十月撤师。择兵之通晓水务及尚未谙习者，生熟相间，轮班酌带，使全营水兵，周而复始，亲加训练，务令熟习抢风折戗之法，以及风云气色、港屿情形。其有不能者，以内河并陆路兵酌补。得旨："是。"（《清高宗实录》卷五百二十三）

十一月，商定禁止洋船至浙办法。

闽浙总督喀尔吉善奏，红毛番船向收岙门，忽自上年来浙。臣遵旨与广督杨应琚商办，现将征收税课及稽查事宜，比较则例，设立条约，并严禁勾引夷商，从中渔利。得旨："浙省只有较粤省重定税例一法，彼不期禁而自不来矣！此非言利，宜知之。"（《清高宗实录》卷五百二十五）

十二月，奏准将广东左翼镇由顺德移驻虎门。广东左翼镇于雍正元年移驻顺德，该地离海尚远。而镇属之虎门寨城，西南达诸番，东北通闽浙。该城遥对老万山，兀立大海，诸山罗列。自老万山至横档两山对峙，中建炮营，尤为天生险隘。不仅各省商民船必经该处，即使外洋各国商船出入，也难以渡越。杨应琚看出，虎门实为粤东门户，因奏准，将左翼镇移驻于此，改为外洋水师缺，稽查洋艘，操练巡防，以巩固海疆。

粤东局钱，每年除支销外，实存一万九千八百余串。杨应琚奏准，按照由近及远的原则，从乾隆二十二年夏季开始，于左、右二翼镇标俸饷内，每一百两银，搭放五串钱。搭放数年后，倘局贮不多，就先尽附近各标协营搭放，如数量较大，再匀搭左、右二翼镇标。

两广总督杨应琚、署广东巡抚周人骥奏，粤东局钱，每岁除支销外，实存一万九千八百余串。应照由近及远之原议，即以乾隆二十二年夏季为始，于左、右二翼镇标俸饷内，每银一百两，搭放钱五串。俟搭放数年后，倘局贮无多，仍先尽附近各标协营搭放。如积有成数，再匀搭左、右二翼镇标。得旨：“好。”（《清高宗实录》卷五百二十九）

公元一七五七年（乾隆二十二年 丁丑），六十一岁

一月，整顿粤西土兵制度。

两广总督杨应琚奏，粤西瑶、僮错居，土司环绕。向来汉、土各属，于额设营汛外，又设土兵暨狼兵、堡卒、隘卒等项，每属自百名至数百不等，给有军田，轻其粮赋，平居则耕凿巡防，有事则征发调遣。近来土兵额少，田亩销售。窃以兵额固不便虚悬，而军田尤应严私卖。臣拟饬有土兵之汉、土各属，查照兵卒旧额补足，将现存田数坐落土名清查造册，查照各兵承耕田数，给予印照管业，如有事故，开收缴还。其应纳钱粮，并另立军田户名，以免混淆。如各兵有贫乏不能守业者，田归本族本地之狼瑶，即令承田充兵。如民人有私典买者，授受俱如律治罪。并责各头目，于农隙实力操演，地方汉、土各官，会同营弁，每岁训练一次。如无营弁地方，即专责该土司自行训练，该管道府岁底通报查核。得旨：“好。”（《清高宗实录》卷五百三十一）

二月，更定浙江海关洋船税例，定浙省海关正税加重，使洋商无利可图而仍至广东海关。

更定浙江海关洋船税例。

户部覆准：闽浙总督喀尔吉善、两广总督杨应琚奏称，设关分榷原以裕课通商，而因地制宜亦须权衡公当。如外洋红毛等国番船，向俱收泊广东，少至浙江，是以浙海关税则略而不详。今自乾隆二十年以来，

外洋番船收泊定海，舍粤就浙，岁岁来宁。若不将比较则例更定章程，必至私扣暗加，不特课额有亏，亦与番商无补。臣等悉心会商，将粤海关征收外洋船只入口出口货物现行征税则例及比例规例，并外洋船出口货物估价科征各册，逐一查核，除比例一册，缘天下之物类繁多，税则未能备载，以此例彼比照征收，原无轩轾。其规例一项，原系从前陋例，嗣经查出归公征收报解。以上二项，浙海关循照征收，均毋庸另议增减。惟正税一项，未便仍照粤海关科则一例征收。盖向由浙江赴粤贩买之货，今就浙置买，税饷脚费俱各轻减，而外洋进口之货，分发苏杭，亦属便易。该番商既比在粤贸易获利加多，则浙海关之税，则自应酌拟加征。其中有货物产自粤东，原无规避韶、赣等关税课者，悉仍旧则，概不议加。正税之外，仍照加一征耗。其粤海关估价一项，系将该商出口货物估计价值，按货本一两征收银四分九厘，名为分头，今应遵照办理。但如湖丝、磁器、茶叶等各种货物，现就浙江时值，多与粤海关原例不符，似应按照时值增估更定。其中有时价相符者，仍循其旧。至船只梁头之丈尺及货物进口出口之担头，悉照粤海关则例征收。

奉谕旨：依议。此折内所称“若不更定章程。必致私扣暗加，课额有亏，与商无补”等语，尚未深悉更定税额本意。向来洋船俱由广东收口，经粤海关稽察征税，其浙省之宁波不过偶然一至。近来奸牙勾串渔利，洋船至宁波者甚多。将来番舶云集，留住日久，将又成一粤省之澳门矣，于海疆重地、民风土俗，均有关系。是以更定章程，视粤稍重，则洋商无所利而不来，以示限制，意并不在增税也。将此明白晓谕该督、抚知之。

臣等谨按：旧例，海舶贸易外洋者给之照，以稽察出入，其出洋归港，皆凭照为信。因按其照税之有藏匿奸匪私带违禁之物者，论如法。良以外洋红毛诸国番船，向皆收泊粤东，国家张官置吏，分驻营伍，以资弹压。凡定例所查禁者，严明约束，垂诸令甲，是以海口肃清，民不滋扰。至于浙省宁波，向非洋船聚泊之地，迩年奸牙市舶，狃于税额之轻微，自乾隆二十年及二十一年，外洋夷船岁至定海，转运宁波。于是督、抚大吏，据浙关科则，比较粤海课额，更定征收。我皇上圣谟深远，念海疆重地，多一利端，即增一弊薮。洋船岁至宁波，径途日熟，势将与粤省之澳门无异。而商舶频仍，则有奸牙之勾串吏胥之需索，及其易货归棹，则有丝粟之出洋、铁器之渡海，日久弊生，难以尽杜。津会既成夷商丛杂之区，必须重为经理。夫昌国、宁海、松门、澉浦皆浙省滨海之藩篱也，推而至于金山、乍浦、海门、崇明，又南省滨海之门户也，风涛出没，持货贿以懋迁，既可骛趋宁波，亦可转移他郡，利之所在，瑕衅易滋。圣天子所以经画于未然，而杜其端于始事者，职此之由。盖自章程更定以来，外洋市舶知违，例纡道之无所利，不复收泊宁波，内无禁令之烦，而夷艘自远，无事巡查之密，而海口敉宁。我皇上潜移密运之权，诚有握要于几先者矣！（《清朝文献通考》卷二十七）

三月，制定高廉分巡道发放廉州等七协营兵饷新办法，以无误兵糈，方便领取。

吏部议覆：两广总督杨应琚疏称，高廉分巡道，新例兼管廉州等七协营兵饷，请另颁给敕书。至收支弹兑，需人经理，请添库吏一、库役四。如钦州、龙门二协营，距道署较远，请准其两季兼领。至遇各属钱粮完解不齐，令该道豫于司库别项领发，俾无误兵糈。均应如所请。从之。（《清高宗实录》卷五百三十五）

确定给廉州府属龙门协驻兵增给兵饷办法。

两广总督杨应琚奏，廉州府属龙门一协，孤悬海岛，实兵一千七百六十七名，既无田土可耕，亦无生业可务。向来兵米一石，例支折色七钱。嗣因兵力拮据，济以潮州府属南澳租米三百余石，尚属不敷。今查有交商生息、并灶丁食盐羡余二项，岁可得银一千二百两，以之加给，计每石可加银二钱有零。报闻。(《清高宗实录》卷五百三十五)

虎门镇之新安营为镇标左营，沿海紧要，驻兵六百六十余名，却没有仓谷贮备。杨应琚议准，动用盐羡纸硃余银节年积存之银八百余两，为该营买谷建仓。

兵部议准广州高州沿边各汛增设马缺，且令东兴街州判巡缉一带逃盗私贩人员。

兵部等部议准：两广总督杨应琚疏称，广东高州镇龙门协左营沿边各汛，向未设有马缺。每遇边界要件，传递未能迅速。请在镇属有马各协营酌拨二十匹。并称，紧接安南之思勒汛，向无专员，请令分驻东兴街州判，巡缉东兴、思勒一带逃盗私贩等。从之。(《清高宗实录》卷五百三十六)

六月，杨应琚提出候补候推人员的甄别办法，受到高宗表彰。

谕：前曾降旨，令各督、提，将年满千总内候补候推人员，三年甄别一次。并令将实在出众者，准再行保举引见即用。其原应题补而非实在出色者，咨部降为候推，候推内有应拔置题补者，准一体保送引见。其不在保送之列，而人材尚可留者，仍随营候推。衰老懒惰，咨部休致。定例綦详，该督提等惟应行之以实。但从前因候补候推人员积年壅滞，且为数甚多，是以定期三年举行一次。此番甄别之后，伊等班次，自可逐渐疏通，嗣后着改为六年甄别一次。至两广总督杨应琚汇奏甄别一折，将每项若干员分款列名，开具清单，办理甚属明晰。嗣后各督提于六年甄别后，着照此式开单汇总进呈，则各督提之办理得宜与否，率可知矣。（《清高宗实录》卷五百四十一）

七月，乾隆二十年，杨应琚与铭州道府捐资招民垦钦州官荒地亩。至此，已垦田三千一百余亩。从本年起，每亩交租谷七斗，共二千二百余石。杨应琚奏准以此项租谷拨运廉州营、钦州营充饷，以免折色遇价昂不敷买食。

两广总督杨应琚奏，臣于乾隆二十年查得钦州地方尚有未垦官荒地亩，即与该道、府捐资招民承垦。现已垦田三千一百五十余亩，情愿自本年起，每亩输租谷七斗，共二千二百余石，以资公用。查廉州府属之廉州营、钦州营，兵米岁支本色不及一成，较内地独少，且所领折色，遇价昂不敷买食。应请即以此项租谷，自戊寅年为始，拨一千三十一石二斗碾运廉营，一千一十五石四斗碾运钦营。合之该二营原支色米，可得一季本色之数，其应领折色原款扣回解司充饷。倘遇岁歉，官谷不敷拨支，仍照每石七钱折给。尚余谷一百五十余石，变价作解运廉营之费。该处原系山陬瘠土，应遵恩旨免其升科，仍饬地方官给与印照，非逋租抛荒，毋轻易佃。得旨："甚好。"（《清高宗实录》卷五百四十三）

十七日，改任闽浙总督。

谕：闽浙总督员缺，着杨应琚调补，速赴新任。两广总督员缺，着鹤年补授。鹤年未到之先，总督印务着李侍尧暂行署理。山东巡抚员缺，着蒋洲补授。（《清高宗实录》卷五百四十三）

八月，高宗令杨应琚到任料理诸事就绪后，即赴浙酌定海关则例。

谕军机大臣等：据杨廷璋奏称，红毛番船一只来浙贸易，愿照新定则例输税等语。前因外番船只陆续到浙，恐定海又成一市集之所，是以令该督、抚等酌增税额，俾牟利既微，不致纷纷辐辏。乃增税之后，番商犹复乐从，盖其所欲置办之物多系浙省所产，就近置买，较之粤东价减。且粤东牙侩狎习年久，把持留难，致番商不愿前赴，亦系实情。今番舶既已来浙，自不必强之回棹，惟多增税额。将来定海一关，即照粤关之例，用内府司员补授宁台道，督理关务。约计该商等所获之利，在广在浙轻重适均，则赴浙、赴粤皆可惟其所适。此非杨廷璋所能办理，该督杨应琚于粤关事例素所熟悉。着传谕杨应琚于抵闽后，料理一切就绪，即赴浙亲往该关，察勘情形并酌定则例，详悉定议，奏闻办理。（《清高宗实录》卷五百四十四）

奏称年力衰败之杨启忠不胜总兵之任，高宗谕令其休致回籍。

谕曰：广东碣石镇总兵杨启忠，前来京陛见，看其人甚平常。今据杨应琚奏称，该员平日于海防营伍，原无筹画调剂之处。兹于回任时，途中患病，行走两月有余等语。杨启忠在任既无可纪之绩，年力复衰，不胜总兵之任，着休致回籍。所遗员缺，着书德补授。（《清高宗实录》卷五百四十七）

九月，提出转补外标营兵补助实耗路费的意见。

闽浙总督杨应琚、福州将军新柱等奏，福州驻防汉军四旗甲兵，恩准出旗为民，并改补绿营粮缺。臣新柱先经奏准，如绿营原有兵房者，每名赏搬移银二两；无兵房者，赏赁屋银六两；其穷苦闲散户口，每户赏资本银八两，在案。其转补省会之绿营各兵，近在同城，赏银原足敷用。惟转补提、镇各外标营者，程途水陆远近不同，家口多寡不等，水路虽系滩河尚有船只，陆路则并无车辆骡马，皆须雇夫抬运，所赏搬移银，实属不敷，无力者往往身在外营，家口留省，似不得不变通筹办。臣等酌议，除搬移赁屋银仍照原议分别赏给外，其转补各外标营之甲兵，家口尚在省城，及将来应行转补，家口须带往者，恳恩准照该兵之家口多寡，每名口、每百里陆路酌赏路费银三钱，水路减半。所需银，统于出旗汉军截旷项下动支。得旨允行。（《清高宗实录》卷五百四十七）

十月，为台湾总兵马龙图雪污。

又谕：据新柱覆奏，遵查总兵马龙图不职折内，称马龙图到任一载，从无收受属员馈送，而查革陋规，尤为严切，实无操守不清之处等语。果尔，则喀尔吉善与马龙图有何嫌隙，而以劣迹指参乎！是明系副将黄良因喀尔吉善已经物故，无可对证，故意代为徇隐。新柱不加详查，为所蒙蔽，未足为信。着传谕杨应琚，将马龙图在任劣迹，悉心访查，据实覆奏。寻奏，该总兵籍隶潮阳，所属兵民间有姻戚朋侪交际往来，体制未免轻亵，而操守一节，尚无物议。现蒙圣恩，令回台湾原任。俟该员来闽，臣即面加告戒，务令湔除旧习，恪守官方。如不遵改，查实严参。报闻。（《清高宗实录》卷五百四十九）

奉旨赴查办浙江海关贸易事宜后，提出不听洋船至浙省贸易的意见。

闽浙总督杨应琚奏，臣奉谕旨赴浙查办海关贸易事宜。伏查，粤省现有洋行二十六家，遇有番人贸易，无不力图招致，办理维谨，并无嫌隙。惟番商希图避重就轻，收泊宁波，就近交易，便宜良多。若不设法限制，势必渐皆舍粤趋浙。再四筹度，不便听其两省贸易。现议浙关税则，照粤关酌增，该番商无利可图，必归粤省，庶稽查较为严密。得旨："所见甚是。本意原在令其不来浙省而已，非为加钱粮起见也。且来浙者多，则广东洋商失利，而百姓生计亦属有碍也。"（《清高宗实录》卷

五百四十九）

十一月，根据杨应琚意见，高宗提出禁止洋船停浙的办法。

谕军机大臣等：杨应琚所奏，勘定浙海关征收洋船货物酌补赣船关税及梁头等款并请用内府司员督理关税一折，已批该部议奏。及观另折所奏，所见甚是，前折竟不必交议。从前令浙省加定税则，原非为增添税额起见。不过以洋船意在图利，使其无利可图，则自归粤省收泊，乃不禁之禁耳。今浙省出洋之货，价值既贱于广东，而广东收口之路，稽查又加严密。即使补征关税梁头，而官办只能得其大概，商人计析分毫，但予以可乘，终不能强其舍浙而就广也。粤省地窄人稠，沿海居民大半藉洋船谋生，不独洋行之二十六家而已。且虎门、黄埔，在在设有官兵，较之宁波之可以扬帆直至者，形势亦异，自以仍令赴粤贸易为正。本年来船，虽已照上年则例办理，而明岁赴浙之船，必当严行禁绝。但此等贸易细故，无烦重以纶音。可传谕杨应琚，令以己意晓谕番商，以该督前任广东总督时，兼管关务深悉尔等情形。凡番船至广，即严饬行户，善为料理，并无与尔等不便之处，此该商等所素知。今经调任闽浙，在粤在浙，均所管辖，原无分彼此。但此地向非洋船聚集之所，将来只许在广东收泊交易，不得再赴宁波。如或再来，必令原船返棹至广，不准入浙江海口，豫令粤关传谕该商等知悉。若可如此办理，该督即以此意为咨文，并将此旨加封寄示李侍尧，令行文该国番商，遍谕番商，嗣后口岸定于广东，不得再赴浙省。此于粤民生计，并赣、韶等关，均有裨益。而浙省海防，亦得肃清。看来番船连年至浙，不但番商洪任等利于避重就轻，而宁波地方，必有奸牙串诱，并当留心查察，如市侩设有洋行，及图谋设立天主堂等，皆当严行禁逐。则番商无所依托，为可断其来路耳。如或有难行之处，该督亦即据实具奏。再将前折随奏交部议覆，可一并传谕知之。寻覆奏，臣已遵旨晓谕番商洪任等回帆，并咨移李侍尧，及札行宁波、定海各官，一体遵照。现在尚无设立洋行及天主堂等情弊。报闻。（《清高宗实录》卷五百五十）

查处德化场规不肃案。

谕军机大臣等：前据钟音参奏李友棠场规不肃等因一折。彼时以事关考试，理应慎重严密，乃该学政任意草率，殊乖职守，已将李友棠交部严加察议，并传谕该督等令查有无别项劣迹，据实奏闻。今阅吏部议覆，李友棠参奏德化训导郑达三贪鄙不职一案，将该县令周植一并附参，因忆该抚原参折内，称出巡永春，访闻参奏。看来此案情节，或系该县令被劾后，挟嫌禀诉，而钟音又因李友棠题参时并未会衔，心存意见，遂有此奏，亦未可定。学政如果不能胜任，该抚自应确访奏闻，若因有微嫌辄思倾轧，岂身任封疆者所宜，而亦岂能行之朕前者！着传谕杨应琚，令将此情节秉公查察，抑或另有别情，一并据实陈奏。朕办理诸务，一秉大公，稍有疑义，必使彻底根究，从不屈抑一人。该督自能体朕此意，不稍有偏向也。将此传谕知之。寻奏，抚臣钟音参奏学臣李友棠场规不肃各款，臣密加访查，俱系确实，此外亦无别项劣迹。查学臣附参周植，系九月初七日拜疏。而试事草率，抚臣已查访在先。永春查勘水灾，系七月间事，所经地方，距德化尚远，该县令周植并未出境谒见，且其时尚未被劾，自无挟嫌禀诉情事。学臣题奏时，因按试龙岩，距省遥远，未及会衔抚臣钟音，似不因此心存倾轧。惟是郑达三婪赃一案，周植含糊徇纵，确有可凭，乃抚臣转题请免议，是虽无与学臣挟嫌倾轧情事而袒护属员，实属不合。报闻。（《清高宗实录》卷五百五十一）

从宁波查办海关贸易回程中，在绍兴查看海塘。建议山阴县宋家溇外大池头一带改筑土塘为石塘，镶填东西柴塘之低矮损坏处，使海塘更为完固。

闽浙总督杨应琚等奏，臣因赴宁波回，抵绍兴查看海塘。查得山阴县宋家溇外大池头一带，为海潮入口顶冲之地，东有曹娥江，西有三江闸，皆由此处交会入海。前经督臣喀尔吉善等题允，在大池后建筑石塘四百丈，西首接筑土塘二十丈。查土塘难以垂久，须添筑石塘。旧有东西柴塘，为新塘外护，因潮汐冲激，塘身矮卸，亦须逐一镶填完固。俾与新塘唇齿相依。得旨："是。如所议行。"（《清高宗实录》卷五百五十一）

十二月，有吕宋商船至厦门贸易。杨应琚以曾有吕宋商船在此停泊，而照例准其贸易。

谕：据马大用奏称，有吕宋番船一只来厦贸易等语。厦门虽原系海口，但是否向有此等番船收泊贸易，抑系如前此宁波海口之红毛船，舍粤东旧行，而自赴浙中，冀开设新行者，原奏并未明晰。着传谕杨应琚查明，如系向来到厦番船，自可照例准其贸易。否则仍须令其回棹赴粤，不可因已到厦门，遂为迁就。寻奏，厦门向有吕宋番船收泊，应遵旨照例准其贸易。报闻。（《清高宗实录》卷五百五十三）

公元一七五八年（乾隆二十三年 戊寅），六十二岁

正月，查处李友棠案。李有棠于按临考试时，场规不肃，试事草率，吏部议以降级调用。杨应琚以其尚无别项劣迹，奏准从宽降其四级留任。

谕曰：钟音参奏李友棠一案，吏部议以降调，当经降旨交总督杨应琚查奏。今据杨应琚奏，李友棠于按临考试时，场规不肃，试事草率，

诸款俱属确实。本应照部议降级调用，但尚无别项劣迹。李友棠着从宽降四级留任。（《清高宗实录》卷五百五十四）

三月，兼管福建巡抚印务。

谕曰：周琬现在丁忧，福建巡抚员缺，着吴士功补授。吴士功未到任之前，巡抚印务，着杨应琚兼管。（《清高宗实录》卷五百五十九）

酌定《防范台湾事宜》。

闽浙总督杨应琚奏，酌定防范台湾事宜。一、台民垦种，侵越熟番地界，应查明挑沟，画清界限。一、熟番通事、社丁，承充多外来游民，机变滋累。近来熟番半通汉语，请即于番社中选充。社远无通汉语者，酌留妥实汉人，仍结报该地方官查察。一、采办战船木工，一匠入山，带小匠多名，滥伐木材。应按年需木数，核定匠额，令该地厅、县给印照腰牌，严加管束。一、逐水人犯，例应递回原籍，不令偷渡。近多递鹿耳门潜住，且有到籍后偷渡者，请嗣后令地方官将案由备文，差押台防同知查验，配船押递回籍，并令本籍官文覆原递衙门存案。人犯起程，久无原籍回文，即移究。又人犯偷渡，多系充横洋船水手，此船每只止需舵水十四名，例准二十余名，请裁至十四名为率。得旨："皆应行之事，如所议行。"（《清高宗实录》卷五五九）

五月，提出解决粤东米价昂贵之法。

谕军机大臣等：据调任两广总督陈宏谋等陆续奏到，广东米价昂贵，为从前所未有，请概准平粜各折。看来办理未免过于张皇，且未将近日所以致此之由，逐一悉心体究。向来粤东本非产米之乡，一切粮价，较之别省，原不甚平减。但其地素称沃土，所居多富商大贾，日用相安，由来已久。即去岁该省奏报收成，亦并无灾祲，何至价直翔贵若此？陈宏谋到任之初，曾有筹办采运一事，在伊意以为尽心民瘼，而不自知其失之太锐。奏折内甚至有谕令赴楚员役假牙估情事，其措置过当，已可概见。因而本省射利之徒，乘势居奇，转以为得售其计。地方市价，日渐腾踊，亦情理所必有者。如京城从前粮价钱价，多有因办理失宜，转致日益昂贵，皆由司事者未得调济之道，以致若此，亦其明验也。杨应琚任粤多年，并未闻岁有增价。今何以一年之间，情形迥不相侔耶！着将各原折抄录传寄阅看，令该督悉心量度粤省情形，并伊在任时一切通融调度，随时筹办有无成规之处，一面速行奏闻，一面速行密寄信李侍尧妥协办理外，可将此传谕杨应琚知之。寻奏，粤东民食，大半藉资西省，善为招徕商贩，方源源而至。臣前任，每谕地方官遇应补仓项采买，不得将西贩谷船中途截买，并令本地富户收买速售，俾迅速回棹转运，可使流通价减。惟以体恤西贩，为筹办东省民食之要。兹遵旨悉心量度，臣上年来闽时，约计粤西仓贮谷一百数十万石。现今东省米价增昂，莫若仿闽省商运温、台仓谷之例，将附近东省之梧、浔等府属存仓谷，定以拨运数目，并脚价若干，晓谕东省商民，赍本赴籴，一切水脚等费，听商自出籴价，令西省于秋收价平时购补，庶官民两无所扰，粤西米价无虑增昂，东省仓储免致弥补。得旨："所奏可谓深达时务，简明妥当之极。足见卿为国家干材，不负封疆重寄也。"（《清高宗实录》卷五百六十三）

又谕：前据陈宏谋奏，粤东米价昂贵，酌筹平粜，并买运谷石接济。今复据钟音会同具奏，内称该省现在米粮，为从前未有之价。而宋邦绥折内，亦称二月间米价昂贵，平粜稍减，及三月下旬又复骤长等语。粤东素非产米之乡，多资客米接济，市价原未能十分平减。但其地商贾辐辏，民间日用相安。且杨应琚在彼多年，亦未见价直如此昂贵。今伊去任甫及一年，去秋该省收成，亦未遇灾歉。何以一时顿长，筹办周章至此！陈宏谋前曾奏及赴楚买谷一事，折内有令员役假牙估前往等语，因其办理过当，即行批饬。看来粤省射利之徒，未必不因此而转致居奇闭粜，以至市价翔踊，不能猝平，亦事势所必然也。即钟音性情意见，亦未必不以留心民瘼，自当锐意办理，而不知措置失当，过犹不及，又所谓知其一不知其二也。今陈宏谋已经调任，着传谕李侍尧详悉体访，推究一切，镇静妥办，有应设法调济。俾商贾辐辏，粮食充裕，民免艰食者，可即据实具奏。寻奏，粤东早收渐次登场，五月分粮价递减，六月上旬，省城暨各属所报，俱较三月大落。现查照前督臣杨应琚招徕之法，加意妥办，并札知广西抚臣鄂宝，转饬桂、平、梧、浔等府，凡遇米船来东，随时放行，不得稍阻。至商运官谷一节，兹届早收，市价已平，可不须办。得旨："甚妥。"（《清高宗实录》卷五百六十三）

六月，提出浙江钱塘营水师都司缺出补充办法。

兵部议准：闽浙总督杨应琚疏称，浙江钱塘营水师都司缺出，向以陆路人员请补，后又以外海游击升转，每于洋面水势茫然，而内河情形未谙。请嗣后钱塘水师营都司一缺，止准内河人员题补。如不得人，用外海人员借补。俟应升时，按其出身分别升用。从之。（《清高宗实录》卷五百六十五）

七月，加太子太保衔。

谕曰：大学士兼管陕甘总督黄廷桂老成端练，宣力有年，筹画军需，精勤敏达，不辞劳瘁，迅合机宜。江南河道总督白钟山、漕运总督杨锡绂、闽浙总督杨应琚、四川总督开泰、云贵总督爱必达、总督管江苏巡抚陈宏谋、安徽巡抚高晋、河南巡抚胡宝瑔、甘肃巡抚吴达善并历任封疆，贤劳懋着，嘉兹显绩，特晋崇阶，用示褒荣，以彰优眷。黄廷桂着加少保，杨应琚、开泰俱着加太子太保，杨锡绂着加太子少师，陈宏谋、高晋、胡宝瑔俱着加太子少傅，白钟山、爱必达、吴达善俱着加太子少保。（《清高宗实录》卷五百六十六）

九月，奏请将闽省台湾镇、南澳镇、海坛镇、金门镇，浙省定海镇、黄岩镇、温州镇，改为最要缺或要缺。

兵部议覆：闽浙总督杨应琚奏称，闽省台湾镇，远隔重洋，统辖一十五营，水陆相兼，民番杂处；南澳镇，左营隶闽，右营隶粤，并辖粤东澄海、海门、达濠水师各营，此二镇，请仍注为最要缺。海坛镇，内护省会，外控海洋，右接金门，左连烽火；金门镇，内捍泉、厦，外控台、澎，为洋艘经由之地，此二镇地亦险要，惟所辖本标二营事务较简，请俱改为要缺。浙省定海镇，孤悬海中，洋汛辽阔，南通闽、粤，北达江南、山东、直隶、奉天诸省，实为上下巡哨之枢纽，所辖水师营五、陆路营二，请仍注为最要缺。黄岩镇，枕山滨海，宁、绍、温、台巡哨势相联络；温州镇，上接黄岩，下通闽海，所辖玉环一营，为海洋门户，二镇营务虽繁，界连内地，请俱改为要缺。均应如所请。从之。（《清高宗实录》卷五百七十）

奏准禁革建阳等厅县征收漕粮须白熟名色。

闽浙总督杨应琚奏，各省征收漕粮，止须米色干洁。惟闽省邵武府同知及建阳、崇安、浦城、瓯宁等县，向有白熟名色，须颗粒圆绽、舂碾白熟，始准交仓。计此一厅四县，共征米一万四千余石，除就地支放绿营兵粮外，均解省仓，为绿旗标营武职之需。查旗营应支白米久经改折，此外官弁月米俱例支糙色，此项白熟名色，实为民累，应请禁革。报闻。

（《清高宗实录》卷五百七十一）

十月，疏报乾隆二十二年福建候官等厅县开垦屯田数。

闽浙总督管福建巡抚杨应琚疏报，乾隆二十二年，福建候官、古田、淡水等厅县，开垦屯田一百一十八顷三十亩有奇。（《清高宗实录》卷五百七十二）

高宗驳回杨应琚为殴人致死犯申请留养案。

谕：刑部核拟，署福建巡抚杨应琚审题郭端殴伤黄睿身死，将郭端拟绞监候声请留养一本。郭端与黄睿因争买食物构衅，将黄睿推伤心坎，以致殒命，自应按律定拟。乃该署抚，徒以该犯因黄睿病后阻其买食一语，遽称事本理直，遂欲为之原情留养。而该部亦即照拟核覆。揆之情理，殊未允协。盖留养之例，乃法外之仁，必该犯实系理直，或误伤致毙，既有可原，因得邀恩末减。若以寻常斗殴案件，意存迁就之见，曲为开脱，则杀人者死，于定律之义何居？即如所云，郭端既知黄睿病后，为之劝阻，独不知病后之人，不可力殴乎？且其劝阻，亦因己欲买食耳。此宜照例定罪，秋审时自在可矜之列，是其监禁不过一二年之间。而定案之初，犯者尚知情法相准，俾好勇之风，因而少戢，则闾阎宁，而致殴毙者鲜，所全实多，又何必于理宜禁教一二年斗狠之人，而曲为开脱乎！若以该犯身系独子，不宜羁于囹圄。即出之囹圄，此等败类，亦难责以尽心孝养也。且一半年后，原属矜免，何必亟亟耶！迩年以来，斗殴之案渐多，未必非水懦之弊，姑息以致纵恶养奸，是谁之咎？朕欲徒博宽厚，则一切谳章，可以不览，较诸臣更省力而得名，然朕必不为也。郭端依拟应绞，着监候秋后处决。再将此通行晓谕。俾司宪者知临事悉心检核，一归平允，以副朕明刑弼教之至意。（《清高宗实录》卷五百七十二）

申定命案独子之例。刑部议覆：署福建巡抚杨应琚奏，郭端殴黄睿身死，拟绞监候，声请留养。奉谕，留养之例乃法外之仁，必该犯实系理直，或误伤致毙，既有一线可原，始得邀恩末减。若寻常斗殴，曲为开脱，于定律之义何居？此宜照例定罪，秋审时，自在可矜之列，是其监禁不过一二年之间。而定案之初犯者，尚知情罪可准，俾好勇之风因而少戢，则闾阎宁而致毙者鲜，所全实多，又何必于理宜监禁一二斗狠之人，曲为开脱！若以该犯身系独子不宜羁于囹圄，即出之囹圄，此等败类亦难责以尽心孝养也。且一年之后，原属矜免，何必亟亟耶？将此通行晓谕，俾司宪者知临事检核，一归平允，副朕明刑弼教之至意。至二十七年六月大学士九卿遵旨议准，嗣后亲老丁单及孀妇独子留养之犯，除实系戏杀、误杀，并无斗殴情形，该督、抚仍照例于题本内声请留养，法司随案核覆外，其斗杀之案，概令督、抚于定案时止将应侍缘由于题本内声叙，不必分别应准、不应准字样，统俟秋审时取结报部，刑部会同九卿核拟入于另册进呈，恭请钦定。(《清朝文献通考》卷一百九十九)

福建漳、泉二府遇灾，拟拨延平等府陈谷出售以救灾。

闽浙总督杨应琚、福建巡抚吴士功等奏，福建漳、泉二府，上年收成歉薄，本年又被偏灾，明春民食宜备。查上年奏准，拨台湾府属仓谷十五万石，浙省温、台二府属仓谷十万石。令漳、泉二府殷实商民，赴仓买籴，民食赖以不缺。今延平、建宁、邵武、福宁等府，年丰米贱，各仓多有陈谷，请拨十五万石，令漳、泉二府商民买籴。所得谷价，俟来岁秋收后买补还仓。得旨嘉奖。(《清高宗实录》卷五百七十三)

十一月，因福建粮驿道等所管地均有水利，奏请应令兼衔，换给官防。

吏部议准：闽浙总督杨应琚疏称，福建粮驿道、兴泉永道，福州府海防同知，兴化、福宁二府粮捕各通判，闽县、莆田、宁德各县县丞，所管地均有水利，应令兼衔，并换给关防。从之。（《清高宗实录》卷五百七十四）

议定裁汰驻防汉军额缺挑补满兵事宜。

兵部议准：闽浙总督杨应琚、福州将军新柱等奏，裁汰驻防汉军额缺，挑补满兵事宜。一、在京八旗满洲、蒙古、汉军，另记档案开档人等，前已派头、二起来闽，裁缺即令满兵顶补，不必由京补额，将来人数不足，另筹请旨办理。一、另记档案开档各兵来闽后，无论满洲、蒙古、汉军，应俱照旗色，各归该旗满员管辖，至关支钱粮马干，派拨差操，均照现驻满兵例办理，其人材弓马可观者，挑补前锋领催，不准挑骁骑校。一、福州驻防在前汉军及现在满兵内前锋、领催、马匠各兵扣存马价，遇事应赏给各兵，仍于新兵名下另行扣存，将来另记档案开档各兵出缺裁汰，应照例给还。从之。（《清高宗实录》卷五百七十五）

奏请修复古田县塘汛陆路。

闽浙总督杨应琚奏，闽省达京邮传，自会城西门外之荷亭，至古田县属之水口驿，水程一百八十里，溯流过滩，又无纤路差务，每多稽迟。查数站原有塘汛陆路，康熙年间，被水冲塌，今请修复。从之。（《清高宗实录》卷五百七十七）

公元一七五九年（乾隆二十四年 己卯），六十三岁

一月，高宗《赐浙闽总督杨应琚》诗。

岱甸乌台建，铜邱幕府开。节移闽海要，人喜福星来。三世封疆寄，平生经济材。予心深所托，元气贵栽培。（《八旗通志》卷首之四）

二月，奏准将原归各营把总管辖的水利工程，改归文员，以专责成。永嘉、乐清、平阳三县塘埭，改归三县县丞专管。遇有残缺坍损，由其按时督率乡民修防抢护。

兵部议准：闽浙总督杨应琚奏，水利工程请改归文员以专责成，永嘉、乐清、平阳三县塘埭，改归三县县丞专管，遇有残缺坍损，责令按时督率乡夫修防抢护。其原派管工之各营把总，悉掣回营，专事操防。孝丰县县丞，改为瑞安县县丞，专司塘埭，遇有逃盗枭贩，准其缉拿，疏防失事，将该员照专管官例参处。从之。（《清高宗实录》卷五百八十一）

三月，召杨应琚速行至京。

谕曰：杨应琚现在浙江，着速行来京，有交办事件。其闽浙总督印务，着杨廷璋暂行护理；浙江巡抚印务，着明山暂行护理。（《清高宗实录》卷五百八十二）

谕军机大臣等，现在降旨，令杨应琚速行来京，闽浙督篆暂交杨廷璋护理，浙抚印务暂交明山护理矣。朕因西事尚未告竣，军需关系紧要。前黄廷桂在日，办理一切，动合机宜。因念杨应琚久任甘肃，熟悉地方情形，且能实心任事，是以令其作速来京陛见，面聆训诲，并将军需事宜，悉心查阅，以资督率筹办之效。俟到时再降谕旨，先将此传谕该督知之。（《清高宗实录》卷五百八十二）

谕：各省督、抚，俱系简任封疆，其优劣朕时刻置诸怀，原不待三年黜陟。然届京察之期，令该部开列进呈，一并甄择，于澄叙考绩之道，不无裨益。此内方观承、尹继善、杨应琚、开泰、白钟山、杨锡绂、高晋、胡宝瑔、阿尔泰各称厥职，宣理有方，俱着交部议叙。鄂宝、周人骥俱着实授。余着照旧供职。（《清高宗实录》卷五百八十三）

请准修整福州府属闽县南关外较场浦河道、水关内河塍、汤关外附城堤岸、东关外双溪里桥闸；兴化府属莆田县木兰坡闸门涵洞；福宁府属霞浦县长溪河旧闸。

闽浙总督杨应琚、福建巡抚吴士功奏，福州府属闽县，旧有南关外较场浦河道，水关内河塍、汤关外附城堤岸、东关外双溪里桥闸等处，潮汐往来，溉田护城，均关紧要，年久坍淤；兴化府属莆田县木兰坡，聚各路水会注县南，分灌田万顷，向建闸启闭，并设涵洞，系宋明所建，年久残漏；又福宁府属霞浦县长溪河，发源玉岩山，绕城东至赤岸桥入海，旧闸坚固，第山多浮沙易淤；均请分别修浚。又宁德县东湖，系海汊无堤岸，前经县民请捐赀于海汊口横接猴毛屿，筑堤垦田，港深水溜，不能合龙，海潮冲刷塌卸，现将已筑堤随时保护。得旨："览奏俱悉。"（《清高宗实录》卷五百八十三）

四月，调任陕甘总督，杨应琚陛见。询问浙省海塘情形，据实奏报，高宗谕将此奏抄寄现任闽浙总督杨廷璋阅看，又向杨应琚交代至甘省筹办军需事宜。

谕军机大臣等：前因陕、甘军需紧要，一时办理乏人，降旨令杨应琚来京，面领训示，再往甘省筹办一切事宜。现在明德又经丁忧，吴达善着以总督管甘肃巡抚事。其陕甘总督员缺，已将杨应琚补授矣。计此时杨廷璋已回浙省，着传谕该督奉到此旨，即行交代。迅速驰驿来京请训后，即赴新任。（《清高宗实录》卷五百八十四）

又谕曰：明德现丁母忧，已有旨令杨应琚补授陕甘总督，吴达善以总督管理巡抚事务矣。杨应琚未到任之前，督、抚印务俱系吴达善一人经理，在该督应办军需，业有就绪，即一切账务，亦已定有章程，而地方事宜应查办者，正宜加意整饬。着传谕吴达善，将一切事务，派委大员分任办理，该督往来督率稽核，以期妥协迅速。勉之毋怠。(《清高宗实录》卷五百八十四)

己巳（十九日）。谕军机大臣等：浙江巡抚已降旨令庄有恭调补。现在总督杨廷璋应赴闽省，而布政使明山甫经莅任。顷杨应琚来京陛见，询知浙省海塘，渐又有改趋北大亹之势，一切均须豫筹妥办。庄有恭向在江南，曾究心水利，着即传谕，令其将任内经手事件交与硕色经理，速赴浙江新任。所有杨应琚奏现在海塘情形略节，一并钞寄阅看。(《清高宗实录》卷五百八十五)

壬申（二十二日）。兵部议准：闽浙总督杨应琚奏称，浙江海塘向设守备、千、把，马、步、守兵防护，于乾隆十九年，经前督臣喀尔吉善以中亹引河畅流，塘工平稳，奏请裁改，设堡夫一百八十三名。今中小亹之下口门，因雷、蜀二山涨沙连接，水势仍致北趋，海宁一带，为全塘要区，抢修防护，在在需人。请酌复千总一员、把总二员、外委三员、马兵二十名、步兵六十名、守兵一百三名，自海宁分设二汛，每汛派拨把总一员专防，外委一员协防。尚余千总、外委各一员，驻札宁城北岸。裁堡夫以抵酌复兵丁之数，所需兵饷及千、把等养廉工费，即于原裁俸饷内支给。得旨："依议速行。"(《清高宗实录》卷五百八十五)

请酌复海塘官弁疏　杨应琚

浙省江海塘工，向设海防兵备道，统率官兵兴修防护。嗣因尖山石坝告成，中小亹引河畅流之后，北岸塘工较前平稳。乾隆十九年间，前督、抚臣奏准将海防兵备道裁汰，南北两岸塘工归并杭嘉湖道与宁绍台道专管，其原设员弁除改拨杭、乍二营外，尚余千总二员、把总四员、外委八员，均行裁汰。原改设马步兵二千名，亦改拨杭、乍二营三百名，又改为堡夫四百名，内准三百名防守北岸，以一百名防守南岸。尚余马兵四十名、步战兵七十名、守兵一百九十名，均行裁汰，各在案。惟是江海坍涨靡常，情形亦因时更易。按海宁县属之中小亹，地面窄小，不及南北两岸大亹三分之一，是以向来水势不徙面南，即徙面北。我朝一百余年以来，江溜多由北大亹东趋入海，自乾隆十二年始由中小亹而行，实为百余年中仅有之事。今中小亹之下口门，因雷、蜀二山涨沙，连接水势，仍致北趋。现在北大亹河庄山已冲开港道，大港由中北二亹水半分流。诚虑再历岁时，中小亹涨沙日渐高起，水势竟由北大亹直达，则北岸海宁县一带又为全塘第一紧要之区。惟管理北塘之杭嘉湖道，前于在京时已奏允移驻海宁，就近经理。石塘、草塘悉关紧要，抢修防护在在需人。现今北岸除可缓工程外，其紧要塘工，计设塘兵一百八十三名，伊等每因岁支工食无几，又未若兵丁之得以考拔上进，是以材技优长、工程熟谙之人，往往不愿充当。其现充之堡夫，率多软弱无能，难供修防之用。臣思黄河、运河皆设弁兵，以备抢筑险工，而海塘尤重于黄、运，岂可只令无能堡夫防守？今北岸海塘现在既属要工，则原裁弁兵自应酌量议复，以资臂指。谨与司、道暨熟谙营员等悉心筹划，应请于原裁海防营千总二员、把总四员、外委八员、兵丁三百名之内，酌复千总一员、把总二员、外委三员，并马兵二十名、步战兵六十名、守兵一百零三名，共兵一百八十三名。自海宁南门外分界起迤东至尖山岭止，应于尖山紧要处设立一汛。又自南门外迤西至八仙石塘止，应于翁家埠紧要之地，设立一汛。每汛派拨把总一员专防，外委一员协防，尚余千总一员、外委一员驻扎宁城，稽查调度。至此项兵丁，应于海防营原拨杭、乍二营兵丁内择其熟谙修防之人，拨回充伍。其不敷之数，并杭、乍二营所出兵额另募补充。所有北岸现设要工堡夫一百八十三名，应即裁汰，以抵酌复兵丁之数。其盐、平二县塘工、堡夫一百十七名，无庸改设，所需兵饷除以堡夫工食抵给外，其不敷饷米按数支给。惟此项酌复兵丁既止一百八十三名，其千总、外委应需养廉名粮并公费钱粮，若再于此内支食，势致兵数无多，不敷差遣。似应亦在原裁海防营官兵俸饷内，按照公费额数，以及该千总、外委应支数目截留支领。如此，庶在昔日因工程平稳暂请议裁，今因仍属要工量请议复。且仍在原裁官兵俸饷内通融办理，既无增设之繁，而修防保护，供臂指之用，是于要工，大有裨益。（清翟均廉《海塘录》卷十七《奏议五》）

五月，甘省河东、河西各属，春夏以来，均未得透雨，杨应琚筹备赈济，高宗谕准。

谕军机大臣等：据吴达善等奏，甘省河东、河西各属，春夏以来均未得有透雨，夏收恐致歉薄。现在率属祈祷，并豫为筹画部署等语。甘省积歉之后，全望夏禾有秋。今复雨泽不继，农田已有旱象，尤深忧切。前经降旨，令该抚等虔诚祈祷，并将刑狱清理，以格天庥。此时亦惟有遵照前旨，尽心办理，并留心访觅谙习祈雨诸色人等，设法祈祷。凡有应行筹办者，豫为部署，倘一得透雨，即将夏田及早翻犁，亟为改种晚秋，以收地利，总在该督、抚等董率各属，留意民瘼，实力善为经理，则修省祈祷之法，莫逾于是。至清理刑狱，亦当斟酌得宜，倘不肖匪徒，乘此骫法作奸，则又当从严究治。若一概宽释，转非所以感召嘉祥而仰冀膏泽也。着将此传谕杨应琚、吴达善，总以镇静体恤。并行不悖为要。勉之。（《清高宗实录》卷五百八十七）

又谕：前因甘省米价昂贵，曾经降旨，令于陕省附近州县酌拨运甘，而以川省之米留济陕省。嗣据钟音奏到，以西、同等府尚有现粮八九十万石，民食有备，毋庸动拨川米，且水陆运价亦更不赀。而护督明德，又以凉、兰一带，尚不缺乏，且有采买陕粮二十万石，正在起运，毋庸再令陕省拨协，奏请暂缓办理，自属酌量情形，因时筹画。今据吴达善奏称，兰、平等属，复有旱象，应豫为筹备。约计本省仓粮，仅可拨动二十万石，倘需赈恤借粜，殊觉不敷，又不得不拨及陕粮。请拨米麦各十万石，解交泾州接运等语。甘肃连年承办军需，粮价未免昂贵，且上年被灾之后，今夏又复少雨，民食攸关，不可不急为筹画。着传谕该督、抚等，即于陕省西、同等属内，如数拨运。并令开泰将川省附近各州县现在米谷，仍照前旨由水路拨运至陕省之略阳交收，分运各属，以备储积。从前钟音之奏，原因陕米本不缺乏，而运价又觉多费。今陕省米价亦不甚平，必须有备无患，且当需米之际，朕为百姓，即多费运价，亦不惜也。至陕省现今亦旱，而拨米麦往甘省以济他人，恐愚民不知而怨。应于川米未到之前，将接运川米之处，明白宣示，俾民间皆知有川米到陕，庶本地市侩不致居奇，而闾阎民心亦皆安定，方为妥协。如钟音可保拨米接济甘省，而陕省尚属有备，亦不致米贵民怨，则不藉川省运米亦可。着传谕杨应琚、开泰、吴达善、钟音，一面互商速办，一面奏闻。寻奏，甘省河东各属夏收失望，甫种秋禾，丰歉难必。如需接济，即拨陕粮二十万石，亦不敷拯恤之用。若从他省拨运，需费更繁，缓难济急。臣等悉心筹酌，值此岁歉之余，无须定用米麦，即杂粮亦可备用。查河东赈粮每石折银一两三钱，河西折银一两四钱，倘遇应行抚恤之处，请即照数折给。如并杂粮购买维艰，再以陕粮散给，较之另筹拨运，所

省实多。得旨："如所议行。"（《清高宗实录》卷五百八十七）

杨应琚筹划河东旱灾地区赈济粮石。

陕甘总督杨应琚奏，甘省河东被旱州县甚多，倘夏至前雨不沾足，急宜豫筹抚恤。查平凉、庆阳所属，仓贮无多，万一成灾，断不敷用。先经布政使蒋炳，议于拨运陕粮二十万石内，除拨给武威、皋兰等县外，留贮平凉一万石、华亭五千石、固原三万石、盐茶厅二万石。而泾州、镇原、隆德未议拨给，应于运贮皋兰粮内，截留泾州一万石、镇原五千石、隆德五千石，以备缓急。至庆阳附近州县，无粮可拨，拨在陕省近处州县仓内筹办。查上年被灾之皋兰、金县、狄道、河州等处，奉谕展赈三月，皆系本折兼支。如给一月本色，即需粮十九万七千余石，挽运维艰。拟照河东、河西折给银两，按月分散，俾户民自买杂粮糊口，留本色备支。得旨："如所议行，余有旨谕。"（《清高宗实录》卷五百八十七）

谕军机大臣等：据杨应琚奏，豫筹平、庆两府属被旱州县粮石，暨续赈全支折色留粮备用缘由，已于折内批谕矣。杨应琚现在将到肃州，而哈密粮饷军务事宜，办理已有就绪。吴达善可不必同驻肃州，即回至兰州，将甘省一切地方事务，面同藩臬等悉心妥办，有应行知会杨应琚者，彼此咨商调度，尤为近便。着一并传谕该督等知之。（《清高宗实录》卷五百八十七）

六月，筹拨补哈密粮石事。

谕曰：杨应琚奏到，内地筹补哈密拨缺粮石一折。现在军营需用粮石，陆续挽运，约计足敷应用，兼有牛羊缎疋等项可资易换。且和阗等处种植有收，该将军等军行所至因粮之处当复不少。现在进兵之时，撙节支用，断不至于缺乏，毋庸汲汲多为擘画。着传谕该督，所有自哈密已经起运之粮，听其解赴辟展。至内地补项粮石，竟可缓缓筹办。甘省现值歉收，军储与民食正当并重，惟应多留余粮，以给平粜赈济之用，即所拨亦不过一二万石，而内地民情观望，恐拨运繁多，或不免张皇失恃，此则甚有关系，不可不为深维也。其兆惠等已另行传谕矣。（《清高宗实录》卷五百八十八）

筹划哈密等地设官事务。

谕：据杨应琚等奏，请将巴里坤粮务道移驻哈密督率一切事务，其巴里坤酌留同知一员、佐杂二员办理支放月饷等事，尚余知府一员、同知一员、佐杂二员，应请减撤，各回本任一折，已批令军机大臣议奏。细思杨应琚等所奏，不过就现在情形酌量移驻，原可暂准允行。若论经久之道，则巴里坤究为边陲要地，其筹办之处正须斟酌尽善。今年因军台改设山南，凡往来差使应付以及粮饷军装等项，皆取给于哈密，自不得不专派大员经理。若军务告竣之后，屯种伊犁处所甚广，皆须以巴里坤为总汇之地，则又非今日情形可比矣。即如安西地方，向为西北重镇，今准噶尔全部荡平，伊犁皆为内属，则安西无庸文武大员驻防弹压。看来以安西道员移驻哈密，以安西提督移驻巴里坤，于节制控驭之道，方为妥协。着传谕杨应琚等悉心筹画，于应行改驻之时即行奏请定议。至折内所称安西道文绶调回本任之处，文绶既在哈密，亦可不必即回本任，其安西道事务，原可就近办理也。将此一并传谕知之。（《清高宗实录》卷五百八十九）

谕令杨应琚等筹划回部平定后伊犁驻兵及乌鲁木齐屯田事务。

谕曰：努三奏称，查勘自穆垒至乌鲁木齐若尽开屯田，则所用兵丁太多，运费亦繁。惟恃讷格尔、昌吉、罗克伦距乌鲁木齐颇近，地亩亦广，将来回部全定，伊犁驻防应以需兵若干，与屯兵粮饷合算，量籽种以定兵数，就收获以给军食，既可省内地挽运之烦，亦不患多兵冗食等语。昨杨应琚来京，曾奏请前往伊犁及屯田等处查勘，计杨应琚起程前往，必与兆惠等凯旋相遇。而舒赫德又承办此事，杨应琚宜与兆惠等酌定伊犁应驻兵几千名，其努三所奏乌鲁木齐等处屯田事务作何筹办，及不误春耕，与舒赫德等悉心会商，即行办理。努三奏折着录寄杨应琚阅看，并传谕兆惠等知之。（《清高宗实录》卷五百八十九）

闰六月，奏言，库车等处咨调绸缎布匹等项，换易回民粮石，业已酌办解送。

谕军机大臣等：杨应琚奏，库车等处咨调绸缎布疋等项，换易回民粮石，业已酌办解送一折。看来各项布疋，于回地既为适用。当此刈获之时，用以易换粮石，非特军营得资接济，且可省内地解运之繁，甚为便益。前已降旨，令户部酌拨布疋二万解送肃州，交该督等贮库备拨。将来或有需用，不妨广为筹备，多多益善。现在传谕户部，再于各省产布地方，酌量备解，陆续运甘，庶军储倍为充裕。甘省比年歉收，民间食用，庶多方体恤。其粮石草束，本地既务从撙节，不令采办拮据，即布疋一项亦系小民日用所必需，今既由各省源源接办备用，则甘省一切可以无需购买，价值亦自平减。该督等正当专力于抚绥赈恤，副朕加惠边民至意。此时回众已得因粮之便，军务亦指日可以告竣。该督等办理储胥，使内地静若无事，斯为经理得宜耳。将此详悉传谕知之。（《清高宗实录》卷五百九十一）

筹划新疆驻兵屯田事宜。

杨应琚奏言：“伊犁底定，驻兵屯田必先筹划。查木垒一带，水泉疏畅，虽可垦地甚多，而气寒霜雪早降，与乌鲁木齐距远。特诺果尔、长吉、罗克伦等处，在乌鲁木齐一、二百里内，为噶尔藏多尔济部落耕种处，地气暄和，宜树艺。拟于凯旋官兵内留五千名，以四千名分地垦种，以一千名备差。明年收获，即可运伊犁。至籽种农具，为屯田急需之物，应就招徕之商驼四百余，按程给值转运。”（《清史列传》卷二十二本传）

七月，筹划陕甘建置。

陕甘总督杨应琚奏，西陲平定，幅员广大，陕西、甘肃，非一总督所能兼理。请将西安总督改为川陕总督，四川总督改为四川巡抚，甘肃巡抚改为甘肃总督管巡抚事，川督中军副将改为川抚中军参将，甘抚中军参将改为甘督中军副将，固原提标归川陕总督统辖，提属之庆阳各协营并河州镇属标营均归甘肃提督统辖，固原提督听两省总督节制，陕省官兵听甘肃总督调遣。至安西提镇标营应酌量移驻改设，请将安西提督及本标五营移驻巴里坤，应驻之兵，即以巴里坤、哈密驻防及提属凯旋兵内留驻，不敷再拨。其哈密原驻官兵请撤，以靖逆副将军司移驻哈密，布隆吉游击移驻靖逆，安西都司移驻布隆吉，瓜州留千总一员，兵一百名驻札。靖逆额兵八百名内，撤二百名。瓜州额兵六百名内，撤三百名。并千、把外委，随靖逆之副将都司，移驻哈密。其靖逆留兵六百名，即令靖逆游击官管辖。瓜州余兵三百名，并安西城守营额兵五百名，归安西参将管辖。均听巴里坤提督节制。移驻之副、参、游、都、守等官，俱作为题缺。安西、柳沟、沙州、靖逆、赤金五卫裁汰。于安西设一府，安西、柳沟二卫改设一县，并驻安西。靖逆、赤金二卫改设一县，驻靖逆。沙州卫改设一县，驻沙州，设一经历、一教授，随知府驻安西。设三典史、三训导，随知县分驻三县。安西道移驻哈密，安西同知移驻巴里坤，靖逆通判移驻哈密，俱令管理粮饷兼办地方事务，归安西道统属。其训导三员，于文县、徽县、镇远县移改。得旨："开泰着补放川陕总督，仍驻札四川，令其往来西安稽察一应事务。杨应琚着补放甘肃总督，陕西提镇营务并听甘肃总督节制。其甘肃提镇营务，川陕总督不必节制。余依议。"(《清高宗实录》卷五百九十三）

奏言甘肃受旱灾地区办理赈抚，建言兴修狄道等州县城墙，以工寓赈。

陕甘总督杨应琚奏，甘省被灾各属，虽现经筹办赈抚，但积歉之余，乏食者多，非以工寓赈，未能源源接济。查狄道、河州、靖远、静宁、环县、平番等六州县，皆系灾区，而城垣亦甚坍塌，请乘时兴修，俾灾民得资养赡。其同时被灾之皋兰、金乡、盐茶厅等处，及连城、红城等土寨贫民，亦可前往附近各州邑佣作。得旨："如所请行。"(《清高宗实录》卷五百九十三）

招商开采肃州鸳鸯池煤矿。

又奏，甘省肃州居民，向藉杂木杂草以供炊爨。迩年商贾辐辏，需用尤多，砍伐殆尽。远赴北山樵采，往返辄数百里。查肃州东北乡鸳鸯池一带，出产石炭，且距城仅七十余里。应请酌借工本，招商开采。得旨："如所议行。"(《清高宗实录》卷五百九十三）

八月，奏请在新疆办理粮饷总汇之区哈密建仓廒五十间，贮备粮食四万石。

议准：陕甘总督杨应琚奏称，哈密为办理粮饷总汇之区，各处拨运及防兵口粮，皆取给于此，现又将道员、副将等移驻，需用粮石尤多，宜筹备积贮，添建仓廒等语。应如所请，令其委员相度隙地，即照前

督臣黄廷桂奏明贮粮四万石，建仓廒五十间。从之。(《清高宗实录》卷五百九十四）

陕省赏恤兵丁之银应仍交商营运取息。

陕甘总督杨应琚覆奏，陕省赏恤兵丁，交商营运银八万三千六百余两，甘省十七万六千四百余两，每年各商应交息银，系计本输将，相安已久，分之各邑，为数无多，无由即启官商结纳之渐。且陕、甘各商，恒以三分取息。今极重者不过二分，商有余利，无不乐于领运，应请毋庸议停。得旨："竟如所议。咨部存案可也。"(《清高宗实录》卷五百九十五）

九月，请准令湖、广将二省存局余钱尽数拨解至甘，用于赈济搭饷。

谕军机大臣等：据杨应琚等奏，甘省钱价稍昂，赈济搭饷需用甚繁。楚省存局余钱尚多，请敕下湖广督臣委员解甘济用等语。着传谕硕色，将该二省存局钱文，查明现存若干，尽数拨解，派委妥员，由水路陆续运至陕省之龙驹寨，交该处地方官接收，转运西安藩库，另解甘省。其一切运价钱本及解送接收各事宜，该督等彼此咨商，一面妥协办理，一面将查明存局余钱若干，先行奏闻。(《清高宗实录》卷五百九十六）

奏请将分棚喂养战马运往军营。

军机大臣等议覆：甘肃总督杨应琚奏称，陕、甘二省，分派朋喂马五千匹膘分已壮，又屡次拨解巴里坤备用马可择取五千匹，合计得战马万匹，先期调至甘、肃二府州属分喂，就近转解。至沿途草豆，俱已筹备等语。查各处马匹甚多，挑解军营，既资接济，而内地亦省饲秣之费。现据该督查明，一路刍豆俱足供支。应如所奏，即将各处马调至近地，速解哈密。现在奉旨派清馥及侍卫等管解，应先解送五千匹，随后续挑

五六千匹，其如何分起行走及沿途照料，令该督会同清馥等商办。得旨："依议速行。"（《清高宗实录》卷五百九十六）

奏准在马莲井移驻县丞，且拨千总一员带兵五十三名往驻，以保证安西至哈密间的联络。

吏部议准：甘肃总督杨应琚奏称，甘省嘉峪关外，自安西至哈密计程八百余里，地方辽阔，并无官弁驻札。查安西以西、哈密以东，有马莲井，为南北两路总汇之区。虽经于沙州协拨兵七名，在彼分巡。但兵数既少，又无专官督率，未免虚应故事。请将平凉府属泾州州判，改为安西新设首县县丞，移驻马莲井，并于河州协再拨兵二十三名，连前共三十名，酌拨千总一员，带兵往驻。遇有递解人犯及匪窃案件，责令该县丞、千总协同查缉。其改设县丞，照边缺例五年升用。得旨："依议速行。"（《清高宗实录》卷五百九十六）

奏准将军需骆驼随同马匹解送军营。

谕军机大臣等：杨应琚奏，军需驼只，现可得壮健者一千二百余，随同马匹解送军营。所办甚妥。至所奏辟展催运商驼，咨明定长等于卸载后给价雇用等语。军营既得健驼千余，谅足敷用。若前项商驼，既经停止官买，又复截留守候，内地商民，或致闻风不进。何如留此有余，俾得转输接济。至若询之将军等，自必以军营所奏，多多益善。岂有遽称足用，而转为推却者。自可不必行文。（《清高宗实录》卷五百九十七）

奏请明确甘肃总督与陕西布政使职权。

甘肃总督杨应琚奏，查外省定制，遇有隔省交涉事件，俱系移咨督、抚转饬查办，向无径饬他省司道办理具覆之例。今臣蒙恩补授甘肃总督，其营伍钱粮，俱系陕西藩司总理。且军务未竣，一切调遣人员、解送军器及军营往返官兵等项，多系陕西藩司应办之事。拟嗣后遇有应行事件，一面咨会陕省督、抚，一面径饬陕西藩司，上紧办理，并令该司径行详禀，以速机务。得旨："自应如此。有旨谕部，以重事权。"（《清高宗实录》卷五百九十七）

谕：平定准噶尔军务尚未告竣，令所有陕省事务，着甘肃总督杨应琚照旧管辖。

谕：前经议政王大臣议准，将陕西一省，改归四川总督统辖；甘肃一省，专设总督一员管理，降旨令杨应琚补授，仍令节制陕西营务，原为西陲办理回部告竣之时，甘省幅员辽阔而言。今军务尚未武成，回部现有将军大臣在彼办理诸务，而一切军需，多由陕省运甘，未便遽照新制，转多掣肘。所有陕省事务，着杨应琚照旧管辖，开泰且不必兼管。俟军务告竣后，再行候旨遵行。以期集事，以专责成。（《清高宗实录》卷五百九十七）

根据杨应琚所请，改甘肃安西镇为安西府，安西、柳沟二卫为渊泉县，靖逆、赤金二卫为玉门县，沙州卫为敦煌县。

改甘肃安西镇为安西府，安西、柳沟二卫为渊泉县，靖逆、赤金二卫为玉门县，沙州卫为敦煌县，从总督杨应琚请也。（《清高宗实录》卷五百九十七）

奏言军营马匹解送第一起已起程。

谕军机大臣等：杨应琚奏，军营马匹分起解送，第一起已于本月十六日起程等语。此时清馥若已遵旨回至巴里坤，自可适相会合。倘尚未转回，即着五吉同侍卫舒常、苏呼等，送马至叶尔羌。除派出哈密满洲兵及回人外，仍行文同德、淑宝，将巴里坤存留索伦、察哈尔、阿拉善等蒙古兵调用。又杨应琚派出从前脱出之满洲兵解马前抵哈密，伊等熟谙道路，亦令送至叶尔羌。其绿旗兵，着五吉裁撤。仍行文清馥酌量办理。(《清高宗实录》卷五百九十七)

因延绥镇总兵张接天上奏，言新设甘肃总督议驻肃州不若驻扎凉州。高宗令杨应琚详议，其总督驻扎地方究于何地方最为扼要。

谕军机大臣等：据张接天奏，甘肃总督应驻札凉州等因一折。已降旨令其来京陛见，详悉面陈矣。总督驻札地方，关系控制西陲，事体崇重，前经该督杨应琚折奏改设事宜，令议政王大臣集议，斟酌允行。张接天特一武臣，何以冒昧建议及此，或伊别有真知灼见之处，亦未可定。但思常人之情，多徇目前，难于虑始。如总督标下所属员弁兵丁等甚属纷繁，恐以凉州地近腹里，商贾云集，居处乐就便安。若肃州地在千里之外，较此殊为窎远，因而腾其口说，该镇为所怂恿，即据以入告，既得于朕前有所建白，并以博庸人之称誉，此又武途之习气所不能免者。殊不知就甘肃内地而论，则凉州固为适中，若就统驭新附各部落而言，则肃州犹为近地，而凉州则相距转遥。但徇庸众私情，岂能远计国家大体！且改设总督，一切新定规制，原俟军务告竣之日，再令候旨遵行，现在仍循其旧，此时正毋庸议改。张接天此奏，是否有所见，抑或为众论所惑，着将原折钞寄杨应琚，令其虚公体察，据实奏闻，其总督驻札地方，究于何地最为扼要，并着悉心详议具奏。(《清高宗实录》卷五百九十七)

杨应琚请准甘肃靖远县城黄河西北建筑挑水坝座，并于大溜北面开挖引河，以减水势。

甘肃总督杨应琚奏，甘肃靖远县城建设黄河南岸，向于西北近河处筑石坝以资保护。近年河流南徙，直逼县城，西北石坝，漂没无存，形势颇险。请于向设石坝处，建筑挑水坝座，并于大溜北首开挖引河，以杀水势，明春再行兴工修城。得旨："亟应修筑者。"（《清高宗实录》卷五百九十七）

十月，杨应琚从陕西西安、同州两府调购棉籽二百斤，散给库车回民，明年将棉籽分散各城，以广为种植。

陕甘总督杨应琚奏，库车等处回人素习耕织，从前服属准噶尔，岁纳布疋，后因荒乱相仍，将棉子食尽。查陕省西安、同州两府俱产棉，每亩种子十斤，可收净花二十余斤，棉子一百二十余斤。请先以二十亩计算，将棉子二百斤解至库车散给，俾及时布种，来年即以所得分散各城，二三年后可望种植日广。报闻。（《清高宗实录》卷五百九十八）

拣选军营马一万匹，陆续解交转运军营。

谕：据杨应琚奏称，拣选军营马一万匹，陆续解交清馥，转送军营等语。从前杨应琚奏送头起马匹之时，即谕清馥如尚未回抵巴里坤，着五吉、舒常等一同解送。今此项马匹，已全数抵巴里坤，着遵照前旨，加意护送，务期妥协济用。（《清高宗实录》卷五百九十八）

奏准余留公费名粮酌留应办善后使用。

谕军机大臣等：杨应琚奏，陕、甘两省酌留公费名粮，除弥补各营公私借垫银外，尚余存库银三十六万八千余两等语。前此酌定扣留此项银两，原为通融调剂，俾帑项不致久悬，而兵丁亦免按名扣抵，实为一举两得。今自二十年办理以来，不特借垫全清，现在更有余剩，可见行之确有成效。着传谕该督，此时尚有应办善后军需，酌扣公费名粮，应仍照前办章程，妥协经理。所有存贮余银，着该督详细查明，自前项弥补既清以后，所有续办解马，及一切公私借垫等款，并将来有无应行酌量协济之处，一一据实奏闻。到日候朕降旨加恩，即于此项银两拨用，庶以奖励急公，倍加踊跃，于军务转输，兵丁生计，均有裨益。(《清高宗实录》卷五百九十九)

杨应琚《请新设安西郡县佳名折》内所开历朝建置及山川名目清单，高宗认为颇属详明，著留存以备增订图志时查核采取之用。

谕军机大臣等：杨应琚奏，请新设安西郡县佳名一折。前已据该部请定颁发，该督此时亦应接到部咨矣。其折内所开历朝建置及山川名目清单，颇属详明，即着留存，以备增订图志时查核采取之用。可并传谕知之。(《清高宗实录》卷五百九十九)

缉拿处罚脱逃遣犯。

谕曰：杨应琚奏，据总兵杨宁咨称，步兵李仓贵、马兵韩世杰在喀什噶尔先后脱逃，现在严缉务获等语。兵丁中途逃脱，情罪可恶，务应拿获正法，以肃军行。该督虽已咨行各边关隘口，及知会原营原籍，通缉协拿。但此等匪徒，沿途逗遛窜匿，未必尽回原籍。其自喀什噶尔附近之辟展、乌鲁木齐一带，凡有屯种各处，并宜密速查缉，毋任潜踪。着传谕杨应琚，令其即行知会各该处管事大臣，一并严拿务获，毋令免脱。(《清高宗实录》卷五百九十九)

谕军机大臣等：前军机大臣会同刑部定议，将减死远遣之犯，改发巴里坤一带地方安插。原因此等人犯，情罪本重，国家特推法外之仁，俾得屏居宽闲，力耕自给。而内地稂莠扩清，物力亦不虞坐耗。乃定法伊始，该犯等尚敢悍然藐法，中路潜逃，其罪更何可逭。已敕总督杨应琚、巡抚钟音等，令其即行按律正法示众，以昭惩创。第念此等遣犯，俱由各省改发，一时狡计兔脱，未必不仍回原处。若仅令陕、甘两省官吏严行捕治，仍属未周。着传谕各督、抚等，通饬所属，实力访查，如有窜回本地者，一经缉获，即慎选员役，押解赴甘，令其酌量原犯重轻，分别处治，俾共知警惕。各督、抚等，身为大臣，于国计民生，所见当存远大，务宜破除一切姑息目前之陋习，使定制可以永久。试思国家承平百有余年，民生不见兵革，休养滋息，于古罕有伦比。而天地生财，只有此数，生齿渐繁，则食货渐贵。比岁民数谷数，奏牍了然。朕宵旰勤求，每怀尧舜犹病之叹。今幸边陲式廓万有余里，地利方兴。以新辟之土疆，佐中原之耕凿，而又化凶顽之败类，为务本之良民，所谓一举而数善备焉者，孰大于是！倘复不知大体，惟以纵释有罪为仁，是终使良法不行，而奸徒漏网益众，岂朕期望封疆大吏之至意乎！着于各该省奏事之便，将此详悉传谕知之。(《清高宗实录》卷五百九十九）

谕军机大臣等：据杨应琚回奏，缉捕改发巴里坤逸犯，将已获者审明正法，未获者催饬查拿一折。现在定制伊始，正当执法严惩，不得以事属军逃，稍存姑息之见。试思此等人犯，原系死罪减等，仅从改发，已属格外之仁。且以万余里新辟边疆，散处安插。则内地淳俗，既不为稂莠渐移，而食货亦无虞坐耗，且令匪恶之徒，困心衡虑，惟以力田自给，日久化为愿朴良民，岂非美事！乃当中途解送时，复敢冥顽不灵，藐法潜窜，其罪更何可逭！夫国家承平百有余年，人生不见兵革，每岁户口孳息，千古罕俦。民间谷价有增而无减，实由于此。朕焦劳宵旰，每怀尧舜犹病之忧。今得此番经画区处，于直省生计，既多裨益，即罪人并知改过自新，实为一举两得。督、抚身任封疆，所见务宜远大。杨应琚在督、抚中，尤能以公正自处，一切自当明体朕意。现在暂议停止改发，特为甘省迩来岁事稍歉，是以随宜酌量办理，嗣后仍当遵循定例举行。况田屯垦辟日增，即由巴里坤推广至伊犁一带，岂有容纳无地之患！俟将来法制大定，伊等果能各勤生业，奉法安居，遇有一二免脱之人，尚可量为区别。其原犯本重者，固属法无可宽，如原犯稍轻，即仿古人郊寄遂棘之条，递移远处，倘仍不知改悔，再行正法示众。若此时令在必行，断不得曲为宽贷。盖执法不挠，则远罪者多，而规制可垂永久。奉行不力，则人思狎玩，而捍网愈繁，所谓非以爱之，适以害之也。该督奉到此旨，将现在已获各犯，即如例处决。其失察疏纵之地方文武各员，一并参处，用昭炯戒。除一面敕知各省督、抚通饬所属，密躧严查，遇有逃回原处人犯，立即解赴甘省，按律办理外，将此详悉传谕杨应琚知之。（《清高宗实录》卷五百九十九）

议定甘肃总督改驻甘州。

议政王大臣等议覆：陕甘总督杨应琚议奏，总督驻札地方，前经廷议定为肃州。嗣原署固原提督张接天请驻凉州。凉州地近腹里，未足控制西陲。肃州虽为厄要，而增置标营，办理供支，诸多掣肘。惟甘州距肃止四百余里，紧要文报，不日可达。若以总督驻札，即将提标五营改为督标，一切妥便。肃州原有督臣行署，有事即驻肃办理，遇操演等务，仍可回甘。至甘肃提督，请带同中军参、守移驻凉州。凉标五营改为提标，其凉州总兵应裁。庄浪营改设副将，庄浪营参将改为凉州城守营参将，与原隶凉州之永昌协副将及所属各营，俱归提督辖。凉标中军游守并裁。改设督标中军副将一员，凉州城守营都司改为督标中军都司，随同总督驻甘。凉标五营内每营抽兵三十名，共兵一百五十名，添拨凉州城守营。再总督既经驻甘，其旧裁之甘山道亦应复设，随同办公，仍兼辖甘州等

处事务。均应如所请。从之。（《清高宗实录》卷五百九十九）

准噶尔大功告成，所运军马存留备用。

谕军机大臣等：杨应琚奏称，现在大功告成，撤兵在即。除第一起马五千匹照常解送以资官兵更换乘骑，其二起、三起则酌量存留备调及拨补各营缺额等语。解送军营马匹若已足用，即如该督所议，分别办理。或内地采买草豆，未免拮据，而沿途不堪繁费，即送往巴里坤，择水草牧放，以备伊犁等处驻兵屯田，搜捕玛哈沁之用。今该督已奏报起程出关，应与兆惠、舒赫德等相遇自当相度情形，妥协商办，一面具奏。俱着传谕知之。（《清高宗实录》卷五百九十九）

十一月，晋太子太师。

谕云：陕甘总督杨应琚，筹办军需，循照大学士伯黄廷桂规划章程，俱能实力经理，所办凯旋马匹，措置尤为妥协。现在西陲善后各事宜，正资协心襄事，著加恩晋阶太子太师，以示优奖。（《东华续录》乾隆朝卷五十）

在库车等地查勘开采硝磺，以备军需。

谕军机大臣等：据德文奏称，内地所送铅子火绳尚足敷用，惟火药无多。查库车附近出产硝磺，可以采取配合，给与台站卡座官兵。其旧存火药，加意照看，收贮备用等语。库车附近既产硝磺，较之内地运送更属近便，看来阿克苏等处或有出产，亦未可定。可传谕舒赫德、杨应琚留心查勘采取，以备军需。（《清高宗实录》卷六百）

将凯旋官兵拨五千名派往乌鲁木齐，并办理屯田事宜。

谕军机大臣等：杨应琚奏称，即日班师凯旋，其应行派往乌鲁木齐之官兵五千名，正可顺道分拨，必得提镇大员统辖等语。现在阎相师、五福领拣选所余兵丁，回至库车，即于此内酌拨。着阎相师领赴乌鲁木齐，办理屯田事宜。可传谕杨应琚、舒赫德会同妥办，并谕兆惠知之。（《清高宗实录》卷六百）

准杨应琚奏，在撤回官兵中截留一万名于阿克苏等地屯田。

近准总督杨应琚议奏，屯田兵丁需用万人，请于撤回官兵内就近截留。除在军营年久及随臣兆惠、富德等著有劳绩者，均撤回休息。将续派新兵，酌留阿克苏一千名、和阗三百名、乌什三百名、赛哩木二百名、拜二百名，其余发往乌鲁木齐等处屯田。（《清高宗实录》卷六百零一）

令杨应琚等筹画西陲诸地职官设置。

又谕：西陲大功告成，一应事宜必期熟筹可久。从前哈密、巴里坤、辟展等处办理粮饷台站诸务，俱由内地派员经理。今军需事竣，而新隶版图，均有专责。若仍行兼办，致本任久悬，殊非常制。且甘省各营伍官职较他省独多，原为地属边疆起见。今准噶尔回部荡平，屯田驻兵自伊犁以达叶尔羌，向日之边陲又成内地，则文武员弁均应依次移补，方与舆地官制俱为合宜。其哈密、巴里坤以西应需用道、府、同知若干员，一半于内地事简处裁汰移驻，一半酌量添设。驻兵屯田各营，应设将弁等亦一体筹办。庶于国计边防，两得经久之道。着传谕杨应琚，或途遇兆惠等详悉会商，或与舒赫德等悉心酌议，具奏。（《清高宗实录》卷六百零一）

令杨应琚将内地所送大神威炮七位分贮哈密、巴里坤。

又谕曰：兆惠奏称，内地所送大神威炮十一位，回部无需多设，请于叶尔羌、喀什噶尔各留二位，余七位来春送回原处等语。所奏甚是，但运送颇觉路远，哈密、巴里坤亦可存留。着杨应琚酌于此二处分贮。（《清

高宗实录》卷六百零一）

令杨应琚于内地总兵内择员领屯田兵丁。

谕军机大臣等：提督阎相师现领屯田兵丁，赴乌鲁木齐办事。念其随将军兆惠等进兵，著有劳绩，今大兵凯旋，着传谕杨应琚于内地总兵内，派员更替。即令其来京陛见。（《清高宗实录》卷六百零一）

奏报，塔勒纳沁共垦地五千余亩，除青稞、小麦外，试种豌豆，收成已有七分。明年可全种麦豆，就近支给兵食马料，可省内地挽运。因将黄墩营都司改为哈密屯田都司，常住塔勒纳沁，由哈密副将每年拨兵二百名轮流更替屯种。

大学士等议覆：陕甘总督杨应琚等奏称，塔勒纳沁共恳地五千余亩，气候渐暖，除青稞小麦外，试种莞豆，收成已有七分，明岁即可全植麦豆，就近支给兵食马料，可省内地挽运。惟口内田地，全资粪土培雍。口外并无粪土，若连年翻种，则土脉微薄，必须分半休歇，轮番树艺，俾地力缓息，发生益茂。再塔勒纳沁屯兵恳种，现既试有成效，请照臣等原议，将黄墩营都司一员、兵二百名，俱挈眷搬移哈密安置。其黄墩营都司，改为哈密屯田都司，常住塔勒纳沁，听哈密副将管辖。令该副将每年拨兵二百名，轮流更替屯种。黄墩营仍留千总一员、兵一百名驻札，听靖逆营游击管辖等语。均应如所请行。至塔勒纳沁屯田官兵，量盖房屋之处，应准其酌建，仍令该督估报工部。从之。（《清高宗实录》卷六百零一）

提出新疆效用武职者使用办法。

军机大臣等议覆：陕甘总督杨应琚遵旨议奏，新疆效用武职人数，请于在京在部候补候选人员内，拣选副、参、游、都、守共二十员，发交甘省，遇有辟展等处差务，陆续委用。其勤慎出力者，即由驻札各该处办事大臣，确核出具考语，移咨总督，不拘题选各缺，一例补用。仍与内地应补应升人员，通融办理。如遇内地人员较少，而出缺多，即将在外应补者多用数员。或内地员多，即将在外应补之员量为轮用。俟伊犁等处添设绿营兵加增额缺之时，择其谙练勤奋之员，题请坐补。坐补外尚有未用者，仍于内地题选各缺，照前分别补用。至此项拣发人员，除按品级给与半俸外，仍照委署出征人员例，副将酌给随粮二十分，参将十二分，游击十分，都司八分，守备六分，于截旷项下支销。均应如所奏行。从之。（《清高宗实录》卷六百零一）

十二月，杨应据提出库车附近硫磺矿立法官办，回人不得擅取私藏，受到高宗训斥否定。

谕曰：杨应琚奏，库车附近采买硫磺，宜立法官办，回人不得擅取私藏等语。所见殊失大体，此在绿旗陋习，以为如此立法足见其区处精详，殊不知回部新隶版图，以土著之人取土著之物，或即向官兵转售以图微利，亦情理之常，安能尽行禁绝？若谓不许私藏，便可防患，其事与抚纳降人先收兵器之见等耳。且现在官兵进剿回人，战则胜，攻则取，前此何尝不产硝磺，又何尝禁其采取耶！所谓“民可使由，不可使知”。非惟事有难行，抑亦理所不必也。着传谕该督知之。（《清高宗实录》卷六百零二）

令将巴里坤大部官兵移驻乌鲁木齐、辟展以就近解决口粮。

军机大臣等议奏：近议官兵移驻巴里坤，岁需口粮，该处现虽屯田，止产青稞一种。是以臣等原议，以加增兵丁粮价自行购买，殊费周章。今该督等查明屯田岁收若干，足敷官兵口粮与否，通行筹议具奏。今安西提督刘顺奏称，辟展等处收获即敷口粮，而运费亦繁等语。查提督原驻安西，系总督杨应琚奏请移驻巴里坤。但巴里坤以外，西至伊犁，西南至叶尔羌等回部，幅员广衍。而辟展、乌鲁木齐一带，地土饶沃，水泉充裕，现在驻兵屯田，交通贸易，久成内地。莫若将移驻之提标五营内，酌留兵丁足敷巴里坤城守外，其各营官兵即移驻乌鲁木齐或辟展等处，于岁收屯粮内就近支给，既可省挽运之劳，而于新疆适中之地，控制更为得宜。其如何建设衙署营房及一切妥协商办之处，该督杨应琚现在出关查勘，应令其详悉定议具奏。从之。（《清高宗实录》卷六百零三）

奏准瓜州屯田加垦地亩改屯升科。

陕甘总督杨应琚言：瓜州屯户所借牛具、籽种、口粮，二十二年以后未能按数交还，缘屯种人户仅给田三十亩，除扣还官项外，所余无几，一遇歉收，辄多逋欠。加以定议官四民六分收，小民每视为官田，咸怀观望。今据屯户吁请，每户加垦荒田三十亩，一体改屯升科，每亩额输小麦四升一合零粮三升，虽与原议四六分收不无少减，然加垦地亩自必岁获宽裕，且改屯升科，小民视为世业，更必踊跃报垦，于国计民生交有裨益。军机大臣议，如所请行。（《清朝文献通考》卷七）

公元一七六〇年（乾隆二十五年 庚辰），六十四岁

正月，杨应琚请准，从本年收成以后，由库车、沙雅尔、塞哩木、拜、阿克苏等处各伯克等核明辟展以西各台官兵数目，于回民垦种应交粮内就近交给。并召募回民自愿移居附近各台及临近大路地亩开垦，将来居民稠密，无需再拨护台之人。

陕甘总督杨应琚奏，辟展以西各台兵口粮，系在所属各城自行支领，相距或二三站及六七站，各台兵无驮载牲畜，步运殊觉艰难。查库车、

沙雅尔、塞哩木、拜、阿克苏等处回民，业已均平贡赋。而自哈喇沙尔以至库车，中间库尔勒等四处，复有新迁多伦回民垦种。请于今岁收成后，饬知各该伯克等核明各台官兵数目，于应交粮内就近支给。至附近各台及临近大路地亩，亦饬该伯克等，询问回民有愿垦种者，俱令移居，及时开垦。将来居民稠密无需更拨护台之人，播获收成，支领愈便。得旨："甚好。"（《清高宗实录》卷六百零五）

二月，杨应琚与阿桂相见，言及伊犁屯田事。又往叶尔羌，与舒赫德商议驻兵屯垦事宜。

谕军机大臣等：阿桂等奏称，伊犁屯田，原议今岁派兵五百名、回人三百户前往。今与杨应琚相见，始知将军等酌议，派兵四五千名、回人一千户。但阿克苏回人业经预备，而库尔勒等处所派尚未办理，仍俟杨应琚到叶尔羌时，与舒赫德定议等语。伊犁向为准夷腹地，加意经画，故穑事颇修。今归我版图，若不驻兵屯田，则相近之哈萨克、布鲁特等乘机游牧，又烦驱逐。大臣等自当办理妥协，不可苟且塞责，以图早归。看来驻兵屯田，惟当渐次扩充，今岁且照原议派兵五百名、回人三百户。或并此俱行停止，来年再为举行。则我兵既得休息，而回人生计亦稍宽裕，又可量为添派，以渐增多。此事朕惟责之舒赫德，伊不过于用兵时退缩，至于办事心细，朕所深知，若果尽心，自能办理。今虽命新柱前往协办，究未孰悉。舒赫德惟视若己事，办理妥协，方准其更换。此时应作何办理，伊前奏多派兵丁回人，及河船粮运。经朕训饬，何以尚未覆奏！俱着传谕知之。（《清高宗实录》卷六百零六）

三月，与舒赫德联署奏言，明年伊犁种地，需用骆驼三千只运载口粮，拟于口外商驼购买一二千只，被高宗训斥。

谕军机大臣等：据舒赫德、杨应琚等奏称，明岁前往伊犁种地，驮戴口粮，共需驼三千余只。除现在哈密、辟展等处备有驼一千余只外，再于口外商驼内购买一二千只，共成三千方可足用等语。伊犁地方屯田驻兵，虽俱系应办之事，但当随时酌量办理，岂可豫期拘泥定议，遽将数千兵丁回众一时发往？况阿桂今岁始行前往酌办，亦宜俟阿桂等今岁办有头绪，约略收获粮若干，足敷若干人食用之处，逐一计算，或可给五百人，或一千人，明岁即可照数遣往，此时岂能豫定！至商人驼只，亦不应强行采买。设遇急切军务需用，商人力量有余，即官价购取何妨！若此际并无必应急需之事，辄将商人驼只抑令交买，必致心存畏惧，裹足不前。脱有缓急资用时，驼只从何购觅耶？着即传谕杨应琚等，将议买商人驼只之处，速行停止。总俟阿桂等今岁试办后，约计屯种所收若干，再将明岁垦种之处酌定办理，亦不为迟。先行传谕伊等知之。（《清高宗实录》卷六百零九）

请将英吉沙尔茂萨、阿布都拉等授为阿奇木。

谕军机大臣等：据杨应琚奏，前往英吉沙尔劝导回人等耕种谋生，令茂萨明切晓示，众皆诚心听受，踊跃奋勉等语。茂萨系额敏和卓之子，颇属效力，所将玉素布之弟阿布都拉授为乌什阿奇木，茂萨自应加恩一体补用，现在未有缺出，着传谕舒赫德，遇有各城阿奇木缺出时，即以茂萨奏补。（《清高宗实录》卷六百零九）

喀喇沙尔以西各台近水，多可垦地亩，原有回民居住耕种，后因准噶尔逆酋扰害，以致空虚。现准部平定，杨应琚招募农民往该地居住，以及时开垦，同时招集迁徙者复业。

三月，奏准将安西等营出厂马匹三千摘拨巴里坤放牧，巴里坤原有存马一千二三百匹。从中拨一千五百匹解赴阿克苏，九百匹解乌鲁木齐供伊犁屯田所需。

谕：据杨应琚奏，巴里坤现存马一千二三百匹，而甘肃各营马匹每年例应出厂。巴里坤一带水草丰裕，请于安西等五处提镇标营摘拨三千匹，赴巴里坤牧放。即于此内拨出一千五百匹，解赴阿克苏。其伊犁屯田需马九百匹，竟由巴里坤解往乌鲁木齐预备，其余俱存巴里坤牧放、备拨等语。所办自属可行，但不知内地马匹，是否足敷调拨，基已经照数拨往，则缺额竟不必急于筹补。甘肃绿旗额马，视他省较多，原为边防起见。今西陲平定，则各营马匹，不过供应差操足矣。况巴里坤水草既佳，同一牧放，而于马有益，且省饲秣之费，岂不甚便。又如各营额缺，有必须购补者，即于哈萨克马匹内酌量抽拨亦可，不必于内地采买，致费周章。或秋冬之际，有必须收槽马匹，临时豫为奏闻。至该督前奏伊犁等处设官屯田事宜，已据军机大臣议奏行知矣。总之新疆自应次第经理，不可懈弛，亦无庸急遽。惟各就本地情形，因利乘便，随时酌办，以规久远之计。若又大费内地财力，以为设官屯田之用，殊属无谓。且军务现已全竣，而收买驼骡，纷纷滋扰，愚民转致猜疑，亦岂休息镇静之道。并传谕舒赫德等知之。(《清高宗实录》卷六百零九)

四月，建议在巴尔楚克和恒额拉克招回民耕作，贫乏者官给口粮籽种，各派千总一员驻扎，以作为阿克苏至叶尔羌、喀什噶尔一带居中联络关通之地。

军机大臣议奏：陕甘总督杨应琚奏称，阿克苏至叶尔羌、喀什噶尔一带，相距数千里，地方空阔。前与舒赫德等会议，设立文武大员分地驻札，不可无居中联络关通之处。查与叶尔羌相距八九站，有地名巴尔楚克，傍近河流，泉源充裕，若多召无业回民，保聚耕作，则灌溉有资，可渐成村落。又距阿克苏六七站，有多兰回民，亦藉耕作而食。其旧居之恒额拉克，可垦地亩甚多，若招散处回民，听其垦艺，亦可成一大聚落。应俟阿克苏等处筹办驻官后，各酌派千总一员，驻札恒额拉克及巴尔楚克，庶可声息相通。其应召回民有贫乏不能自立者，官为借给口粮籽种，统于收成后酌量分限缴完。查口外屯种事宜，前据该督等议请驻兵运粮，并添设文武大员各折，经臣等定议，以该处派兵屯垦，只可随时酌办。应俟阿桂今岁前往试垦一年之后，定有就绪，将来即可酌量照办。且伊犁及回部，非巴里坤、哈密内地可比。即须驻兵屯田，仍当以满洲将军大员驻守，非镇道绿营所能弹压，当即行知。今该督等复请设立员弁，分地驻札，想此时尚未接到。至所称巴尔楚克、恒额拉克两处可种之地甚多，若招令无业回民屯垦，俱可渐成村落。查回部地方，耕作乃其恒业，此时以回民垦种回地，本属便宜应办之事。但应募而来，贫乏无力者居多，若如该督所请借给籽种、口粮，则购运转输仍所不免。或其中实有情愿出力垦种，不必全赖官为经理者，则招集垦种，为因利乘便之举，亦属可行，应令舒赫德等悉心酌办。其恒额拉克及巴尔楚克，各派千总一员驻札之处，亦统俟舒赫德等酌办后定有章程，另议。从之。（《清高宗实录》卷六百一十）

奉旨自新疆返回甘肃任所。

谕军机大臣等：西陲新辟疆圉，所有驻兵屯垦事宜，前令杨应琚会同舒赫德等查勘。嗣据该督前后奏到，已屡经降旨传谕，令其随宜妥办。现在阿克苏、叶尔羌、喀什噶尔等处，已有舒赫德等在彼专司其事，自可遵旨次第经画成规。杨应琚身任总督，内地事务亦关紧要，且舒赫德等所办事宜，正资该督为之接应。着传谕杨应琚，此时既无会商事件，竟可即回总督之任。将此并谕舒赫德知之。（《清高宗实录》卷六百十一）

奏言甘省各标营额马匹缺额不必亟补。

陕甘总督杨应琚奏，查甘省各标营额马五万一千余匹，除征兵乘骑未回五千余匹，拨缺未补四千三百余匹，又此次拨赴巴里坤牧放三千匹外，实存四万三千余匹，已足供差操之用。所有缺额之马，自可徐议通融筹办，无需亟补，向内地采买，致费周章。至新疆经理一切事宜，自当酌量情形，与口外办事大臣会商妥办。得旨："览奏俱悉。"（《清高宗实录》卷六百十一）

五月，定陕甘总督所辖，至乌鲁木齐而止，此外，由舒赫德在彼经理。

谕军机大臣等：新辟疆土如伊犁一带，距内地窎远，一切事宜，难以遥制，将来屯田驻兵，当令满洲将军等前往驻札，专任其事，固非镇、道、绿营所能弹压，亦非总督管辖所能办理。杨应琚如未经到彼，即可不必前往，既已亲履其地，略悉情形，即可回任。总之该督统辖所及，至乌鲁木齐而止。自此以外，现有舒赫德等在彼经理。该督自应仍回内地，俟将来有应行接应之处，妥为料理，是其专责，此时正毋庸久驻口外筹办一切，反致遗误内地要务也。（《清高宗实录》卷六百十二）

杨应琚议准，在乌鲁木齐设同知一员管理地方，通判一员收放粮饷，仓大使一员以供差遣出纳，再设巡检二员分驻昌吉、罗克伦两处。以上各员，统归哈密兵备道管辖。

军机大臣议奏：陕甘总督杨应琚奏称，乌鲁木齐现议移驻提督，管理地方粮饷之文员自不可少，应照哈密、巴里坤之例，设同知一员管理地方，通判一员收放粮饷，并仓大使一员以供差遣出纳，再设巡检二员分驻昌吉、罗克伦两处。以上各员，统听哈密兵备道管辖。又称，汉中府同知、同州府通判二缺，韩城、洋县县丞二缺，西安府照磨一缺，应裁，即可移驻乌鲁木齐，毋庸另设。均属调剂得宜，应如所请。得旨：“此同知定为满缺。”（《清高宗实录》卷六百十二）

高宗将杨应琚酌筹屯务、派驻兵丁、采买牲畜诸奏折通谕中外，论非为劳民，而是惠民。

谕：今岁廷试，有条对策问“以古之屯田为劳民，今之屯田劳民正所以惠民者。”新进摭拾陈言，不悉实政，固不足怪。然现在新疆垦种，实无一劳民之事。以书升论秀者，尚不免形诸廷对，何况蚩蚩无识之徒，以讹传讹，伊于胡底，故有不得不明白宣示者。西陲戡定，回部悉平，朕之初念岂务为好大喜功，今亦不过辑其旧部，复其本业而已。又安肯转事劳民动众，盖回人等本以种艺为生，自为准夷驱使执役。伊犁各处习耕佃者，延袤相望。今当扫穴之余，在残众自营生计，不过还其所固有，而驻防大臣等循行劝垦，亦惟用其人以垦其地，曾有一内地百姓抑之负耒而往者乎！总督杨应琚，前此酌筹屯务，于派驻兵丁、采买牲畜，部署颇涉纷繁，朕以其未得此事要领，屡降谕旨，令其从容随宜经理。今日奏到，伊亦自知前议之非，并称各就本地力量情形，因利乘便，可规久远。则前后擘画缘起，历历可数。至应遣之犯，议令前往种地，以减死之人，而予以谋生之路。伊等既不得谓之民，又安得谓之劳也！且朕规画此事，更有深意。国家生齿繁庶，即自乾隆元年至今二十五年之间，滋生民数岁不下亿万，而提封止有此数，余利颇艰。且古北口外一带，往代皆号岩疆，不敢尺寸逾越。我朝四十八部，子弟臣仆，视同一家。沿边内地民人，前往种植，成家室而长子孙，其利甚溥，设从而禁之，是厉民矣。今乌鲁木齐、辟展各处，知屯政方兴，客民已源源前往贸易，茆檐土锉，各成聚落。将来阡陌日增，树艺日广，则甘肃等处无业贫民，前赴营生耕作，污莱辟而就食多，于国家牧民本图，大有裨益。夫利之所在，虽禁之而不能止。民可使由，不可使知，将来亦徐观其效而已，朕又何所为而先事劳之！前此武功告成，不过偏师尝试之，而好议者或云黩武。今办理屯种，亦只因地制宜之举，而无识者又疑劳民，朕实不解。且付之不必解，而天下后世自有公论耳。因阅对策，特降此旨，并将杨应琚奏折通谕中外知之。(《清高宗实录》卷六百十二)

议请将叶尔羌旧制钱改铸新钱，以应对钱价日贵，且用以官兵月饷和作回民岁贡，被否定。

军机大臣议奏：陕甘总督杨应琚奏称，叶尔羌旧制钱，以普尔五十枚为一腾格，作银一两，回民岁贡、兵丁月饷以此为准。后市钱稍广，经舒赫德等奏，请每银一两以七十文为定。现在市钱日益平减，至以钱百抵银一两并一百零十文不等。官兵月领钱数十文，不抵应关饷银之用，既无可加增，又不便议令回民增钱上纳。请将现铸之钱，重如其旧，惟较旧样微薄而加广，于钱面添铸回子字一分二字，以钱百作银一两，铸出新钱，即散为现驻官兵月饷。所有回民岁贡，亦照此为则。查钱法之低昂，由于市值之多寡聚散为权衡，时增时减，本无定准。在内地尚不能强绳以官法节制以定价，况在回部地方！鼓铸伊始，收旧铸新，广为流通，则钱价日就平减，亦属物情自然。此时只宜酌市值之贵贱，以定出纳之准。若必拘以一文抵银一分，百文作银一两，则该处白金本属稀少，现在白银一两已换至一百零五文至十文不等，焉知将来不再加平减，则官兵等支领百文之钱，仍不抵其应关饷银之用。况钱式早经颁定，又复减薄分数，于钱上铸明定值，强制回众以不得增减，微特势所难行，转致更张成例。该督杨应琚业回甘肃，请交舒赫德酌量市值情形，随时妥协办理。所有该督请改定之处，毋庸议。至所称阿克苏每年有贡纳铜斤，库车亦有产铜之山，应令该处回民量力输纳，即于应征贡赋内扣抵，以资鼓铸，事属可行。应一并令舒赫德查明妥议具奏。得旨："依议速行。"（《清高宗实录》卷六百十二）

议奏在军务已竣今日，台站递报应分缓急，不必皆用六百里速递。

议奏：据陕甘总督杨应琚奏称，现在军务已竣，台站马匹应酌分缓急。口外办事大臣如所奏紧要，仍用六百里传牌速递。如寻常奏报者，皆用四百里。应如该督所请。令办事大臣酌量轻重缓急，如不必遽奏之件，即稍迟数日，积有数件，再行驰递。并或有应奏之事，适他处军报经过，亦即顺便附奏，于传牌内声明，以免另发。从之。（《清高宗实录》卷六百十二）

奏准在阿尔巴特和喀喇乌苏二地设台。

陕甘总督杨应琚等奏：南路自哈喇沙尔至库车二千余里，内多戈壁，马艰水草。其自布古尔和屯至托和奈大戈壁内，查有阿尔巴特一处，可得水草。又由托和柰东行，有地名喀喇乌苏者，近北山之深沟，水草亦有，可资牧放。其自库尔勒抵哈拉哈阿满一站，其间另有捷径，小岭不过数处，修其山麓，培土如栈道，人马俱可安行。臣等前因布古尔和屯至托和柰中多戈壁，因于此二站内安设三站马匹，俾得轮流驰递。今既查有水草之处，应将二站多备之马尽数拨出，另于阿尔巴特安设一台，再于喀喇乌苏安设一台，于文报驰送既便，马亦毋庸另添。得旨："甚好，如所议行。"

（《清高宗实录》卷六百十二）

六月，要求杨应琚查清甘省经费可省情况。

谕：伊犁等处屯驻事宜，所有屯田收获粮石及回子所交税粮，约足供屯兵若干之用。已降旨舒赫德令其详查具奏矣。至甘省经费，有较从前未用兵时，不惟不加多，且更加减省者。从前黄廷桂以绿营兵内借支银两至数十万，一时难于扣还，因奏请凡遇兵丁缺额，不复挑补，以其名粮抵还帑项，已经数年。昨岁据杨应琚奏称，业有成效，将来扣清之后，其兵丁缺额，自不必再补。是此项名粮，较未用兵之前，已多减省。且甘省各营缺额马匹，若由内地购补拴喂，其费自多。今各营额马，除本省足敷应用外，其余既可不必汲汲买补。而屯田所用马匹，现又取给于哈萨克贸易，其价值较之甘省购办，已属悬殊，兼就水草牧放，更非内地拴喂需用刍豆可比，是马匹一项，较前又可大省。合此数者，前后通计，则军兴数年，所费虽繁，而将来该省经费，日就减省。在疆土既经增扩，而财用仍可不致虚糜。着传谕杨应琚等，令其将此数项减省之处，通盘筹算，所用银两较未用兵以前，约余若干，或现在办理伊始所省尚少，将来行之既久自必渐次增多。此时亦可豫行核计，详悉具奏。（《清高宗实录》卷六百十四）

报告甘省经费节省之银数。

军机大臣等议覆：陕甘总督杨应琚奏称，节省甘肃经费事宜。查各提、镇裁减名粮十分之一、岁省银二十三万九千五百余两。各标名粮酌改马六步四，岁省七万四千余两。缓购摘缺马七千三百余匹，岁省十万五千三百余两。裁撤西宁口外台卡官兵，岁省九千七百余两。裁汰瓜州渠道官兵，岁省三千四百六十余两。撤回安西推莫尔图官兵，岁省七百七十余两。共计节省银四十三万余两。至安西提标官兵，仍遵前旨移驻巴里坤，以联络哈密，所有专派防兵二千名即可全撤，岁省十万余两。应如所请。从之。（《清高宗实录》卷六百十八）

将甘省各标营牧厂水草平常之处马匹，改拨乌鲁木齐，择土沃草肥之厂放牧。

军机大臣议奏：据陕甘总督杨应琚奏称，甘省各提镇营向俱有孳生马厂，自军兴以来屡经动拨，牧厂所存数目参差，内有平常数处，一交冬令，草枯不能饱啖，致马羸瘠，孳生亦难茂育。若将此项儿骒马改拨巴里坤牧放，于孳生甚为有益等语。查甘省各标营牧厂其水草平常之处，改拨尤为要务。但巴里坤水草较之内地固佳，恐绿营官兵不善经理。现在乌鲁木齐一带土沃草肥，该处驻防及屯田官兵，俱可就近照管，将来蕃息，又可就近调用，并省巴里坤拨解之烦。应令该督查明此项平常牧厂马现有若干，趁此水草丰盛时，径解乌鲁木齐择厂牧放。其分起解送各事宜请交阿桂、安泰等，会同杨应琚酌议妥办。得旨："依议速行，但今年竟至乌鲁木齐。"（《清高宗实录》卷六百十五）

八月，因赤金偏于西隅，请准将玉门县移驻赤金卫。

议覆：陕甘总督杨应琚奏称，赤金、靖逆二卫，经臣奏准改设为玉门县。但查，靖逆卫西至安西首邑渊泉县交界仅五十里，东至肃州交界二百四十里，地势偏于西隅未便。将县治驻札赤金卫，西距靖逆一百里，自靖逆至渊泉县交界五十里，东距惠回堡九十里，自惠回堡至肃州交界五十里，居中扼要，请将玉门县移驻赤金卫。应如所请。从之。（《清高宗实录》卷六百十九）

奏准延安等处以丰收之杂粮归还所借仓粮。

陕甘总督杨应琚、陕西巡抚钟音奏：延安、榆林、绥德三府州属，原贮额粮俱系粟谷。近因偏灾借粜，仓谷空虚。本年丰稔，例应征收还仓。但沿边一带，地气早寒，糜子、莜麦、黑豆等项杂粮，收获倍于粟谷，若必收谷还仓，则小民辗转亏折，势必完纳不前。应请将延安等三府州属节年民欠谷石，准其杂粮兼收。得旨："灾歉之后，自应如所请行。然不可为例也。"（《清高宗实录》卷六百二十一）

十月，甘省夏秋收成丰稔，民间粮食充裕，杨应琚等奏准，让各地按照市价，不拘色样，奏准令民权且以所有粮石，抵完借欠官项银两。

陕甘总督杨应琚、总督衔管理甘肃巡抚事吴达善奏：甘省乾隆二十四年，各属出借牛本银十二万五千余两，又分领鄂尔多斯牛只作价银一万四千余两。原请分二年征还，内有乾隆二十四年歉收各属民借银两，例得缓征。今岁夏秋收成丰稔，例应征收。但思民间粮石充裕，若必令粜银还官，转费周折。查甘省仓储，频年动缺，亟宜照数筹补。莫若按照各地市价，不拘色样，令民以所有粮石，抵完借欠官项。不惟输纳称便，兼在官多储一石，即多一石支用之备。请核实各该地市价，饬令地方官遵办，其情愿完银者听。得旨："甘省灾后，如此从权尚可，但不可滋弊。慎之！勉之！"（《清高宗实录》卷六百二十三）

十一月，令以阿克苏红铜铸钱。

谕军机大臣等：舒赫德奏，阿克苏等城出产红铜。现据该伯克等恳请设炉铸钱，流通行使，并乞照叶尔羌之例，范为"阿克苏"字样。至工役器具，皆所必需，业经行文该督办送器具。其工役等若于叶尔羌分拨，恐彼此俱不敷用，仍请于内地另行派拨等语。钱文为回民日用所必需，自应照叶尔羌例一体鼓铸。着传谕杨应琚，即查照上年之例，速行妥办，

派员送往。（《清高宗实录》卷六百二十四）

乌鲁木齐如尚需官员，由陕甘总督派往。

谕军机大臣等：据阿桂等奏，现在伊犁屯种等事需员料理，恳就于乌鲁木齐所有满员，或同知、或知县拣派一员，令往伊犁承办粮饷等语。乌鲁木齐现有发往留驻人员，着照所请，令安泰即行拣选，于明春种地兵丁起身时，一同前往。乌鲁木齐如尚需人员，即行文陕甘总督，照例派拨前往。并传谕杨应琚知之。（《清高宗实录》卷六百二十四）

处理靖逆卫守备沈趋亏空案。

谕军机大臣等：靖逆卫守备沈趋亏空一案。据庄有恭以该备未完银两无力请豁，经部指驳，所见甚是。守备微员，即有亏空，何至一万二千余两之多？且现将资产变追，尚未完银九千余两，如系挪移自有应归情节之处，详细分别据实具奏。寻庄有恭奏，故备沈趋亏空情节，原籍无案可稽，现咨款项，若属侵贪尤宜照例办理，以示惩创。该抚并未分晰声明，率行请豁，办理殊属不合。着传谕庄有恭并杨应琚，于该备任所原籍，再行严饬确查，务将亏空缘由实在系何，陕甘督臣办理。寻杨应琚奏，沈趋系屯卫守备，原有经手钱粮之责，其挪移等项，有款可归者，久经归还，其余侵欺银两，实系在任年久，用度不检所致。该备任所无可着追，应令该管失察上司分赔。下部议行。（《清高宗实录》卷六百二十五）

处理叶尔羌银钱市价不一问题。

谕军机大臣等：杨应琚奏称，叶尔羌现在市价，每银一两得钱一百二十文，而回人交纳钱粮则每两七十文，兵丁之领饷亦然。及与回人交易，则不能不照市价，殊未画一。请照阿克苏等城之例，每钱一文作银一分，百文为一贯，凡官兵回人银钱出入，一律办理等语。回城设局鼓铸钱文，自应与内地之出入一律。杨应琚此奏，或绿旗官兵等传说太过，亦未可定。总之，官兵、回人俱不可有所偏徇。阿克苏既出入相同，叶尔羌等处自应照例办理。着传谕舒赫德、新柱等公同酌议，嗣后回人交纳钱粮，着以钱百文为银一两。倘伊等为交钱不便，即着交银。务使市有定价，则公私皆获其益。并将原折录寄阅看。（《清高宗实录》卷六百二十五）

奏准将肃州邻边土地尽令开垦。

陕甘总督杨应琚奏：甘省肃州地方，界当边塞，地多荒畴。自开辟新疆以来，肃地为内外总汇，现在商民辐辏。查该州北乡一带荒土，界在边墙以内者，始则编户畸零，未及垦开，远在边墙以外者，又以地有禁限，未许越耕。但际此拓疆万里，中外一统，似不必区区以远边为限。请将肃州邻边荒土，尽令开垦，并为相其流泉，开渠引灌，于军需平余项下借支工需，令承垦人户分限缴还。得旨："甚好。"（《清高宗实录》卷六百二十五）

十二月，杨应琚将应解乌鲁木齐、伊犁等地官兵口粮之羊二万只中，尽数用羝羊换下母羊，留在巴里坤放牧孳生，以资茂育。

谕军机大臣等：据杨应琚奏，酌筹就近抽拨母羊，以资茂育一折。朕以其为经理孳生起见，所办甚好，批令如所议行。但应解乌鲁木齐、伊犁羊只，全为官兵口粮，与孳生无涉。该督请先尽母羊拨解牧放，于官兵口粮并未筹及，或系错会原议，办理尚未妥协。着传谕杨应琚，将应解乌鲁木齐伊犁之二万羊只，如尚未过巴里坤，即于同德现买羊只内，尽数将羝羊替换解往。其换下母羊，留于巴里坤牧放孳生。如已解过巴里坤，计此旨到日，谅亦不远，仍可将巴里坤羝羊即行赶往换回。则巴里坤既可以广孳生，而乌鲁木齐伊犁官兵口粮亦可无误矣。此处更有旨谕巴里坤、乌鲁木齐之大臣等，尔等相商办理。（《清高宗实录》卷六百二十六）

谕军机大臣等：前因杨应琚奏办抽拨母羊一折，未将抵补口粮羊只缘由开除明晰。恐系该督错会原议，是以降旨询问。今据该督奏称，因母羊艰于购觅，先于口粮羊只内挑拨解赴，而拨缺之羊仍于巴里坤买获羝羊内，按照四万只口粮之数拨补抵足，并无缺少。应如所奏办理，将此传谕杨应琚并巴里坤乌鲁木齐之大臣等知之。（《清高宗实录》卷六百二十七）

谕令杨应琚查明甘省各营喂养马匹贴垫银两实数。

谕军机大臣等：前据蒋炳奏，甘省各营喂解马匹，赔垫银两约有八九十万。因未得确数，是以传谕该督、抚，令其查明具奏。今该督等奏到之数，殊未明晰。虽奏此折时尚未接到前谕，但此项银两，原欲俟查明实数，以便颁发加恩谕旨。今该督所奏，并未将历年免过若干，现在余欠若干，分晰开除。乃豫计明年未扣之公粮，谓可抵补有余。夫远域平定，无庸多兵，则省费自是国家经权之道，不可云为抵补起见。该督所奏，转多牵混，至历任督臣、前后承办军需，事同一体。今该督等，以黄廷桂任内所办，与伊经手之项，分别胪列，未免意存畛域。着传谕杨应琚，即速据实查明二十一年夏季以后借垫各项，除历次降旨豁免及曾经抵扣外，现在欠数若干，务于岁内速行奏到，候朕降旨加恩。（《清高宗实录》卷六百二十六）

谕军机大臣等：陕、甘两省各营承办军需马匹银两，昨经谕令该督等速行查明实数具奏，俟奏到降旨加恩。惟是军需马匹，历任督、抚先后承办，事属一体。乃杨应琚等屡次折奏，以黄廷桂任内所办、与伊等经手之项，两相较量多寡，所见甚小。至折内所称垫用字样，尤属非是。试思连年承办军需马匹，一切动用各项，果系何人垫办耶？况以扣缺公粮抵补前项，乃朕格外特恩该督等，又何得以节省经费，竟视为应行抵补之项耶！杨应琚久任封疆，向来办事从未至如此之谬，今此奏立意措词，均未得体，着传谕知之。（《清高宗实录》卷六百二十七）

谕令将甘肃总督仍为陕甘总督，统辖二省，其四川总督不必兼管陕西。

谕：前因平定西陲，版图式扩，朕本意欲于伊犁、叶尔羌等处皆置屯田，令地方官管理。因念陕甘总督所辖既广，势难兼顾，是以准议将陕甘总督改为甘肃总督，而陕西一省归于川督管辖。然军需之际，恐隔省呼应不灵，是以虽定有此制，仍令照旧统辖，俟军需办完，再降旨如新制。今思新辟各处俱有大臣驻札，无须更设道员，则甘督无鞭长莫及之处，莫若仍旧管辖。著将甘肃总督仍为陕甘总督，统辖二省，其四川总督不必兼管陕西。（《清高宗实录》卷六百二十七）

令杨应琚在肃州采买驴头，交予安泰用于乌鲁木齐等处耕地。

谕曰：安泰等奏称，乌鲁木齐等处耕种地亩需用牛只等语。甘省素产驴头，用以耕种原可以代牛力，且发价购买，尚属易办。现已降旨五吉、永宁，令其于巴里坤、哈密及喀尔喀之贸易商民，带有富余牛只驴头，酌量采买。着传谕杨应琚于肃州一带，按照该处情形，不拘数目，量为采买驴头，陆续解往乌鲁木齐，交与安泰等备用可也，但不可以此累民。（《清高宗实录》卷六百二十七）

杨应琚饬令兰州布政使采买菜籽、胡麻，运往肃州，按照口外各屯需要食油数字，分别给予籽种，令于明春种植，以供各城官兵食用，且节省运费。

陕甘总督杨应琚奏，口外各城需用物件，悉由西、兰一带办运。惟清油程途遥远，脚力维艰。查各该屯田处所，种植靡不有收。现在各城官兵食用，均无烦内地转运。请饬兰州藩司，采买菜子胡麻运送肃州，按照各屯需用油斤，分别给种。仍行文各该处办事大臣，于明春相度种树，以省运费。得旨："甚好。"（《清高宗实录》卷六百二十七）

奏准在伊犁、阿克苏、叶尔羌三地各设兵备道一、总兵一。

公元一七六一年（乾隆二十六年 辛巳），六十五岁

一月，招商开采他石克山煤矿，以解决哈密城内燃料问题。

陕甘总督杨应琚奏，哈密为新疆南北两路之总汇，所需柴薪，向采附近山场暨荒滩所产琐琐木。今则渐采渐远，离城每至二百余里，商民购买维艰。又缘烟户日繁，城内竟无隙地，居民堆积柴薪，频遭火患。臣闻距城一百二十里之他石克山，产有煤块，即饬招商访采，节据采获煤三十五万余斤。该处场广线旺，价值自必日平，较之柴薪，实多省节。其各屯防处所，亦请一律察勘开采。得旨："好。"（《清高宗实录》卷六百二十九）

二月，奏请将在屯所之甘提标左营守备马得亨调补西宁镇标中营守备，所遗员缺，即以西宁镇属镇海营千总赵印补授。

谕曰：杨应琚奏，请将现在屯所之甘提标左营守备马得亨，调补西宁镇标中营守备。所遗员缺，即以西宁镇属镇海营千总赵印补授等语。

已有旨允行矣。西陲新疆初辟，屯务方兴，现住屯兵服勤率作，殊可嘉尚。况于屯政尤所熟谙，遇本处缺出，即行补授，在该员自必益加奋勉，而公事亦属有裨。嗣后遇缺需人，应令管理屯务大臣，即于所辖人员内拣选升用，不必移咨该督，另行拣补。其内地缺出在屯员弁，作何与内地应升人员酌量分缺按次补用之处，军机大臣会同该部详议具奏。寻奏，查论俸推升，由兵部通计内外人员具奏。至题补保举，则系该督、抚办理。自应将内地营伍及屯田人员，一体分缺间用，方为公当。请交陕甘总督，嗣后内地应行题补人员缺出，务将在屯员弁一体较其资俸浅深，行走优劣，于本内声明备查。其保举人员，亦宜秉公查办，庶劳逸适均，而升转有阶，于屯政尤有裨益。从之。（《清高宗实录》卷六百三十）

处理肃州安播吐鲁番回人迁回事宜。

陕甘总督杨应琚奏，肃州威鲁堡安插吐鲁番回人，现有二百五十户，一千五十余名口，承种熟地一万五千三百六十余亩。户口日增，地亩有限。伊等闻瓜州回人迁回故土，其年老者亦有思归之意。臣前晤额敏和卓，亦云愿接济口粮，带回安插。拟即于本年秋收后，令该千户珈如拉等带领，仍委员照看起程，送至哈密，并先期知会吐鲁番公素赉瑞前来接济。其所遗地亩，招募承种，于内地民生亦有裨益。得旨："军机大臣议奏。"寻议，肃州所住回人，自雍正四年内附，世宗宪皇帝赏给安插，不征赋税。至乾隆二年，生齿日繁，又赏可耕荒地，减半给籽种农具。但所有户口，较初附时已增一倍，自当筹画久长。今西域荡平，吐鲁番已成乐土，且可耕之地尚多。应照瓜州回人例，准回故里。但所奏知会额敏和卓之子素赉瑞之处，臣等愚见，该千户珈如拉之祖托克托玛木特与厄闵和卓，俱被准夷凌虐，先后来归。今既迁回，应交该督等酌量附近辟展之吐鲁番可以耕牧之地，于今年秋收后迁往，并即于千户珈如拉、百户厄闵和卓二人内拣选一员，授为伯克，以一员副之。将来赋税，即由辟展大臣征收。至沿途照料，交该督妥办。从之。（《清高宗实录》卷六百三十一）

议覆署陕西提督额僧额条奏《军前隔营挑补兵丁事宜》一折。

陕甘总督杨应琚议覆署陕西提督额僧额条奏，军前隔营挑补兵丁事宜一折。查丝营辞退兵内，如有复挑补名粮者，例作新兵。惟是陕、甘两省绿营兵派往军营暨留驻屯防者，遇有缺出，步拔马，守拔步，不论营分，通融办理。但营分隔远，不特眷属支领粮饷跋涉维艰，即该兵回营，或以父母年老，或为家室所累，未能远离，又不得不以本营及附近粮缺酌予改补。若竟作新兵造报，似非优恤之意。应如所请，凡军前效力兵隔营改补，其原食钱粮年分，暨效力行走之处，准予统算。得旨："着照所请行。"（《清高宗实录》卷六百三十一）

奏准撤消兰、肃军需台站后口外采办事宜。

杨应琚又奏，西陲大功告成，军需奏销事竣后，兰、肃两局即须裁撤。嗣后口外各处，每年采办收支一切经费钱粮，请令口外办事大臣查明款案，造册移交督臣，转饬甘肃布政使，确查会核题销。得旨："如所议行。"（《清高宗实录》卷六百三十一）

杨应琚奏准从仓贮豆内挑选出可作籽种者一千三百余石，借给渊泉、敦煌、玉门等县农民，广为试种，将来以豌豆作为该处额征之粮，就近拨给安西以西各站塘作马料。

杨应琚又奏：安西以西各站塘递马岁需豆六千余石，由肃州采运需费不赀，即安西以东支领折价各站亦因向不产豆，购运颇费周章。查该处气候渐暖，可以试种豌豆。现于仓贮豆内择堪为籽种者一千三百余石，借给渊泉、敦煌、玉门等县农民广为试种，俟有成效，即可将额征之粮酌改豌豆，而塘运马料亦可就近拨支，无须由肃挽运。得旨："甚好。"（《清高宗实录》卷六百三十一）

三月，高宗谕令杨应琚查明张文学倒毙羊只案情。

谕军机大臣等：据杨应琚奏，张文学倒毙羊只情由，及将所倒羊只，令不行留牧之永宁、淑宝等名下照数赔补一折，此奏似属不实。前据永宁查奏，该弁于行走四站之后，辄由便道行走，以致经由戈壁，倒毙过多等语。业已传谕杨应琚，令其严行查办，该督具折时，想尚未接到。总之自哈密至辟展，不过十一站，若云经过戈壁，并无水草，何以从前之四万余只，皆以嚼食苇柴，陆续解到。独至此次所解羊只，遂至苇柴无遗，倒毙六百余只之多，其中显有捏饰情弊。即所奏验明割存两耳脑皮，亦不过据一守备所查，该司勒尔谨并未亲往查验，何足凭信？而该督竟以此为据，并欲着落永宁、淑宝名下赔补足数，尤属不公。从前所以传谕永宁责其不行留歇即日赶办者，原指全行未解而言。今四万余只俱已解过，则末起千余羊只，自应一并解往，永宁等之不令留牧，未为非是。即论赔补，亦当于解弁名下着追。今以微弁不能赔补，而加罪于永宁等令其赔补，则所见小而大不公，揆之情理亦未允协。朕之办理一切，岂专为钱粮起见？杨应琚岂不知之。着传谕杨应琚，遵照前旨再行确查，务将实在情节，秉公根究，严行审讯，据实具奏，毋得稍有回护。（《清高宗实录》卷六百三十二）

疏请撤销南路台站，改归北路。哈密不必驻官，一切事宜交巴里坤大臣办理，辟展一带屯务，交乌鲁木齐大臣稽查，所有哈密办事大臣永宁等应撤。被高宗严斥。

谕军机大臣等：杨应琚请撤南路台站，改归北路安设一折。所奏哈密不必驻官等语，甚属非是。军机大臣遽照覆定议，亦于事理未协。前南路设台，原因捕剿逆回而起。此时军务全竣，仍议改归北路，其事原属可行。至欲将哈密各项事宜，均归巴里坤大臣承办，而辟展一带屯务交乌鲁木齐大臣稽查，毋庸再行驻官之处，则所见殊属纰缪。哈密乃新附各回部总汇必由之地，将来安集延、巴达克山、布鲁特等回人往来贸易，必得特派统辖大臣为之弹压料理，方能持国体而悉夷情。在随同驻札弁兵人等，或以为数众多，随宜减撤，固无不可。若将任事大员径行撤去，诸事一归巴里坤承办，毋论道里纡远，鞭长莫及。且将来该处经理之员，势必由督、抚等派委，武则副将，文则道员，此等不晓外藩事宜、中朝政体，非办理张皇，即因循推诿，有不蹈准噶尔贸易之辙，而损威失驭者乎？杨应琚向知任事，何乃并不计及！其中或因永宁等在彼办事，未免掣肘，因为此改归之奏，则伊等非撤回内地，即移驻远边，而于国家要务，竟将诿诸不能胜事之有司。封疆大吏似此存心畛域，岂朕委任重寄之意乎！若永宁等果有徇私舞弊之处，何妨直参其人，然不可撤此一任也。至请停驼运辟展等处余粮一事，所引仅属安西驻防绿营一处折价，未可概以为例。此项运粮，乃为现在哈密、巴里坤等处一应办事官兵口食及将来接济之计，若果可与绿营驻防者一例办理，朕岂转不乐从，而必斤斤豫筹挽运乎！乃该督只缘折色二两二钱之价絜长较短，亦所谓不揣其本而齐其末矣！所有该处办事一切官兵等现在作何支放，及所存七万粮石实在足敷几年供支，此外倘有不敷又将作何接济，俾将来无事再筹运粮之处，折内并未通盘筹画。着将此传谕该督，令其悉心确核，

妥议具奏。（《清高宗实录》卷六百三十三）

杨应琚等因新疆大功告竣，请高宗西巡。

陕甘总督杨应琚、陕西巡抚钟音、甘肃巡抚明德奏，新疆大功告竣，秦关望幸弥殷，请举西巡之典，以慰群情。所有西安、同州一带驻跸处所，已详加勘定，先为筹备。得旨："且俟旨而行。"（《清高宗实录》卷六百三十三）

议请在渊泉县四道沟、玉门县头道沟等处招垦试种。

陕甘总督杨应琚奏，甘省新疆展拓以来，于伊犁、乌鲁木齐等处分驻官兵，广筹垦种，已有成效。至安西、肃州一带，遥控新疆，界当总汇，昔为沿边屏障，今成腹内要冲，生聚既繁，田畴宜辟。查肃州金塔寺等处，可耕荒地一万余亩，业经奏明招垦。兹复查安西所属渊泉县之四道沟等处、玉门县之头道沟等处，可耕荒地一万余亩，勘系平衍之区，又有泉源引灌，现在招垦试种，酌借籽种，俟秋收后，分别粮则，另议升科。得旨："好。"（《清高宗实录》卷六百三十三）

四月，奏哈密、巴里坤二处仓粮充裕有备，请停运辟展等处余粮。

谕曰：杨应琚奏，哈密、巴里坤二处，尚存粮七万余石可敷二千官兵暨过往员役六七年供支，此外附近哈密屯田岁收粮数千石又可接济。至安西官兵，向来止拨本色数百石，现在各该县仓粮充裕有备等语。前谕该督等，筹运粮石原为哈密、巴里坤等处官兵接济之计，今既称充裕，即停运辟展等处余粮，亦无不可。而该督复有嗣后各回部往来贸易，宁使多为运贮之语，又未免因前降谕旨，意存迁就。朕办理庶务，惟以随事制宜、用归实际为要，初不拘执成见。如果内地需粮接济，即当挽运屯田余积，若本不需用，而必强符前说，致靡运费，又何如即留之本处，不必官为经理之尤得乎！杨应琚所奏安西折价一折，现令军机大臣议奏，此折所奏亦未甚明晰。着一并传谕该督知之。(《清高宗实录》卷六百三十四）

杨应琚奏请，今后库车、阿克苏、叶尔羌、喀什噶尔等处官兵口粮羊，不必在宁夏等处采买，改由巴里坤采买喀尔喀羊。

谕曰：杨应琚奏称，由宁夏等处采买羊解送库车、阿克苏、叶尔羌、喀什噶尔等城，每只需银三四两不等；由巴里坤采买喀尔喀羊，每只需银二两等语。从前由内地买羊解送各该处，原因巴里坤等处采买维艰。今巴里坤既可购买喀尔喀羊，且较内地省价一倍，不如向彼采买。着传谕杨应琚、五吉等，嗣后库车、阿克苏、叶尔羌、喀什噶尔等处口粮羊，俱由喀尔喀采买，不必取给内地。再现在支放各处驻札官兵口粮，彼处米石虽属充盈，然官兵不得肉食，亦觉难堪。一年之间，八月支放米石，四月散给羊只，甚为妥协，固不可因羊多即行多给，亦不可减于此数。将此并传谕各该处办事大臣遵行。(《清高宗实录》卷六百三十四）

疏请裁大通卫、归德所，改设大通县，在归德所设西宁县丞分驻。

吏部议覆：陕甘总督杨应琚疏称，前议裁大通卫、归德所之卫备。查大通在西宁府治西北，东西二百七十余里，南北四百三十余里，幅员甚广。卫备既裁，距各属州县并皆窎远，自应遵旨另设州县等语。应如所请，将距西宁窎远之北川、新添堡等处十八村庄，拨归大通管理，改为县治。知县之外，应设训导、典史各一员。查高台县现设教谕、训导各一员，该县留教谕一员，其训导移新设之县，请添设典史一员。改设之县，地处极边，请定为沿边繁难要缺，在外于现任知县内拣选调补。至归德所，距西宁三百余里，请改设西宁县丞分驻，该处亦系临边要地，

所改县丞员缺，应请于现任县丞经历内拣选调补。从之。（《清高宗实录》卷六百三十五）

高宗令杨应琚熟计是否停运辟展等处余粮。

谕曰：杨应琚请停运辟展等处余粮一事，并未计及哈密、巴里坤等处官兵口食及将来接济之法，仅援引安西驻防一处折价与驼运脚费，较短絜长，办理全未中窾，军机大臣已经议驳。今又据纳世通奏，哈喇沙尔一年收获米谷九千余石，除支用外，可余四千余石，请照乌鲁木齐例，雇觅回空商驼运送巴里坤等语。是裒屯田之粮，节内地之费，实为一举两得。而杨应琚所奏，则援绿旗兵折价二两二钱之例，欲议概行停运。试问哈密等处办事大臣官兵，岂可尽照绿旗兵例专给折色乎？将来安西官兵移驻巴里坤，若从内地裹带前往，此二两二钱之数，是否半本半折，抑系全给折价，并合之借给购办孳生牲只，每石合价若干。且向据地方官奏报粮价，肃州安西等处每石不下五六两有奇，今折给之数不及三之一、此数年来，官兵等但恃此不足籴食之折价，亦岂能支？此处朕殊不解。且与其令伊等向内地籴买拮据，何若就便于辟展等处转运之为得乎。杨应琚所奏，全未明晰。着再行传谕，令其详悉确核具奏。（《清高宗实录》卷六百三十五）

奏因库贮硝磺不敷各营需用，请由内地咨取，军机大臣议复，应在当地或附近地方取用。

谕军机大臣等：据杨应琚奏称，现在库贮硝磺不敷各营需用，而边外无硝磺处所，又复咨取等语。从前军需硝磺，俱取之库车等处，并不专籍内地。即如从前准噶尔之人亦有枪炮，其所用火药不过本地所产，岂有取之内地之理乎！着传谕杨应琚，嗣后火药，各宜查访出产硝磺之区，采办使用，不必取之内地，即间有一二不产硝磺处所，亦宜由附近地方取用，庶可省内地挽运之力。将此通谕各处遵行。(《清高宗实录》卷六百三十五)

五月，因各标营火药不敷，杨应琚查知久经封闭之皋兰县属骚狐泉硫磺厂矿砂旺盛，奏请招商开采。

大学士公傅恒等议覆：陕甘总督杨应琚奏请采硫磺以资储用，查磺斤为营伍所必需，遇有缺乏，例得给批赴产磺地方购买备用。若以本地开采之磺供支各营操防之用，较之购自远处实多节省。兹访得骚狐泉磺矿，自封闭后矿砂旺盛，请照前例，责成兰州府招商开采，自属筹备营伍之要，应如所请办理。至称口外不产硫磺处所应需火药，现经行文咨调一节，查现今回部库车等处，俱有磺矿，从前用兵时曾经采取配用充裕，即伊犁及乌鲁木齐一带，当日准噶尔亦用枪炮又从何处购办？可见口外原自不乏磺斤，应请交与各该处办事大臣留心体访向来产磺处所，一体查明采购，或附近地方产有磺斤，亦可采取配药运往，并可省内地办运之烦，更为便益。其现议骚狐泉开采事宜，应请交与该督委员妥办，毋令滋事。从之。(《清朝文献通考》卷三十)

六月，疏请将裁汰赤金卫守备衙署等改为玉门县、典史、训导衙署。

吏部议准：陕甘总督杨应琚疏称，裁汰赤金卫守备衙署，请改为新设玉门县衙署；卫千总衙署，改为典史衙署；靖逆卫千总衙署，作为训导衙署。从之。(《清高宗实录》卷六百三十八)

杨应琚奏准口外苏鲁图等七处军台口粮马料改由辟展拨运。

陕甘总督杨应琚奏，请改拨军台粮料。口外废济、历肋、巴泉至苏鲁图等七台应需马料，向由哈密所属之塔勒纳沁屯粮内运往。但查塔勒纳沁至苏鲁图等七台，计程自一千一百四十里至六百一十里不等，需马料五百余石。照例每石、每百里连加增回空脚价三分之一、应给银七钱九分零，共需脚价银三千三十八两零。其哈密至苏鲁图等六台，计程自九百二十里至三百九十里不等，需口粮一百八十余石，共需运脚银九百三十两零。在当时各台附近处所产粮无多，故由哈密等处拨运。现在屯垦较广，口外地方在在粮石充裕。查辟展至苏鲁图等台，计程自六十里至六百六十里不等，所有各台粮料，若改由辟展拨运，每石给脚价银四钱九分零，共需银一千二百八十九两零。嗣后除各台官兵应需盐菜银两，照旧由哈密支领外，其口粮马料，请改由辟展拨运。得旨："如所议行。"（《清高宗实录》卷六百三十八）

令杨应琚详议安西提标官兵移驻哈密的兵饷问题。

军机大臣议覆：陕甘总督杨应琚奏称，安西提标官兵移驻案内，议拨靖逆兵二百名、瓜州兵三百名移驻哈密。但瓜州营兵饷原定折价每石二两二钱，靖逆协一两八钱。今两处合驻一营，折价未便参差。查布隆吉营折价亦系二两二钱，请改拨布隆吉额兵二百名，同瓜州兵移驻哈密等语。应如所奏。至称布隆吉拨缺之数，即将原议之靖逆兵二百名归补，并以靖逆兵一两八钱之折价，合之布隆吉二两二钱之数摊算，每石统计价银二两零四分，一体折给等语。查本年四月内，该督原奏，安西提标五营，悉照每京石二两二钱之例改给折色，并未声明内有多寡不齐之处，所奏前后不符。应令详悉确查具奏。从之。（《清高宗实录》卷六百三十八）

巴里坤官厂三千马匹，由杨应琚议分别调往安西标营等各营驿，俱令照例缴价。

陕甘总督杨应琚奏，巴里坤官厂备调马三千匹，请改拨各营驿，以备骑操。现据安西标营就近愿领七百匹，肃州镇领五百匹，甘提、凉镇各四百匹，凉州满营三百六十匹，庄浪满营二百匹。余三百二十匹，听附近塘驿领买，俱令照例缴价。得旨："着照所请行。"（《清高宗实录》卷六百三十九）

七月，乾隆皇帝《诗》："陕甘总督杨应琚奏报，甘省丰收已定，诗以志慰。"

甘凉称地瘠，民贫处穷边。前者用武际，适遭灾歉连。赈救不遗力，乃得运转旋。去岁实大收，今春麦获全。方伯兹奏报，稔可定大田。额手为民庆，况无秋税牵。元气庶因复，比户饱食眠。幸哉大兵后，屡遇绥丰年。总荷皇天慈，于我何有焉？（《（乾隆）御制诗三集》卷十五）

杨应琚等奏称，肃州威鲁堡回人于本月起程迁居辟展、里野木其木等处安插耕种，并请授给相关头人以伯克、副伯克等职，且妥善处理相关事宜。

军机大臣等议覆：参赞大臣舒赫德会同陕甘总督杨应琚奏称，威鲁堡回人拟于八月内迁居吐鲁番。查附近辟展之里野木齐木等处，现有熟地八千余亩，可以安插耕种。应令千户珈如拉率回众住里野木齐木，百户厄闵和卓率回众住辟展，并请授为五品伯克。其回众公举之玛玛古尔班、呼岱巴尔氏，授马六品副伯克，各居分地，管辖回众等语。应如所奏。从之。（《清高宗实录》卷六百四十）

陕甘总督杨应琚奏，肃州威鲁堡回民迁移辟展，有余存麦谷六百余石，带往彼处路远费繁，请就近交贮肃州仓。俟伊等到辟展时，即于该处余粮内，按数给还。再该回民迁移到彼，诸事创始，请借给明春口粮

籽种二千石，分年交还。得旨："好。"（《清高宗实录》卷六百四十二）

奏称，陕甘营马按期放牧每年节省草料银九万两，可供新疆岁需拨用。

军机大臣等议覆：陕甘总督杨应琚奏称，陕甘营马按期牧放，每岁节省草料银九万两。将来新疆岁需经费，请将此项就近酌留拨用等语。应如所请。从之。（《清高宗实录》卷六百四十）

在安西试种豌豆成功，可用作额征之粮。

陕甘总督杨应琚奏，安西气寒，豆非地产，向由内地购运，路远费繁。今春令民试种，悉皆成熟，各处收成，八分以上。既可省内地采买挽运之烦，并可将额征之粮改征豌豆。得旨："甚妥甚美之事。"（《清高宗实录》卷六百四十一）

八月，再议布隆吉拨兵兵饷折色银两，获准。

军机大臣等议覆：陕甘总督杨应琚奏，布隆吉拨缺兵饷摊匀折给，请仍照前议一折。查前奏称布隆吉拨缺兵数，以靖逆兵二百名归补，其折色银两，摊减布隆吉兵二两二钱之有余，拨补靖逆兵一两八钱之不足，统以二两四分折给。臣等原议，以事关兵食，在靖逆兵以少加多，自属有益。而在布隆吉兵旧定折价忽减，未免拮据，恐日久又费周章。是以行令该督再议具奏。今该督称布隆吉距靖逆止一百四十里，将折价稍为匀减尚不至艰买食，均匀摊给正为熟筹久远，俾同城兵丁折价初无歧贰等语。是与原议并无妨碍，应如所请。从之。（《清高宗实录》卷六百四十二）

令杨应琚具奏如何召募兵丁家口及无业流民至乌鲁木齐耕垦。

又谕：据安泰奏，乌鲁木齐收获粮石甚多，除足敷兵丁口食外，尽有余积，即减价粜卖，亦属无几。明年请酌留三千兵分派垦种差操等语，已交军机大臣议奏矣。该处连获丰收，粮石自多贮积，但因售买乏人，遽议酌减兵数，则现在垦熟地亩，坐致荒废前功，甚属可惜。将来或酌令兵丁家口陆续迁往开垦就食，或令腹地愿往无业流民量为迁移，则垦辟愈广，内地既可稍减食指之繁，而该处粮石亦不致陈积，自属一举两得。着传谕杨应琚，令其将如何招募前往，俾垦种日就展拓，兵民渐次蕃庶，及作何令其分起派往之处，详悉妥议具奏。（《清高宗实录》卷六百四十二）

议请巴里坤屯田绿营兵撤回，以安西兵及巴里坤遣犯往屯田。

军机大臣等议覆：侍郎五吉奏称，巴里坤有屯田绿旗兵一千名，虽经垦种，而地寒霜早，仅收青稞，该屯兵仍须给盐菜银及粟麦，所费颇多。安西兵三千余名，计日迁移，止折给粮价，不需支食青稞。是此项屯田兵，竟可撤回，将安西兵派出屯田，以节冗食等语。又陕甘总督杨应琚奏称，巴里坤原设之屯田兵撤回，派安西兵五百名及巴里坤遣犯四百八十余名，给与口粮，同往屯田，尽足敷用。该处地气虽寒，试种豌豆，亦皆成熟，加以人力粪治，并可种麦等语。臣等酌议，巴里坤屯田所收青稞不敷官兵等支食，今安西兵又移往该处，所支银米尤多。即云试种豌豆有收，亦未必常年如是。查乌鲁木齐现设有驻防兵，该处屯田收获极为丰稔，且相距不远，若于巴里坤留兵千余人，余俱移驻乌鲁木齐，情形尤便。应行建屋整装各事宜，请交杨应琚、五吉等会商妥议具奏。其巴里坤酌留安西兵及遣犯屯田之处，应如所奏办理。从之。（《清高宗实录》卷六百四十二）

奏准迁居吐鲁番回人所遗地亩丈明后由肃州民人认种升科。

谕军机大臣等：杨应琚奏，迁居吐鲁番回人现已自肃州起程出关，沿途料理护送等语。前据该督奏，将来回人起程后，所遗熟地，肃州民人俱愿认垦升科。经军机大臣议覆，令于回人起程后，丈明确数，按则升科。该督此时自应遵照前奏，确勘妥办。其从前瓜州回人所遗熟地，现在作何办理之处，着一并查明具奏。寻奏，肃州回民迁移后，所遗熟地丈明共一万二十一亩，经肃州民人认种升科。其从前瓜州回民所遗熟地二万四百六十亩，改为民地，给种升科。得旨："览奏俱悉。"（《清高宗实录》卷六百四十三）

议准增补塔勒纳沁等处屯兵。

陕甘总督杨应琚奏，塔勒纳沁屯兵三百名足以敷用。原派黄墩营屯种兵二百名，为数不敷，应于哈密遣犯内派拨。其从前减撤边卡，改拨屯种之兵二百名俱行撤回。得旨："如所议行。"（《清高宗实录》卷六百四十三）

奏准哈密撤防兵所遗骆驼用于转运巴里坤粟米。

军机大臣等议覆：陕甘总督杨应琚奏称，巴里坤、哈密屯粮，向来互相接济，但相距三百余里，雇车转运未免糜费。查哈密防兵现应全撤，其防所额设驼四十只此时已无需用，莫若交与哈密协牧放，冬春照例酌给草料，俟巴里坤需用粟米时，由哈密用驼转运。到巴里坤时，即将存贮炒面用原驼运回哈密等语。应如所请。又据奏称，哈密防所额设马一千，除前议定拨留屯耕备用外，尚余马数百，亦请交与哈密协牧放，以备供应等语。查哈密防兵已撤，额设马已据酌留。若复将余马悉留该处牧放，似觉为数稍多。应令该督再行详拟具奏。从之。（《清高宗实录》卷六百四十三）

九月，哈密防兵撤回，其耕种之蔡把什湖地三千亩，奏准于安西提标步兵内拨一百名前往屯种，仍于哈密协兵内每年轮流更换。

陕甘总督杨应琚奏，哈密附近之蔡把什湖有地一万三千余亩，除一万亩给回民种获外，其三千亩，曩拨哈密防兵耕种。今哈密防兵陆续撤回，该协移驻兵少，难再分屯。应于安西提标步兵内酌拨一百名，归入哈密协，令往蔡把什湖屯种。仍于哈密协兵内每年轮流更换，如再不敷，即于哈密遣犯内酌拨年力精壮者，令随耕作。得旨："如所议行。"（《清高宗实录》卷六百四十四）

安排安西、肃州招募的百户贫民到乌鲁木齐垦种。

陕甘总督杨应琚覆奏，乌鲁木齐招募内地流民垦种事宜。查安西、肃州、甘、凉一带，地邻乌鲁木齐，应就近招募。今于安西、肃州二处招得贫民百户，情愿挈眷前往，拟分为两起，给以车辆口食衣服，派员照料起程。其自哈密以西，沿途俱无旅店，请于军需余帐房内，酌拨带往，到彼交还。初到时，按给口粮，届明岁麦熟后，停止。至乌鲁木齐官兵，有愿将家口迁往者，现移咨安泰查明，俟移覆到日办送。得旨："好。"（《清高宗实录》卷六百四十五）

杨应琚奏准在巴里坤招商民认垦。

杨应琚言，巴里坤地土广衍，水泉敷裕。除屯兵所种地亩之外，应出示晓谕，听商民认垦，按限升科，庶流寓贸迁之人，皆乐业安居，渐成土著。奏入，得旨："甚好，应广为开垦。"杨应琚奏，巴里坤招获民人王玉美等六十七名，认垦地三千七百余亩，二十七年，续招民人三十九户，认垦地一千四百五十余亩，二十八年续招吴臣等三十名，认垦地三千四百四十余亩，共八千二百余亩，皆系近水易于引灌之地，俱照水田六年升科。二十九年续报商民三十名，认垦地三千六百九十亩，又续报敦煌等三县招有情愿赴巴里坤种地民一百八十余户。(《清朝文献通考》卷十一)

议准由哈密遣犯内派拨往黄墩营屯种。

十月，为解决武威黄渠兵民用水争端，杨应琚议定将笈笈滩营地地亩交于黄渠农民分种，仍照前输粮给兵。

谕军机大臣等：明德奏，请停止武威县笈笈滩地方兵丁截渠种地以济民用一折，所奏尚未明晰。笈笈滩虽踞黄渠上游，民人所租营地交租不过二百余石。而下游民田数至一千四百余顷，多寡相悬，岂止千倍。即使上游并不截流，而以租地所需无几之水，谓足资下游如许灌溉之用，安能有济！若遇泉源盛旺时，即令上游尽力拦截，己田必致为壑，又安能利己害人，皆事理所必无者。其中争衅，必有别情。着传谕杨应琚会同明德，即赴彼处详查确勘，悉心妥议具奏。朕办理庶政，惟理明事实，即为允行。倘以抚臣而偏于为民，督臣而偏于为兵，伊等当自谅难逃洞鉴也。寻会奏，笈笈滩营地，需水无多，原与黄渠民田无碍。缘租别渠民人王明等佃种，黄渠农民疑多截渠水，彼此争执。请将该滩地亩，即令黄渠农民分种，仍照前输粮给兵。得旨：“甚是。”(《清高宗实录》卷六百四十六)

谕令杨应琚筹度，是否将从前罗布藏丹津游牧之洮赉郭勒等处给予青海札萨克等游牧。

谕：前据多尔济奏，请将从前罗布藏丹津游牧之洮赉郭勒等处，给与青海扎萨克等游牧，经理藩院议驳。此等游牧系罗布藏丹津旧地，伊逃叛之后，久经入官，不应再给扎萨克等。但念此时新疆展拓，非旧日之比，即酌给伊等游牧，亦无不可。惟是洮赉郭勒等处，是否牧放官马，抑系向来闲旷之地，无妨拨给。着传谕杨应琚，令其筹度，如尚可查给该扎萨克等，即应酌办，不必过于拘泥。俟奏到再降谕旨。（《清高宗实录》卷六百四十七）

谕令杨应琚酌议派往巴里坤驻兵大员。

又谕：据杨应琚奏，安西提督刘顺腿疾增剧，气血渐衰等语。刘顺系明年轮派驻兵巴里坤之员，今现在有疾，办理安西事务且难支持，岂复能前往巴里坤驻札？该督只筹及量派大员协办本任，而于移驻一节，尚未通盘计算。着传谕杨应琚，将明年派往驻兵大员，或于附近提督内如阎相师等，悉心酌议一员。具奏到日，再降谕旨。（《清高宗实录》卷六百四十七）

奏报高台县毛目等处劝垦水田五千二百亩有奇。

陕甘总督杨应琚奏报，高台县毛目等处，劝垦水田五千二百亩有奇。（《清高宗实录》卷六百四十七）

奏请哈密余三百余匹马交哈密协牧放，以备各项供支。

陕甘总督杨应琚奏，哈密防所额马千匹，除拨应差屯耕，尚余三百余匹，请交哈密协牧放，备各项供支。得旨："如所议行。"（《清高宗实录》卷六百四十七）

十一月，议准添商州州同一员分驻龙驹寨，将兴平县丞移驻该县之店张镇。

议覆：陕甘总督杨应琚等奏称，商州属龙驹寨距城百里，水路直通襄阳，五方错处，需员弹压。查兴安州州同，与知州、吏目同城，无专司事件，应裁添商州州同一员，分驻龙驹寨。又兴平县属店张镇，省西孔道，节次过兵旅客就此住歇，稽察维艰。该县系专冲简缺，请将该县丞移驻店张镇，遇有窃盗等事，令该州同、县丞就近管理。龙驹寨州同衙署，将兴安州州同旧署估变建造。店张镇驿丞旧署，作为县丞衙署。均应如所请。该二缺定为要缺注册，缺出，该督等在外拣调。从之。(《清高宗实录》卷六百四十八)

因阎相师巡阅回甘调理，高宗令杨应琚再议明岁移驻巴里坤之员。

谕军机大臣等：据杨应琚奏，甘肃提督阎相师巡阅营伍，于十月十一日回甘调理等语。前因刘顺调养未愈，业经降旨，令该督豫为计算明岁移驻巴里坤之员，或于阎相师等酌议一员具奏。今阎相师调理又需时日，着再传谕杨应琚，不知阎相师至期能去与否，若不能，可将总兵内酌议一员具奏。令其前往移驻。(《清高宗实录》卷六百四十八)

奏报哈喇沙尔、叶尔羌、库车、乌鲁木齐、哈密等处试种胡麻有收，足济本地磨油之用。

陕甘总督杨应琚奏，哈喇沙尔、叶尔羌、库车、乌鲁木齐、哈密等处，试种胡麻有收，足济本地磨油之用。得旨嘉奖。(《清高宗实录》卷六百四十九)

十二月，奏请定新疆奏销章程。

陕甘总督杨应琚等奏，新疆奏销钱粮，宜定章程，请将伊犁、乌鲁木齐、喀什噶尔、叶尔羌、阿克苏、库车、哈喇沙尔、辟展八处每处为一案，分八本具题。其英吉沙尔附喀什噶尔内，和阗附叶尔羌内，乌什附阿克苏内，至各处奏销，经纳世通奏准，差官赍兰，往返迟误，嗣后应停差赍。此次奏销，臣明德将底册咨该处照造大臣核明钤印，由塘送兰，即督藩司核题，并请自明岁起，每年内地供支新疆各项统为一案限

次年六月奏销，哈密、巴里坤二处各统为一案限次年十月奏销，迟逾参处。得旨允行。（《清高宗实录》卷六百五十）

奏报自哈密至乌鲁木齐各处军台添盖用于羁押遣犯的塘房。

陕甘总督杨应琚奏，请自哈密至乌鲁木齐各处军台添盖塘房，羁守遣犯。报闻。（《清高宗实录》卷六百五十一）

奏报巴里坤劝垦地三千七百余亩，照水田例升科。

陕甘总督杨应琚奏报，巴里坤劝垦地三千七百余亩，照水田例升科。得旨嘉奖。（《清高宗实录》卷六百五十一）

公元一七六二年（乾隆二十七年 壬午），六十六岁

一月，因陕西省有地方官会见将军时未遵接见总督之例，高宗令杨应琚等查明并整顿。

谕曰：各省驻防将军品阶例在总督之上，地方官虽非专属，而尊卑异等，相见自有一定之仪，载在令典，遵行已久。今嵩椿调任来京，因问及地方政务。据奏别省尚循旧制，陕西一省地方各属，接见将军并不照接见督、抚之例，是则甚非政体。国家于省会分驻重兵，将军职司统辖，有司不循礼节，匪独体貌攸关，在官必生文武之嫌，在下易滋兵民之事，不可不深防其渐。着通谕各省，俾知恪遵定制，无得稍渝。并令总督杨应琚、巡抚钟音，将该小因何沿习违式之处查明据实具奏，仍一面悉心整顿，以肃官常。（《清高宗实录》卷六百五十二）

奏报张掖山丹、东乐等县民二百户护送往乌鲁木齐垦种。

陕甘总督杨应琚奏，据张掖山丹、东乐等县详报，招户民二百户，共男妇大小七百八十余名口。经咨准乌鲁木齐办事大臣旌额理等覆称，本处于二月内种麦稞，三月种粟谷。此项续招民户，须于三月初旬到屯，始副耕期。随分四起起程，第一起于正月十六日抵肃，十七日出关。余三起，间日续发。委都司安德等按起护送，并咨办事大臣查照。得旨嘉奖。(《清高宗实录》卷六百五十三)

阎相师病故，杨应琚暂兼提督，待新提督到任。

谕军机大臣等：据杨应琚奏报，提督阎相师已经病故，其提督印务现在自行兼署等语。所奏甚是。阎相师提督员缺，前已有旨，令武进升补授。但武进升到任尚需时日，该督因员缺紧要，不避小嫌，即自行兼署，深得总制边圉大臣之体，甚属可嘉。武进升未到之前，其提督印务，即着该督署理，留心整饬营伍。着将此传谕知之。(《清高宗实录》卷六百五十三)

奏准照闽、浙例，陕、甘两省军装器械，在两省提镇驻扎处所各设公局，监匠如式制造，不再允许各营承造。

陕甘总督杨应琚奏，陕、甘二省军装，向听各营承造，规式参差，又自详允修补后，将备委之弁目，弁目听之匠工，草率不堪适用。现查兰、凉、甘、肃一带各营，所存鸟枪、弓箭等项，未能一律铦利。且今大功告成，各营拨缺军装，并需补制。请照闽、浙例，于两省提镇驻札处所各设公局，遇应制军装器械，确估造报，督臣核移该提镇，遴委标员同该协营员弁，于局内监匠如式妥造，制成，呈提镇验发该协营应用。如违式及减料，参追另造。得旨："甚好！如所议行。"(《清高宗实录》卷六百五十三)

二月，奏据前青海办事大臣多尔济请，将青海入官之素拉郭勒、西尔噶勒金二处，赏给扎萨克等游牧。军机大臣议从。

军机大臣议覆：陕甘总督杨应琚奏称，前青海办事大臣多尔济请将青海入官旷地，拨给该扎萨克等游牧。查罗布藏丹津入官之地，系与西宁、甘肃等提镇地界毗连，原奏所指察罕鄂博、伯勒齐尔庙、洮赉郭勒等处，现系西宁、甘肃等提镇牧放官马厂地，其巴尔敦郭勒、特尔恳达坂等处，现有黄、黑番族住牧，安插日久，且每岁贡马纳粮，均未便议拨。惟素拉郭勒、西尔噶勒金二处，东西五百余里，南北三十余里，现闻旷，且与该扎萨克等游牧相近，堪以赏给。至西尔噶勒金，过河即系产磺山场，曾经开采，嗣封禁，应指明定界，饬交该扎萨克就近看守。应如所请，并画定北以山梁为界，西以河为界，河东听其驻牧，河西矿山即照青海察察宁楚尔铅矿之例，饬交看守，毋许越界盗采。从之。（《清高宗实录》卷六百五十五）

奏请巴里坤应撤八九百单身兵留驻。

陕甘总督杨应琚奏，前经奏定，安西提标中、左、右三营官弁，带兵一千五百名移驻巴里坤，于二月底起程。查提标与所属各协营，现在巴里坤屯防听差单身兵不下八九百名，若皆撤回，由三营内更换，往返繁费，屯防听差，又悉易生手。且现在彼处兵以田土日辟，生聚日繁，又自军兴以来，叠蒙体恤，咸愿留驻报效。应将此项按数截留，以抵该标应移之数，其截留之数，即在该标应移兵同就近拨还各协营补额。得旨："甚是。"（《清高宗实录》卷六百五十五）

议准哈密、巴里坤今后雇民车运送口粮物件，停止脚费加增之例。

陕西总督杨应琚奏，哈密、巴里坤从前雇民车运送口粮物件，俱照向例给与脚费。自乾隆二十二、三、四等年因军兴，经巴里坤办事大臣阿里衮、甘肃巡抚吴达善先后奏准，不拘常例，逾格加增。今大功告成屯田日辟，此时需运，但纸张、药材、绸缎、银两等项，非军粮可比，应停止加增之例，并行文口外各处办事大臣，嗣后悉照向例支发。得旨："是。"（《清高宗实录》卷六百五十五）

议准将乾隆二十六年民借仓粮，准随土所宜以麦、粟、大豆、青稞等抵交，亦可照时价交银。

三月，令鼓励商民至回部贸易、垦田。

谕军机大臣等：据永贵等奏称，自平定回部以来，内地商民经由驿路并回人村落，彼此相安无犯。坐台回人又挑引河渠，开垦田地。往来行人，并无阻滞。若将此晓谕商民，不时往返贸易，即可如哈密、吐鲁番，与官兵亦有裨益等语。回部既已平定，内地商贩，自应流通。但贸易一事，应听商民自便，未便官办勒派。今永贵既称，民人经由回人村落，彼此相安无犯。且坐台回人，挑引河渠，开垦田地，沿途牲畜水草无缺，并无阻滞等语。着寄信杨应琚，将此传谕商民，若有愿往者，即办给照票，听其贸易。若不愿，亦不必勒派。如此行之日久，商贩自可流通矣。并着寄信永贵等知之。（《清高宗实录》卷六百五十六）

以驻扎河州城内兰州同知所裁之丞，移驻边外三营适中之循化营城内。

吏部议准：陕甘总督杨应琚奏称，兰州同知驻札河州城内，所管番民七十一寨一十五族，计一万四千余户，俱散处边外之循化、保安、起台三营地方。距城窎远，难于控制。查该丞从前兼管河司茶务，嗣裁。应请移驻三营适中之循化营城内，至该厅收纳番粮，系支各寺喇嘛口粮之用，除口外寺二座仍赴厅支领外，其口内一十九座，请于河州应支循化等营兵粮内支给。循化等营兵粮，即令在该厅番粮内支发。从之。（《清

高宗实录》卷六百五十六）

奏定分发伊犁、乌鲁木齐各回城换班官兵供支办法。

陕甘总督杨应琚奏，分发伊犁、乌鲁木齐暨各回城换班官兵供支事宜。一、领兵官员及随伺之人调拨放厂营马乘坐，往来繁费，应于安西提标营移驻巴里坤随带马内，酌留三百匹，按起拨送。其往乌鲁木齐者，直至巴里坤，就近归厂。其由哈密分途，往南路各回城者，即由哈密赶归本营。一、安西仓储甚裕，官兵自肃州出口，应令止带至安西口粮。其自安西至哈密，令于渊泉县接支，并嗣后出口进口官兵，俱照此办理。一、军兴以来，口外需用粳米，由内地采运，此时半已动用无存。应令官员经过地方，准将粟米白面抵支。得旨："如所议行。"（《清高宗实录》卷六百五十六）

高宗令吏部对杨应琚等宣力有年之封疆大吏议叙优奖。

谕：督、抚为封疆大吏，其优劣皆朕所深悉，原不必待京察之期，始行甄别。今吏部开列名单进呈，如总督中之方观承、尹继善、杨廷璋、爱必达、杨应琚、开泰、高晋、杨锡绂，巡抚中之陈宏谋、庄有恭、胡宝瑔、阿尔泰，并宣力有年，各称厥职，俱着交部议叙，以示优奖。余着照旧供职。（《清高宗实录》卷六百五十七）

四月，奏请将乌鲁木齐贸易换获马匹拨补新疆及肃州各营，以节省银两。

谕军机大臣等：杨应琚奏，请将乌鲁木齐贸易换获马匹拨补新疆移驻各营倒缺一折，业经军机大臣覆准，并议将肃州各营每年倒缺，一体通融酌补等语。着再传谕杨应琚，将肃州各营协，每年倒马缺额若干，向例领银采买每匹价值若干，若似此转移酌办较之每年采买，共可节省银两若干，一并查明具奏。寻奏，肃州各营协每年约准倒马五百七十余匹，巴里坤、乌鲁木齐各营协二百七十余匹，安西提标所属协路各营三百六十余匹。至各营协向例采买，每匹定价八两。似此转移办理，约每匹可省价四两，共可节省银四千六百余两。报闻。(《清高宗实录》卷六百五十八)

奏请令江宁等织造预先织造绸缎解肃，以应伊犁、乌鲁木齐贸易所需。

谕军机大臣等：杨应琚奏，伊犁、乌鲁木齐等处现在贸易接踵，所需绸缎恐有不敷，请令三处织造，豫先织办解肃等语。前已降旨三处织造，令其预备酌量贸易所需各色绸缎，织造数千疋，以资拨用。着将杨应琚此次所开色样数目，寄知江宁、杭州、苏州各织造，即行照数速办解肃。(《清高宗实录》卷六百五十九)

奏请将南北两路换班撤回索伦察哈尔兵皆走边外，自南路回京之满洲官兵在乌鲁木齐酌换马匹。

军机大臣等议覆：陕甘总督杨应琚奏称，请将南北两路换班撤回索伦察哈尔兵，照前赴新疆换防官兵之例，皆走边外，较为省便。应如所请。其自南路回京之满洲官兵，该督请由乌鲁木齐行走，如有疲乏马匹，即于该处酌换之处。查乌鲁木齐马匹，业经奏准令换防之索伦察哈尔兵到彼拨换，此外尚有马若干，是否足敷更换，应令妥为经理。从之。(《清高宗实录》卷六百五十九)

杨应琚等因保举史萼不当，被降二级留任使用。

吏部议奏：安徽石埭县知县史萼，前由邠州学正保举知县，兹以贪婪革职，其从前滥行保举之陕甘总督杨应琚、前任学政现任兵部侍郎张映辰照例降一级调用，陕西布政使方世俊、按察使杨缵绪均照例降二级调用，杨缵绪已休致，应降去顶带二级。得旨：“杨应琚着降二级从宽留任。张映辰自为侍郎碌碌无能，着降一级调用。方世俊着降四级，从宽留任。杨缵绪着降去顶带二级。”（《清高宗实录》卷六百五十九）

请准将百齐堡兵马移拨安西府城供差遣。

陕甘总督杨应琚奏，安西府境当冲要，额设差马百匹，不敷供应，向在提标五营内酌拨，今已分驻巴里坤、乌鲁木齐。安西城守兵数无多，马数亦减。查安西营属之百齐堡，设把总一员，兵一百名，马六十匹。该处并非要隘，请移拨安西府城，以供差遣。从之。（《清高宗实录》卷六百五十九）

五月，奏报甘省情愿携眷告驻乌鲁木齐弁兵二百八十一员名陆续自肃州起程，高宗令其益加招徕。

陕甘总督杨应琚奏，甘省现有情愿携眷告驻乌鲁木齐弁兵二百八十一员名，已造具营分花名清册，移咨该处办事大臣，并饬令沿途地方官，妥协照料，现俱陆续自肃起程出关。得旨：“知道了。外域竟成乐土，实堪欣悦。当益为鼓励招徕，以开其路。”（《清高宗实录》卷六百六十）

行文杨应琚调取匠役数名到乌鲁木齐为屯田兵制造刀镰等农具。

乌鲁木齐办事侍郎旌额理等奏，查乌鲁木齐屯田农具，皆由内地运送，未免繁费。访之旧厄鲁特等，闻喀喇巴勒噶逊、昌吉、河源等处，向曾产铁。随饬吐鲁番公素赉瑺，派回人采铁沙百余斤，铸试尚可供用。但伊等仅能熔铸犁铧，锤炼刀镰等器未为熟习。因行文杨应琚，调取匠役数名前来制造，俟屯田兵丁等熟习后，即行发回。报闻。（《清高宗实

录》卷六百六十一）

令杨应琚查明库茶数量，并筹处搭放事宜。

谕军机大臣等：明德奏请减配茶封一折，已饬部议覆准行。但思茶商等照例完课，何以配运茶封，转愿减少。即云近议搭放兵饷，地方行茶日伙，是以不乐多配。而兵丁所支之茶，出售是否果有余利。兵利赢余，则官茶不无损价。若官茶但利疏消，又岂能抑派兵丁勉强从事，其中必无两利俱存之理。且现在库茶实在积有若干，其最陈者起于何时？近来搭放兵饷之外，是否尚多存积，无可支销，应行设法调剂之处，着传谕杨应琚，逐一通盘核计，妥协筹办，期于公私交有裨益。此时新疆地方，生聚渐繁，米粮蔬果物产，在在丰裕。惟茶斤一项，必取资于内地，各处济用，自属多多益善。惟远运多需脚价，仍属有名无实。或台站往来之便，可以量为携带分贮，俾日久积少成多，则不动声色，而其事易集，其利亦普。即今年明瑞所领各处换班兵三千余名，皆应裹带盐菜口粮，或兵丁一路实在需茶，而库积亦有多剩，可以酌量搭放，俾资日用之处。日下明瑞约已抵肃，杨应琚亦可会同商榷，果于兵丁有益，即一面办理，一面奏闻，并将此速行详悉传谕知之。（《清高宗实录》卷六百六十一）

奏请以近垦荒地收获就近拨给金塔协及附近六营堡兵粮。

陕甘总督杨应琚奏，肃州金塔协及附近之清水等六营堡，向年兵粮，除折色外，约领本色仓斗三千余石，俱远赴高台县支领，需费繁多。查肃州金塔寺等处近垦荒地一万七千余亩，又附近之威鲁堡有新升科地一万二千余亩。请先将威鲁堡应征粮四百三十余石，就近拨给兵粮。尚有不敷，又有毛目城九家窑每年运肃平分仓斗粮一千七百石，免其运肃，各就近改拨，并暂将肃州采买及收捐监粮估拨。将来金塔寺等处新

垦地亩全数升科后，又可估拨，庶归省便。从之。（《清高宗实录》卷六百六十一）

闰五月，请将安西府治由渊泉移往沙州。

筹安西建置疏

陕甘总督臣杨应琚谨奏：为新疆之规模大定，定西之建置宜筹，谨先缕晰敷陈，仰祈睿鉴事。

窃照口外安西府治，东接肃州，西通哈密，为中外出入之咽喉。臣前因奉命查勘新疆，于乾隆二十四、五年节次往返，经临其地。见安西以西自白墩子等处至哈密，计程八百七十五里，设军台十处。其间戈壁绵长，水草缺乏，马驼至此易致损伤，来往商民多称未便。且各台额设塘递马匹应需草料，均需长途远运。虽经臣奏请将安西三县豌豆种成，不由肃州运送，而自安西前赴哈密程途尚远，运费尚复不赀。方今疆域恢宏，轮蹄如织，未便因循迁就。

谨按雍正四年间，前督臣岳钟琪于“理安西事宜案”内，以沙州为西陲紧要之区。初次具奏，原欲于沙州设镇，即今日之敦煌县治也。嗣因杜尔伯津地方在沙州迤北二百余里，易于应援，故复奏准于杜尔伯津设镇，即今日之安西府治渊泉县也。其沙州则酌议设立副将，管辖二营，驻兵一千五百名。遇有调遣之处，安西与沙州两路分兵并进，俾成犄角之势。但今准夷久已荡平，安西已成腹地，提臣现在移驻巴里坤，其安西城内，止设参将一员，前后奏准驻兵八百名，情形已迥非向日可比。且安西府城，亦建设戈壁之内，米粮食物等项，咸须仰给于沙州。而沙州则土田广沃，物产饶裕，远胜安西。稽之志乘，汉晋以沙州为敦煌郡，唐设沙州刺史，元为沙州路。自历代以来，无不以沙州为郡治。况我皇上，拓疆二万余里，规模宏大，远迈前朝，而乃于中外总汇之要区，则砂碛绵亘一望无垠，似非所以利行程、壮形势、节烦省也。臣体访舆情，咸以府治与军台均宜移设沙州为便。随于上年秋间遴委干员前往安西、沙州之总路，随自靖逆营历八道沟南折，而至沙州，处处水草丰裕。又自沙州历可可砂石等处，而至哈密，沿途有水草之处亦多，而可可砂石更有草湖数百里，绿缛弥漫，取用不穷，附近处所均堪割运。此外，凡有水远之处，亦俱有旧井，因年久淤塞，泉眼不通，止须拨夫掏浚，堪供饮食。臣又以该处水草虽属近便，而冬间或恐积雪深厚，有碍行人，复于上年十一月内委员往勘。本年四月间，又令带同匠役前往查丈道路，开浚井泉，并随带车辆沿途试行。嗣据先后回禀：沙州附近南山，地气温和，虽遇隆冬，堪以遄行无阻。自靖逆至沙州，用绳丈量，计程四百里。又自沙州至哈密，丈量得六百二十五里，共程一千二十五里。较之靖逆历安西而至哈密共程一千一百八十五里，实计近一百六十里。其沙州以西，凡有旧井俱已掏浚深通，水泉涌出。沿途间有山石嵚崎之处，亦令匠役开凿平坦，用所带车辆逐处试行，毫无阻滞。

臣查沙州一带既道路平坦、水草近便，而较之行走安西，又近一百六十里，则移设府治、军台，洵于公私交有禅益。且道路既近，则各台挽运粮草自可节省脚费约银一万八千余两。此外运送饷鞘绸缎纸张药材等项，每年节省之运费，与每届官兵换班节省之脚费，更难仆数。臣悉心酌核，似应俯顺舆情，将安西府治与军台俱移设沙州，即以沙州现设之敦煌县为附郭首邑。往来一切供应，就近在府库支发。而知府东有玉门，西有敦煌，北有渊泉，适足居中统率。且计现在所费，不过如改移台站、建盖知府等衙署为数有限，而此后频年之节省，诸凡之利便，实属永永无既。况安西府城，自提臣移驻巴里坤以后，参将所辖兵马无多，而地当孔道，差务纷烦，办理恒虞竭蹶。若改府治于沙州，则该处本系副将驻札，兵丁倍于安西，承办差务自无贻误，又不仅移远就近节经费便行人已也。且沙州本为关外安西第一沃壤，而移设府治，裨益地方，事所应行。况经费既多节省，军民又多称便，而该县之烦庶更远胜于安西。是以经臣委勘之后，商民靡不闻风踊跃，现有禀请于道旁建盖店房以待移设军台者。但事关重大，必须臣亲往勘明，始可详悉定议。臣现拟六月初起程前赴沙州一带，将移设府治改安军台之处，切实确勘，妥议绘图贴说，另行奏请圣训外，理合先将府治军台应行移设及臣现拟亲往查勘缘由恭折奏闻。"得旨嘉奖。（《皇清奏议》卷五十三）

七月，安西兵移驻乌鲁木齐之第一起定于九月二日起程。

陕甘总督杨应琚奏，安西兵移驻乌鲁木齐，酌分五起。第一起，定于九月初二日起程，间日一行。报闻。（《清高宗实录》卷六百六十六）

议准陕甘总督杨应琚等奏请将安西知府带同经历、教授，俱移驻沙州，且在靖逆以西沙州以东设八道沟等军台六处，沙州以西至哈密设可可沙石等军台七处，在黄墩堡、红柳峡设腰站二处。

军机大臣等议覆：陕甘总督杨应琚等奏办沙州一带移设事宜。据称，沙州在安西府西南二百余里，气局团聚，土沃产饶。其地利形势，非安西可比。查自肃州出关至玉门县属之靖逆营，即系分途前往安西、沙州之总路。由靖逆自沙州抵哈密，较之靖逆历安西至哈密实近一百六十里，且水草丰裕，道路平坦。应请令安西知府带同经历、教授，俱移驻沙州。酌议靖逆以西沙州以东，于八道沟、秃葫芦、忒布忒沙、挠丝、兔树沟、沙州共设军台六处，沙州以西至哈密，于可可沙石、青墩、峡井子、博罗特口大泉、酤水、哈什布拉、柳树泉共设军台七处，统计移设军台十三处。较行走安西，计少军台一处，应裁塘递马二十六匹。第自沙州至可可沙石之八十三里中，有砂碛三十五里，恐马力不继，应于适中之黄墩堡设腰站。又自酤水至哈什布拉一百三十里，亦应于适中之红柳峡设腰站。除以天生墩腰站原设马骡移拨外，尚应安设马五匹，即于应裁塘马内酌拨等语。均应如所请，从之。（《清高宗实录》卷六百六十六）

八月，新疆岁需官茶令官兵领买，并可令换班兵携带，较买自商人为减省。

陕甘总督杨应琚奏，新疆岁需官茶二万七百余封，应陆续运贮，令官兵领买，稍加运费。较之买自商人，尚属减省。将来遇有换班兵，更可酌为携带。现在巴里坤、哈密所有官茶，先行拨运，再由内地运往。下军机大臣等议行。（《清高宗实录》卷六百六十八）

奏报金塔寺、威鲁堡等处回民遗地及招垦地，皆令王子庄州同督率垦种，并收放粮石。

军机大臣等议覆：陕甘总督杨应琚奏称，金塔寺、威鲁堡等处，在边墙以外，距肃州百余里。今各该处增辟地二万七千余亩，其已经升科之回民遗地应征粮石，前经奏准，令王子庄州同就近征收，其余回民遗地五千三百余亩，与金塔寺等处招垦地一万二千余亩，此外尚有向在肃州征收，附近王子庄之金塔寺户口坝等九坝，原额正粮八百五十余石，俱请交与王子庄州同督率垦种，并收放粮石。又威鲁堡内外各地，悉系种地民人居住，不可无就近治理之员。请将该州同照依各州县分防佐贰之例，将附近各村庄斗殴、赌博、户婚、田土等案，俱责成该州同办理，疏防失察参处。俱应如所请。从之。（《清高宗实录》卷六百六十九）

九月，请准添建肃州镇中军衙署。

添建甘肃肃州镇中军衙署，从总督杨应琚请也。（《清高宗实录》卷六百七十）

请准移驻诸屯田兵俱归乌鲁木齐协标两营管辖。

兵部议准：陕甘总督杨应琚奏称，乌鲁木齐原派屯田之甘、凉、西宁、河州、安西各官兵，今既告驻迁移，请俱归入乌鲁木齐协标两营管辖。从之。（《清高宗实录》卷六百七十）

将甘、凉等镇余存孳生及杂项驼二百只拨交肃州，以用于向新疆转运物件，节省雇车之费。

陕甘总督杨应琚奏，新疆各处运送物件均由肃州雇车，需费甚繁。甘、凉等镇余存孳生暨杂项驼共三百余只，请挑拨二百只，交肃州择厂牧放，凡遇运送新疆物件即用此转运。得旨："如所议行。"（《清高宗实录》卷六百七十一）

十月，奏报自伊犁撤回绿营官兵，由哈密支给十四日口粮回肃。

谕曰：据淑宝奏，伊犁撤回绿营官兵八百四十五员名，自哈密照例支给口粮等项令其回肃等语。哈密距肃已近，且撤回官兵，自非派往官兵可比。其应付口粮等项，向来有无成例，今伊犁撤回各官兵，所有支给口粮等项。伊虽自称照例，其实系照何例，并给与几日之处，着杨应琚查明具奏。可将此传谕知之。寻奏，向例官兵口粮，自肃州至哈密，往返均按站支给二十一日，嗣经裁减二日，此次仍给十九日。第回兵与派往有别，请嗣后再减五日，只给十四日。得旨："如所议行。"（《清高宗实录》卷六百七十二）

奏新疆绿营兵丁换班事宜。

军机大臣等议覆：喀什噶尔办事尚书永贵、陕甘总督杨应琚等奏，新疆绿营兵丁换班事宜。一、新疆南北各城绿营兵一万余名，除乌鲁木齐携眷移驻兵外，计换班兵七千余名，应于陕、甘各营摊派。查安西提标五营，业经分驻巴里坤等处。哈密一协，兵少差繁，均无庸派拨。其余各营实兵七万四千余名，每千名派往百名。每兵百派千总、外委各一管领。一、派出兵以一营同驻一城，如数不敷，于近营添拨，即以本营员弁领辖。一、官兵俸赏，照英吉沙尔换防例，官每员支给俸一年，兵每名支给银十五两。一、各官骑本身例马，每匹日支草束银一分，于马干银内扣还。每兵四名，给车一辆，由肃州送至哈密。其前赴防所兵三名，给驼一只，折银十八两自购。所领驼价，至防所后交该督等，量其道里远近，酌减扣缴。均应如所请。从之。（《清高宗实录》卷六百七十二）

爱乌罕汗哈默特沙遣使赍表进贡，令杨应琚等沿途督、抚预备筵宴及戏具接待。

谕：据新柱奏称，爱乌罕汗爱哈默特沙遣使赍表进贡，请令沿途各督、抚，预备筵宴等语。爱乌罕，系一大部落。其使人初次经行内地，天朝百技，俱所未睹，所有经过各省会，理宜预备筵宴，陈设戏具，以示富丽严肃。着交杨应琚、常钧、鄂弼、明德、方观承等整齐备办。（《清高宗实录》卷六百七十二）

十一月，请准移甘肃渊泉县马莲井县丞驻踏实营堡。

移甘肃渊泉县马莲井县丞驻踏实营堡，从总督杨应琚请也。（《清高宗实录》卷六百七十四）

伊犁总兵金梁去世，令杨应琚从其成年子中选取一人送部引见，待高宗降旨加恩。

谕曰：金梁自补放总兵以来，虽未著有战功，而驻札伊犁，于一切贸易、屯田事务，办理俱属黾勉。今闻溘逝，殊堪悯惜。着加赠提督衔，赏银一千两，料理丧事，以示优恤。并着杨应琚于伊子中年已长成者，挑取一人，送部引见，候朕降旨加恩。所有伊犁驻札总兵应办事务，甚属紧要。其叶尔羌现有驻防大臣，无需总兵大员。着汪腾龙前往伊犁，接办金梁事务。至叶尔羌事务，着杨应琚于副将内拣选一员，前往接办。（《清高宗实录》卷六百七十四）

奏裁减固原城守营参将后的相关安排。

陕甘总督杨应琚奏，固原城守营参将于本年正月内奉裁，该参将向隶靖远协副将统辖，今改归提标后营游击兼管。请嗣后遇地方公务，俱就近呈报提督衙门。再后营游击衙署，规制狭隘，后营守备并无衙署，请以所裁城守营参将衙署，改令游击居住。其游击衙署，即令守备居住。下部知之。（《清高宗实录》卷六百七十五）

十二月，奏准选派西安城守营参将马虎以副将职衔赴伊犁承办屯田事务。

谕曰：杨应琚奏，伊犁屯务现在需员办理。而陕、甘总兵副将内，熟谙田功者甚少，惟西安城守营参将马虎，曾于辟展等处屯田四载，妥协干练，堪以派往等语。马虎，着赏给副将职衔，令于明岁带领换班兵丁前赴伊犁，承办屯田事务。其西安城守营参将，并着暂停开缺。俟有陕、甘副将缺出，请旨补用。（《清高宗实录》卷六百七十七）

改柳林湖屯田照镇番县中下则升科。

甘肃布政使吴绍诗言，凉州府属镇番县之柳林湖屯田，原垦一千九百八十余顷，续垦三百七十五顷，岁给籽种口食，所收粮石官四民六。二十三、四年以来，分收粮石渐次减少，缘民情视为官田，不甚勤种，且屯民二千四百余户散处一百六十余里，地方官耳目难周，殊鲜实效。应请遵照瓜州之例，改屯升科，照该县民地上中下则纳赋。至是，陕甘总督杨应琚言，柳林湖屯田改屯为民，按镇邑上中下则升科。缘该处并无水泉可以灌溉，镇邑渠流又难以旁及。边外本无水田上则地亩，请将初垦地照中则民田，续垦地照下则民田升科。皆下部议行（《清朝文献通考》卷七）

拟在辟展令回民种植菜籽、胡麻。

谕军机大臣等：据杨应琚奏，请将辟展上年种获菜子、胡麻分借回民种植，收升获后，扣还籽种，其余准其量为交官，以抵应输额赋等语。上年屯兵所种菜子、胡麻，虽已试有成效，但回地向来种植未尝有此，恐非回民所素习，若必强令分种，转非随俗从宜之道。着传谕德尔格，酌量回民之能种与否，如果伊等乐于承种固善，否则不必拘泥该督来咨，责令勉强从事。再乌鲁木齐地方广阔，正在开垦三屯，或即于该处播种菜子、胡麻以济用，亦无不可。传谕德尔格，并令杨应琚知之。（《清高宗实录》卷六百五十八）

按:《清朝文献通考》卷十一有与此内容近乎全同之文字，但系芝麻、菜籽二种作物，估计系史臣误植，故不取。

定各城回民纳赋之制。

杨应琚等酌定新疆事宜，凡回民自种地亩视岁收粮数交纳十分之一，其承种官地岁收粮石平分入官。总计各城回民自种地亩，辟展岁纳粮四千五百六十五石，哈喇沙尔纳粮一千四百石，库车纳粮九百六十石，又另纳地租粮二十五石，沙雅尔纳粮五百六十石，阿克苏纳粮六千八百三十五石五斗，赛里木纳粮九百七十五石，拜城纳粮五百二十石五斗，又另纳粮三十石，叶尔羌纳粮二千八百帕特玛，每一帕特玛合官斗五石三斗。纳普尔钱四万八千腾格，每五十普尔为一腾格，每二腾格合银一两。所属巴尔楚克纳钱一千二百腾格克，扣尔巴特纳粮九帕特玛，和阗纳粮二千帕特玛，纳钱二万四千腾格，喀什噶尔纳粮四千帕特玛，纳钱五万二千腾格，又纳官借籽种另册粮六百九十二帕特玛，所属伯得尔格纳钱四百腾格，英阿桂尔纳粮五百帕特玛。承种官地，库车岁收额粮一千二百五十石，沙雅尔三百七十五石，阿克苏五十石，叶尔羌一千二百二十一帕特玛，和阗六百四十帕特玛，喀什噶尔三十二帕特玛。

侍郎旌额理等疏奏，乌鲁木齐安插民户开垦地亩成效。旌额理言，杨应琚招募民人四百余户陆续送到，臣等办给农具、口粮，每户给与十五亩籽种，众民户感戴皇恩，无分老少，力勤耕作。除十五亩籽种全行播种外，并欲竭其余力，再行开垦。臣等复借给麦种三百十余石，民人愈加奋勉，每户各开地三十余亩，悉行耕种，所种青稞、粟米等苗，甚属畅茂，丰收可必，奏入。报可。（《清朝文献通考》卷十一）

筹划疏销积滞茶斤。

陕甘总督杨应琚遵旨条议甘省五司官茶疏销事宜。

一、官茶应改征折价也。按甘省库贮官茶，向例如遇存积过多，改征折色，如库贮无几，复请征本色。今五司库内，自乾隆七年至二十四年，已存积至一百五十余万封。经前抚臣吴达善于二十四年奏准，每封作价三钱，搭放兵饷以来。当奉行之始，兵丁领获茶封尚有余利。今行之二年有余，已搭放过茶四十万余封，现在市肆官茶日多，非十年之久不能全数疏销。且每年商人又增配茶二十四万余封，商茶既多，官茶自必益加壅滞。莫若将商人应交二成官茶五万四千余封，暂停交纳。照例每封征折价三钱，俟陈茶销售将完，再行征收本色。

一、商茶应准其减配也。查甘省茶法，商人每引交茶五十斤，无论本折，即系额课。此外尚有充公银三万九千余两，亦系按年交纳，无殊正供。至商人自卖茶封，每引止应配正茶五十斤，连附茶共配售三十余万封，该商等即以配售之茶完纳前项应输之课。经前抚臣吴达善奏准，增配以纾商力，并无课项。第茶封既已加增，又有搭放兵饷之库贮官茶，势致愈积愈多，难免停本亏折。今酌中筹计，商人情愿每引一道止配茶十五封，内应酌减无课茶一十五万八千三百十六封，共止配茶四十万九千四百四十封。至二成本色茶封，现既酌议改征折价，自亦无庸配运。

一、陈积茶封应召商减售也。查各司俱有陈积茶封，而洮司为最多。该司地处偏僻，定议搭饷计非数十年不能完。现在每封四钱发售，商民无利可获，裹足不前。请仍照乾隆二十六年前抚臣明德原议每封定价三钱，召商变卖。河西二司，共存茶六十余万，为数较多，亦准其一体照数售变。

一、内地、新疆应一体搭放也。查乾隆二十四年前抚臣吴达善奏准，满汉各营以茶封搭饷，至新疆地方茶斤一项向须取资内地。诚如圣谕，各处济用自属多多益善，今官茶以沿途站车挽运毋庸脚费，其自肃州运至各处，将脚费摊入茶本之内，较之买自商贾价值尚多减省。

部议应如所请。从之。（《清朝文献通考》卷三十）

公元一七六三年（乾隆二十八年 癸未）六十七岁

二月，奏准乌鲁木齐副将改为总兵，添设镇标中营。

陕甘总督杨应琚奏，乌鲁木齐为新疆冲要，驻兵四千名，副将不足以资统率，请改为总兵，添设镇标中营，并城守营，连原设左、右营为四营，驻兵分隶，听巴里坤提督节制。乌鲁木齐以东，巴里坤以西，绿营屯种，责成镇臣就近督率。从之。（《清高宗实录》卷六百八十一）

奏准，凉州、庄浪满营兵中年老残废幼稚之户不能远赴伊犁者，令回西安就便安插。两地汉军官兵出旗，愿为民者，地方官发给印票，亦可补绿营。

谕军机大臣等：巴禄、杨应琚所奏，筹办凉州、庄浪满营官兵移驻伊犁，及汉军官兵出旗各事宜二折，已交军机大臣议奏。至另折所请，于凉州、庄浪甲兵三千二百名内，查其年老、残废、孤寡、幼稚之户酌留五百名，统归凉州驻札，改设城守尉一员管辖等语。朕初阅时，以移驻之兵既皆精锐，足壮新疆营伍。其老弱残废之跋涉维艰者，自不妨区别酌办，至于迁移帑项不致虚縻，犹其后焉者也。当于折内批谕，即可并入议行。但思设立驻防，原为地方起见。今新疆开拓二万余里，凉州、庄浪一带，已成腹地，是以特准军机大臣所议，将该处驻防官兵移驻伊犁，汉军则令改调绿旗营缺，及听其散处为民。而俸饷经费，即可挹披注兹，化无用为有用。且伊犁屯田丰收，水草畅茂，尤于伊等生计有益。今若因老弱废疾孤幼等户遂酌留兵额五百名，改设城守尉等官，不但非驻防体制，而耽逸恶劳、安土重迁之徒，势必纷纷托词规避，此风断不可长，即该将军亦转觉难于办理。此内果有前项户口万不能远赴伊犁者，伊等原从西安移驻凉州、庄浪，至今不过二三十年，自可体察实情，量为酌留，仍令回至西安，交该将军归入佐领，就便安插，又何必为此委曲迁就之举耶！另折所奏，不必再议。仍将此详悉传谕巴禄、杨应琚知之。寻军机大臣议奏，一、凉、庄满、蒙兵挈眷移驻伊犁办装银，官按品级赏俸一年，兵每名赏银三十两，跟役二两。一、步兵自凉、庄至哈密，每二名并跟役给车一辆。至伊犁，每名给马一匹，折银八两，到后缴还十分之三，分二年坐扣。眷口照例给车外，每户添给行李、锅帐车一辆。一、应需盘费盐菜口粮，照安西提标兵移驻乌鲁木齐例，分别支给，跟役无论多寡准量给一名盐菜银，不准更支盘费。一、帐房照察哈尔兵移驻伊犁例给价，爨具应所本有，不准折给。一、抵哈密后，应由辟展、乌鲁木齐台路前进，仍令该将军、总督、办事大臣等遴员沿途照料。从之。(《清高宗实录》卷六百八十一)

又谕曰：巴禄、杨应琚所议凉州、庄浪满营移驻伊犁事宜一折。如加赏整装银两，及增给车辆各条，业经军机大臣等议覆，降旨允行。至所请锅价二两之处，其事本属琐屑非体，自当分别指驳。在巴禄等不过欲为伊等多得分例起见，殊不知伊等每户既已从优赏给，又加以沿途车马路费所得并不为少，何至炊爨之具尚烦缌缌过计？伊等在凉州、庄浪岂家家俱不熟食耶！但伊等办装之项，如先时早为给发兵丁到手，既不免任意花消。若给发于濒行之时，又恐置备不周，而购买亦受居奇之累。何如先事官为豫办，临时散给，所余者留至伊犁分授伊等为长久生计，尤为费省而事集耶。着传谕杨应琚，一面自往兰州会同巴禄及庄浪副都统，计其必需各件，豫行妥备拨用，更觉便易。即如营中饲马自拴之费，不及攒槽之省，此一定之理，今一并官为计画，诸事俱得实济。至兵丁驻防日久，零星逋欠自所必有，然屡经盘剥，其息亦足敷本。此时既当起程，自不应任需索之人，滞留滋扰。其中办理，亦应官为主持，示之节制。将来起程，仍应按时分作三起行走。途次虽有本旗管押官员，即经过地方，亦必有员役料理。而该将军巴禄、副都统勒克、兴长等，尤当专任其责，直至伊犁方为奉职竣事。倘兵丁等途间或不安静，及有乘间逃回情事，伊三人不能辞咎。逃而不获，则罪在杨应琚。其拿获者一面正法，一面即行奏闻。(《清高宗实录》卷六百八十一)

奏议凉、庄汉军官兵出旗事宜。

大学士等议覆：凉州将军巴禄、陕甘总督杨应琚奏凉、庄汉军官兵出旗事宜。一、愿为民者，准呈明凉、庄地方官给印票，行文所往地方一体考试、婚配、立业。一、愿补绿营者，查系领催马甲，并有马匠役头目，补马粮；系步兵、匠兵、养育兵，补步粮，就近于甘抚标、陕、甘提标及陕提属之靖逆标，宁夏、凉州、西宁、肃州、沙州五镇所属营匀补，即于食粮处入籍。一、调补兵穷苦闲散户口，照闽省汉军调补例，分别给赏，准领回自立马匹。一、出旗官员，分别送部引见，咨部改补。及世职、进士、举、贡生、监，并候补、候选、降调、捐职衔等员，均归入汉班，考试补用。从之。(《清高宗实录》卷六百八十一)

四月，陕西巡抚鄂弼奏言，将代替杨应琚赴西安各营阅视。

陕西巡抚鄂弼奏，本年轮查西安营伍，应督臣亲往。杨应琚驻肃州，办新疆事，请代赴各营阅视。得旨："好，将奉旨处移咨杨应琚知之。"(《清高宗实录》卷六百八十二)

五月，巴里坤驻防兵需预备火药。杨应琚查安西玉门县牛尾山产有硝磺，已经开采试炼，责成地方官募商采办资用。

谕军机大臣等：钟音奏，现在巴里坤所余火药二万四千余斤，据提督五福咨明杨应琚定议，驻防巴里坤中、左、右三营应行预备三年火药，即于巴里坤现存火药内支取，已将所有火药全交五福，以备兵丁操演之用等语。从前既据杨应琚遵照部文议定，即将此项火药存贮巴里坤备用，而钟音又云全交五福以备兵丁操演，所奏殊未明晰。边疆要地，储备火药自应充裕。此项火药，既供操演之用，又将何项以为储备耶！着传谕杨应琚等查明据实具奏。再，巴里坤现在移驻提督，需用火药较多，其附近地方。有无出产硝矿，足资采用之处，该督等可彼此咨商，广为查勘。如能就近采办，亦可省内地挽运之繁。着一并传谕该督、抚知之。寻奏，储备火药操演动用后仍需补贮，巴里坤应贮三年火药现在库贮足敷，哈密存火药甚多又可随用随补，是以臣杨应琚议将巴里坤现存火药备用。臣钟音、臣温敏奏明全交五福备操，但动用缺数，例应递年补额。查安西玉门县属牛尾山产有硝磺，已经开采试炼，工本外加以运费，较之运自肃州边外，尚有节省。应责成地方官募商采办资用。报闻。（《清高宗实录》卷六百八十四）

谕令杨应琚等筹划西安二千名兵丁移驻凉、庄，居住移往伊犁满兵空出之房屋。

谕：凉、庄满兵二千二百余户，现今移驻伊犁。凉、庄虽属内地，无可守御之处，但该处系西陲通衢，且城垣房屋建立未久，若因官兵移驻伊犁，将城垣房屋空闲，必致倒坏。即行人往来，亦不足以肃观瞻。西安官兵驻防年久，生齿日繁，若将西安官兵内酌量移往凉、庄居住，则现有之城垣房屋既不至空废，于西安兵丁生计亦大有裨益。可将西安满兵内拨二千名移驻凉、庄，兵数既已无多，毋庸设立将军，凉州留副都统一员，庄浪设城守尉一员，以资管辖。其如何移驻之处，着交杨应

琚、嵩椿定议具奏。(《清高宗实录》卷六百八十四)

奏准将陕、甘闲僻营中军官调往乌鲁木齐添设之二营任职。

陕甘总督杨应琚奏，乌鲁木齐为新疆要区，现召募开垦。该处向设副将一缺改总兵，添设镇标中营及城守营，合原设左、右二营，共成四营，统听巴里坤提督节制。乌鲁木齐以东、巴里坤以西之屯种处绿旗兵，责成总兵督理。巴里坤提督东有哈密、沙州、西有乌鲁木齐，居中调度。其添设二营之将、备、千、把、外委各官，即于陕、甘二省闲僻营分移改。得旨允行。(《清高宗实录》卷六百八十五)

六月，裁革前任督、抚在广州、佛山二处所设经纪米谷总埠，饬令各地，允许商人购粮转输广西销售，地方应补仓项在市买籴，以保障粤东民食充裕。而陕、甘与其不同，一遇歉岁，无从挽运，必须官府在丰熟之年动项收买，以备平粜。高宗称为“通达时务之论”。

陕甘总督杨应琚奏，粤东山多田少，民食半资粤西，向于省城、佛山二处额设米行，听商投行发卖，相安已久。迨前督臣班第、前抚臣鹤年添设经纪米谷总埠，本为平价起见，然恃系独行把持更甚，臣抵任裁革，缘办理未有成效，是以设立裁汰，均未报部。臣在粤时，曾饬地方官遇应补仓项，在市买籴，不得将广西谷船截买。殷实之家听其收买，不得拘泥囤积例禁。俾西商踊跃转输，粤东民食充裕。至陕、甘牙行本少，远来商贩，人地生疏，必藉牙行领售评价，与粤东总埠不同，无庸议革。再陕、甘接壤，外三面俱无邻省，一遇歉岁，挽运无从，势必仰资官粟。应于丰熟之年，动项收买，以备平粜。得旨：“可谓通达时务之论。缘苏昌所奏未晰，故有此问。若卿所云，乃新立之。”(《清高宗实录》卷六百八十七)

户部等议准。两广总督杨应琚疏称，南海县民蔡陈、江琛，监生黄锡琏。由咖喇吧、暹罗等国运米二千余石回粤，粜济民食。请给从九品职衔吏目顶带。以示鼓励。从之。（《清高宗实录》卷六百八十七）

按：杨应琚此时非两广总督，当系编《实录》者误置。

七月，高宗批评甘肃巡抚常钧查阅河州镇营伍折。

谕曰：常钧奏，查阅河州镇营伍情形一折。前经降旨，遇各省应行查阅营伍之年，由兵部奏请，或特派大臣，或即着该督、抚就近巡阅。所以并及巡抚者，原指山东、山西、河南三省巡抚兼提督者而言。若其余有总督省分，巡抚所辖仅抚标数营，此外通省武弁皆非其正属，巡抚本不得掺其举劾也。昨鄂弼奏，杨应琚远驻肃州，所有陕省营伍，难以随时稽察，是以准令该抚巡查。今常钧与总督同在一省，情形较鄂弼不同，乃亦仿而行之，甚属失当。且据奏称，游击史自龙、高元龙二员，年逾六十，仅能骑射，诚恐暮齿因循，致滋贻误，嘱令镇臣张和察看等语。常钧现经查阅，而于将弁贤否，仍不能示以劝惩，于营伍究何裨补。恐各省中似此者尚不能免，若遇喜事之人或借此越俎干与，而似常钧之虚应故事者，又不过潦草塞责，毫无实济，殊非整饬戎行之意，且所至徒费供亿酬应，于地方营伍亦有损无益。着通谕各督、抚，嗣后除山东等省，仍听巡抚查阅外，其现有总督之省，着归总督办理。或总督不能与巡抚同驻一城，如广西等省相离寫远，一时难于遍历者，亦着随时酌量会商具奏请旨，不得仍前径行，徒滋纷扰。（《清高宗实录》卷六百九十）

护军参领、宗室松年由新疆奉差回程途中骚扰勒索，杨应琚将其留肃并据实参奏，谕令将松年革职，并在肃州永远圈禁，往来奉差人员即令往视，以为鉴惕。

谕：据杨应琚等奏，平凉等州县禀报，护军参领、宗室松年，沿途需索银两不遂，踢伤管号家人等语。松年由新疆奉差回程，辄敢骚扰盈站，到处需索，并踢打州县家人，赊欠绸缎价值，种种肆行无忌，殊属不堪。该督、抚据实参奏，即将松年留肃候旨，所办甚是。松年着革职。此等不法之员，本应永远枷号示众，但宗室向无枷号之例，着即在肃州永远圈禁，不得令其出入。凡有一切差遣过肃官员，即令往视。并晓谕伊等，松年沿途骚扰勒索，因系宗室，仅予革职圈禁。若常人有似此者，定行永远枷禁，俾往来奉差人员，触目警心，共知省惕。（《清高宗实录》卷六百九十）

议奏，每年将下年所需绸缎式样数目奏明，再下办理乌鲁木齐等处贸易所需绸缎的三处织造如数照式制造。

谕：据杨应琚奏，现在三处织造办理乌鲁木齐等处绸缎，已足敷今岁贸易之需。但每岁需用各项绸缎，其应行织办之色样及数目多寡，均难豫定。请嗣后凡下年应需绸缎，于本年将各项数目色样先期奏明，请敕下三处织造照依办送等语。着传谕该织造等，嗣后办理运送乌鲁木齐等处绸缎，俱俟该督奏闻后，将各项数目及色样清单，交与该织造等即行如数照式预备制造，俾办理各项绸缎，不致有多寡参差之虑，而于回人贸易，亦有裨益。（《清高宗实录》卷六百九十）

令杨应琚等为从哈萨克投来伊犁之厄鲁特壮丁设法配给妻室。

谕曰：明瑞等奏称，从哈萨克投来伊犁之厄鲁特壮丁六百余名，并无妻室。现在察哈尔、厄鲁特等妇女甚少，若将内地绿旗兵等俘获售买及回地所有妇女等赎出，顺便送往伊犁，可以酌量给配等语。伊犁厄鲁特等已编设昂吉佐领，若壮丁多系鳏居，非长久之道。着传谕杨应琚，除内地绿旗兵等所得厄鲁特妇女已经匹配外，其但供役使者，如年方少壮，酌量择取，给价赎出，送往伊犁。至回部厄鲁特妇女颇多，从前阿桂等虽行文各城，给价赎取，并未规为要务。并着传谕驻札大臣，与该伯克等会商，加意办理。(《清高宗实录》卷六百九十一)

奏报甘肃提标及凉、肃二镇所属挈眷兵及家口共六百五十余名，先后抵肃，于本月初十日起程赴乌鲁木齐。

陕甘总督杨应琚奏，查乌鲁木齐应驻挈眷兵四千名，除现在移驻一千八百余名，尚须二千一百余名，业经移行陕、甘提镇查询派拨。又准旌额理咨，所造兵房一千二百间七月可竣，足敷居住。臣复行查询，据甘肃提标及凉、肃二镇所属挈眷兵及家口共六百五十余名，先后抵肃，于本月初十日起程，其续行查送者，俱照例办理。报闻。(《清高宗实录》卷六百九十一)

八月，巴里坤上年试种细粮，已有成效，今种麦稞、豌豆，尤为蕃硕，商民认垦地三千四十亩，照水田例升科。

陕甘总督杨应琚奏，巴里坤因上年试种细粮已有成效，今种麦稞、豌豆，尤为蕃硕，商民认垦地三千四十余亩，照水田例升科。下部知之。(《清高宗实录》卷六百九十三)

建议所有派往乌鲁木齐兵丁应带马匹由乌鲁木齐买马解决，原马留原地放牧，待补用。

陕甘总督杨应琚奏，新疆生聚日繁，屯粮丰获，而乌鲁木齐等处换获贸易马日盈，应随时变通，以节繁费。查各标营前次携眷告驻乌鲁木齐兵三百余名，内马兵应带马一百四十余匹。又本年各标营派往乌鲁木齐携眷兵计一百数十名，亦应带马，长途滋费。臣悉心筹酌，莫若将伊等应需之马移咨乌鲁木齐，于换获贸易马内拨给。其存营马，行令各营住支草干择厂牧放，俟各营遇有倒缺，陆续拨补。每匹作价银八两，按倒马骑操年分分别交价解司。嗣后内地各营，尚有应派往乌鲁木齐携眷兵所需马，亦照此办理。得旨："甚好。"（《清高宗实录》卷六百九十三）

十月，奏准以办理奎素屯务奖赏出力之官及兵力。

谕：据杨应琚等奏，办理奎素屯务，官兵甚属奋勉，请将该屯出力之千总刘如桂等交部议叙等语。着照所请，刘如桂、田希华、马成宗、刘廷柱、杨天成俱着交部议叙，所有出力之兵丁，赏给一月钱粮，在屯之遣犯，着赏给一月口粮。至原任佐领柏灵保、千总常际春，各赏兵丁钱粮一分，以示鼓励。（《清高宗实录》卷六百九十七）

杨应琚暂时兼署甘肃巡抚印务。

谕曰：常钧着调补湖北巡抚，其甘肃巡抚印务着总督杨应琚暂行兼署。（《清高宗实录》卷六百九十八）

奏报将巴里坤沿途之黄墩堡腰站裁汰，库克沙尔一台移设土窑子，红柳峡腰站改为正站。

陕甘总督杨应琚奏，臣由巴里坤阅看营伍，沿途亲勘各营站，俱属妥协。惟自沙州至库克沙什，地有沙碛，恐马力不继，于适中之黄墩堡设立腰站。今查该处地方俱系洼下，与其在黄墩堡设立腰站，莫若将库克沙什一台移设土窑子地方，道路平坦，里数亦属相仿，其黄墩堡腰站即可裁汰。再自沽水至哈什布拉克，约一百数十里，俱系戈壁，原于适中之红柳峡设立腰站，因井水味咸，难供汲饮，故未安设正站。今于红柳峡四十里内，访有四道湖甜水，用骡拉运，一日可以往还，应将红柳

峡改为正站。报闻。(《清高宗实录》卷六百九十八)

再议凉、庄满洲兵移驻伊犁事宜。

又奏办理凉州、庄浪满洲兵移驻伊犁事宜。臣杨应琚即赴凉州，会同巴禄，将兵行装各项逐一查明，派员赴出产之地置备，其余银照例至伊犁补给。但新疆移驻满洲与索伦、察哈尔兵人众，物价未免昂贵，与其厚利归商，莫若令旗人分获利息。请将前项银交臣巴禄派委妥干旗员，臣杨应琚饬令地方官将日用必需对象，从内地采买载运牲只车辆，交三起移驻官兵陆续运至伊犁，臣明瑞预备开设店铺，按月查访市价，酌平增减，每年所得余利，一体均散各兵，以为买补马匹、修理器具之用。报闻。(《清高宗实录》卷六百九十九)

议定将甘省多余旧贮茶封运往伊犁承买。

谕：据明瑞奏，内地存贮茶封，现在运送口外散给官兵，令于应领盐菜银两内坐扣。但伊犁驻札满洲索伦、察哈尔既多携带家口，此外复有厄鲁特回子等聚处甚多，皆需茶叶应用。若准其一概承买，庶于生计有益。而甘省旧贮茶封，亦可陆续销售。可否于现送二万包之外，再行增送数千包等语。前因甘省存积茶封难以销售，是以酌令运往伊犁，给发官兵。今既需用甚多，自应宽裕运送以资食用，俾彼地人众并得承买。着传谕杨应琚即行酌量办理，并将茶封成本每包计值若干，自甘省运至伊犁每包需费脚价若干，其给发官兵复于盐菜银两内坐扣者是否足敷折扣，俱行详悉查明具折奏闻。寻奏，臣调剂茶务，已于未奉旨之先添运五千封，连前共二万五千封。嗣后每年照此数拨运，如此外尚可多销，临时酌定。其茶例以五斤为一封，每封价银三钱，由肃运至巴里坤、由巴里坤运至伊犁，每封脚价茶本共需一两二钱零。其由哈密拨运之二万五千封，每封需银一两一钱四分零。如将来由内地运往，自肃州出关，走沙州新路较近，需银一两一钱一分。再各省兵应领盐菜银两均敷抵扣。报闻。（《清高宗实录》卷六百九十九）

高宗谕赞杨应琚“宣力年久，办事明练，实为最优”。

谕军机大臣等：大学士梁诗正员缺，朕念汉军大臣中宣力年久者，莫如杨应琚及杨廷璋二人，其先擢总督及办事明练，杨应琚实为最优，是以出缺时朕即欲加恩补放，以奖贤劳。第念杨廷璋现在已逾七旬，其年较长，而杨应琚则犹为可待，是以先将杨廷璋简用，着将此传谕杨应琚，俾知朕意，遇事益加奋勉，用副倚任。（《清高宗实录》卷六百九十九）

奏准河州镇旧洮营都司准用辕门鼓吹、出门鸣炮，以壮声威。

陕甘总督杨应琚奏，河州镇属旧洮营，距镇甚远，番族环列，向设都司驻札弹压，准用辕门鼓吹，出入鸣炮。乾隆二十三年，山西抚臣塔永宁奏准，游击以下不许僭用鼓吹，该都司一体停止，而该处番人渐生藐玩。临番重地，体制宜崇，凡驻札番境之营，准其照旧鼓吹鸣炮。从之。（《清高宗实录》卷六百九十九）

请准柳沟、布隆吉尔等处屯户加垦余地，改屯升科。

杨应琚言，安西府属渊泉县之柳沟、布隆吉尔等处地亩，乾隆四年招民屯垦，现住屯民二百四十户，种地七千二十五亩，核计每户实止种地三十亩。现在生齿渐繁，每岁所收粮石不敷养赡，请于原种屯田之外畦头畛尾，计共有可垦余地八千余亩，听其加垦，以原分屯田之水导引灌溉，并照瓜州之例，改屯升科，俾农民视为世守之业，自必尽心耕耨。下部议行。（《清朝文献通考》卷十）

十一月，谕令杨应琚留心查办甘、凉一带山木出口，以多留木植，利荫雪灌田。

谕军机大臣等：阿思哈奏，甘、凉一带山木出口之处，请派员稽察一折。盖为多留木植、荫雪灌田起见，所言殊切事理。着将原折钞录于该督杨应琚奏事之便寄与阅看，令其留心查办，以利农田。（《清高宗实录》卷七百）

公元一七六四年（乾隆二十九年 甲申），六十八岁

正月，谕令杨应琚详查确议凉、庄官兵起程办理车辆银两之数。

谕军机大臣等：杨应琚奏，凉、庄官兵起程办理车价银两一折。既请将节省银两，弥补从前长支核减之项，俟至伊犁后，于兵饷内扣还。又请赏给完公，免其坐扣。而于前减应扣之项，实在若干，与节省之数是否相抵，究竟应抵应免之处，俱未明晰。着传谕杨应琚，令其详查确议。覆奏到日，候朕再降谕旨。（《清高宗实录》卷七百零三）

谕令筹划总督由肃州移驻兰州诸事宜。

谕军机大臣等：今日召见常钧，询及陕、甘二省地方情形。据奏，督臣远驻肃州，距西安寫远，凡遇考验弁兵诸务，往返动逾两月。其所属有司，且有经年不能识面者，揆之控制事宜，均多未便，其言甚切事理。朕意陕甘总督驻札肃州，原因前此办理军需，不得不就近调遣。今大功久已告成，而巴里坤、乌鲁木齐等处屯田章程亦经大定，现在更无紧要事件必须在肃督办。若准其道里适均之地，将总督移驻兰州抚署，则东至省城、西至甘肃，程途约略相等，一切官方吏治，皆可居中统摄，无庸更设巡抚，规制实为允协。其安西缘边屯政，即有应行勘验者，每隔一二年出巡一次，自不患鞭长莫及。至督标所辖五营向驻西安，自当

画一改正，或将固原提督回驻西安，即将督标旧辖改归提标，所遗提标，将凉州总兵移驻固原管辖，其凉州镇标，则拨督标中军副将一员统率，并兰州抚标，一体改为督标管辖。似此调剂，则一举而数善皆备。再西安省城，近居腹地，况有满洲官兵驻防，其督标议改提标，弁兵或可酌量裁减，以归实用。并着传谕杨应琚，令其通盘筹画，详议覆奏，候朕降旨。其中如有一二隔碍难行之处，亦即据实奏闻，不必勉强。(《清高宗实录》卷七百零三)

奏对凉、庄第一起移驻伊犁官兵起程诸事务的筹划。

陕甘总督杨应琚奏，凉、庄第一起移驻伊犁官兵，现在定期起程。其盐菜等银，若沿途接续支领，事属繁琐。当饬凉州府将眷口盘费核总支给，盐菜银豫支三个月，均于府库动用。俟至伊犁后，有余不及，核明另办。其官兵跟役口粮，移行凉、甘、肃、安暨哈密、辟展、乌鲁木齐等处经过地方，按站支领。至官兵眷口，行走前后参差，需员协同护送，已委文武员弁照料直送伊犁。仍饬凉州以西、甘肃以东各营，每站派官二员，带兵十名，接督护送。其哈密以西，亦移咨各处办事大臣照料。复恐长途车辆伤损，骡头疲乏，一并宽余备用。得旨：“好。”(《清高宗实录》卷七百零三)

二月，杨应琚奏请陕、甘各标营须添补兵二千五百八十五名，被兵部驳回，言若实有不敷各处可于督标各营内酌予拨补。

又议覆：陕甘总督杨应琚奏称，陕、甘各标营内移驻乌鲁木齐兵四千名，内有原营兵少之处，统计应添补兵二千五百八名等语。查陕、甘自展拓新疆以来，伊犁已驻将军，乌鲁木齐、巴里坤久成腹地，陕、甘各标营兵不过差操巡防，足敷应用，无庸遽筹添补。至实有不敷各处，

即于督标各营内酌量拨补。从之。(《清高宗实录》卷七百零四)

杨应琚奏请以节省车价弥补凉、庄移驻兵未扣应完银两，高宗训斥，令先不动声色，待其到伊犁安定有余以后，再分年扣补。

谕军机大臣等：杨应琚覆奏，凉、庄移驻伊犁兵未扣应完银两，请以节省车价弥补，俟到伊犁分年扣还一折。所办殊于事理未协。此项车价，原属官事官办，自当核实动用，所用既已实销，所余即应实贮。安得名为节省，譬如办理工程，估报之初，数必浮多，及奏销自以核实为准。岂得因较从前约略虚数稍赢，遽谓此非官项乎！朕于兵丁欠项，如果应行宽免，未尝不加恩优恤。即如热河移驻兵丁，所有未完之项，现俱豁免。岂独于该处兵丁，稍为爱惜。但伊等身为满洲兵丁，乃于军需马、驼不知加意喂养，致倒毙之数，较绿营兵丁更甚。若一概免赔，众复谁知惩儆？况该兵丁等，将来既驻伊犁，所食钱粮等项特为宽裕，无难从容归补。但念甫经迁移，力量犹或不足，不妨稍为展期，以示体恤。着传谕杨应琚，现在整装之始，只应不动声色，照常办理。将此交与伊犁将军，酌量伊等移驻二三年后，其力可以坐扣时，令其奏明请旨，分年扣补。并已有旨谕明瑞矣。(《清高宗实录》卷七百零五)

甘肃官茶库贮积至一百五十余万封，而新疆需茶甚多，奏准运往新疆各处，搭支驻屯官兵，从其盐菜银两内扣抵茶价，公私两便。

陕甘总督杨应琚奏，臣于上年十二月内奏覆伊犁茶封如数运往，其茶价于该处官兵盐菜银两内扣抵一折。于本年正月十六日奉到朱批，此系有益官兵之举，但官项虽多节省，而陈茶变价，较此为如何，所奏尚未明晰也。查，向来甘商交纳官茶，如遇库贮过多，即征折色，每封折价银三钱。若库贮无几，仍征本色。自乾隆七年议征本色，至二十四年积至一百五十余万封，陈陈相因，易致霉浥。续经奏准，调剂茶务，或搭放兵饷，或招商售变，亦以三钱为率。现在新疆需茶甚多，将官茶运往搭支，亦照内地每封扣银三钱，并将脚价摊入茶本，于官兵盐菜银内扣还。较买自商人，实多减省。是官茶运至新疆各处，除应扣脚价外，其应扣茶本，亦系每封作价三钱，与内地搭放售变，均属一例。但内地系零星销售，而新疆各处，系成总发运，且使远驻官兵，同沾利益，免受居奇。较内地陈茶变价，大有裨益。报闻。（《清高宗实录》卷七百零五）

奏准给遭灾之甘省连城等四土司之土民借给籽种及三个月口粮。

陕甘总督杨应琚奏，甘省连城、红山、古城、渠马庄四土司所属地方，上年夏秋旱霜成灾，土民向不输纳正赋，例无赈恤。今各该土司援乾隆二十四年特恩，请借籽种及三个月口粮，并声明二十四年借过籽粮折色银，缘二十八年复灾，尚未全完。请将新旧借项，俱俟二十九年麦熟后，分作三年带征。查明实在缺乏户口，每粮一石折银一两，委员会同各该土司按户散给。得旨："如所议行。"（《清高宗实录》卷七百零五）

三月，经杨应琚筹议，谕令将兰州巡抚衙门改为督署，陕甘总督移驻，并兼管巡抚事。议准将河州镇总兵改驻固原，兰州添设城守营、旧设西安督标改为提标，兰州原设抚标改为督标。

谕曰：前因西陲办理军需，令陕甘总督驻札肃州以便调遣。迄今大功久竣，新疆屯政亦已酌定章程，而该督仍驻肃州，距西安会城较远，于腹地属员案牍控驭转多隔碍。朕意若将总督移驻兰州巡抚原署，则东西道里适均，不难居中节制，而甘肃巡抚亦可裁汰。当经传谕杨应琚，令其熟筹妥议。今据覆奏，与朕所见吻合。着将兰州巡抚衙门改为督署，令该督移驻，并兼管抚事，毋容更设巡抚。所有原设抚标，即改为督标，其旧设西安督标改为提标。即令固原提督回驻西安管辖。至所奏河州镇总兵改为固原总兵，并折内条议各标营弁兵，一切裁汰拨给事宜，该部详悉定拟，具奏。寻议，陕甘总督回驻兰州，固原提督改驻西安，俱为地处适中。甘肃巡抚即行裁汰。固原系平凉重镇，即将河州镇改驻其地，河州改设副将，以花马池协标移驻。其花马池改设参将，以地僻事简之镇番营移驻。又于兰州增设城守营，以资巡防，应以甘肃靖远下马关参将等官改驻。得旨允行。(《清朝文献通考》卷七十八)

奏请给巴里坤提标三营兵添支小麦、豌豆等本色粮，以减省运价银两。

陕甘总督杨应琚奏，巴里坤自添种豌豆、小麦等项细粮，递年成熟有收。其提标三营兵粮，向以该处止种青稞，是以岁支青稞二千石外，余尽支折色。今请添拨小麦一千石、豌豆二千石，计本年可减运折价银一万一千两。此后屯田益丰，边储日益，更可多给本色。得旨："好。"(《清高宗实录》卷七百零七)

四月，奏准将去年受灾较重之武威、山丹二县予以展赈。

谕：前以甘肃皋兰等属上年偶被偏灾，业经降旨展赈。复念该处贫黎或尚有应行加恩之处，并谕令该督杨应琚查明奏闻。近又降旨，令将续报成灾之金县等处，一例加赈矣。今据杨应琚奏到，该省冬春雨雪沾足，俱已借给籽种口粮，翻犁播种。惟凉州府属之武威县上年被灾较重，山丹县稍次等语。该二县前此虽在展赈之内，足资接济。但念其地较寒瘠，麦收尚远，民间口食未能充裕，着加恩将武威县再行展赈两个月，山丹县再行展赈一个月。该督董饬所属，实心经理，务俾小民均沾实惠。该部遵谕速行。(《清高宗实录》卷七百零八)

五月，谕令杨应琚以后平常办公奏折不许由驿驰报，只须差人赍奏。

谕军机大臣等：今日杨应琚奏到诸折，俱系照常办理公务，其事并不关系军机，自可循例差人赍送，无庸由驿驰报。着传谕该督，新疆军务久竣，其善后事宜，亦俱办有成效。嗣后凡遇此等奏折，止须委妥协弁役或家人等赍奏，不得仍前动用驿马，以重台站。（《清高宗实录》卷七百一十）

奏准将陕西咸阳、华州、华阴三州县改为冲繁难要缺。

吏部议准：陕甘总督杨应琚奏称，陕西咸阳、华州、华阴三州县，向为冲繁中缺。查地方冲要，粮赋繁多，且新疆差务，文报络绎，应改冲繁难要缺，拣员调补。从之。（《清高宗实录》卷七百一十）

议准杨应琚之奏，设哈密巡检作为通判佐理。

吏部议准：陕甘总督杨应琚奏称，哈密地方为新疆南北两路总汇，差务繁剧，向止设有通判，无佐理之员。应裁清风阁巡检，改哈密巡检，定为冲繁要缺，五年俸满，照哈密文员之例，咨部升用。从之。（《清高宗实录》卷七百十一）

议准招募敦煌等县无业贫民六十余户，送往巴里坤垦种立业。

陕甘总督杨应琚奏，巴里坤地方驻兵屯种，年来种植小麦、豌豆，地气日渐转移，近水易垦之地甚多。现在屯兵遣犯，每岁仅能种地一万四五千亩。臣请照办送乌鲁木齐户民之例，招募内地无业贫民，送至彼处垦种立业。现在敦煌等县已招六十余户，请将此项户民办送安插，其酌给地亩，借给口粮农具籽种，悉照乌鲁木齐办理。得旨嘉奖。（《清高宗实录》卷七百十一）

六月，报送下年新疆应需各项绸缎，高宗令将单抄寄三处织造按要求制造，解送甘肃应用。

谕军机大臣等：据杨应琚奏，豫筹新疆等处乙酉年应需各项绸缎，请敕三处织造，照样织办解送等语。前经降旨，新疆各处应办绸缎，下年需用者，但于上年奏闻交办。着将杨应琚奏单钞寄三处织造，令照各项数目色样预备制造，解送甘肃应用，毋得粗糙塞责，并延误干咎。（《清高宗实录》卷七百十二）

奏准甘省各库贮钱银拨各府二千或一千两，以备年例必需支用。

陕甘总督杨应琚奏，甘省军需告竣，各属库贮一切正杂钱粮应尽数提解司库。第恐年例必需之项无可支应，应将冲繁州县厅拨贮经费银四百两，简僻州县厅拨贮银三百两，至若道府库中拨贮。除平凉、甘州、凉州、西宁、宁夏并肃州现有存贮及备公等银，无庸拨贮外，其兰州、安西、巩昌三府应各拨银二千两，庆阳、秦、阶等府州应各拨银一千两。如所属州县额贮经费不敷，准于该府州库内支领，俟报销后，赴司按数领回归款。得旨：“如所议行。”（《清高宗实录》卷七百十二）

奏准乌鲁木齐同知等官三年任满之才能出众办事奋勉者以应升之缺升用。

陕甘总督杨应琚、拉林阿勒楚喀副都统绰克托、乌鲁木齐办事副都统旌额理等奏，乌鲁木齐同知、通判、仓大使、巡检等官，向俱照巴里坤同知、并安西新设经历典史五年俸满之例升转。乾隆二十七年，乌鲁木齐、辟展、库车、哈喇沙尔、阿克苏、叶尔羌、喀什噶尔等处文员，奉旨照苗疆等处调补官员，三年俸满，奏请升用之例办理。臣查乌鲁木齐系邻近伊犁要区，较辟展、巴里坤道途加远。现设同知、通判、仓大使、巡检等官，管理粮饷贸易及新垦民屯一切地方供支事件，尤为紧要。应将乌鲁木齐同知等官，俟任满三年，臣等秉公甄别，以才能出众、办

事奋勉之员，奏请以应升之缺升用。其循分供职者，仍照旧五年俸满之例办理。得旨："如所请行。"（《清高宗实录》卷七百十三）

甘肃各地旱象已露，请准自陕省调拨仓粮、从宁夏采买粮食等，预作救赈诸项。

杨应琚又奏，甘省雨泽未遍，豫筹调剂事宜。一、甘省连岁歉收，各府存贮无多，倘兰州、巩昌、甘州、平凉、凉州等府属竟至小暑后无雨，则旱象已成，抚恤口粮，须豫为筹酌。查陕省西、同、邠、乾等属与甘省北路相接，凤翔、汉兴一带与甘省南路相近。请即于此数府州酌拨仓粮十六万石，就近运递，以备河东赈恤之需。一、甘肃河西一带，近宁夏、西宁等府属，拨运各该属仓粮，尚不敷用。请于宁夏等就近未经被旱处所，于二麦登场后采买，以备河西拨运。一、兰州、巩昌、平凉等府属城垣，应请兴修，以工代赈。一、甘省粮价未平，恐益增昂。应饬地方官照米贵之年，大减价值，乘时平粜，其距城遥远之处，计应粜数目，运赴该乡，就近粜卖。一、现在缺雨处所，已现饬地方官购备小糜、小谷、小莜、燕麦及莜麦各种。一、俟得雨之后，立即查明借给，并按户借给一月口粮，劝令上紧赶种。得旨："此皆未雨绸缪之计，然即使果致成灾，总宜镇静妥办，不可张皇失措。甘省皆良民，亦常遇灾歉，不可不矜恤，亦不可启以不静也。"（《清高宗实录》卷七百十三）

七月，补授东阁大学士兼兵部尚书，仍留陕甘总督之任。

谕曰：杨应琚着补授大学士，仍留陕甘总督之任。从前杨廷璋补放大学士时，朕原拟明岁南巡回銮后，即令伊来京办事。因为期甚近，阁务毋庸简员协办。今杨应琚留任陕、甘，封疆重寄正资料理，一时不能来京供职，内阁办事需人，应添设协办汉大学士一员，着尚书陈宏谋协

办。(《清高宗实录》卷七百十四)

吏部奏请，大学士杨应琚应定何殿阁及兼衔？得旨："杨应琚着为东阁大学士，兼兵部尚书。"(《清高宗实录》卷七百十五)

奏准将哈密、沙州等十四营改归巴里坤总兵管辖。

陕甘总督杨应琚等奏，查巴里坤提督与乌鲁木齐总兵互相更调。经将军臣明瑞等议准，于本年十一月先令提督起程移驻。臣伏思提督原辖之哈密、沙州等十四营，俱在巴里坤之东，应就近改归巴里坤总兵管辖，仍属乌鲁木齐提督统辖节制。从之。(《清高宗实录》卷七百十四)

谕令杨应琚速查报兰州等处州县是否成灾。

谕：前据杨应琚奏，兰州、巩昌、甘州、平凉、凉州各府所属州、县地方，五月以后，得雨未能遍透，时将小暑，需雨甚殷等语。嗣后奏到，六月中旬以前，兰州等府南有缺雨之处。距今又将一月，各该处曾否续得沾沛，此数府属夏禾收成若何，并能否赶补晚秋各种，及现在农田情形，是否成灾，深为廑念。着传谕杨应琚，速即确查据实覆奏。(《清高宗实录》卷七百十四)

八月，甘省皋兰等三十二州县厅被旱较重，奏准蠲免其地本年应征地丁钱粮，且招募民户前往乌鲁木齐等处安插。

谕军机大臣：杨应琚奏，甘肃皋兰等三十二州县均有被灾之处，已降旨赈恤，并加恩蠲免额赋。因念该处现在收成歉薄，缘边瘠土之民生计未免拮据，年来新疆屯政屡丰，如乌鲁木齐等处粮储甚为饶裕，且其地泉甘土沃，并无旱潦之虞。如令该省接壤居民，量其道里近便，迁移新屯各处，则内地资生既广，而边陲旷土愈开，实为一举两得。着传谕杨应琚，令其悉心体察，随民情所愿，设法开导，善为经理，仍一面熟筹详议奏闻。至三十年，杨应琚言，乌鲁木齐泉甘土沃，素为边氓所慕。上年钦奉谕旨，臣随于肃州、张掖、敦煌等州县，招有七百户，于十月奏明办送。兹据肃州申称，招民八百余户，高台县招民四百余户。臣一面行文办理粮务道员，于呼图毕宁边城、昌吉、罗克伦等处，查明余地暨渠水情形，可以安插，照例给与车辆口食，于八月内派员管送前往。其来年应招户民，仍查明安插处所，照例办理。奏入，报可。（《清朝文献通考》卷十一）

疏报上年靖远县开垦荒地五十六亩多。

大学士管陕甘总督杨应琚疏报，乾隆二十八年分，靖远县开垦荒地五十六亩有奇。（《清高宗实录》卷七百十六）

奏准设立伊犁理事同知，以凉州同知移之，由各府院衙门挑选通晓蒙古语之主事等官补授。

大学士管陕甘总督杨应琚奏，准将军明瑞咨送奏稿，设立伊犁理事同知。查该同知承办旗民事务，自应专设实缺。查凉州、庄浪官兵俱移驻伊犁，其西安移驻兵数无多，止须于凉州设理事通判一员。其凉州理事同知，即请裁移伊犁。但现任同知长禄未通晓蒙古语言，应请在部拣选。至伊犁事务较繁，一切公费，请照乌鲁木齐同知之例支给。得旨："军机大臣议奏。"寻议，伊犁为新疆要地，兵民杂处，必须专设理事人员，以清案牍。今该督请将庄浪通判移驻凉州，凉州同知移驻伊犁，应准其裁移改设，由各部院衙门拣选通晓蒙古语言之主事等官补授，照边缺三年应升之例升用，其养廉、公费既较内地加增，应令该督等会同将军明瑞办理。从之。（《清高宗实录》卷七百十六）

九月，原任杭州织造赫达色解到乌鲁木齐贸易绸缎，内有霉黰二百余匹。杨应琚奏准着解员带回，令经手承办人员赔补，并嗣后各织造起发时俱令委员点验封解。

谕军机大臣等：杨应琚奏，原任杭州织造赫达色解到贸易绸缎，内有霉黩二百余疋，请发回，着落经手承办人员赔补，并嗣后各织造起发时，俱令委员验同包裹一折。所奏甚是。哈萨克久经内属，贸易缎疋，虽物料稍次，亦不敢过为争执。但国家嘉惠远人，所给之物，自必令其可以适用，断无一任承办人员便宜减省，致所入不偿所出之理。况前此传谕不啻再三，该织造自当遵照办理，何得潦草塞责，以致霉黩二百余疋之多！此项即着解员带回，令原办人员按数赔补。嗣后各织造所办绸缎，一面移明督、抚，令派出解员公同点验封解。其到甘时，该督杨应琚系总汇之处，务须详悉查检，如验有质地浇薄，丈尺短少，以及霉黩等弊，该督即严行驳回，着落承办人员赔补，并将公同点验之员，交部议处。如验系中途水渍擦损，即着落解员赔补还项，以专责成。可将此传谕各该督、抚、织造等知之。(《清高宗实录》卷七百十九)

奏报巴里坤马厂孳生马匹情况。

谕曰：杨应琚覆奏，厂地孳生马匹一折。该督前因巴里坤厂地宽广、水草丰美，是以将安西等处存剩马匹，改拨巴里坤牧放。该处自立厂以来，节年孳生，自应日就蕃庶，何以综计各处所报为数仅及万匹？因思乌鲁木齐贸易马匹尚多，巴里坤厂地既佳，何不陆续赶赴牧养！此处应与绰克托等会商。至奏内所称本标暨附近各营陆续拨用一节，亦未详明标营马匹缺额，合例者准其买补，过多者另应着赔。断无营马数亏，径将厂马抵数之理。或者甘省向例如此，亦应详悉声明，此后何以广为孳生，设法妥办之处。着传谕该督，令其再行详查覆奏。(《清高宗实录》

卷七百十九）

在肃州一带招募五百一十八户，给予车辆口食，分五起送赴罗克伦安插。又在敦煌县招募一百九十户。

大学士管陕甘总督杨应琚奏，本年冬应办送乌鲁木齐等处户民，现已招有五百一十八户。昨与原驻乌鲁木齐大臣旌额理面商，罗克伦屯兵已拨六百名，迁移呼毕图。所遗兵房、仓房可以居住，又有遗地可以接垦。现照例给予车辆、口食，分五起，派员送赴罗克伦安插。报闻。（《清高宗实录》卷七百十九）

陕甘总督杨应琚奏，前奉恩旨，招募缘边瘠土民人迁移乌鲁木齐等处。臣于肃州张掖县共招有五百一十八户，敦煌县招有一百九十户，俱于十月内料理起程，一面移咨乌鲁木齐大臣料理安插。报闻。（《清高宗实录》卷七百二十一）

十月，甘肃被旱赈给粮七十余万石，尚需四十余万石以备来春展赈，报闻。

谕军机大臣等：甘省皋兰等被旱州县，前经降旨蠲免正赋，并令该督等督同地方官，实力抚绥，自当率属遵照，妥协办理，何以迟延至今，未见折奏及此，殊为疏漏。朕念此等灾黎，目下虽已优加存恤，而明春青黄不接之时，自应加恩展赈。第该省筹办米粮维艰，率由陕省购运接济，难免拮据。若于此时现办赈务，即为酌量银米兼发，豫留余米，以待将来加赈应用之资，擘画庶为允协，该督何未思及此也？除展赈月分，俟新春颁发恩旨外，着先传谕杨应琚，令明悉此意，并将现在督办情形及所用粮石，作何前后通盘筹议之处，一并详悉速奏。寻奏，七月后叠获甘霖，布种秋禾，尚称中稔。其夏禾被旱，与夏秋被雹水灾各属，应需赈给粮石，经臣奏明，于陕省拨运十六万石，本省拨运二十余万石，再于各州县采买四十余万石，统计可得七十余万石，初赈全给折银，加赈银米兼散。内夏禾被旱各属需加赈十八万余石，夏秋被雹水等属亦需加赈十余万石，约尚余粮四十余万石，堪备来春展赈暨出借籽种。现在督办情形，及前后通盘筹议，均与谕旨相符。报闻。（《清高宗实录》卷七百二十一）

议奏乌鲁木齐总兵移驻巴里坤后的相关事宜。

军机大臣等议覆：大学士管陕甘总督杨应琚等议奏，乌鲁木齐总兵移驻巴里坤，应行裁撤大臣官兵各事宜。一、巴里坤原设提标中、左、右三营官兵，今改为镇标，应听该总兵管辖。其由各标营派往办差人员，应请撤回原营。一、巴里坤现无驼只，惟余马四百五十余匹应用军务文案，悉交该总兵接管。查驻札大臣既撤马匹等项，应听该总兵管理。其库贮军械、屯田军台、效力赎罪人员、遣犯等事，均照原定章程办理。一、巴里坤原设满汉档房署笔帖式六名、书役十二名，请各留二名，俟营伍字识熟习后再裁。一、乌鲁木齐总兵既经移驻，其印信应换给镇守巴里坤等处总兵之印字样，中军游击关防亦一体更换，以昭信守。从之。（《清高宗实录》卷七百二十一）

十一月，奏报在巴里坤头、二道泉河之尾开渠二千丈，建土堡三座，使招募之民有堡可居住、有渠可灌溉。

大学士管陕甘总督杨应琚等奏，巴里坤北山一带地方，募民前往垦种。恐边氓初至，人力难施。该处有泉河三道，臣等公同勘定，在头、二道旧渠之尾开渠二千丈，并将开渠之土，建堡三座，一座周围百丈，两座周围各六十丈。于八月二十一日兴工，至九月十八日工竣。今户民陆续齐至巴里坤，因见有堡可居，有渠可灌，倍加欣喜，从此闻风接踵而至，于新疆大有裨益。报闻。（《清高宗实录》卷七百二十三）

准安西府属招民认垦地亩照水田例六年升科。陕甘总督杨应琚前后奏报，安西府属玉门、渊泉二县招民认垦地亩一万二千一百亩有奇，俱照水田例六年升科。（《清朝文献通考》卷四）

议准添兵加垦巴里坤地亩。

杨应琚言，巴里坤屯田，向止种有青稞一色，递年以来小麦、豌豆俱获有收，夏日炎热之状，渐与腹地相近，交秋仍暖，霜降较迟，官田、民田咸庆丰稔。查该处可垦余地尚多，应请即于明年就马厂拨剩余兵内酌拨一百名，加垦地亩。疏入，军机大臣议如所请。得旨允行。又准募民屯田于穆垒。杨应琚言，新疆连岁丰收，甘省产米素少，若以有余济不足，惟有在附近内地之处招民开垦，将来产充粮裕，商民稍有余利，自必源源贩运，于内地民食大有裨益。今查巴里坤迤西之穆垒，距巴里坤六百余里，直接乌鲁木齐新屯之特讷格尔地方，中间计有十余处，地土肥沃，泉水畅流，可垦地数十万亩。请就近于安西、肃州等处招募无业贫民，照例给与盘脚等项，送至适中之穆垒地方，先为安插耕种，随后广为招徕，逐渐接垦至乌鲁木齐之特讷格尔，并移设官兵驻札。疏入，军机大臣议如所请。得旨允行。（《清朝文献通考》卷十一）

十二月，奏准河州改设副将后的相关事宜。

兵部议准：陕甘总督杨应琚奏称，河州改设副将，应将原辖之积石等二十四关及口外起台等营，归西宁镇就近巡查。其河州镇移驻固原，所辖内地洮、岷等营，应令固原镇巡查。西宁镇属之亦杂石营及千户庄等处，改归南川营兼辖。均应如所请。从之。（《清高宗实录》卷

七百二十四）

奏报甘省各州县救灾情形。

谕军机大臣等：甘省被灾各州县处，地土瘠薄，灾后民食未免拮据，业经降旨加意抚恤，并蠲免额赋。因念新春，尚须特降谕旨加恩展赈，曾传谕该督，将现在如何赈恤情形，查明具奏。今据奏称，灾重地方十四处、稍重地方十五处、灾轻者七处。其狄道、镇原等十州县，据称尚未勘覆。该十州县秋禾既偏被雹水，是否勘明成灾暨被灾轻重情形如何，及灾重灾轻各州县现在作何分别抚恤加赈之处，折内俱未经声叙。再河州、狄道、碾伯三州县，既称俱已改种秋禾，续经勘不成灾，而又将河州、碾伯列入夏秋偏被雹水灾轻之七州县内，狄道一州列入尚未勘覆之十州县内，所奏亦未甚明晰。着传谕该督杨应琚，将以上各情节，及明春应行展赈并酌量予赈各州县，速即查明具折奏闻，俟朕临时降旨。寻奏，明春应将灾重之皋兰、金县等十四处展赈两月，稍重之固原、张掖等十五处展赈一月。至狄道等八州县勘不成灾。惟泾州、华亭二处系一隅偏灾，按例抚恤，无庸加赈。又河州、狄道、碾伯等三州县，前奏列入灾轻及未勘覆之内，另指夏秋间别有被灾田亩，非即改种秋禾勘不成灾之地。得旨："届时有旨。"（《清高宗实录》卷七百二十四）

公元一七六五年（乾隆三十年 乙酉）六十九岁

正月，查得，甘肃安西等营剩马拨往巴里坤牧厂繁殖者，三年来按部定额数有赢无绌。

大学士管陕甘总督杨应琚奏，巴里坤牧厂，前经奏准将安西、凉州、肃州等处拨乘马，解往孳生。现届三年，按部定额数，有赢无绌。惟乌鲁木齐现存多系骟马，应俟雅尔驻兵时，贸易拨解孳生。生息既蓄，遇营马倒毙，在五年限外者，即以孳生马抵补，无庸动项。未满五年，应按日月分赔者，亦以厂马补给，令其交价充公。报闻。（《清高宗实录》卷七百二十六）

查实原任武威县知县永宁被诬告贪污案。

谕军机大臣等：步军统领衙门奏，据尚书陈宏谋送交二保控原任武威县知县永宁前自任所驮回银十余万两，开设当铺一节。随令军机大臣会同陈宏谋查审，因思永宁系布兰泰之子、永贵之弟。布兰泰曾为巡抚、提督，永贵又经身任巡抚，伊家现在赀财，亦非必不应有之物，且永宁不过一县令，分例所得，即极为撙节，亦何至积有十余万两之多！至其办理军需，正当黄廷桂为总督之时，稽查不可谓不严，亦安得听其恣意侵蚀？是二保所控情节，原意其必无是事。今据军机大臣等审讯，则二保全不能指出实据，显系计图陷害，然即治以诬告之罪，不足以服其心。着传谕杨应琚，将永宁前在武威所任承办军需，其经手钱粮有无侵蚀亏空，及得赃受贿情弊，秉公详确查明，据实覆奏。原折并钞寄阅看。寻奏，永宁系二十一年到任，值连年办理军需，间因车辆不敷，添雇骡头运送，实无驮银十余万两潜运往京之事。其任内经手军需并地方钱粮，俱经接任知县接收结报咨部。报闻。（《清高宗实录》卷七百二十六）

近年屯田收成丰裕，因将哈密驻防官兵八百名乾隆三十年应需本色兵粮，拨小麦八百石、豌豆八百石搭支，以减运输折价。

大学士管陕甘总督杨应琚奏，哈密协驻防兵八百名，每年应需四本兵粮，向折本色支给。近年屯田收成丰裕，请将三十年应需本色兵粮，酌拨小麦八百名石、豌豆八百石搭支。此从递年丰获，更可多估本色，

减运折价。报闻。(《清高宗实录》卷七百二十七)

奏准将雍正间西路军需赏项下剩余皮棉袍褂及暖帽一百四十一件，赏给伊犁及雅尔驻扎官兵。

又奏，雍正年间西路军需赏项下，有余剩皮棉袍褂暨暖帽等项，节经各提、镇分领赏给出师兵。今甘省提标尚存衣帽一百四十一件，此次西陲出力官兵，业经给赏。现在伊犁驻札官兵，中多奋勉，且雅尔现亦移驻官兵，均需赏项。请即以此项衣帽，乘今岁凉、庄第二起官兵移驻伊犁之便，交与护送委员分载，令将军明瑞等酌量赏给。得旨嘉奖。(《清高宗实录》卷七百二十七)

二月，奏准驻扎伊犁之兴汉镇总兵金梁虽丁忧，但不宜开缺，须在任守制。

谕：据杨应琚奏，兴汉镇总兵金梁，现丁父忧。该员驻札伊犁，有承办经理事务，请暂停开缺等语。金梁在伊犁，实为出力得用之人，着赏给伊家银五百两，令伊弟料理丧事，并照该督所请，令其在任守制，仍留伊犁，不必开缺。(《清高宗实录》卷七百二十八)

疏准另建敦煌县典史署。

工部等部议准：大学士管陕甘总督杨应琚疏称，甘肃安西府治前经改设沙州，知府衙署请将右营都司署加拓改建，以旧有公廨改作都司署。敦煌县典史现住卫千总旧署，该员有监狱专责，应择近狱处另建。所遗卫千总旧署，隔别门户，令教授、经历分住。从之。(《清高宗实录》卷七百二十九)

三月，乌什发生回人反叛，福德、明普等调伊犁等处兵镇压。谕令杨应琚留住入觐之大伯克色提巴勒氐留阿克苏办事。

谕：据德福奏称，阿克苏库贮军器火药，所余无几，恐各城官兵至日不敷配给。已行文喀什噶尔、叶尔羌大臣速由台站运送等语，所办未合机宜。军器火药自属紧要，但各城大臣既领兵会剿，自必携带，岂有专俟阿克苏预备之理！况此时各台站俱有回人，有事之秋，保无心怀叵测，妄行攘夺！德福何见不及此。再所奏阿克苏办事，不可无大伯克，因行文杨应琚等，催色提巴勒氐于入觐归途之便，驰驿速赴该处，尚属可行。色提巴勒氐抵阿克苏日，即留彼办事。至萨里，系乌什人，父母兄弟俱在彼处，自必备知其详，着派往下塔海军前效力，俱传谕知之。（《清高宗实录》卷七百三十）

福德建请杨应琚酌派兵丁前往乌什，高宗斥其张皇。

谕军机大臣等：德福奏称，平定乌什后，总办事务及仓库城池卡座，俱需人甚急。如官兵员缺，必俟内地派补，未免迟滞。请先从阿克苏官员内挑选数人，随大臣办事。所用兵丁，亦交杨应琚酌派等语。乌什办事虽需用官兵颇多，但随明瑞前往之人，即可令其暂行办事，并调取所用兵丁，无不可者。不必先事张皇，向各处调取。并传谕德福知之。（《清高宗实录》卷七百三十一）

杨应琚飞咨哈密办事道员，酌拨哈密库存火药星解阿克苏备用。高宗拟以长期围困令其自溃之法平定此事件，故斥其张皇。

大学士管陕甘总督杨应琚奏，乌什逆回叛乱，经德福调取伊犁、喀什噶尔、叶尔羌。库车等处兵，而哈喇沙尔库车办事大臣明普等亦率师随往。查哈密库内存贮火药尚多，臣飞咨哈密办事道员等，酌拨星解阿克苏备用。得旨："似伊等如此张皇之事，卿亦不权其轻重，以惊无知众人乎，又有何大事？料今早已定矣，实可不必。"（《清高宗实录》卷

七百三十一）

按：乌什反叛回人坚守孤城，至半年多以后，才被阿桂、明瑞大兵镇压。开始，清高宗估计过于乐观，致有此旨。

狄道州南乡、宗石等三庄及与该州连界之设炉庄发生地震，七十九户住房震坏，死六人，杨应琚组织赈恤。

大学士管陕甘总督杨应琚奏，狄道州南乡、宗石等三庄，于三月十二日地震，计坏居民四十一户，压死男妇六名口。又与狄道州连界之设炉庄，同日地震，共坏居民三十八户，俱未伤损人口。当即飞饬确查，妥协赈恤。兹据禀，震倒土房各户，每房一间给银五钱，压毙人口每口给棺木银一两，压毙牲畜每户给银五钱。因银数无多，俱经该州捐给。其余各村，因上年收成尚好，口食不缺，现在民情安定，无庸复请动支正项。报闻。（《清高宗实录》卷七百三十五）

四月，高宗令将杨应琚等大学士交部议叙。

谕：今年京察届期，吏部开列在京各部院三品以上大臣暨督、抚等，奏请甄别。内阁大学士职掌班寮，向不与列，第念大学士傅恒等或参赞纶扉兼领部务，或历膺节钺宣力有年，均各敬慎恪恭，克称厥职，宜加优奖，以光巨典。傅恒、尹继善、刘统勋、杨应琚俱着交部议叙。（《清高宗实录》卷七百三十三）

五月，奏准由安西营兵中拨二百名移往巴里坤马厂牧马。

奏准平城、松山二驿站钱粮改归庄浪茶马同知经管。

兵部议准：大学士管陕甘总督杨应琚疏称，乾隆二十年，军机大臣原议驿站钱粮统归州县管理。嗣经升任巡抚陈宏谋等先后奏请，红城等站夫马钱粮，分归各同知、通判支领报销。乾隆二十八年，复据巡抚常钧以军务告竣，不若仍归州县管理以符原议。维时庄浪理事通判所管之平城、松山二驿，因地僻差稀，仍听其管理。今既改为凉庄理事通判移驻凉州，平城、松山二驿，自应改归州县经理。但该县现管八驿，势难兼顾，且平城、松山二驿，又在庄浪同知所辖界内，应请将该二驿，改归本管番地之庄浪茶马同知经管。从之。（《清高宗实录》卷七百三十四）

高宗准吏部议叙杨应琚加一级，抵前降一级。

吏部等衙门奏：本年京察大学士傅恒等遵旨议叙一折。得旨：傅恒、尹继善、刘统勋、俱着加一级。杨应琚着加一级，抵前降一级。陈宏谋、庄有恭、阿桂、钱汝诚、安泰、阿永阿俱着加一级。阿里衮、托恩多、于敏中俱着加一级，抵前降一级。方观承、苏昌、阿尔泰、高晋、杨锡绂、熊学鹏、崔应阶俱着加一级。明德、定长俱着加一级，抵前降一级。余依议。（《清高宗实录》卷七百三十四）

六月，巴里坤商民认垦土地已达二万五六千亩，杨应琚委员整修三道水，新挖渠道三千余丈，使上游商户、下游民户各引各渠，不因灌水而致争端。

大学士管陕甘总督杨应琚奏，巴里坤地气日渐和燠，每岁布种细粮俱有成熟，商民认垦接踵而至。除乾隆二十九年以前认垦地一万一千八百九十余亩外，本年春间，又认垦地四千余亩，连前拨给安西户民承垦地，共二万五六千亩，皆取三道之水引渠灌溉。但商民认垦之地皆在上游，安西户民承垦之地系在下游。若上游需水既多，诚恐下游稍乏，必启争端。今废员陈文枢等奉镇臣委令督率垦种，即与该处同知详加审度，拟于迤东河水入渠之处，培高闸坝，开浚宽深，俟流至商民认垦地界，即由渠北分凿大渠一道，引流西下，俟流近安西户民承垦地界，仍与旧渠合一，接连新开之渠，安设木闸一座，每当用水时闸住。旧渠引灌认垦之地，新渠引灌承垦之地，庶各引各渠，两无争竞。于四月十五日兴工，今已报完。计开新渠三千余丈，宽深如式。得旨嘉奖。（《清高宗实录》卷七百三十九）

七月，奏准添设渊泉县县丞，驻踏实堡。

添建陕西安西府属渊泉县县丞，移驻踏实堡衙署。从大学士管陕甘总督杨应琚请也。（《清高宗实录》卷七百四十）

十八日，甘肃省城及巩昌府、秦州等地地震，以宁远、伏羌、通渭三县为重，坍房二万八千余间，死七百七十余人。杨应琚亲往灾区查勘，分别抚恤。

乙丑（十八日）。谕：据杨应琚奏，省城皋兰县于七月十八日，地觉微动，少顷即止，并无伤损。其巩昌府属之陇西、安定、会宁、通渭、漳县、宁远、伏羌、西和、岷州、直隶秦州并所属之清水、礼县等十二州县，亦于是日地动，内有损坏旧城、仓署、民房，并间有压毙人口牲畜者。而宁远、伏羌、通渭等三县较他处稍重。现在亲往查勘，分别抚恤等语。甘省远处西陲，地瘠民贫，兹以地动压损房屋人口，朕心深为轸恻。现在该督亲往查勘抚恤，着加恩照乾隆三年赈恤宁夏成例，查明被灾情形，分别优恤。其灾重地方，并着将本年应征钱粮，一体蠲免。该督其董率所属实力奉行，毋任胥吏侵蚀中饱，俾闾阎均沾实惠，以副朕矜念灾黎之至意。该部遵谕速行。（《清高宗实录》卷七百四十三）

谕：前据杨应琚奏，巩昌府属之宁远等县地动情形较重，朕深为轸恻，已降旨令照乾隆三年赈恤宁夏成例，分别优恤。今该督奏称，亲往查勘地动各属，请将被灾较重之宁远、伏羌、通渭等三县，照宁夏之例，稍减办理等语，想尚未奉到前旨。甘省素本贫瘠，此次地动，倒塌房屋，压毙人口较多，民力未免艰窘，自当加意抚绥，俾皆得所。若仅照宁夏例减半办理，恐尚不足以济民困，着该督仍遵照前旨，将赈借各项，均照优恤宁夏之例，一体筹办，以副朕矜恤灾氓至意。该部遵谕速行。（《清高宗实录》卷七百四十四）

按：1765年甘肃中部的地震，为6.5级，重灾区武山、甘谷、通渭三地，损失惨重。其中武山被震村庄508处，倒塌房37567间，压毙1189人，牛247头；甘谷被震村庄471处，倒塌房28718间，压毙781人，牛123头；通渭被震村庄167处，倒塌房8463间，压毙98人，牛199头。定西、会宁亦有损失。

八月，在肃州、高台县招民一千二百户，拟安插于瑚图毕、宁边城等处余地。

大学士管陕甘总督杨应琚奏，前奉旨，令将甘省与新疆接壤居民迁移乌鲁木齐开垦。兹据肃州申报招民八百余户、高台县四百余户，现饬道员，在瑚图毕、宁边城、昌吉、罗克伦等处，查明余地，给与车辆口粮，送往安插。报闻。（《清高宗实录》卷七百四十二）

杨应琚令人至兰、巩等府采买粮石，以供兵糈民食。高宗令其到乌鲁木齐采买。

谕军机大臣等：据杨应琚奏，巩昌府属于七月间地动，业经降旨加恩抚恤。而该督另折所奏，又有赴兰、巩等府采买粮石，以供兵糈民食等语。巩昌府属现在被灾，虽据称秋成可望丰收，而一经采买，价值必增，闾阎食用，不免拮据。所有巩昌府属自应停其采买。至甘省产米素少，而乌鲁木齐、辟展屯田处所，连岁丰稔，米粮充裕，若能设法运至内地，则以有余济不足，似属两便。惟是程途稍远，挽运恐多糜费。但该省安西等处，粮价向颇昂贵，若核计沿途脚费，较买价有减无浮，即可通融筹办。倘以新疆经运为艰，则或由乌鲁木齐、辟展运至巴里坤，再接运至甘省，陆续转递，自觉事半功倍。否则于官邮随便带运，或听民间负贩流通，俱无不可。如此源源接济，于甘省民食，自有裨益。着传谕杨应琚，将各项情形，徐为通盘计算，悉心筹画，是否可行之处，详晰奏闻。（《清高宗实录》卷七百四十三）

请准将移驻乌鲁木齐之安西提标中营参将、守备等官定为边俸，五年报满，甄别题升。

兵部议准：大学士管陕甘总督杨应琚疏称，安西副、参、游、都、守各员，除西宁镇属保安、归德二营都司壤连内地，番民风气日驯，应照旧例，定为题缺外。请将移驻乌鲁木齐之安西提标中营参将、守备，左营游击、守备，右营都司、守备，乌鲁木齐城守营都司、守备，巴里坤镇标中、左、右三营各游击、守备，沙州营副将及左、右二营都司，哈密协副将及中军都司，安西营参将、守备，靖远营游击，赤金、布隆吉、塔勒纳沁、踏实、桥湾五营都司，塔尔湾营守备各缺，定为边俸，五年报满，甄别题升。其寻常供职者，调回内地，仍照常俸计算。从之。（《清高宗实录》卷七百四十三）

九月，奏准在临水、双井等十余堡设兵以应差务。

兵部议准：大学士管陕甘总督杨应琚奏称，肃州镇属临水、双井、盐池、深沟等堡，凉州镇属水泉、红水二堡，地介冲途，原设兵额，不敷差防。又肃州属边外之毛目城及黑泉、抚彝二堡，凉州属靖边、丰乐二堡，俱未设弁兵。今酌地方冲僻，差务繁简，请拨高台营外委一员驻黑泉堡，洪水营把总一员驻毛目城，大靖营外委一员驻靖边堡，永昌营外委一员驻丰乐堡，改下古城千总驻威鲁堡，威鲁堡外委驻下古城。裁下古城兵六十名，匀添临水、双井、盐池、深沟、黑泉等堡。威鲁堡兵四十名设毛目城，平川堡马守兵各四名设抚彝堡，高古城、镇番营兵各二十名分添水泉、红水二堡，大靖、永昌二营兵各三十名分设靖边、丰乐二堡。从之。（《清高宗实录》卷七百四十四）

谕令杨应琚奏报有否越阶委署之事。

谕军机大臣等：本日引见兴汉城守营都司胡虬龙，奏及曾署理兴汉镇总兵事务，询系何时之事，据称系杨应琚所委，甚属骇闻！总兵乃专阃大员，偶遇缺出，应以副将护理，如副将无人，或次及参将暂时承乏，尚属可行。至都司，官阶悬绝，若遽令越次署理，其何能弹压兵丁，节制营伍耶！着传旨询问杨应琚，将从前因何令该都司暂署缘由，抑系胡虬龙捏饰妄奏之处，据实覆奏。并传谕各总督、提督，各该省总兵缺出，曾否有似此越阶委署之事。嗣后遇有镇篆需人护理，不得用游击以下人员，以符体制。着于各该督、提奏事之便，传谕知之。（《清高宗实录》卷七百四十五）

杨应琚奏明未曾越阶委署都司胡虬龙。

又谕：前兵部引见兴汉城守营都司胡虬龙，奏及曾经署理兴汉镇总兵事务。朕以总兵与都司官阶悬绝，越次署理，甚属骇闻，是以降旨询问。今据杨应琚覆奏，前岁兴汉镇悬缺，即委潼关协副将福宁护理，福宁未到之先，不过令都司代拆代行，并无牌委署理之事等语。胡虬龙捏词耸听，实属绿营浮诞恶习，所有豫保记名之处着注销，仍交部议处。至杨

应琚因系伊保举之员，请一并交部议处。胡虬龙临时妄奏，非其意料所及，杨应琚着免其交部。(《清高宗实录》卷七百四十八)

哈密协兵粮，向由兵丁领折色银往安西采买。杨应琚决定明年起，将该协所属塔勒纳泌等处屯田豆麦拨充兵粮，以省费用。

大学士管陕甘总督杨应琚奏，巴里坤镇属哈密协兵粮，因艰于筹办，每石折色二两二钱，赴安西采买。兵丁既多往返之劳，折价亦有运送之费。查该协所属塔勒纳沁等处屯田，小麦、豌豆丰稔。来岁兵粮，请即拨屯田豆麦，较折价节省实多。得旨嘉奖。(《清高宗实录》卷七百四十五）

谕令杨应琚选派一副将率绿旗兵由乌鲁木齐赴乌什屯田。

谕军机大臣等：明瑞等奏称，乌什新定，应酌量留兵五百名，满洲兵以副都统舒泰、乾清门侍卫保宁管辖，索伦兵以原任总管达克塔纳管辖，绿旗兵以乾清门侍卫法灵阿管辖，并请于效力赎罪人员内留原任协领伊昌阿、原任三等侍卫舒明阿管理工作，留原任御史忠德管理粮饷，其屯田事务调巴里坤游击陈尧典办理等语。乌什事竣，满洲索伦兵无须多驻，着留满洲兵一百名、索伦兵一百名。前据明瑞等请派绿旗兵屯田，已谕将五福所领兵丁留驻，乃伊等忽令撤回，业经降旨申饬，着仍遵前旨，量其行走之远近，若已抵乌鲁木齐，即于来年正月起程，或另派亦可。五福亦不必再往乌什仍留乌鲁木齐。着杨应琚于副将内拣选一员，由乌鲁木齐领兵前往乌什。其管辖兵丁、预备差遣各员，俱照明瑞等所请行。将此传谕知之。(《清高宗实录》卷七百四十五）

奏准甘肃农民春借籽粮，秋后不管原借何粮，可用其它粮豆分上下色交还。

大学士管陕甘总督杨应琚奏，甘肃地瘠民贫，春借籽粮，秋成还款。

或仓贮不敷，即借司库银接济。查各属所产粟米、小麦为上，豌豆为次，大豆、青稞、糜子、大麦、青豆为下。嗣后请毋拘原借，止分上下色，通融抵收。再河西一带豌豆价昂，并请即抵米麦，兼按时值，以粟抵银，改收本色，其愿照原借交还者听。得旨允行。（《清高宗实录》卷七百四十五）

十月，谕令杨应琚查明现在甘肃各地详悉灾情。

谕：甘肃巩昌等处秋间地动，业经降旨该督，令其分别加恩，从优抚恤。昨据杨应琚奏到，河东、河西各属秋禾偏旱，及间被雹水风霜，系一隅偏灾，与阖属收成尚无关碍，现经照例赈恤等语。该省今岁秋成，通计尚属丰稔，但偏灾处所，盖藏未必充裕，明岁青黄不接之时，民力不无拮据，其或有尚须赈恤之处。着传谕杨应琚，查明现在情形，详悉覆奏，候朕酌量加恩降旨。（《清高宗实录》卷七百四十七）

谕令杨应琚派绿旗兵一千名到乌鲁木齐和乌什二处屯田。

伊犁将军明瑞等奏，请添派屯田兵。得旨，着杨应琚派绿旗兵一千名，前往乌鲁木齐、乌什二处屯田。（《清高宗实录》卷七百四十七）

二十七日，谕令赴京陛见。

谕曰：大学士杨应琚，现已准其来京陛见。陕甘总督印务，着和其衷前往署理。其陕西巡抚事务，即着布政使汤聘暂行护理。该部遵谕速行。（《清高宗实录》卷七百四十七）

因巴里坤屯田丰收，奏准奖赏兵丁一月盐菜，种地遣犯一月口粮，效力废员绰和岱等赴伊犁驻防当差或回旗回籍。

谕曰：杨应琚奏，巴里坤屯田秋成分数，请予议叙奖赏等语，着照所请。管屯将弁俱着交部议叙，兵丁着赏给一月盐菜，种地遣犯着赏给一月口粮。其效力废员绰和岱等，既在屯数年，实心出力，绰和岱家属，已经移驻伊犁，着加恩准其前赴伊犁驻防当差。柏灵保着准其回旗，常际春着准其回籍。（《清高宗实录》卷七百四十七）

十一月，奏准哈密巡检职为查管该厅监狱。

户部议准：大学士管陕甘总督杨应琚疏称，哈密设立巡检，地方事宜应仍责成哈密厅通判管理，该厅监狱令巡检查管。从之。（《清高宗实录》卷七百四十八）

高宗谕令今后奏疏中凡地名必须全写，不许省写，不能如杨应琚折中称巴里坤为巴城。

又谕：内外各衙门题奏事件，遇有地名字面，理应遵照全写。乃向来章疏，只图省便，每将地名节称一字，其谬不可枚举。如热河之但称为热，多伦诺尔之但称为诺，则其尤甚者。此皆幕友吏胥相沿行文陋习形之奏牍，殊非敬谨入告之礼。昨户部进蠲免海州沭阳积欠本内，辄照原题写作海属字样，内阁亦即照依票签，经朕指示改正。今杨应琚奏开渠增垦一折，称巴里坤为巴城，亦令增改发钞矣。前因各该衙门，有称满洲、蒙古作满、蒙者，曾经降旨训饬。此等字面，皆可类推，何竟不知举一以例三耶！嗣后凡遇地名字面，俱一概全写，不得竞趋简易，致乖体制。着宣谕内外各衙门知之。（《清高宗实录》卷七百四十八）

特讷格尔城驻兵五百移驻呼图毕，所遗空房，由杨应琚招募遣往八百户民分住。

又议覆：库尔喀喇乌苏办事大臣伍弥泰奏称，特讷格尔城现非冲要，既无过往官兵，商民又少，所贮米谷，每年支给本庄官兵外，所余尚多，恐致红朽。查呼图毕城系东往玛纳斯、库尔喀喇乌苏河、伊犁、雅尔冲途，若在该处添拨屯兵，多贮米谷，可以接济过往官兵，且令商人贩买，所得价银，作为正项钱粮，亦省内地转运之费。现特讷格尔驻兵六百，留一百屯田，余移驻呼图毕。所遗空房，杨应琚招募遣往一千三百户民内令分住八百户，由彼处贮谷内借给籽种口粮；余五百户，令分住罗克伦等处。均应如所请。从之。(《清高宗实录》卷七百四十八)

奏报巴里坤以西四十余里之花庄有二十余里沃壤，有新旧渠灌溉，自乾隆二十六年至今，已认垦土地三万八千余亩。

大学士管陕甘总督杨应琚奏，巴里坤附近田地渐辟，迤西四十余里之花庄抵尖山卡座，沃衍二十余里，黑沟之水，足资灌溉，旧渠漏少处，俱经修整，并开新渠一道，由旧渠步流抵尖山栅口长三十里，傍山地尽可耕。认垦者闻风趋赴，自二十六年至今，共垦地三万八千余亩。得旨："欣慰览之。该部知道。"(《清高宗实录》卷七百四十八)

谕令杨应琚等妥办乌什、乌鲁木齐屯兵所需农具。

谕：据阿桂等奏称，乌什屯田兵八百名需用农器在阿克苏购买，并行知高廷栋将辟展所贮锹镢等物解送等语。昨杨应琚奏，乌鲁木齐屯兵一千名所需农器，就近在辟展、哈密、巴里坤取用，如不敷，由肃州办往。辟展等处所贮农器，既解往乌鲁木齐，乌什又复取用，恐有不敷。着传谕杨应琚、阿桂等，令其会商妥办，务期不误乌什、乌鲁木齐二处耕作。(《清高宗实录》卷七百四十八)

谕令杨应琚严行查察新疆赴京沿途台站对解京物件及递送人犯随到即行应对，不得拖延。

谕军机大臣等：新疆赴京沿途设立台站，凡递解人犯及赍送进京物件，自应按站传送，以免迟误。乃近如阿克苏递解丑达到京甚属迟延，即新疆各处赍送物件亦多有愆期者，此必解送之员，任意逗留。新疆台站，皆陕甘总督所辖。着杨应琚通饬沿途，严行查察，嗣后遇有解京物件及递送人犯，随到即行应付，不得任其托故疏误，亦不得因有此旨，致奉差官役借端矫枉过正，骚扰地方，及任意驰骋伤损驿马。此事总责成该督杨应琚，随时留心稽察妥办。并传谕新疆各城办事大臣及经过地方各督、抚知之。(《清高宗实录》卷七百四十九)

高宗批评杨应琚以丁忧在籍之史茂来主兰山书院。

谕：据杨应琚奏，甘省兰山书院于去岁延请丁忧在籍之府丞史茂来主讲席一折，此甚非是。史茂系回籍守制之员，理应闭户家居，以尽三年之礼。至读礼之余，或在家课训子弟，自属分所应为。古人尚有庐墓终制者，即不能取法，亦当杜守里门。若竟住居省会书院，教授生徒，与地方官长宾主应酬，则与居官何异？此不过冀得膏火，以资赡给，遂置礼制于不问，微特人子之心难安，其又何以为多士表率乎！督、抚有维持风教之责，缙绅中绩学砥行足备师资者谅不乏人，何必令丁忧人员腼居讲席。是应聘者固不能以礼自处，而延请之地方大吏亦复不能以礼处人，于风俗士习颇有关系。恐他省不无类此者，特为明切晓示通谕知之。(《清高宗实录》卷七百四十九)

陕甘总督杨应琚奏，甘省兰山书院，延请丁忧在籍之府丞史茂来主讲席。上以回籍守制之员，竟居省会书院教授生徒，与地方官应酬，则与居官无异。微特人子之心难安，亦无以为多士表率。谕曰：督、抚有维持风教之责，缙绅积学砥行之儒足备师资者，谅不乏人，何必令丁忧人员腼居讲席，是应聘者固不能以礼自处，而延请之地方大吏亦复不能以礼处人，于风化士习微有关系，恐他省不无类此者，特为明切晓示通

谕之。（《清朝文献通考》卷七十一）

拨巴里坤屯种收获之小麦三千石、豌豆二千石，支给该处镇标兵粮，省折价银一万五千四百两。

大学士管陕甘总督杨应琚奏，巴里坤额支兵丁本色粮石，向以该处不种细粮，止支青稞二千石，余每石折给银二两二钱，长途拨运，需费浩繁。后奏请试种豌豆、小麦，均已成熟。因视每年屯获盈缩，改支本色，折价递减。今岁更为丰稔，边储充裕，因就该处镇标兵粮内，拨小麦三千石、豌豆二千石，既免兵丁折买之难，更省折价银一万五千四百两。得旨嘉奖。（《清高宗实录》卷七百四十九）

十二月，奏准在泾州瓦云至肃州酒泉间驿站各添马十五至二十五匹。

军机大臣等议准：大学士管陕甘总督杨应琚奏称，甘省毗连新疆，往来差繁。应将泾州瓦云至肃州酒泉共四十八驿，各添马一十五匹。此内安定县属之秤钩、西巩、延寿，会宁县属之青家、保宁等驿，山险道长，应于已添马十五匹外，各再添十匹。从之。（《清高宗实录》卷七百五十一）

奏准，于明春拨马厂马垦种巴里坤未垦之地，于安西、肃州等地招募无业贫民至巴里坤以西穆垒地方次第开垦，设守备、把总各一员管理。

又议覆：大学士管陕甘总督杨应琚奏称，巴里坤连岁丰收，地气较前渐暖，地未垦得，应于明春拨马厂兵一百名垦种。该处同知库内贮有农器，如不敷再为添造。应用马牛巴里坤现无可拨，应令该同知向商人购用。至巴里坤迤西穆垒地方，直接乌鲁木齐之特讷格尔，可垦地数十万亩，现于安西、肃州等处招募无业贫民，给与盘费，令次第开垦。将来粮石充裕，商贩流通，可以接济内地民食。该处应设官管理，请令塔尔湾营守备、把总各一员、兵一百二十名移驻，归巴里坤镇营管辖。塔尔湾余兵七十八名，归并附近之靖逆营。其建房开渠及牛具籽种等事，俱令巴里坤镇预为筹办。均应如所请。从之。（《清高宗实录》卷七百五十一）

公元一七六六年（乾隆三十一年 丙戌），七十岁

正月十六日（甲申），调任云贵总督，接替原总督刘藻处理中缅边境冲突。遂带都司萨克查、县丞周裕，一并由北京驰驿前往云南。

谕曰：杨应琚现赴云南，有交办事件着驰驿前往。（《清高宗实录》卷七百五十三）

又谕：现在征剿莽匪一应军务，均须调度得宜。总督刘藻办理地方事务素属妥协，然究系书生，未娴军旅，设于用兵机宜，稍有不当，既于剿贼之事无裨，而用违其材亦非朕所以成全刘藻之意。杨应琚久任陕、甘，筹办军需事务伊所熟谙。杨应琚着调补云贵总督，吴达善着调补陕甘总督。湖广总督员缺，即着刘藻调补。此旨且不必颁发。该督现在普洱调集官兵督率攻剿，恐此旨一经宣示，未免属员等意存观望，呼应不灵。所有一应军务，该督仍实心妥协办理，不可存聊待后人之心。俟杨应琚到滇后，再行一一交代，起身赴湖广新任。着将此传谕知之。（《清高宗实录》卷七百五十三）

又谕曰：杨应琚已调补云贵总督，由京驰驿赴滇。刘藻调湖广总督，其陕甘总督员缺，令吴达善调补。但吴达善须俟刘藻到楚，方能交代起身。和其衷亦须吴达善到彼，方能回任，湖北巡抚印务现有吴达善兼摄，汤聘署陕西抚篆务，须随时随事，实心经理，不可存五日京兆之见，致

有贻误。(《清高宗实录》卷七百五十三)

丁亥(十九日)。谕曰:杨应琚奏请带往云南之都司萨克查、县丞周裕,着一并驰驿前往。(《清高宗实录》卷七百五十三)

按：所谓莽匪，实即缅甸军队。这次中缅边界冲突，起源于缅甸新王朝对中国云南边境的骚扰。原来，公元一七五二年（清乾隆十七年），缅甸东吁王朝被得楞族所灭。木疏族首领雍籍牙起兵，于次年自立为王，建都瑞幅，然后开始了征服各部族的统一战争。其桂家与木邦二族举兵反抗，兵败，桂家族头人官里雁兵败逃至孟坑。云南境内孟连（今云南孟连傣族拉祜族佤族自治县）土司刀派春劫夺其财物。官里雁妻囊占袭杀刀派春全家，请求归附清朝。永昌（今云南保山市）知府杨重谷（杨应琚长子）诱捕官里雁，高宗以焚杀孟连土司全家罪，将官里雁处斩，传首示众。囊占逃往孟艮，嗾引其兵袭击云南边境。又官里雁被杀，木邦头人亦投降雍籍牙。缅甸王朝统一以后，于一七六四年（清乾隆二十九年）对暹罗作战，四万缅军屯驻暹罗京城阿瑜陀耶城外。同时，以小股部队进入云南境内，强迫各内属土司给其纳贡。另缅属孟艮土司召丙的堂兄召散为夺取土司职位，而勾引缅军攻孟艮，召丙逃至南掌国，又至内地土司猛遮处藏匿。于是缅军于一七六五年分两路向云南普洱府边境进攻，左路由猛鎿（今云南勐腊县猛捧镇）等至小猛伦橄榄坝渡江，攻破九龙江，进至猛混（今云南勐海县勐混镇）;右路由打乐（今云南勐海县打洛镇）前进，攻破猛遮（在今云南勐海县西）。两军会合，直至整控。总兵刘德成、参将何琼诏、游击明浩等三路皆败，总督刘藻束手无策，朝廷遂调杨应琚来滇，将刘藻调任湖广总督，在杨到任前筹措一切。此时，缅军开始陆续撤离云南边境，重新集大军于暹罗阿瑜陀耶城下。

高宗提出对缅事要并力剿灭，尽绝根株，勿使复贻后患。

己丑（二十一日）。谕军机大臣等：据常钧奏报攻剿九龙江捷音一折，殊属不知事体，已于折内批示矣。参将刘明智等攻打白塔寺贼营，不过枪炮伤贼十数人，斩杀五十余人，何足侈言全胜！且贼既败衄，正当乘胜追擒，乃伊等暂驻九龙江，尚俟探明贼踪，始行追剿，尤失奋勇直前之道。其禀内所叙穿红穿绿等语，更为绿旗铺张夸诞恶习，常钧亦遂据禀报捷，实属可笑。常钧前在军营曾经大敌，何亦为绿旗习气所染乎！至莽匪敢于抗拒官兵，刘藻统兵进剿，正当捣其巢穴、歼剿无遗，以申国威而靖边徼。且刘藻前此奏及，明浩等于猛往地方遇贼被伤，常钧岂未闻知，何无一语奏及！至刘藻续调之永顺、腾越镇协各营兵丁，正可厚集兵势，以期剿贼。而常钧另折，有已可无须剿办之语，尤属非是，此事专交刘藻办理。前已屡次传谕刘藻，务遵朕旨，悉心调度，并力剿灭，尽绝根株，勿使复贻后患。即间有攻剿贼寨之事，断不可狃于小胜，遂懈进攻。若贼众窜逸远逃，亦不可不悉力穷追，使无免脱漏网，切勿草率了事。但闻该处三月以后瘴气颇盛，若彼时尚未办竣，不妨整兵稍待，俟可以进兵时，再行率众进剿，以奏肤功。昨令杨应琚赴滇接办此事，伊曾面奏莽匪、木匪系属两事。今据常钧奏莽匪、木匪虽各分畛域，其实地属相连，而狐群狗党忽东忽西，本无定向。且木匪现在调集土练，彼此勾结，已可概见等语，则两事实属一事。着传谕杨应琚、刘藻、常钧知之。常钧折并钞寄杨应琚、刘藻阅看。（《清高宗实录》卷七百五十三）

将刘藻报告战况之奏折钞送杨应琚，再次强调“务使根株尽绝”。

壬辰（二十四日）。谕军机大臣等：据刘藻等奏，木匪潜匿孟连界内，该应袭刁派先捏饰欺朦，现饬提讯一折，系在刘藻十二月二十六日所发，进剿莽匪参将何琼诏等被伤，及常钧二十七日所发，奏查木匪并刁派先与缅夷往来二折之前。此折到京甚迟，所奏情形已可毋庸置议。业令杨应琚前往办理此事，前经降旨传谕该督等，先将现办之莽匪尽力进剿，捣其巢穴，务使根株尽绝。其木匪一案若于此时并办，恐致彼此勾连，难于速结。自当于莽匪剿定后，次第办理。着传谕杨应琚，令其仍遵前旨，悉心妥办。至现获素领散撰之婿施尚贤，系内地民人，为莽匪姻党，胆敢探听消息，实属汉奸不法之尤，并令该督等严行根究，自可得莽匪滋衅情形。着将刘藻折一并钞寄杨应琚阅看，并谕刘藻、常钧等知之。(《清高宗实录》卷七百五十三）

谕刘藻、杨应琚查明打了败仗的何琼诏因何身死。

谕军机大臣等：据刘藻参奏，何琼诏等轻率渡江以致败衄，现将游击明浩拿讯究拟，并请将伊及提臣一并治罪等语，非此时应行急办之事。莽匪一案，尚未明发宣布，若遽将明浩等交部治罪，迹涉张皇，于办理机宜转未妥协。且绿营积习，专以虚谎捏饰为事，若不切实根究，难以定其真伪。即如前报，何琼诏与外委陶国兴，俱没于贼。今陶国兴复又回营，则前此之捏报可见。至何琼诏之死，据伊家人将关防赍交自无疑义，但何琼诏是否打仗阵亡，抑系窘迫自尽，或因既经失事回营后畏罪自戕，皆未可定，种种情节，刘藻等均未经细心查讯，亦难定此案情罪。应俟杨应琚到彼，该督会同逐一查讯确实，再行奏闻请旨。至现在添兵二千并力攻剿，自属要务。刘藻即应迅速相机前进，不必等候杨应琚以致徘徊误事。如能于三月瘴盛之前，克期扫荡，更为妥善。即杨应琚到彼，莽匪业已办竣，尚有木匪滋扰一事，应须接续查办，以净根株。或其时适当瘴盛，难于剿捕，亦不妨缓至秋冬收瘴时，再行酌量妥办。着将此传谕杨应琚、刘藻知之。(《清高宗实录》卷七百五十三)

二月初二日，因处理缅事不力，高宗将刘藻降补湖北巡抚，正式下诏，命杨应琚以大学士管理云贵总督，接办军务。

壬寅（二日）。谕前据刘藻等奏，莽匪不法，侵扰土司边界，曾降旨令其严行剿捕，勿以姑息了事。嗣据奏报，攻剿九龙江、橄榄坝诸寨，已获全胜，惟参将何琼诏、游击明浩等派赴整控江防御，该弁等不遵军令冒昧渡江，以致遇贼失事，彼时即疑所奏未必尽系实情。今据奏，何琼诏、明浩前后回营，因将伊等参奏，审拟治罪，已交军机大臣会同法司核拟具奏。第该督办理此案，情节甚属含糊纰缪。何琼诏、明浩等委赴整控防堵莽匪，前至猛往遇贼败逃，又复谎报身死，此其法所难宥处。该督乃奏称冒昧前进致失事机，是伊等反觉可嘉，何罪之有！夫伊等所谓贪功轻进并非实情，不过绿营虚诳欺饰故智耳。况该督所讯供词，于紧要情节全未问及，即如该督初报何琼诏等俱殁于贼，及伊家人呈缴关防时即应详究其是否打仗阵亡，抑系窘迫毕命，或回营后畏罪自戕，以定情罪。乃惟任弁兵张皇谎报信为实事，一切概置不究。及何琼诏等陆续逃归，该督又不究从前谎报情由，治以畏葸退缩之律，尚信其一面虚词谓系轻进失事，其何以申军律而惩欺罔乎！即如何琼诏所供，架着藤牌扑杀，并称被莽子刀戳其马，连马滚跌入江之语，试思马上岂能使用藤牌？此其支吾捏饰，难以欺三尺之童者，而刘藻竟坐受其朦混而不觉，不更可笑乎！又如前此所报官兵六百人过江遇贼被伤，约剩二百余人，陆续回营者一百余人。而此次奏称，现回思茅兵丁高士德等四百五十五名，则合之前此回营之兵，固所伤无几，且安知此未回之一百余兵，亦非败逃藏匿，则从前所谓遇贼被伤之说，更不可尽信矣。又前折称，明浩等兵器皆驮载行装，猝遇贼人不及措手，以致败衄，而此次折内称两相对敌，因火药已尽，势不能支，前后自相予盾，该督于此等吃紧关键处全不悉心根究，何愦愦乃尔！刘藻本属书生，军行机宜非所娴习，故朕不肯责伊以所不能，至于调度赏罚诸事，尚可力为筹办，乃于审讯此案情节竟外谬若此，岂堪复胜总督之任？刘藻着降补湖北巡抚。达启身为满洲，何至蒙懂画诺？伊二人皆交部严加议处。总兵刘德成，着交杨应琚查明，再降谕旨。现令杨应琚前往接办军务，杨应琚未到之先，刘藻须实力经理，若稍存五日京兆之见，以致贻误事机，必更重治其罪。向因绿营积习浮诞不堪，故西陲用兵全未藉此辈也。今云南一案如此，可见伊等锢习全未能悛改。各该督、提等务须实力整顿，毋稍姑息，将此通行晓谕知之。

谕军机大臣等：刘藻前后奏报攻剿莽匪一案，惟任绿营捏饰，据禀具奏，办理全未允协，已将伊降补巡抚。并将办理错谬之处，降旨宣谕矣！此种莽匪窜迹山野，鼠窃狗偷，原属不成事体，何至令其肆行侵扰，敢于抗拒官兵，跳梁边境！皆由该督等平日不能实力整顿，遇事严惩，遂致匪徒积玩无忌，酿成事端。然此必非一朝一夕之故，大约滇省诸务废弛已久，不独刘藻现在办理不善，即从前吴达善等所办，恐亦未能妥协。着交与杨应琚，到任后详晰查访，务得确情据实奏覆。倘有不实不尽之处，经朕别有访闻，或经发觉，惟杨应琚是问！本日所降谕旨并刘藻各折，并着钞寄杨应琚阅看，着将此传谕知之。（《清高宗实录》卷七百五十四）

命陕甘总督杨应琚以大学士管理云贵总督。调湖广总督吴达善为陕甘总督，以福建巡抚定长为湖广总督，调湖南巡抚李因培为福建巡抚，云南巡抚常钧为湖南巡抚，湖北巡抚汤聘为云南巡抚。(《清高宗实录》卷七百五十四)

谕军机大臣等：刘藻已降补湖北巡抚，俟杨应琚到滇交代后即赴湖北新任，彼时定长如尚未到楚，刘藻可暂摄总督事务。令吴达善前往陕甘总督新任，吴达善到任后，和其衷仍回西安，汤聘再赴云南巡抚之任。杨应琚现在办理军务，所有巡抚应办地方事宜自难兼管，汤聘未到任之前，或须仍留常钧在滇办理，着杨应琚酌量行之。(《清高宗实录》卷七百五十四)

云南籍御史周于礼奏报缅事情形，谕令杨应琚阅处。

谕军机大臣等：据御史周于礼奏莽匪情形一折，该御史籍隶云南，所奏或不无所见。着将原折钞寄杨应琚，令其阅看，将折内各情节逐细查明，如有应办之处，即行斟酌办理。倘地方官果有办理不善之事，亦着一并查参。将此传谕知之。(《清高宗实录》卷七百五十四)

谕令杨应琚将刘藻折内未能详晰各情节严查参究。

谕军机大臣等：刘藻奏覆，总兵刘德成办理军务情形，并抽拨调换各营兵二折，不但于用兵机宜毫无头绪，即所奏情节亦俱不甚明晰。如折内称总兵刘德成既不能先事预防，又不迅速禀报请兵剿逆，以致贼匪猖獗等语。总兵身膺专阃，未能早为防范，又不即据实申报，自属罪无可辞。但地方遇有此等要务，一任总兵悠忽玩视，漫无查察，又是谁之咎？看来莽匪敢于跳梁边境，抗拒官兵，必系地方官平日不能防于未形，酿成事故，养痈谅非一日，岂得仅诿过于现在办理不善之总兵乎！又据称省兵六百名，除前回普洱、思茅四百五十五名之外，连日又有续到者。前刘藻奏，省兵高世德等自猛往失事回至思茅之时，朕即降旨谓此未回之一百余名，安知非亦系败逃藏匿。今果不出朕所料，可见伊等渡整控江时，徒手散行，全无纪律，突遇贼人冲出，星散逃奔。是前此打仗受伤之说，益不可信。绿营狡诈伎俩，实不能逃朕洞鉴，刘藻则受其愚而不觉耳。且折内只称省兵六百名，并未声明何项兵丁，而续回实有若干人之处亦未详悉申叙，尤属含混。至所称厂棍汉奸杂入莽匪滋扰，于军务甚有关系，此辈俱系内地民人，胆敢附入外夷勾引滋事，实属罪大恶极，若不尽法处治以示惩创，何以申国法而儆凶顽！现在杨应琚奉命前往办理莽匪，其杂入之厂棍汉奸，务须搜剔根株，俾恶党均伏显诛，不可稍存姑息，而纵容若辈得以混入莽匪为乱，亦必有应任其咎者。并将刘藻折内未能详晰各情节，一并查明具奏。着将此传谕杨应琚。严查参究。（《清高宗实录》卷七百五十四）

严令刘藻在杨应琚未到滇之前必须实心经理一切军务，否则是自速罪戾。

戊午（十八日）。谕军机大臣等：前因刘藻办理莽匪一案，种种不合机宜，已令杨应琚补授云贵总督，前往接办。杨应琚到滇，恐尚需时日。现在正当调兵进剿之时，刘藻于一切军务，并须实心经理，不可稍怀畏沮，贻误事机。俟杨应琚到任交代后，方可完彼分内应办之责。若此时豫存五日京兆之见，诸事不复经心，则是自速罪戾，朕必不能更为曲宥矣！可将此传谕刘藻知之。（《清高宗实录》卷七百五十五）

谕云，刘藻糊涂不能胜任，着杨应琚于到任后逐一悉心查办，据实覆奏。

又谕曰：刘藻等于攻剿莽匪一案，种种办理不善，已屡经降旨饬谕。今日又据刘藻奏覆该处情形二折，其含糊纰缪之处尚多。如所称达启即遵谕旨亲赴军营督剿之语，不但刘藻不知事体轻重，即达启亦大不是。达启身任提督，且系满洲，遇地方有攻剿逆匪之事，自应统率弁兵身先奋往，岂有俟旨始行之理！试问伊前此安坐何处，所办何事，而必待朕之降旨督促耶！至参将何琼诏等，以徒手散行，漫无纪律，遇贼冲出，逃窜潜归，是其罪无可逭处。乃刘藻始终深信绿营捏饰之词，谓其贪功失事，于伊等情罪全属相背，尤为愦愦。如果贪功轻进，方当嘉其勇往，岂肯均置重典耶？前降谕旨甚明，刘藻此时谅亦悟从前查办之舛误矣。又奏孟连土司地方上年时有莽子往来，查据刁派先禀稿内有先系缅甸支裔之语。此在滇九载以来，未之前闻，是以无凭具奏。而现在莽匪猖獗，其中不无勾结串通情弊，是以奏请饬行藩、臬两司彻底根究。嗣因该土境正在莽匪滋扰，又札两司缓其提讯等语，所奏俱不甚明晰。刘藻即未娴军旅，筹画非其所长，何至心神失据，于章奏叙事亦不能了了耶！其庸懦无能之处，如前次闻猛往失事之信，遽由思茅退回普洱。幸而莽匪蠢野无知，不过骚扰土司边境。若窥见伊等如此馁怯，则普洱、思茅一带，能保无疏虞乎！即此，则糊涂不能胜任已可概见。此事总非刘藻所能办理，着将二折钞寄杨应琚阅看，于到任后，逐一悉心查办，据实覆奏。寻奏：三月初八日，行抵云南省城，所有沿途节次接奉廷寄，当逐一悉心查办，务得确情，不敢稍有不实不尽。得旨：“览。但不存回护已往不究之意，自然能实能尽。”（《清高宗实录》卷七百五十五）

高宗严斥刘藻因瘴疠整军待进之语。杨应琚报告木邦久欲投归内地，耿马土司应即迎机允准，并有“莽匪大局已定”的误判。

谕军机大臣等：刘藻办理莽匪事宜，拘于书生之见，动辄错谬。伊今日所奏三折，阅其情节，又俱不知事体，已于折内批示矣！即如施尚贤以内地民人，胆敢与莽匪结为姻党探听消息，实为汉奸之尤，其莽匪滋衅情形该犯自必深悉，若果严行讯究，断无不供出实情之理，乃刘藻不过草率一问，辄谓严鞫无供，遽将该犯正法，置紧要关键于不问，复何由知逆匪底里乎！至孟艮土司猛孟容之堂侄召散，与猛孟容父子不协，召散遂勾引莽子将猛孟容拿去，并欲追杀召丙，是莽匪滋衅之由，召散实为祸首。若将该犯拿获，则恶逆无人煽惑，贼党自更易于扫除。刘藻乃欲于既捣整欠后，再剿孟艮，则昧于先后机宜矣。又另折所称孟连地方，一闻木匪挖沟搭桥之语，禀报惊惶，不过无知土练等遇事恇怯，略有风闻遂尔张大其事。而刘藻概不深察，遽患其乘虚蔓延，又何无识之甚耶！此事断非刘藻所能办理，着交杨应琚，于到滇后酌量情形逐一查办。至所称遵奉恩旨，轸念瘴乡，整兵稍待，再图大举等语，则更大谬。前此降旨，原以该处如或调兵未齐，至瘴盛之时，不妨稍待。今既集兵七千有余，定期进剿，正当克日迅奏肤功。又岂得托言瘴疠，忽尔撤兵，宁不虑为远夷所轻玩乎！设我撤兵而莽子或乘此隙进至内地滋事，其罪又谁当之！况瘴气所聚，并非概地皆然，或此处有瘴彼处即无，则兵行只须越过瘴毒之处便可无患。若云烟瘴，人必不可触冒，我兵既畏其气，莽匪又何独不然！岂可为此迁延观望之说，以误事机耶。杨应琚到滇后，一切进兵机宜，自能悉心筹办。现在杨应琚尚未及到，刘藻此时仍当督促调集之兵，奋勇征剿，断不可惑于瘴疠之说，轻议撤回，再干罪戾。着将刘藻折钞寄杨应琚阅看，并传谕刘藻知之。寻杨应琚奏：查施尚贤既与莽匪结为姻党，探听消息，其情形自所深知，严究即得实情，何至严鞫无供，乃刘藻将原供删去，并未全行奏出。今将原供钞录呈览，施尚贤罪大恶极家口亦应缘坐，已饬查拿究拟。又木邦久欲投归内地，恳内地土司转达，是以莽匪欲搭江桥，木邦必先通知，耿马土司应即迎机允准。查莽匪大局已定，惟严催追捕贼首，访擒汉奸，断不敢苟且了事。得旨嘉奖。(《清高宗实录》卷七百五十五)

二十三日，高宗将刘藻和云南提督达启革职，留滇在兵丁上效力赎罪。

癸亥（二十三日）。吏部议：云贵总督刘藻、云南提督达启均应照例革职。得旨：前因刘藻办理莽匪一案种种错谬，已将伊降补巡抚。今据伊屡次奏报，核其前后所办理，无一事能合机宜。即如去岁闻莽匪滋扰土司边境，伊既亲行带兵前赴思茅，自应驻守该处就近调度，以期速剿丑类。乃轻信何琼诏等谎报猛往失事之语，心怀畏葸，托称整控江有小径可通内地，惧贼窜入，遽自思茅退回普洱，甚恇怯无能，实可骇异。殊不知思茅为近边要地，总督既驻兵镇守，忽尔退避撤回，宁不虑见轻于贼匪耶！至何琼诏等渡整控江失事之故，由于将兵器捆载行装，将弁徒手散行，毫无纪律，突然遇贼冲出，星散奔逃，旋即陆续投归。刘藻始则率报兵弁阵亡，张皇失措，继则罪以贪功轻进，何琼诏等以不备致逃，岂为冒勇轻进。其颠倒是非，前已明降谕旨，有识者当无不知其悖谬。至其檄调通省兵丁，忽调忽撤，漫无成算。而节次所奏诸折可笑可鄙之处，尤不可枚举，瞀乱乖方，实出意料之外。设使吴达善在彼，亦如此办理，朕早治其罪矣。特念刘藻本系书生，未娴军旅，不忍即加重谴。但复令其腼颜尚为巡抚，其何以示惩创？亦何以示各省督、抚慎重封疆耶！刘藻着照部议革职，留滇效力。所有调兵不合定例、糜费军饷之处，将来报销时，俱着落伊赔补。提督达启身系满洲，遇有攻剿逆匪之事，自应统率兵弁身先奋往，并将办理机宜随时奏报。乃伊惟听从刘藻指使，俨若偏裨，数月以来毫无调度，亦未据专具一折入告，是诚何心？提督平日于地方事务，固不宜干与以掣总督之肘，至于领兵征剿，则系提督专责，又岂可推诿总督，缄默自安，竟若置身局外乎？达启亦着照部议革职，交与杨应琚，令其在兵丁上效力赎罪，俟军务告竣再行请旨。（《清高宗实录》卷七百五十五）

三月，杨应琚饬两路军营，乘此兵威，直捣敌巢穴。

谕军机大臣等：刘藻奏二月十二、十三等日，攻剿猛笼葫芦口，连破贼营数处，及得猛笼土城木寨十余座，跟查贼踪潜走猛歇，现在进兵追攻等语。小小克捷，尚无当于攻剿大局。此时杨应琚计已到滇，一切机宜，自能妥协筹办。现在既连破贼营数处，贼匪潜逃，即宜乘势鼓勇直前，捣其巢穴，以期净扫根株。况调集之兵多至七千余人，军声甚壮，尤当励其锐气迅奏肤功，断不可惑于瘴盛之说，必待秋冬再举，以致迁延时日，坐失事机。至莽匪现已窜匿，务当悉力穷追，不容葝缓。而凶渠所在，尤当蹑迹追擒，毋任漏网。但折内既称贼踪潜走，猛歇为整欠之门户，从此即可直捣整欠贼巢，又称总兵华封与参将哈国兴由猛混攻破贼营之后，直达猛遮，猛阿莽匪闻风遁据孟艮以为巢穴等语。似莽匪贼巢不止一处，抑系贼踪潜匿处所，传闻未真，不可不侦逻得实，毋轻信诡词，致有疏纵。或当督兵分路追剿，或扼其要隘并力歼擒。着传谕杨应琚，就彼处情形，详悉深筹，克期报捷。刘藻折并钞寄杨应琚阅看。寻奏，前督臣刘藻在滇九载，于边情未悉心访查，以致遇事茫无调度。查烟瘴有无轻重原不尽同，非概地皆然。已饬两路军营，乘此兵威，直捣巢穴，不许借口瘴发。再查孟艮、整欠贼首，原系两路勾结，至九龙

江会合，孟艮系召散占据，整欠系素领散撰贼巢。得旨："览奏俱悉"。(《清高宗实录》卷七百五十六)

初三日，刘藻接硃批，因畏惧而自刎，气息将绝。高宗令杨应琚到普洱后，为其治疗，待其伤痕平复后，严讯奏闻，明正其罪。

谕：据常钧奏，刘藻于三月初三日夜间自刎，伤痕甚重，气息将绝，现在医治调理等语。此事实属大奇，刘藻办理莽匪一案，种种错谬不可胜举。朕因其本系书生，不娴军旅，所以加恩保全者倍至。始而调补总督，继而降为巡抚，及至审理何琼诏等一案以失律脱逃之人反以冒昧轻进定罪，乖舛已极，且官兵忽调忽撤，全无纪律，始降旨革职，留于军营效力，以示惩儆。然所办亦止于此，并未有将伊治罪之意。前后所降谕旨，中外共所闻知，原不屑以军务大事，于伊过为吹求。刘藻自当倍加感激，于杨应琚未到之先，督率将弁益加奋勉，以期军务速竣，方不负朕始终矜全恩意。乃正当进兵得胜之际，竟无端忽尔自戕，实出情理之外。刘藻身任封疆，在统兵进剿逆匪，所属将弁俱视其指挥，乃无故轻生，军行要务，将欲诿之于谁？若非朕豫令杨应琚前往接办，则军务兵弁竟无所统属，或因而军心惶惧，偶失机宜，岂不贻误国家大事！刘藻既统官兵，即与主将无异。如前者兆惠、明瑞于喀喇乌苏被围时，势悬呼吸，若伊等彼时略无主见，畏葸捐躯，则全军将不可问，又安望其成大功乎！设使刘藻因调度未协，军行或有失利，遂致抱惭毕命，情尚可恕。现经猛笼等处俱已克复，猛歇、猛混诸路亦俱攻破，正宜乘胜剿洗贼巢之时，有何窘迫，竟至于此？无论屡次降旨传谕，并未有加伊重谴之语。即使果欲将伊治罪，则国宪所在，为大臣者亦当静候成命，以伏刑诛。又岂可效匹夫之见，预办一死以逃法网！刘藻尚系读书明理之人，岂于君臣大义全未讲明耶！从前朕于刘藻曲从宽典，实系格外矜全。今伊无故自刎，罪愆实由自取，不可不加以严惩！现据奏刘藻尚未气绝，杨应琚到普洱时，可拨医速为调治，俟伤痕平复，即传旨拿问，将伊因何自刎之故详悉严讯奏闻，明正其罪。又据奏，刘藻自刎后，书桌上有纸包一封，面写三月初三日到朱批折四件、廷寄一件，一并恭缴等语。恐外边无识之徒，疑朱批及廷寄内，或有严旨督责勒令自裁之处，今四折具在，一为请安，其三皆随事批谕。而廷寄尚系令其不可存五日京兆之见，一切并须实心经理之谕。则刘藻此举之荒唐可诧，众人当亦不能为之置解也。着将常钧奏折，及代缴朱批折四件、廷寄一件，概行发钞与众阅看，并将此通谕中外知之。(《清高宗实录》卷七百五十七)

十日，杨应琚至滇。时云南清军乘缅军撤退迅速推进，参将彭雄楚等克复猛笼、猛混，总兵华封出境至孟艮、景线等处，总兵刘德成打破外域猛歇、猛堪，杨应琚催令各军“乘此捣穴，尽绝根株，不许藉言瘴气渐发，稍有疏漏”。高宗赞其“入境即能得其领要，何愁此事不办”。

大学士管云贵总督杨应琚奏，莽子一种素出为匪，潜土司境内，上年系分两路，一从左进，由猛〔龕〕(合拜)等至小猛伦橄榄坝渡江，攻破九龙江，蔓延至猛混；一从右边打乐而进，攻破猛遮，与左一股莽匪会合，焚毁附近村寨，延至整控。皆因孟艮应袭土司召丙之堂兄召散谋夺其地，勾结莽子打破孟艮，召丙逃至南掌国，后又至内地土司猛遮藏匿。前经提镇同请发兵，而刘藻含糊其事，仅令附近土练前往，以致贼益猖獗，辄请由思茅退回普洱，今参将彭雄楚等连次克复猛笼、猛混，总兵华封克复猛遮，内附土司境地廓清，已出隘进剿孟艮、景线等处。总兵刘德成打破外域猛歇、猛堪，现俱催令乘此捣穴，尽绝根株。不许藉言瘴气

渐发，稍有疏漏。得旨：“入境即能得其领要，何愁此事不办。欣慰览之。”（《清高宗实录》卷七百五十七）

杨应琚据总兵刘德臣所报，疏请提督达启率兵剿平贼巢。

大学士管云贵总督杨应琚奏，据总兵刘德成报称，参将刘明智等于三月初四日进剿与整欠相近之猛辛，毙贼数十名，带伤者无数，生擒莽匪十八名，擒获木城三座，糯米五百余石，一面搜剿山箐，一面相机前进。查猛辛距整欠一百余里，莽匪倚为门户，今副将孙尔桂已抵整欠，总兵刘德成亦将抵大巢，莫若令提臣达启将拟攻猛勇一路官兵，亦亲身率领进攻整欠，三路协剿，贼巢不日可平。并令于隘口堵截，勿任漏网。至华封所攻孟艮，亦系贼巢，且有召散首恶在内。此路应令专攻，不必再分其势。至贼匪中如有厂棍汉奸在内，尤须生擒活口，以便解赴内地，根究惩治。得旨：“诸凡皆妥，伫俟捷音。”（《清高宗实录》卷七百五十七）

杨应琚奏报前线获胜及大猛养大小头人归附。

大学士管云贵总督杨应琚奏，据总兵华封呈报，官兵于猛腊、猛麻四山搜捕，余贼已被兵练截杀。又参将哈国兴带领兵练，并饬召丙头人在大猛养堵御截杀，土练先由猛养后路进攻，莽子三百余人在大猛养扎营占据，当经攻败，贼已逃回孟艮。至大猛养大小头人百姓等原系召丙旧人，现已招来投顺，查系大小二十三寨头人二十三名，夷人男妇一千二百余名口，尚有各处山箐夷人未经到齐，令召丙清查安插。哈国兴即自猛麻一路进剿，华封亦进剿孟艮。查大猛养本系外夷应袭土目召丙所属，前为伊堂兄召散等占据，今既经召丙招降，似应准其投诚。至其中如有前已顺贼扰害边境、焚掠夷寨、抗拒官兵者，仍不得一并准降。

应令召丙查明详请治罪，并饬华封将孟艮贼巢上紧剿平，并擒拿贼首召散、五定瑞冻、召猛烈，务获。得旨：“是此最不可姑息，若兵到投降兵撤复叛，成何事体。总之此番既用兵威，不可苟且了事。”（《清高宗实录》卷七百五十七）

四月，杨应琚奏报捣平整欠贼巢等种种好消息。

辛丑（八日）。谕：据杨应琚奏，捣平整欠贼巢，近巢一带已无逆匪，现复于整欠之外各路侦查，搜剿其孟艮地方，亦据召丙招引夷民投顺等语，可见莽匪滋扰土司地方，不过乌合之众，原属不成事体。从前皆因刘藻中情恇怯，漫无设施，遂尔张皇其事。今杨应琚甫莅滇省，将弁兵练，俱各奋勇出力，即能剿平巢穴，而外夷召丙亦望风率众投顺。益见办理军务，全在详审机宜，如果得其要领，不难刻期竣事。所有杨应琚奏到各折，着一并宣谕中外知之。（《清高宗实录》卷七百五十八）

高宗赞杨应琚办理甚是，谕其查明诸出力官兵奏闻，以加恩赏赉。

谕军机大臣等：据杨应琚奏，整欠贼巢业已攻克，孟艮一路亦据召丙将夷民招来投顺，内有前曾顺贼抗拒官兵者，已令召丙查明治罪，不得概准投降等语。办理甚是，已于折内批示矣。此次统兵进剿之总兵副将、参将等尚知奋勉，着传谕杨应琚将实在出力之人查明奏闻，候朕酌量加恩赏赉，以示鼓励。（《清高宗实录》卷七百五十八）

杨应琚奏报莽匪事件原委，高宗谕令将原总督吴达善交部严加议处，赞扬“杨应琚甫经莅滇，办理动合机宜”。

甲寅。大学士管云贵总督杨应琚奏，莽匪一案原属不成事体，但向来聚匪无多，仅于土司境内需索财物粮米，无识土司狃于便安，亦即赂以财物，并不呈报。嗣因外域年年杀夺，夷户离散不能种地，僻壤收成又薄，无业莽子艰于觅食，以致贼首召罕彪率众赴外域之整卖六官暨南掌国之泼邦均被烧掠，漫入边地土司所管猛笼地方。其时莽匪仅二三百人，而沿途胁从者至二千余人，经文武官调六困土弁刁镇猛混、土目召合拜等率土练来助剿，召合拜等被杀。总兵刘德成会商知府，请添官兵进攻，前督臣吴达善未准。嗣召罕彪被枪身死，余贼退去，未经严惩。刘藻接办之初，该镇等具禀莽匪盘踞九龙江逼近土境，亦批令拨练协逐，不可擅动官兵轻入夷地。此从前之实在情形。查莽匪既敢纠众肆扰，彼时即应严剿示惩，乃惟令土练堵御，并不派拨官兵督率进剿，致贼无所顾忌。诚由平日不能实力整顿，虽地方官据实禀报，督臣既不认真饬办，又不令官兵对垒，其咎实在吴达善等。得旨，有旨谕部。（《清高宗实录》卷七百五十八）

谕：云南莽匪滋事之由，朕料必因历任督臣平日姑息，不能实力整顿所致。因降旨杨应琚，令其据实查奏。兹据奏到，莽匪于乾隆二十八年间即已侵扰土司境内，彼时吴达善据总兵知府禀报，仅批拨兵防御，不令与贼对垒，遂致伊等积玩无忌等语。怯懦者必有以吴达善为持重不生边衅为是者，不知督臣膺封疆重寄，似此养痈贻患，致令匪徒敢于跳梁边境，酿成事端，所谓持重不生事者安在？今贼巢虽已剿平，而前此办理不善之愆，难为曲贷，吴达善着交部严加议处。杨应琚甫经莅滇，办理动合机宜。现在根究贼首逃匿处所，四路设法追擒，并筹办善后事宜，俱属井井有条，深可嘉予。杨应琚着交部议叙。夫以本系易为之事，使刘藻居此亦可以告成功而邀恩叙，乃畏怯急遽，以致自裁，为缙绅羞，不亦大可笑乎！所有杨应琚奏到各折并着发钞。（《清高宗实录》卷七百五十八）

奏准，以叭先捧为整欠土司，召丙为孟艮土司，俱给以指挥使职衔，以其土地附入版图。高宗赏给杨应琚大荷包一对，小荷包一对，药锭一封。又由侍卫内大臣带领杨应琚孙杨茂龄引见，授其蓝翎侍卫。

谕军机大臣等：杨应琚奏赏给土目叭先捧指挥职衔，管理整欠之处，业经军机大臣议覆，降旨："准行。该督办理莽匪，动合机宜，现在筹画善后事务，尤能井井有条，朕心深为嘉悦，已于折内批示，并降旨交部议叙。伊孙杨茂龄，昨交领侍卫内大臣带领引见，已授蓝翎侍卫矣。杨应琚着再赏给大荷包一对、小荷包一对、药锭一封，以示优眷，再着传谕知之。"（《清高宗实录》卷七百五十八）

奏云，召散可能赴卡瓦藏匿，已饬令召丙遣人前往查拿。

大学士管云贵总督杨应琚奏，查召丙父猛孟容世居孟艮，弟召猛必以滋扰夷民被逐，携子召散住卡瓦身故。猛孟容人本无能，整欠大头目素领散撰凶恶，常至孟艮欺凌，召散谋占孟艮，以一姊一妹给莽匪召猛烈为妻，所结莽匪被官兵剿灭。现恐召散或赴卡瓦藏匿，已饬令召丙遣人至卡瓦查拿。又，莽匪曾至南掌国泼邦地方焚掠，召散等必不投彼藏匿。孟艮、整欠二处，已留兵各八百名。猛撒江口，系威远、顺宁门户，应将原驻守备一员、把总一员、兵二百名暂留驻，其余官兵、土练悉撤。得旨："处处留心，条条有理，嘉悦之外，更无可谕。已有旨交部议叙矣。"（《清高宗实录》卷七百五十八）

奏报已拿获贼首召猛烈等。

大学士管云贵总督杨应琚奏，查孟艮贼首召散谋占孟艮，将姐妹给召猛烈为妻，勾结莽匪，杀害召丙父猛孟容，占踞孟艮。上年召猛烈勾结整欠贼首素领散撰等，率领野夷，至九龙江一带，将各土司地方焚掠。

又前逆犯施尚贤供称，召猛烈、统烈、统莽子八九百人，纠约摆夷，商量攻破猛遮、猛阿，从猛缅云州直抵大理，又欲从整控江口直抵思茅等语，是召猛烈实罪大恶极之犯。兹四月初一日，总兵华封探得召猛烈在猛补界外深山藏匿，初三日游击豆福魁等带兵拿获召猛烈并家属共十一名口，又召岩一名并家属共五名口，暨随从男妇二百余名口。现檄提召猛烈等亲究召散下落，其随从莽子，除将妇女及年未及岁幼子，赏给出力将弁、土目为奴外，概行诛戮。其未获贼首召散、召猛珍、伍定瑞冻等仍严饬躧缉，以期必获。得旨："好，应行鼓励示劝者，即行赏赉。"（《清高宗实录》卷七百五十九）

五月，将捕得贼首召猛烈正法传首悬示。

云南提督李勋奏，臣与督臣杨应琚会讯召猛烈、召岩后，即往孟艮督拿召散，以期速获。查召猛烈一犯，系与召散同恶相济，勾结整欠贼首分路至九龙江一带会合，将各土司地方大肆焚掠。且逆犯施尚贤供内，有该犯尚欲谋入内地之语，今讯问原有此言。并据游击豆福魁面禀，沿途土司夷民见召猛烈拿获，无不称快，应亟请将召猛烈正法，其妻女幼子递解京师，分赏功臣家为奴。至召岩一犯，并未随从焚掠，但系召猛烈同祖堂弟，自应亦行正法，以绝根株。召猛烈应否解至焚掠地方斩首枭示，抑或即在思茅正法传首悬示九龙江之处，请旨遵行。臣到孟艮后究明召散等踪迹，督率总兵暨员弁兵练并土司召丙等迅速查拿，如潜逃阿瓦属实，亦务向索取，不使免脱。得旨："传首悬示可耳。"（《清高宗实录》卷七百六十）

新任云南提督李勋到普洱，与杨应琚商定善后事宜。

谕军机大臣等：据李勋奏，到普洱后，与督臣商定善后事宜一折，颇中事机，已于折内批示矣。李勋现于四月内前往孟艮，伊新任提督于初定夷地亲身阅视，自属办理之正。但彼处业派有总兵刘德成、华封等带兵追捕，未获贼乎自可就擒。李勋虽精力尚强，究系年老，若外域瘴气稍重，不妨即就近在普洱地方督理一切。着将此传谕杨应琚知之。（《清高宗实录》卷七百六十）

奏报拿获贼首召猛珍及诸家属。

大学士管云贵总督杨应琚奏，孟艮贼首系召散、召猛烈、召猛珍、伍定瑞冻四人，前已拿获召猛烈，又搜获召散胞兄召猛养。嗣于四月十五日，守备王瀚、千总邓朝奉探得召猛珍在猛丙界外深山藏匿，随带兵练拿获召猛珍及召散之母喃窖、妻妾喃畏、喃占丙、妹喃交，并家属男妇共八名口，随令召丙等认明是实，委游击莫淳研讯召散等踪迹，饬交守备王瀚看守解讯。又四月十二日，在猛卡深山复搜获召猛烈妻窖英罕，系召散之姐，幼子交衣妻妹窖线，亦系召散之姐，并使用男妇五名口，于十五日解到。查召猛珍亦系召散胞兄，召散亲属俱已擒拿，召散断难漏网。除檄提召猛珍亲讯外，仍将未获贼首召散、伍定瑞冻设法查拿，务期迅获。得旨："好。"又批："严催缉获，不可姑息。"（《清高宗实录》卷七百六十一）

云南土司属民向皆蓄发，状貌服饰与缅人无异，是以缅人入境难以辨别。杨应琚下令各土司及整欠、孟艮之民一律剃发留辫。

大学士管云贵总督杨应琚奏，滇省内地土司所属夷民向皆蓄发，状貌服饰与外域莽子、木匪相似。是以莽匪及各野夷入境，猝难别识，常遭偷掠，不及提防。请令沿边土司地方，及新定整欠、孟艮等处夷民，一体薙发留辫，俾遵国制，并杜莽匪混淆。得旨嘉奖。（《清高宗实录》

卷七百六十一）

六月，奏言，外域猛勇头目召斋、召汉喃，猛竜沙人头目叭护猛，投诚内附，给土千总职衔和指挥同知职衔。

大学士管云总督杨应琚奏，外域猛勇头目召斋、召汉喃投诚内附，并贡驯象二只。猛勇向系召斋父管辖，前遭莽匪杀死伊父，占夺其地，召斋兄弟随即恢复。嗣莽匪在外域劫杀，召斋等又失故地，共图报复。乾隆二十八年，莽匪扰入猛笼土司时，召斋等中途截杀，旋夺回猛勇地方。今愿内附，实出至诚。又有猛竜沙人头目叭护猛呈称，我所管地方约二千余里，并所管沙人暨犿高共七十余寨，计一千余户，概请内附。查猛勇系孟艮、整欠两处适中之地，此地归附，则彼此联络声息相通。且召斋、召汉喃人甚勇干，夷众悦服，又素与莽匪为仇，若令协拿匪党，必认真出力。至叭护猛等，原籍内地广南夷民，流落外夷居住。现闻大兵攻克整欠，慕化来归。边外夷人种类甚多，一种之中又有数种，惟沙人止系一种，幅陨广阔，若准归附，可与整欠、孟艮犄角相倚，直与南掌老挝接境。且沙人武勇，边方得此，尤资防范，似应准各头目投顺。请赏给召斋汉喃土千总职衔，归普洱镇府管辖。沙人向系雄长一方，今来效顺，请赏给四品衔。现在临元镇每年派拨弁兵巡查慢丢地方，该处与猛竜路径相通，应将猛竜拨归临元镇元江府管辖。至二处所属各堡寨暨田地户口数目并如何纳贡赋之处，容查酌具奏。得旨：“军机大臣会同该部议奏。”寻议，猛勇头目召斋、伊弟召汉喃，猛竜沙人头目叭护猛等，率众来归，实可收沿边控制之效，应准其投诚。将猛勇头目召斋、召汉喃赏给土千总职衔，由该督发给委牌，归普洱镇普洱府管辖。猛竜沙人叭护猛赏给指挥同知职衔，另行题请颁给号纸，归临元镇元江府管

辖，仍照土司之例，缺出准其承袭。并猛勇所进象只，准令入贡。从之。（《清高宗实录》卷七百六十二）

兵部议准：云贵总督杨应琚奏，土目倾心相继输诚，所有猛勇头目召斋、召溪喃给土千总衔，归普洱镇普洱府管辖；猛龟沙人叭获给指挥同知衔，归临元镇元江府管辖；补哈头目噶第牙翁给土千总衔；整卖头目召斋约提，景线头目呐赛给宣抚司衔；景海头目召罕彪、六本头目召猛斋均给土守备衔；猛撒头目喇鲊细利给土千总衔。均照例准令世袭。（《清朝文献通考》卷七十八）

察知召散逃往阿瓦城，饬土司缮写缅文文书前往索取。

谕军机大臣等：前据杨应琚奏，办理莽匪一案，已将贼党召猛烈、召猛珍及召散亲属俱各擒拿，惟贼首召散等尚未弋获，现令总兵华封、刘德成分路搜缉等语。莽匪巢穴业已扫除，贼党并就擒捕，惟召散等窜身逃匿，原属釜底游魂，不难计日擒戮。若因此一二小丑，令总镇大员统兵搜捕，久稽时日，既徒致虚糜军饷，且其事亦不值如此办理。该督自奏明追捕以来已两月余，曾否缉有踪影，未据续报。倘此时召散等业已就擒，自可竣事，若尚未拿获，即应将该镇等所领官兵撤回，另筹设法躧缉。谅此等逸匪经剿平惩艾之后，纵使苟延残喘，断不敢再行滋事。设使稍有蠢动，亦不难再行查办，以净根株。着将此传谕杨应琚等知之，并将现在搜捕情形若何，据实覆奏。寻奏，土司叭先捧人虽勇往，尚欠老成，是以留整欠官兵二百名。现于内地土司内选择能干土目，给土千总、土把总衔，令分管各猛地方，凡事与叭先捧商办，俟布置停妥，将兵撤回。惟孟艮路通木梳、木邦，现筹办木匪，似应留兵弹压堵御。至召散逃往阿瓦，询知缅甸系真，阿瓦其城即谓之阿瓦城，现饬土司缮写缅文，

前往索取。得旨:“万里以外之事，不可遥度。卿当相机勉力为之。”(《清高宗实录》卷七百六十三)

七月，云南铜矿很多开采过分。杨应琚奏准，除老厂、子厂四十里之内，不准再开。现每年获铜一千二三百万斛，除解赴京局及本省鼓铸和外省采买只余数十斛，故不再准外省预买、加买、借买。

议定云南开采矿厂地界，并停各省预买、加买、借买铜斤，及本省各局加铸之例。大学士云贵总督杨应琚奏言，滇省近年矿厂日开，砂丁人等聚集，每处不下数十万人，耗米过多，搬运日众，以致各厂粮价日昂一日。且有无业之徒藉言某山见有矿引可以采铜具呈试采，呼朋引类，群向有米之家借食粮米，名曰米分，以米分之多寡定将来分矿之盈缩，往往开采数年无益，又复引而之他有米之家希图加借，前后并还，终致矿归乌有，米复徒耗。更或预向厂员借用银米，前后挪掩，重利借还，负累殊深。查滇铜关系鼓铸，不容阙乏，已开各厂不便议停，未开各厂正宜示以限制。请将旧有之老厂、子厂存留，限于各厂四十里内开采，四十里以外不得任意私开。厂有定数，则厂内砂丁可无虞日渐加增，耗费米石。至各厂所获铜斤，比年解运京局及本省鼓铸外省采买所余，不过数十万斤，如尽各省加买，势至入不敷出，似应及时筹剂。请将各省乾隆二十九年以前奏定之额，听其按年买运，如有请预买一运及加买，至借买数十万斤之处，概不准行。旧厂既有界限，开采年久，衰歇堪虞，应留有余以补不足。滇省省城、临安、东川各局正铸之卯，已足敷搭放兵饷、接济民用，其加铸各项，亦应酌量停止。得旨，允行。(《清朝文献通考》卷十七)

大学士管云贵总督杨应琚奏，滇省矿厂甚多，各处聚集砂丁人等不下数十万。每省流寓之人，闻风来至，以至米价日昂。请嗣后示以限制，将旧有之老厂、子厂存留开采，只许在厂之周围四十里以内开挖石曹硐，其四十里以外不准再开，庶客户、课长、砂丁人等不致日渐加增。再现在滇省各厂每年约可办获铜一千二三百万斤，内解赴京局及本省鼓铸并外省采买滇铜，共约需一千二百余万斤，所余不过数十万斤。若外省尽数加买，势必入不敷出。请将各省采买滇铜，除乾隆十九年奏定之额，仍听按年买运外，如有请豫买一运，以及加买，并借买数十万斤之处，概不准行。又旧厂既有界限，将来开采年久，难保无衰歇之处，更应留有余以补不足。查省城、临安、东川新旧各局，除正铸之外，又经奏准加铸，将余息银两，为汤丹、大碌等厂加添铜价，及永顺、普洱防边之用，共岁需铜一百七十余万斤。今滇省正铸之卯，尽足敷搭放兵饷、接济民用。其加价一项，应即在外省采买滇铜盈余银两内拨用。本省加铸各项，亦可酌量停止。请将永顺等处防边经费所有加铸之卯及东川新局加铸一项，仍行酌留。其余各局加铸概行停止。即以所余之铜，留备将来不足之用。得旨：“如所议行。”（《清高宗实录》卷七百六十四）

请准将普洱府训导改为普洱县教谕。

吏部议准：大学士管云贵总督杨应琚奏称，普洱府学因向系夷疆，人文未盛，仅设训导一员，兼管宁洱县学事务。但训导例由岁贡选授，年力率多衰迈，又普洱水土恶劣，衰年之人到彼易于遘疾，未免职业就荒。且府、县共一学官，尤须教迪得人。应请将普洱府训导，改为宁洱县教谕。从之。（《清高宗实录》卷七百六十五）

请准将例应调回补用的总兵刘德成留滇酌量补用。

谕：据杨应琚奏，例应调回补用之总兵刘德成前奉旨交臣查明降旨，该镇熟悉边情，请仍留滇照例办理一折。刘德成当莽匪猖獗时不能先事豫防，固难辞咎。但此次领兵分剿，屡经攻克贼巢，办事尚觉奋往。前刘藻奏伊不即迅速禀报请兵剿逐之处，并据该督查明，亦属不实。刘德成着照所请，留滇酌量补用。（《清高宗实录》卷七百六十五）

奏报云南商运不便，前数年收成不丰，故粮食价格很高，为此提出筹划民食、平抑市粜的措施。

谕军机大臣等：据杨应琚奏报，滇省五月分粮价，内云南府属白米、红米每石竟至四两一二钱之多，其余各属亦有贵至三两以外者。该省僻处边陲，山田旱地居多，所产米粮，仅供本省食用，虽无外来搬运之虞，而商贩不通，拨运不便，亦难资邻省接济。市粜为民食所系，不可不亟为熟筹。前此该督折奏，曾有禁止游手无籍之徒混入滇省，亦撙节冗食之一道。现今粮价昂贵，着传谕该督，即就彼处情形，通盘筹画，或有可以裕其源而节其流，俾闾阎生计，永资利赖之处，悉心妥议具奏。至该督另折所称，前数年因夏间得雨较少，是以收成不丰。今自六月望前，省城节次获有透雨，远近各属亦屡得甘霖，高低田亩处处沾足，丰稔可期等语，览奏稍为欣慰。但此时距秋成尚早，该督具折以后，雨水仍否调匀，约计秋成分数若何，各属米价能否稍为平减，并着该督查明现在情形，即速据实奏闻，以纾廑念。寻奏，滇省市粜事宜，已酌令近省之安宁等十州县，每年酌量分别额粮多寡，改征本色折色，运赴省仓，以资平粜。又滇省烧锅，专用稻米，亦经出示严禁。至六月望后，雨水俱属调匀，禾苗畅发，早稻已结实，约计秋成在八九分以上。红白米价，较五月分每石各减银五钱三四钱不等。得旨：“览奏俱悉。”（《清高宗实录》卷七百六十五）

又上《密请开垦以裕民食疏》，高宗接其密奏后，即谕令实行。疏云：

滇省山多田少，产米有限，且在边外深山，不通舟楫，并无外来之粮可以接济，遇有缺乏，即致办理周章。唯有开未尽之地利，庶可补民食之不敷。查滇省水田、旱田，大率开垦无余，而山麓河滨旷土尚有。第劝垦虽有成规，边民独多畏阻。查滇省前于乾隆七年内题准兵部议覆：凡山头、地角、坡侧、旱坝可以垦种，在三亩以上者，照旱地十年起科之例，以下则升科。若系砂石硗确不成片段，更易无定；或虽成片段，不能引水灌溉者，永免升科。至水滨河尾，人力可以挑培成田，稍成片段，在二亩以上者，照水田六年起科之例以下则升科。如不成片段零星地土，不能定其有收者，亦准其永免升科等因。在当年定议原属从宽，唯是山头、地角、坡侧、旱坝究非平原沃壤可比，水滨河尾挑挖成田亦必多费工本，其中之成片段不成片段、应升科与不应升科，虽有一定章程，仍须在人区别。此等零星地亩，遇报垦时，地方官应有分别，升免之例必须严查，或吏胥从中需索，不免滋累。且有司之能勤民事考亲行踏勘，细为分别，则升科与不应升科，尚得公平。倘寄耳目于乡保，或即亲勘剖断未能允当，则民夷报垦报升既多周折，迨垦后恐难保有收，倘无收又恐难以告免。农民未受垦荒之益先贻赔赋之虞，此所以畏缩不前，报垦者寥寥无几。臣伏思皇上念切民依，凡有惠济苍生之事，虽费百万帑金，尚所不惜。今万里边氓，时在圣心轸念之中。此些微山麓水涯地土，科粮纳赋本属无几，可否仰邀圣恩，特降谕旨，将滇省水田、旱田，仍照旧例升科。外其山头、地角、坡侧、旱坝、水滨、河尾零星地土，听民开垦，不必从中区别暨免升科，伊等无所畏难，自必勇跃趋事，竭力开垦。再查乾隆二年四月内奉上谕："云南跬步皆山，不通舟楫，田号雷鸣，民无积蓄，一遇荒歉，米价腾贵。凡系水利有关民食者，皆当及时兴修，不时疏浚，总期有备无患。须要因地制宜，事可谋成，断不应惜费。钦此。”钦遵在案。现今凡旧有水利处所，地方官非不按时兴修。其余有可以开筑渠坝引灌田亩之处，农民因无力开修，因循未办。如欲请项办理，必须专折奏请，地方官因事属零星，动关入告未免慎重迟回，小民亦因此畏难，不敢具呈，是以兴修水利之处甚少。应请嗣后凡有可以开筑河渠闸坝灌溉农田者，如民力不继，听其具呈，地方官亲勘明确，详请借项兴修，统于年底造册汇题，定限三年还项。至农民内有闲旷之田，苦于无力开垦者，并造册汇题，俟开垦成田之后，亦分作三成还项。如此，则民有鼓舞之心，野无闲旷之土，且水利日兴后，可化瘠为腴，生者既众，而民食可足矣。臣为边省产粮不多，急宜尽地利以裕民食起见，谨恭摺密奏，伏乞圣明鉴夺施行。(《皇清奏议》卷五十七)

奏云，木邦土司情愿归附，并行文缅甸王廷索取召散，不献，应发兵办理等云。高宗言缅甸“亦非不可臣服之境”，令杨应琚“若不至大需兵力，自不妨乘时集事”，开启杨氏轻举边衅。

谕：据杨应琚奏，木邦土司呈称，因遭缅酋残刻，情愿归附，请俟天兵到彼，即将缅匪遣来监视之人擒献，并现今召散逃往缅甸，已行文前往索取，如其不献，应发兵办理等语，已于折内批示。杨应琚久任封疆，夙称历练，筹办一切事宜，必不至于轻率喜事，其言自属可信。况缅夷虽僻处南荒，其在明季尚入隶版图，亦非不可臣服之境。但其地究属辽远，事须斟酌而行，如将来办理，或可相机调发，克期奏功，不至大需兵力，自不妨乘时集事。倘必须劳师筹饷，或致举动张皇，转非慎重边徼之道。该督务须详审熟筹，期于妥善，以定进止。可将此传谕知之。(《清高宗

实录》卷七百六十五）

奏报自幼出家为僧的召散胞弟召竜，现前来自首。高宗著将其解京，候询缅甸情形。

又谕：据杨应琚奏，召散胞弟缅僧召竜前来投首。该犯虽自幼出家，并无随同为匪情事，但既系召散胞弟，不便存留孟艮，请发往伊犁安插等语。召竜既系缅僧，必能粗知缅匪情形，着将该犯先行解京候询。若召竜于内地语言不能相通，并着佥派一通事之人，押同赴京。（《清高宗实录》卷七百六十五）

奏准新附整欠、孟艮二地粮赋，于戊子年（乾隆三十三年）再入额征收。

谕：据杨应琚奏，新定整欠、孟艮地方，请仿照普洱边外十三土司之例，酌中定赋，于丁亥年入额征收等语。整欠、孟艮业经附入版图，愿输粮赋，其酌定征额之处，俱着照所请办理。但念该处地方连年经莽匪扰害，今虽得安耕作，而元气尚难骤复。若遽于丁亥年责令输将，恐夷民生计未免拮据。所有应征钱粮，着加恩缓至戊子年入额征收。以示优恤边黎至意。（《清高宗实录》卷七百六十五）

奏报应准许补哈头目麻哈喃、猛撒头目喇鲊细利投顺，并请赏给职衔。

大学士管云贵总督杨应琚奏，补哈大头目噶第牙翁次子麻哈喃率众投附，又猛撒头目喇鲊细利解献莽匪十人，均应准其投顺，并请赏给职衔。报闻。下部知之。（《清高宗实录》卷七百六十五）

奏报滇省得透雨，粮价平减。

大学士管云贵总督杨应琚奏，滇省六月望前，节次得有透雨，粮价

平减，民情欢悦。得旨："欣悦览之。卿去，正所谓一路福星耳。"（《清高宗实录》卷七百六十五）

八月，奏报查覆御史周于礼所奏莽匪情形，其言多未确实，应毋庸置议。高宗称"周于礼着传旨严行申饬"。

大学士管云贵总督杨应琚奏，御史周于礼所奏莽匪情形，臣遵旨逐细确查。如所称莽匪起事约有六千余人，半皆湖、广及滇地流民，以开矿失业附之者不下千余，近边罢夷胁从亦复不少。臣于整欠、孟艮地方，屡饬各总兵详细访查。据称，从前曾于小猛养等处擒获汉奸八人，并非贼中头目，当即于军前正法。其余临阵所见，并于已戮贼尸内，遍加查看，悉系莽人，并无汉奸。今复在整欠一带地方，遍加躧缉，实无厂棍汉奸一人。该御史所称贼少民多之处，殊无确据。又称滇省米价少昂，边界民苗轻剽易动，安插不善，每易滋生事端。并官军行处，所调土练恐抚之不得其道，或致入贼。臣查滇省米价现已设法调剂，民苗安堵。至所调土练，内地皆有家室，复有土弁土目管束前往。伊等此番进剿莽匪，颇知勉力感奋，勇往杀贼，并无他念。现在莽匪巢穴已平，大兵已撤，外域各蛮纷纷归顺，内地及江广流民亦无须设法安抚。得旨："有旨谕部。"（《清高宗实录》卷七百六十六）

谕曰："杨应琚查覆御史周于礼所奏莽若情形，其言多未确实，应毋庸置议一折。此案莽匪缘起，原属不成事体，皆因刘藻始而隐饰，继又张皇，且安信绿营捏饰积习，竟若地方将失，以致自戕。而周于礼轻信传闻，遂有此奏。彼时即知其言未必可据，是以未经发钞。但以该御史籍隶滇省，或不无所见，因将原折钞寄杨应琚，令逐细查办。今莽匪巢穴悉皆剿平，官兵已撤，外域各夷闻风归顺愿入版图，民夷无不安堵，地方官亦无办理不善之事。可见该御史前此所言，原属风闻胆怯，纸上谈兵，真堪付之一笑耳。但周于礼以本地之人，言本地之事，谬妄若此，尤为恶习。周于礼着传旨严行申饬，杨应琚折并发，并将此通谕知之。（《清高宗实录》卷七百六十六）

奏报云南提督李勋病故。

谕曰：云南提督李勋历任提镇，宣力有年。今春因查办莽匪一事，调任滇省。该提到滇后，亲赴孟艮等处督率追剿，不辞劳勚，办理颇合机宜。朕特念其年逾七旬，降旨令其回驻普洱办事。兹据杨应琚奏，李勋回至中途病故，殊堪轸惜。李勋着加恩追赠太子太保，加祭一坛。所有应得恤典，仍着该部察例具奏。（《清高宗实录》卷七百六十六）

谕军机大臣等：据杨应琚奏，提督李勋自孟艮回至普洱，于七月初十日行至黑龙潭地方病故等语。李勋于查办莽匪一事颇能出力，今遽溘逝，甚属可惜。所有恤赠典礼，业经有旨谕部，遗缺亦令李时升调补矣。李勋生有几子，年岁若干，有无出仕之人，并现在是否随任滇省？着传谕杨应琚即行查明具奏。（《清高宗实录》卷七百六十六）

整欠地方辽阔，杨应琚等选派几位土把总给予土千、把职衔，分管各猛紧要地方，原留驻此处官兵全撤。

大学士管云贵总督杨应琚奏，整欠所属地方辽阔，应添设土目以资料理。臣与提臣李勋，选派便委土把总杨虎、冶靖及整欠旧头目召教，酌给土千把职衔，分管各猛紧要地方，其原酌留官兵全撤。得旨嘉奖。（《清高宗实录》卷七百六十六）

九月，杨应琚移驻永昌，查阅永顺等镇官兵，督办“缅匪”事宜。且派出妥干夷民，侦探缅甸情况，绘制详细地图。

大学士管云贵总督杨应琚奏，接奉谕旨筹办缅匪事宜，臣断不敢冒昧喜功，惟因缅匪屡次侵扰土司边境，若不乘时办理，恐土境不得常宁。万里边疆之外，须永图辑宁之计。今缅甸既人心涣散，木邦情愿归顺，是机有可乘。前已密选土司所属妥干夷民，潜往彼处，将地方广狭、道路险易暗行详细绘图，到日进呈御览。至预备调拨事宜，现在密为布置，不令稍有张皇。臣拟于九月内赴迤西，查阅永顺等镇官兵，即驻永昌督办此事。臣仰膺重寄，固不敢坐失事机，亦不敢轻举妄动。得旨嘉奖。(《清高宗实录》卷七百六十八)

奏报所派妥干夷民侦知缅甸情形，言闻天兵平定莽匪，缅人甚为畏惧，情愿投诚，遂决定派兵前往受降，且乘机集事。高宗得奏兴奋异常，“伫候佳音”，且言：“如能顺势集事，招致缅甸，迅奏肤功，另当格外加恩，用昭酬奖。”

大学士管云贵总督杨应琚奏，臣前因木邦向化，缅匪可以乘机酌办，密遣妥干夷人潜往缅甸确探情形。兹据回称，缅甸幅陨辽阔，南通外洋，所辖土司二十余处，人民亦众，建城阿瓦地方，又名三江城。由永昌前往，有水陆三路可通，间有险要之处。木邦、蛮暮二处，为缅甸门户，又系伊属下最大土司。缅甸自瓮籍牙篡位，伊子孟洛、孟毒诛求无厌，各土司早已解体。闻天兵平定莽匪，缅人甚为畏惧。又据永昌文武官禀称，探事夷人陆续回禀，木邦因前定九月内归顺内地，恳请发兵，早为临境保护。今已近期，天朝谅已出兵。该酋已将缅匪差来监视之人杀害，恳请天朝大人迅速发官兵到境等语。臣已一面调拨预备镇营官兵三千余名，前赴附近木邦之内地土司遮放地方驻札，俟伊等前来，即便受降。又查蛮暮地方亦与木邦相埒，距阿瓦城不远，该处为入缅要隘，又居上游，颇称险要。因知木邦已经投顺，亦愿来归。是缅匪之地愈蹙，控制更自无难。臣于九月十二日起身前往永昌察看情形，如果易于集事，即当乘机妥办。倘木邦归附之后，缅甸亦有向化之机，自知悔罪，将召散擒献，臣自当请旨办理，断不敢草率。上廑宸衷，并将缅甸舆地形势绘图贴说呈览。得旨："欣悦览之，伫俟佳音。余有旨谕。"（《清高宗实录》卷七百六十九）

谕军机大臣等：杨应琚奏筹办缅甸木匪缘由一折，称木邦现在倾心归附，而入缅要隘之蛮暮亦愿来归。伊现赴永昌察看情形，倘木邦等收抚之后，缅甸亦有向化之机，将召散擒献，当请旨办理等语，所办甚好。木邦、蛮暮远在边陲，今皆怀德畏威，输诚内附。该督亲往受降，顺夷情而绥远徼，深为嘉悦。至缅酋距永昌计二千余里，该督既图其道里，悉其情形，自当胸有成算。今复亲至永昌相机督办，必能动中窾要，筹出万全。如缅酋此时因所部蛮众相率内属，亦知慑我先声，愿效臣服。该督能不动声色，一并招抚归降，固为妥善。若其畏避潜匿，即将召散擒献，则罪人既得，莽匪全局已竣。天朝本无事求多于外夷，亦可收功蒇事。倘或怙恶不悛，果有可乘之会，不致重烦兵力深入，而成戡定之功，以永靖南服，尤为一劳永逸。该督老成历练，遇事素有斟酌，一切事宜，悉听其随时审量，妥协经理可耳。兹因留心筹画缅酋、招徕木匪，不惮勤劳远涉，特赏荷钅包二对，以示优眷。如能顺势集事，招致缅甸，迅奏肤功，另当格外加恩，用昭酬奖。着将此传谕知之。（《清高宗实录》卷七百六十九）

奏言，缅甸整买、景线、景海诸头目各率夷民投诚，请准给诸人各授职衔。

大学士管云贵总督杨应琚奏，整卖头目召斋约提、景线头目呐赛、景海头目召罕彪，各率夷民前来孟艮投诚。并据召斋约提称，六本头目召猛斋随即前来等语。查整卖，旧名景迈，又名八百媳妇国，元时曾大费兵力征之不下。其景线、景海亦外域最大部落，今俱归诚向化，似应从优赏给。拟将召斋约提、呐赛均赏四品宣抚司职衔。其景海地方较小，拟将召罕彪同六本头目召猛斋均赏土守备职衔，应纳赋税，请照孟连等土司之例，每年征收差发银两。得旨："着照所请行。该部知道。"（《清高宗实录》卷七百七十）

诸将希阿杨应琚意旨，争谓缅甸势力孤单，容易攻取。杨应琚初犹弗听，曰："吾官至一品，年逾七十，复何所求，而以贪功开边衅乎？"副将赵宏榜怂恿他，且侦探报称木邦已杀死缅王派来监视之人，恳请"天朝"迅速发官兵到境，又云蛮暮头人愿来归。缅属整卖头人召斋约提、景线头人呐赛、景海头入召罕彪，各率其民来孟艮投诚，且言六本头人召猛斋即将前来。杨应琚奏准，给召斋约提等以四品宣抚司和土守备等职衔。

杨应琚下道、镇、府、州合议征缅事，多谓势大，边衅不可开，总兵乌尔登额反对最烈。杨应琚在加紧调动各镇营兵的同时，接受永昌知府陈大吕的建议，向缅甸发出檄文，声称在边境已调集陆路军三十万，水陆军二十万，大炮千尊，不投降即予进讨。

遣副将赵宏榜率永顺腾越兵三百余人出铁壁关进驻新街（今缅甸八莫）。遇到永昌知府陈大吕遣派使者，将其扣押，自己前往蛮暮受降。

十月，请准添设滇省迤南道，管辖镇沅、元江、临安、普洱，驻普洱府。裁汰永北府知府，改掌印同知管理。

吏部议覆：大学士管云贵总督杨应琚奏称，滇省迤东道辖曲靖等十三府，现在普洱府十三土司之外，复设有孟艮、整欠二土司。该道远驻寻甸，稽察难周，请于普洱府添设迤南道一员，驻札府城，将附近之镇沅、元江、临安三府并归管辖。又永北一府，并无属邑，事务亦简，该府设有同知一员，堪以管理。请以永北府同知，改为掌印同知，将知府裁汰。至迤东道所辖，除拨隶迤南道四府外，尚有九府，究属辽远，应将云南、武定二府，分隶盐道，其曲靖、广西、广南、开化、东川、昭通、澄江七府，仍归迤东道辖，均应如所请。从之。（《清高宗实录》卷七百七十一）

缅人发兵四五千顺金沙江乘船偷袭新街，炮击清军。赵宏榜与之相持两日一夜，不支，烧毁器械辎重，溃还铜壁关（今云南德宏州盈江县西）。缅军增兵北进。

杨应琚得知新街失守，痰症复发，病情严重。高宗飞寄内府所制十香返魂丸十丸、活络丹二十丸，赐荷包六个，并拟派杨廷璋接任云南军事。令杨应琚长子、湖南宝庆知府杨重谷迅往永昌看视。

谕：据汤聘奏，大学士杨应琚在永昌忽患痰症，病势似觉稍重。朕亟望其调理速痊，设或不能就愈，该省现有办理缅匪事务，需人筹画，员缺最关紧要，接替颇难其人。杨廷璋历任封疆，尚非选懦之流，甚任此事。但此时未便明降谕旨，因思广西与云南接壤，该督可借巡边为名，先往广西边界候信。两广总督员缺，现在亦不降旨另授。如杨应琚已经痊愈，该督可仍回广东，否则即有旨驰谕该督，即由彼取道迅赴永昌接办。但滇省边外，向多瘴疠。杨廷璋年逾七旬，虽精力尚健，而调护亦宜留心。并着传谕该督，如赴滇省时，凡有烟瘴地面，不必亲身前往，以期珍重，副朕优眷之意，惟在运筹有方，不在身先士卒，凡事与提督李时升和衷妥办，以得其力为要。所有杨应琚节次奏到各折，一并钞寄阅看。(《清高宗实录》卷七百七十二)

又谕：据汤聘奏，杨应琚旧时痰疾复发，现即束装前赴永昌，察看病势等语。览奏深为廑念，已批交该抚，令将近况如何速奏以闻。因永昌远隔万余里，不能遣御医前往诊视，今将内府所制十香返魂丹十丸、活络丹二十丸，由驿飞寄。此二药素有神验，可以酌量服饵，并赐荷包六个。该督务加意调摄，以冀速痊，一切毋致劳神，慰朕眷念至意。(《清高宗实录》卷七百七十二)

又谕曰：云贵总督杨应琚现在永昌办事，兹闻其忽患痰疾，甚为廑念，已将内府所制药丸驰寄，以冀速痊。但老年病体，侍奉有人，似更易于向愈。伊子杨重谷现任宝庆府知府，距滇尚不甚远，着传谕常钧，令其即速前往看视，所有宝庆府知府事务，该抚即拣派妥员暂行署理。(《清高宗实录》卷七百七十二)

奏称缅甸地方大头目坌荣等先至总兵乌尔登纳军营投诚。

大学士管云贵总督杨应琚奏，缅夷大山头目坌管遣弟坌荣等、猛育头目坤线遣子坤岩等、猛答头目衎歌遣子衎轰等、猛音头目衎界遣子衎宋等，先后至驻札遮放之总兵乌勒登额军营投诚，并献土物。又前次投诚之木邦头目呈献驯象。得旨。览奏俱悉。(《清高宗实录》卷七百七十二)

因杨应琚患病较重，令杨廷璋星速前往永昌，接办“缅匪”一案。

谕军机大臣等：前因大学士杨应琚患病较重，随即降旨，令杨廷璋先往广西边界候信，再赴云南。今据提督李时升奏到，看来杨应琚病势一时不能即痊，该处现在办理缅匪情形，一切筹画机宜，俱关紧要。阅李时升所奏之语，未免心存畏怯，且未识此事要领。恐李时升独肩此任，于事无济。着传谕杨廷璋，接到此旨，星速前往永昌，接办缅匪一案，李时升折一并钞寄阅看。若该督至永昌，而杨应琚已痊愈能办事，则该督即行回粤。若尚不能办理，则传此旨驻永昌帮办，令汤聘回省。此时并未明降谕旨，该督可酌量而行。仍即速奏。（《清高宗实录》卷七百七十二）

高宗将杨应琚次子杨重英补授江苏按察使，冀病中之人闻此后痊愈尤速。

又谕：前据汤聘奏，杨应琚现在患病，已有旨令其加意调摄，并赐荷包及内府药丸，兼令伊子杨重谷前往省视，以冀速痊。近日以来，未知曾否向愈，着即速奏闻，以慰廑念。至伊次子杨重英，现在降旨补授江苏按察使，该督病中闻此，谅必益加欣慰，痊愈尤速。着将此传谕知之。（《清高宗实录》卷七百七十二）

谕令李时升恪遵训示，审度事机，努力筹办“缅匪”事务。

谕军机大臣等：据汤聘、李时升先后奏称，大学士杨应琚患病情形。业经叠降谕旨，令其加意调摄，以冀速痊。现在办理缅甸一事，杨应琚自不肯因病稍为诿谢，但恐力疾劳神，心思过耗，致病势急难脱体，转于公事无裨。自当安心静养，使沉疴早得霍然，以慰廑念。至此际相机筹画斟酌得宜，即系李时升之责。昨阅该提折奏，未免心存畏怯。已于折内详悉批谕。李时升务宜恪遵训示，审度事机，努力筹办。勿因督臣偶尔抱恙，遂至茫无主见，张皇失措，以致歧误也。着将此传谕杨应琚并李时升知之，将目下情形若何，即速奏闻。（《清高宗实录》卷

七百七十二）

十一月，令乾清门侍卫福灵安领御医驰往云南为杨应琚看病，且密察军事。

癸巳（三日）。以大学士管云贵总督杨应琚病，令乾清门侍卫福灵安带御医驰往诊视。（《清高宗实录》卷七百七十三）

奏报，据总兵朱崙报称在楞木与缅军交战，杀死贼匪四千有余，并夺获枪炮器械甚多。

大学士管云贵总督杨应琚等奏，据总兵朱崙报称，督兵赴楞木地方，与缅匪相遇。自十一月十八日接阵，至二十一日，计四昼三夜，并未停息。官兵奋勇争先，贼匪四路抗拒。该镇按其险要，分路抄杀，贼匪抵挡不住，俱滚匿山箐，及杀死贼匪约共四千有余，并夺获枪炮等器械甚多。得旨："好，知道了。"（《清高宗实录》卷七百七十三）

奏准云南两铜厂运给各省办运滇铜所需时日。

户部议覆：大学士管云贵总督杨应琚等奏称，各省办运滇铜委员解银到滇向例随到随收不出三日，或现有存厂铜即可指拨，或现存无几约计将来某厂可以办给预行办拨，总不出半月以内，仍请照旧办理，毋庸另立限期。至领给铜斤，如所拨俱系现铜，即可全数给领。若该厂铜数不敷，须就各子厂协拨，即须守候，委员在厂领铜，强兑查收，并觅雇脚户、催趱牛马，均须时日，不能克定限期，应俟领足铜斤之日，催令陆续发运，即由该厂报明限期。至向来义都、金钗两厂办供外省采买，应就该两厂至剥隘道里，核计程限。查义都厂铜，俱系该厂运至省城，即在省店发给。自省城至剥隘，用牛马运按站应限四十日，惟所雇牛马不能常运，须往返轮流，应加展四十日，沿途或有阻滞，再宽限十日，统计九十日，可运铜十万斤。至剥隘水次，如办运至二三四十万者，每十万加展三十日。金钗厂铜在蒙自县给发，自蒙自县至剥隘均系牛运，按站应限三十四日，又轮流转运，加展三十四日，沿途或有阻滞，再宽限七日，统计七十五日，可运铜十万斤，至剥隘水次。如办至二三四十万者，每十万加展二十五日。至铜数较多，两官分运者，各照该厂程限，分别扣算。如铜数减少，一官总运者，两厂分领，仍各照额定限，准其分扣。再驮铜牛马，俱雇自四乡，如遇农忙瘴盛，即无牛马雇运，难以按程遄进。令委员及地方官查报南督、抚，咨明该省，准其停运展限。均应如所请。从之。（《清高宗实录》卷七百七十四）

奏准对上年莽匪侵扰各有功过之沿边土司土目予以奖励或惩处。

兵部议覆：大学士管云贵总督杨应琚奏称，滇省沿边土司土目，因上年莽匪侵扰土境，核其功过，分别劝惩。请将奋勉出力之倚邦土千总曹当斋、元江土千总施配臣、六困土千总刁镇均赏给土守备职衔。易武土把总伍朝元赏给土千总职衔，耿马土目罕朝玑、六困土目刁铣、威远夷目周靖、周通、橄榄坝土目喇鲊斋均赏给土把总职衔。至庸懦无能之车里宣慰司刁绍文应革职，猛混土目召斋、猛海土目召音俱革去土目。应如所请。从之。（《清高宗实录》卷七百七十四）

杨应琚奏言，服高宗赏赐药丸后痰气渐消，可望复元。高宗又赏杨应琚玉子暖手、大荷包、小荷包、珐琅鼻烟壶等。且令其与杨廷璋在彼留驻数日，公同商办。

谕：据杨应琚奏，赏赐药丸调服后，精神长发，饮食加进，痰气日就消减，可望复元等语。并据汤聘同日奏到，实深喜慰。该督病甫向愈，更宜善为调摄，以冀速痊。至杨廷璋，现已自粤东起程前赴永昌襄助。到彼后，汤聘即可回云南省城，专办巡抚事务。所有督臣一切应办事宜，杨应琚此时且勿分心劳顿，杨廷璋不妨留驻数日，公同商办，俾得安心静养。如杨应琚精神业已充复，可以无需佽助。杨廷璋年齿亦逾七旬，未便久令远涉兼顾，况两广地方事务，亦属紧要，杨廷璋即可仍回粤东办事。伊二人俱系朕信任大臣，自皆以公事为重，其应行应止之处，听二臣自行面商妥酌可耳。朕本日披阅来奏，喜不胜言。前赐药丸服之既有成效，着照前再行赏寄。又闻良玉左右手各握其一、可疗风痪之症，今特寄赏玉子暖手二枚，该督可随时擎握，用资颐养。并着加赏大荷包一对、小荷包四个、珐琅鼻烟壶一具，以志欣慰。着将此传谕杨应琚，并杨廷璋、汤聘知之。(《清高宗实录》卷七百七十四)

据《清高宗实录》卷七百八十，钱度奏报云南军务自三十一年十月至当时实情，乾隆三十一年十一月，提督李时升调兵一万四千，令总兵乌尔登额由宛顶进剽木邦，总兵朱崙由铁壁关进守新街。缅王孟洛之弟卜坑及其舅莽聂渺节速诡称求和，同时派兵由万仞关小路，窜入永顺，焚烧盏达，围困游击马拱垣部，分兵入户腊撒（今云南陇川县北），包围游击邵应邲。总兵刘德成在干崖有兵二千人，却饮酒高会，不往救援。杨应琚派通判富森持令箭督战，刘德成始抵盏达。提督李时升也派遣游击马成龙由户腊撒御敌，被缅军冲散。李时升檄令朱崙弃新街，还守铁壁关，新街缅军北进与户腊撒军会合，声势更大。

十二月，高宗因半月以来无杨氏战事报告，令其速报现在情形。

谕军机大臣等：前据杨应琚奏称，病势日渐向愈，精神长发等语，览之不胜欣慰，已加赐药物，令其安心静养。迩来加意调摄，谅可霍然。至现在缅匪情形若何，该督等审度事宜作何妥办，半月以来未据奏报，朕心深为廑念。此际正在乘机办理，所有一切筹画之事，俱关紧要，应随时入告，以纾远怀。杨廷璋此时亦应前抵永昌，公同商榷。该督如自揣精力充复，可以无需佽助，抑或暂留杨廷璋在彼共办之处。着传谕该督，即行详悉驰奏。（《清高宗实录》卷七百七十五）

杨重英奏请陛见，高宗未允。

江苏按察使杨重英奏请陛见，得旨：汝系深知之人，何必陛见？但当进于老成，勉继汝父可耳！（《清高宗实录》卷七百七十五）

公元一七六七年（乾隆三十二年 丁亥），七十一岁

一月，杨应琚奏言，上年十二月剿杀缅军万人，但若欲直捣巢穴，恐旷日持久，得不偿失，欲图就此了事。高宗谕云："其前后所报剿杀克捷之处，俱未尽可信。"要求他当将该处实情奏明，候朕酌夺。于是谕令福灵安就近驰往军前，详悉体察，据实入奏。同时给杨应琚发去孔雀翎五支、蓝翎十枝，由其酌赏于出力将弁佩戴，以示鼓励。

大学士管云贵总督杨应琚、云南巡抚汤聘、提督李时升奏：据总兵朱崙报称，缅匪自楞木溃败，大兵复乘势追剿，二次共杀贼六千余人。当有伊领兵头目莽聂眇遮来营，恳请罢兵归顺，并呈献金镯、红呢、花布等物。臣以匪酋猛毒狡诈，恐阳言纳款阴图益兵再举，仍饬朱崙加意防剿。旋据报，该酋加调匪众不下二三万，由僻径越至土司边界焚掠，经我兵迎击，于十二月初六七等日杀贼千余人，又于十一十二等日斩获贼首三百二十余级。时铜壁关大弄种、二弄种及止丹各野人，均奋勇出力，杀贼千余人。又于十六日，朱崙、刘德成分路抄杀共斩贼首三百四十余级。计前后剿杀已几及万人，我兵惟游击马成龙力战阵亡。查缅甸原系

边南大国，密箐崇山，阻江为险，水土恶劣，瘴疠时行。若欲直捣巢穴，恐旷日持久，得不偿失。如猛毒果倾心凛惧愿效臣服，似即可宥其前愆，酌与自新之路。得旨："另有旨谕。"

谕军机大臣等：据杨应琚等奏，节次剿杀缅匪几及万人，现在缅目等恳请罢兵归顺，并称若欲直捣巢穴，转恐旷日持久得不偿失，似可宥其已往之愆等语，所奏似未协机宜。该督既奏节次剿杀缅匪多至万人，我兵现在奋勇直前，军威大振，缅匪望风慑伏。使果系确切情形，则实有可乘之会，正当厚集兵力，因势深入，不难迅奏肤功。何以复称地险瘴多，转欲将就了事。正恐该督等只据领兵将弁呈报，不无绿营旧习，虚张粉饰之弊。其前后所报剿杀克捷之处，俱未尽可信，而缅匪负隅凭险，势难遽与争锋。果尔，亦当将该处实情奏明，候朕酌夺。西师一事，运筹决胜，一切皆断自朕衷。但从前准夷回部地势人情，皆所洞悉，故得随宜指示，督令直前鼓勇耳。今缅匪地隔边隅，势难遥度，而绿旗兵之力，又非满兵可比。若该督奏报稍有未实，其何以筹画奏绩耶！故此事原令该督相机酌办，朕亦并无成见，前此屡降谕旨甚明。该督既身任其事，休戚谊同一体，更无庸稍涉虚浮，犹之一家之事，彼此分理，而仰家长为主持，又何所疑虑而不以实告耶！前遣侍卫福灵安带领御医，往视杨应琚病势，计此时将抵永昌。福灵安本系侍卫，出兵之事，职所应为。且前此平定回部时，曾随军营有年，军务素所谙习。若已离永昌，则亦可以不必。若尚在永昌，着就近驰往军前，详悉体察，如现有可乘之势，不过一月半月，可以得彼处要害城池，福灵安即不妨同往统兵进剿。如该处势难筹办，伊即可一面据实详悉入奏，一面回京。朕亦得知徼外确情，以定进止。至福灵安此行，与该处进兵，本属两事。杨应琚系公忠体国大臣，所见素为正大，谅必不因有此旨，稍存观望推诿也。又杨廷璋另折所奏，先示之威信，豫为陈说之处，想杨应琚前此业经办及，如尚未筹画到此，则杨廷璋到永昌后，二人不妨从长面商，妥协行之。至杨应琚现在病势日渐向愈，精神亦渐能复旧，即可无需助理。杨廷璋到后，恐一省两督，调度事宜，不能无丝毫同异。在该督等均膺重寄，彼此必不稍存意见。但恐属员等不免窥测疑揣，或致无所适从，于事转属无益。况两广事务，亦属紧要，杨廷璋接到谕旨后，可即仍回粤东。杨应琚于进剿缅匪一事始终经理，责成既专，自更易于集事。若杨应琚尚宜调摄数日，杨廷璋即再住数日帮办，亦无不可。再现在进剿事宜及杨应琚病体，刻廑朕怀。此次奏报，殊觉迟滞。嗣后如遇打仗得胜紧要事件，不拘三日五日，俱当随时加紧驰奏。即军营寻常光景，及该督就愈情状，亦当十日一奏，以纾远念。发去孔雀翎五枝、蓝翎十枝，交与该督察看实在出力将弁，酌量赏戴，用示鼓励。着将此传谕杨应琚、杨廷璋及福灵安知之。(《清高宗实录》卷七百七十六)

朱崙由铁壁关退守陇川。缅军自西而东，焚烧陇川。李德成由户腊撤击敌后队，乌尔登额率宛顶兵至邦中山以助声势，于是军威稍振。缅人见清军集结，复遣使求和。杨应琚知缅人乞退兵，令朱崙受其降。缅军已分路撤走，渡过底麻江，侵扰木邦。朱崙按兵不追，仍以虚词报总督。

缅军走犯猛卯（今云南瑞丽市）。副将哈国兴帅兵二千五百人赶赴猛卯，见敌势盛，乃入城与土司坚守。敌军以梯攻城，矢炮交发。城内清军发射箭矢，抛掷石块，又取尿煮稀粥洒烫登城敌军。敌军不敢近城，哈国兴也被敌火枪所伤。坚守八天，副将陈廷蛟、游击雅尔姜阿各自率部赶到，内外夹攻，缅军大败。因乌尔登额未曾来到，缅军得以渡河遁逃。朱崙造浮桥过宿养渡，由景阳、暮董，与乌尔登额一起进军木邦。

杨应琚等奏称，据总兵朱崙等禀报，缅酋孟洛之弟卜坑及领兵头目莽聂眇遮，屡赴军营乞降，恳请赏给蛮暮、新街等路贸易。高宗斥其“息事苟安，尚复成何事体？”令其“速将现在光景如何，切实驰奏”。

大学士管云贵总督杨应琚、云南巡抚汤聘、提督李时升奏，据总兵朱崙等禀报，缅酋猛毒之弟卜坑及领兵头目莽聂眇遮，屡赴军营乞降。据称，前因蛮暮及各土司近年贡献逾期，率众索取，原非抗拒大兵。今屡被惩创，情愿息兵归顺。至蛮暮、新街等处，实系夷人资生之路，并恳赏给贸易。批:“如此，则前此受降之事，何以完结，且能保我兵既撤，彼不诛夷此二处乎！”又批:“缅亦一大部落，彼若乞降，当有国王之表，同安南、暹罗之例，或可将就了事。然亦必将蛮暮、新街献于中国方可。”

又奏，臣等随饬朱崙传唤卜坑等，诘以猛毒狡诈难信，如果畏服，当先撤兵输诚。旋据莽聂眇遮等报，于十二月二十八日已将匪众遣散，现在委员前往确查。得旨:“另有旨谕。此奏大不妥，前已有旨。此更继为尝试而来，非公忠体国，与朕同心大臣之所为，大不是矣。宁不想病后朕所加恩乎！”(《清高宗实录》卷七百七十七)

谕军机大臣等:杨应琚等奏，缅匪屡次乞降并恳请将蛮暮、新街等处赏给贸易，现在酌办一折，所奏大不是，已于折内批示矣。前据该督以木邦、蛮暮相率归诚，已得缅甸要隘，请乘机办理。朕以该督素称历练，必非轻率喜事者，因令其审势熟筹，以定行止。续经该督亲往受降，自必操成算于胸中，豫定善后之计，故尔勇往直前。并非朕意存成见，必令该督如此举动也。昨据该督节次奏报剿杀万人，军威大振，又称地险瘴多，得不偿失，前后已自相矛盾。如果我武既扬，贼匪胆落，何难乘胜长驱，肤功迅奏！而转为畏怯不前之语，恐所奏非该处实情，业经传谕明切指示。今复据奏，缅目情愿遣散兵众，请赏给蛮暮、新街，照常贸易，是缅匪名为乞降，实不过暂退其众，且欲得其故地。此等狡诈伎俩，其将谁欺？而该督遂甘受其愚，据以入告。可见所奏全非实在情形，不过粉饰虚词，藉此以撤兵了局耳。试思缅夷亦一大部落，如实系诚心乞降，愿附属国，其酋自当请罪纳款，具表输诚，效安南、暹罗之通职贡，奉正朔，并将蛮暮、新街呈献中国，尚可将就了事，朕亦无求多于荒服之心。即或事属难图，亦当将该地现在情势，据实奏闻，候朕酌量定夺。今率据绿营将弁捏词禀报，以匪目遣散兵众为得意，辄欲还其归附之地，息事苟安，尚复成何事体，岂该督办理初意，即思如此草率完局耶！独不计蛮暮、新街等既已纳降，并遵定制薙发，即成内地版图。今若准其贸易，则其地仍归缅匪，杨应琚能保此数处人众，不遭缅匪荼毒乎！且蛮暮而外，尚有木邦、整欠、整卖等处，前此恳求内附时，并请我兵保护，今该督亦置之不言，是缅匪既得蛮暮，则木邦等处亦将悉还之，而听其戕贼乎！如此，则几视受降如儿戏，何以靖远夷而尊国体？设因缅匪兵众既散，遽将我兵撤回，致有贻误，则伊等之错谬，更不可问矣。至于就事完事，乃向来督、抚等颟顸陋习，此施之地方政务尚且不可，况边徼用兵何等重事，而亦欲图聊且塞责耶！杨应琚尚属公忠体国大臣，乃竟屡以空言尝试，颇不类其平日所为，岂伊病体尚未全痊，调度不能自主，或出自汤聘、李时升等从旁怂恿，杨应琚亦遂附和苟同，故为此奏耶！且李时升以提督统兵之人，何未一临阵，而止听一副将之报，遂欲将就了事乎！杨应琚若神志不昏，则无论朕素日倚重之恩，不当稍存欺饰。即其患病以来，朕日夜系思，赐医赐药，体恤存问，何等优渥！杨应琚宁不知感激奋励，实心妥办，以副朕怀，而所奏乃出意料之外，实非所以报答朕之逾格恩施矣。着速传谕杨应琚等，就该处实在情形，妥协经理，仍速将现在光景如何，切实驰奏。杨廷璋此时或尚在永昌，未经回粤，并着会同确商筹办，务期妥善。将此一并传谕知之。（《清高宗实录》卷七百七十七）

高宗将杨应琚等办理缅匪一事种种舛谬之处详细阐明，要求杨“据实陈奏误听之实故，恳请重治其罪，并即严参其误言起衅之人，毋得稍有隐饰，以速愆戾”。

谕军机大臣等：昨杨应琚等奏，缅匪请将蛮暮、新街等处赏给贸易等因一折，所见实大不是，已有旨详悉饬谕矣。今复细思此事，杨应琚等办理既已不得窾要，恐其中茫无主持，调度机宜必致日益歧误，于事大有关系，且将来筹画妥办，朕仍不能他诿。若俟其偾事而后为整理，则须另起炉锤，不若此时核实斟酌，审机集事之为愈。因复明白谆谕，使其知所猛省，不堕迷途。从前办理缅匪之初，原因莽逆召散窜入彼处，向其索取，若缅酋将召散献出，原无事多求。既而该督以木邦、蛮暮等处相率投诚，请中国发兵保护为奏。朕彼时原以缅甸僻在荒陬，其事亦不值一办，并未尝有兴师勤远之意。因思该督阅历有年，必非轻率喜事者，故谕令量势熟筹，以定进止。该督自当慎之于始，如木邦等实因彼等众心畔散，窘急来归，固可就其已涣之势，设法招徕，使其自成瓦解。然亦应计及受降以后，如何抚驭绥靖，御其外患，俾之永隶版图。若其间稍虑有棘手之事，原无妨拒而不纳，此所谓可行则行，可止则止之要领也。乃该督辄前往亲受其降，朕以该督既如此勇往，自必胸有成算，此后诸事，皆无难迎刃而解。方嘉该督之实心体国，冀奏肤功，以加渥赉。及缅匪率众至蛮暮骚扰，以业经归附之疆自不可听其蹂躏，既已发兵进剿，即当尽歼贼众，以卫此降蛮。迨新街小挫，因致退兵，益当策励士众，奋勇前进，以扬我武。乃遽听其头目一语，谓彼酋长乞降，转请给还已附之地，遂欲将就了局。方在交锋之际，并未制胜克捷，遽思歇手，尚复成何事体！朕办理庶务，从不肯稍任颟顸完事，况用兵边徼乎！试思我大清国全盛之势，何事不可？即如前此西师之役，平准夷，定回部，在行间者未尝不经历艰险，终成大功，皆由我国家将士同心效忠，有进无退所致。蕞尔小丑，有何足畏！遂欲半途而废，宁不虑见轻于外夷？杨应琚即未身亲军旅，前在陕甘总督任内，西陲耆定一事，朕如何运筹指示，岂竟毫无闻见乎！至现在调集之兵一万四千有余，兵力不为不盛，更不当稍存畏阻。乃伊等自新街一战，即退回楞木，而两次所报交兵之地，又止称铜壁关、铁壁关以外。按图而计，楞木已在新街之内，两关则并退至我界内矣。而该督所奏屡次杀贼万余，究在何地，及如何御战剿杀之处，并未详晰声叙。则其所谓得胜，仍不过绿营虚夸粉饰恶习，必不能出朕所料。设果如伊等所云，缅匪此次挟以侵扰蛮暮、新街之众，前奏止有二万，若杀至万余，则已去其大半，贼匪宁不胆落奔逃，尚敢拥众相拒！而此次犹以遣散贼众为词，则前后奏报之不足信，益显然矣。又如莽聂眇遮等，既有诣军营乞降之说，杨应琚现在病中即不能亲往查询，李时升所司何事，亦岂有不亲至军营，察其诚伪，而率委之总兵朱崙，任其处分。朱崙又不亲见匪目，复委之参将哈国兴出营传谕，此何等事，而该提镇轻忽若此，有是理乎！且李时升身为提督，统兵乃其专责，现在驻守何处，何未闻其亲历行阵督率进兵，以张军声而作士气！而总兵华封、刘德成又在何处？何以止令朱崙、乌勒登额分兵守剿，于华封等总不提及。且就地图核其形势，新街只水路要隘，尚有木邦等东中两路可通阿瓦城，又何以不派华封等往彼相机办理，以成犄角之势，令其首尾不能相顾耶！况办理缅匪，本因索取召散。而该督自去岁夏秋以来，于内地如何往索，及缅匪如何答复，擒献与否之处，总未一语奏及。务末而忘其本，又安能得事之肯綮乎！总之此事既已办理，断不能如伊等所奏，为草率苟且之计。即此时瘴疠渐发，我众未可冒涉，亦当俟秋深瘴退之候，另筹分路进剿，捣其巢穴，一举而歼灭之，使蛮荒永靖，方合正理。若杨应琚实见有必不可办之处，朕亦非必欲穷兵黩武，但业经选调兵马征剿缅甸，众所共知，岂能遽尔无端中止！而此事实杨应琚始终经理，因何冒昧舛谬若此，伊实不能辞其责。以杨应琚平素老成历练，实不类其所为。或伊赴滇时，本系病后，神志昏愦，一切不能自主，误听绿营将弁，谎饰怂恿，遂致办理贻误，亦未可定。则当据实陈奏误听之实故，恳请重治其罪，并即严参其误言起衅之人。朕亦当明降谕旨，以朕误听杨应琚之言，办理缅匪之失布告天下，且谢朕用人不当之过，庶可罢兵蒇事。朕此次开诚训谕，杨应琚当知感激自励，尽布悃诚，毋得稍有隐饰，以速愆戾。至前寄去孔雀翎、蓝翎，令其察看实在出力将弁赏戴，以示鼓励。从前西陲用兵，亦系如此。但彼时皆我领兵大臣目击将士等杀贼立功，并有实迹可据，故赏罚明而人心益奋。今观杨应琚等节次奏报，率属虚词，恐其功绩未能悉当，若不过止给巧于饰对之总兵、副将各员戴用，以图夸耀，则滥赏冒功，其咎更大，亦非朕奖劝本意矣。又昨奏折内，有弄种、止丹等地名，皆前图所无，着另行详悉绘图呈览。此后或驻兵战胜之处，其地名有图所未备者，即将附近图内何地之处，随时声明，以备披核。将此即速传谕知之。（《清高宗实录》卷

七百七十七）

十二日，杨廷璋至永昌，询诘有关官员，皆言缅人叵测，事不易集。因奏言应琚已痊愈，遂回粤。高宗称其是“畏难避事”，要求他将在永昌时所见所闻，据实覆奏，“如稍存模棱两可之见，故为隐跃其词，希冀颟顸了事，则是自取罪愆。”

谕：据杨廷璋奏，现在杨应琚痰疾已愈，即由云南回粤等语，已于折内批示矣。看来杨廷璋不过以此事难于办理，因即遄回粤省，其畏难避事之意，已见于言表。但两广事务，亦关紧要，督篆未便久悬。且云南一省两督调度事宜，或不能无丝毫同异，恐转致属员无所适从，于事亦属无益。杨廷璋此时既回粤省，朕亦不深加责备。至缅匪现在情形，该督既与杨应琚会折具奏，有业已访查、另行筹办之语。则于将弁等之捏词粉饰，及杨应琚误信人言办理舛谬之处，当已窥见端倪。着即将在永昌时所见所闻，据实覆奏，以备核证。如稍存模棱两可之见，故为隐跃其词，希冀颟顸了事，则是自取罪愆。现饬各处查奏实情，断不能终于掩饰，将来水落石出，该督岂能辞欺罔之咎乎。可将此传谕知之。（《清高宗实录》卷七百七十八）

清高宗按阅地图，反复斟酌查对，“愈觉该督前后所办，其大不是，实出情理之外，不胜愤懑。”因再数所奏所行之种种舛谬之处，怒斥“其视朕为何如主，此等伎俩，竟能巧为尝试乎！”

又谕曰：杨应琚等办理缅匪一事种种舛谬之处，已降旨明切饬示，由六百里加紧驰谕矣。兹复按阅地图，再四审度，愈觉该督等前后所办，其大不是，实出情理之外，不胜愤懑。该督前奏蛮暮等投诚时，已令其薙发留辫，并将我兵驻札新街，占据地势。则此两处皆为中国版宇，而两处降附之人即同内地人民，自当加意守护，扼其险要，以为进兵之地。前此新街小挫，尚意其不过偶然失事，我兵仍驻守其地，以图剿贼。而其后乃称退至楞木，渐且止及铜壁、铁壁二关。今按图详阅，楞木距新街已隔猛英、高里二土司之地，而二关则并在我界内，我兵既已退回，则是蛮暮、新街早已弃而不守。其两处地方，现在作何着落？降附之人或尽为缅匪戕害，或复为缅匪胁从，该督屡次奏折，总无一语提及。若此两处尚隶内地，何以不照前在彼驻兵，转退至楞木以内？设仍为缅匪侵占，其地已复为贼有，又何以有请赏给贸易之语？矛盾支离，殊不可解。又如该督两次所奏，杀贼万余，是我兵威业已大振，纵不能即乘胜直入、深捣贼巢，亦当及此克捷先声，复进据蛮暮、新街，搜逐贼匪，更不应退回内地矣。看来该督迩日所奏，皆系听信绿营粉饰，全非实情。即从前所称受降诸事，亦不过诡语铺张，希图耸听。今则破绽自露，虽欲掩饰而不能尽掩，岂公忠体国大臣所宜出此乎！再从前投诚之众，如整卖、景线、景海等处，俱经该督奏请赏给职衔，已允所请，交部发钞，又中外所共知者。此等人地，现在作何光景，该督亦未筹及。今于蛮暮、新街之事谬误若此，设整卖等处缅匪又复效尤肆扰，该督等亦将置之不顾耶！至李时升前来陛见，尚觉奋勉妥练，是以将伊调任滇省提督，冀其出力报效。乃伊自到滇以来，并未闻其亲至军营，督率士卒，奋勉进剿，至今不知其逍遥何地。身为统兵大员，如此养尊处优，玩忽从事，是不能承受朕恩，亦必如达启之自取愆尤矣。再从前汤聘等，参奏赵宏榜在新街轻进失事，复将伤病官兵器仗收入草屋放火焚烧，退回内地，请将伊革职治罪。彼时以赵宏榜如果系轻进，则尚系勇往向前，犹可原谅。但恐轻进之语，亦未可尽信，是以谕令该督等确查具奏另办。迄今数月，何以尚未奏及？不知伊等在彼，所办何事。前因该督闻信即往永昌，似属实心为国出力，是以传谕嘉奖赏赉，并欲待以酬庸渥典。由今以观，则其前此所奏，不过文饰敷衍，毫无实际。既受朕恩褒，便欲将就了事。其视朕为何如主，此等伎俩，竟能巧为尝试乎！现已谕令据实覆奏，且俟奏到再行定夺。着将此严切传谕知之。（《清高宗实录》卷七百七十七）

高宗将李时升革职，另委杨宁任云南提督，且告诫杨应琚“若误会朕意，略有瞻顾诿谢之心，则是自速重愆矣”。

谕军机大臣等：昨因提督李时升，身为统兵大员，并不亲赴军营督办，一味玩忽因循，不堪复膺专阃之寄，是以降旨革职，留滇效力赎罪。适杨宁陛见，即将伊补授云南提督，并令其驰驿前往，代李时升任事。朕之所以简用杨宁者，以前此西陲用兵时，伊曾随历行间，身经战阵，冲锋杀贼之事素所谙习，必不致如达启、李时升辈之畏葸不前，且伊身系满洲，亦断不肯效绿营虚诳恶习，是其实心出力乃所优，为朕之期望于彼者，亦不过如此，顷曾面谕及之。至军营一应调度机宜，则仍系杨应琚专责，切不可稍存观望。况杨宁之职，只在督兵剿贼，而其可倚又在诚实不欺，若运筹决胜，原非所娴，朕并未以此相委寄。即杨应琚始终经理缅匪一事，功过惟独任之，此时更不能妄思推诿也。此事初办时，朕实毫无成见，因该督屡奏有可乘之机，朕以该督素为历练，必不致轻率喜功，且必胸有成算，方待其建绩策勋。不意该督前后所办，竟为绿营将弁所诳，病昏不察，信以为真。而李时升惮于亲往，既为其下所愚，复转以愚该督。而该督又轻据若辈粉饰虚词，率尔入告。朕亦误听杨应琚之言，为所朦混。今见其诸未妥协，因综其始末，详核熟筹，始知该督之种种谬妄，至此及水落石出。而其最甚者，如两次所报杀贼一万有余尤为荒诞。夫杀贼果至盈万，则填尸流血，其占蔽地面当复不小，伊等果能悉数其战胜之处乎？且该督等前奏，自新街小挫即退回楞木，似蛮暮、新街皆已弃而不守。若斩获果真，则兵威大振，先声所布，何事不可为？纵未能乘胜采入直捣贼巢，而奋我锐气逐北追奔，无难径抵蛮暮、新街搜戮匪徒，收复故地，何未闻伊等仍至彼两处驻一兵杀一贼乎！且从前平定准噶尔回部，征剿荡除，不下百余战，统计所戮尚不及万人。乃谓两次交锋，俄顷之间，方隅之地，竟能杀贼如许，有是理乎！杨应琚办此一事，既已误之于前，此后不宜再误，屡次所降谕旨甚明。况办理缅匪一节，杨应琚既已承担其任，即与朕谊同一体，更不容稍有隐欺。如该督果见其势有难行，即遵前旨据实陈奏，亦可另为裁夺。若欲如前奏之虚朦文饰，便图颟顸了事，杨应琚其何以对朕？而朕亦何以对天下？岂朕平日所倚任为公忠体国之大臣可出此耶！至该督前此之误，原因病躯不能亲至军营，而李时升亦不亲往，惟任将弁等捏词愚弄。今杨宁至彼，自可得该处实在情形，不特朕可灼知万里以外，即杨应琚深悉实情，亦可相机妥办，期收效于桑榆，于彼实有裨益。但恐外省陋习，妄疑专遣大员驰赴军营，必倚其主持经画，则大不然。无论杨应琚至此难以卸责，即朕或以杨应琚为不可复用，何难另简督臣往代，而专派一提督以掣其肘乎！杨应琚若误会朕意，略有瞻顾诿谢之心，则是自速重愆矣。着明白传谕，即令杨宁赍往。谕令该督知之。（《清高宗实录》卷七百七十七）

二月初一日，福灵安奏云，御医李彭年诊视，杨应琚病势尚未痊愈。高宗因令其子杨重英驰驿迅往永昌，“省视伊父，并随杨宁前往军营，仿古来监军之意，协同办事。”

谕军机大臣等：福灵安奏，据御医李彭年诊视，杨应琚病势尚未痊愈等语。是杨应琚等节次所奏办理缅匪种种错误之处，皆因该督病中神志恍惚，不能主持，致听将弁捏饰谎报之词，复为李时升等所愚，遽尔入告。否则杨应琚平昔颇为历练老成，何前此担任勇往，忽图草率完结耶！现在征剿缅匪关系紧要，杨应琚病既未痊，惟为众所欺哄，经理恐难妥协。伊子杨重英向来尚属明干任事，不失世家旧族之风，着即令其驰驿迅往永昌，省视伊父，并襄助一切军务。杨应琚复得一子在侧，病体自更易就痊，且调度有未当之处，伊子亦可从旁代为筹画，于公事自属有益，并可令其随杨宁前往军营，仿古来监军之意，协同办事。则彼处实在情形，杨重英皆得备知，可以转告伊父，并可一面据实奏闻。从前杨应琚因病躯未能亲莅行间，边外确情未经目击，故领兵将弁得而朦蔽之，遂致有捏报杀贼万余，荒唐不可信之语。然在旁人，或可粉饰虚词以欺杨应琚，致杨应琚误信，亦以饰词妄奏。今杨重英亲往，断不肯稍欺其父，亦复不肯更欺朕，以致其父仍蹈前此虚谬之愆，即朕亦得灼知阃外切实形势，得以指示裁度。谅杨重英所奏必不敢稍涉虚浮也。所有前后寄信杨应琚谕旨，并着钞寄杨重英阅看。伊现在江苏，着传谕明德接到此旨，即令其迅速前往。所有江苏按察使员缺，着明德另委妥员，暂行署理，并将此寄与杨应琚知之。（《清高宗实录》卷七百七十八）

高宗重又历数杨应琚误谬之处，言：“朕如此推诚开导，该督益当幡然猛省，务宜妥协筹办，仍将确实情形奏闻，毋得仍蹈故辙，自取罪戾也。”

又谕曰：杨应琚屡次所奏杀贼盈万及缅酋乞降，欲图将就了事，种种舛误，不一而足。业经节降谕旨，明白开示，严切训戒矣。兹据奏称，查缅匪反复不常，应预集兵马，俟春夏瘴过进剿，以期永靖南服等语，已于折内详悉批示。该督此次折奏，较前稍觉醒悟，是其近日病势渐次就痊，神志不复似从前昏愦。果尔，则伊自当略得主见，于情事虚实、剿捕机宜，悉心参酌筹画，一正向来之谬，以赎前愆，实亦朕所深愿。办理缅匪一事，朕初无成见，以该督谓有可乘之机，遂听其筹办。不意该督自受降以后，茫无主持，日就差错，至连次所奏，愈觉失枝脱节，则底里已毕露矣。看来该督初办时，必系误听赵宏榜之言，未免稍涉喜事，不复通盘筹算，遽谓可指日奏功。及见新街小挫，事稍棘手，以致惶愧成疾，而朱崙遂乘该督病中瞀惑，又见阿穆呼朗病亡，因诡捏虚词，夸张报捷，以逞绿营欺诈伎俩。杨应琚当风痰迷眩之后，不复能细加体察，信以为真。汤聘、李时升等见朕轸念杨应琚病势，优渥加恩，便思趁此机会，急图结局。杨应琚为伊等怂恿，亦竟不能自主，遂欲将错就错，草率告竣。伊等隐微若揭，实不能逃朕之洞鉴也。殊不知朕之所以加恩杨应琚者，原因其为国家出力，且此事始终系伊经手，恐其因病贻误，故速冀其痊，以期于事有济，右以恩眷加隆，即图恃以息事。试思朕办理庶务，从不肯听其颟顸完案，况边陲军务何等重大，岂有因优恤大臣之故，遽尔中止乎！缅甸为南荒僻壤，并未尝必欲加兵，此与从前筹办准噶尔回部之不得不剿平者，情事有间。但蛮暮、木邦等众，既已相率归诚，隶我土宇，早为众所共知。且就伊等退兵情形而计，似蛮暮、新街，亦皆得而复失，岂可竟置之度外！该督此时若能严饬将士奋勇进兵，仍将蛮暮、新街收复，驱杀贼众，抚辑降蛮，使我军威大振，缅酋或闻而惊怖，悔过输诚，并将召散擒献，未始不可予以自新。若因其头目乞降一语，遽思乘势撤兵，其何以申国宪而靖蛮服。即伊等此时含混歇手，又宁不虑将来之必无后患，自贻伊戚耶！至朱嵛历次所报杀贼万余之语，实为荒唐不可信。夫杀贼盈万，其势甚大，非复寻常之捷，远近传闻，必皆如风声鹤唳，惊而郄走，何有此区区贼众尚尔拥聚不退，敢冒锋镝之理！且朱嵛并未亲历行阵率众力战，是其畏怯较之赵宏榜更甚。该督何以始终甘受其欺，不据实严参治罪耶！又所称，差员查探实情，未据回复，更不成话。此等军营要务，杨应琚即因病后不能亲往，李时升乃提督大员，统兵是其专责，何以亦惮于亲赴该处，确核形势督办！前既为将弁等所诳惑，至此仍复委之属员往查，又安保其不扶同朦混，是终不得其要领。该提督以专阃之人，竟若身处局外，所司何事？至请将赵宏榜赏给都司职衔效力之处，更属非是。前因汤聘等劾奏赵宏榜藐敌轻进，致损官兵，请将伊治罪。彼时以赵宏榜如止系轻进，则尚知临敌勇往，情稍可原，是以令该督等查奏。今既据查非畏葸遁逃，自可贷其军律。但甫经获谴革职之员，即云熟悉边情，亦止应令其赴军前奋勉立功，以图自赎。如果能实心出力，克复蛮暮、新街，即仍授以副将，亦未为不可。若此时并未稍著劳绩，岂可遽请给衔示奖乎！杨廷璋既经回粤，此事全系该督责成。朕如此推诚开导，该督益当幡然猛省，务宜妥协筹办，仍将确实情形奏闻，毋得仍蹈故辙，自取罪戾也。将此传谕知之。（《清高宗实录》卷七百七十八）

高宗谕令将李时升、朱嵛革职，拿解至京，交刑部治罪。以杨宁补授云南提督，索柱调补永北镇总兵。

丁未（十三日）。大学士管云贵总督杨应琚、云南提督李时升奏，前因缅匪散众乞降，委员前往确查。据查报，猛卯边外有匪众数千，欲至木邦等处滋扰。批："如何，向之所称，非欺而何！"又奏，臣李时升会同朱崙，派拨官兵迎剿，于正月十六日至十八日，约杀贼二千有余，追至底麻江，贼众浮水渡江，计溺毙及枪炮伤死又约二千余，余俱过江逃遁，打死贼马五十九匹，夺获军械无算。又批："此等虚辞，只可欺汝，不能欺朕，必无之事也。"又批："四千余贼，只五六十匹马，有是理乎？"又批："绿营恶习，实在可恶。非正法一二人，伊等断不知惧。"又奏，此次官兵，惟游击毛大经、都司徐斌、守备高干追抵江边，被贼回马标伤阵亡。臣等因缅匪既已乞降，又复率众侵扰，反复背叛，现在拣选将备，仍饬朱崙亲督官兵，星驰进剿。得旨："李时升总戎大员，不身历行阵，惟称调度，岂伊自比于杨应琚之运筹帷幄耶？可笑可恨！"谕曰："提督李时升办剿缅夷诸事，退葸不前；总兵朱崙捏词谎报，并不实心出力，殊属可恶。李时升、朱崙俱着革职，拿解来京，交刑部治罪。所遗云南提督员缺着杨宁补授，永北镇总兵员缺着索柱调补，即驰驿速往军营办事。其古州镇总兵员缺着德兴调补，所遗松潘镇总兵员缺着永昌补授。"（《清高宗实录》卷七百七十八）

因杨应琚又以虚词捏报，高宗谕："杨应琚办理此事，前后错谬之处屡经开导指示。若再不知改悔，甘为将弁欺蒙，致有贻误，则其取罪更大，断不能曲为原贷矣！"

谕军机大臣等：据杨应琚奏，猛卯边外匪众数千欲至木邦滋扰，经李时升会同朱崙派兵迎剿，前后杀贼四千有余等语，荒唐舛谬，实出情理之外，阅之不胜骇异。杨应琚前此轻信绿营诳语，屡报杀贼万余，早知其必系虚妄，已节次降旨明切训饬。今又奏称杀贼四千有余，果尔是我军威大振，贼当望风披靡，何至游击毛大经等转为贼兵伤害。其为捏饰欺罔，尤属显然。而前次所奏缅酋遣头目乞降之语，亦全系粉饰捏报，今复滋扰木邦，何以杨应琚总视为泛常之事！又折内称李时升会同朱崙派拨官兵星驰迎剿等语，可见李时升自到滇后，总未一至军营督剿，即朱崙始终亦从未统兵临阵，如此畏葸偷安，实堪发指。伊等身为提镇大员，冲锋打仗是其专职，当此军务紧要之时，乃仅派弁兵迎敌塞责，仍不亲往督率调度，竟若置身局外，全不以事为事，玩律负恩，莫此为甚。若不严加惩治，何以使凡隶戎行者知所儆惧！李时升、朱崙并着革职，拿解来京，交刑部治罪。至李时升、朱崙如此怠玩事机，该督何以视若寻常，不行参劾？转据伊等虚词入告，是诚何心？而华封、刘德成现在何处，又何以不令其领兵赴木邦剿贼，折内亦从未提及此二人，殊不可解？杨应琚办理此事，前后错谬之处，屡经开导指示，如该督福运未尽，当及早醒悟，遵旨据实妥办，尚可稍赎前愆，或可仍前受朕恩眷。若再不知改悔，甘为将弁欺朦，致有贻误，则其取罪更大，断不能曲为原贷矣。将此严切传谕知之。（《清高宗实录》卷七百七十八）

以索柱调补永北镇总兵。

又谕：朕昨将诺伦补授青州副都统，所遗古州总兵员缺已将索柱调补。今云南用兵需人，索柱复调补永北镇总兵朱崙之缺。盖以伊系满洲，又在军营年久，必无绿营欺饰陋习。如果实心奋勉，必能承受朕恩。若复畏葸欺朦，其罪更重于汉人。着传谕阿尔泰即速令其驰赴永昌，会见杨应琚，前往军营带兵行走。（《清高宗实录》卷七百七十八）

谕以福灵安为正白旗满洲副都统，调鄂宁为云南巡抚。

高宗按地图检视，见缅军所到之盏达、猛卯皆在境内，更为愤慨。指令“将该督所进原图照绘一分，黏签发去。令其将谕旨询部情节，及图内签诘之处，即速逐一明晰速行覆奏，毋得再有支饰！”

庚戌（十五日）。谕军机大臣等：杨应琚等节次奏报捏饰谬妄，种种未协，已屡降旨严饬矣。兹复按图校阅，其间舛谬不符之处不一而足。如上年九月，赵宏榜带兵驻札新街，已得缅地要隘，即猝遇贼人偶尔小挫，亦当整兵拒守以待应援，何致即退回铁壁关内，则不但蛮暮弃而不顾，即新街亦不能守矣。而楞木自十一月打仗之后，亦不言及有无官兵驻守，是我兵惟在铜壁、铁壁二关以内，此后并未闻有出关剿战之事，何以能杀贼多至万余！则其荒唐不足信，更不待言矣。且图说声明以蓝线为界，而前奏所称缅匪偷越盏达，及今次所奏至猛卯边境二处，皆在蓝线以内。至盏达之外则有万仞、巨石等关隘，猛卯相近则有虎踞、天马二关，何以容贼匪出入无忌？且现在调集之兵已一万四千有余，纵不能统率大军鼓勇进剿，收复蛮暮、新街等处，而沿边一带紧要关隘，亦当分兵严密防守，又岂得诿为兵力不敷。乃前此缅匪至盏达焚烧，由何路偷越，竟未闻稍有堵御。而此次至猛卯滋扰，我兵亦仅前往迎敌，而非剿截。则伊等惟株守铜壁、铁壁两关，而置其余关隘皆一概视如膜外。当此军务紧急之时，边防疏懈若此，有是理乎？又昨折内称，贼众欲从猛卯侵扰木邦。缅匪向在铁壁等关之西，因何绕关而东，得至猛卯，其由何地窜入，亦未据声明。至猛卯距木邦尚远，今贼兵既过底麻江而去，则已逼近木邦，华封、刘德成现在何处，何以不飞檄两镇至木邦邀杀贼兵，而仅云派兵尾追，又于事何济！且底麻与宛顶相近，乌勒登额既驻兵在彼，又何以不闻率兵掩击。该督于一切吃紧关键，均未能筹画调度详悉奏闻，惟据朱崙等一面虚词，代为转报，实所不解。总由杨应琚病后，神志昏愦，甘受绿营将弁之欺而不悟，其胸中全无主持，已可概见。率是以往，军务其何由倚赖？着将该督所进原图照绘一分，黏签发去。令其将谕旨询部情节，及图内签诘之处，即速逐一明晰速行覆奏，毋得再有支饰。将此传谕知之。（《清高宗实录》卷七百七十九）

杨应琚覆奏坚持原先所报诸战绩，被高宗不断批抹严饬，言其“大言不惭”“昧心若此”“更不知其具何肺肠”“若至（赵时升、朱崙）二人自戕，汝当随之”。最后表示：“朕于彼亦竟不能复有所期望，且视其往后所办若何，祸福惟听其自取。”

大学士管云贵总督杨应琚覆奏，节次所报杀贼几及万人，均经臣差人察核，又经李时升就近查明，实系确情。批：“此即欺罔之一端。”又奏，缅匪部众繁多，遇有杀伤，即随时加添。而永昌边外十四土司，延袤四千余里，山僻要隘，在在均需防守。现加调官兵七千余名，仅敷分遣。如直捣贼巢，仍恐兵分势寡，惟应鼓励官兵，奋勇扼要截杀。又批：“既分防要隘，何以缅匪尚入内地。”又奏，杨廷璋所奏先示威信，预为陈说之处。臣早经办及，于该酋节次乞降时宣播天威，晓以大义。但该酋执迷不悟，反视侵扰边地为得计。又批：“既执迷不悟，何又节次乞降？此等语句，欺汝昏愦糊涂之杨应琚则可，欺朕则不能也。”又奏，该匪现已屡经败衄，凛惧更深，已非前此情形可比，似有可乘之机。又批：“真是大言不惭，可笑！不谓杨应琚一至于此。”又奏，臣现与李时升拣选将备，仍饬朱崙由木邦一路进剿。又批：“此二人误事不小，已有旨拿问，速即派人送京。若至自戕，汝当随之。”又奏，臣身受国恩，乃以病躯刻廑圣怀，近得御医诊视，痰气已清，愿勿以臣病为念。得旨：“不妥之处，不可枚举，大不是矣！朕之过矣？何不提起福灵安一句，盖汝恐彼到军营，将汝等欺罔处尽露耳，此时汝先丧胆矣！”又另折奏，总兵朱崙统领军务，宣力为多，现又亲督官兵追剿，臣已宣示恩谕，赏戴花翎。得旨："此当正法之人，而汝与之花翎，不知何意。"（《清高宗实录》卷七百七十九）

谕军机大臣等：杨应琚节次奏报办理缅匪一事，捏饰乖谬，屡降旨严切饬责，并令将该处情形查明据实覆奏，尚冀其悔悟猛省，不致终涉虚浮，偾事获谴。今阅奏到之折，仍属一派虚词，不意其竟忍于负朕厚恩，甘蹈欺罔而不顾，实出情理之外，不胜愤懑。已于折内逐一批抹严饬矣。如所称节次剿杀万人，此等荒唐不可信之事，朕岂能为所朦蔽！而杨应琚尚腼颜屡以为言，虽病后昏愦糊涂，何竟昧心若此！又称添兵分防各处要隘，果尔，则盏达、猛卯等边境何以复容贼匪窜入，而我兵并未闻有出境剿杀之事。其为欺饰，尤属显然。至称鼓励官兵扼要截杀，更不成语。试思伊等数月以来，扼要者何地，截杀者何时？不过坚守铜壁、铁壁二关，并未能统兵出边，奋勇掩击，收回蛮暮、新街二处，所谓鼓励者又系何事？是其顿兵不前，畏葸退缩之情形毕露，方为贼众所轻，肆其猖獗，乃尚云欲使其慑我军威。纸上诳谈，竟恃以为得算，有是理乎！且既称缅酋屡次遣人诣军营乞降，何以又称其执迷不悟？即云缅匪反复无常，亦断无一面乞降，一面执迷之理。看来即乞降之说，亦是伊等粉饰虚词，而杨应琚竟言之凿凿，不自知其支离可笑！此等绿营诈妄伎俩，在杨应琚神志瞀惑，自尔恬不为怪，乃欲于朕前售其欺伪，能乎不能。至谓现在该匪丧亡日众，凛惧更深等语，如此大言不惭，不知杨应琚何以形之奏牍。缅匪如果因丧亡凛惧，则必势穷力绌，风鹤皆惊，方奔溃之不暇，又安能久聚边境，屡肆滋扰乎！且所云贼众约三万余，遇有杀伤，随时加添之语，尤属荒诞。此不过朱崙因前报杀贼万余，而贼仍不减，故饰为此语，希图回护前非耳。缅地近边即有十余土司，岂能调补如此之便。杨应琚总深信前报杀贼之语，一切概不加询察，似此毫无见识，军务尚足倚赖乎！至前发翎枝，原以鼓励行间实心出力之人，若朱崙之畏怯不进，捏词欺罔，获罪重大，所当立正刑章，以示惩警，而杨应琚辄以花翎滥行赏给，更不知其具何肺肠。李时升、朱崙前已降旨革职拿问，此旨到后，着即将伊二人锁拿，选派妥员，速行押解来京，倘途中管解疏虞，致有自戕等事，恐杨应琚不能当其罪也。计杨宁将到永昌，提镇事务不患无人接办。即彼尚未到滇，此时委人暂署亦无不可。李时升、朱崙二人，在军营原无济于事，此时即将伊拿解，于军务毫无关轻重，朕已筹度及此。杨应琚奉旨后，更不必稍有迟疑也。至前遣福灵安带同御医诊视该督病势，旋复有旨，令其就近体察军营实情。今福灵安已奏，于禄丰县按奉谕旨迅即驰回永昌，何杨应琚折内并未提及一字，盖其意亦知事势已涉虚妄难于掩盖，恐福灵安到彼底里毕露，此际遂尔神魂失据，故佯为置之不论耳。此次办理缅匪一事专心委寄，因其久任封疆，素称练达，故尔深信不疑。又因其从前尚属黾勉任事，优奖轸念，格外加恩。初不料其荒谬欺饰，乃至于此。朕于彼亦竟不能复有所期望，且视其往后所办若何，祸福惟听其自取。折内矛盾之处，非批示所能尽。着将此再行明切严谕知之。(《清高宗实录》卷七百七十九)

谕令在德保未到任之前，福灵安暂行署理永北镇总兵，带兵进剿。

谕军机大臣等：杨应琚办理缅匪一事种种错谬，所奏情节更不成话，已于折内批示。看来伊体究未全愈，是以毫无主见若此。至朱崙业经降旨拿问，云南永北镇总兵员缺已补放索柱，昨又将德保调补。但德保到任尚需时日，总兵有统兵剿贼之责，未便久悬。所有永北镇总兵员缺，着福灵安暂行署理，伊此时谅已前抵军营，带兵进剿。着将该处现在情形，查明据实具奏。将此传谕杨应琚及福灵安知之。（《清高宗实录》卷七百七十九）

三月，高宗详细检讨缅事前后，为自己的失误开脱，将责任全部推到杨应琚头上，斥责杨应琚“始则冒昧贪功，继则欲图苟且完事”。“于事之关键，总不明晰，似此执迷不悟，可见该督之病愦无能”“如此漫无措置，军务断非伊所能办理”。因令杨应琚回京入阁办事。以明瑞补授云贵总督，前往云南接办军务。

谕：前年因莽匪滋扰，刘藻办理不善，特用杨应琚为云贵总督前往接办。彼时尚有木匪一案，经常钧具奏请俟剿灭莽匪后，再行办及。朕以此等边外蛮触，原属不成事体，皆因吴达善、刘藻各任内不能实力查办、养痈贻患所致，亦谕令一并办理，务使悉绝根株，以昭惩创，为永靖边圉之计。杨应琚到滇后，莽匪业已剿平，不过经理疆界，搜剿逸贼诸务。嗣因莽匪召散逃入缅甸，杨应琚行文向彼索取，并奏称如彼不将逆酋擒献，即兴问罪之师。朕以缅甸僻在荒陬，从未敢侵犯内地，其事亦不值穷兵勤远。旋据奏，木邦、蛮暮相率投诚，朕以杨应琚久任封疆，历练有素，必非轻率喜事者比。谕令酌审情形，以定行止。杨应琚自应将边备夷情通盘筹画，或木邦等实因缅酋残暴、众心涣散穷蹙来归，固可设法招徕，使成瓦解之势，并当计及受降以后，如何抚绥防御，俾之永隶舆图，不贻后患。乃该督即亲往永昌受降，且云机有可乘，不难筹办。朕谓该督必已操成算于胸中，自能相机妥办，方嘉其实心体国，勇往任事，随即加以奖谕，并望其迅奏肤功，以膺懋赏。不意该督自受降以后，毫无调度，新街虽已驻兵，而一旅孤悬于蛮暮，并无声援掎角之势，所谓善后事宜安在？迨缅匪率众侵扰蛮暮，副将赵宏榜于新街抵御，以众寡不敌，小挫退兵，自当鼓励戎行，前驱深入，克复蛮暮、新街，以扬我武。乃李时升、朱崙节次退回内地，置新附地方于不顾。而杨应琚见事稍棘手，忧惶成疾。朕以该督为国宣力，忽染沉疴，深为轸念，赐药赐医，体恤倍至，以冀速痊。而该督病后，神志昏愦，竟毫无主宰。且又适当总兵阿穆呼朗病故，军营重务，惟委之朱崙一人。李时升又不亲自董率，任其逞绿营虚张粉饰恶习，屡次诳报。杨应琚竟甘受其愚，漫不加察，惟知据禀转奏，全不见有运筹决胜机宜。则是以办理军务之总督，竟成军营报事之人，不甚可笑乎！朕览其屡次所奏，杀贼一万余人，即疑其未必确实。旋复据奏，缅酋屡遣其头目诣营乞降，情愿遣散兵众，恳请赏给蛮暮、新街照常贸易，且云地势险恶，进兵得不偿失。是该督始则冒昧贪功，继则欲图苟且完事，肺肝如揭。而前此奏报杀贼之虚诳，益复显然。因按所绘地图，详加审度，前后所奏，种种乖谬，不可枚举。因传谕询问该督，即如蛮暮、新街等投诚时，已令其遵制薙发留辫，即成内地版图，自当扼其险要，以为进兵之地。乃新街一挫，遽尔退回铁壁关内，则是蛮暮、新街早已弃而不守，贼众又何必复请赏给贸易？似此支离荒诞，其将谁欺！且缅匪亦一大部落，如果诚心乞降，愿附属国，其酋长自当请罪纳款，具表输诚，效安南、暹罗之通职贡，奉正朔，并将蛮暮、新街呈献，或尚可议及撤兵蒇事，乃率据绿营将弁捏词谎报，以匪目遣散匪众为得计，辄欲还其归附之地。且蛮暮而外，尚有木邦、整欠、整卖、景线等处，前此均准其内附，设缅匪又复效尤滋扰，该督亦将置之不顾，有是理乎！又如前奏杀贼万余，则是军威大振，纵不能乘胜深入，直捣贼巢，亦当及此克捷先声，收复蛮暮、新街，搜剿贼匪，不应退回内地。又伊等前奏，贼众二万人，如果剿杀万余，则业已歼灭大半，群贼宁不望风惊溃、胆落奔逃，又何敢纠合余烬，偷越边境，肆其滋扰。如果杀贼盈万，则我之兵威可谓大盛，何反让地退兵，又不知杨应琚何以深信不疑，受其朦蔽而不悟。因念该督病虽小愈，而志气未清，致为人所愚惑，特明白开示令将该处情形据实查奏，即果有难办之处，亦应切实奏闻，候朕裁夺。今据覆奏仍属虚词，而于事之关键总不明晰，似此执迷不悟，可见该督之病愦无能矣。至于赏罚严明，尤行军之要领。李时升以提督大员，冲锋剿贼是其专责，乃动辄派委弁兵迎敌，并不躬亲行阵，督率进剿，若无与己事者然。且按图详校，由楞木退至铁壁关，复以次退至杉木笼，而朱崙亦自户腊撒退至陇川，皆系渐回内地，并未奋勇进兵，惟以捏词欺罔为能事，是二人实为此案罪魁，业经降旨革职拿问。乃杨应琚此次仍不将李时升、朱崙严行参处，仅以副将陈廷蛟等五员奏请革职，如果伊等临阵退缩，即当以军法从事，亦非止予罢斥可了。若不过寻常过犯，又岂可以劾此数人便足示军营惩创！种种错谬均出情理之外，此杨应琚前后办理缅匪情节也。总之办理缅匪一事，朕初无欲办之心，因杨应琚以为机有可乘，故听其办理。及至缅匪侵扰内地，则必当歼渠扫穴，以申国威，岂可遽尔中止！且我国家正当全盛之时，准夷、回部悉皆底定，何有此区区缅甸而不加翦灭乎！而杨应琚竟思就事完事，实为大谬，至此时尚不知翻然改悔，奋勇自效，深负委任之恩，若非念其痰病糊涂，必将重治其罪。但如此漫无措置，军务断非伊所能办理。若仍令其复膺重任，必致偾事失机，其为贻误更大。杨应琚着回京入阁办事，俾得安心调摄。其功过于事定后再降谕旨。云贵总督员缺着明瑞补授，前往经理军务，相度办理。并将此通谕中外知

之。(《清高宗实录》卷七百八十）

谕军机大臣等：杨应琚办理缅匪一事种种错误，屡经降旨饬询。今据覆奏前后情形，仍以虚词塞责，所奏之语全不明晰，不料其执迷不悟若此，已于折内批示。复按图查阅，李时升始由楞木退至铁壁关，复由铁壁关退至杉木笼，而朱崙亦从户腊撒退至陇川，是伊等俱系渐次退回内地，其挫衄情形已可概见，何以尚称有楞本之捷，其为支离诞妄，尤属显然。且李时升既退至杉木笼，何以复在宛顶一带督办，而贼众初在铜壁关以西,又何由绕关而东,得至猛卯。种种虚诳掩饰情节,皆李时升、朱崙罪案彰著之处，将来即以此定谳，立置重典。而杨应琚总懵然罔觉，仍复为之庇护，惟以副将陈廷蛟等五人参奏了事。伊等如果临阵退缩，即当以军法从事，又岂仅参劾所能示惩，真不解该督之是何肺腑也！至华封，既调其驻札普洱，弹压新附地方。而刘德成亦调赴盏达，于铜壁关军营办事。伊等皆总镇大员，檄调往来，甚有关系，前此何以并未奏闻。该督如此舛谬，实负委任之意。若非念其病后神志昏愦，必当重治其罪。看来此事断非杨应琚所能办理，现已降旨令明瑞补授云贵总督，驰赴永昌接办。但明瑞到滇尚需时日，杨应琚此时若能深悔从前错谬之愆，实心任事，及早剿贼奏功，则收效桑榆，或可仍受朕恩眷。倘以受代有人，稍存五日京兆之见，观望延挨，以致贻误军务，则是杨应琚自速重罪。朕必不能复为宽贷也。杨应琚俟明瑞到任交代后，再行进京办理阁务。着将此传谕知之。(《清高宗实录》卷七百八十）

高宗谕令明瑞任云贵总督专为进剿“缅匪”，其余一切行政事务由巡抚鄂宁负责办理。

又谕曰：杨应琚办理缅匪一事，种种错谬，不能复胜此任，已降旨令其回京入阁办事。其云贵总督员缺令明瑞补授，前往永昌接办军务。明瑞此行，专为进剿缅匪，调度军营一切机宜，并令其奋励将士，鼓勇奏功是其专责。至于地方应办之刑名钱谷铜厂等事，断难兼顾，鄂宁以巡抚驻札省城，一切皆当实心承办，并不必关白督臣。即稽察属员侵渔贪劣诸事，亦不责之明瑞。设有徇庇疏容，惟于鄂宁是问。鄂宁断不可稍存畛域，虑有越俎之嫌。即明瑞亦断不至心存见小，疑鄂宁有侵揽事权之意。朕当于其陛辞时，面为谕及也。可将此详谕该抚知之。(《清高宗实录》卷七百八十)

高宗根据福灵安奏报杨应琚告知情形，怒斥杨应琚“天良尽丧至于如此”。

谕军机大臣等：据福灵安奏，前赴永昌，经杨应琚告知，现在瘴气方盛，交秋始可进兵，并告以朱崙虽赴木邦堵御并未进剿等语。杨应琚从前奏报，节次办理缅匪各折，乖谬已极。经朕命福灵安亲往军营体察实情，杨应琚既知措置乖方，自应将该处实在事宜，详悉相告。乃复以秋后进兵之语，含糊粉饰，希冀苟为塞责。夫军营进止，有关于机宜者甚大，杨应琚即不能督率戎行为捣穴歼渠之计，亦当察看地方形势，将何时进剿之处，先行详悉奏闻，候朕酌定。何以前此并不筹及进兵日期，竟以剿贼重务置之度外。经朕谕令酌量春夏瘴过兴师进剿，杨应琚即藉以为苟且了事，稍延时日之局，实不知其具何肺肠也。又杨应琚前奏，令朱崙统兵进剿，今告福灵安则以朱崙切齿缅匪往彼堵御，俟贼至即可多杀数人，不但荒唐不堪，亦自相矛盾。朱崙前由楞木退回户腊撒，复由户腊撒而至陇川，渐次退回内地，其怯懦无能可知。今复自西而东，岂得谓之统兵前进？况朱崙往木邦一路，在贼匪由猛卯渡底麻江之后，朱崙尾追尚不能及，又安能越过贼众，至木邦堵剿？是朱崙之往木邦，不过仅图退守，即堵御且不可言，又岂得谓之前进乎！竟不料杨应琚信口支吾欺诞至于此极。伊从前饰词奏报，朕犹意其风痰病后，神志昏迷，为将弁所朦混。今病已就痊，仍复为此支离诳饰之语，以文过遂非，其居心更不可问。杨应琚从前受朕深恩，历任封疆，至于入参纶阁。及伊患病，赐药赐医多方轸恤，不意其天良尽丧至于如此。所有指出错谬之处，着杨应琚逐一据实明白回奏。可将此严切传谕知之。（《清高宗实录》卷七百八十）

高宗谕令福灵安“速赴军营，署理朱崙总兵之缺，统领兵丁，相度情形。如瘴气不至大盛，即迅速领兵前进。倘春夏实难进兵，即将兵撤回，至无瘴气地方屯札，守候明瑞”。

谕：前因福灵安于途次接奉谕旨，即迅速回至永昌，朕嘉其奋勉，已授为副都统，并令查看该处情形，据实具奏。旋因总兵德保一时未能抵滇，复令其署理总兵，相机进剿。福灵安既至永昌，自应将此事原委，详悉体察。乃闻杨应琚瘴气方盛之语，仍行起程回京，殊属不晓事体。此事因杨应琚办理不妥，狃于绿营习气，难以信任，现已降旨，将明瑞补授总督。着传谕福灵安接到此旨，速赴军营，署理朱崙总兵之缺，统领兵丁。相度情形，如瘴气不至大盛，即迅速领兵前进，倘春夏实难进兵，即将兵撤回。至无瘴气地方屯札，守候明瑞。（《清高宗实录》卷七百八十）

高宗谕，“着传谕杨应琚，即据实覆奏，无得仍前支饰，自速罪愆”。

谕军机大臣等：今日检阅杨应琚、杨廷璋商榷会奏一折，有若缅匪仍不诚心效顺，难保将来不致滋生事端等语，实属自相矛盾。我兵自新街失挫之后，朱崙、李时升渐次退回内地，以致贼众猖獗，偷越盏达边境，复窜入猛卯，侵扰土司界地，我兵从无抵御。是贼众现在毫无悔惧，尚安得谓彼有归顺之意乎？其为荒唐不足信，尤属显然。至所称差委妥人，前往查探，尚未据探明回奏等语。今距该督前发奏折时已将两月，所探情形若何，亦当早已覆到，何以迟缓多时。该督屡次奏报，并无一语提及，更不可解。看来杨应琚前此尚因病后神昏，辄据朱崙等谎报欺彼之言转奏欺朕。今病已就痊，经朕屡次降旨严饬，伊计无所施，遂为此朦混支离之语，希图塞责。朕何如主，而容彼逞此等伎俩乎！着传谕杨应琚，因何含糊覆奏，及差探之人所探实在情形若何，即据实覆奏，无得仍前支饰，自速罪愆。（《清高宗实录》卷七百八十）

福灵安奏称，朱崙在暮董地方驻兵将及一月，李时升现在龙陵，均与杨应琚前奏相互矛盾。高宗谕云："杨应琚如此迷而不悟，恐其福气已尽，不至自取罪愆而不止。"

谕军机大臣等：据福灵安奏称，于龙陵地方遇见李时升，告知朱崙在暮董地方驻兵将及一月等语。前杨应琚节次奏称，朱崙已由木邦一路进剿匪众，并称李时升亲率官兵占据新街，以为进兵之计。朕彼时即知其荒唐捏饰，业经降旨饬问。今福灵安称，朱崙在暮董驻札已将一月。暮董又在木邦之内，朱崙驻彼迟留观望，退缩不前，与木邦有何干涉？而杨应琚犹诡称其统兵前进，天下有如此不顾情理，任意掉谎者乎！至李时升既现在龙陵，其地在腾越州以东，更属内地土司境界，距新街甚为辽阔。与杨应琚前奏率兵进剿，据新街之语，尤相矛盾。况李时升、朱崙俱系军营统兵大员，既皆由西而东，则铜壁关一带又诿之何人经理？其各该处要隘，现在作何驻兵防守？缅匪贼众现聚何处？并未见其明晰具奏。行军何等重务，而可如此漫不经意乎！至从前新街小挫之后，兵既退回，朕料及蛮暮、新街，必皆弃而不守，因谕杨应琚以该处既隶版图，自当奋进收复，扼其险要，为进兵之地。伊即当按其地风土情形，据实筹办，或如交春瘴发，不宜轻涉，亦应将实情奏闻，候朕定夺。乃以李时升进兵一语希图搪塞，其将谁欺！且此时徼外瘴疠渐盛，朕岂肯令我士卒冒瘴远涉，不加体恤乎！杨应琚不惩李时升、朱崙从前畏葸偾事之失，至此复冒昧妄行，既不因时，又不恤下，种种乖谬，是诚何心！若因错误在前，曲为回护，冀以虚词朦蔽，朕何如主，而容彼施此等伎俩乎！杨应琚如此迷而不悟，恐其福气已尽，不至自取罪愆而不止。着严切传谕杨应琚，令其即行据实明白回奏，毋再仍前支离速咎。（《清高宗实录》卷七百八十）

杨应琚覆奏承认以前所奏“杀贼盈万及缅酋乞降”等皆系据李时升、朱崙谎报。高宗令将杨应琚覆奏原折等通谕中外知之。

谕：缅甸僻居荒徼，前此未闻其跳梁侵轶，本无庸加以兵诛，并未尝因国家当全盛之时，迩年来平定准夷回部，我武远扬，更欲并此炎方蛮服一并扫平，为拓土开疆计也。今据杨应琚覆奏，称缅酋懵驳，频年滋扰土司边境，若不乘时挞伐，诚恐养痈贻患等语。此皆从前吴达善、刘藻等不以为事，因循贻误所致。使伊等将此情形早行入告，朕断不肯过示姑容，必特派能任事之大臣，前往督理，亦决不以此委之杨应琚矣。至杨应琚初到滇时，以缅匪自作不靖，欲为筹办，其意亦未尝不善。但既欲用兵，亦须通盘计算，扼肯綮以决机宜。朕尚谓杨应琚久莅外任，阅历已多，虽军旅非其素娴，而审势运筹，自当确有成算，孰意其当蛮暮、新街等处相率归诚时，惟称有可乘之机，不致重劳兵力，并未统策全局，布置周详，使新附之区，永隶舆图，无贻后患。遽尔轻率受降已为失算，至于新街一带既为缅地扼要，又不知严兵驻守据为入缅先声，致赵宏榜冒昧径行，一旅孤悬，无援败衄，更属毫无调度。而杨应琚自新街小挫，旋即忧惶成疾。其后病虽愈而神志终迷，漫无主宰，一任绿营将弁捏词虚报转辗欺朦，恬不为怪。朕节次览其奏牍，觉情节多属可疑，始详悉指驳，令其据实陈奏。今据奏到，则从前所称杀贼盈万及缅酋乞降，俱系朱崙、赵宏榜等虚张粉饰。历来错误之处，一一不出朕之所料。杨应琚诸事荒谬至此，若再令其在滇经理，其误事更不知何所底止。而缅匪本篡逆余孽，且敢侵扰边疆，恶贯已盈，罪难轻逭，更不可不亟加翦灭。因命明瑞代其总督之任，奋励将士，务期克捷奏勋。此皆仰赖上天默佑，启迪朕衷，先几已烛其情伪，尚可及早图功，并非有人能指其误谬，将万里以外情形，陈于朕前也。杨应琚覆奏原折并发，众人见之，当无不共晓者。可将此通谕中外知之。(《清高宗实录》卷七百八十)

十七日，高宗谕令，将杨应琚革去大学士交部严加议处。

辛巳(十七日)。谕曰:杨应琚办理缅匪一事,种种欺饰错谬不可枚举,已将此事始末宣谕中外矣。即此番覆奏各折，调度乖方，更出情理之外。如总兵刘德成本与华封同在东路驻守，朱崙在西路征剿。乃杨应琚于去冬，辄将刘德成调至近西之盏达一带，而剿截底麻江贼众，则又舍附近之乌勒登额不行专檄堵杀，又不委东路之华封等相机迎击，转令朱崙自西而东从后尾追。当此军务紧要之时，而东西更调，措置失宜，实不解其何意。该督漫无定见,亦未调度,任无能之总兵等东西自由,虽称剿贼,实乃避贼耳。至另折所奏刘德成迁延不进，乃去冬之事，何以直至今年二月杪，始与乌勒登额之观望不前一并参劾。明系杨应琚此时自知难以隐讳，姑为此奏塞责。夫赏罚严明，乃行军先务，而漫忽因循若此，尚何以示劝惩励将士乎！但二人俱系总兵大员，而习为畏葸怯懦，既据参奏，亦断不可姑容贻误，刘德成、乌勒登额俱着革职拿问，解交刑部治罪。总之杨应琚办理此事，狃于前此剿除莽匪之易，以为缅夷亦不过偶尔滋扰，无难驱散，便思徼幸居功。及贼众侵据新街等处，又毫无主宰，不能决机制胜，鼓励前进，振我军声。惟任绿营将弁，粉饰欺朦，于贼少处驻兵躲避。而杨应琚不知事理轻重，尚据军营谎报，谓缅酋遣人乞降，求赏新附之地，冀朕允行，便得将就了事。若非朕烛其情伪，严切饬询，其底端安能毕露！设如杨应琚前奏遽尔罢兵，则竟视内地土司任贼匪侵凌而不顾，尚复成何事体！而缅贼稔恶至此，若不亟加翦灭，又何以申国威而靖边徼乎！朕前此尚原杨应琚病迷所致，是以加恩降旨，令其入阁办事，其功过俟事竣再定。今外误日甚一日，断难期其后效。虽称亲赴沿边一带督办，现在已非进兵之时，谅亦不过虚应故事。杨应琚负朕委任恩眷，岂可以虚伪诈妄之人谬厕纶扉，着革去大学士，仍交部严加议处。（《清高宗实录》卷七百八十一）

高宗谕旨历数杨应琚办理“缅匪”种种谬妄，指斥“其尽昧天良，一至于此”。

谕曰：杨应琚办理缅匪种种谬妄，已屡降谕旨，宣示中外矣。兹据覆奏从前询问各情节，其乖舛荒唐之处，皆不出朕所料。如所称沿边地方袤延一千余里，附近各关山僻小路并未设法堵剿，其余巨石、万仞等关亦止各派兵二百名，以致匪众越至盏达，并漫入户腊、撒陇川等语。我兵自新街小挫之后，使能得其要领，鼓通直前，牧剿新街等处，擒斩一二贼渠，则乌合之众，自必闻风奔溃，何转致纷窜内地，皆由李时升、朱崙畏葸馁怯，惟择贼少处所退避幸安，不能掩击追捕，辅使贼众乘虚阑入，益无忌惮，敢于肆行滋扰。二人皆统兵大员，如此惧敌失机，此而不予以重惩，何以示警！而杨应琚从前竟视为泛常，姑容贻误，不知具何肺肠！且自十二月以后，总未出关剿贼，及乌勒登额驻札宛顶，并不就近掩击底麻渡江贼众，皆经朕洞烛及之按图严诘。杨应琚知难以再为隐饰，始一一倾吐。则伊前此所调度者何事，屡次所谎报者何心？不意其尽昧天良，一至于此。着再将此谕部知之。（《清高宗实录》卷七百八十一）

杨应琚奏参总兵乌尔登额坐失事机。

谕军机大臣等：据杨应琚覆奏诘问各情节，其种种舛谬，果不出朕所料，实为尽昧天良，业经明降谕旨矣。即如总兵乌勒登额驻札宛顶，于贼匪过底麻江逃窜时并不调兵掩击，其坐失事机之处，从前奏报，并无一语提及。经朕降旨严询，昨始据将该总兵参劾。乃杨应琚今日奏到，则称前已参奏在案。计其发折之期，相距仅隔一日，而竟若其事已早经办理者。明系因朕切责及此，自知参奏迟延，难以支饰，故倒提月日，先为前奏，然亦不过隔一日耳。何能希图站脚，复作此含糊之语，朦胧文过，其居心更不可问。着将此严切传谕杨应琚。令将前后两奏是何意见，据实覆奏。（《清高宗实录》卷七百八十一）

缅军占领孟艮、整卖、景线。云南巡抚汤聘、按察使夔舒、杨重英前往普洱督率料理。

又谕：据汤聘等奏，缅匪窜入孟艮地方，将整卖、景线乘虚侵占，已同杨重英、夔舒前往普洱，就近督率料理一折，已另有旨谕矣。此事先据杨应琚奏称，探闻缅匪有欲滋扰整卖之信，普洱相距尚远，已饬该土司并附近土司协力防御。现在作何办理，及堵剿情形若何，此次缅匪窜入孟艮等处杨应琚曾否据报筹办，着传谕杨应琚，即速覆奏。汤聘折，并着钞寄阅看。（《清高宗实录》卷七百八十一）

钱度奏报云南军务自三十一年十月至当时实情。

又谕曰：杨应琚办理缅匪一案，调度乖方，种种舛谬。钱度同在永昌军营办事，一切情形，自所深知。杨应琚屡次奏折，谬妄支离，不可枚举。而近日览其覆奏各折，似觉稍有条理，或由钱度代为商酌，亦未可定。着传谕钱度，将杨应琚前后办理各情节，及李时升、朱崙欺罔军情各实迹，速即据实详晰覆奏。藩、臬两司，遇地方紧要事务督、抚办理不善，原许其具折奏闻，钱度从前不行入告，或以事关军务，不敢从旁干与。朕亦不加深责，此次经朕询问，若不据实陈奏，则是自取罪戾矣。况杨应琚乖张欺饰之处，皆经朕豫为烛照，因而底里毕露，并非有人指摘。此时杨应琚罪状已定，钱度即和盘托出，于杨应琚功罪，亦毫无增减，钱度更不必稍存掩护，代为受过也。着将此传谕知之。寻奏，杨应琚办理缅匪一案，先因腾越副将赵宏榜禀称蛮暮土司投诚，我兵已驻新街，遂以为机有可乘，调兵三千六百名，即令赵宏榜先往受降，迨行至漾濞地方，接据赵宏榜告急文书，知新街已失，始加调各镇营兵，并提督李时升、总兵朱崙，于十月初同至永昌督办。十一月十八日，官兵初抵楞木，与缅匪接仗，彼此互有杀伤。讵缅匪分众，由万仞关小路窜入永顺，将盏达焚烧，延及户腊撒，并将铜壁官兵冲散。杨应琚随饬总兵刘德成于盏达等处剿杀，李时升亦遣游击马成龙由户腊撒堵御，旋被缅匪冲散，马成龙阵亡，贼众将截铁壁关，李时升、朱崙竟将楞木兵一齐撤出，以致新街之贼乘空窜入，会同户腊撒贼匪焚烧陇川。十二月底，官兵陆续到齐，又误听该匪投诚之诈，未经环击，致匪众伺懈，于正月初旬窜入猛卯，由底麻渡江，宛顶官兵未能截杀，缅匪遂将木邦占据。杨应琚随饬李时升等夺取新街，朱崙等追剿木邦贼众。官兵复迁延未进，仅将新街收复。查滇省绿旗兵，除昭通、东川、开化、曲浔四镇，尚敢与贼对仗，余皆退缩不前。李时升、朱崙均未亲临行阵，混报斩获，并不以首级耳记为凭。杨应琚驭下姑息，染患痰症，既未能察究虚实。迨病势稍定，又不立将畏葸官弁参处，惟以该匪投诚具奏，实属欺罔。得旨："览奏俱悉。"（《清高宗实录》卷七百八十一）

福灵安奏报杨应琚、李时升等办理"缅匪"实情，高宗言"竟不意杨应琚尽泯天良，荒谬一至于此"。

谕：据福灵安覆奏，查询杨应琚并李时升等办理缅匪情形，前后所奏俱非实情一折。此事初办时，朕于杨应琚深相信任，后见其奏到各折，情节渐觉支离，恐其病后受人欺诳，因遣福灵安带同御医前往永昌胗视杨应琚病势，降旨福灵安就近亲赴军营将彼处实在情形，查明具奏。今据奏到，则赵宏榜从新街失事之后即逃回铁壁关，朱崙楞木一战即退回一站，并为缅匪所欺，信其乞降，遽将兵丁撤退，以致贼匪从各隘口窜入我境。至李时升并未亲身打仗，节次所奏杀贼万余并无其事。其虚诞各情节，与朕屡次诘询之处无不适相吻合。竟不意杨应琚尽泯天良，荒谬一至于此。杨应琚种种欺饰之罪，终归败露，实由天道昭彰，从未有人在朕前预为指其舛谬也。即福灵安此次覆奏，其初意尚欲俟回京复命时详悉面陈，及朕复传旨询问，伊始将所知彼处实情一一入告。此皆仰赖上苍默佑，启迪朕衷，得以先几烛其情伪，不致终于贻误。并非因福灵安此奏，始定杨应琚罪案也。所有福灵安奏到各折，俱着译发，并谕

中外知之。(《清高宗实录》卷七百八十一)

高宗严斥杨廷璋未曾据实报告赴滇所见实情,“良心何在”,令其回奏。

谕军机大臣等：据福灵安奏称，杨应琚前此所奏缅匪乞降及陇川打仗杀贼万余之处，悉属虚妄，果不出朕所料，已将伊原折译出通谕矣。去冬因杨应琚患病，令廷璋驰往永昌协办军务。该督入滇以后，自必沿途体察一切，如福灵安现在所奏种种情节，杨廷璋当时，岂竟毫无见闻？何以今春尚扶同杨应琚饰词会奏，遽行回粤。及朕传旨询问，令将实情查覆，仍不据实入告。该督本系局外之人，即据耳目所及和盘托出，于彼有何干涉！明系因办理缅匪一事稍为棘手，恐将实情举露即沾累及彼，不能脱身。故尔颟顸塞责，巧于趋避。此等虽外省恶习，尚属情理所有。但以受恩深重之大臣，止图自便，而不知实心任事，良心何在？杨廷璋着传旨严行申饬，并着回奏。(《清高宗实录》卷七百八十一)

汤聘参奏赵宏榜在新街轻进失事，谕令将赵拿交刑部议罪。

又谕：前汤聘等参奏赵宏榜在新街轻进失事，请将伊革职看守。彼时以赵宏榜如果系轻进，尚属勇往向前，犹可稍从末减，因止将伊革职，令在军前效力赎罪。今核此案情节，则赵宏榜于新街挫衄之后，即逃回铁壁关，以致新附地方，弃而不守。且此前又系伊怂恿杨应琚启衅，此后又从未闻其鼓励戎行，率兵前进。而杨应琚方且保奏，欲以都司复用，是其谄媚总督、畏葸贻误军情之罪，不可不重惩以昭军律。赵宏榜着即拿交刑部治罪。(《清高宗实录》卷七百八十一)

杨应琚奏拟亲往普洱，督率剿堵事宜，被高宗训斥。

谕曰：杨应琚办理缅匪一事，种种捏饰乖张，俱非情理所有，节经明降谕旨宣示矣。今复据奏，因闻缅匪窜入孟艮，拟亲往普洱，就近督率堵剿等语，所奏尤属荒谬可笑。杨应琚前此具奏，亲往沿边一带督率将士，亟图克复新街以为进兵之地。今忽将新街一路，委之一副将哈国兴，藉称堵御孟艮，前往普洱。试思普洱距永昌尚远，计伊到彼，贼匪又不知窜往何地。且目下已非进兵之时，伊即亲往又何益于事。明系因新街有贼，惮于前进，故欲退回普洱，希图潜避。颠倒错谬若此，实不解其具何肺肠，此皆杨应琚罪案彰著之处，难以自行掩饰者。所有杨应琚奏到之折，并着钞发，俾中外知之。(《清高宗实录》卷七百八十一)

杨应琚奏请于“是秋大举征缅，调兵五万，五路并进，兼约暹罗夹攻，帝下其议，廷臣皆斥之”。(《清史稿》卷五百二十八《缅甸传》)

按：据G·E·哈威《缅甸史》(商务印书馆一九五七年版姚枬译本)页二九五云：缅甸进攻暹罗的战争，至一七六七年(清乾隆三十二年)三月二十八日攻克暹罗都城，灭其伊迦德王，将阿瑜陀耶城夷为平地。

杨应琚奏请将土司召丙革职拿问，将临阵退缩土练等正法，被高宗否定。高宗谕令鄂宁暂代云贵总督，且委员将杨应琚押解进京，交刑部治罪。

谕军机大臣等：鄂宁密奏，杨应琚毫无调度、粉饰迁延一折，已于折内批示。又杨应琚奏，现在亲往普洱，就近督率堵御等语，明系欲避新街之役，故藉词往普洱堵御，亦降旨宣示中外矣。杨应琚办理缅匪一案，偾事失机，乖张错谬，种种不可枚举。此事已断非伊所能筹画，且伊大学士及总督业经革退，即令伊仍在云南暂管事务，将弁等亦必不能听其约束，徒因彼在前，得以售其欺诳，更于事体无益。杨应琚着革职拿问，传谕鄂宁，即遴委妥员押解赴京，交刑部治罪。明瑞未到之先，所有总督印务，即着鄂宁暂行署理。缅匪敢于侵扰内地，抗拒官兵，不可不兴师问罪，大示惩创，但此时已非进兵之期。杨应琚零星调兵抵御，并未能有克捷之处，徒伤官兵元气，益令将士心生畏怯。即鄂宁所奏、夔舒禀请加调贵州官兵之说，亦属无益，且恐众人闻之，转生惊疑。鄂宁此时惟当示以静镇，不可稍涉张皇，况边外瘴疠已盛，亦不必复令将士冒触轻进。莫若暂为按兵不动，使得养蓄锐气，俟明瑞到彼，相度时势，克期冞入，以奏肤功。至杨应琚请将召丙革职拿问，并欲将临阵退缩土练等正法一节，尤属不知事体。杨应琚以督臣膺剿贼重任，尚不能督率士卒，鼓勇长驱，致绿营将弁，畏功偾事。杨应琚前此惟任欺朦，曲为徇庇，此时乃欲于新附土司求全责备，何颠倒若是乎！况召丙并未为缅匪胁从，仅因力弱无能，携家潜避，尚属情理所有。而土练等尤不宜令其独当一面，如果善于驱策，自当与官兵同效疆场，又岂可胁以刑威，过于刻责乎！若此时将伊等一体治罪，既不足以服其心，转使徼外土司心生疑畏，又安能望其归诚用命乎！召丙及土练等俱不应如杨应琚所奏办理。若彼已将召丙拘执，即令鄂宁释放，并宣示朕旨，俾其感戴德意，永受绥怀。其现在一切军营应办之事，并着鄂宁悉心筹画，务期妥协。至进剿机宜，俟明瑞到滇办理。可将此传谕知之。（《清高宗实录》卷七百八十一）

高宗谕令将杨重谷革职拿问，查抄其任所资财，待与其父杨应琚一起到京候旨。

又谕曰：杨应琚办理缅匪舛谬乖张，已降旨革职拿问，伊子杨重谷亦经革职。所有杨重谷任所资财，昨已谕令鄂宁派员赴湖南查抄。但往返稽时，或致彼闻风豫为寄匿。着传谕方世俊，即就近派委司道大员速行严密查抄，毋庸使稍有隐匿寄顿。其宝庆府知府员缺，候朕另行简员

补放。杨重谷此时，应已回至湖南。俟杨应琚拿解经过该省时，该抚即令杨重谷随同来京候旨。(《清高宗实录》卷七百八十一)

高宗赋诗述云南军情。

御园暮春

御园驻跸返巡方，迩日心怀欠悦康。只虑面从慎庶政，那因背过惜群芳。叹无好雨春将暮，剩有残花风更殃。万里军情重缱念，佳兵戒亦武应扬。

叙言：缅夷僻在荒陬，初未尝欲兴师勤远。昨莽匪既平，其首恶窜入缅境，自当向彼索逋。且杨应琚抵滇后，即奏称缅夷连年扰及近边，历任督臣姑息贻患，不可不穷究根株。适木邦、蛮暮等相率投诚，遂以为有可乘之机，急欲筹办，意亦未为不善。乃受降以后，漫无成算，致缅夷复侵归附之区，新街小挫，杨应琚即忧惶成疾，李时升、朱崙等惟事畏葸退缩，贼众益无忌惮，更入内地，凌犯土司。杨应琚病懵失智，屡据绿营欺诈之报，饰词入告，谓已杀贼万余，且云缅酋乞降，欲图罢兵蒇事。经朕察其舛谬支离，严切诘问，始将诈妄实情自陈请罪，并称缅夷一面诈降，一面仍阑入抄掠。是欺朦失律之提镇，不可不严惩；调度乖方之督臣，不可不更易。而缅夷之鸱张稔恶，尤不可不兴师问罪，因命将军公明瑞前往总督滇、黔，整励戎行，用张挞伐，以申国威，而靖边徼。(《(乾隆)御制诗三集》卷六十四)

四月初二日，高宗严批杨重英“钦差监军”一名，谕令其以道府衔留于云南，听总督明瑞差委。

乙未（二日）。谕：昨鄂宁奏抵滇查询缘由一折，内有接据署普洱府黑光等，禀称钦差监军杨之语，其名甚属不经，已于折内批示。恐该省无识之人，尚有袭为谬称者，不可不明白宣谕。前令杨重英驰往云南军营办事，其时杨应琚乖张荒谬各罪状尚未昭著。朕念其或因病后心神失据，致为绿营将弁所朦，贻误重务。伊子杨重英平日尚属晓事，是以令其星驰前往，襄助伊父办理一切。至原谕内所云仿监军之意，亦犹杨廷璋前在粤西，义宁以道员而该省督、抚委以办监军之事。今杨重英在滇，亦不过令其同总兵等与闻军营诸务，并非加以监军之名也。乃该省竟称为监军，且冠以钦差字样，实为不谙事体。杨应琚以总督膺剿贼重寄，断无命他省臬司往监督臣之理。况杨重英又系其子，岂有以子而监父乎！设朕前此欲遣人往监其军，必特派大臣前往经略，彼一按察使乌足以当之。看来此称未必非出于杨应琚之意，或以伊子奉命赴滇，辄自引为荣宠，遂尔张大其词，不顾称名之妄。而所属各员转相传述，加以艳称，几如明季令内监监军之事，成何体制！不可不亟为改正。现在已命明瑞前往总督云南办理军务，杨重英交与明瑞，以道府衔听候差委。至杨重谷，前此谕令至永昌侍伊父疾，今已回省城，将赴湖南原任。杨应琚现在自取重戾，虽罪人不孥，其子原无庸一体坐罪，但杨应琚如此负恩误国，其子岂可仍旧服官，晏然安享爵禄乎！杨重谷着革职，同杨应琚进京，有问讯之处。并将此通谕知之。(《清高宗实录》卷七百八十二)

杨应琚奏报副将哈国兴率兵进抵新街，“缅匪”上船逃遁。高宗言：“使杨应琚早能策励士众，奋往直前，不独新街久经克复，即乘胜长驱径捣贼巢，亦易为之事。”

又谕曰：杨应琚奏，副将哈国兴等兵抵新街，缅匪一面应敌，一面上船逃遁。现在我兵据守新街，严行搜捕防御等语。可见缅匪原属不成事体。即从前杨应琚节次所奏，贼众数万聚集新街之语，亦全不足信，皆由将弁畏葸退怯，不肯出边剿贼，遂至贼众得蚁聚新街。今我兵一到，缅匪即不敢抵敌，惟事奔逃。则乌合之众，猥劣无能，更可概见。使杨应琚早能策励士众，奋往直前，不独新街久经克复，即乘胜长驱径捣贼巢，亦易为之事。何至迁延玩误，动心虚词谎报，自取重戾乎。将此宣谕中外知之。(《清高宗实录》卷七百八十二)

杨重谷在云南省城将原知州陈廷献之长随汪朝杖毙，高宗令将其锁拿交云南巡抚鄂宁严审定拟。

谕曰：杨应琚奏，伊子杨重谷进京，行抵云南省城，将原任腾越州知州陈廷献长随汪朝，杖责身死，请革职交抚臣审拟等语。杨重谷前已降旨革职解京，今复据奏，擅将无辜之人杖责致毙，其事实出情理之外，着沿途地方官，锁拿解送云南，交与该抚鄂宁严审定拟具奏。(《清高宗实录》卷七百八十二)

得知杨重谷已离开云南省城进京，高宗令沿途巡抚派人在途中将其锁拿解云南交于巡抚收审。

谕军机大臣等：杨应琚奏，伊子杨重谷，同御医李彭年进京，行抵云南省城，杨重谷将原任腾越州知州陈廷献长随汪朝杖责身死，已飞饬沿途地方官，追拿解省，交抚臣审拟等语。杨重谷前已降旨革职，与杨应琚一同解京，今复将无辜之人杖责致毙，其事更出情理之外，现已有旨交与鄂宁严审定拟。但杨应琚折内，称杨重谷业已自云南省城起程进京，着传谕沿途巡抚派委妥员于孔道探听，不拘何处途遇，即行锁拿解至云南，交与该抚鄂宁收审，并须小心防范押解，毋任有自戕等事。至御医李彭年，现在行抵何处，仍令该抚等照例料理送京。可将此传谕知之。(《清高宗实录》卷七百八十二)

经汤聘自请，高宗令将其交部严加议处，杨应琚不能赔完的虚糜妄费，令汤聘赔缴，但现仍赴贵州新任。

又谕曰：汤聘奏，前在永昌，于缅匪一案丝毫不能赞理，及贼众滋扰整卖复不能先事豫防，请交部严加议处等语。汤聘本一庸懦书生，军旅非其所娴。朕原不以剿贼之事，责成该抚。但伊驻札永昌日久，目击杨应琚种种乖张欺饰，从前并未据实入告。直待朕万里之外觉其诈妄，屡次降严旨将杨应琚治罪，伊方知徇隐之咎，断无可辞，姑为此奏塞责，悔已晚矣。汤聘着交部严加议处，此次办理军务种种不合机宜，所有动用帑项内虚糜妄费者，自应着落杨应琚名下赔补。如杨应琚不能赔完，即着汤聘赔缴。至汤聘之罪，自不同杨应琚，内地无事处巡抚尚可循分供职。鄂宁已经到滇，汤聘仍着即赴贵州新任。（《清高宗实录》卷七百八十二）

高宗谕令明瑞在途遇杨应琚和李时升、朱崙时详细询问相关情况，录供覆奏，且可据以酌筹军情边务。

又谕：今日阅杨应琚明白回奏一折，更不成话。如所称前与杨廷璋会奏，当厚集兵力，俟至秋间分路进剿，以期永靖边陲等语，实属支离掩饰。上年十一月以后，节次披阅杨应琚等奏报，知缅匪负固跳梁，断不可苟且了事。是以传谕伊等，令其预为调度，俟春夏瘴过兴师。乃朕筹度边情，先期批示，并非杨应琚等，从前已有此议。且其与杨廷璋会奏折内所称，遵旨务集兵马，俟瘴过进兵，亦系中无定见，故作此语，以为尝试之计，或幸朕从其纳降、苟且完事之意，非能实心痛恨缅贼，决机进剿之奏也。今杨应琚乃以奉旨饬办之事，遂据为先行筹及之事，有是理乎！至杨应琚初办缅匪时，朕尚不知缅酋前此滋扰情形，因思缅酋如果将召散献出，即可无事多求，且其国僻在荒徼，亦不值一办，是以谕令杨应琚等酌量事机，妥协经理。今缅匪敢于抗拒大兵，伤我士卒，并且窜入内地侵扰，已成骑虎之势，断难中止。此而不大张挞伐，何以振国威而申天讨耶！杨应琚前此所为相机筹画者何事，后此遽欲草率了局者何心？不可不详加诘讯。前已降旨，将伊革职拿解来京。着传谕明瑞，于中途相遇时，即将此等情节，逐一究询录供覆奏。况缅匪一事，系杨应琚始终承办，其一切情形及详晰始末，明瑞亦当向彼细问，以备稽核。如所言尚存虚饰，或果为将弁欺朦种种情节，明瑞到军营后覆加察考，其底里自然毕露，既可知其确切罪状，即军务边情，亦未尝不可因以纠办酌筹，得其窾要。至李时升、朱崙等并经拿解在途，明瑞不拘何处遇见，亦着将应行研鞫之处，详加讯问，一并奏闻，即稍稽半日之程，亦无不可。将此传谕明瑞知之。(《清高宗实录》卷七百八十二)

据鄂宁奏汤聘怀诈塞责，不能无罪，高宗言:“杨应琚种种欺罔乖张，汤聘若早如鄂宁之据实陈奏，朕必嘉其公正。乃竟隐忍不言，是诚何心，其咎固在此而不在彼耳”。

谕：昨杨应琚覆奏办理缅匪一折，支离谬妄之处更不能掩。今日又据鄂宁奏，其欺饰乖谬情形，皆彼实在罪案无可置辩者。如朱崙等以统兵大员，并不奋勇剿贼，渐次退回，其畏葸不前之罪，皆经朕于万里外洞烛其情伪，屡行严切饬谕。杨应琚前此并未早为参劾，且据朱崙遣散匪众一语，妄行饰奏。其折具在，无从狡饰也。今见朕将朱崙等治罪，转称前据禀时，即拟其言未必确实，果如是，则前折何以不言及？为大臣而如此居心巧诈，尚得谓之稍有天良乎！至所称差遣民人李自新往东路查探等语，所奏尤为错谬。探访贼情，乃军营要务，自当慎重办理，杨应琚所属岂无干练员弁足供任使，顾令一介小民前往侦探，安能得贼中真实消息？即使其言之凿凿，又果足尽信乎！如此措置失宜，更不可解其具何肺肠矣。至鄂宁折内所称，汤聘怀诈塞责之处，汤聘诚不能无罪，前已降旨将伊交部严加议处。但汤聘本属书生，未谙军旅，用兵之事，朕原不于彼责成。况杨应琚身膺重寄，尚且庸谬若此，于汤聘更无足怪。但杨应琚种种欺罔乖张，汤聘若早如鄂宁之据实陈奏，朕必嘉其公正，乃竟隐忍不言，是诚何心，其咎固在此而不在彼耳。着再将此宣谕中外知之。(《清高宗实录》卷七百八十三)

高宗批驳杨应琚酌筹调五万兵秋冬与暹罗夹攻“缅匪”之折，令鄂宁查明军营兵丁实数。

又谕曰：鄂宁据实密奏一折，已于折内批示，并发钞宣谕矣。所称该处春夏瘴发，人马皆不能当，兵将畏瘴，气已馁弱之语。与朕前降谕旨，大意相合。目下正当瘴甚之时，原不必急于轻进。且滇省弁兵，因杨应琚等不善调度，屡经挫衄，众心多怀恇怯，难遽望其奋励直前。早已谕鄂宁暂停进兵，俾得养其锐气，俟明瑞到后再行定期进剿。鄂宁此时，着仍遵前旨行。至杨宁、福灵安等现赴木邦一带进剿，伊等自皆勇于前进。此时如有可收复地界，功在垂成，原不妨应机集事。若尚无可乘之势，即不必触冒瘴热，轻于深入。着鄂宁即令伊等暂回内地驻兵，统俟明瑞到时筹办。又如所称绿营恶习，非张皇失错即粉饰虚捏，实为深中窾要。但此等恶习，在将领不在兵丁。从前捏饰妄报，皆朱崙、李时升之故，与兵丁无涉。若将弁督率有方，未始不可励戎行而作士气，如前此西师之役，豆斌、阎相师等所领绿旗兵，何尝不奋勇出力，效命疆埸，此尤近事可征者，着将此旨宣谕众兵，俾知奋勉。再杨应琚昨日奏到酌筹进剿事宜一折，已如军机大臣所议，令交该抚查办。其原折所云，劝谕土民，量借籽粮，广为播种，以备军行购用一节，尚属可行。并着该抚悉心筹画，妥协经理。至杨应琚屡次所奏，加调官兵至一万四千有余，前据福灵安奏未必实有此数，已谕令杨宁、福灵安查奏，恐伊等亦系新到，未能得其底里。鄂宁现令暂署总督事务，查核军营兵数，自更易于周悉，着即查明确数，据实覆奏。可将此传谕知之。（《清高宗实录》卷七百八十三）

又谕：昨杨应琚奏秋冬进剿缅匪事宜一折，种种未协，已经军机大臣议驳矣。如折内首请调拨官兵五万之处，全然不知事体。从前戡定准夷回部迅奏肤功，所需兵力亦未尝动至数万，杨应琚历任陕、甘，岂无闻见，而为此悠谬之说。明系其心仍不欲进兵，故为张大其词，以见事非易集，苟不如数拨给，又可借口于兵力不足，非伊退阻不前之咎。如此取巧伎俩，敢于朕前尝试，其天良不几丧尽耶！至欲约会暹罗夹攻一节，更属荒唐可笑。用兵而藉力外藩不但于事无济，且徒为属国所轻，乃断不可行之事。明季资其援助，实为恇怯无能，岂可引以为据。况我朝兵威远播，所向慑服，安藉此海外穷荒，为王师犄角？若将来缅酋穷蹙，窜入暹罗，或匿其近境，则驰檄索取，饬其擒献。如巴达克山之于霍集占献馘蒇功，未尝不可相机筹办，此时固不必豫为计及也。折内惟兵粮一条，令各土司乘春广为播种，以备进兵时购用之需，其事尚属可行。明瑞到彼，与鄂宁悉心熟筹妥办。所有杨应琚原奏及军机大臣议覆各折，俱着钞寄阅看。可将此传谕知之。（《清高宗实录》卷七百八十三）

杨应琚奏折承认李时升、朱崙畏葸迁延，自己以前办理乖谬皆系病中贻误。高宗严厉驳斥。

谕曰：杨应琚明白回奏一折，奏李时升、朱崙畏葸迁延各情节，无不一如朕所预降谕旨。此二人之罪，固无可逭。但前此杨应琚何以并不据实参奏，及至朕洞烛其欺诈情形，屡降旨诘问，始据将朱崙等参革治罪，岂欲以事后一劾，遂思掩其前愆耶。又据称，从前种种办理乖谬，实系病中贻误。初时朕亦何尝不鉴谅及此，迨伊病既就痊，而掩饰支离仍复如故，则又何说之辞？至缅匪前自新街至猛卯渡江复往木邦滋扰毫无顾忌，朱崙领兵不过尾追其后，其沿途耽延并不肯急为掩击，贼众何至奔逃？而折内尚称缅匪遁往木邦，此皆绿营将弁恶习信口谎谈，恬然不以为耻，实属鄙恶不堪。至于蛮暮、新街，前此已为贼踞，今贼众散去，我兵仍驻其地，并非用力攻剿所得，而腼颜谓之克复，犹得谓有羞恶之心乎！所有杨应琚奏折，并着钞发，俾众知之。（《清高宗实录》卷七百八十三）

谕令将李时升及朱崙迅速解京。

又谕曰：李时升、朱崙身获重谴，已降旨革职拿问，业经杨应琚奏报，于三月初三初七等日押解起程。迄今为时已久，何以尚未据鄂宁奏及伊等到省及管押出境日期，恐不无任其托故迁延之弊。着传谕鄂宁，如伊等尚在滇省，即催令速解进京，并谕经过之各督、抚，于李时升、朱崙到境时，即派委妥干员弁协同小心防范即时催趱前行，毋使沿途迟滞，致有患病及自戕等事。可将此传谕知之。（《清高宗实录》卷七百八十三）

五月，据李时升手札稿，则汤聘悉知前线情形，而故意隐匿杨应琚偾事乖方之处未曾奏报，高宗令将其拿交刑部治罪。

谕曰：杨应琚办理缅匪一事种种乖谬，汤聘从前并未奏闻。朕以军营之事，汤聘或未能深悉，尚不可不加深责，仅从宽交部议处，仍将伊调任贵州巡抚。今据明瑞奏到李时升呈出书札稿本，则李时升于此事前后情形一一告知汤聘。李时升系提督大员，一应军务，皆当随时入告，固不能因此稍宽其罪。但汤聘既据李时升手札，则于杨应琚偾事乖方之处详悉备知，竟尔扶同讳饰匿不上闻。封疆大臣敢于瞻徇朦蔽若此，其心实不可问，汤聘着革职拿交刑部治罪，所有贵州巡抚员缺着鄂宝调补，即由该处驰驿前赴新任。其湖北巡抚印务，着定长暂行兼署。（《清高宗实录》卷七百八十四）

高宗详述汤聘获罪之由，言他阅看李时升书札稿，知其办理缅匪事皆曾及时告知汤聘，汤既知杨应琚等舛谬贻误之处，而不奏及，犯了“怀私负恩误国之罪”。后判以缓决。

庚午（七日）。谕：昨降旨将汤聘革职拿问，其获罪之由外间尚未能悉知，因再明白宣示。从前鄂宁奏，汤聘怀诈塞责，朕以其本属书生不谙军务，用兵之事原不于彼责成。即其未将杨应琚乖谬之处奏闻，或以军营机要，伊未必备知，故不加以深罪，仅将伊交部议处，且念其人尚谨饬，内地事简之缺犹可胜任，是以仍调为贵州巡抚。今阅李时升书稿，则办理缅匪一事，皆经节次告知汤聘，凡杨应琚等舛谬贻误之处历历可据，使汤聘稍有天良，何忍不据实入告，乃一味代为讳饰，诸事匿不上闻，其居心实不可问。督、抚同应封圻重寄，若挟私倾轧自难逃朕洞鉴，至于事关军国目击督臣如此欺饰乖张，竟若置身局外并未一语奏及，设使略具人心，断不应出此。汤聘本一选懦恇怯猥琐无能之人，惟恐稍有举发，即指杨应琚之意，因而畏葸缄默。全不知以国事为念，充其伎俩，将何事不可为耶！且使汤聘接据李时升书札时，即随事陈奏，则杨应琚等欺罔情形，朕得早为深悉，亦可及时筹度，何致任伊等乖方偾事若此，直俟朕于万里以外烛其伪妄，节次指饬，始行水落石出，则汤聘怀私负恩误国之罪又可逭乎！此而不严加惩治，何以令各省督、抚，戒朋比而儆欺饰。但恐外间无识之徒，或疑汤聘本无军旅之寄，何以与杨应琚一并拿问，不知其朦蔽隐饰之罪，实由自取。可将此宣谕中外，俾众共知之。(《清高宗实录》卷七百八十四)

朕检阅朝审官犯，册内李因培办理冯其振亏空一案，始为减数具题，继复授意弥补，甚至将据实揭报之知府锡尔达不惟不加赏识，转欲别为构衅摘参，其为昧天良而骫国宪，实非寻常干犯功令者可比。……再如汤聘身为抚臣，目击总督杨应琚欺谩偾事，并无一言入告，自不得不加以重罚。然汤聘不过一庸懦无能随人俯仰之人耳，使以他人处此，亦未必不蹈其故辙。求其一莅滇境，即具折尽法，不过鄂宁等公忠体国者能之，岂可以之深责汤聘哉！是其罪尚可量从未减，已命法司改入缓决，以昭平允。(《清朝文献通考》卷二百零八)

据李时升交出书禀稿，含永昌府檄缅甸文稿，内称“应归汉”而不是大清，又大张其辞，称“调集精兵十万、大炮千尊”，又言“扬大学士威德”，遭高宗严斥，且令明瑞确查覆奏。

又谕：昨据明瑞奏到，李时升呈出往来书禀稿二本，内有永昌府檄缅甸文稿，阅之深可骇异。缅匪连年侵扰边界，自应加以问罪之师，非可仅烦文告，设欲责谕大义，使之震慑先声，尤当奏闻请旨，岂可匿不上闻，率行驰檄。且传谕外夷，立言亦自有体，乃其中有数“应归汉”一语，实属舛谬。夫对远人颂述朝廷，或称天朝，或称中国，乃一定之理。况我国家中外一统，即蛮荒亦无不知大清声教，何忽撰此“归汉”

不经之语，妄行宣示，悖诞已极。即如前此平定准夷回部时，如哈萨克、巴达克山，未尝不加传谕，曾有如此荒唐者乎！且召散逃往缅甸向彼索取，檄内何无一字提及，俱不可解。而所称调集精兵十万、大炮千尊等语，既张大虚词，不成事体。至称“扬大学士威德”之语，尤为恬不知耻。永昌府知府何人，率意妄行乃尔，必系杨应琚授意所致。但檄文出自谁手，及差何人持往缅甸，缅甸又如何回复，并杨应琚如何不先行入告之处，俱着明瑞逐一确查覆奏。将此传谕知之。(《清高宗实录》卷七百八十四)

四月二十八日，杨应琚自永昌起解赴京，五月二十九日入贵州境，六月二十日出贵州境。

谕：前据鄂宁奏报，杨应琚于四月二十八日自永昌起解。续据明瑞奏，于五月十五日在禄丰县遇杨应琚拿解到彼等语，距今将及两月，并未见贵州、湖南等省奏闻。或杨应琚在途行站濡迟，抑系该抚等遗忘未奏。着传谕贵州、湖南并沿途各督、抚，将杨应琚于何时递入该省，又于何时管押出境之处，即行具折覆奏，仍于杨应琚解到时，催令迅速解京。寻贵州巡抚鄂宝奏覆，杨应琚于五月二十九日入贵州境之亦资孔驿，六月二十日出贵州境之玉屏驿，共行二十一日。报闻。(《清高宗实录》卷七百八十八)

七月，杨应琚押解至京，刑部鞫讯。

闰七月二十三日（甲寅），高宗在热河行宫赐令杨应琚自尽。

谕曰：杨应琚办理缅匪一事，调度乖方，种种错谬，屡次所降谕旨甚明。而其情罪难恕，为法所不容，则不在于失机偾事，而在前后掩饰支离有心欺罔。去岁，用杨应琚为云南总督，查办莽匪、木匪事宜。朕实推心委任，伊于一切边情军务，自当据实详陈，无稍隐饰，方不负倚畀之恩。迨其节次奏报，杀贼万人，及欲受降撤兵，朕览奏时，察其语涉荒唐，传谕询问，其欺伪情形乃渐次败露，并未有人在朕前参奏一字也。至其罪状彰著，朕犹念其或系病中受人欺诳，犹可云误于不知，屡于伊折内详悉批示，并传寄谕旨，反复开导不啻再三，尚冀其翻然悔悟，逐一和盘托出，以图收效桑榆。乃伊始终执迷不悟，历次覆奏各折，仍然含混遮掩。即云病后神志昏迷，实不能任此重务，亦应早为披沥直陈，朕必另派人前往更代，断不令其耽延贻误。伊又计不及此，但一味朦胧，心存欺饰，实系伊自速重罪。朕虽欲格外原之，亦不能废法曲贷矣。今杨应琚于鞫讯时，俱已无可抵讳，惟叩求立置重典。即将伊明正典刑，以彰国宪，实属情真罪当。特念缅匪一事，原因刘藻前此养痈贻患，以致畏惧自戕，杨应琚至彼，实有不能不办之势。而其初办时，尚无畏难之见，情稍可原，姑从宽免其肆市。但伊措置乖张，致在事兵丁多所伤损，此时朕即欲贷其一死，伊亦何颜立于人世耶！着派署刑部侍郎珠鲁讷前往，将此旨传谕杨应琚，加恩赐令其自尽。所有伊此次供单及从前覆奏各折，并朕前后所降劝导各谕旨，俱着一并钞发，俾中外咸共知之。（《清高宗实录》卷七百九十一）

按：王昶《征缅纪略》称："八月，杨应琚械至热河行在，甲午赐死。"甲午为九月三日，与《实录》所记杨氏死期有别，似应以《实录》为正。

公元一七六八年（乾隆三十三年 戊子）

五月，谕令将革职之总兵乌勒登额、宁珠、华封，副将赵宏榜等，发往云南军营效力。

又谕曰：革职总兵乌勒登额、宁珠、华封，副将赵宏榜，均于杨应琚任内贻误军务，拿交刑部治罪。核其情节，尚不至如李时升、朱崙之甚，是以从宽监候。念伊等获罪固由自取，但彼时皆因杨应琚办理不善所致，且伊等尚非屡次退缩，甘心偾事者可比。着加恩发往云南，交与阿里衮，令其在军营效力赎罪。如伊等果能痛自悛改，奋勉出力，阿里衮原可随时奏请酌量录用。倘不知感悔，复蹈前愆，即当重治其罪，不能再邀宽宥矣。(《清高宗实录》卷八百一十)

谱　余

杨应琚妻李氏。

按：《据鞍录》七月十八日记，至西安，“夜宿满城妻兄李仲英家”，云云。

有二子。

长子杨重谷（1725—1767年），曾任云南永昌知府、湖南宝庆知府。乾隆三十一年十月以后，至永昌侍候父疾。次年，其父被革职，高宗以“杨应琚如此负恩误国，其子岂可仍旧服官，晏然安享爵禄乎？”因将杨重谷革职抄家。杨重谷在云南省城将原任知州陈廷献长随汪朝杖责致死，十一月，处以绞刑。

次子杨重英（？—1788年），官至江苏按察使。乾隆三十二年二月，奉谕驰往云南永昌省视其父，且往军营协同办事。杨应琚坐罪，他亦被降为道府衔，听明瑞差委。乾隆三十三年初，随将军明瑞进军缅甸，奉命守卫木邦。正月十九日，城陷，杨重英在金塔缅寺遇敌被俘，押往阿瓦。六月，其妻、子被治罪，家产抄没。乾隆五十三年，缅王遣使送还杨重英，且以金叶表、金塔一、驯象八及宝石、番毯等款关求贡。云贵总督富纲查明杨重英在缅二十一年总在寺庙寄居，并无从顺缅甸情事，系无罪之人。高宗因令待其送到时，不必加以锁链，且令将其子杨长龄由刑部监狱释放。杨重英在返回途中病故。高宗谕云："原任道员杨重英，前在缅甸羁留二十一载。念其独居缅寺，并未娶妻生子，尚知顾惜名节，较之汉时苏武奉使外域，即在彼娶妇生子者差胜。现在缅甸款关投诚，奉表纳贡，业将杨重英送出。伊本系无罪之人，在途因病身故，殊堪悯恻。著加恩赏给道员职衔，以示轸恤。其子杨长龄，早经加恩释放，著俟营厝事毕，交该旗带领引见，候朕另降谕旨。"（《清高宗实录》卷一三一三）

为表彰杨重英的精忠不屈之举，高宗撰《苏杨论》一篇。其全文如下：

苏武留匈奴十九岁而还，杨重英留缅甸二十一年而还，念其事相类，作《苏杨论》。

武在匈奴餐旃啮雪，势不能久，向已有说。然其娶妻生子，《汉书》章章可考。重英在缅甸，其誓死不降，与武同，而无武娶妻生子事。今呼路人而询之曰："重英与武孰优？"必甲武而乙重英，彼故不知武之为何如人，何如事，徒以膻芗久而耳食熟耳。则司马迁所云"非附青云之士，恶能施于后世"，语诚不爽。

缅甸之归顺也，总督富纲犹责其弗献重英，予以为过于罗索。既而其长随以重英及其时被遮之兵，并自暹罗所获，粤民致之边。及入边，重英谓同归之兵曰："今生还本朝，即伏国法亦瞑目。"是可哀矣！问其在缅有无易衣娶妻生子事，则皆以为无。而重英本抱病来，因遂故。以其志可怜悯，命给道员衔，仍将录其子。夫重英究为在缅偷生，兹仍加薄恩，所为仁义兼施、教忠之道也。若武之为典属国，汉之恩为过优矣，而犹有叹其被赉薄者，是何耶？且以重英所为，较武有过之无不及。武乃奉使，而重英则不过从军被拘留也。若曰因附青云而得名之传，则其传与不传，固不足为贵耳。(《(乾隆）御制文三集》卷二论)

有二孙。

其一、杨茂龄，于乾隆三十一年四月，授蓝翎侍卫，后不见记载。

其二，杨长龄，系杨重英之子，其父被缅人俘虏，他亦被刑部监禁。乾隆五十三年，其父由缅送回，他亦被释放。后任三等侍卫兼公中佐领。

附一 魏源《征缅甸记》摘录

滇边西南为大理、丽江、永昌、腾越，正南为顺宁、普洱、元江诸府州地，斜袤四千里，皆界缅甸，而永昌之虎踞、天马二关其门户。大金沙江自西藏贯其国入海，或言即《禹贡》黑水入南海之路也。于唐为骠国，至元始为中国患，世祖、成宗数征之，未得志。明万历中，宣慰使莽体瑞者吞诸部，并臣木邦、蛮莫、陇州、千厓、孟密诸土司。独孟养再破缅，而卒亦并于缅。遂为贝叶书与中国，自称“西南金楼白象主”。与敌者惟南掌、暹罗、景迈、古剌诸国。及莽应里为刘綎、邓子龙捣阿瓦破降之，其后巡抚陈用宾又约暹罗夹攻，屡破之。由是不敢内犯，惟与暹罗及古剌、景迈世仇。明永历入缅时，其遗臣散入各国，李定国遣马九功约古剌，遣江国泰约暹罗，议犄角攻缅，裂其地，二国各遣使报诺。而大清兵取永明王于阿瓦，二国之师失望而返。既而三藩叛乱，缅益辽隔，竟国于西南，不臣不贡。

雍正九年，缅与景迈交哄，景迈使至普洱求贡，乞视南掌、暹罗，云贵总督鄂尔泰疑而却之。景迈者，世所传八百息妇国也。居景迈城者为大八百，居景线城者为小八百，在缅甸国东，户十万。明世与缅同为宣尉司，中灭于缅，旋恢复。故世仇也，畏缅之逼，求通中国以自重。缅密遣人至车里土司，探虚实，知景迈贡被却，则大喜，言缅来岁亦即入贡。旋兴兵二万攻景迈，而贡竟不至。其国都曰阿瓦，兼有十三路，南路近海为洞吾古剌，北东二路近中国，北路孟密、孟养、孟拱，东路木邦、孟艮，绝长补短约三千里。其北路孟密之蛮莫、新街、老官屯为金沙江达阿瓦之道，即永昌虎踞关外明桂王舟行入缅之路也。东路木邦、孟艮在耿马土司滚龙江南，直普洱边外，地稍平，李定国、吴三桂趋阿瓦之路也。江东有波竜山银场与我边之茂隆银场相连。

乾隆十八年，茂隆场商吴尚贤者说缅入贡，缅酋麻哈祖遣使以驯象涂金塔邬关求贡，使至京，锡赉如例。而吴尚贤旋被滇吏借事毙诸狱，于是茂隆银场众皆散。明年，缅酋为木疏土司雍籍牙所篡，惟桂家与木邦二土司抗不服，遂治兵相攻。桂家酋宫里雁败窜近边，孟连土司刀派春夺其孥贿，为桂酋妻囊占所袭杀。总督吴达善使人诱宫里雁，戮之，而木邦土司亦兵败走死。于是缅酋益无忌，浸寻及我耿马、孟连诸土司，且以兵来边外，索木邦逸酋矣。

初，我诸土司之近缅者，皆于缅私有岁币，自木疏据国后，诸土司以其故等夷，不复馈献，缅酋遣兵勒索之。及桂家、木邦败窜，我边吏不扶植之，反为助翦所忌，遂渐及我内属诸土司。而囊占怨孟连与缅，又兼怨中国，欲媾使相斗，乃嗾孟艮酋使内犯车里土司，扬言将渡衮龙江。时承平日久，民不知兵，普洱、永昌边外一日数惊，总兵刘德成、参将何琼诏、游击明浩等三路皆败。时刘藻代吴达善为总督，常钧为巡抚，束手无策。诏降刘藻湖北巡抚，藻自刎死。时乾隆三十年也。

诏大学士杨应琚自陕、甘移督云南。应琚至，会普洱贼渐退，官兵得以其间收复车里、孟艮、整欠诸地，分隶土目。应琚见事机顺利，密奏缅甸可取状。诸将希意，言内附者纷纷日告，若孟密，若木邦，若孟养，若蛮暮，若整迈等，皆遣人诱致其酋，使献土，或招其子弟及所属小土司代献，其表皆言所属地一二千里，户十数万。应琚悉据入奏。其实其土地、户口皆悬在缅地，我不能有也。于是应琚自普洱移驻永昌，移文檄缅，言天兵数十万陈境上，不降即进讨。缅贼闻，乃大出兵攻木邦，攻景线，皆陷之。时副将赵宏榜以兵数百袭克蛮暮之新街。其地扼金沙江水口，缅与中国互市处，据阿瓦上游，为缅必争之地。贼以兵溯江而上，抵新街。宏榜烧器械辎重走还铜壁关，贼数万尾而入。应琚忧甚，痰疾遽作。诏两广总督杨廷璋赴滇代治应琚军，又遣侍卫傅灵安挟御医视应琚病，且密察军事。提督李时升调兵万四千，令总兵乌尔登额由宛〔顶〕（项）进剿木邦，总兵朱崙由铁壁关进守新街。贼佯遣人议款，而分兵绕入万仞关，围永昌、腾越各边营汛。朱崙由铜壁关退守陇川。应琚、时升严檄乌尔登额、刘德成赴援，声势稍振。贼复乞降，以缓我师，而乘间袭猛卯城。副将哈国兴救之，与土司拒守八昼夜，援兵始至，贼溃走。而乌尔登额军不策应，故贼得浮猛卯江而逸。时三十二年正月也。杨廷璋至军，见贼事未易竣，遂奏言应琚病已痊，臣谨归粤上。召廷璋还京师。时贼入关侵掠，应琚皆不以闻，但言朱崙等杀贼万人，戮其大头目于猛卯。上视所进地图，疑贼既屡败，何以尚踞内土司境。会傅灵安奏赵宏榜、朱崙失地退守，李时升未临行阵；应琚亦劾总兵刘德成、乌尔登额逗留贻误。先后逮治，并论死。诏明瑞以将军兼云贵总督。明瑞在伊犁未至，先以鄂宁代之。鄂亭奏言：“上年九龙江外官兵夫役马匹瘴死过半，今正瘴兴之时，而汤聘奏称严饬将士，刻日进剿，其将谁欺？”并奏应琚贪功启衅，掩败为捷，不令傅灵安与闻边务，及抑讳阵亡将吏各状。应琚恐，乃奏请是秋大举征缅，调兵五万，五路并进，兼谕暹罗夹攻。上下其议，廷臣皆斥之。诏逮应琚至京赐死。时杨宁驻军木邦，饷道为贼所断，溃还满河，总兵索柱等亡其印绶，明瑞以闻，杨宁亦被逮。

诏发满洲兵三千及云、贵、四川兵二万余大举征缅。明瑞由木邦、孟艮攻东路，为正兵，参赞额尔景额及提督谭五格由孟密出新街水路，约会于阿瓦。以九月二十四日启行，连旬雨潦，又负粮以牛，不能速，至芒市易湿粮以行。会参赞额尔景额病卒，以额尔登额代之。十一月二日，始出宛顶，越八日整队至木邦，守城望风先遁，获其粮，留参赞珠鲁讷、按察使杨重英以兵五千守之，通饷道。明瑞自率兵万二千为浮桥渡锡箔江。缅素不养兵，有事则征兵于所属土司。惟阿瓦蓄胜兵万人，每战则令土司濮夷居前，胜兵督其后，又以骑兵为两翼战。既合，则两翼分绕而进。度未可胜，则急树栅自环，而发连环枪炮蔽之，比烟开，则栅已立，入而拒守。其兵法皆如此。至是砦守天生桥南岸，我师绕浅渡而溃之，数日至蛮结，贼军二万立十六栅以待。领队大臣观音保麾众先据山左，哈国兴等三路登山，俯薄之，一呼直逼其垒。黔兵廿余踊而入，众乘之，贼披靡，遂拔其栅。复连破三垒，而十二垒之贼皆宵遁，大获粮械，军声大振。捷闻，诏封明瑞诚嘉毅勇公，以所袭侯予其弟。然夷境益峭险，马乏食，牛踣途，贼烧积贮，空村砦，无粮可掠，进至象孔迭失道。明瑞度不能至阿瓦，念北路军约由孟密入，其地近孟笼，有缅屯粮，且可冀与北路军会合。乃议向孟笼，果大获粮。时军已深入二千余里，会岁除，而孟密北路之师无消息，谍报大山波竜多积谷，复议取道大山土司，向木邦以归，尽焚孟笼余粮。缅自去冬象孔改道后，获我病卒，知我军粮尽，不向阿瓦，即悉众来追。我军且战且行，每日先以一军拒敌，即以一军退至数里外成列待，军至则成列者复迎战。明瑞及观音保、哈国兴更番殿后，步步为营，每日行不三十里。自象孔至小猛育二千余里之地，凡六十日而后至。其中又有蛮化之捷。时我军营山巅，贼即营于山半。明瑞以贼轻我甚，不可不痛创也。时贼识我军号，每晨我军吹波伦者三而起行，则贼亦起而追我。次日五鼓复吹波伦三，我军尽出营伏箐以待。贼闻波伦声，争上山来追，万枪突出，四面霆逼，贼无走路，溃坠者趾顶相藉，坑谷皆满，杀贼四千余。自是每夜遥屯二十余里外，不敢近。明瑞休军蛮化数日，取所得牛马犒士。而贼之先一日过者，已栅于要路，得波竜人引，以间道由桂家银厂旧址而出。会贼之分路袭木邦者断汲道及饷运，已溃我木邦之师，戕珠鲁讷，执杨重英，于是木邦之贼亦至。额尔登额之进孟密也，中途阻于老官屯之贼，顿兵月余。上以明瑞久绝军报，趣额尔登额移师援之，于是老官屯之贼亦至。明瑞行抵小猛育，贼已猬集数万，我军尚分七营 距宛顶粮台二百里，而额尔登额之援不至。明瑞乃令军士乘夜出度，皆得以自达，而自与诸领队大臣及巴图鲁侍卫数十人率亲兵数百断后。及晨，血战万贼中，无不一当百。俄，领队大臣札拉丰阿中枪死，巴图鲁侍卫皆散，明瑞、观音保死之。二月十日也。事闻，上以额尔登额拥重兵，既不能进取孟密以赴将军之约，及退军旱塔，闻木邦告急，可由旱塔间道往援。总督鄂宁驻永昌，七檄不应，领队侍卫海兰察自请往援，亦不许，翻迂道回铜壁关内，致木邦参赞之师溃于贼；而于内地积饷之宛顶数程可达者，又绕道行至半月，致旱塔之贼皆萃大营，而将军复陷于贼。情罪重大，逮至京磔之，并斩提督谭五格于市。是为征缅前一役。

（魏源《圣武记》卷六《外藩·征缅甸记上》）

附二 杨氏祖孙传

一、杨朝正传

杨朝正，汉军厢白旗人，由侍卫出为东昌府知府。

到任后，每月朔望亲率僚属宣讲圣谕，传集士民环听，仰体朝廷养老至意，岁暮，择年高者恤赏之。行文各学教官，课试生童，解卷亲阅，奖励备至。每年春秋遍巡四野，劝课农桑，见田苗茂盛者赏，荒芜者罚。于是家无惰民，野无旷土。访知临清有临米、临银二项奸弊丛集，即详请巡抚题准归并正赋项下，民蒙其利。

（康熙）二十四年，三春无雨，民不得耕种，乃斋戒沐浴，同妻亲自拣麦磨面作供具，焚香告于天曰："若知府有罪，愿干天谴，乞无降灾百姓。"自亥时跪祷，至子时沛然下雨，是年大有时。盗贼未靖，民不安居，因亲查里甲，按户编牌，令地方人等严驱奸宄，盗遂屏迹。东昌府向有挑浅水夫名色，甚累民，即行文聊城，令其申请布政司均役，至今士民称便。凡理词讼，概不批委属员，大事执法，小事准息，数十年间，讼狱衰少。东阿县教谕王璜事继母尽孝，值岁荒，救饥民数百人，朝正详请布政司旌其署。监生崔允璧于通济闸设大桥一座，桥之南北各施义渡一艘，亦旌其门。王士杰捐资补东关石街，亲置酒劳之，由是郡人争先向善。郡城西南低洼，每逢大雨泛溢五六十里，民遭淹溺者甚多，朝正捐俸银三百两，属武进士何泌等监工创建大石桥三座，砌路六十丈，又虑水大冲堤，复捐俸银五百两，修筑坚固府城，始无水患。

二十五年，春夏不雨，二麦无成，朝正自捐俸煮粥，且劝绅衿协助，于是教谕王璜、监生崔允璧、展一鹏等，各捐米数百石，又开仓发粟，减价出卖，民赖以活者甚多。临清钞关巡拦不时，擅到东昌，扰害地方，商人执从前碑文，合词公吁。朝正详明督、抚，题请遵照旧例，勒碑以垂不朽，行旅永赖焉。

今祀本府名宦祠。子宗仁，仕至湖广总督，宗义仕至河南巡抚。宗仁见《世职大臣传》。

（《八旗通志》卷二百三十八《人物志一百十八·循吏传三》）

二、杨宗仁传

杨宗仁，汉军正白旗人。由监生于康熙三十五年授湖广慈利知县，四十年五月调蓝山。四十四年总督喻成龙、巡抚赵申乔疏荐卓异，迁甘肃阶州知州。四十五年迁兰州同知。四十九年十一月总督音泰、巡抚鄂奇复疏荐。五十年五月迁临洮知府。五十二年以巡抚岳拜疏荐老成练达、熟悉番情，授西宁道。五十三年七月，迁浙江按察使。五十四年十一月，丁父忧。五十七年八月，补广西按察使，旋署广西巡抚。十一月，擢广东巡抚。五十八年，上以直省钱粮亏空甚多，令各督、抚立法清理。宗仁疏言："粤东亏空，现在严饬各属，勒限追完。至于防杜将来，惟督、抚、司、道、府、厅交相砥砺，勿藉事勒索。无论正杂钱粮，知府照例不时盘查，库银随征随解，米谷实贮在仓，毋许亏缺。若州县自行花费，知府宁肯代为弥缝，甘蹈分赔之。严例州县既无由〔挪〕（那）移掩饰，即亏缺，谅必无多，亦易补足。倘敢徇纵，除本官严行治罪，上司从重议处，庶上下皆知警惕。若地方有不得已之公务〔挪〕（那）用，难责州县独赔，又难使仓库亏缺，应以督、抚等所得公项银抵补，如不敷，仍设法公捐，总不致课帑虚悬，于清厘亏空不无小补。”下部议，如所请。

六十一年十一月，世宗宪皇帝御极，授湖广总督。雍正元年正月，丁母忧，命在任守制，并停陛见。宗仁疏请停给恩诏，应得本身妻室封典及荫，为父母求谕祭。得旨，俞允，仍给封荫，寻赐孔雀翎。四月，疏言：“湖广素称俗薄、民刁、兵骄、吏玩，细究其故，皆由文武大员向所属官弁索取陋规节礼，州县必至横征私派，武弁必至虚兵冒饷，兵民挟此逞奸，员弁不敢过问。臣今概行禁革，不许文官有私派，武弁有扣冒之弊，庶兵民不得藉词逞私，骄悍之习，冀可默化潜消。再两湖地方盐价逐渐增长，穷民每兴嗟怨。揆厥所由，各官多贪盐规，商人借此长价，即如总督衙门盐规渐次加至四万，从前一钱一包之盐，今则公然昂贵至一钱五六分不等。臣今尽革盐规，令商人减价出售，以惠穷民，俾地方渐有起色。至于严禁官宦富户囤积，止令商贩往来，俾米价渐平，与力行保甲，稽查匪类等件，皆臣职分应行之事，不敢一一琐陈。”得旨：“览尔所奏，朕深嘉悦，在他人犹听其言而观其行，至于尔则信而不疑，斯乃全楚地方否极而泰之机也。”五月，疏荐广东南海知县宋玮升湖南宝庆知府、广州左卫守备范宗尧改补湖北汉阳知县，得旨：“姑允所请，后勿踵行。”又疏言：“俸工一项，乃朝廷禄养官役之恩，岂可任意饬捐，以填贪壑？湖广州县以上俸工报捐已经十有余年，总无分厘给发，责成官役枵腹办事，焉能禁其不需索闾阎？今自雍正元年起，一切官役应支俸工，臣俱令各照额编支领，俾均沾实惠。从前凡有公事，无一不令州县分捐，实皆派累百姓。臣通长核算，但令州县于所得加一耗羡内，节省二分解交藩司，以充一切公事之费，此外丝毫不许派捐。近奉部文，又将解部余平一分恩赐免解，承办公事更得有余。况节礼陋规，概行禁革，则州县亦易于补苴从前亏空矣！”得旨：“所言全是一无瑕疵，勉之！”寻以病请以子榆林道文乾随任终养，诏加文乾按察使衔，驰驿速赴，并遣御医诊视。七月疏言：“湖北粮道管理全省漕运兵糈，一岁中计有半年公出，旧设驿盐道管全省驿递号船，应付勘合火牌、淮盐到楚盘验、察私督运、额销引目，职守迥异。康熙五十八年，依前督臣满丕奏，以驿盐道归并粮道，似未妥协，请复设以专责成。”下部议行。九月，疏言：“襄阳府属之樊城镇，五方杂处，商贾辐辏，奸宄易以潜踪，请移襄阳府同知驻樊城弹压。”从之。又言：“清净盗源稽察窝赌窝逃，法莫善于力行保甲。臣到任后，即通饬所属，令绅衿兵役与齐民，一体鳞次挨编保甲，不许脱漏一户，联络守望，百姓称便。诚恐州县奉行不得法，今专委本管道员稽察，如有未尽合法之州县，即令指示照式编次，择其善者另予优奖。”得旨：“此论甚好，凡举行一法必示以劝惩，方期有效耳！”二年正月，疏言：“立社仓实系美政，臣与各官加意讲求，先择地建仓，然后劝捐谷本，出纳听民自主，不许官吏会计侵肥，并立奖掖尚义之典。士民咸踊跃争先，江夏、武昌、蒲圻等二十州县各建仓三五十所不等，约共捐谷本将三十万石，效验已著。臣又传湖南循此成法施行。”得旨：“据奏社仓一事，于各省中尔先成，创始之功殊可褒嘉。”三年六月，谕奖督、抚诸臣中居官行己可风有位者，加宗仁太子少傅衔。七月，卒于官，年六十有五。遗疏入，得旨："杨宗仁敬慎持躬，廉能供职，効力年久，懋著勤劳，自简任总督以来，洁已奉公，孤介端方，始终一节。忽闻溘逝，朕追念良臣，深为凄恻，难释于怀。应沛特恩，以示优眷。"加赠少保，并给骑都尉世职，准袭二次，仍察例予恤，赐祭葬，谥曰清端，御制像赞，有"廉洁如冰，耿介如石"句。八年，入祀贤良祠。文乾仕至广东巡抚，自有传。

（《八旗通志》卷一百九十九《人物志七十九·大臣传六十五》）

三、杨文乾传

杨文乾，汉军正白旗人，湖广总督宗仁之子。由监生效力永定河工，康熙五十三年授山东曹州知州，五十七年迁东昌府知府。六十一年，卓异，迁陕西榆林道。雍正元年，加按察使衔，命随父任侍疾。三年正月，授河南布政使。三月奏言："山东曹州西南之桃园集，壤接七县，系山东、河南、直隶交会之区，距城辽远，巡察难周，奸民朝此暮彼、出没无常，请以曹州州同移驻弹压。"如所请行。四月，擢广东巡抚，赐孔雀翎及冠服、鞍马。寻丁父忧，命在任守制。十二月奏言："臣自楚赴粤途中，闻告休布政使朱绛倚与总督孔毓珣姻亲亏帑三万余两，交代未清，即严饬作速赔补。"谕曰："司库此项挪用，孔毓珣曾经奏过。尔等封疆大吏，惟宜一心一德，以和为主，切勿听信属员离间之言，以致好恶参差。"文乾又奏言："臣抵任后，查盗案尘积，请概为速结。"谕曰："盗案非命案可比，命案迟延拖累无辜，固属不宜，若因监毙者多，遂立意轻纵盗犯，尤为不可。此事朕难批谕，况亦非折奏完结之事，倘虑积案拖累，在汝秉公严催，详情度理而为之。孔毓珣于缉捕盗贼甚为尽力。彼擒之汝纵之，恐汝难当此论纵虎归山，岂为仁政？此等作为，非积阴功，乃大坏德行事也。若不加意斟酌，万万不可。”四年四月，疏言：“广东省城盗贼甚多，非编保甲不能清理。旗兵与民人连居，臣拟会同将军，不论满汉兵民，逐以编查。省会奸匪既清，各府州县可渐举行，盗风庶少息。”谕曰：“此见甚好，弭盗之法此为探本穷源之上策也。”又疏言：“广东去岁薄收，今春米价日增。臣委员赴广西买谷运粜，讵有镶黄旗披甲阎尚义等诱集多人，赴厂抢谷，殴伤监粜官，旗兵等赴将军衙门喊禀，将军李杕令赴臣衙门讲说，尚义等即拥至臣衙门，及臣拿获数人，李杕令臣释放臣未听从，又嘱理事同知汪苕文求从宽完结。杕身膺重任，不能约束兵丁，事关旗兵鼓众，乞皇上钦差大臣来粤，确审定拟。”上命礼部右侍郎塞楞额、兵部左侍郎阿克敦往审得实，杕及尚义等俱论罪如律。十一月，疏言：“广东民纳粮，俱用老户。臣令改立的名，今各属申报，或因垦买过割之际就本名注册，或赴县完粮时问明办粮人的名登于原册老户下，百姓始知改立的名则已身完赋，后他人未完者不至累及，且就粮管业不致诡寄飞洒诸弊，争先开报，一二年后通省俱可改注。至丁银，自康熙五十年审定后，不复加额。广东丁随粮办者，已十之四五，其未随粮办者，令布政使确查，将丁银尽归地粮，永免无粮征银之累。”得旨嘉奖。十二月，疏言：“广东地狭人众，米不敷食，积贮宜豫。今现存仓谷百六十余万石，存七粜三，每年出谷五十万石，春夏二季兵丁于粜三谷内，碾拨三十三万余石，仅存十七万石。臣为民食久远计，应酌量要地加贮二百余万石，择水陆总口可达数州县适中之地，建仓贮谷，有需即可拨运。”疏入，下九卿议。佥以滨海地不宜收贮以致浥烂，惟惠、潮、琼三府僻处海隅，遇歉岁挽运维艰，潮属之海阳加贮谷十万石，潮阳加贮谷八万石，程乡加贮谷六万石，饶平加贮谷二万石，惠属之海丰加贮谷二万石，琼属之琼山加贮谷六万石。得旨依议。又奏言："秋审缓决人犯，虽非可矜，亦不至情实。请将三次缓决者，减等发边远为民。"谕曰："朕甚不取汝此奏，且恐汝务小而遗大，宽严不得其宜，朕甚忧之！大凡应严者既不能严，则应宽者必不能宽。果能以公忠血诚，对越天地神明，刑所当刑，即决人亦造福之事，何况其他。"四年四月，奏言："粤省办公银每年六七万两，向于火耗提用。臣商同督臣及司道等，将可省者尽裁，必不可少之项约需四万两。查民间置产推粮过割，例有州县公费，又奉裁卫所屯粮陋规两项，均可提作公用，无用再藉火耗。又各官养廉一项，州县征收火耗，每两加一，其实连戥头并封积零合算，一钱三四分不等，许解司平头三分，并缴二三分为修战船及按察使、道、府、厅员养廉，每两净存五六分留作州县养廉。其解司平头共三万两有奇，除每两拨三厘为布政使衙门工食外，督、抚、藩司各得养廉银九千余两，俱足用。"谕曰："但务得中为是，若暂邀一时之名，使将来至于难措，非善举也！民情亦不可令至骄慢，属员亦不可令至窘乏，天下事惟贵一平，所以古人有平治天下之语。若一偏之见，致远恐泥，故君子不为。利不十不变法，害不十不易制。似此通盘更移之举，必彻始彻终，筹划妥当，而为之慎，毋逞一时之兴，而轻举也。"

五年三月，乞假葬父，允之。七月福建巡抚常赉疏参文乾征收太平粤海关税，设立专行，得银二十余万两，致夷船进口无行承揽。去岁将夷人银豫行加一扣收，得银四万三千余两，及上饷，复每两抽分银三分九厘，令六专行先缴。又发银数万两，于他处买湖丝、茶叶等物，贮如升行，勒令卖完方许各行买货，所以商船稀少。上以常赉所奏银数未晰，洋行贸易外，杨文乾再有见小渔利之处，据实入告。嗣常赉疏称："粤海关税额每年四万有奇，雍正四年杨文乾奏报连羡余九万有奇。臣细访实十五万两，抽分夷人银二万余两，贿纵红黄绸缎出洋得银万两，于番银不论是否买货，先加一扣，收得银四万余两，此系例外之求。复选洋船奇巧之物入署，令所派専行赔价，计银二万余两。又交盐商银万九千作二万两，营运生息，此见小渔利处也。"疏入，得旨："从来'操守'二字实难得其人，在杨文乾自以为不关国计民生，设法巧取，名实兼收，不知人之耳目如何能欺，所谓弄巧成拙，若不改悔，立见名实俱败耳！"寻谕杨文乾曰："洋行一事，确凿可据，汝意以为巧取暗获，名实兼收，殊不知人之耳目难瞒，但一图利，谁肯心服？汝既巧取获利，而居清官之名，属员亦必令有巧利，方可禁其婪取，否则虽令不从，此干系属员生效尤之心也！至于百姓，汝曾经奏朕'粤人惟利，是视身命皆视为次'，汝一徇利，则百姓孰肯感服听从耶？为督、抚大吏者，既失属员百姓之心，而欲令地方就理，岂可得乎？汝若不深自愧悔，痛改前非，必至噬脐不及矣！"八月，上以福建州县仓库亏空甚多，命文乾同浙江观风整俗使许容、吏部郎中鄂弥达、内务府员外郎伊拉齐往查。文乾疏奏："闽省八府中，惟福、泉、漳三府最要，福州府臣就近委盘；漳州府拟委候补知府潘体丰署印盘查，郎中鄂弥达督察；泉州府拟委候补知府刘而位署印盘查，员外郎伊拉齐督察；延平府拟委建宁府知府庄令翼盘查，其建宁府另行委员盘查；其余府州拟于候补知府同知内暂委署盘查。所报无亏空州县，亦恐〔挪〕（那）新掩旧，必将各员交错调用，本身一离原地，诸弊尽露。谕曰："料理颇好，竭力为之。"文乾又奏言："各州县闻盘查信，纷纷买补，兴化府仓谷已买足，延、建、邵等府素产米谷，今岁年景亦佳，现责令速补。漳、泉、福等府素不产米，入秋雨稍缺，请宽限陆续买足，逾限再参究。”谕曰：“买足者与未买足者，原经亏空，即属一体，岂可因其现在买足与否而分别之耶？若如此，不论居官之贤否，止看地方丰歉，竟论造化而已尔，此请旨大谬矣！朕意无他，将通省人员于此仓谷一案内，查其好者概留，劣者概去。此二句乃朕本意，要在尔等秉公论人办理，朕亦难以详悉指示，总期通盘还朕一是字，或能与不能，关保尔一生荣辱，看汝之福量何如耳！”九月，疏称：“臣在闽闻广南韶道林兆惠采买木料被劫，又闻有盗数百抢龙门营七子汛军器，慫劫乡村，署督臣阿克敦令地方官从宽批结。高州府电白县山内，聚盗千余，白日沿村行劫，又闻将军标兵张万良窝盗分赃，署抚常赉咨提将军石礼哈袒护，嘱令审作诬良。又常赉署中被盗，将御赐奏折匣之锁钥失去，而借用将军之钥，彼此隐匿，盗风日炽。乞敕谕督臣孔毓珣通饬文武，勒限严缉。”谕曰：“如此据实陈奏，方是汝若身在广东，又未必如此直达也。”十二月，文乾查明福建仓库官亏者，勒追完补，民欠者陆续催征。无可，着追及平粜存价采买不敷者，令前任巡抚毛文铨赔补，详悉入奏。上以文乾秉公办理，毫无瞻顾，命从优议叙，部议随带加二级。又疏称：“闽省八府一州知府、同知、通判州县共八十员，前后参革改教休致五十余员，其仓库无亏居官尚好之县令十余员，俱交错调用，不使仍原任，致滋弊端。所出之缺，于先后命发人员内量才题补。惟是边海重地，俗悍民刁，新补各官多系初任，若责其典守仓库则有余资，其治理繁剧则不足，乞皇上再将熟谙民事者发数员，交督、抚于紧要县缺补用，可收得人之效。”得旨：“此奏可嘉之至。”寻谕各省督、抚，除川陕、云贵、广西外，每省于历任年久知县内，择谨慎敏练者一员，一面具奏，即行咨送闽省，令该督、抚酌补紧要县缺。六年二月，疏参广东布政使官达用幕友谢禹臣，招摇纳贿。三月，疏参署巡抚阿克敦勒索暹罗国船户叶舜德规礼银两。诏革官达及阿克敦职，命文乾同总督孔毓珣会讯。未及讯，文乾卒。得旨："杨文乾才识优长，办事勤敏，简任巡抚以来，实心供职，粤海地方正资料理，伊自闽回粤，五月间即患畏风心烦之症，而急公心切，力疾办理，不以病状奏闻，洵属殚力封疆之臣，其心实可怜惜。今闻溘逝，深为悯恻，应得恤典察例具奏。杨文乾柩榇起程之日，着省城官吏齐集奠送，所过广东地方文武官员亲往奠醊，并遣人护送。其别省经过州县，亦着地方官照看。"寻赐祭葬如例。

（《八旗通志》卷一百九十九《人物志七十九·大臣传六十五》）

四、杨应琚传

杨应琚，汉军正白旗人。父广东巡抚文乾，自有传。雍正七年，应琚由荫生授户部员外郎。八年，擢山西河东道，寻调甘肃西宁道。

乾隆十年二月，甘肃巡抚黄廷桂疏荐，谕曰："杨应琚原系一能员，若能进于诚而扩充之，正未可量也。"十四年，迁甘肃按察使。十五年，迁布政使。十六年，擢巡抚。十七年六月，丁母忧。十月，命署山东巡抚。十八年六月，奏垦沂州府属荒地千三百余顷。谕曰："当实力劝课，不可始勤终懈。"七月，疏言："兵器惟鸟枪、弓箭为要。其大刀、长枪，近则不如腰刀，远则不如枪、箭。今沂州、登州二营所设大刀、长枪兵额，现饬镇臣改习枪、箭，如愿兼习者听，庶收实用。"上是之。十一月，奏办运南河料物全竣，上奖其奋勉，着实授。

十九年三月，暂署河东河道总督。四月，调署两广总督。六月，奏粤省滨海澳港多歧，全赖捕盗防奸，护卫商旅。虽内河与外洋稍别，亦重在操舟及知风色、水性，如用篷用桨，缓急进退，及河流湾曲，横跃尾追，皆须练习。至外海战船，按期会哨，定有成规，但必于抢风趁水、看云审潮之法，一一习练，始能临事从容。现令切实督训，互相稽查，生疏立惩。报闻。八月，实授。九月，奏出洋贸易，留番良民，概准回籍，下部议行。又奏："琼州悬隔海洋，平粜仓谷不应照内地拘春末夏初之例，隐视外洋米船有无随时开闭，并于船多价平时买补，以济兵食。"诏如所议。又奏："陆路弁兵多请改水师，意以外洋巡哨易于掩饰倖进，应不准改调。"得旨："此在行之实力得宜耳。"十月，奏："暹罗贡使殴伤通事，据国王审明属实，拟罚银两，现派船户及通事等呈报礼部，恳为转达。查属国陪臣无上交天朝大臣之体，咨呈原文发回，以婉词开导。嗣后无任陪臣越申。"上嘉其得体。十二月，奏："粤西武安陡河即漓江发源处，向因漓水纤细，于湘江内渼潭坝激水注漓以行舟，复循崖迭石造陡门以蓄洩减，乃转运楚米通商之要道也。今坝塌土漏，湘水不能分注漓江，楚船至全州即不能进，于民食有碍。又兴安城下堤岸亦有冲刷，如遇大水，恐及城垣。至临桂陡河为下达柳州、庆远溉田、运铅要道，向亦造陡束水无阻，今俱颓淤，田无灌溉，思恩采铅，解省供铸，转运维艰。现饬确估动帑修筑。"诏如所请。二十年正月，奏："广东盐斤赖广西之米谷，西省又籍东省之盐斤，均为民食攸关，偶遇缺乏，即有淡食之虞。请预买余盐二万四千包，分贮桂林、柳州、庆远、梧州等府，以资接济。"十月，奏："廉州府属之钦州及珠场、新乡二司巡检，水土恶劣，应改为烟瘴要缺。"均下部议行。二十一年十二月，疏言："广东左翼镇自雍正元年移驻顺德，离海尚远。查镇属有虎门寨城，西南达诸番，东北通闽、浙，其城遥对老万山，兀立大洋，诸山罗列。自老万山至横档，两山对峙，中建炮营，尤为天生险隘。不特各省商民船必经，即外洋各国商船出入，断难渡越。是虎门实粤东门户。宜以左翼镇移驻，改为外洋水师缺，稽查洋艘，操练巡防，于海疆有裨。”军机大臣议行。

二十二年七月，调闽浙总督。十二月，奏：“绍兴属山阴之朱家溇为海塘顶冲，应添建石塘。”从之。二十三年，加太子太保。

二十四年四月，调陕甘总督。五月，奏兰、巩、平庆等府，二麦旱伤，仓储不敷支给，请给银两，俾民自买杂粮糊口。又奏陕、甘马现在最要，已饬用心栓养，阙额者设法购补。谕曰：“任重事繁之际，卿才尚足以当之，一切勉力可也。”闰六月，奏：“伊犁底定，驻兵屯田，必先筹划。查木垒一带，水泉疏畅，虽可垦地甚多，而气寒霜雪早降，与乌鲁木齐距远。特诺果尔、长吉、罗克伦等处，在乌鲁木齐一二百里内，为噶尔藏多尔济部落耕种处，地气暄和，宜树艺。拟于凯旋官兵内留五千名，以四千名分地垦种，以一千名备差。明年收获，即可运伊犁。至籽种农具，为屯田急需之物，应就招徕之商驼四百余，按程给值转运。”谕曰：“所见已得大要，悉心为之。”七月，奏请以安西道移驻哈密，安西提督移驻巴里坤。又奏甘省薪价日昂，肃州东北乡鸳鸯池一带产石炭，距城七十余里，采运转便，请借工本招商开采。从之。嗣命改补甘肃总督，驻札肃州。九月，谕曰：“甘肃专设总督，原为西陲办理回部告竣之时，甘省幅员辽阔而言。今军务尚未告成，一切军需多由陕省运甘，未便遽照新制，转多掣肘。所有陕省事务，着杨应琚照旧管辖。”十月，奏：“库车回民，向例每户岁纳布一匹。近数年荒歉，棉子俱充食，种植乏赀。现购棉子二百斤，解库车给回民，令及时布种。”报闻。十一月，晋太子太师。二十五年二月，奏：“喀喇沙尔以西各台近水，多可垦地亩，原有回民居种。经逆酋扰害，以致空虚。今妖氛扫荡，悉归版图，应募民往居，及时开垦，并招集迁徙者复业。”四月，奏：“叶尔羌附近地名巴尔楚克者，通喀什噶尔大路，亦有小路通和阗，泉裕土润，现召无业回民保聚耕作。又距阿克苏之多兰回民虽资畜牧，亦藉耕作，令在大路左近经理沟渠，听其垦艺。阿克苏、叶尔羌两处各派千总一员驻札，庶千余里长途不至辽阔，而东西两城，声息相通。”俱得旨嘉奖。十二月，奏：“伊犁、阿克苏、叶尔羌应设兵备道三、总兵三。”从之。二十六年三月疏请撤南路台站，改归北路，哈密不必驻官，一切事宜交巴里坤大臣办理。关展一带屯务，交乌鲁木齐大臣稽查。所有哈密办事大臣永宁等应撤。谕曰：“前南路设台，原因捕剿逆回而起。此时军务全竣，仍归北路，其事原属可行。至哈密无庸驻官之处，所见甚为纰缪。哈密乃新附各回部总汇必由之地，将来安集延、巴达克山、布鲁特等回人往来贸易，必得特派统辖大臣，为之弹压料理，方能持国体而悉夷情。在随同驻札弁兵人等，或以为数众多，随宜减撤，固无不可。若将任事大臣径行撤去，诸事一归巴里坤承办，无论道里纡远，鞭长莫及，且将来该处经理之员，势必由督、抚等派委，武则副将，文则道员，此等不晓外藩事宜、中朝政体，非办理张皇，即因循推诿，有不损威失驭者乎？杨应琚向知任事，何乃并不计及，其中或因永宁等在彼办事，未免掣肘，因为此奏。封疆大吏似此心存畛域，岂朕委任重寄之意乎？若永宁等果有徇私舞弊之处，何妨直参其人，不可撤此一任也。”

二十七年六月，奏：“安西府治向设在渊泉县，米粮食物，仰给沙州。稽之志乘，汉、晋皆以沙州为敦煌郡，唐设沙州刺史，元为沙州路，今为新设敦煌县。其地田沃土广，物产饶裕，远胜渊泉，请以敦煌为附郭首县，府治军台均宜移设，较渊泉近百六十里，可省挽运之费，沿途水草丰茂，于行旅亦便。”二十八年二月，疏请乌鲁木齐副将改为总兵。四月，疏言：“驻防凉州之满洲兵，现移驻伊犁，凉州应留副都统一员，庄浪设城守尉一员管。”俱允行。二十九年二月，奏陕、甘督署，应遵旨移驻内地。三月，谕曰：“前因西陲办理军需，令陕甘总督驻札肃州，以便调遣。迄今大功久竣，新疆屯政已酌定章程，而该督仍驻肃州，距西安会城较远，于腹地属员案牍控驭，转多隔碍。朕意若将总督移驻兰州巡抚原署，则东西道里适均，不难居中节制，而甘肃巡抚亦可裁汰。当经传谕杨应琚，令其熟筹妥议。今据覆奏，与朕所见吻合。着将兰州巡抚衙门，改为督署，令该督移驻，兼管抚事，无庸更设巡抚。所有原设抚标，即改为督标。”七月，授东阁大学士，仍留陕甘总督任。八月，奏裁凉州同知，移设伊犁。三十年，奏镇番县改筑土城，俱议行。

三十一年正月，谕曰：“现征剿莽匪，一切军务均须调度得宜。总督刘藻究系书生，未娴军旅。杨应琚久任陕、甘，筹办军需事务，伊所熟谙。着调补云贵总督。”三月，疏言：“莽子时出为匪，养痈已非一日。上年莽匪之来，分为两道，一系贼目素领散撰所领，从左进，攻破九龙江，蔓延至猛混；一系孟艮应袭土司召丙之堂兄召散，纠合莽子从右进，攻破猛遮，与猛混之莽匪会合，焚毁村寨。刘藻意在含糊其事，发兵又无纪律，致贼势日张。今官兵俱调齐，经总兵刘德成、华封分路夹攻，刘德成克复猛混，华封克复猛遮。现令干员稽查督催，务乘兵威直捣巢穴，尽绝根株。”四月，奏捣平整欠贼巢。七月，奏：“木邦土司具缅文呈请归附，现因瘴盛难行，俟九月内乞兵保护。查木邦为永顺各土司门户，若不乘机办理，恐迤西未能宁谧，已将调集之兵，密为布置。”谕曰：“乘机办理，亦属应为。但当鼓励戎行，大破绿旗虚伪习气耳。”又奏孟艮路通木邦，应暂留官兵弹压堵御。得旨：“万里以外，不可遥度，勉力为之。”九月，奏：“缅甸建城于阿瓦，又名三江城，由永昌往，有水陆三路可通，中所辖二十余土司，惟木邦、蛮暮为伊门户。缅酋自瓮籍牙篡位，伊子孟洛、孟毒继立，诛求无厌，各土司解体。臣亲赴永昌，乘机妥办。”又奏：“副将赵宏榜带兵八百，直抵新街。缅匪四五千乘船猝至，赵宏榜领兵拒敌，杀甚众。缅匪又添二千余人，宏榜与之相持两日一夜，因兵少退回。”是时新街为缅甸所据，应琚信军营虚报，不言失事。缅甸即莽子，先时军报分为二，以资掩饰，是后始只称缅甸矣。十月，奏整卖、景线、景海各头目相率归诚。十一月，云南巡抚汤聘奏杨应琚患病，奉谕令其加意调摄，伊子宝庆府知府杨重谷往滇看视，并赏药丸、荷包。十二月，疏谢，并奏总兵朱崙进兵楞木，杀贼四百余。上以应琚病尚未愈，伊子按察使杨重英即由江苏驰往永昌看视，并交应琚酌委查办事务，旋奏病的渐愈，赏给玉暖手二、大小荷包六、珐琅鼻烟壶一。

朱崙之进兵楞木也，遇贼不奋击。贼诡求退兵，崙遂退至户腊撒，复退至陇川，渐回内地。贼因尾后窜入，与万仞冈潜越之贼合扰陇川。应琚闻缅甸乞退兵，促崙受其降，而贼已分路旁轶，渡底麻江部扰木邦。崙按兵不追，仍以虚词报总督。三十二年正月，应琚据崙所报，奏曰：“官兵自上年十一月至十二月，剿杀缅匪几及万余。缅酋胞弟卜坑，并其领兵大头目，赴朱崙军营乞降。据言屡被惩创，人人凛惧，情愿息兵归顺。至蛮暮、新街向为中外贸易之区，恳俯准赏给贸易。”上严斥之，谕曰：“朕以缅甸僻在荒陬，未尝有兴师勤远之意。因杨应琚阅历有年，必非轻率喜事者，故谕令量势熟筹，以定进止，该督自当慎之于始。如木邦等实因众心畔散，窘急来归，固可就其已涣之势，设法招徕，使其自成瓦解；亦应计及受降以后，如何抚取绥靖，御其外患，俾之永隶版图。若其间稍虑有棘手之处，原无妨拒而不纳，此所谓可行则行、可止则止之要领也。乃该督辄前往亲受其降，乃缅匪率众至蛮暮骚扰，以业经归附之疆，自不可听其蹂躏。既已发兵进剿，即当歼贼众，以卫降蛮。及遽听其头目一语，谓彼酋长乞降，转请给还已附之地，遂欲将就了局。方在交锋之际，并未制胜克捷，遽思歇手，尚复成何事体？杨应琚即未身亲军旅，前在陕甘总督任内，西陲耆定一事，朕如何运筹指示，岂竟毫无闻见乎？或伊赴滇时，本系病后，神志昏愦，听绿营将弁，遂致办理贻误，亦未可定。此次开诚训谕，杨应琚当知感激自励，毋得稍有隐饰，以速愆戾。”时提督李时升逗留不前，甫至铁壁关，即退驻杉木笼，贼益纷扰。应琚旋奏猛卯边外缅匪数千，欲至木邦滋扰，提督李时升会同朱崙派兵迎剿，前后杀贼四千余。谕曰：“杨应琚前次轻信绿营诳语，报杀贼万余，早知其必系虚妄，今又奏杀四千有余。果尔，是我军威大振。贼当望风披靡，何以猛卯边境复容贼匪窜入，而兵并未闻有出境剿贼之事，其为欺饰，尤属显然。而前次所奏缅酋遣头目乞降之语，亦全系粉饰捏报。杨应琚办理此事，前后错谬之处，屡经开导指示，若再不知改悔，断不能曲为原贷矣！”二月，奏朱崙藐敌轻进，上斥其仍属虚词。三月，奏：“误听虚词，办理舛谬，惟有痛改前非，不敢再有怠玩。”谕曰：“赵宏榜新街小挫，自应鼓励戎行，前驱深入。杨应琚见事稍棘手，忧惶成疾，神志昏愦，军营重务，惟委之朱崙一人。李时升又不亲自董率，任其逞绿营虚张粉饰恶习，屡次诳报。杨应琚甘受其愚，以办理军务之总督，竟成军营报事之人，不甚可笑乎！李时升、朱崙实此案罪魁，业经革职拏问。杨应琚此次仍不将李时升、朱崙严行参处，种种错谬，均出情理之外。若仍令其复膺重任，贻误更大，杨应琚着来京。”旋革职。

四月，云南巡抚鄂宁奏监军杨重英现往普洱。谕曰："前令杨重英驰往云南军营，其时杨应琚乖张荒谬各罪状，尚未昭著。朕念其或因病后心神失据，伊子杨重英令其前往襄助。乃该省竟称为监军，实为不谙事体。杨应琚以总督膺剿贼重寄，断无命他省臬司往监督臣之理；况杨重英又系其子，岂有以子而监父乎？杨应琚或以伊子奉命来滇，辄自引为荣宠，遂尔张大其词，不顾称名之妄，而所属各员转相传述，加以艳称，不可不亟为改正。现已令明瑞前往云南办理军务，杨重英着交与明瑞，以道府街听差委。至杨重谷，前此谕令至永昌侍伊父疾，今已回省城，将赴湖南原任。杨应琚现在自取罪戾，虽罪人不孥，其子无庸一体坐罪。但杨应琚如此负恩误国，其子岂可仍旧服官，安享爵禄乎？杨重谷着革职，同应琚进京，有问讯之处。”应琚旋奏杨重谷杖毙原任腾越州知州陈廷献家人汪朝，命拏交云南巡抚审鞫治罪。五月，鄂宁疏劾："杨应琚轻率邀功，模棱偾事，又托名宽大 姑息因循，以致将弁兵丁毫无约束，贻误军务，及事机已坏，愈加掩饰，即如缅匪乞降一事，查缅匪连营陇川，绕出万仞关之后，并未穷蹙，何遽肯倾心纳款，至所称杀贼万余，其时万仞关失守，我军防御不暇，兵气大挫，安有杀贼甚多之事？杨应琚前后檄调官兵共二万二千有余，忽调忽撤，虚靡廪饷，驻守之地，并不详考情形，信口侈陈，明系掩饰一时之计。”得旨："皆实在罪案，无可置辩者。”时李时升、朱崙俱逮系刑部，论立斩如律。闰七月，大学士等审拟应琚应斩决，命加恩赐令自尽。鄂宁奏杨重谷拟绞监候，十一月，正法。

三十三年二月，杨重英随将军明瑞进剿缅甸，明瑞战殁于猛育，重英为缅匪所执。六月，副将军阿里衮奏，杨重英转据贼情，具呈军营。谕曰："杨重英世受国恩，被贼拘执，不能捐躯致命，觍颜视息。杨重英之子，着拿交刑部。"五十三年六月，缅甸奉表归顺，云贵总督富纲饬令其送还重英，上命不必向索。既而缅甸送还重英，富纲奏重英无从顺缅甸情事。得旨，杨重英之子杨长龄，着行释放。九月，谕曰："原任道衔杨重英前在缅甸羁留二十一载，念其独居缅寺，并未娶妻生子，尚知顾惜名节，较之汉时苏武奉使外域，即在彼娶妇生子者差胜。现在缅甸款关投诚，奉表纳贡，业将杨重英送出。伊本系无罪之人，在途因病身故，殊甚悯恻！著加恩赏给道员职衔，以示轸恤。其子杨长龄早经加恩释放，着俟营厝事毕，交该旗带领引见。"

重英子长龄，现任三等侍卫，兼公中佐领。

（《清史列传》卷二十二·大臣画一传档正编十九）

年谱长编引用主要资料目录

1. 杨应琚撰，崔永红校注：《西宁府新志》，西宁：青海人民出版社，2016 年。

2. 邓承伟修，张价卿、来维礼等纂，基生兰续纂，王昱点校：《西宁府续志》，西宁：青海人民出版社，2016 年。

3. 杨应琚：《据鞍录》，兰州：甘肃省图书馆，乾隆精刻本，漪香零拾丛书本。

4. 乾隆《清高宗实录》，北京：中华书局，1986 年影印本。

5. 王先谦：《东华续录（乾隆朝）》，光绪间长沙王氏刻本。

6. 赵尔巽等：《清史稿》，北京：中华书局，1977 年点校本。

7. 清官修，王钟翰点校：《清史列传》，北京：中华书局，1987 年。

8. 琴川居士编：《皇清奏议》，云间丽泽学会石印。

9. 刘锦藻：《清朝续文献通考》，上海：商务印书馆，1955 年。

10. 傅恒等：《平定准噶尔方略》，台北：台湾商务印书馆，1986 年。

11. 许容监修，李迪等撰，刘光华等点校整理：《（乾隆）甘肃通志》，兰州：兰州大学出版社，2018 年。

12. 安维峻等：《甘肃新通志》，光绪间刻本。

13. 王昶：《征缅纪略》，小方壶舆地丛钞本。

14. 魏源撰，韩锡铎、孙文良点校:《圣武记》上册，北京:中华书局，1984 年。

15. 李文实：《〈西宁府新志〉版本的初步考察——〈西宁府新志〉前言节录》，《青海图书馆》1983 年第 4 期。

16. 山水：《杨应琚和他的〈西宁府新志〉》，《青海日报》1980 年 10 月 10 日、11 月 1 日、11 月 11 日连载。

17. 汪受宽：《清史稿·杨应琚传笺校》，《青海师范学院学报》1982 年第 4 期。

18. 汪受宽:《隽永笃实的清代西北游记〈据鞍录〉》,《青海史志研究》1985 年第 1 期。

19. 汪受宽：《杨应琚和他有关西北的著作》，《兰州学刊》1985 年第 3 期。